世界传世藏书

【图文珍藏版】

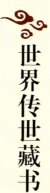

世界孤本小说

马松源⊙主编

线装书局

图书在版编目（CIP）数据

世界孤本小说：全6册 / 马松源主编. -- 北京：
线装书局，2014.6
ISBN 978-7-5120-1394-0

Ⅰ.①世… Ⅱ.①马… Ⅲ.①小说集－世界 Ⅳ.
①I14

中国版本图书馆CIP数据核字(2014)第087961号

世界孤本小说

主　　编：马松源
责任编辑：高晓彬
装帧设计：博雅圣轩藏书馆 Boyashengxuan Cangshuguan
出版发行：线装书局
　　　　　地　址：北京市西城区鼓楼西大街41号（100009）
　　　　　电　话：010-64045283　64041012
　　　　　网　址：www.xzhbc.com
经　　销：新华书店
印　　制：北京彩虹伟业印刷有限公司
开　　本：787mm×1092mm　1/16
印　　张：168
彩　　插：8
字　　数：2040千字
版　　次：2014年6月第1版第1次印刷
印　　数：0001－3000套

定　　价：1580.00元（全六册）

《儿子与情人》【英国】劳伦斯

　　《儿子与情人》是性爱小说之父劳伦斯的第一部长篇小说，是劳伦斯在第一次世界大战之前最优秀的作品之一。全书视角独特，对人性中隐秘的"恋母情结"有深刻、形象的挖掘，一般认为，小说中的儿子保罗就是劳伦斯的化身，而莫瑞尔太太就是劳伦斯的母亲莉蒂娅，保罗的女友米丽安就是劳伦斯的初恋情人杰茜，小说的主线之一是以劳伦斯和杰茜的私情为蓝本，而劳伦斯母亲那强烈变态的母爱足以扼杀劳伦斯任何正常的爱情，这些折磨人的日子在书中都有很详尽的描述，其小说中的女性也因此体现出更为强烈的审美情趣和艺术表现力，细腻准确地反映出劳伦斯的写作主题。1961年美国俄克拉荷马发起了禁书运动，在租用的一辆被称之为"淫秽书籍曝光车"所展示的不宜阅读的书籍中，《儿子与情人》被列在首当其冲的位置。

《北回归线》 【美国】米勒

　　《北回归线》是米勒的第一部自传体小说，书中以回忆录的形式追忆了作者同几位作家、艺术家朋友在巴黎度过的一段时光，旨在通过诸如工作、交谈、宴饮、嫖妓等超现实主义和自然主义的夸张、变形的生活细节的描写揭示人性，抨击虚伪的西方基督教文明，探究青年人如何在特定环境中将自己造就成广义的艺术家这一传统的西方文学主题。

《南回归线》 【美国】米勒

　　《南回归线》叙述和描写了米勒早年在纽约的生活经历，以及与此有关的种种感想、联想、遐想和幻想。书中描写的一次次性冲动构成了一部性狂想曲，而米勒的性狂想曲又是他批判西方文化、重建自我的非道德化倾向的一部分，本书只有两个正式的部分：插曲和尾声，都是借用了音乐的术语，似乎整部作品是一首表现自我音乐情绪的完整乐曲。

《娜娜》【法国】左拉

　　《娜娜》是左拉的鸿篇巨著《卢贡·马卡尔家族》中一部颇有文学价值和艺术价值的长篇小说，它的问世扩大并巩固了左拉在世界文学史上的地位。小说发表后在法国引起了轰动，初版的第一天，其销售量达五万五千多册，开创了法国出版界从未有的盛况。小说自问世至今，相继被译成20多种语言文字，即使在法国，其影响也经久不衰。

《欲魔》【法国】左拉

　　《欲魔》是左拉颇受争议的代表作之一。行进的火车上发生了离奇命案，格兰摩伦院长被谋杀，凶手竟然是受过院长恩惠的罗勃夫妇，这期间究竟隐藏着怎样鲜为人知的内幕？收入不菲可精神分裂的司机长杰克又是如何被卷入其中的？控制欲极强的桑芙琳为何被情欲冲昏了头脑犯下了大错？一系列问题的答案都在故事的娓娓道来中揭晓。

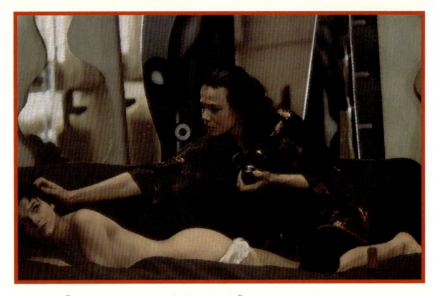

《不能承受的生命之轻》【捷克】米兰·昆德拉

　　《不能承受的生命之轻》描述一九六八年苏俄入侵捷克时期，民主改革的气息演变成专横压榨之风潮，书中涵盖了男女之爱、朋友之爱、祖国之爱，在任何欲望之下，每个人对于各类型的爱皆有自由抉择的权利，自应负起诚恳执著的义务。书中探讨更多的是人生的意义和价值，人生是要有一种信念的，不能被交给机遇和偶然，甚至是一种媚俗。

《笑忘录》【捷克】米兰·昆德拉

　　《笑忘录》以1968年前苏联军队入侵捷克斯洛伐克为时代背景，系统地描写了捷克不同阶层知识分子的多舛命运。书中不同的内容一个接着一个，如同旅行的几个不同阶段，朝向某个主旋律的内在，朝向某种独一无二情境的内在，而旅行的意涵已迷失在广袤无垠的内在世界，我欲辩却已忘言。作者在故事叙述当中，探讨了人生中间记忆和遗忘的哲学关系。

《失乐园》【日本】渡边淳一

　　《失乐园》是一部描写成熟的男人和女人追求终极之爱的杰作。书中描写男女主人公各自有自己的家庭，因偶遇而相识，从而开始了炽热、执着的不伦之恋，他们并不是因为缺少关爱而去寻找外遇，也不会因为情感老化而走向离婚，他们既厌倦家庭又留恋家庭，他们作出的所有姿势，都是不知如何自卫的自卫，是生命最后的激越阶段的背水一战。

《罗生门》【日本】芥川龙之介

　　《罗生门》将现代社会的"现实场"放置在日本的历史之中，通过细致地描写主人公的心理历程，来揭示人在善与恶、美与丑的对立中所流露的不安定心绪，同时在对人的自私心既不肯定，也不否定的情况下，将矛盾的并存绝对化，来展现自己的观念世界，达到以冷眼的旁观者观察社会上的利己主义的目的。

《恋爱中的女人》 【英国】劳伦斯

　　《恋爱中的女人》以两姐妹为主人公，描述了她们不同的情感经历和恋爱体会。姐姐厄秀拉是一个温柔美丽的中学教师；妹妹古德伦则是一个恃才傲物的艺术家，古德伦遇上了矿主的独生子杰拉德，原始的欲望点燃了爱的激情，然而在狂暴的激情过后，失望而痛苦的她与另一位艺术家又陷入了爱的狂欢，厄秀拉与本区督学伯基相爱了，她一心要让对方成为爱情的囚鸟，而对方却希望在灵与肉的交融中保持彼此心灵上的距离……小说通过大量的意象与象征描写，反复向人们展示，世界正在遭受一场劫难，人类社会正在腐朽堕落，毁坏与死亡，但它也向人们预示，这场灾难过后将有一个新世界出现，旧的传统文明的道德精神难以承受现代文明的重荷，唯知识与唯意志的存在原则须由感觉与悟性来替代，脱胎于传统文明的男女众生都要经过爱的生死考验来获致再生的希望。

前　言

　　孤本小说作为叙事文学的最高形式,反映了各时代人们生活、社会和文化几乎所有方面的情况。其中很多的孤本小说由于作者的高超的文采和丰富的学识具有很高的文学价值和美学价值,此外,孤本小说除了具有很高的文学价值和美学价值外,还具有相当大的文化价值。孤本小说来自民间的智慧,最贴合当时社会生活和大众民俗,这些故事往往立意新奇,出人意料,确有“当世耳目为我一新”的气象,反映了当时社会最普遍的价值取向和平民最真实的精神状态,对于今天我们了解当时的历史风俗和草根文化具有非常珍贵的研究价值。在这个意义上,孤本小说可以说是用美学方法写成的风俗史,从这个角度来看,孤本小说不仅是文化的产物,也是文化的组成部分、载体和传播媒介。

　　世界孤本小说是指世界上争议最大遭禁最久的文学作品。这些作品大多表现了作者对当时社会的不满,对政权的批评,因此给作者招来横祸,作品中不乏文字优美、立意深远之作。我们编辑的这部《世界孤本小说》收录了《儿子与情人》《北回归线》《南回归线》《恋爱中的女人》《娜娜》《不能承受的生命之轻》《笑忘录》《失乐园》和《罗生门》等最具有代表性、最典型的多部世界经典名著,这些作品,都是全译本,不做任何删节,译文注重质量,具有很高的水平。所选作品不仅可读性强,而且极具收藏价值,涵盖了世界孤本小说的全貌,如今再去重阅这些作品,仍能感受禁书之余香。

　　《儿子与情人》是性爱小说之父劳伦斯的第一部长篇小说。小说风靡世界文坛九十年,魅力至今不减。1961 年美国俄克拉荷马发起了禁书运动,在租用的一辆被称之为“淫秽书籍曝光车”所展示的不宜阅读的书籍中,《儿子与情人》被列在首当其冲的位置。

　　《北回归线》是亨利·米勒的第一部自传体小说,也是他出版的第一本书。书中以回忆录的形式追忆了作者同几位作家、艺术家朋友在巴黎度过的一段时光,旨在通过诸如工作、交谈、宴饮、嫖妓等超现实主义和自然主义的夸张、变形的生活细节的描写揭示人性,抨击虚伪的西方基督教文明,撕去它罩在文明社会中人类性关系上的伪装,探究青年人如何在特定环境中将自己造就成广义的艺术家这一传统的西方文学主题。

　　《南回归线》作为亨利·米勒自传式罗曼史的重要作品,主要叙述和描写了亨利·米勒早年在纽约的生活经历,以及与此有关的种种感想、联想、遐想和幻想。亨利·米勒在书中描写的一次次性冲动构成了一部性狂想曲,而他的性狂想曲又是他批判西方文化、重建自我的非道德化倾向的一部分。

　　《恋爱中的女人》代表了英国小说作家劳伦斯创作的最高成就,它以非凡的热情与深度探索了有关恋爱的心理问题,小说以两姐妹为主人公,描述了她们不同的情感经历和恋爱体会。

《娜娜》是左拉的鸿篇巨制《卢贡——马卡尔家族》中一部颇有文学价值和艺术价值的长篇小说，它的问世扩大并巩固了左拉在世界文学史上的地位，在其发表后在法国引起了轰动，小说初版的第一天，其销售量达五万五千多册，开创了法国出版界从未有的盛况。

《生命中不能承受之轻》是昆德拉的才华得到集中体现的一部作品。全书一开始就将托马斯的问题摆在那里：在没有永劫回归的世界里，生命存在之轻。小说首先提出问题为托马斯设定规定情境，即轻与重的存在编码；于是哲学思考本身有了小说性，问题本身则是小说家在作品中显现的哲学思考。

《笑忘录》以1968年苏联军队入侵捷克斯洛伐克为时代背景，描写了捷克不同阶层知识分子的多舛命运。作者在故事叙述当中，探讨了人生中间记忆和遗忘的哲学关系；记忆，人们希望保持或者忘却的内容，如同附带欢娱和讽刺的笑一样，是交相辉映的永恒主题。

《失乐园》是日本作家渡边淳一的代表作，这是一部描写成熟的男人和女人追求终极之爱的杰作。这是一部梦幻与现实、灵与肉、欢悦与痛楚相互交织的震撼心灵的杰作，奇妙的心理活动与错综复杂的感情纠葛，融入异域特有的四季更迭的绮丽环境里，令人回肠荡气。

《罗生门》，将现代社会的"现实场"放置在日本的历史之中，通过细致地描写主人公的心理历程，来揭示人在善与恶、美与丑的对立和相克中所流露的不安定心绪，同时在对人的自私心既不肯定，也不否定的情况下，将矛盾的并存绝对化，来展现自己的观念世界，达到以冷眼的旁观者观察社会上的利己主义的目的。

人们的好奇心是如此的强烈，欲禁欲不止，很多另类作品，是满足我们好奇心的不可多得的佳作。特别是那些大胆、前卫、暴露的孤本小说，更是揪住了他们的心，如果无法抗拒，那就批判性地去接受，只要我们树立批判的眼光，一定会受益匪浅。

目　　录

导读 ……………………………………………………………………（2）

第一章　新婚岁月 ………………………………………………（3）

第二章　婴儿降生，夫妻失和 …………………………………（27）

第三章　移情别爱 ………………………………………………（44）

第四章　童蒙初启 ………………………………………………（56）

第五章　走向社会 ………………………………………………（82）

第六章　家有丧事 ………………………………………………（113）

第七章　少男少女的爱情 ………………………………………（143）

第八章　爱的冲突 ………………………………………………（181）

第九章　爱意惶惑 ………………………………………………（219）

第十章　寡居少妇 ………………………………………………（258）

第十一章　童贞自缚 ……………………………………………（284）

第十二章　情欲灼灼 ……………………………………………（308）

第十三章　情人之夫 ……………………………………………（351）

第十四章　返璞归真 ……………………………………………（391）

第十五章　孤魂逍遥 ……………………………………………（424）

世界传世藏书

世界孤本小说

儿子与情人

世界孤本小说

全译插图本

儿子与情人

[英国] 戴维·赫伯特·劳伦斯 ◎ 著　　亢继军 ◎ 译

导　读

　　戴维·赫伯特·劳伦斯,英国文学家,诗人。为二十世纪英国最独特和最有争议的作家之一,他笔下有许多脍炙人口的名篇,其中的《查泰莱夫人的情人》(1928),《儿子与情人》,《虹》(1915),《恋爱中的女人》(1921),《误入歧途的女人》等都有中译本。

　　《儿子与情人》是性爱小说之父劳伦斯的第一部长篇小说。小说风靡世界文坛九十年,魅力至今不减,1961年美国俄克拉荷马发起了禁书运动,在租用的一辆被称之为"淫秽书籍曝光车"所展示的不宜阅读的书籍中,《儿子与情人》被列在首当其冲的位置。《儿子与情人》视角独特,对人性中隐秘的"恋母情结"有深刻、形象的挖掘。一般认为,小说中的儿子保罗就是劳伦斯的化身,而莫瑞尔太太就是劳伦斯的母亲莉蒂娅,保罗的女友米丽安就是劳伦斯的初恋情人杰茜,《儿子与情人》的主线之一是以劳伦斯和杰茜的私情为蓝本,而劳伦斯母亲那强烈变态的母爱足以扼杀劳伦斯任何正常的爱情,劳伦斯曾对自己的情人说:"你知道我一直爱我的母亲,我像情人一样爱她,所以我总也无法爱你。"这些折磨人的日子在《儿子与情人》中有很详尽的描述。

　　《儿子与情人》是劳伦斯在一次世界大战之前最优秀的作品之一。戴维·赫伯特·劳伦斯是一位天才的作家,他的作品洞察人类生命中最深层的领地——人的心理,生动描述人类诸如挣扎、痛苦、危机、欢娱等种种情感和感受,他致力于开启人类心深处的"黑匣子",穿透意识的表面,触及隐藏的血的关联",从而揭示原型的自我,在这部小说里,他对女性的心理进行了大胆、透彻的探索,其小说中的女性也因此体现出更为强烈的审美情趣和艺术表现力,细腻准确地反映出劳伦斯的写作主题。

第一章　新婚岁月

过去的"地狱街"被"河川区"取而代之,地狱街原是青山巷旁那条溪边的一片墙面凸凹不平的茅草屋,那里住的是在两个区以外小矿井里工作的矿工们。小溪从赤杨树下流过,还没有受到这些小矿井的污染。矿井的煤是使用毛驴吃力地拉着吊车拉上地面的。乡村里到处都是这种矿井,有些矿井在查理二世时期就开始采掘了。为数不多的几个矿工和毛驴像蚂蚁似的在地下打洞,在小麦地和草地上弄出奇形怪状的土堆,地面上涂成一块块的黑色。矿工们的茅屋成片成行到处都是,再加上分布在教区里的零星的庄园和织袜工人的住房,这就形成了贝斯伍德村。

大约六十年前,这里突然发生了变化。小矿井被金融家的大煤矿所排挤。后来,在诺丁汉郡和德贝郡都发现了煤矿和铁矿,更出现了卡斯特——魏特公司。帕尔莫斯勋爵在一片欢呼中,正式为本公司坐落在深坞森林公园旁边的第一家煤矿的开张剪了彩。

大概就在这个时候,臭名昭著的地狱街被烧了个精光,连大堆的垃圾也化为灰烬。

卡斯特——魏特公司吉星高照,从赛尔贝到纳塔尔河谷开采出一个又一个的新矿,不久这里就有六个新矿。一条铁路从纳塔尔开始,穿越森林中高高的砂岩,经过破落了的卡尔特会修道院、罗宾汉泉和斯宾尼公园,到达米恩顿矿,一个坐落在小麦田里的大矿。铁路从米恩顿穿过谷地到达本克尔煤山,然后向北通往可以俯瞰克瑞斯和德贝郡群山的贝加利和赛尔贝。这六个矿就如六枚黑色的钉子镶嵌在田野上,由一条弯弯曲曲的细链子般的铁路串成一串。

为了安置大批矿工,卡斯特——魏特公司盖起了居民区,一个个大大的四合院在贝斯伍德山脚下出现。后来,又在河川的地狱街上,建起了河川区。

河川区包括六幢矿区住宅,分成两排,就像六点骨牌似的,每幢有十二间房子。这两排宅坐落在贝斯伍德那陡峭的山坡脚下,从阁楼窗口望去,正对着通往赛贝尔的那座平

缓的山坡。

这些房子构造坚固、相当大方。靠近谷底的一排房子的背面种着樱草和虎耳草，上面一排房子的阳面种着美洲石竹，窗前的小门厅、阁楼上的天窗收拾得干干净净，小水蜡篱笆修剪得整整齐齐。但是，这只是外表，是矿工的家眷们收拾干净不住人的客厅的景象，卧室和厨房都在房屋的后面，对着另一排房子的背面能看到的只是一片杂乱的后院和垃圾堆。在两排房屋中间，在两行垃圾堆中间，有一条小巷是孩子们玩耍，女人们聊天，男人们抽烟的场所。因此，在河川区，尽管那房子盖得不错，看起来也很漂亮，可实际生活条件却非常恶劣，因为人们生活不能没有厨房，但厨房面对的却是塞满垃圾的小巷。

莫瑞尔太太并不急着要搬到河川区，她从贝斯伍德搬到山下这间房子时，这间房已经盖了十二年了，而且开始逐渐败落。然而她不得不搬下来。她住在上面一排房子的最后一间，因此只有一家邻居，屋子的一边比邻居多了一个长条形花园。住在这头上的一间，她仿佛比那些住在"中间"房子里的女人多了一种贵族气派，因为她每星期得付五先令六便士房租，而其他却付五先令。不过，这种超人一等的优越感对莫瑞尔太太来说，安慰不大。

莫瑞尔太太三十一岁，结婚已经八年了。她身体玲珑气质柔弱，但举止果断。然而她和河川区的女人们第一次接触时，不由得有一点胆怯。她七月从山上搬下来，大约九月就怀了第三个孩子。

她的丈夫是个矿工。他们搬到新屋才三个星期就逢着每年一度的假日。她知道，莫瑞尔肯定会尽情欢度这个假日的。集市开始那天是个星期一，他一大早就出了门。两个孩子，威廉，这个七岁的男孩，吃完早饭就立即溜出家逛集市去了，撇下只有五岁的安妮哭了一早晨，她也想跟着去。莫瑞尔太太在干活，她还和邻居不太熟，不知道应该把小姑娘托付给谁，因此，只好答应安妮吃了午饭带她去集市。

威廉二十点半才回家，他是个非常好动的男孩，金色的头发，满脸雀斑，带几分丹麦人或挪威人的气质。

"妈妈，我可以吃饭了吗？"他戴着帽子冲进屋，喊道："别人说，一点半集市就开始了。"

"饭一做好你就可以吃了。"妈妈笑着回答。

"饭还没好吗?"他嚷道,一双蓝眼睛气冲冲地瞪着她:"我就要错过时间了。"

"误不了。五分钟就好,现在才十二点半。"

"他们就要开始了。"这个孩子半哭半叫着。

"他们开场就要你的命啦,"母亲说,"再说,现在才十二点半,你还有整整一个小时。"

小男孩急急忙忙摆好桌子,三个人立即坐下。他们正吃着果酱布丁,突然这孩子跳下椅子,愣愣地站在那儿,远处传来了旋转木马开动声和喇叭声,他横眉冷眼地瞪着母亲。

"我早就告诉你了。"说着他奔向碗柜,一把抓起帽子。

"拿你的布丁——现在才一点过五分,你弄错了——你还没拿你的两便士钱呢。"母亲连声喊着。

男孩极为失望地转过身来,拿了两便士钱一声不吭地走了。

"我要去,我要去。"安妮边说边哭了起来。

"好,你去,你这个哭个不停地小傻瓜!"母亲说。下午,莫瑞尔太太带着女儿,沿着高高的树篱疲倦地爬上山坡。田里的干草都堆了起来,麦茬田里牧放着牛群,处处是温暖平静的气氛。

莫瑞尔太太不喜欢赶集市。那里有两套木马:一套靠蒸汽发动,一套由小马拉着转。三架手风琴在演奏,夹杂着枪弹零星的射击声,卖椰子的小贩刺耳的尖叫声,投掷木人游戏的摊主的高声吆喝,以及摆西洋镜小摊的女人的招呼声。莫瑞尔太太看到自己的儿子站在西洋镜摊外面出神地看着,那西洋镜里正演着有名的华莱士狮子的画面,这只狮子曾经咬死一个黑人和两个白人。她没管他,自己去给安妮买了一些奶油糖。没多久,小男孩异常兴奋地来到妈妈跟前。

"你从没说过你要来——这儿是不是有很多好东西?——那只狮子咬死了三个人——我已经花光了我的两便士——看!"

他从口袋里掏出两只蛋形杯子,上面有粉红色蔷薇图案。

"我是从那个摊子上赢来的,他们在那儿打弹子游戏。我打了两回就得了这两个杯子——半便士玩一回。看,杯子上有蔷薇花,我的这种。"

她知道他是为她选的。

"嘿!"她高兴地说,"真漂亮。"

母亲来逛集市,威廉喜出望外,他领着她四处游荡,东瞧西瞅。在看西洋镜时,她把图片的内容像讲故事一样讲给他听,他听得都入了迷,缠着她不肯离去。他满怀着一个小男孩对母亲的自豪,一直意气昂扬地跟在她身边。她戴着小黑帽,披着斗篷,向她所认识的妇女微笑示意,没有人比她更像一位贵妇人了。她终于累了,对儿子说:

"好了,你是现在就回去呢,还是再呆会儿?"

"你这就要走啊?"他满脸不高兴地说道。

"这就走,现在都四点了。"

"你回去要干吗呀?"他抱怨道。

"如果你不想回去,可以留下。"她说。

她带着她的小女儿慢慢地走了,儿子站在那里翘首看着她,既舍不得放母亲回去,又不愿离开集市。当她穿过星月酒馆门前的空地时听到男人们的叫喊声,闻到啤酒味儿,心想她丈夫可能在酒馆里,于是加快脚步走了。

六点半,威廉回来了,疲惫不堪,脸色苍白,多少还有几分沮丧情绪。他心里感到一丝莫名其妙的痛苦,因为他没陪母亲一起回家,她走了以后,他在集市上再没开心地玩过。

"我爸爸回家了吗?"他问。

"没有。"母亲回答。

"他在星月酒馆帮忙呢，我从窗子上那个黑铁皮洞里看到的，他的袖子卷得高高的。"

"嗯，"母亲简单的应了一声，"他没钱别人或多或少给他些钱，他就满足了。"

天开始暗下来，莫瑞尔太太没法做针线活了，她站起身走到门口，到处弥漫着欢快的节日气氛，这种气氛最终还是感染了她，她情不自禁地走到旁边的花园里。女人们从集市上回来了，孩子们有的抱着一只绿腿的白羊羔，有的抱着一只木马。偶尔，也有男人走过，手里拿满了东西。有时，也有好丈夫和全家人一起悠闲地走过，但通常是女人和孩子们走在一起。暮色更浓了，那些在家围着白围裙的主妇们，端着胳膊，站在小巷尽头聊天。

莫瑞尔太太形单影只，但她对此已经习惯了。她的儿子女儿都已在楼上睡了。表面看来她的家稳固可靠，可是，一想到将要出世的孩子，她便深感不快。这个世界似乎是一个枯燥的地方，至少在威廉长大以前，她不会有别的期望。但是，对她自己来说，只能枯燥的忍耐下去——一直忍到孩子们长大，可是这么多的孩子！她养不起第三个孩子。她不想要这个孩子。当父亲的在酒馆里服务，自己醉醺醺的，她看不起他，可又跟他联系在一起。她接受不了这个即将来临的孩子，要不是为了威廉和安妮，她早就厌倦了这种贫穷、丑恶的庸俗的生活。

她走到宅前的花园里，觉得身子沉重得迈不开步，可在屋里又没法呆下去。天气闷得让人喘不过气来。想想未来，展望前程，她觉得自己像是给人活埋了。

宅前的花园是由水蜡树围起来的小块方地。她站在那儿，尽力想把自己融入花香和即将逝去的美丽的暮色中，在园门对面，高高的树篱下面，是上山的台阶。两旁是割过草的草坡沉浸在霞光中。天色变化迅速，霞光转眼就在田野上消失，大地和树篱都沉浸在暮霭里。夜幕降临了，山顶亮起了一簇灯光，灯光处传来散集的喧嚷声。

树篱下那条黑暗的小路上，男人们跌跌撞撞地往家走。有一个小伙子从山头陡坡上冲下来，"嘭"跌倒在石阶上，莫瑞尔太太打了个寒噤。小伙子骂骂咧咧地爬起来，样子可怜兮兮的，好像石阶是故意伤害他。

莫瑞尔太太折身回屋，心里不知道这样的生活能否有变化。但她现在已经认识到这是不会改变的，她觉得她似乎离她的少女时代已经很远很远了，她简直不敢相信如今这

个迈着沉重的步伐在河川区后园的女人，就是十年前在希尔尼斯大堤上脚步轻快的那位少女。

"这儿和我有什么关系呢？"她自言自语："这儿的一切都和我有何相干呢？甚至这个即将来世的孩子和我又有何瓜葛呢？反正，没人来体贴我。"

有时，生活支配一个人，支配一个人的身躯，完成一个人的历程，然而这不是真正的生活，生活是任人自生自灭。

"我等待，"莫瑞尔太太喃喃自语——"我等啊等，可我等待的东西永远不会来。"

她收拾完去了厨房，点着了灯，添上火，找出第二天要洗的衣服先泡上，然后，她坐下来做针线活儿，一补就是好几个小时，她的针在布料上有规律地闪着银光。偶尔，她叹口气放松一下自己，心里一直盘算着，如何为孩子们节衣缩食。

丈夫回来时，已经十一点半了。他那络腮胡子上部红光满面，向她轻轻地点了点头，一副志得意满的神气。

"噢，噢，在等我，宝贝？我去帮安妮干活了，你知道他给了我多少？一点也不多，只有半克朗钱……"

"他认为其余的都算作你的啤酒钱啦。"她简短地答道。

"我没有——我没有，你相信我吧，今天我只喝了一点点，就一会儿。"他的声音温和起来："看，我给你带了一点白兰地姜饼，还给孩子们带了一个椰子。"他把姜饼和一个毛茸茸的椰子放在桌子上，"嘿，这辈子你还从来没有说过一声'谢谢'呢，是吗？"

仿佛为了表示歉意的回报，她拿起椰子摇了摇，看看它是否有椰子汁。

"了好的，你放心好了，我是从比尔·霍金森那里要来的。我说'比尔，你吃不了三个椰子吧？可以送一个给我的孩子吃？''行，沃尔特，'他说，'你要哪个就拿哪个吧。'我就拿了一个，还说了声谢谢。我不想在他面前摇摇椰子看好不好，不过他说，'沃尔特，你最好看看这一个是不是好的。'所以，你看，我知道这是一个好的。他是一个好人，比尔·霍金森真是一个好人。"

"一个人喝醉时，他什么都舍得给，你们俩都喝醉了。"莫瑞尔太太说。

"嘿，你这个讨厌的臭婆娘，我倒要问问谁喝醉了？"莫瑞尔说，他洋洋得意，因为在星月酒馆帮了一天忙，就不停地唠叨着。

莫瑞尔太太累极了，也听烦了他的废话，趁他封炉的时候，溜上床睡觉去了。

莫瑞尔太太出身于一个古老而体面的市民家庭，祖上曾与哈钦森上校共同作战，世世代代一直是公理会虔诚的教徒。有一年，诺丁汉很多花边商破产的时候，她的做花边生意的祖父也破产了。她的父亲，乔治·科帕德是个工程师——一个高大、英俊、傲慢的人，他不但为自己的白皮肤、蓝眼睛自豪，更以他的正直为荣。格特鲁德身材像母亲一样小，但她的高傲、倔强的性格却来自科帕德家族。

乔治·科帕德为自己的贫穷而发愁。他后来在希尔尼斯修船厂当工程师头领。莫瑞尔太太——格特鲁德——是他的二女儿。她像母亲，也最爱母亲，但她继承了科帕德家族的蓝眼睛宽额头。她的眼睛明亮有神。她记得小时候她恨父亲对温柔、幽默、善良的母亲的那种盛气凌人的态度；她记得自己跑遍希尔尼斯大堤去找船、她记得自己去修船厂时，男人们都亲热地拍着她夸奖她，因为她虽是一个位娇嫩的女孩，但她个性鲜明；她还记得那个私立学校的一位年迈女教师，后来还给她当助手。她现在还保留着约翰·费尔德送给她的《圣经》。十九岁时，她常和约翰·费尔德一块儿从教堂回家。他是一个富有商人的儿子，在伦敦上过大学，当时正准备投身于商业。

她甚至能回忆起那年九月一个星期天下午他俩坐在她父亲住所后院的葡萄藤下的每一个细节，阳光从葡萄叶的缝隙中射下来，在他俩身上投下美丽的图案，有如一条披肩。有些叶子完全黄了，就像一朵朵平展的金花。

"坐着别动，"他喊道，"看你的头发，我不知道如何形容，它像金黄和紫铜一样闪闪发光，像烧熔的铜一样红，太阳一照有如一根根金丝，他们竟然说你的头发是褐色的，你母亲还说是灰色的呢。"

她看看他闪光的眼睛，但她那平静的表情却没有流露出内心的激动。

"可是你说你不喜欢做生意。"她缠着他问。

"我不喜欢，我恨做生意！"他激动地喊道。"你可能愿意做一个牧师吧。"她半恳求地说。

"当然，我喜欢做一个牧师，我认为自己能做一个第一流的传教士。"

"那你为什么不呢——为什么不做牧师呢？"她的声音充满愤慨，"我要是一个男子汉，没有什么可以阻止我。"她把头抬得很高，他在她面前总是有些胆怯。

"但是我父亲非常固执,他决定让我去做生意,要知道他是说到做到的。"

"可是,你是一个男子汉吗?"她叫了起来。

"是个男子汉算什么。"说完后,他无可奈何地皱着眉。

如今她在河川区操持家务,多少能体谅一点男子汉是怎么回事,明白凡事不可能样样顺心。

二十岁的时候,他身体不佳,便离开了希尔尼斯。父亲已经退休回到了诺丁汉。约翰·费尔德因为父亲已经破产,只得去诺伍德当了老师。一去两年,杳无音讯。

她便下决心去打听一下,才知道他和房东太太,一个四十多岁富有的寡妇结了婚。

莫瑞尔太太还保存着约翰·费尔德的那本《圣经》。她现在已经不相信他会——唉,相当明白他会是什么样的。她为了自己才保存着他的《圣经》。把对他的想念藏在心里,三十五年了,直到她离世的那天,她也没提起过他。

二十三岁时,她在一次圣诞晚会上遇见了一个来自埃沃斯河谷的小伙子。莫瑞尔当时二十七岁,体格强壮,身材挺拔,仪表堂堂,头发自然卷曲,乌黑发亮,胡须浓密茂盛而且不加修饰,满面红光,嘴唇红润,又笑口常开,所以非常引人注目,他的笑声浑厚而响亮,与众不同。格特鲁德·科珀德盯着他,不知不觉入了迷。他生气勃勃,幽默诙谐,和什么人都能愉快相处。她的父亲也极富幽默感,但是有点冷嘲热讽。这个人不同:温和、不咬文嚼字、热心、近似嬉戏。

她本人刚好相反。她生性好奇,接受能力强,爱听别人说话,而且善于引导别人谈话。她喜欢思索,聪明颖悟,尤其喜欢和一些受过教育的人讨论有关宗教、哲学、政治方面的问题。遗憾的是这样的机会并不多,因此她总是让人们谈他们自己的事,她也自得其乐。

她本人相当娇小、柔弱,但天庭饱满,褐色的卷发披肩,蓝色的眼睛坦率、真诚,像在探索什么。她有双科珀德家人特有的美丽的手,她的衣服总是很淡雅,藏青色的绸衣,配上一条奇特的扇贝形银链,再别上一枚螺旋状的胸针,再简洁不过。她完美无瑕,心地坦白,不乏赤子之心。

沃尔特·莫瑞尔在她面前仿佛骨头都酥了。在这个矿工眼里,她是神秘的化身,是奇妙的组合,是一个地道的淑女。她跟他说话时,她那纯正的南方口音的英语使他听着

感到很刺激。她看着他那优美的舞姿，好像是天生的舞星，他跳起来乐此不疲，他的祖父是个法国难民，娶了一个英国酒吧女郎——如果这也算是婚姻的话。格特鲁德·科珀德看着这个年轻人跳舞，他的动作有点炫耀的感觉，很有魅力。他那红光满面，黑发披散的头，仿佛是插在身上的一朵花，而且对每一位舞伴都一样的嘻笑颜颜。她觉得他太棒了，她还从来没有碰到谁能比得上他。对她来说，父亲就是所有男人的典范，然而，乔治·科珀德，爱读神学，只和圣保罗有共同思想，他英俊而高傲，对人冷嘲热讽，热情但好支配他人，他漠视所有的感官享受——他和那些矿工大相径庭。格特鲁德本人很蔑视跳舞，她对这种娱乐没有一点兴趣，甚至从没学过乡村舞蹈。她是一个清教徒，和她的父亲一样，思想清高而古板。因此，矿工生命的情欲之火不断溢出温柔的情感，就象蜡烛的火焰似的从他体内汩汩流出，不像她的那股火受她的思想和精神的禁锢，喷发不出来。所以她对他有种新奇的感觉。

他走过来对她鞠了躬，一股暖流涌入她的身体，仿佛喝了仙酒。

"一定要和我跳一曲，"他亲热地说，她告诉过他自己不会跳舞。"这很容易，我很想看你跳舞。"她看着他恭敬的样子笑了。她笑得很美，这使他不禁心旌摇曳。

"不行，我不会跳舞，"她轻柔地说。她的声音清脆得像铃铛一样响亮。

他下意识地坐到了她的身旁，恭敬地欠着身子，他常凭直觉行事。

"但是你不应该放弃这支曲子。"她责怪着说。

"不，我不想跳那支——那不是我想跳的。"

"可刚才你还请我跳呢。"

他听了大笑起来。

"我从没想到你还有这一手，你一下就把我绕的圈子拉直了。"

这回是她轻快地笑了。

"你看起来不像拉直的样子。"她说。

"我像头猪尾巴，不由自主地蜷缩起来。"他爽朗地笑着。

"你是一个矿工！"她惊愕地喊道。

"对，我十岁就开始下井了。"

她又惊愕地看着他。

"十岁时！那一定很辛苦吧？"她问道。

"很快就习惯了，人像耗子一样生活着，直到晚上才溜出来看看动静。"

"那眼睛也瞎了。"她皱了皱眉。

"像一只地老鼠！"他笑道，"嗯，有些家伙的确像地老鼠一样到处转。"他闭上眼睛头往前伸，模仿老鼠翘起鼻子，到处闻，像在打探方向。"他们的确这么做。"他天真地坚持说。"你从来没见过他们下井时的样子？不过，什么时候我带你下去一趟，让你亲眼看看。"

她看着他，非常吃惊。一种全新的生活展现在她面前。她了解到了矿工的生活，成千成百的矿工在地下辛勤地干活，直到晚上才出来。在她眼里他似乎高尚起来，他每天的生活都在冒险，他却依然欢天喜地。她带着感动和尊敬的神情看着他。

"你不喜欢吗？"他温柔地问，"是的，那会弄脏你的。"

她从来没与方音很重的人谈过话。

来年的圣诞节他们结婚了，前三个月她幸福极了，她一直沉浸在这种幸福中有半年时光。

他签约保证永不沾酒，并带上禁酒会的蓝缎带招摇过市。她原以为他俩住的是他自己的房子。房子虽小，但比较方便，房里的陈设实惠耐用又美观大方，这与她踏实的性格相投。她与周围的女人们不大来往，因此，莫瑞尔的母亲和姐妹们常取笑她的小姐派头。但是，她只要和丈夫在一起，什么也就不在乎了。

有时候，她厌倦了卿卿我我的蜜语，努力尝试着跟他正儿八经地聊聊，当然他只是在用心地听着，却听不懂。这使她那想彼此加深理解的希望破灭了，她有点害怕。有时候，他一到晚上就坐立不安，她明白，对他来说守着她不是他生活的全部，索性痛痛快快地让他去干些零活。

他聪明手巧，擅长修修补补。因此，她就说：

"我真喜欢你母亲的那个火拨子——小巧好使。"

"真的吗？宝贝？嗯，那是我做的，我可以再做一个。"

"什么！哇，那是钢的。"

"钢的又怎么了，我一定会做一把，即使不完全一样，也差不离儿的。"

她不在乎乱七八糟，叮叮咣咣，因为他正忙得不亦乐乎。

但到婚后第七个月的一天，她在刷扫他的那件礼服时，发觉他胸前的口袋里有几张纸。出于一种好奇心，她拿出了那几张纸。他很少穿这件结婚时穿的礼服，所以，以前未注意这些纸片，原来是房子家具的账单，至今尚未付清。

"看，"在他吃完晚饭，洗完澡之后，她才说，"我在你的婚礼服里发现了这些账单，你还没有还清吗？"

"没有，我还没来得及呢。"

"但是，你告诉我所有的账都已付清。那我最好星期六去诺丁汉把账付清了。我不想坐在别人的椅上、别人的桌子旁吃饭。"

他没有吭气。

"你能把你的存折给我吗？"

"可以，顶什么用呢！"

"我觉得……"她欲说又止。他曾经给她说过，他还有一笔存款。可是，现在她意识到再问也没用。于是，她只好又悲凉又愤怒地呆呆地坐在那里。

第二天，她去见他们的母亲。

"你给沃尔特买过家具吗？"她问道。

"是啊，我买过。"老太太冷淡地回答。

"他给你多少钱去买家具？"

老太太被儿媳妇的问话激怒了。

"既然这么关心，我就告诉你，八十镑！"她回答道。

"八十镑！可是还有四十二英镑还没有付呢！"

"这不是我的问题。"

"可是，钱到了哪去了？"

"我想你会找到所有的账单的。你一看就知道了——他除了欠我十镑外，还有我这儿办婚礼花去的六镑。"

"六英镑！"格特鲁德·莫瑞尔重复了一句，她觉得这话太无耻，她父亲为她办婚花掉了一大笔钱，然而，沃尔特父亲还让儿子付六镑的酒席钱。

"他买房子花了多少钱？"她问道。

"他的房子——哪儿的房子？"

格特鲁德·莫瑞尔的嘴唇都发白了。他曾告诉她，他住的房子和旁边的那间房子，都是他自己的。

"我以为我们住的房子——"她欲言又止。

"那是我的房子，那两间，"婆婆说，"收费并不高，我只需要能够抵押利息就行了。"

格特鲁德脸色苍白，一言不发地坐在那儿，神情简直跟她父亲一模一样。

"那么说，我们应该给你付房租。"她冷冷地说。

"沃尔特是在给我付房租。"婆婆回答。

"多少租金？"格特鲁德问。

"每周六先令便士。"婆婆回答。

可房子不值这个价钱。格特鲁德昂起头，直直地瞅着她。

"你很幸运，"老太太讽刺地说："花钱用费都由丈夫操心，自己只大手大脚地用。"

小媳妇保持沉默。

她对丈夫没说什么，但她对他的态度变了，她那高傲、正直的心灵，变得冷如寒冰，硬似磐石。

转眼到了十月，她一心想着圣诞节。两年前的圣诞节，她遇见了他；去年圣诞节，她嫁给了他；今年圣诞节她将给他生孩子。

"你不去跳舞吗，太太？"她隔壁的一个邻居问她。十月里，在贝斯伍德"砖瓦酒店"里大家议论纷纷，说要举办一个舞蹈班。

"不，我从来没有想跳舞的欲望。"莫瑞尔太太回答。

"真怪！你嫁给你丈夫可真有意思。你知道他是一个非常有名的舞棍。"

"我可不知道他这么有名。"莫瑞尔太太笑着回答。

"嗬，他才有名呢！嗯，他主持矿工俱乐部的跳舞班都有五年多了。"

"是吗？""是的，"另一名妇女也带着蔑视的神情说，"那儿每星期二、四、六都挤满了人，据说还有丑态百出的事。"

莫瑞尔太太对这类事情又气又恨，女人们叽叽喳喳地伤害她，因为她不愿入乡随俗。其实她并不想这样，天性使然。

他开始很晚才回家。

"他们现在下班很晚吗？"她问洗衣女工。

"不比往常晚。他们在艾伦酒店喝酒聊天，就这么回事！晚饭都凉了——他们活该！"

"但是莫瑞尔先生已经戒酒了。"

这位女工放下衣服，看看莫瑞尔太太，然后一言不发地继续干她的活。

格特鲁德·莫瑞尔生儿子时病得很厉害，莫瑞尔对她体贴入微。不过她还是觉得远离娘家，倍感孤独。现在，即使和他在一起依然寂寞，甚至，他的出现只能让她更寂寞。

儿子刚出生时又小又弱，但长得很快。他是个漂亮的孩子，金黄色的卷发，一双深蓝灰相间的眼睛，母亲深爱着他。在她幻想破灭，伤心欲绝，对生活的信念开始动摇，灵魂寂寞而孤独时，他来到世上。所以，她对儿子倾注了所有的热情，连做父亲的都妒忌了。

莫瑞尔夫人终于看不起她的丈夫了。她的心从父亲身上转到儿子身上。他开始忽视她，小家庭的新奇感也早已消失。她伤心地暗自数落着丈夫，他没有毅力，缺乏恒心，凡事只求一时痛快，金玉其外，败絮其中。

一场可怕、残忍、你死我活的斗争开始在夫妻之间展开。她努力迫使他明白自己的责任，履行自己的义务。尽管他跟她天性殊异，他只注重纯感官上的享受，她却硬要他讲道德，信宗教。她努力让他面对现实，他受不了——这简直让他发疯。

孩子还很小的时候，父亲的脾气就变得急躁易怒，令人难以信赖。孩子稍微有一点吵闹声，他就蛮横地吓唬他，再敢闹，那双矿工的拳头就朝孩子身上打去。然后，莫瑞尔太太就一连几天生丈夫的气。他呢，就出去喝酒。她对他干些什么，漠不关心，只是，等他回家时，就讽刺奚落他。

他们之间感情的疏远，使他有意无意地粗鲁地冒犯她，而以前他却不是这样。

威廉刚一岁时，就很漂亮，做母亲的为此而自豪。她那时生活困难，她的姐妹们

包了孩子的衣服。儿子满头卷发，身着白衣，头戴白帽，帽子上还饰有一根鸵鸟羽毛。母亲满心欢喜。一个星期天的早晨，莫瑞尔太太躺在床上听见父子俩在楼下闲聊。不一会，她睡着了。当她下楼时，炉火旺盛，屋里很热，早餐乱七八糟地摆着，莫瑞尔坐在靠壁炉的扶手椅上，有点怯懦，夹在他两腿中间的孩子——头发理得像刚剪了毛的羊一样难看——正莫名其妙地看着她。炉边地毯上角着一张报纸，上面堆着一堆月牙形的卷发，红红的火光一照，像金盏草的花瓣一样。

莫瑞尔太太一动不动地站着，这哪儿像她的长子。她脸色苍白，话也说不出来。

"剃得怎样？"莫瑞尔尴尬地笑着。

她举起紧握的双拳，走上前来，莫瑞尔往后退了退。

"我想杀了你！"她高兴双拳喊着，气得说不出话来。

"你不想把他打扮成女孩子吧！"莫瑞尔低着头，逃避她的眼神，胆怯地说，脸上努力挤出的一丝笑意消失了。

母亲低头看着儿子那长短不齐的秃头，伸出手疼爱地抚摸着他。

"噢，我的孩子！"她颤声说，嘴唇发抖脸色变了，她一把抱住孩子，把脸埋在孩子的肩上，痛苦地哭了。她是个不轻易掉泪的女人，哭对她的伤害不亚于对男人的伤害。她撕裂肺腑般地哭泣着。莫瑞尔双肘支着膝盖上坐着，紧握双手，指关节都发白了。他呆呆地盯着火，好像被人打了一棒，连呼吸都不敢呼吸。

一会儿，她哭完了，哄住孩子，收拾了饭桌，她没管那张撒满卷发的、摊在炉边地毯上的报纸。最后，她的丈夫把报纸收拾起来，放在炉子后面。她闭着嘴默默地干她的活。莫瑞尔服服帖帖，整天垂头丧气，不思茶饭。她对他说话客客气气，从不提他干的那件事，但他觉得他俩的感情彻底破裂了。

过后，她觉得当时她太傻了，孩子的头发迟早都得剪。最后，她竟然对丈夫说他剪头发就像理发师似的。不过她明白，莫瑞尔也清楚这件事在她灵魂深处产生的重大影响，她一生都不会忘记那个场面，这是让她感到最痛苦的一件事。

男人的这个鲁莽行为好像一杆矛一样刺破了她对莫瑞尔的爱心。以前，她苦苦地跟他争吵，为他的离心离德而烦恼。现在她不再为他的爱烦恼了，他对她来说是个局外人，这样反而使她容易忍受一些。

然而，她仍然跟他不懈地争执着。她继承了世世代代清教徒的高尚和道德感。这已经成为一种宗教本能。她因为爱他，或者说爱过他，在和他相处时她几乎成了一个狂热的信徒。如果他有过失，她就折磨他；如果他喝醉了或说了谎，她就毫不客气地骂他是懒汉，骂他是恶棍。

遗憾的是，她和他水火不容。她对他所做的一切都不能满意，她认为他应该做得更多更好。她竭力要他成为一个高尚的人，这个要求超越他所能及的水平，因此，反而毁了他。也伤害了自己。但他没有放弃自己的价值标准，孩子敬爱她。

他喝酒虽然很凶，但比不上其他矿工厉害，而且总是喝啤酒，尽管对健康有一定影响，但没有多大的伤害。周末是他举杯畅饮的时候。每逢星期五、星期六、星期天晚上，他都在矿工酒馆坐到关门。星期一和星期二他不得不在 10 点左右极不情愿地离开酒馆。星期三、星期四晚上，他呆在家里，或只出去一个小时。实际上，他从来没有因为喝酒而误了工作。

尽管他工作踏实，但他的工资却不增反降。因为他多嘴多舌，爱说闲话，目无上级，谩骂矿井工头。他在帕马斯顿酒会上说："工头今天早晨下到我们坑道里来了，他说：'你知道，沃尔特，这不行，这些支柱是怎么回事？''这样决不行，'他说，'总有一天会冒顶的。'我说：'那你最好站在土堆上，用你的脑袋把它顶起来吧。'他气疯了，不停地骂人，别人都大笑起来。"莫瑞尔很善于模仿，他努力用标标准准的英语模仿工头的短促刺耳的声音。

"我不能容忍这些的，沃尔特。我俩谁更在行？'我说：'我从未发现你懂得很多，艾弗德，还不如哄着你上床呢！'"

莫瑞尔口若悬河地说着，酒友们兴高采烈。不过他的话也是真实，这个矿井工头是一位没受过教育的人，曾是和莫瑞尔一类的人，因此，尽管两个人素不相和，但或多或少能容忍一些。不过，艾弗德·查尔斯沃斯对莫瑞尔在酒店中嘲笑自己，一直耿耿于怀。因此，尽管莫瑞尔是一个很能吃苦的矿工，他结婚那时，一星期还能挣 5 英镑，可现在他被分派到更杂更贫的矿井里，那里煤层很薄，而且难采，所以无法赚钱。

而且，夏天，矿井生意处于淡季。男人们常常在 10 点、11 点、12 点就排着队回家了，这时太阳还正高呢，没有空卡车停在矿井口等着装煤。山坡上的妇女们在篱笆

旁一边拍打着地毯一边朝这儿张望，数着火车头拖进山谷的车皮有多少。孩子们，放学回家往下望见煤田上吊车轮子停着，就说：

"敏顿关门了，我爸爸回家了。"

似乎有一种阴影笼罩着妇女、小孩和男人，因为这个星期末又缺钱花了。

莫瑞尔本应该每星期给他的妻子 30 先令，来支付各种东西——房租、食物、衣服、俱乐部会费、保险费、医疗费等等，偶尔，如果他比较宽裕，他就给她 35 先令。但是，这种情形远不及他给她 25 先令的次数多。冬天，在煤多的矿井里，他每星期就能挣 50 或 55 先令。这时他就高兴极了，星期五、六和星期天，他会像贵族一样大大方方地花掉一个金镑左右。尽管这样，他很少多给孩子们分一个便士或给他们买一镑苹果，钱都用来喝酒了。在煤矿疲软的时候，生活艰难，但他倒不会经常地喝醉，因此莫瑞尔太太常说：

"我说不准我是不是宁愿钱少点，他稍微宽裕一点，就没有一刻的安宁了。"

如果他挣了 40 先令，就会留 10 先令，挣 35 就留 5，挣 32 就留 4，挣 28 就留 3，挣 24 就留 2，挣 20 先公就留 1 先令 6 便士，挣 18 先令就留 1 先令，挣 16 就留 16 便士。他从来没存过 1 便士，也不给妻子存钱的机会，相反，她偶尔还替他还账，不是酒账，因为那种帐从不让女人还，而是那些买了一只金丝雀或一根奇特的手杖而欠的账。

节日期间，莫瑞尔入不敷出，莫瑞尔太太因为要坐月子，尽量地省钱。她一想到他在外面寻欢作乐，挥霍无度，而她却呆在家里发愁，便倍觉凄凉。节日有两天。星期二早晨莫瑞尔起得很早，他兴致很高。六点以前，她就听到他吹着哨下楼去了。他吹得非常流畅，活泼而动听。他吹的几乎都是圣曲。他曾是唱诗班一员，嗓音纯正，还在萨斯威大教堂独唱过。他早晨的口哨声就显示出他的功夫。

妻子躺在床上，听见他在花园里叮当叮当，口哨声伴随他锯锯锤锤声。在晴朗的早晨，孩子们还在梦乡，听他那男子汉的快乐声，她躲在床上，体验到一种温暖、安宁的感觉。

九点钟，孩子们光腿赤脚地坐在沙发上玩，母亲在厨房里洗洗涮涮。他拿着工具走进来，袖子卷得高高的，背心往上翻着。他仍然是一个英俊的男人，黑色波浪式卷

发，黑黑的大胡子。他的脸也许太红了，这使他看上去有点暴躁。但是此刻他兴致勃勃，他径直走到妻子洗涮的水槽边。

"啊，你在这儿！"他兴高采烈地说，"走开，让我洗澡。"

"你应该等我洗完。"妻子说。

"噢，要我等？如果我不呢？"

这种幽默的恐吓逗乐了莫瑞尔太太。

"那你就去洗澡盆里洗吧。"

"哈，行，你这个烦人的家伙。"

然后，他站在那里看了她一阵子才走开。

他用心收拾一下，还是英俊潇洒的男子。通常他喜欢在脖子上围一块围巾出去，可是现在，他得好好洗一下。他哗哗啦啦地洗脸，擤鼻子，又火急火燎地去厨房照照镜子。镜子太低，他弯下腰，仔细地分他那又黑又湿的头发，这情景激怒了莫瑞尔太太。他身穿翻领衬衫，打上黑领结，外面套上他的燕尾礼服，看起来风度潇洒，而且他那爱显示自己英俊潇洒的本能掩饰了他衣着的寒碜。

九点半时，杰里·帕迪来叫他的同伴。杰里是莫瑞尔的知心朋友，但莫瑞尔太太不喜欢他。他又瘦又高，一张狐狸般奸诈的脸，一双仿佛没长眼睫毛的眼睛。他走起路来昂首挺胸，很有气魄，好像脑袋安在一根木头般僵硬的弹簧上。他也挺大方的，他似乎很喜欢莫瑞尔，并且或多或少地有点照顾他。

莫瑞尔太太恨他。她认识他那个死于肺病的妻子，在她离开人世时也对她的丈夫恨透了。他一进屋子就气得她吐血，杰里对这些似乎都漠不关心。如今，15岁的大女儿照料着这个贫穷的家，照看着两个弟妹。

"一个吝啬、没心肝的家伙！"莫瑞尔太太说他。

"我一辈子都没发现杰里小气，"莫瑞尔反驳，"据我所知，你在哪儿都找不到一个比他更大方的人了。"

"对你大方，"莫瑞尔太太回答，"可他对他那几个可怜的孩子，就手攥得紧紧的。"

"可怜的孩子！我不知道，他们怎么可怜啦？"

但是，莫瑞尔太太一提到杰里就不能平静。

被议论的这个人，忽然把他的细脖子从洗涤间窗帘外伸进来，看了看莫瑞尔太太。

"早上好，太太。先生在家吗？"

"嗯——在家。"

杰里径自走进来，站在厨房门口。没有人让他坐，只好站在那里，表现出一副男子汉大丈夫特有的冷静。

"天色不错。"他对莫瑞尔太太说。

"嗯。"

"早晨外面真好，散散步。"

"你们要去散步吗？"她问。

"对，我们打算散步去诺丁汉。"他回答道。

"嗯！"

两个男子互相招呼着，都很高兴。杰里是洋洋自得，莫瑞尔却很一副自我抑制的神情，害怕在妻子面前显示出喜气洋洋的样子。但是，他精神抖擞迅速地系着靴子。他们将步行十里路，穿过田野去诺丁汉。他们从河川区爬上山坡，兴趣盎然地在朝阳下前进。在星月酒馆他们干了第一杯酒，然后又到"老地点"酒馆。接着他们准备滴酒不沾步行五里到布尔维尔，再美美喝上一品脱。但是，在途经田野休息时，遇到几个晒干草的人，带着满满一加仑酒。于是，等他们看到布尔维尔城时，莫瑞尔已经渴得昏昏欲睡了。城市出现在他们跟前，正午的阳光下，朦朦胧胧仿佛笼罩了层烟雾。在它往南方的山脊上，到处是房屋的尖顶和大片的工厂和林立的烟囱。在最后一片田地里，莫瑞尔躺倒在一棵棕树下，打着呼噜睡了一个多小时。当他爬起来准备继续赶路时，感觉到头脑昏昏沉沉的。

他们两个和杰里的姐姐在草场饭店里用过餐后，去了"碰池波尔"酒馆，那里热闹非凡，人们正在玩"飞鸽"游戏，他们也跟着玩。莫瑞尔认为牌有股邪气，称它是"恶魔照片"，因此他从不玩牌。不过，他可是玩九柱戏和多米诺骨牌的好手他接受了一个纽沃克莱人赌九柱戏的挑战；所有在这个长方形酒馆里的人全下了注，分成了两方。莫瑞尔脱去上衣，杰里手里拿着装钱的帽子。其他人都在桌子旁观看，有些手里拿着酒杯站着。莫瑞尔小心地摸了一下他的大木球，然后掷了出去。九根柱子倒了，

他赢到半克朗，又有钱付债了。

到了晚上 7 点，这两人才心满意足地踏上了七点半回家的火车。

下午，河川街真是难以忍受。每个人都呆在家门外。女人们不戴头巾，系着围裙，三两成群地在两排房子中间的小径上聊天。男人们蹲在地上谈论着，准备休息一会再喝。这地方空气污浊，石屋顶被晒得发光。

莫瑞尔太太领着小女儿来到离家不过二百英尺的草地上。走近小溪边，溪水在石头和破罐上飞流而过。母亲和孩子斜靠在古老的羊桥的栏杆上眺望着。莫瑞尔太太看见，在草地的另一边的一个小坑里，几个没穿衣服的男孩子在溪水边奔跑。她知道威廉也在这里，她担心威廉会掉进水里淹死。安妮在高高的旧树篱下玩耍，捡着她称之为葡萄干的桤果子。这个孩子更需要注意，而且苍蝇在嗡嗡叫着戏弄人。

7 点钟她安顿孩子们到床上睡觉，然后，她干了一会活。

沃尔特·莫瑞尔和杰里到达贝斯伍德，他们顿觉如释重负般的轻松，不用再坐火车了，痛痛快快地结束这愉快的一天。他们带着凯旋者的得意踏进了纳尔逊酒馆。

第二天是工作日，想到这个，男人们便觉得扫兴。而且，他们大多已经花光了钱，有的人已经郁郁不乐地往家走，准备为明天而睡觉。莫瑞尔太太呆在屋子里，听着他

们郁闷的歌声。九点过去了，10点了，那"一对"仍没有回来。不知在哪一家门口，一个男人托长调子大声唱道："引导我们，仁慈的光辉。"每次听到这些醉鬼们乱七八糟地唱赞美诗，她总觉得像受了侮辱。

"好像'盖娜维吾'之类的小曲还不过瘾。"她说道。

厨房里满是熬香草和蛇麻子的香味，炉子铁架上支着一个黑色大汤锅。莫瑞尔太太拿来一个大砂锅，往里倒了点白糖，然后用尽全身的力气端起锅，把汤倒进去。

正在这时，莫瑞尔进来了。他在纳尔逊酒店里倒是很快活，可在回来的路上就变得烦躁起来。他头昏脑热地在田野睡了一觉，醒来就觉得烦躁不安，浑身疼痛，他还没有完全恢复过来。在走近室门时，他心里很有点内疚。他没有意识到自己在生气，但当他试图打开花园门却没打开时，他就踢踢踏踏地把门闩都踢断了。进屋的时候正好莫瑞尔太太倒大汤锅里的香草汁。他摇摇晃晃地碰到桌子上，那滚开的汤摇晃了起来，莫瑞尔太太吓了一跳。

"老天！"她喊道，"喝得醉醺醺地回来了！"

"什么？"他咆哮着，帽子斜扣在眼睛上。

突然，她浑身热血沸腾。

"还说你没醉！"她发火了。

她放下了汤锅，正在搅拌汤里的白糖。他的双手重重地摁到桌子上，把脸凑到她跟前。

"'还说你没醉'，"他重复着，"哼，只有你这样讨厌的狗才会这么想。"

他把脸凑到她跟前。

"钱多得没处用了，就瞎花！"

"今天我花了不到两先令呢。"他说。

"你不会白白喝醉的，"她回答道。她突然发怒了，"如果你依靠着你那个宝贝杰里，他有能力，让他去照顾一下他的孩子吧，他们需要照顾。"

"胡扯，胡扯，闭嘴，娘儿们。"

两人剑拔弩张，什么都不顾了，互相争嘟囔着。她和他一样怒火冲天，他们就这么一直斗着嘴，最后他叫她骗子。

"不"她大喊，跳了起来，几乎喘不过气来。"你少血口喷人——你，这个披着羊皮和最卑鄙的大骗子。"

"你是个骗子！"他砸着桌子，大喊道，"你是个骗子，骗子！"

她努力支撑着，紧握两个拳头。

"你把屋子都熏臭了。"她叫喊着。

"那就滚出去——这是我的房子，滚出去！"他大喊，"是我弄来的钱，不是你；这是我的房子，不是你的，滚出去——滚出去！"

"我会走的，"她大声说，突然，在软弱的泪水中颤抖着，"啊，要不是，要不是为了孩子，我早走了。啊，我后悔没有在几年前生第一个孩子后离开。"——突然，她止住流泪，怒不可遏地说："你以为我会为了你留下吗——你以为我会为你而停留1分钟吗？"

"那就滚，"他像疯子一样咆哮着，"滚！"

"不！"她转过脸，"不！"她大叫，"你别想随心所欲，你别想为所欲为。我还要照看孩子们。听我说，"她讪笑着："我会放心地把孩子交给你吗？"

"滚！"他粗声粗气地喊，"滚！"举着拳头，但不敢动手，因为他害怕她。

"我的天，如果我能离开你，我只怕高兴得笑都来不及！"她回答道。

他走到她跟前，眼里充满血丝，脸色涨红地她凑过来，抓住她的胳膊。她吓得尖叫起来，挣扎着。这时他稍微清醒了一点，粗声喘着气，粗鲁地把她推向屋外；还使劲向前推了一下，砰的一声，把她关到门外。他回到厨房，跌坐在扶手椅上，脑袋热血汹涌，沉在两膝之间。他本来精疲力竭，再加上烂醉如泥，逐渐昏睡过去了。

八月的晚上，月亮很高很美，莫瑞尔太太气得失去了知觉，猛一颤抖发现自己在一大片银光中，身上倍感清凉，这更使她激动的心灵愤怒不已。她无助地站了一会，呆呆地看着门口那些发光的黄叶子，深吸了一口气，沿着花园小路走着，她的四肢颤抖，腹中的孩子也在不停地动。有一阵，她不由自主地想刚才的场面，一遍又一遍，那些话，那些情景，就像烧红的烙铁在她的心灵上。每次回想刚才的情景，烙铁就重复落在同一点上，留下深深的印记，已经不觉得痛了。最后她清醒了，发觉是在黑夜中。她害怕地向四周张望，已经走到了屋边的花园里，在长长的院墙下种着红醋落木，

她在边上走来走去。花园狭长，隔着茂密荆棘树篱，与两排房子之间的路相邻。

她匆忙从旁边的花园到前边的园子，月亮从前面的小山上升起，清光撒满了河川区所在的整个山谷。她站在那儿，沉浸在银白的月色之中，脸也沐浴着月色。站着站着，又悲从中来，又持以平静，热泪盈眶，她不停地自语道："讨厌的东西！讨厌的东西。"

似乎有异样的东西引起她的警觉。她壮着胆子想看看究竟是什么，原来是挺拔雪白的百合花在月光中摇曳，空气中沁透着淡淡的清香，好像有精灵附着似的。莫瑞尔太太害怕地轻轻吸了一口气，她摸着这些大朵百合花白色的花瓣，哆嗦起来。花瓣好像在月光下伸展开来，她把手伸进白色的花蕊里，她手指上的金粉在月光下朦胧不辨。她弯下腰仔细地看这些花蕊上的黄色花粉。但只看到暗淡的颜色。然后，她深深地吸了一口这香气，几乎让她头晕。

莫瑞尔太太斜靠在花园门口，朝外看着，一时出了神。她不知她想了些什么，除了恶心的感觉使她意识到胎儿的存在之外，她自己似乎像花香一般溶化在晴朗苍白的夜色里。一会儿，胎儿也和她一起溶化在这个月光中。她和群山、百合花、房屋化为一体，在静夜中沉睡。

她清醒过来时，疲倦得只想睡觉，她懒怠地看了看四周，那一支支白色的夹竹桃像铺着亚麻布的灌木丛。一只飞蛾在花丛上飞过，穿过花园。她目送着飞蛾，清醒过来。夹竹桃浓郁的香味使她精神倍增。她沿着小路走着，在白玫瑰丛前徘徊了一阵。这花闻起来又香又纯。她摸了摸白玫瑰的花瓣。白玫瑰清新的香气和又凉又软的叶子使她想起早晨和阳光。她非常喜欢这些花。不过，她累了、想睡觉。在神秘的户外，她觉得自己像被遗弃的。

四周一片寂静。显然，孩子们没有被吵醒，要不就是吵醒又睡着了。一列火车，在三里之外，咆哮着穿过山谷。黑夜无边无际伸向远方，令人感到神秘而好奇。银灰色的雾里传出种种模糊沙哑的声响：一只长脚鸡在不远处叫，火车叹息般的声音及远处男人的叫喊交织在一起。

她的平静了的心又开始快速地跳起来，她匆忙走过宅边园子，轻轻地来到房前。抬了抬门闩，门还是拴得紧紧的。她轻轻地敲了敲门，等了等，又敲了敲。她不想吵

醒孩子，她不能吵醒邻居。他一定睡着了，要不怎么也敲不醒？她抓住门把手急切地想进屋。现在天凉了，她会凉着的，何况她现在身怀六甲。

把围裙裹在头上和双肩上，她又急匆匆地回到屋边花园，来到厨房的窗户旁，斜靠在窗台口，从百叶窗向下看，正好看到她丈夫的胳膊摊在桌上，头枕桌面，他脸朝桌子睡得正酣。

此情此景，使她徒增厌恶，心如死灰。她从灯光的铜黄色上断定灯烧得冒了烟，她越来越响地敲着窗子，似乎玻璃都要碎了，但他还是沉睡不醒。

这样徒劳地敲地半天，她精疲力竭，又靠着冰凉的石头，不由得颤抖起来。她一直为这个还没出生的孩子担心，她不知道怎么才能暖和一点。她走到煤房里，那儿有一条前天她准备卖给收破烂的旧地毯。她把破毯子披到肩上，虽然肮脏不堪，倒还暖和。然后，她在园中小径徘徊，不时地从百叶窗下向里望望，敲敲窗子，并对自己说，他不会这么僵扭着身姿不醒来的。

大约过了一小时，她轻轻地在窗户上敲了很长时间，当她失望地不想再敲时，这声音惊动了他。她看见他动了一下，茫然地抬起头。他心脏的狂跳使他清醒过来。她立即在窗户上敲了一阵。他完全清醒了。她看到他的拳头立刻握紧，怒目圆睁。他没有一丁点的胆怯。即使来二十个强盗，他也会不顾一切地冲上去。他迷迷糊糊地环顾四周。摆出迎战的姿势。

"沃尔特，开门。"她冷冷地喊。

他紧握的拳头松开了。他才想起他干了些什么。他的头低着，他倔强地绷着脸。她看见他急忙赶到门边，听到门栓楔子的声音。他拔掉门闩。门开了——银灰色的夜色，使习惯了昏暗灯光的他感到畏惧。他赶紧退了回去。

莫瑞尔太太进了屋，她看见他几乎是跑着穿过门冲上楼去。在她还没进来时，他就匆匆抽掉了脖子上的硬领，留下了一个撕坏了的扣眼，这又使她生气。

她暖了暖身子，稳定了一下情绪。疲倦使她忘记了任何事情，她又忙来忙去干留下来的活，准备他的早餐，把他的井下水壶洗干净，把他的井下的衣服放到暖气边烤上，旁边放着他的井下靴子，给他拿出来一块干净的围巾、背包和两个苹果，通了通炉子，然后去睡觉了。他已经睡死。两条皱在一起的黑眉毛在额头上耸立着，露出闹

别扭的痛苦神情，拉长着脸，噘着嘴，好像在说："我不在乎你是谁或你是干什么的，我想怎样就怎样。"

莫瑞尔太太非常了解他，看也不看他一眼。她对着镜子取下胸针时，她微微地笑了，因为她看见了她满脸的百合花的黄色花粉。她的脑子在翻来覆去的折腾。不过，当她丈夫一觉醒来时，她已经酣然入梦。

第二章　婴儿降生，夫妻失和

这次吵架之后，沃尔特·莫瑞尔有几天又窘又羞，但不久他又恢复了盛气凌人和满不在乎的样子。他的内心稍微收敛了一下。甚至躯体也蜷缩着，翩翩风度也消失了。他从来没有发胖过。因此，一旦他的骄傲消失了，他的身体似乎和他的骄傲、道德感一样在萎缩。

现在他意识到妻子拖着身子干活有多么困难，他的同情心被他的悔过心所触动，推动着他去帮忙。从矿井直接回家，晚上一直呆在家里。到了星期五，他确实呆不住了，但出去十点左右就回来，而且是清清醒醒地回到家。

他总是自己准备早饭。他起得很早，所以时间充裕，他不像别的矿工，把妻子在六点钟就拖起来。五点，有时更早，他就醒了，马上起床下楼。莫瑞尔太太早上醒来，就躺在床上等着这片刻的安宁时光。似乎只要他不在卧室她才能真正的休息。

他穿着衬衣下楼，再蹬着穿上放在暖气边烤了一整夜的下井的裤子，炉里总是有火，因为莫瑞尔太太封着炉子。屋子里最先发出的声音是拨火棍捅炉耙的砰砰声。莫瑞尔捣碎未燃尽的煤渣，放在上炉子，铁架上烧上满满一壶水。除了吃的外，他的杯子、刀、叉、所有的餐具，都在桌上的一张报纸上摆好。他做早点，沏上茶，用破巾堵上门缝，防止风灌进来。然后把火拨旺，坐下来自自在在享受了一个小时。他叉子叉上咸肉烤着，油滴在面包上然后把薄片咸肉放在他的厚厚的面包上，用一把折叠刀一片片地切着吃，又把茶倒进小碟子里喝，他喜欢自斟自饮、自炊自吃，和他的家人一起吃饭似乎没有这么愉快。他不喜欢用叉，普通人很少用叉，这种餐具最近才流行起来，人们还不习惯。莫瑞尔更喜欢用一把折刀。独自一人，吃吃喝喝，天冷的时候，常常坐一张小凳子，背靠着温暖的壁炉垛子，食品放在火炉围栏上，杯子放在炉边。然后，他看看前一夜的报纸——拿到什么就看什么——费劲地拼读着。他更喜欢大白

天放下百叶窗，点上蜡烛。这是矿上的习惯。

五点四十分，他站起身，切下两厚片面包和黄油，把它们放进白布背包里，铁皮壶里装满茶水，他在井下就喜欢喝不加糖不加奶的冷茶。然后，他脱下衬衣，换上那件低领口、短袖，像女式的厚绒布下井衬衫。

他端一杯茶上楼给妻子，因为她病了，而且他一时兴来。

"我给你端来一杯茶。"他说。

"哟，不用，你知道我不喜欢茶。"她回答道。

"喝吧，喝了你会再接着睡下去。"

她接过了茶，看见她端起茶来喝，他心里乐了。

"我打赌，里面没放糖。"她说。

"咦，我放了一大块呢。"他回答，有点委屈感觉。

"那就怪了。"她说，又喝了一口。

她的头发蓬松散披着，面容非常迷人。他喜爱她这种嗔怪的样子。他又看了看她，悄悄地走了。他常常只带两片黄油面包到井下去吃，所以见她给他装上一个苹果或橘子便满心欢喜。他系上围巾，穿上他那双又笨又重的靴子，套上有大口袋的外套，口袋里装着小挎包和茶壶，随手关上门，在空气清新的早晨行进。他出现在矿井时，嘴里常常含着一根从树干上折下而且整天在矿里咀嚼着的枝条，一来保持嘴里的湿润，二来使他觉得井下就像在田野里一样高兴。

很快，孩子就要出世了，他邋邋遢遢地忙乱起来，上班前捅炉灰，擦壁炉，打扫屋子，然后，志得意满地上楼去。

"我已经替你打扫完了，你可以整天不动看看书好了。"

她好笑又好气。

"饭会自己热吗？"

"哦，我不知道怎烧饭。"

"如果没饭吃了，你就会知道。"

"嗳，也许是吧。"他应着声走了。

她下了楼，发现屋子虽然摆整齐了，但还是很脏。她只有彻底打扫干净了才会去

休息。她拿着畚箕去倒垃圾时，基克太太看见了她，就会立刻装作要去煤房。于是，在路过木栅栏时，她会喊：

"你还忙着?"

"嗳。"莫瑞尔无奈地说，"没法子。"

"你看到霍斯了吗?"马路对面一个小个子女人叫道，原来是安东尼太太，一头黑发，个头奇矮，总是穿着一件紧身的棕色丝绒衣服。

"没有。"莫瑞尔太太说。

"嗳，我希望他来，我有一大堆衣服，我刚才确实听到他的铃声。"

"听! 他在那头。"

两个女人向远望去，河川区小巷那头有个男人站在一辆老式双轮便马车里，身子俯在一捆捆米黄色的袜子上。一群女人向他伸着手，一些人手里也拿着一捆捆东西。安东尼太太的胳膊上就搭着一堆没着色的袜子。

"这星期我已经做了十打。"她骄傲地对莫瑞尔太太说道。

"啧啧啧，"第一个说，"我不知道你怎么能有那么多时间。"

"哦，"安东尼太太说，"只要你抓紧时间你就有时间。"

"我不知道你是怎样抓紧时间的。"莫瑞尔太太说，"这么多袜你可以赚到多少钱?"

"两个半便士一打。"另一个回答说。

"哦，"莫瑞尔太太说，"我宁愿饿死也不愿为了挣两个半便士坐在那织二十四只长袜。"

"哦，我不明白为什么，"安东尼太太说，"你可以抽空织啊。"

霍斯摇着铃走过来了。女人们胳膊上搭着织成的长袜在院子门口等他。这个粗俗的家伙和她们开玩笑，设法哄骗她们，戏弄她们。莫瑞尔太太不屑一顾地走进了自己的院子。

这里人有个约定俗成的习惯：如果一个女人想找她的邻居，就拿拨火棍伸进壁炉，敲敲壁炉后面的墙，隔壁房子里传来很响的声音，因为壁炉都是背靠背造的，一天早晨，基克太太正在做布丁，她差点被吓死，她听到她家壁炉上发出，"砰"的一声，她冲到栅栏边，两手沾满了面粉。"是你敲的吗? 莫瑞尔太太?"

"劳驾了，基克太太。"

基克太太爬上她家的煮衣锅，翻过墙从莫瑞尔太太家的煮衣锅上下去、冲进她的邻居家里。

"哎，亲爱的，你觉得怎么样？"她关切地问道。

"你去找一下鲍尔太太吧，"莫瑞尔太太说。

基克太太走到院子里去，扯着又尖又响的嗓子叫开了：

"艾—吉—艾—吉！"

声音可以从河川区的这头到那头。艾吉终于跑来了，又被派去找鲍尔太太。基克太太顾不得她的布丁了，陪伴着她的邻居。

莫瑞尔太太上了床，基克太太照顾安妮和威廉去吃饭。胖胖的走路摇摇晃晃的鲍尔太太在屋子里发布着命令。

"切点冷肉给主人做饭，再给他做一个苹果奶油布丁。"莫瑞尔太太说。

"今天不吃布丁，他也过得去，"鲍尔太太说。

莫瑞尔不是那种早早地就等在矿井吊架下面准备早点上去一类人。有些人四点钟放工哨声之前就等在那儿了。但莫瑞尔所在的那个矿坑煤层薄，离井口只有一里半，他通常干到工头停工才结束工作。然而，这天，他干得不耐烦了，两点的时候，就凑在绿色的蜡烛光下看表——他在一个安全巷道里——两点半时他又看了一次。为了不影响第二天干活，莫瑞尔正有挖一块岩石。他半蹲半跪着，使劲用镐"克嚓，克嚓"刨着。

"快干完了吧？"他的伙伴巴克喊道。

"干完？只要这世界存在就永远别想干完。"莫瑞尔吼着。

他继续挖着，累得精疲力竭。

"这是一件让人窝火的工作。"巴克说。

莫瑞尔累得火冒三丈，他没有应声，只是竭尽全力挖。

"你最好留着明天干吧，沃尔特，用不着这么用力。"巴克说。

"我明天一点都不想干这个活，伊斯瑞。"沃尔特喊道。

"哦，好吧，你不干，会有别人干的。"伊斯瑞尔说。

莫瑞尔继续挖着。

"哦，上面——收工了。"隔壁巷道里的人喊着，离开了。

莫瑞尔继续挖着。

"你也许会赶上我的。"巴克说着，走了。他离开之后，留下莫瑞尔一人，他几乎要发疯了。他还没完成他的工作。他劳累过度，几乎累得发狂。站起身，汗水淋漓，他扔下工具，穿上大衣，吹灭蜡烛，拿上灯走了。在主巷道里，别人的灯在摇摇晃晃。传来空洞的回音。这段地下通路又长又难走。

他坐在井底，豆大汗珠往下滴着。有很多等着上井面的矿工，吵吵嚷嚷地说着话。莫瑞尔不情愿而简短地回应着招呼。

"真讨厌，下雨了。"老吉尔斯听到上面传来的消息时说。

莫瑞尔心里很踏实，他已把他喜爱的旧伞放在矿灯室里。终于，轮到他钻到升降机里，一会儿，他就到了地面。他交出矿灯、拿了那把他在一次大拍卖中花了一先令便士买来的伞。他在井边站了一会儿，望着田野，灰蒙蒙的雨淅淅沥沥地下着，卡车上装满了湿漉漉、亮闪闪的煤。雨水顺着矿车边往下淌，打在车身上白色的"C、W公司"这几个字迹上。这些脸色苍白，神情忧郁的人川流不息地沿着铁轨冒雨来到田野上。莫瑞尔支起伞，听到雨点"啪、啪"地滴到伞上，心情开朗了许多。

在通往贝斯伍德的路上，矿工们一个个都湿漉漉的，浑身又灰又脏。但他们那红红的嘴唇仍旧兴奋地谈论不休。莫瑞尔走在人群中、默默无言，怒气冲冲地皱着眉头。路过威尔斯王子酒店和艾伦酒店时，许多人溜了进去。莫瑞尔痛苦地抑制着这种诱惑，迈着沉重的步伐，从伸出公园院墙的那些湿湿的树枝下走过，行进在青山巷泥泞的路上。

莫瑞尔太太躺在床上，听着雨声和从敏顿回来的矿工们的脚步声、说话声，还有他们从田野走上石阶后的"砰、砰"敲门声。

"伙房门后有点香草汤，"她说："先生如果不在路上喝酒，可能想喝上一杯。"

但他姗姗来迟，她断定他去喝酒了，因为下着雨，他哪有心思照顾孩子和妻子？

每次她生小孩子时都要大病一场。

"是什么？"她问，觉得快完蛋了。

"一个男孩。"

她从这句话中得到了安慰，一想到成了男孩子的妈妈，她心里洋溢着温馨。她看着这个孩子，孩子长着蓝眼睛，浓密的金黄色头发，漂亮的脸庞。她对这个孩子的爱油然而生，什么也顾不了了。她把孩子抱在她的床上。

莫瑞尔一点也没预料到妻子生产，拖着脚步走进园里的小路，疲倦而生气。他收起伞把它放在水槽里，然后，把那双笨重的靴子扔在厨房里。鲍尔太太出现在里面门口。

"哎，"她说："她的身体非常虚样，生了个男孩。"

矿工哼了一声，把他的空背包和铁皮水壶放在厨房的柜子上，又走到洗碗间，挂好外套然后回来跌坐进他的椅子里。

"有酒吗？"他问。

那女人走进伙房，软木塞"扑"地响了一声。她厌恶地把杯子重重放在莫瑞尔面前的桌子上，他喝了点酒，喘了口气，又用他的围巾一角擦擦大胡子，然后边喝边喘气，又躺靠在椅子上。那女人没有再跟他说话。她把他的晚饭放在他的面前，上楼了。

"主人回来了吧？"莫瑞尔太太问。

"我已经把晚饭给他了。"鲍尔太太回答。

他双臂撑在桌上——他讨厌鲍尔太太没有给他铺桌布，只给他一小盘菜，而不是一大盘菜——他开始吃了。妻子的病，新添的男孩，现在都旁若无闻。他太累了，只想吃饭，然后把双臂放在桌子上坐着。他不喜欢鲍尔太太在旁边。炉里的火太小，这些都让他闷闷不乐。

吃完饭，他坐了20来分钟。然后，把火拨旺。他穿着长袜，极不情愿地上了楼。这个时候去看他的妻子可真难堪，他太累了。他的脸是黑黝黝的，脸上满是汗渍，汗衫也干了，浸透了尘污，脖子上围着一条肮脏的羊毛围巾。他就这样站在床脚边。

"嗨，现在感觉怎么样？"他问道。

"很快就会好的。"她回答道。

"嗨。"

他若有所失地站在那里，不知道该说什么，他很累，讨厌这些麻烦事，可他，又

不会知道他该怎么办。

"她们说是个男孩，"他结结巴巴地说。

她掀开被单，给他看这个孩子。

"上帝保佑他！"他低声说。这模样令她捧腹大笑。因为他装出慈父的形象，勉勉强强地祝福他，实际上他并没有这种感情。

"你走吧。"她说。

"我就走，亲爱的。"他回答着，转身走了。

妻子让他走，他想吻她一下，但又不敢。她希望他亲亲她，但无法让自己做出任何暗示。他出了屋子后，她松了一口气，屋子里留下一股淡淡的矿井味儿。

有位公理会牧师每天都来看莫瑞尔太太。海顿先生很年轻，也很贫穷。他的妻子在生头胎孩子时死了，因此他现在还孤身独处。他是剑桥大学艺术学士，非常腼腆，生来不是做传教士的料。莫瑞尔太太很喜欢他，他也信赖她。当她身体精神好时，他们一聊好几个小时。他做了这个孩子的教父。

偶尔，这位牧师也和莫瑞尔太太一起喝茶。于是，她就早早铺上桌布，拿出她最好的淡绿边杯子，心里希望莫瑞尔别太早回来，即使这一天他在外面喝杯酒，她也不会在乎的。她总是做两顿主餐。因为她认为孩子们的主餐应该在中午吃，而莫瑞尔应在5点钟吃。因此，当莫瑞尔太太和面做布丁，削土豆皮时，海顿先生就会抱着孩子，看着她干活，讨论着他的下一次布道。他的想法荒谬古怪。她谨慎地让他面对现实。这次是在讨论迦拿的婚礼。

"当主耶稣在迦拿把水变成酒后，"他说。"这就是普通生活的象征，结婚后夫妇的血如果没有受过圣灵感召，像水一样。一旦受了圣灵感召，就变得像酒一样。因为，一旦有了爱情，一个人受到了圣灵感召，精神结构就会改变，外表也会变化。"

莫瑞尔太太心里想："是啊，可怜的家伙。他年轻的妻子就死了，所以他才把爱投入到圣灵身上。"当他们把第一杯茶喝了一半时，就听见门外传来矿井靴的响声。

"天哪！"莫瑞尔太太不由自主地喊道。牧师看起来也有点害怕。莫瑞尔进来了，他满面怒容。牧师站起来想跟他握手，莫瑞尔却点点头算是打了个招呼。

"不安全啦，"莫瑞尔说着伸出手来让他看。"看我的手！你从来不想握这样的手，

是吧？手上尽是铁稿、铁锹的煤灰。"

牧师慌乱地涨红了脸，又坐了下来。莫瑞尔太太站起来，把冒着热气的汤锅端到旁边。莫瑞尔脱下外衣，把扶手椅子拖到桌子跟前。重重地坐下来。

"累了吧？"牧师问道。

"累？我是累了。"莫瑞尔回答道。"你不知道累是什么滋味。"

"也是。"牧师回答。

"看，看这儿，"矿工说道，让他看自己汗衫的肩脱，"现在干了点儿，可还是像块汗淋淋的抹布，摸摸这儿。"

"上帝啊！"莫瑞尔太太喊道："海顿先生才不想摸你那肮脏的汗衫。"

牧师小心地伸出手。

"对，也许他不想摸，"莫瑞尔说道："不管怎样，汗会从我身上流出来。我的汗衫每天都拧得出水来。太太，你没有给一个从井下回家的男人准备一杯汤！"

"你知道你把所有啤酒都喝完了。"说着，莫瑞尔太太给他倒了一杯茶。

"难道一点也没有了吗？"他转身对牧师说："你知道，煤矿里到处都是灰，一个人浑身是煤灰，当然回到家，就需要喝一杯酒。"

"那是当然，"牧师说道。

"可十次想喝九次都喝不上。"

"有水——还有茶。"莫瑞尔太太说。

"水！水又不能润嗓子。"

他倒了一杯茶，吹了吹，隔着大黑胡子一口喝干了。然后叹了口气，又倒了一杯，把茶杯放在桌子上。

"我的桌布！"莫瑞尔太太说着把茶杯放在盘子里。

"累成这样的人回家，哪顾得上桌布。"莫瑞尔说。

"可怜啊！"他的妻子冷嘲热讽地说着。

屋子里弥漫着肉、蔬菜和下井工作服的气味。

他向牧师斜靠过去，大胡子向前翘着，脸色墨黑，嘴巴更显得通红。

"海顿先生，"他说，"一个人整天呆在黑漆漆的洞里，不停地挖煤层，唉，比那堵墙更坚硬的……"。

"不用抱怨了。"莫瑞尔太太打断他。

她厌恶丈夫，不论什么时候，他就装模作样地乞求别人的同情。

威廉，坐在旁边看婴孩，他也讨厌父亲自怨自艾的神态，恨他用漠不关心的态度对待母亲。安妮也从没喜欢过他，常躲着他。

牧师走后，莫瑞尔太太看着桌布。

"搞得乌七八糟。"她说。

"难道因为你领来一位牧师陪着，我就应该掉着膀子闲坐着。"他大声吼道。

俩人都怒气冲冲，但她一声不吭，婴儿哭了。莫瑞尔太太端起炉边的一只汤锅，不小心碰着安妮的头。把小姑娘碰哭了，莫瑞尔冲她大声斥责，家里一片混乱，威廉看着壁炉上几个发亮的大字，清晰地念道："上帝保佑我的全家。"

这时莫瑞尔太太正在哄婴儿，听后跳起来冲到威廉面前，扇了他一耳光，说："你敢插嘴？"

接着，她坐下来大笑起来，笑得满面泪水涟涟，威廉踹着她坐的凳子，莫瑞尔吼道："我不明白这有什么可笑的。"

一天晚上，正值牧师访后，她觉得她不能再忍受她丈夫的絮絮叨叨，就带着安妮和小孩出去了。莫瑞尔刚才踢了威廉，她永远也不会原谅他。

她走过羊桥，穿过草地的一角，来到板球场。金黄的晚霞铺满草地，隐约可以听到远处的水车声。她坐在板球场杨树下，面对着暮色，在她面前，是这块平坦、坚实绿色的大板球场。像一汪闪光的大海。孩子们在浅蓝色的帐篷阴影里玩。好多绚丽斑斓的白嘴鸦在呱呱叫着飞回家去。飞行的鸦群排成一条长长的弧形，飞进金色的晚霞，像舒缓的旋风中卷起的黑色鳞片，绕着突出的牧场中的树桩，聚拢着，呱呱叫着，旋转着。

几个绅士正在训练，莫瑞尔太太听见打球的声音和男人们的失声叫喊，看见白色的人影在朦胧的绿茵上悄悄地移动着，远处的农庄，干草堆的一面通红发亮，另一面灰色阴暗。一辆满载着一捆捆谷物的大车穿过夕阳的余晖驶向远方。

太阳就要落山了。每个晴朗的傍晚，金色的夕阳映红了德比郡的群山。

莫瑞尔太太看着太阳从绚烂美丽的天空中往下沉在当空，留下一道柔和的花一般的蓝色，而西方天空却一片通红，仿佛所有的火都汇集在那里一样，另一半苍穹被映衬得明净湛蓝。有一刻，田野那边的山梨果从黑色的叶丛中探出来。几捆麦子竖在田地的一角，像活人似的，随风摇晃，她想它们在鞠躬。也许她的儿子会成为一个正派的人。在东边，落日把天空染成一片浮动的粉红色，与西边的猩红色相映衬。山坡上的那些原来在落日的金光中的大干草堆渐渐变凉。

莫瑞尔太太只有在这一刻，那些琐碎的烦恼突然飘逝殆尽。面对美丽的大自然的景色，她获得了心平气静地来审视自己的勇气。时不时有燕子飞掠她的身边，安娜也时不时地拿着一把杨果树来到她身边。婴儿在母亲的膝盖上不停地扭动着，两手对着摇摇摆摆。

莫瑞尔太太低头看着孩子。由于她与丈夫的感情乖忤，所以她把小孩子当作灾祸和负担。甚至到现在她还对孩子感到陌生。这个孩子像沉重的包袱压在她心上，仿佛孩子有病或畸形似的。实际上，孩子看起来相当健康。她注意到孩子的眉头奇怪地皱着，眼神显得心事重重，仿佛他正努力理解什么是痛苦。她看着孩子那黑色忧郁的双眸，心头像压着磐石。

"他看起来像在想什么伤心事呢。"基克太太说。

看着孩子，突然间，母亲心头的那种沉重的感情融化为一种强烈的悲痛。她俯向孩子，两行由衷的泪滴流下来。小孩子举起了小手。

"我的宝贝，"她温柔地叫着。

就在这一刻，她觉得在灵魂深处，感到她和丈夫的罪孽。

小孩子抬起头来看着她。孩子有一双像她一样的蓝眼睛，但看起来沉重忧郁，仿佛他已经明白心灵受到了什么打击。娇弱的婴儿躺在她怀里，他那深蓝色的眼睛，总是眨也不眨地望着她，好像要看穿她的深藏的内心世界。她不再爱丈夫，本不想要这个孩子，但是他现在已经躺在她的怀里，牵动她的心。她觉得仿佛那根把婴儿弱小的身体和她的身体连在一起脐带还没割断。她的心里涌起一股疼爱婴儿的热情。她把孩子拥在胸前，正对着他。她要用她所有的力量，用她全部的爱心去补偿这个由她带到世上却没有疼爱的孩子。既然孩子已经出世了，就要格外爱护孩子，让他在爱护中成

长。他那清澈懂事的眼睛让她痛苦而又害怕。难道他知道她的一切？他在她神色中是不是有一种责备的意味？她痛苦而又害怕，她觉得她的骨髓都要融化了。

她又一次清醒地意识到手中的婴儿。

"看！"她说，"看，我的宝贝。"

把婴儿举向搏动的、红彤彤的太阳，她看见他举起他的小拳头，她感到欣慰。然后她又把他搂在怀里，对于她冲动地想让他回到他来的地方感到羞愧。

"如果他长大，"她心里想，"他会成为什么——他会成为一个什么样的人呢？"

她忧心忡忡。

"我要叫他'保罗'。"她突然说，也不知道为什么。

过了一会儿她回家了。夜色洒在深绿色的草地上，一切都湮没在黑暗中。

正如所料，她发现家里空无一人。不过，莫瑞尔10点钟回家了。那天，至少是平平安安过去了。

沃尔特·莫瑞尔在这段时间特别烦躁，工作累得他精疲力尽，回到家后，对谁说话都没好气。如果炉火太小，他就像强盗一样咋咋呼呼，他抱怨饭菜不可口；孩子们大声说话声稍高一点儿，他就大声呵斥，使得母亲火冒三丈孩子们痛恨他。

星期五，11点钟了，他还没回家。婴儿生病一刻也不安宁，一放下就哭。莫瑞尔太太累得要死。她还很虚弱，几乎都支撑不住了。

"希望那个讨厌的家伙早点儿回来。"她疲乏地自语。

小孩子终于躺在她的怀里睡着了，她累得连把孩子抱到摇篮里的力气几乎都没有了。

"不论他什么时候回来，我都不管他。"她说，"讲了只惹得生气，我不如什么都不说，我知道无论干什么，他都会让我生气的。"她又自言自语。

她叹了口气，听到他回来了。好像这脚步声让她无法忍受，他在报复她，喝得醉熏熏的。他进屋时她一直低着头看着孩子，不希望看到他。他走过去，歪歪斜斜地撞到碗柜上。里面的坛坛罐罐碰得稀里哗啦。他抓住白色的圆壶盖，稳住自己，挂好自己的衣帽，又转过身来，站在远处瞪着她。她却坐在那里俯对着孩子。

"家里没有什么吃的吗？"他蛮横地问。好像支使一个仆人。他喝醉的时候，他会

装出城里人说话的腔调，莫瑞尔太太最讨厌他这样子。

"你知道家里有什么？"她毫无感情地冷冰冰地说。

他站在那里瞅着她，一动不动。

"我问了一个礼貌的问题，我也希望有一个礼貌地回答。"他别别扭扭地说。

"你已经得到了礼貌回答。"她说着，仍然不理他。

他又瞪着眼睛，然后摇摇晃晃地走上前，一只手按着桌子，另一只手拉开抽屉想拿出刀切面包。他拉歪了抽屉，卡住拉不开，他猛地拉了一下，抽屉完全被拉出来。里面的刀叉勺等金属物品散落满地，小孩被吓得猛地抽搐一下。

"你笨手笨脚地干什么呀？醉鬼。"母亲叫了起来。

"那你应该把这些东西捡起来，你应该像别的女人一样服侍男人。"

"服侍你——服侍你？"她叫道。"噢。我明白了。"

"对，我要你明白你该干些什么。服侍我，你应该服侍我……。"

"没门儿，老爷。我宁愿去侍候大门口的狗。"

"什么，什么？"

他正试着安抽屉。听她最后一句话。他转过身，脸色通红。眼睛布满血丝，威胁地瞪着她。一声不吭。

"呸——"她轻蔑地说。

他气极了。猛地一拉抽屉，抽屉掉了下来。结结实实地砸在他的腿上。他反射似的把抽屉向她扔去。

抽屉的一角碰到了她的眉头，掉进壁炉里。她歪了一下头，从椅子上跌下来。几乎昏过去。她的内心感觉很难受，她紧紧地把孩子搂在怀里。过了一会儿，她才努力清醒过来。孩子正哭喊着。她的左眉头不停地冒血，她一低头看孩子，头就发晕。几滴血滴到了孩子的白围巾上。幸亏孩子没有伤着。她抬起头部保持平衡，抑制血流满眼睛。

沃尔特·莫瑞尔仍然像刚才一样站着，一手斜撑着桌子，神色茫然，等他觉得自己站稳后，摇摇晃晃地向她走去。又磕绊了一下，他一把抓住了她的摇椅后背，几乎把她翻倒在地。他向她斜俯过去，用一种迷惑的关切的口气说：

"砸中你了吗?"

他又摇晃了一下。好像要倒在孩子身上。闯了这个祸,他已经失去了平衡。

"滚开,"她努力保持平静。

他打了个嗝。"让我——让我看看他。"他说着,又打了个嗝儿。

"滚开!"她又大声说。

"让我——让我看看嘛。亲爱的。"

她闻到了他的酒味。觉得他摇晃着她摇椅的后背。有时整个椅子都在晃动。

"滚开。"她说,无力推开他。

他摇摇晃晃地站着。死死地盯着她。她用尽全身力气站起来。怀里抱着孩子。凭着顽强的意志。像在梦游似的穿过洗碗间。用凉水洗了一下眼睛。她头晕得厉害。害怕自己摔倒。回到摇椅上。全身都在发抖。她仍然本能地紧紧地抱着孩子。

莫瑞尔不耐烦地把抽屉塞回空格里。然后膝盖着地,双手麻木地收拾撒了一地的勺叉。

她眉头仍然冒着血。不一会儿,莫瑞尔站起来。向她伸着脸。

"现在怎么样。宝贝!"他可怜兮兮,低声下气地问。

"你自己看!"她回答。

他弯下腰。双手挟着膝盖躬着身,查看伤口。她转过脸去,尽量扭着头躲开那张胡子拉茬的脸。她像块石头般冷淡而毫无表情。紧闭着嘴。他看着她的这副神态,感到脆弱而绝望。他失望地转过身,看到一滴血从她那躲避着转过的伤口里滴到小孩柔软发亮的头发上,他一动不动地看着这滴深红色的血在亮闪闪的发丝上挂着,并逐渐往下渗。又一滴掉下来了。它会漫到婴儿的头皮上的。他一动不动地看着,终于,他那男子汉的气概完全被摧毁。

"孩子有啥好看的?"妻子就问了这一声。但是,她低沉的认真的语气使他的头垂得更低。她又用和缓语气说:"从中间抽屉里给我拿点棉花。"

他顺从地跌跌撞撞地走去。一会儿拿过来一块棉花,她把棉花在火上烧化,然后敷到前额上。她做这些事的时候坐着,婴儿仍躺在她的膝盖上。

"再拿一条干净的下井用的围巾。"

他又笨手笨脚地在抽屉里翻了一阵，很快就拿出一条窄窄的红围巾。她接过来，颤抖着双手把围巾系到头上。

"我帮你系吧。"他谦恭地说。

"我自己能系。"她回答。系好后，告诉他去封火锁门，然后她上了楼。

早晨莫瑞尔太太说：

"蜡烛灭了，我摸着黑去拿火拨，头碰到煤房里的门闩上了。"

她的两个孩子睁着惊愕的眼睛望着她。他们什么也没说。可是他们张着嘴下意识表明他们已经明白到了这场悲剧。

第二天，沃尔特·莫瑞尔一直在床上躺到吃饭的时候，他没有想昨夜发生的事。他很少想什么事。他也不愿想那件事，他像条正在发怒的狗躺在床上。他内心的创伤和痛苦不亚于妻子。而且更让他难受的是，他绝不肯对她说一句致歉的话。他试图摆脱苦恼，"这是她自己的错。"他心里想，然而，没有什么可以阻止他的良知对他的处罚。这像铁锈一样腐蚀他的心灵，这只能借酒浇愁。

他不想起床，不想说一句话，不想干任何事。只能像木头一样躺着。而且，他头也痛得厉害。这是个星期天，快到中午。他起来了。在食品柜里给自己找了点吃的，低着头吃着。然后登上他的靴子出去了，到三点钟他才回来。稍微带点醉意，心情也畅快了些。回来后又径直上了床，晚上六点钟他又起来了，喝了点茶后又出门了。

星期天也一样，睡到中午。在帕尔马斯顿呆到二点半。然后吃饭。几乎一句话不说。将近四点。莫瑞尔太太上楼换她的礼服时，他已经睡熟了。如果他说一声"亲爱的，是我不对。"她就会可怜他。但是没有。他始终认为这是她的错。他也苦恼极了，而她只好对他不闻不问。他们之间就这么僵着。从情感上来说她是赢家。

全家人一起喝茶。只有星期天的时候全家人才能坐在一起吃饭喝茶。

"爸爸不打算起床了吗？"威廉问道。

"让他躺着去吧。"母亲回答。

家庭笼罩一种忧愁的气氛，孩子们如同嗅到了被污染了的空气。他们也闷闷不乐，不知道干什么玩什么才好。

莫瑞尔醒来之后，立即起床。他生来就闲不住，两个早晨没什么事干，他几乎都要窒息了。

他下楼时已经快六点了。这次他毫不犹豫地进来。强硬的态度取代了他的敏感的畏缩。他不再顾虑家里人是怎么想怎么感觉的。

茶具都摆在桌上威廉正在大声朗读《儿童世界》，安妮在一边听着，不时地问"为什么？"两个孩子听到父亲穿袜子的脚重重地走近的声音。马上不作声了。他进来时，他们都缩成一团。虽然他平常对他们也很宽容的。

莫瑞尔自己随便做了点吃的。在吃饭喝水时故意弄出很多声响。没有人跟他说话。家庭生活的温馨在他进来之后就消失了。留下一片沉默。不过，他也不在乎他们之间的疏远。

他喝完茶，立即匆忙地站起身，走了出去。就是他的这种匆忙。这种急于要走的神情让莫瑞尔太太厌恶。她听到他哗哗啦啦地在冷水里洗头，听到他急切地用梳子蘸着水梳头时钢梳子碰撞着脸盆的声音，她厌恶地合上了眼睛。他弯腰穿靴子时，他动作中的那种粗野和家里其他人那种含蓄谨慎截然不同。他总想逃避内心的冲突，甚至在他内心深处。他仍为自己解脱说："如果她不这么说。根本就不会出现这种情况，她是自作自受。"孩子们耐心地等着他准备就绪，他一出门，他们如蒙大赦。

他心情愉快地带上门。这是一个雨天的傍晚。帕马尔斯顿酒店似乎更显得亲切，他满怀希望地向前匆匆走着，河川区的石瓦屋顶在雨中闪闪烁烁，那常年黑乎乎满是煤灰的路现在全变成黑乎乎的泥浆。他沿路匆匆行进，帕马尔斯顿酒店里乌烟瘴气。走廊里湿漉漉的泥脚走来走去。虽然空气污浊，屋里人声鼎沸。弥漫着浓浓的烟味和啤酒味，但是气氛却很温暖。

"要点什么，沃尔特？"当莫瑞尔刚出现在门口。就有一个声音问。

"哦，吉姆，我的老伙计，你从哪来的？"

人群中让出个位子，热情地接纳了他，他对此满心欢喜。一两分钟之后，他们就让他的责任感、羞悔和烦恼烟消云散，他轻松得像欢快的晚钟。

到了下个星期三，莫瑞尔已经身无分文。他害怕他的妻子，因为伤了她的心。他也恨她。他不知道那个晚上应该怎样度过才好。因为他已经欠下了很多债。连去帕马尔斯顿酒店的两便士也没有了。于是，当他的妻子带着小孩子下楼去花园时。他乘机

在妻子平时放钱包的碗柜最上面的抽屉里翻寻，他找到了钱包，打开看了看。里面有一枚半克朗，两枚半便士，还有一枚六便士。于是他拿了那枚六便士。然后小心地把钱包放回原处。出了门。

第二天，她要给蔬菜水果商付钱。她拿出钱包找那六便士。她的心往下沉。她坐下来想："六便士哪去了？我没有花呀？而且我也没有乱放？"

她心烦透了，到处翻找这六便士。后来，她想着想着。一个想法冒出脑海，丈夫拿走了，钱包里剩下的这点钱是她所有的积蓄。可他还从钱包里偷。这真让人难以忍受。他已经干过两次。第一次她没有责备他，到了周末他又把那一个先令放回她的钱包里。她由此知道是他拿走了钱。第二次他没有把钱放回去。

她觉得这也太过分了。当他吃完了饭——那天他回来得很早——她冷冷地对他说："昨天晚上你从我钱包里拿走了六便士吗？"

"我！"他装出一种被冤枉的神情抬起头来回答。"没有，我没拿！我连你的钱包见都没见过。"

她明白他在撒谎。

"哼，你心里明白。"她平静地说。

"告诉你我没有。"他喊了起来，"你又冲着我来了，是不是？我可受够了。"

"你趁我收衣服时，从我钱包里拿走了六便士。"

"我要让你对此付出代价。"他说着拼命推回他的椅子，急急地洗了把脸。头也不回地上楼了。一会儿，他穿好衣服下来。手里拿着一个大包袱，用蓝格子大手帕包着。

"行啦，"他说，"你再别想见我。"

"那你别回来。"她回答道，听到这，他拿着那个大包袱大踏步地出了门。她坐在那儿身子轻轻地发抖。心里充满对他的轻蔑。如果他去了别的矿井。找到了别的工作。跟别的女人搞上了。她该怎么办？不过她太了解他了——他不会这么做。她对他非常有把握。不过，她的内心还是或多或少有点痛苦迷惘。

"爸爸在哪？"威廉从学校回来问。

"他说他走了。"他的母亲回答。

"去哪儿？"

"嗯，我不知道。他拿着蓝包袱出去了，还说他不回来了。"

"那我们怎么办？"小男孩喊起来。

"哦。别着急。他不会走远。"

"如果他不回来呢。"安妮哭叫着。

她和威廉缩在沙发里哭泣着。莫瑞尔太太坐下来不禁大笑起来。

"你们这一对傻瓜！"她大声说："天黑之前你们就会看到他的。"

但这也安慰不了孩子。黄昏降临，莫瑞尔太太由困倦变得焦急起来。她一会儿想要是以后永远不见他倒是一种解脱。可一想到抚养孩子的问题又烦恼起来。平心而论，到目前为止，她还不能让他走。说到底，她也明白。他不能彻底一走了之。

她走到花园尽头煤房去。觉得门后有什么东西。看了一眼，原来黑暗中躺着那个蓝色的包袱。她坐在煤块上大笑起来。一看到这个包袱。这么大。又这么丢人现眼。鬼鬼祟祟地呆在黑暗的角落里。两头打结处像耷拉下来的耳朵。她又大笑起来。她心里轻松多了。

莫瑞尔太太坐在那里寻着。她知道他不名一文。如果他在外面过夜。就得欠债。她对他真是讨厌——讨厌透顶了。他甚至没有勇气把他那个包袱带出家门。

她沉思着，大约九点钟。他打开门进来。鬼鬼祟祟地。不过仍然板着脸。面含愠怒，努力装成威风凛凛的样子。

"哼，你能去哪儿？你甚至连包袱都不敢拿出花园，"她说。

他那副傻样，让她没法跟他生气。他脱了鞋子，准备上床。

"我不知道你的蓝手帕里包些什么。"她说，"如果你还把它放在那儿。明天早晨孩子们会去拿走的。"

他起身出了屋，不一会就回来了。别着脸穿过厨房。匆匆忙忙地上了楼。莫瑞尔太太看到他鬼鬼祟祟的快速穿过里面过道，手里还拿着那个包袱。她偷偷地笑了，但是她的内心很痛苦，因为她曾爱过他。

第三章　移情别爱

接下来的这个星期中，莫瑞尔的脾气简直让人不能忍受。像所有的矿工一样，他非常喜欢吃药。更令人奇怪的是，他常常自己掏腰包买药吃。

"你给我带一剂芳香酸。奇怪，家里竟然一口药也喝不上。"

于是，莫瑞尔太太给他买了他最喜欢喝的芳香酸。他给自己煮了一罐苦艾茶，阁楼上挂了成捆的干草药：有苦艾、芸香、夏至草、接骨木花、芫荽菜、蜀葵草、牛膝草、蒲公英和矢车菊。平常炉边铁架子上总是放着一罐他要喝的药汁。

"好极了！"他说，喝完了苦艾茶之后砸着嘴唇说，"好极了！"他还怂恿孩子们尝一尝。

"这比你们任何一种茶和可可都好喝。"他发誓说，但孩子们没有尝。

然而这次他得的是脑炎。无论药片、药酒，还是草药，都无法治好"他讨厌的头

疼"。自从那次他和杰里去诺丁汉途中在野外睡了一觉后。他就一直不舒服。从那时起他就一直喝酒。发脾气。现在他觉得病入膏肓。莫瑞尔太太只好护理他这个最难待候的病人。不管怎么样，她从来没有想让他去死。除去他能挣钱养家之外。她内心深处还是对他有一丝眷恋的。

邻居们对她也非常好。偶尔有人会叫孩子们去吃饭。有人替她干些楼下的家务活，也有人会照看一天婴儿。但不管怎么样，这个病也是个大累赘。邻居们也不是每天都来帮忙的。那样，她就得同时照顾小孩和丈夫，收拾屋子，做饭，什么都得干。她筋疲力尽。但她还是尽自己所能地干。每个星期五。巴克和其他朋友们会均出来一份钱给莫瑞尔的妻子。而且，邻居们给她煮肉汤，给她鸡蛋，以及类似的零用品。如果这段时间没有他们的慷慨帮助。莫瑞尔太太只好借债。那会把她拖垮的。

八个星期过去了。几乎没有希望的莫瑞尔病情有了好转。他的体质很好。因此。一旦好转。很快就会复原的。不久，他就能在楼下活动了。他生病期间，妻子有一点宠惯他，现在他希望她能继续那样。他常摸着脑袋，撇着嘴，装出头疼的样子。但这些骗不了她，起初她只是暗自好笑。后来就很不客气地骂他。

"上帝啊，别这样哭哭啼啼的！"

这有一点伤害他。但他仍继续装病。

"我不是一个好哄的小娃娃。"他的妻子简短地说。

为此，他生气了，像个小孩子似的低声骂着。后来，他不得不恢复他的正常语调，不再嘀咕。

不过，家里这一段时间比较太平。莫瑞尔太太对他多了份容忍。为此他喜不自禁。而他像个孩子似的依赖她，他们俩彼此都没意识到。她对他的宽容是因为她对他的爱在渐渐消失。不管怎么样，在这之前，她的心目中，他仍是她的丈夫。仍是她的男人。她多少还有点同甘共苦的感觉。她的生活依靠着他。这种爱的凋零是潜移默化不易察觉的。但爱情毕竟在衰退。

随着第三个孩子的出生。她不再与他无谓地争执。对他的爱就像不会再涨的潮水离他而去。此后，她几乎不再想他了。而且离他远远的。不再觉得他是她生活中很重要的一部分。只是她周围环境的一部分。她不再计较他的言行。完全让他自生自灭。

接下来的这一年，他们之间的感情处于无可奈何。怅然若失的境地。就像人生的秋季。妻子抛弃了他，虽然感到有缺憾。但是还是毫不犹豫地抛弃了他。把爱情和生活都寄托在孩子身上。他象个无价值的苦壳。象许多男人一样，他或多或少接受了这种现象，把位置让给了孩子们。

在他恢复期间，俩人都曾努力重温他们的婚后头几个月的温情。实际上，他俩的情感已经烟消云散了。孩子们已经上了床后，他坐在家里。她在做衬衣，要做孩子们的衣服。每逢这时。他就给她念报。慢条斯理地读着。像一个人在扔铁环似的，她常催他快点，预先告诉他下面估计是什么字。而他总是谦恭地接过她的话继续往下读。

他们之间的沉默很特别，会听到她的针发出轻快地嗖嗖声。他吸烟时嘴唇发出的很响的"啪啪"声。还有他往火里吐唾沫时炉子冒热气的声音。于是。她开始想威廉。他已经是个大男孩子。在班里是拔萃的。老师说他是学校里最聪明的孩子。她想象他成为一个男子汉，年轻、充满活力。这给她的生活燃起了一缕希望之火。

莫瑞尔孤孤单单地坐在那儿。没有什么可想的，隐隐感到不自在，他在内心盲目与她交流。或发现她已离他远去。他体验到空虚。内心深处一片空白，一片渺茫。他坐也不是。站也不是。不久，他在这种气氛中再呆不下去了。他的这种情绪也影响了他的妻子。他俩都觉得他们单独在一起时。连他们的呼吸都有一种压力。于是，他上床睡觉了。而她乐得独自一人。边干活，边思考，边消磨时间。

此时，另一个孩子出生了，这是这时正在疏远的父母在短暂的和平日子的结晶。这个小孩出生时，保罗才十七个月，是一个白白胖胖的小孩。有一双深蓝色的好奇的眼睛，微微皱着眉头。最小的这个孩子仍是个漂亮而健康的男孩。莫瑞尔太太知道自己怀孕后。感到非常为难。一方面由于经济原因，另一方面因为她不再爱她的丈夫了。不过，对孩子倒没什么可后悔的。

他们叫这个小孩亚瑟，他很漂亮。满头金色的卷发。而且，生来就喜欢他的父亲。莫瑞尔太太对此很高兴。听到这个矿工的脚步声。孩子就会伸出小手摇摇摆摆地欢呼。如果莫瑞尔心情好。他就会立刻用热情、柔和的声音回答。

"怎么了，我的宝贝。我马上来。"

他一脱下工作服。莫瑞尔太太就会用围裙把孩子裹好。然后递给他爸爸。

有时候，父亲的吻和逗弄。给孩子脸上沾满煤灰。当她抱回孩子时。不禁惊呼："小家伙成什么样子了!"这时，莫瑞尔就会开心地大笑。

"他是一个小矿工，上帝保佑这个小家伙。"他大声说。

当心里有着孩子和丈夫时。她仿佛觉得生活充满欢乐。

威廉长得更高更壮了。也更活泼了。而保罗十分文弱安静，愈加清瘦，如影子般地跟着妈妈。平时，他也好动，也对别的东西非常好奇。有时他意气消沉闷闷不乐。这时，母亲就会发现这个三四岁的男孩在沙发上流泪。

"怎么啦?"她问，却没有回答。

"怎么啦?"她有点生气她追问着。

"不知道。"孩子抽咽地说。

母亲又哄又劝地安慰他，但没用。这让她忍无可忍。这时父亲总是不耐烦地从椅上跳起来大喊："他要再哭。我就打得他住口。"

"这不干你的事。"母亲冷冷地说。然后，把孩子领到园子里。把他重重地放在椅子上。说："现在哭吧，苦命的家伙。"

落在黄叶上的蝴蝶吸引了他，或者他自己哭着睡了。保罗的忧郁症不常发生。但在莫瑞尔太太心里投下了一块阴影，因此她在保罗身上操的心更多一些。

一天早晨，她朝河川区巷道张望着等待卖酵母的人。突然，她听到一个声音在喊她。原来是瘦小的安东尼太太。她穿着一身棕色丝绒衣服。

"嗨，莫瑞尔太太。我要给你说说威廉的事。"

"噢。是吗?"莫瑞尔太太回答。"怎么啦，发生了什么事?"

"他从后面抓住了我的孩子。撕了他的衣服。"安东尼太太说："这还了得。"

"你家的阿尔弗雷德和威廉一样大呀。"莫瑞尔太太说。

"是一样大，但那也不能扭着别人的孩子。撕人家的衣服。"

"好，"莫瑞尔太太说："我不会打孩子的。即使打他们。我也要让他们说明原因。"

"发生这样的事。应该好好教训他们一顿才是。"安东尼太太反驳道。

"我相信他不是故意的。"莫瑞尔太太说。

"你的意思是我在说谎?!"安东尼太太喊了起来。

莫瑞尔太太走了。把门也关上。端着杯酵母的手在发抖。

"我要告诉你当家的。"安东尼太太在身后喊道。

午饭时，威廉吃完饭又想走——他已经11岁了——他妈妈问话了。

"你为什么撕坏了阿尔弗雷德·安东尼的衣领？"

"我啥时撕了他的衣领？"

"我不知道啥时。他妈妈说你撕了。"

"噢——是昨天，那个领子早已破了。"

"但你把它撕得更破了。"

"是这样，我的砸果。赢了他17个——于是阿尔弗雷德·安东尼就喊：'亚当夏娃掐人精。河里去干坏事情。亚当夏娃淹死啦。猜猜是谁得救啦？'

我就说：'好，掐你一下。'我就掐了他一下。他像疯子一样抢了我的"砸果"就跑了。我就在后面追，抓住了他的时候，他一躲，就把领子给撕破了，但我抢回了我的砸果……"

他从口袋里掏出用根绳子串上的七叶树果，黑色陈旧的老"砸果"——击碎了其他十七颗挂在同样绳子上的砸果，因此这个男孩对自己百战不败的功臣感到骄傲。

"得了，"莫瑞尔太太说："你应该明白你不应该撕别人的领子。"

"唉，妈妈呀！"他回答，"我不是故意那么做的——再说，那只是一个旧的橡胶领子，而且早就破了。"

"下次，"他妈妈说："你应该小心些，如果你回家时领子也被撕破了，我也会不高兴的。"

"我不在乎，妈妈，我不是有意撕的。"

小男孩子挨了训，表情很可怜。

"得了——你得多加小心。"

威廉庆幸妈妈饶了他，飞也似的跑了。一向讨厌跟邻居闹纠葛的莫瑞尔太太，觉得她应该给安东尼太太解释一下，平息了这场风波。

但是，那天晚上，莫瑞尔从矿井回来，看上去怒气冲冲。他站在厨房里，四下瞅着，好几分钟没吭声，然后说："威廉去哪儿了？"

"你找他干什么?"莫瑞尔太太心里揣测着问道。

"我找到他后,他就知道了,"莫瑞尔说着,"砰"地把他的井下喝水的瓶子摔在碗柜上。

"安东尼太太找你,胡扯阿尔弗雷德领子的事吧。"莫瑞尔太太冷笑着说。

"别管谁找我。"莫瑞尔说,"我找到他,把他的骨头揍扁。"

"真滑稽,"莫瑞尔太太说:"你竟相信别人的胡扯,想和母老虎站在一起冤枉你儿子。"

"我要教训他,"莫瑞尔说,"我不管谁的孩子,他不能随便去撕别人的衣服。"

"随便撕别人的衣服!"莫瑞尔太太重复了一遍,"阿尔弗雷德抢走了他的'砸果',他就去追,无意中抓住了他的领子,那个孩子一躲闪——安东尼家的孩子都会这么做。"

"我知道!"莫瑞尔恐吓地喝道。

"你知道,别人告诉你之前,你就知道。"他的妻子挖苦地回敬道。

"你别管,"莫瑞尔咆哮着,"我知道该怎么办。"

"可不一定,"莫瑞尔太太说:"假如有的长舌妇挑拨你去打你的儿子怎么办?"

"我知道。"莫瑞尔重复。

他不再说话,坐在那里生闷气。突然间,威廉跑了进来,说道:"妈妈,我可以吃茶点吗?"

"我让你吃个够!"莫瑞尔太太说:"看你丑态百出的样子。"

"我如果不收拾他,他岂止丑态百出。"莫瑞尔从椅子上站起来,瞪着儿子。

在威廉的这个年龄,他算是身材够高大的了,但他非常敏感,这时已脸色苍白,惶恐地看着父亲。

"出去!"莫瑞尔太太命令儿子。

威廉傻傻地没动。突然,莫瑞尔捏起拳头,弯下腰。

"我要凑他'出去',"他像失去理智似的喊。

"什么!"莫瑞尔太太喊道,气得呼呼地喘:"你不能只听她的话就打他,你不能!"

"我不能?"莫瑞尔喊着,"我不能?"

他瞪着孩子，向前冲去，莫瑞尔太太跳起身来拦在他们中间，举着拳头。

"你敢！"她大喊。

"什么！"他喊道，愣了一会，"什么！"

她转这身来对着儿子。

"出去！"她生气地命令他。

男孩好像中了她的魔法似的，突然转身跑了。莫瑞尔冲到门口，但已晚了。他转回身来，尽管他的脸满是煤灰，仍然气得发白。但现在他的妻子更是怒火冲天。

"你敢！"她的声音响亮地说："你敢碰这个孩子一指头，老爷，我让你后悔一辈子。"

他害怕她，只好生气地坐下。

孩子们长大了，不再让人操心。莫瑞尔太太参加了妇女协会。这个协会是附属于批发合作社的小型妇女俱乐部，协会每星期一晚上在贝斯伍德合作社的杂货铺楼上的一间长屋里聚会，妇女可以在那里讨论合作社的好处和其他一些社会问题。有时候，莫瑞尔太太也看看报。孩子们每每惊奇地看到整天忙着家务的妈妈坐着时而奋笔疾书，时而凝神沉思，时而批阅书册，然后继续书写，不禁对母亲怀有深深的敬意。

不过，他们很喜欢这个协会，只有在这件事上他们没有埋怨它抢走了他们的母亲——一半因为母亲从中享受到快乐，一半因为他们受到一些优待。一些心怀敌意的大丈夫们称这个协会是"咭咭呱呱"店，即说闲话的店，他们感觉妻子们太独立了。从这个协会的宗旨上说，这种感觉也许是正确的，女人们应该审视一下她们的家庭。她们的生活条件，从而发现生活有许多缺憾。矿工们发现他们的妻子有了自己新的价值标准，感到非常恐慌。莫瑞尔太太在星期一的晚上总是带来很多新闻，因此，孩子们希望母亲回来的时候，威廉在家，因为她会毫无保留地告诉他很多事。

威廉十三岁时，她给他在合作社办公室里找到一份工作。他是一个很聪明的孩子，坦率真诚，相貌粗犷，长一双北欧海盗般的蓝眼睛。

"为什么让他去坐冷板凳？"莫瑞尔问，"他只会把裤子磨破，什么也挣不到，刚去多少钱？"

"开始挣多少没关系。"莫瑞尔太太说。

"不行！让他跟我去下井，一开始我就可以轻松地每周挣十个先令。不过，我知道，在凳子上磨破裤子挣六先令，还是比跟我下井挣十先令好。"

"他不能去下井，"莫瑞尔太太说，"再别提这件事了。"

"我下井没关系，他下井就不行啦？"

"你母亲让你十二岁下井，这并不意味着我让我的孩子也这么做。"

"十二岁？还没到十二岁呢！"

"管你几岁！"莫瑞尔太太说。

她以有这样的儿子而骄傲。他去了夜校，学会速记，到他十六岁时，除了另外一个人，他已经是当地最好的速记员和簿记员了。后来，他在一家夜校教书。但他的脾气太暴躁，要不是因为他的热心肠、大块头保护着他，真不堪设想。

所有男人干的事——好事——威廉都会。他跑起来快得像风，十二岁时，他在一次比赛中荣获一等奖，一个铁砧形状的玻璃墨水瓶，神气地摆在碗柜上，这给莫瑞尔太太莫大的喜悦。孩子是为她而跑的，他拿着那个奖品飞奔回家，气喘吁吁地说："看，妈妈！"这是他给她的第一件真正的礼物，她像皇后一样接过了它。

"真漂亮！"她惊叹。

于是，他开始雄心勃勃。他把所有的钱都给了母亲。他每星期挣到十四先令，她给他两先令。由于他从不喝酒，他觉得自己很富有，便和贝斯伍德的中产阶级有了来往。小镇上地位最高的是牧师，然后是银行经理，医生、商人，还有煤矿老板。威廉相交的有药剂师的儿子、中学校长、商人。他在技工礼堂打弹子，竟然不顾母亲的反对去跳舞。他沉迷于贝斯伍德所有的活动，教堂街六便士的便宜舞会，体育运动、打弹子，无不躬亲。

保罗常听到威廉描述那花枝招展的少女们，但大部分就像摘下的花朵一样，在威廉心中只活上短短两星期。

偶尔，也有情人来找她那行踪不定的情郎。莫瑞尔太太发现一个陌生的女孩站在门口，立刻嗅出了不对劲。

"莫瑞尔先生在吗？"年轻的女人用一种动人的神情问道。

"我丈夫在。"莫瑞尔太太回答。

"我——我是说，年轻的莫瑞尔。"少女费力地重复了一遍。

"哪一个？这里有好几个呢。"

于是，女孩脸色绯红，说话也结巴了。

"我——我是在舞会上碰到莫瑞尔先生的——在里普斯。"她解释着。

"哦——在舞会上！"

"是的。"

"我不喜欢儿子在舞会上结识的女孩，而且，他也不在家。"

他回家后，为母亲如此不礼貌地赶走了那个姑娘大为恼火。他是粗心大意，性情热烈的小伙子，时而昂首阔步，时而蹙额皱眉，常常喜欢把帽子扣到后脑勺上。此刻，他皱着眉头走了进来，把帽子扔到了沙发上，平托着下巴瞪着母亲。她身材矮小，头发朝后梳着。她平静，又让人敬畏，然而又非常亲切。知道儿子生气了，她内心有点不安。

"昨天有位小姐来找我吗？妈妈？"他问。

"我不知道什么小姐，倒是一位姑娘来过。"

"为什么你不告诉我？"

"因为我忘了。"

他有点激动。

"一个漂亮的女孩——看上去不像一位小姐？"

"我没看她。"

"褐色的大眼睛？"

"我没看。孩子，告诉你的那些姑娘们，她们想追求你时，不要到你妈妈这儿来找你。告诉那些你在跳舞班认识的厚颜无耻的女人。"

"我肯定她是一个好女孩。"

"我肯定她不是。"

这次争吵结束。关于跳舞，母亲子之间发生过一次唇枪舌剑的冲突。有一次，威廉说要去哈克诺：特米德——被认为是下等小镇的地方——参加一次化装舞会，两人之间的不满到了高潮。他要扮成一个苏格兰高地人，就去租朋友的那套非常合适他穿的衣服。高地人服装送到家时，莫瑞尔太太冷冷地接下它，连包都没打开。

"我的衣服到了吗？"威廉喊道。

"前屋里有一个包裹。"

他冲进去，剪断了包上的绳子。

"你儿子穿这个怎么样？"他说着，欣喜若狂地给她看那套衣服。

"你知道我不喜欢你穿那身衣服。"

舞会那天傍晚，他回家来换衣服，莫瑞尔太太已经穿上大衣，戴上帽子。

"你不等一会看我吗？妈妈。"他问。

"不，我不想看到你。"她回答。

她苍白的面孔板得很紧。她害怕儿子重蹈他父亲的覆辙。他犹豫了一会，心里还是火烧火燎。突然，他看到那顶装饰着彩带的苏格兰高地的帽子，拿起帽子，高兴得忘乎所以，把母亲抛到九霄云外去了。

他十九岁时，突然离开了合作社办公室，在诺丁汉找到了一个差使。在新地方，他可以每周挣30先令而不再是18先令了。这确实是个飞跃。父母都很得意，人人交口称赞威廉，好像他会很快飞黄腾达。莫瑞尔太太希望，他能帮帮他的两个弟弟，安妮正在念师范；保罗，也相当聪明，成绩不错，正跟着那位当牧师的教父学法语和德语。牧师仍是莫瑞尔太太的好朋友。亚瑟是个倍受宠爱的漂亮男孩，正上公立小学，有人说他正在争取进诺丁汉中学的奖学金。

威廉在诺丁汉的新职位上呆了一年。他学习刻苦，人也严肃起来了，似乎有什么事使他烦恼。他仍然出去参加舞会和河边派对，他滴酒不沾。几个孩子都是绝对戒酒主义者。他晚上回来很晚，但还要坐在那里学习很长时间。母亲恳切地嘱咐他保重身体，不要急于求成，想干这，又想干那。

"要想跳舞就跳吧，我的孩子，不要以为自己既能工作，又学习，还是可以玩的。不要这样想干——或者好好玩，或者学习拉丁语，但别同时兼顾两件事，人的身子骨是支撑不住的。"

后来，他在伦敦找到一份工作，年薪一百二十镑。这确实是很大一笔收入。他母亲不知道是喜是悲。

"他们让我星期一去莱姆大街，妈妈，"他喊道，他念信的时候，眼睛泛着光。莫瑞尔太太觉得内心一片沉寂。他念着信："'无论您接受与否，请予星期四之前做出答复。您的忠实的×××。'他们要我了，妈妈，一年一百二十镑，甚至不要求面试。我告诉过你，我会成功的！想想吧，我要去伦敦了！我可以每年给你二十镑，妈妈。我们都会有很多的钱。"

"我们会的，我的孩子。"她感伤地回答。

他从没料到，在母亲的心里，母子分别的感伤远远甚于儿子成功的喜悦。

随着他动身的日子的迫近，她越来越感到绝望伤心。她多么爱他呀！而且，她对他的希望多大呀！他是她生活的动力，她喜欢为他做事，喜欢给他端一杯茶，喜欢给他熨衣服。因为当地没有洗衣房。看着他穿上领口挺括的衣服那种自豪的神情时，她内心洋溢着喜悦。她常常用一个凸肚的小熨斗把衣服熨得干干净净，甚至在领口上用力摸出光泽来。如今，他要离开了，她再不能为他做这些了，她仿佛觉得他将要离开她的心。似乎他并没有想让她和他住在一起的意思，这更让她悲痛，他彻彻底底地走了，带走了所有的一切。

他出发前几天——只有二十岁的他——焚烧了他所有的情书。这些情书夹在文夹里，放在碗柜上面，有些他曾摘要似的给母亲读过，有些她不厌其烦地亲自读过。不过大多数信写得无聊浅薄。

到了星期六，他说："快来，圣徒保罗，我们一起翻翻我的信，信封上的花鸟给你。"

莫瑞尔太太把星期六的活在星期五就干完了。因为这是威廉在家的最后一个休息天。她给他做了一块他很爱吃的米糕让他带走。他几乎一点儿没有察觉她内心的痛苦。

他从文件夹里拿出一封信，信封是淡紫色，上面印着紫色和绿色的蓟草。

威廉嗅闻嗅信纸。"好香啊，闻闻！"

他把信递到保罗鼻子下。

"哦，"保罗说着，吸了一口气，"什么味儿，闻一闻，妈妈。"

母亲把她那小巧的鼻子匆匆凑近张纸。

"我才不想闻她们那些垃圾呢。"说着，她吸了吸鼻子。

"这女孩的父亲，"威廉说："和克利苏斯一样富有，他有无数的财产。她叫我拉法耶特，因为我懂法语。'你会明白，我已经原谅了你'——我很高兴她原谅了我。'我今天早晨把你的事告诉母亲了，如果星期天你能来喝茶，她会很高兴的，不过她还需要征得父亲的同意。我衷心地希望他能同意。有结果，我会告诉你的。但是，如果你——'"

"'告诉你'什么呀？"莫瑞尔太太打断他。

"'结果'，——是的!"

"'结果'"莫瑞尔太太挖苦地重复一遍。"我以为她接受过良好的教育呢。"

威廉觉得有点儿尴尬，就丢开了这姑娘的信，把信角上的花送给了保罗。他继续念着信中段落，其中的有些话逗乐了母亲；有些使她不快，让她为他而担心。

"我的孩子，"她说，"她们聪明透顶。她们知道只需说几句恭维话来满足你的虚荣心，你就会像一只被搔过头的小狗一样紧紧地跟着她们。"

"得了吧，她们不能永远这么搔下去，"他回答道，"等她们搔完了，我就走开。"

"但是有一天你会发现有一根绳子套着你的脖子，你会扯也扯不掉的。"

"我不会的! 妈妈。我和她们中的任何人都一样，她们用不着恭维自己。"

"你在恭维你自己。"她平静地说。

一会儿，那文件夹里带香味的情书变成一堆黑色的灰烬。除了保罗从信封角上剪下来三、四张漂亮的信花——有燕子，有勿忘我，还有常春藤。威廉去了伦敦，开始了新生活。

第四章　童蒙初启

保罗长得像母亲，身材纤弱，个子也不高。他的金黄的头发渐渐变红，后来又变成深棕色。眼睛是灰色的，他是个脸色苍白而又文静的孩子。那双眼睛流露出好像在倾听着什么的神情，下唇丰满，往下撇着。

一般说来，他在这个年龄的孩子中显得比较早熟。他对别人的感情，尤其是对母亲的感情相当敏感。她有什么不顺心的事，他一清二楚，而且为此显得心神不定，他的内心似乎总是在关心她。

随着年龄的增长，他变得强壮了一些。威廉与他年龄相差太大，不能与他做伴，因此。这个小男孩一开始几乎完全属于安妮。她是个淘气的女孩，母亲叫她"顽皮鬼。"不过她特别喜欢弟弟，因此保罗一步不离地跟着她，一起玩游戏。她和河川区那些野猫似的孩子疯一般地玩游戏，保罗总是跟随在她身边。由于他太小还不能参加这些活动，只和她分享游戏的快乐。他很安静，也不引人注目，但姐姐十分喜欢他，因为他最听姐姐的话。

她有一个虽不是很喜欢，但引以为豪的大洋妹妹。她把洋娃娃放在沙发上，用一个沙发套盖着，让她睡觉。后来，她就忘了它，当时保罗正在练习从沙发扶手上往前跳，正好踩坏藏在那儿的洋娃娃的脸。安妮跑过来，大叫一声，坐在地下哭了起来，保罗吓得呆呆地站着。

"我不知道它在那儿，安妮，我不知道它在那儿。"他一遍又一遍地说。安妮痛哭时，他就在旁边手足无措地伤心地坐着，一直等她哭够为止。她原谅了弟弟——他也是那么不安。但一两天后，她吃了一惊。

"我们把阿拉贝拉做个祭品吧，"他说："我们烧了她。"

她吃了一惊，可又有点好奇。她想看看这个男孩子会干些什么。他用砖头塔了一个祭坛，从阿拉贝拉身体里取出一些刨花，把碎蜡放到凹陷的洋娃娃脸上，浇了一点煤油，把它全部烧掉了。他用一种怀有恶意的满足看着碎蜡一滴滴地在阿拉贝拉破碎的额头上融化，像汗珠似的滴在火苗上。这个又大又笨的娃娃在火中焚烧着，他心里暗自高兴。最后，他用一根棍子在灰堆里拨了拨，捞鱼似的捞出了发黑的四肢，用石头砸烂了它们。

"这就是阿拉贝拉夫人的火葬。"他说："我很开心她什么也没剩下。"

安妮内心很不安，虽然她一句话也说不出来。看来他痛恨这个洋娃娃，因为是他弄坏了它。

所有的孩子，尤其是保罗，都非常敌视他们的父亲，站在母亲一边。莫瑞尔仍旧蛮横专制，还是一味好酒。他周期性地给全家人的生活染上不幸的色彩，有时长达数月。保罗也忘不了，一个星期的傍晚，他从希望乐团回来，看见母亲眼睛肿着，还发青，父亲叉着两腿站在炉前地毯上，低着头。威廉刚下班回到家，瞪着父亲。孩子们进来时，屋里一片寂静，大人们谁也没回头看上一眼。

威廉气得嘴唇发白，拳头紧握着，用孩子式的愤怒和痛恨看着这一切，他等几个弟妹安静下来才说：

"你这个胆小鬼，你不敢在我在的时候这样干。"

莫瑞尔的血直往上涌，他冲着儿子转过身。威廉比他高大些，但莫瑞尔肌肉结实，而且正在气头上。

"我不敢？"他大叫："我不敢？毛头小伙子，你再敢多嘴，我就要用我的拳头了。哼，我会那样做的，看着吧。"

莫瑞尔弯着腰，穷凶极恶地举起拳头。威廉气得脸色发白。

"你会吗？"他说，平静却又激动，"不过这是最后一次了。"

莫瑞尔跳近了一步，弯着腰，缩回拳头要打，威廉的拳头也准备着出击。他的蓝眼睛闪过一束光，好像在笑。他盯着父亲，只要再多说一句话，两个人就会打起来。保罗希望他们打起来，三个孩子吓得脸色苍白，坐在沙发上。

"你们俩都给我住手，"莫瑞尔太太用一种严厉的声音喝道："够了，吵了一夜啦。你，"她说着，转向丈夫："看看你的孩子！"

莫瑞尔朝沙发上瞥了一眼。

"看看你的孩子，你这个肮脏的小母狗！"他冷笑道，"怎么了，我倒想知道我对孩子们怎么啦？他们倒像你，你把你那一套鬼把戏传给了他们——是你把他们宠坏了。"

她没有理他。大家都没有吭声，过了一会，他脱下靴子扔到桌子下，上床睡觉去了。

"你为什么不让我跟他干一仗？"威廉等父亲上楼后问道，"我会轻而易举地打倒他。"

"行啦——打你自己的父亲！"她回答。

"父亲！"威廉重复，"把他叫父亲！"

"是的，他是——因此——"

"可你为什么不让我收拾他？我不费什么劲就收拾他一顿。"

"什么主意！"她喊起来，"还没到那个地步吧。"

"不，"他说，"情况更坏。看看你自己，你为什么不让我把你受的罪还给他？"

"因为我再也受不了这么多刺激，再别这么想了。"她索性大哭起来。

孩子们闷闷不乐地上床了。

威廉逐渐长大了。他们家从河川区搬到山顶的一所房子里，面对着像凸形的海扇壳那样铺开的山谷，屋前有棵巨大的白蜡树。西风从德比郡猛烈地刮来，横扫向这座房子，树被刮得呼呼响，莫瑞尔喜欢听这风声。

"这是音乐，"他说，"它催我入睡。"

但是保罗、亚瑟、安妮讨厌这种声音，对保罗来说这就像恶魔的叫声。他们搬到新居的第一个冬天，父亲的脾气更坏了，孩子们在大街上玩到八点才回来，然后孩子们就上床睡觉。大街靠近山谷，四周空旷漆黑。妈妈在楼下做针线活。屋子前一大片空间使孩子有一种黑夜漆漆，空旷迷惘，恐怖阴森的感觉。这种恐怖感来自那棵树上的呼啸声和对家庭不和的烦恼。保罗常常在长时间熟睡中被楼下传来的重重的脚步声惊醒。他听见了父亲醉醺醺地回来了，大吼大叫，母亲尖声应答着，父亲的拳头砰砰地敲着桌子，声音越来越高地在咒骂。随后这一切都湮没在风刮白蜡树发出的呼啸声中。孩子们心神不定地静静地躺在床上，等着风刮过后好听父亲在干什么。他可能又

在打母亲。黑暗中有一种恐惧的感觉，还有一股血腥味。他们躺在床上，提心吊胆，烦恼万分。风刮着树枝，越来越猛，就像只大竖琴的琴弦在鸣响、呼应、喷发。突然一片令人恐惧的寂静，方圆四周，楼上楼下一片寂静。怎么了？是血的寂静吧？他干了些什么？

孩子们躺在黑暗中，静静地呼吸着。终于听到父亲扔掉靴子，穿着长袜子重重地上楼。他们静静地听着。风小了，他们听得见水龙头里的水嘀嘀嗒嗒流进水壶，母亲在灌早上用的水。他们才能安下心来睡觉。

到早晨他们又欢欢喜喜地、兴致勃勃地玩耍，就像晚上围着那根黑暗中的孤独的路灯跳舞一样快乐。不过，他们心中还是有一团挥不去的阴霾，眼睛流露出一丝黯淡，显示了他们内心生活的挫折。

保罗恨父亲，从小他就私下里有一种强烈的宗教信仰。

"让他别喝酒了。"他每天晚上祈祷着。"上帝啊，让我父亲死去吧。"他常常这么祈祷。有时，下午吃完茶点，父亲还没回来，他却祈祷："别让他死在矿井里吧。"

有一阵全家人吃尽了苦头。孩子们放学回来吃完茶点，炉边铁架上那只大黑锅热汤沸腾，菜放在炉子上，等待莫瑞尔回家开饭。他本应该五点钟到家，可近几个月来，他收工后，天天在外面喝酒。

冬天晚上，天气寒冷，天黑又早，莫瑞尔太太为了节省煤油在桌上放了一只铜烛台，点上一根牛油蜡烛。孩子们吃完黄油面包，准备出去玩。要是莫瑞尔还没回来，他们就不敢出去。想到他干了一天活，满身灰土，不回家洗脸吃饭，却饿着肚子在那儿喝酒，莫瑞尔太太就无法忍受。这种感觉从她身上传到孩子们身上，她不再是一个人受苦了：孩子们和她同样在受苦。

保罗出去和别人一起玩耍。暮色中，山谷中矿井上，灯光闪闪，几位走在后面的矿工，拖着身子在黑暗的田间小路上往家走。点路灯的人过去了，后面寂无一人。黑暗笼罩了山谷，矿工早就收工了。夜色浓浓。

保罗急急忙忙地冲进厨房。那只蜡烛还在桌上燃烧着，火焰很大。莫瑞尔太太独自坐着。铁架子上的汤锅还冒着热气，餐具还在桌上摆着，整个屋子都处在一种等待的气氛中，等着那个隔着沉沉黑夜，在好几里以外饭也不吃、衣服也不换，就知道喝

酒的男人。保罗在门口站住了。

"爸爸回来了吗?"他问。

"你知道他还没回来。"莫瑞尔太太回答,对这句明知故问的话有点生气。

儿子慢慢靠近母亲,两人一起这分担份焦急。不一会儿,莫瑞尔太太上去,把土豆捞了出来。

"土豆烧煳了,都发黑,"她说:"但这不管我的事。"

他们偶尔不经意地聊上几句。保罗几乎有点嫉恨母亲因为父亲下班不回家而难受。

"你为什么自找麻烦呢?"他说:"他不喜欢回家愿意去喝酒,你干吗不让他去呢?"

"让他去!"莫瑞尔太太生气了:"你说让他去?"

她意识到这个下班不回家的男人,会很快毁了自己,也毁了这个家。

孩子们都还小,还得依靠他生活。威廉总算让她感到欣慰,如果莫瑞尔不行,还能够有个人可依靠。每一个等待的夜晚,屋里的气氛是同样的紧张。

时间一分钟一分钟地过去了。六点钟,桌布还平铺在桌上,晚餐还是摆在那儿等着,屋里还是等待和期望的气氛。这个男孩实在受不了这种折磨,他不能去外面玩。于是,他就跑到隔壁邻居英格太太家,找她说话去了。英格太太没有生养,她丈夫对她非常体贴,可她丈夫在一家商店工作,下班很晚。因此,每当她在门口看见这个孩子,就说:

"进来,保罗。"

然后这两人就聊上一阵,孩子有时间会突然站起来说:

"好了,我该走啦,去看看我妈妈有没有活让我干。"

他装出很快乐的,没有把惹他烦恼的事告诉他的朋友,转身跑进家门。

这段时间,莫瑞尔一回到家总是凶狠粗暴,令人痛恨。

"这个时间了,还知道回家!"莫瑞尔太太说。

"我啥时回家关你什么事?"他回嘴道。

屋里的每个人都不敢吭声,觉得谁也惹不起他。他吃相粗俗,吃完后,推开所有的碗碟,趴在桌上,枕着胳膊就开始睡了。

保罗恨父亲的这副德性。这个矿工蓬头垢面,形象猥琐,灰尘沾满黑发,就那么

歪着头躺在光膀子上。肉乎乎的鼻子，稀稀啦啦几乎看不出来的眉毛，被酒精烧得通红的脸颊。醉酒、疲劳再加上闷气，他不知不觉已经睡着了。如果有人突然进来或声响稍高一点，他就会抬起头来训斥：

"我砸扁你的头，告诉你，给我住口，听到没有？"

他用威胁的口气吼着，通常是冲着安妮来的，这更让全家人感到厌恶。

他在家时，总是一幅事不关己的神态，家人也懒得理他。孩子们常跟母亲谈论白天发生的事，就像如果不告诉母亲的话，那事如同没有发生似的。但只要父亲一进来，一切声音都突然消失了。仿佛他是这个幸福家庭的障碍一样。他也清楚自己进来，屋子就会变得沉默，全家人都不理他，不欢迎他，但这种状态已经无法挽救了。

他也非常渴望和孩子们高高兴兴地聊聊天，但他们不干。有时候莫瑞尔太太会说：

"你应该告诉你的父亲。"

保罗在儿童报举办的一次竞赛中获了奖，每个人都兴高采烈。

"你最好在你父亲进来后就告诉他，"莫瑞尔太太说，"你知道他总是抱怨说没有告诉他任何事。"

"好吧。"保罗说。不过，他宁愿不要这个奖，也不愿告诉父亲。

"爸爸，我竞赛获奖了。"他说。

莫瑞尔转过身。

"是吗，我的孩子？什么竞赛？"

"哦，没什么——是关于著名妇女的。"

"哦，你得多少奖金？"

"一本书。"

"哦，是吗？"

"关于鸟类的。"

"嗨——嗨！"

就这样，谈话似乎在父亲和其他任何一个家庭成员之间都是不可能的。他是个外人，他否认了他心中的上帝。

只有他高高兴兴地干活的时候，才是唯一和一家人融合在一起的时刻。有时晚上

他补鞋、修锅或修井下用的壶，他总会需要人帮忙，孩子们也乐意帮他。当他恢复了本性善良的一面，真正地干些什么的时候，孩子们也和他连在一起。

他是个好匠人，心灵手巧，心情开朗时，总是不停地哼哼唱唱。虽然他长年累月和家人闹别扭，脾气暴躁，但干起活来热情很高。大家都会很兴奋地看到他拿着一块通红的铁块冲到洗碗间，嘴里喊着："让开——让开!"然后，他用锤子在铁砧上锤打着这块烧红发软的东西，随心所欲地打出各种形状。或者，他全神贯注地坐在那儿焊接。孩子们就兴致勃勃地看着这些金属突然化开了，被烙铁头压进缝里去，屋子里飘满烧松香和焊锡的味儿，莫瑞尔就一声不响，一心一意地干活。他修鞋时锤子叮叮咣咣的敲打声与他的哼唱声和鸣。当他坐着给自己补下井穿的鼹鼠皮裤子时，也总是满心欢喜。他常常亲手干这活儿，他觉得这活太脏，皮子又太硬，妻子干不了。

不过，对于孩子们来说，最高兴的还是看他做导火索。莫瑞尔从阁楼里找出一捆很结实的长麦秆，用手把它们擦得干干净净、金光闪闪。然后把麦秆切成大约六英寸的小段，每段麦秆底部都留一个槽口。他随身带一把快刀，麦秆切理整整齐齐，毫无损坏。他在桌子中间倒上一堆火药，擦得明光闪亮的桌面堆起一小堆黑色颗粒。他整好麦秆，保罗和安妮往麦秆里灌火药，再一根根塞住。保罗喜欢看这些黑色的颗粒从自己指缝流进麦秆口，直到灌满为止。然后，他用大拇指甲刮一点肥皂塞住麦秆口，这样工作就算做完了。

"看，爸爸。"他说。

"很对，宝贝。"莫瑞尔回答，他对二儿子尤其亲热。保罗把导火索插到火药罐里，替父亲收拾好，第二天早晨莫瑞尔要拿着它下井炸煤。

此时，亚瑟也很喜欢父亲，靠在莫瑞尔椅子扶手上说：

"给我们讲讲井下的事儿，爸爸。"

这是莫瑞尔最高兴的事。

"好，有一匹小马——我们叫它邰非，"他开始这么讲。"它很狡猾。"

莫瑞尔活灵活现地讲着故事，一下就让人感觉到了邰非的狡猾。

"皮肤是棕色的。"他接着说："也不太高，嗯，它踢踢踏踏地来到井下。有人听到它打了个喷嚏。'嗨，邰非，'有人问，'为什么又打喷嚏了？又闻到了什么？'"

"接着又打了一个喷嚏，就一屁股坐下去，头顶在你身上，这个小坏蛋。"

"'邰非，想要什么？'"有人说。

"他想要什么？"亚瑟常常会问。

"他想要一点烟草，宝贝。"

邰非的故事可以无穷无尽地讲下去，而且大家都爱听。

有时候，也会换一个新故事：

"休息时间，我穿衣服，有个东西从我胳膊上跑过，你们猜猜是啥，宝贝？原来是只老鼠。"

"'嗨，站住！'"我大喝一声。

"我一把抓住了老鼠尾巴。"

"你把它捏死了吗？"

"是的，它们很讨厌。井下多的是。"

"它们吃什么？"

"吃拉煤车的马掉下来的谷——如果你不收拾它们，它们会钻进你的口袋，吃掉你的点心——不管你把衣服挂在哪儿——这些偷偷摸摸、到处乱咬的讨厌东西都能找到。"

这样愉快的夜晚。只有莫瑞尔干活儿的时候才会出现。通常他总是早早上床。比孩子们睡得还早。干完了修补的活儿。报纸也浏览了一遍。他无事可干了。

父亲上床后。孩子们才觉得安心。他们躺下说一阵悄悄话。突然天花板上反射出晃动的亮光。吓他们一跳，原来是外面矿工们提着灯去上九点的夜班。他们听着男人们的说话声。想象着他们怎么走进黑漆漆的山谷。有些孩子们还会走到窗前，望着三、四盏灯在黑暗的田野中摇摇晃晃，渐渐消失在黑夜之中，然后赶紧奔回床上。大家暖暖地挤在一起。这真令人感到兴奋。

保罗是个相当羸弱的孩子，常犯支气管炎。而另外几个孩子却都很强壮。所以母亲格外宠爱他。一天，他在吃午饭时回到家。觉得不舒服。不过莫瑞尔家的人一向不喜欢大惊小怪。

"你怎么了？"母亲关切地问。

"没什么。"他回答。

可是他饭也吃不下去。

"你不吃饭。就不能去学校。"她说。

"为什么?"他问。

"就因为不吃饭。"

饭后他就躺在沙发的那个孩子们都喜欢的印花垫子上。慢慢打起瞌睡来。那天下午。莫瑞尔太太熨衣服。她干活时,听到孩子喉咙里那微弱哐哐声。心里又涌起先前讨厌他的那种感觉。她当初没希望他能活下来,然而他稚嫩的身躯却具有强大的生命力。如果他刚生下来就死了,她倒会觉得宽慰些,她对他总有一种又爱又恼的感情。

他呢,在半睡半醒的朦胧中。迷迷糊糊地听到熨斗贴在熨衣板上的声音。还有轻微的撞击声。一醒过来,看到母亲站在炉边地毯上。把热熨斗靠近脸。好像在用耳朵倾听熨斗有多烫似的。她脸上平静安详,内心却充满痛苦和幻灭,由于自我克制,紧闭着嘴唇。但她玲珑的鼻子,蓝蓝的眼睛看上去多么年轻、敏锐、热情。他不由自主地从心里涌起一种强烈的爱。当她像现在这样平静时,她看上去很勇敢,充满活力。可又似乎被剥夺了某种生活权力。想到母亲的生活从来没有美满过。孩子感到心痛,他想报答却又心有余而力不足,这让他感到自己太无能。内心痛苦地煎熬着,但同时也使孩子念念不忘去报答母亲,这是孩子天真的生活目标。

她在熨斗上吐了口唾沫,唾沫在黑黑的熨斗面上乱溅起来,转瞬即逝。然后她跪在地上。在炉边地毯的反面用力擦拭熨斗。炉子旺盛的火焰温暖着她,保罗很喜欢母亲蹲下来。脑袋偏向一边的样子。她的一言一行,都完美无缺。屋里暖融融的,弥漫着熨衣服的气味。后来,牧师来了,跟她和风细雨地聊起来了。

保罗的支气管炎犯了。他自己倒不在乎。已经这样了。充好汉也没用了。他特别喜欢晚上八点钟之后。灯熄了,看着火光在黑暗中的墙壁上、天花板上闪动。看着巨大的影子摇摇摆摆,屋里似乎全是人,在沉默中厮打着。

在上床前,父亲总会走进这间病房,家里不论谁病了。他总是显得温和亲善。但是扰乱了男孩安宁的心境。

"睡着了吗,宝贝?"莫瑞尔柔和地问。

"没呢。妈妈来了吗?"

"她马上就叠完衣服了。你想要点什么吗?"莫瑞尔很少这样对儿子。

"我什么也不要。妈妈什么时候来?"

"快,宝贝。"

父亲在炉边地毯上犹犹豫豫地站了一会儿,他感觉到儿子不想要他。于是他下楼对他妻子说:

"孩子急着要你。你什么时候弄好啊?"

"天哪,等我忙完嘛,告诉他让他睡觉。"

"她叫你先睡。"父亲温柔地给保罗重复着。

"嗯,我要她来。"男孩子坚持着。

莫瑞尔对楼下叫道:"他说你不来他就睡不着。"

"哦,天哪,我马上就来。别对楼下嚷嚷。还有别的几个孩子呢!"

莫瑞尔又进来了,蹲在炉火前。他很喜欢烤火。

"她说她马上就来。"他说。

他磨蹭着呆在屋里。孩子烦躁得厉害。父亲在身边似乎加重了病人的烦躁。莫瑞尔站在那儿看了一下儿子,温和地说:

"晚安,宝贝。"

"晚安。"保罗回答。然后翻了个身。松了一口气,终于可以独自呆一阵了。

保罗喜欢和妈妈一起睡。不管卫生学家们怎么说。和自己所爱的人一起睡觉总是一件令人高兴的事。那份温暖、那份心灵的依赖和安宁。以及那种肌肤相亲所引起的令人舒服的感觉。催人入眠。也可以让身心完全康复。保罗挨着她睡。就觉得病好了许多。他平时老睡不踏实。这时候也睡得很深、很熟。似乎重新获得生活的信心。

康复阶段,保罗坐在床上,望着那些鬃毛蓬松的马在田间饲料槽地吃草。踩成黄色的雪地上撒满干草;望着那些矿工一群一群地走回来——一个个小小的黑影慢慢地穿过银秒似的田野。雪地上升起一片晴雾,夜幕降临了。

身体渐渐复原,一切显得美好而惬意。雪花突然飘到窗户玻璃上。象一只只银色的飞燕栖息在那儿。雪花很快化了。玻璃上只有滴滴雪水往下爬着。有时雪花绕着屋

角飞舞，像只鸽子即刻远逝。山谷对面，一列小小的黑色列车迟疑地爬过这一大片白色世界。

由于家庭生活拮据，孩子们为能在经济方面帮助家里而感到欣慰和自豪。夏天，安妮、保罗和亚瑟一大早就出去采蘑菇。在湿湿的草地上找啊找。偶尔。云雀在草地上飞起。那表面干净、光滑的蘑菇正好就藏在这片绿色中。如果他们能采到半磅。他们就非常高兴了：为能找到食物、为接受自然的恩赐、为能在经济上帮助家里而高兴。

除了拾麦穗来熬牛奶麦粥以外，最大的收获就是采黑莓了。莫瑞尔太太每周六总要买些水果和在布丁里。她特别喜欢黑莓，因此每到周末，保罗和亚瑟就找遍草丛、树林和旧矿。任何可能找到黑莓的每一个角落都去。在矿工居住比较集中的这地方。黑莓已经是非常稀罕。但保罗仍到处寻找，他喜欢到乡间田野，在树丛中搜寻。他无法忍受两手空空地去见母亲。他觉得宁愿去死，也不愿让她失望。

"天哪，"当孩子们很晚才回来。劳累疲乏，饥肠辘辘。她会惊叫道："你们去了哪？"

"哦！"保罗回答："附近没有黑莓。所以我们翻过美斯克山去找。看，妈妈！"

她朝篮子里看了一下。

"哟。真大！"她赞叹道。

"超过了两镑了吧——是有两磅多吧？"

她掂了掂篮子。

"没错，"她有点迟疑地说。

接着，保罗又摸出一朵小花。他总是给她摘一支他认为最美的花。

"真漂亮！"她用惊奇的语调说道。仿佛少女接受一件定情信物似的。

这个男孩宁可走上一整天。跑很远很远的路。也不愿轻易罢休。两手空空地来见她。当时他还小。她从未意识到这一点。她是那种只盼望自己孩子赶紧长大的女人。而且那时她最关心的是威廉。

不过，威廉去了诺丁汉后，很少在家。母亲就把保罗当成了伴儿。保罗下意识地妒忌威廉，威廉也同样妒忌着保罗，但他们又是好朋友。

莫瑞尔太太对二儿子的感情显得微妙、敏感。不像对长子那么热情。保罗每星期

五下午去领钱。五个矿井的工人都是在星期五发工资。但不是单独发给个人。每个巷道的钱都交给那个作为承包人的矿工头。由他分成一份份的工资。不是在小酒店里发。就是在他家里发。学校每星期五下午就会提前放学，为的就是让孩子们去领工钱。莫瑞尔的孩子们在工作前都领过工资。先是威廉，接着是安妮，然后是保罗。保罗一般总是在三点半动身。口袋里装着个花布包、在那个时候，每条路上都有妇女、姑娘、孩子们和男人，一群群地往发工资的办公室走去。

这些办公室相当不错：一幢新的红砖楼房，像一座大厦，坐落在青山尽头一片十分清洁的院子里，屋子的大厅就是等着发工资的地方。大厅是一间没什么摆设的长条形房子。地上是青砖。四周靠墙摆着椅子、矿工们就穿着他们下井穿的那身脏衣服坐在那儿，他们来得比较早。妇女和孩子通常在红砂砾路上来回溜达。保罗总是在很仔细地看着那些花坛和大草坡。因为那里长着小小的米兰和勿忘我。那里一片嘈杂。女人戴上了节日才戴的帽子。姑娘们大声聊着天，小狗到处跑。只有四周绿色的灌木丛沉默着。

随后里面传来喊声。"斯宾尼公园——斯宾尼公园。"所有为斯宾尼公园的矿井干活的人都进去了。轮到布雷提矿井的人领工资时。保罗混在人群中走了进去。领工资的房间很小。横放着一条柜台。把房间分成了两部分。两人站在柜台后面——一个是

布雷恩韦特先生。一个是账房先生温特博特姆。布雷恩韦特先生个子很讷。外表看起来像个威严的长者。留着小白胡子。他平时常围着一条很大的丝质围巾。即使是夏天，敞口火炉里也烧着很大的火，而且窗户也是关着的。冬天的时候，人们从外面新鲜空气里走到这儿来，似乎喉咙都要烤焦了。温特博特姆先生又矮又胖，是个秃子。他的上司常对矿工们进行家长式教育，而他却常说一些蠢话。

屋里挤满了浑身脏乎乎的矿工，还有些回家换了衣服的男人，几个女人，一两个孩子，通常还有一条狗。保罗比较矮，因此常被挤到大人腿后靠近炉子的地方，几乎要把他烤焦了。不过，他知道领钱的顺序是根据下井的号码来叫的。

"赫利德。"传来布雷恩韦特先生响亮的声音。赫利德太太不作声地走上前去，领上钱，又退到一边。

"鲍尔——约翰·鲍尔。"

一个男孩走到柜台边上。布雷恩韦特先生个子高，脾气大，生气地透过眼镜瞪着他。

"约翰·鲍尔！"他又叫了一遍。

"是我。"男孩说。

"咦，你的鼻子和以前不一样了。"圆滑的温特博特姆先生从柜台里盯着他说。人们想起老约翰·鲍尔。都偷偷地笑了。

"你爸爸为什么不来！"布雷恩韦特用一种威严的声音大声问。

"他不舒服。"孩子尖声尖气地说。

"你应该告诉他别喝酒了。"这个叫大掌柜的说。

"即使他听了会一脚踢破你的肚子也没关系。"一个嘲弄的声音从孩子背后传来。

所有的男人都大笑起来。这位傲慢的大掌柜垂着眼睛看着下一张工资单。

"弗雷德·皮尔金顿！"他毫无感情地叫了一声。

布雷恩韦特是矿上的一个大股东。

保罗知道该他了，他的心怦怦急跳着。他被推挤得靠着壁炉架。腿肚子都烫痛了，不过，他也不打算穿过这堵人墙。

"沃尔特·莫瑞尔！"那个响亮的声音传来。

"在这儿！"保罗尖声回答。但声音又细又弱。

"莫瑞尔——沃尔特·莫瑞尔！"掌柜的又喊了一次，他的食指和拇指捏着那张工资单。准备翻过去。

保罗害羞得不知所措，他不敢也不愿大声答应。大人们的身体把他完全挡住了，幸好温特博特姆先生帮了他一把。

"他来了，他在哪儿？莫瑞尔的儿子？"

这个胖胖的，脸色通红的秃头小矮个，敏锐的眼睛往四周看了看。他指了指火炉，矿工们四处搜寻，往旁边让了让，才看到了孩子。

"他来了！"温特博特姆先生说。

保罗走到柜台前面。

"十七英镑十一先令五便士。刚才喊你时，为什么不大声答应？"布雷恩韦特先生说，他砰的一声把内装五镑一袋的银币放在清单上，然后做了一个优雅的手势，拿起十磅的一小叠金币放在银币旁边，金币像发亮的小溪倾倒在纸上，掌柜的数完钱，孩子把钱捧到温特博特姆先生的柜台上，给他交房租和工具费，又该他难堪了。

"十六先令六便士。"温特博特姆先生说。

孩子心慌神乱，也顾不得数钱了，他把几个零的银币和半个金镑推了进去。

"你知道你给了我多少钱吗？"温特博特姆先生问。

"没长舌头吗？不会说话吗？"

保罗咬着嘴唇，又推过去几个银币。

"上小学时别人没教你数数吗？"他问。

"只教了代数和法语。"一个矿工说。

"还教怎样做个厚脸皮。"另一个人说。

保罗让后面的人等了很久，他抖着手指把钱放到包里，冲了出去。在这种场合，他总是被这些该死的家伙们弄得好苦。

他来到外面，沿着曼斯菲尔德路走着，长长地舒了一口气。公园墙上到处是青苔，几只黄金和白色的鸡在果园树下啄食吃，有三三两两的矿工往家走，他害羞地挨着墙根窜。矿工中有很多人他认识，他们浑身灰尘。满面尘垢无法辨认，这对他来说又是

一种折磨。

他到布雷蒂新酒馆时，他父亲还没来，酒馆老板娘沃姆比太太认识他。过去，保罗的奶奶和沃姆比太太是朋友。

"你爸还没来呢。"老板娘说。声音里似乎有点嘲讽，又有点笼络的意味。这就是专和男人来往的女人特有的腔调。"请坐吧。"

保罗在酒吧里的长凳的一头坐下，有几个矿工在墙角算账、分钱。还有些人走进来。大家瞥了这孩子一眼。但谁也没说话。终于，莫瑞尔喜滋滋地飘进了酒馆。尽管满脸煤灰。却煞有介事。

"嘿。"他十分温和地对儿子说："敢和我比一比吗？要喝点什么？"

保罗和别的几个孩子从小滴酒不沾。当着这么多人即使让他喝一杯柠檬汁。也要比拔一颗牙还难过的多。

老板娘从头到脚打量了他一遍。心里可怜，但对他那毫不动情、循规蹈矩的态度很不满。保罗默默地往家走。气呼呼地进了门。星期五是烤面包的时候。家里总是有一只热热的小面包留给他。母亲把面包放在他面前。

突然。他恼怒地转过身去对着她。眼睛里充满怒火。

"我再也不去领工资的办公室了。"他说。

"哦。怎么啦？"母亲吃惊地问。对他的发火。觉得有些好笑。

"我再也不去了。"他大声说。

"哦。好极了。你去和你爸爸说吧。"

他狠狠地咬着面包。好像面包是泄气的对象。

"我不——不去领工资了。"

"那就叫卡林家的孩子去吧。他们能挣到六便士会非常高兴的。"莫瑞尔太太说。

这六便士是保罗的唯一收入。这笔钱大都用来买生日礼物。毕竟它是一笔收入。他十分珍惜它。但是……

"那么。让他们去挣吧。"他说。"我不想要了。"

"哦。很好。"他母亲说。"但你也不用冲我发火呀。"

"他们真可恶。又俗气。又可恶。我不去了。布雷恩韦特先生连'H'音都发不出

来。温特博特姆先生说话时语法也不通。"

"你不愿意去。就因为这个吗?"莫瑞尔太太笑了。

孩子沉默了一会儿。人脸色苍白。眼神郁郁不乐。母亲正忙着干家务活儿。没注意他。

"他们总是挡着我。让我挤都挤不出来。"他说。

"哦。孩子。你只需叫他们让一下就行了。"她回答。

"而且艾尔弗雷德·温特博特姆说'小学里他们教了你些什么?'"

"他们确实没教给他什么。"莫瑞尔太太说。"这是真的——又没礼貌。又不聪明。——他的油滑是从娘胎里带来的。"

就这样。她用自己的方法安慰着他。他的可笑的敏感让她心疼。有时。他眼里的狂怒振奋了她。使她沉睡的心灵受到了惊动。

"领了多少钱?"她问道。

"十七英镑十一先令五便士,扣去十六先令六便士!"孩子回答说,"这星期不错,爸爸只扣了五先令零用钱。"

这样,她就可以算出她丈夫到底挣了多少钱,如果他少给了钱,她就可以让他算账。莫瑞尔一向对每个星期的收入保密。

星期五晚上既要烤面包又要去市场。保罗像平常一样在家里烤面包。他喜欢在家里看书画画,他非常喜欢画画。安妮每星期五晚上都在外面闲溜达。亚瑟像平时一样高兴地玩耍。所以,家里只有保罗一人。

莫瑞尔太太喜欢到市场采购。这个小市场坐落在小山顶上,从诺丁汉、德比、伊克斯顿和曼斯菲德延伸过来的四条大路在这里汇合,这里货摊林立。许多大马车从周围村子涌到这儿。市场上的女人摩肩接踵,街上挤满了熙熙攘攘的男人,简直让人惊异。莫瑞尔太太总是和卖花边的女人讨价还价。与卖水果的那位叙叙叨叨的合得来,不过水果商的妻子不怎么样。莫瑞尔太太来到鱼贩子的摊前。他是个不顶用的家伙,不过逗人发笑,她以拒人千里的态度对待亚麻油毡贩子。要不是盘上印的矢车菊图案吸引她,她才不去陶器摊,对待他们的态度冷淡而客气。

"那小盘子要多少钱?"她说。

"七便士。"

"谢谢。"

她放下盘子就走开了，可她不会不买它就离开市场时。她又从摆着那些坛坛罐罐的摊子旁走过，偷偷地再看看那只盘子，又装作没看的样子。

她是个很矮的女人，戴顶无檐帽，穿一身黑衣服。这顶帽子已戴了三年。这让安妮看着心里很不舒服。

"妈！"姑娘带着恳求说，"别戴那顶圆乎乎的小帽子了。"

"那我应该戴什么。"母亲尖酸地说，"我相信这顶帽子不错。"

这顶帽子原来有个尖顶，后来加了几花，现在只剩下黑花边和一块黑玉了。

"这帽子有点垂头丧气的样子，"保罗说，"你为什么不修整修整？"

"我应该揍扁你的脑袋，说话没有一点分寸。"莫瑞尔太太说着，勇敢地把黑帽子的帽带系在下颌。

她又瞥了那个盘子一眼。她和对手——那个卖陶器的，都感到不自在。好像他们之间有什么隔阂似的。突然，他大声喊道："五便士您想买吗？"

她吃了一惊，停了下来，拿起那只盘子。

"我要了。"她说。

"你帮了我的忙，对吗？"他说，"你最好再对盘口吐口唾沫，就像别人送给你什么东西，你还嫌弃似的。"

莫瑞尔太太冷冷地给了他五便士。

"我不觉得你把它送给了我！"她说，"如果你不愿意五便士出手，你可以不卖给我。"

"这个破地方，如果能白送掉东西，倒是幸运了。"他生气地喊道。

"是啊，买卖有赔有赚。"莫瑞尔太太说。

她已经原谅了这个卖陶器的男子。他们成了朋友。她现在敢摸摸那些陶器了，并因此而高兴。

保罗在等她，他盼着她回来。她通常这时候心情最好——得意而疲惫，大包小包的满载而归，而且，精神上也很充实。他听见她的轻快的脚步从门口传来，就从他的画架上抬起头来。

"唉!"她叹了口气，站在门口冲着他笑。

"天啊，你拿了这么多东西!"他惊呼着，放下他的画笔。

"是的。"她喘着气，"该死的安妮还说来接我。太重了!"

她把风兜大包小包扔在桌上。

"面包好了吗?"她问着向烤炉走去。

"烤最后一炉。"他回答，"你不用看，我记着呢。"

"哦，那个卖陶器的!"她说着关上烤炉的门。"你记得我以前说他是怎样一个无赖吗? 现在，我觉得他没有那么坏。"

"是吗?"

孩子被她的话吸引了。她摘下那顶黑色的圆帽子。

"是的，我觉得他挣不了多少钱——不过，现在人人都说他发了——就让人讨厌他。"

"我也会这么看的。"保罗说。

"是啊，这也难怪。最后他还是卖给我了——你猜你用多少钱买下这个的?"

她打开包盘子的破报纸拿出那只盘子，站在那里喜形于色地看着它。

"让我看看。"保罗说。

两个人就站在那儿，心满意足地欣赏这个盘子。

"我可喜欢矢车菊图案装饰的东西。"保罗说。

"对了，我想起你给我买的那个茶壶……"

"一先令三便士。"保罗说。

"五便士!"

"太值了，妈妈。"

"是的，你知道吗，便宜得几乎像是偷来的呢。不过，我今天花的钱已经够多的了，再贵我就买不起了。而且，如果他不乐意，他可以不卖给我。"

"是啊，他不愿意卖，就不用卖嘛。"保罗说。他们彼此都在安慰对方别以为是坑

了那个卖陶器的。

"我们可以用它来盛炖水果。"保罗说。

"还可以盛蛋糕或果子冻。"母亲说。

"要不，就盛水萝卜和莴苣。"他说。

"别忘了正在烤的面包。"他说，声音里充满喜悦。

保罗看看炉子里面，拍了拍底层的那只面包。

"好了。"他说着把面包递给她。

她也拍了拍面包。

"好。"她一边回答一边开始打开包，"哦，我真是一个爱乱花钱的女人，我知道这样会倾家荡产的。"

他心急凑到她旁边，想看看她买了些什么贵东西。她打开报纸，露出几株紫罗兰和深红色的雏菊。

"用了四便士呢。"她抱怨着。

"真便宜!"他大声说。

"是啊，可是这个星期根本不应该买这些。"

"它们多漂亮呀!"他赞叹道。

"是的!"她说，乐得忘乎所以，"保罗，你看那朵黄色的，像个老头的脸。"

"像极了!"保罗喊到，弯下腰来闻着花，"真香! 不过花上尽是泥。"

他冲到洗碗间，拿了块绒布，仔细地擦洗着紫罗兰。

"看这些水灵灵的花。"他说。

"真好看!"她赞叹着，觉得心满意足。

斯卡吉尔街上的孩子们交朋友十分挑剔。莫瑞尔家住的那一头没有多少小孩子。因此，这几个孩子更加要好，男、女孩子们一起玩，女孩子参加打仗和一些粗鲁的游戏，男孩子们也加入跳舞、转圈和过家家游戏。

安妮、保罗、亚瑟很喜欢没有雨雪的冬夜，他们在家里等到矿工们全都进了家门，天色完全黑下来，街上不再有人时，才围上围巾出去。他们跟其他矿工的孩子一样，不愿意穿大衣。门外一片漆黑，四周朦朦胧胧，看不清任何东西，坡下有簇簇灯火，

这就是敏顿矿井，对面远处也有一些灯光。那是席尔贝矿井。最远处那些微弱闪烁的灯火似乎穿破了黑暗，一直延伸出去。孩子们焦急地顺着大路向田间小道尽头的灯柱望去。如果那光亮处没人他们就双手插在口袋里站在路灯下面，在夜色里可怜兮兮地望着那些黑乎乎的屋舍。突然，看见一位上身穿件短外套、下着裙子，两腿修长的小姑娘飞跑过来。

"比利·菲林斯和你家的安妮，还有艾迪·达肯在哪？"

"不知道。"

不过这也没关系——他们现在已经三个人了。他们围着路灯柱做起游戏来。后来，别的孩子喊叫着冲出家门，他们就更高兴更热闹了。

附近只有一根灯柱。后面是茫茫一片，仿佛整个黑夜都在那儿孕育。路灯柱前面，另外是一条宽宽的通往山顶的黑暗土道。偶尔有人从大道上来，沿着这条小路走向田间。不到十几英尺，黑暗就吞没了他们。孩子们继续玩。

孩子们在一起非常亲密，因为他们和外界隔绝，很少与其他的孩子交往。如果发生一场争吵，一场游戏就泡汤了。亚瑟爱发火，比利·菲林斯——实际上是菲力浦斯——脾气更糟糕。这时，保罗必须站在亚瑟一边，爱丽思又在保罗一边，而比利·菲林斯老有埃米·利姆和艾迪·达肯撑腰。此时六个孩子就会打起来，彼此咬牙切齿，打完架就逃回家去。保罗永远忘不了，有一次，双方激烈地打了一仗后，看见一轮硕大的红月亮像一只慢慢往上飞的大鸟似的在通往山顶的荒凉的小路上徐徐升起。他不由自主地想起《圣经》上说，这月亮会变成血。第二天，他就赶紧和比利·菲林斯讲和了。于是，在一片黑暗中，他们又围着路灯柱，继续玩那种野蛮、激烈的游戏。莫瑞尔太太只要走进起居室，就可以听见孩子们在远处唱：

> 西班牙的鞋，
> 丝织的袜，
> 满把戒指顶呱呱，
> 牛奶洗澡乐哈哈。

歌声划破夜空从远处传来，可以听出他们沉醉于游戏之中。他们就像一群野人在歌唱。这情景也感染了母亲。对他们八点以后回来，个个脸面通红，眼睛发光、说起话来的那种兴奋心情很能理解。

他们都喜欢斯卡吉尔街这幢房子，这里视野开阔，外面的世界都可以一览无余。夏天的傍晚，女人们常常靠在田间篱笆上聊天，眺望西方的夕阳把天际映成一片血红，德比郡的群山绵延而去，像蝾螈黑色的背。

夏季，矿井从来不全部开工，尤其是采烟煤的矿井。住在莫瑞尔太太隔壁的达肯太太，在篱笆边拍打炉边地毯，看到慢慢往山上爬的男人，她立刻知道那是矿工们。于是，她等待着。她又瘦又高，看上去精明过人，站在山顶上，似乎在威胁那些往山上爬的矿工。这时才十一点钟。夏日清晨，树木葱郁，青山上那层透明的黑纱似的雾还没有散尽。最前面的一个人上了台阶，他把栅栏门推得"嘎——嘎"直响。

"怎么，你们停工了？"达肯太太大声问。

"是的，太太。"

"真遗憾，他们让你们滚了。"她挖苦地说。

"是啊。"那人回答。

"不，要知道，你们盼望着出来呢。"她说。

这个人径自走了。达肯太太回到自己的院子里，看见莫瑞尔太太出来倒垃圾。

"我听说敏顿停工了，太太。"她喊道。

"这多糟糕啊！"莫瑞尔太太愤怒地惊呼起来。

"哼，我刚才挖苦过约翰·哈奇比。"

"他们最好还是省点鞋底皮得了。"莫瑞尔太太说着，两个妇人都兴味索然地进了屋。

这些矿工们，脸上几乎没有沾上黑煤灰，就又一群一群地回来了。莫瑞尔讨厌回家，喜欢明媚的早晨。但是刚去下井工作，又被遣回来，扫了他的兴致。

"天哪，这时候就回来！"他刚进门，妻子喊道。

"我也没办法啊，老婆。"他大声说道。

"午饭也不够吃。"

"那么我就吃我带的干粮吧。"他抱怨地说，感到又气又恼。

孩子们从学校回来，很奇怪地看见父亲拿着下井带去又带回来的两片又干又脏的黄油面包当午饭吃着。

"爸爸为什么现在吃干粮？"亚瑟问。

"我不吃，有人就抱怨我了。"莫瑞尔生气地说。

"说得像真的！"他的妻子喊道。

"难道就让它浪费掉吗？"莫瑞尔说，"我不像你们这些人大手大脚，浪费东西。在井下我掉了一点面包，哪怕沾满灰尘，我也要吃下去。"

"老鼠会吃的，"保罗说，"不会浪费的。"

"好好的黄油面包也不是为老鼠准备的。"莫瑞尔说，"不管脏不脏，我宁愿吃下去也不愿浪费。"

"你可以把面包屑留给老鼠吃，自己少喝一瓶酒不就有了。"莫瑞尔太太说。

"哦，我应该这样吗？"他嚷嚷着。

那个秋天，他们生计很难，威廉刚刚去了伦敦，母亲就想着他的钱。有一两次，他寄来十先令，但他刚刚去那儿，很多地方需要花钱。他每星期按时给家里写封信，给母亲写得很多，把自己的生活状况全告诉了她：他怎么交朋友，怎么跟一个法国人互相学习，他在伦敦玩得多么有趣。母亲又感到如同他在家里一样，陪在她身边。她每星期都给他回一封语气直率、措辞幽默的信。当她收拾屋子时，她整天都思念着他。他在伦敦，他会成功的，他像她的骑士，带着代表她的徽章征战疆场。

他要在圣诞期间回来五天。家里从来没有这么准备过什么。保罗和亚瑟把地擦得干干净净，准备摆上冬青树、万年青，安妮用老方法做了漂亮的纸花环。吃的东西也从来没有这么丰盛地预备好。莫瑞尔太太准备了一个又气魄又漂亮的蛋糕。她感到自己像女皇一样。教保罗怎样剥杏仁皮。他仔细地扒掉那些长条形果仁的皮，又数了一遍，确信一个也没丢。据说打鸡蛋最好在凉处。因此，保罗就站在洗碗间，那里滴水成冰。他在那不停地搅动着，直到搅匀，之后激动地冲进来告诉妈妈鸡蛋变浓变白了。

"看一眼，妈妈！这是不是很好看呀？"

他挑起一点点蛋沫凑近鼻子，吹向空中。

"好了，别浪费了。"母亲说。

每个人都激动万分，威廉将在圣诞前夜回来。莫瑞尔太太在伙房里巡视了一遍，里面摆着一个葡萄干大蛋糕，还有一块米糕，有果酱馅饼、柠檬馅饼和碎肉馅饼——装满了两个大盆子。西班牙馅饼和奶酪饼也快烤好了。屋子里都装饰一新。一束束结着浆果地邀吻冬青树枝上挂着亮闪闪的装饰物。莫瑞尔太太在厨房里做小馅饼时，树枝就在她头上慢悠悠地旋转。炉火很旺，烘糕饼的香味迎面扑来。他应该七点钟到家，不过有可能迟到。三个孩子去接站，只有她一人在家。在七点差一刻时莫瑞尔又进来，夫妻俩谁也没说话，他坐在自己的扶手椅上，激动得不知所措。而她，静静地继续烤饼，只要从她干活时的那种小心翼翼样子，就看出她内心有多么激动。闹钟滴答、嘀嗒走着。

"他说几点到？"这是莫瑞尔第五次问了。

"火车六点半到。"她强调地说。

"那么他会七点十分到家。"

"唉，火车有时晚点好几个小时呢。"她冷冷地说。不过她希望、盼望他早点回来。莫瑞尔到门口去看看，然后又折回来。

"天哪，你！"她说，"你像一只坐不住的母鸡。"

"吃的东西准备好了吗？"莫瑞尔问。

"还有很长一段时间呢。"她说。

"我看没多长时间了。"他回答着，在他的椅子上不耐烦地扭来扭去。她开始收拾桌子，茶壶也咝咝地响起来了。他俩焦急地等着。

此时，三个孩子正站在离家两英里的中部铁路干线塞斯里桥站台上。他们等了整整一个小时，来了一列火车——可没有他。铁路线上红绿灯不停地闪着。天又黑又冷。

"问问他伦敦的火车是否来了。"当他们看到一个戴鸭舌帽的人，保罗对安妮说。

"我不去，"安妮说，"你安静点——他可能会赶我们走。"

保罗却非常希望这个人知道他们在等一个从伦敦坐火车来的人。火车开起来多了不起啊。然而，他太害怕跟别人打交道，他不敢去问一个戴鸦舌帽的人。三个孩子甚至不敢去候车室，怕被赶出来，又担心一离开月台，就会错过接站。因此，他们一直

在黑暗和寒冷中等待着。

"已经晚了一个半小时了。"亚瑟可怜地说。

"是啊，"安妮说，"这是圣诞前夜啊。"

他们都沉默着：他不会回来了。他们望着黑暗中的铁路，哪儿是伦敦！这似乎是一段迢迢无尽的距离。他们觉得这个将从伦敦回来的人可能在路上发生了什么事。他们十分担忧，沉默不语，在寒冷的月台上他们缩成一团。

两个多小时后，他们看见一辆机车的灯光出现在远方，从黑暗中疾驶而来，一个搬运工冲了出来。孩子们心里乱跳，往后退开几步。一长列火车，一定是从曼彻斯特来的，停了下来，两扇车门打开，从一个门里，走出了威廉。他们向他扑了过去。他兴奋地把几个包裹递给他们，立即解释火车原来不是在这停，为了他才特地在塞斯里桥站停的。

与此同时，这对父母已经火急火燎。桌子摆好了，排骨也摆上桌，一切都准备就绪。莫瑞尔太太戴上黑围裙，穿着自己最漂亮的那套衣服。她坐下来，装着在看书。每一分一秒的时间对她都是一种折磨。

"嗯！"莫瑞尔说，"一个半小时了。"

"孩子们还在等着！"她说。

"火车不可能还没到啊。"他说。

"我告诉你，火车在圣诞夜总是会晚几个小时的。"

他们彼此有点不开心，焦急得不得了。屋外那颗白蜡树在刺骨的寒风中呻吟。黑夜里从伦敦往家里赶，这路多么漫长啊！莫瑞尔太太痛苦地想着。时钟嘀嗒嘀嗒的响声，让她心烦意乱。时间越来越晚，也越来越让人受不了。

终于，传来了说话声，门口听见了脚步声。

"来了！"莫瑞尔喊着跳了起来。

他往后让了让，妈妈赶紧朝门口跑了几步，等着。一片嘈杂的脚步声，门突然推开了，威廉出现在那儿，他扔下旅行包，把母亲拥在怀里。

"妈妈！"他说。

"孩子！"她喊着。

就一会儿，她搂住他，亲吻着，然后退后一步，尽力用平常的语调说：

"怎么这么晚才回来。"

"是啊！"他转过身去叫父亲，"爸爸！"

父子俩握握手。

"嗨，我的孩子！"

莫瑞尔眼里闪过泪花。

"我们还以为你不回来了呢。"他说。

"哦，我回来了！"威廉叫道。

儿子又回头对着妈妈。

"你看上去很精神。"她自豪地说笑着。

"是啊！"他回答，"我想是因为——回家了！"

他是个很帅的小伙子，身材高大挺直，神情洒脱。他看了看那些冬青树和接吻树枝，又看了炉边铁格子里烤着的小馅饼。

"天哪，妈妈，一切都没变！"他深感宽慰地说。

大家愣住了，接着他突然跳过去，从炉边拿起一个馅饼，一下子就把整个馅饼吞进嘴里。

"哈，你在外面没见过这种小地方的烤炉吧？"父亲大声说。

他给他们带来许许多多的礼物。花完他所有的积蓄。满屋显示出一种豪华的氛围。他送给母亲一把伞，灰色伞，伞把上涂着金粉。她十分珍惜这把伞，一直保存到她生命的最后一刻。每个人都得到一件漂亮的礼物。此外，还有好几磅叫不出名字的甜食：什么抖砂软糖啊、冰糖菠萝啊，在孩子们的想象中，这些东西只有伦敦才有，保罗在他的朋友中夸耀着说道：

"真正的菠萝，切成片，再做成蜜饯，好吃极了。"

家里人都欣喜若狂。家到底是家，不管经历多少苦，他们还深深地爱着家。举行几次庆贺宴会，大家都兴高采烈，邻居都来看威廉。看他在伦敦变了多少。他们都发现他"天哪，像个绅士，好棒的小伙子！"

等他要离家时，孩子们各自躲开，不忍看伤别的泪水。莫瑞尔郁郁不乐地上床了。

莫瑞尔太太觉得好像吃了麻醉药，浑身麻木，感觉迟钝。她是深深地爱着他的啊。

　　那时，威廉在一个律师办事处工作，和一家很大的航运商行有联系。这年仲夏，他的上司给他提供了个好机会，乘商行的船去地中海旅行，只需要花一点钱即可。莫瑞尔太太在信中写道："去吧，去吧，孩子。也许以后再也碰不到这种机会了。我想到你将去地中海旅行，比你回家还高兴。"不过，威廉还是在家度过了那两个星期的假。虽然地中海是他早已神往的地方，但一旦他可以回家，那个吸引的南方还是吸引不了他。这给了母亲极大的安慰。

第五章 走向社会

莫瑞尔天性莽撞，对危险也满不在乎。因此不断地出事故。莫瑞尔太太每当听到一辆空煤车驶向家门口，她就会跑出起居室去看。想着丈夫很有可能坐在矿车里，脸色灰白，满面灰尘，浑身无力，不是病就是伤了。如果是他，她就会跑出去帮忙。

威廉去伦敦大约一年了，保罗刚刚离开学校，还没有找到工作。有一天，莫瑞尔太太正在楼上，保罗在厨房里画画——他有这方面的天赋——忽然有人敲门。他生气地放下画笔去开门，母亲也打开窗户，往下看。

矿上一个衣着肮脏的小伙子站在门口。

他问："这是沃尔特·莫瑞尔的家吗?"

"是啊。"莫瑞尔太太说:"什么事?"

但是她已经猜到了。

"你丈夫受伤了。"他说。

"哦，天哪!"她惊叫了一声，"他不出事那才是个奇迹呢。小伙子，这回他怎么啦?"

"我不太清楚。不过可能是腿受伤了。已经把他送到医院去了。"

"天哪!"她惊叫道，"哦，天哪，他就这副德性! 从来没有安宁过五分钟，如果有，我宁愿去上吊! 他的大拇指伤刚好，而现在——你见了他吗?"

"我在井下见过他。我看见他们把他放在矿车里送上去，他昏过去了。不过弗雷泽大夫在灯具室里给他检查的时候，他大喊大叫地咒骂着。他们要送他去医院时，他说他不去医院，要回家。"

小伙子结结巴巴地说完。

"他当然想回家，好让我来受拖累。谢谢你，小伙子，哦，天哪，我还没有受够吗？我受够了！"

她下了楼，保罗机械地继续着他的画。

"既然他们把他送到了医院，那么情况一定很糟糕。"她接着说，"他太粗心大意！别的人就没有这么多事故。是的，他想把担子压在我身上。哦，天哪，好不容易我们的生活才好了一点。把那些东西拿开，现在没有时间画画了，火车什么时候开？我得赶紧去凯斯顿了，我只好扔下卧室不管了。"

"我可以替你收拾。"保罗说。

"你不用。我想可以赶七点钟的车回来。哦，我的天，他要惹出来多少麻烦啊。而且丁德山口那段花岗石路——还不如叫它碎石子路——简直可以把他颠死。我真不明白他们为什么不修修这条路。这么糟糕的路，何况坐救护车的人都是急病人。为什么不在这儿开一家医院呢。如果那位老板买下了矿区，天哪，会有足够的事故发生，不用担心医院会倒闭。可是他们就不这样做，却一定把人放在一辆慢吞吞的救护车里，送到十英里外诺丁汉去。这太不像话了！咳，他还要找岔子！他一定会的。我知道谁陪他，巴克，我想就是他，可怜的家伙，他宁愿躲在任何地方，也不想住在医院里。可是我知道巴克会很好地照顾他。还不知道他要在医院住多久——他讨厌住在那里！不过，如果只是腿部受伤，那还不算太倒霉。"

说话的工夫她一直在准备着，匆匆取掉围腰，她蹲在烧水锅面前，把热水慢慢地灌进水壶里。

"我想把这个烧水锅扔在海底里！"她大声说着，一边不耐烦地拧着水龙头。真是奇怪，这么矮小的女人有一双漂亮又有劲的胳膊。

保罗收拾好东西，放上茶壶，摆好桌子。

"四点二十才有火车。"他说，"你的时间很充裕。"

"哦，不，我没多少时间了。"她大声说，一面擦脸，一面从毛巾上眨着眼眼望着他。

"不，你来得及，不管怎样你得喝杯茶。需要我陪你一起去凯斯顿吗？"

"陪我一起去？我倒想问问，为什么陪我去？现在，我还应该给他拿些什么？唉，天哪！他的干净衣服——上帝保佑，是干净的。不过最好还是烘干一些。还有袜子

——他用不着袜子了——我想，还要一条毛巾吧，还有手绢，还有别的什么？"

"梳子、刀、叉和勺子。"保罗说。父亲以前住过院。

"天知道他的腿怎么样，"莫瑞尔太太接着说，一面梳着她那棕色的、细软如丝的头发，不过掺杂着几缕白发。"他特别注意洗上半身，下半身他就觉得没必要洗，不过，这样的人在医院里也是见多不怪了。"

保罗已经摆好了桌子，他给母亲切了两片薄薄的黄油面包。

"给你。"他说道，在她面前放了一杯茶。

"再别烦我！"她烦躁地喊道。

"可是，你必须吃点，东西都摆好了。"他坚持说。

于是她坐下来，轻轻抿着茶，默默地吃了点面包，显得心事重重的样子。

几分钟后，她离开了，要步行两英里半才到凯斯顿车站。她把带给丈夫的东西全放在一个鼓鼓的网兜里。保罗看着她行走在树篱间的大路上——一个身材矮小、步履匆匆的背影，想到她又陷入痛苦、烦恼的深渊，他又为她而感到痛心。她内心焦急，疾步如飞，感到身后儿子的心紧紧地跟随着她，感到他在尽力为她分担重负，甚至支撑着她。她在医院时，她想到："如果告诉孩子情况是多么的糟糕，他会很担心的。我最好还是谨慎点。"然而当她步履艰难的往家走时，她却感觉他会来分担她的重担的。

"情况糟糕吗？"她一进门，保罗就问。

"不能再坏了。"她回答。

"什么？"

她叹着气坐了下来，解开帽带，儿子望着她仰起的脸，和那双辛勤劳作的小手在凳下解着那个结。

"不过，"她回答道，"并不是很危险，可是护士说，是粉碎性骨折。你看，一大块石头砸在他腿上——这儿——是有创骨折，有些折骨把肉都戳穿了。"

"啊——太可怕了！"孩子们惊呼道。

"而且，"她继续说，"他自然嚷嚷着他快死了——他要不叫才怪呢。'我不行了，亲爱的！'他看着我说。'别傻了！'我说，'不管砸得多厉害，你也不会因为一条断腿要命的。''我不会活着出院的，除非进了棺材。'他嘟嚷着。'得了'我说，'等你好

点，你让他们把你放在棺材里抬到花园里开开心，我想他们也会的！'‘只要我们觉得那对他有好处。'护士长说。她是一个很好的护士长，就是相当严格。"

莫瑞尔太太摘掉帽子，孩子们在静静地等着她说下去。

"他的情况糟糕，"她继续说，"一时好不了，这一下砸得很重，失了好多血，当然，这次也很危险。根本说不准能不能完全复原。而且，还会发烧和引起坏疽病——如果情况坏下去，他会很快不行的。但是，他体质不错，皮肉也极容易长好。所以我觉得不会一直这么坏下去。当然，有一块伤——"

她脸色苍白，情绪激动，三个孩子意识到父亲的情况是多么糟糕，屋子里一片沉默、焦虑。

"他总会好的。"过一会儿保罗说。

"我也是这么给他说的。"母亲说。

每个人都沉默不作声做自己的事。

"他看上去也真像不得了的样子。"她说，"但护士长说那是因为伤痛。"

安妮拿走了母亲的外衣和帽子。

"我走的时候他看着我！我说：'我得回去了，沃尔特，因为火车——还有孩子们。'他一直看着我。这让人难受。"

保罗又拿起画笔开始画画。亚瑟走出去拿煤。安妮凄然地坐在那儿，莫瑞尔太太坐在她怀第一个孩子时她丈夫为她做的摇椅上，一动不动，想着心事。她很伤心，为这个重伤的男人感到难过。但是，在她心灵最深处，在应该燃起爱情火焰的地方，却仍旧是一片空白。此刻，她那种女人的怜悯心完全被激起了，不顾一切地照顾他，挽救他，她宁愿自己承受这些痛苦（如果能够的话）。然而，在她心灵深处，她对他和他的痛苦仍然是漠不关心。令她感伤的是，即使在他激起她强烈的爱欲的时候，她仍然不会爱他。她沉思了一会儿。

"而且，"她突然说，"当我走到凯斯顿半路时，才发现自己穿着干活时穿的鞋——你们看。"原来是保罗的一双棕色旧鞋，鞋尖已经磨破了，露出脚趾。"我窘迫地真不知道怎么办才好。"她又加了一句。

第二天早晨，安妮和亚瑟上学去了，莫瑞尔太太又跟帮她做家务的儿子聊了起来。

"我在医院里碰到了巴克，他精神很不好，可怜的家伙。'喂！'我对他说，'你这一路陪着他，怎么样啊？''别问了，太太。'他说。'唉，'我说，'我知道他会怎么样！''不过，他的情况是很糟糕，莫瑞尔太太，是的。'他说。'我知道。'我说。'车子颠一下，我的心就像会从嘴里冲出来似的，'他说，'而且他常常大喊大叫，太太，即使给我一大笔让我再干一次，我也不干了。''我可以理解，'我说。'这是一个让人恶心的工作，'他说。'但是，要等路修好，还有很长一段时间呢？'我说，'我觉得可能是。'我喜欢巴克先生——我确实喜欢他。他有一种男子汉气概。"

保罗沉默地继续画画。

"当然。"莫瑞尔太太继续说，"像你爸爸这样的人，住在医院里可真困难。他不懂制度和惯例，而且不到他不能忍受的时候，他是不会让任何人碰他的。这次砸伤了大腿，一天换四次药，除了我和他妈妈，他会让别人换吗？他不会的。所以，和护士们在一起，他就得受折腾。我也不想离开他，我很清楚。当我吻了他一下回来时，我自己都觉得不够意思。"

就这样，她跟儿子聊着，几乎想把所有的心事都倾诉给他，而他也全神贯注地听着，尽他所能地分担减轻她的困难。最后，她不知不觉跟他谈了所有的心曲。

莫瑞尔的情况这段时间一直不妙。整个星期，他处在危急状态中。后来开始好转。知道他开始好转，全家才松了一口气，又开始了快乐的生活。

莫瑞尔住院的时候，他们的生活倒并不是非常困难。矿上每星期给他们十四先令，疾病协会给十先令，残疾人基金会给五先令，还有莫瑞尔的朋友们每星期也给莫瑞尔太太一些钱——从五到七先令不等——因此她就相当宽裕了。莫瑞尔在医院里渐渐恢复，家里也格外愉快、平和。每个星期三、六，莫瑞尔太太都要去诺丁汉看望丈夫。她往往会带点小东西回来：给保罗带一小管颜料，或几张画纸；给安妮带几张明信片，全家人就高兴地看上好几天，然后才让她把明信片寄给别人；给亚瑟买把钢丝锯，或买一块漂亮的木板。她兴奋地告诉孩子们自己在大商店的种种奇遇。画店里的人认识她了，也知道了保罗。书店里的姑娘对她也很有兴趣。莫瑞尔太太从诺丁汉回来，总有很多新闻。三个孩子围着她坐成一圈听她讲，一边插嘴，一边争论，一直闹到该上床的时候，最后，通常是保罗去通炉灰。

他常常自豪地对母亲说："现在我是家里的男主人了。"他们明白了家庭可以是多么的和平和安宁。因此他们都有些遗憾——虽然没有人承认自己是这么无情无义——他们的父亲就要回来了。

保罗现在十四岁，正在找工作，他是位个子矮小而秀气的男孩，长着深棕色的头发和淡蓝色的眼睛。脸型已不是小时候的那种圆形，而是变得有点像威廉——线条粗犷，甚至有点粗鲁——而且表情极其丰富多变。他看起来仿佛总是若有所思，显得生机盎然，充满活力。他突如其来的笑很可爱，很像他母亲。而且，当他那迅速变化着的思路中出现障碍时，他的表情就变得呆滞、丑陋。他是那种一旦不被别人理解，或感到被人瞧不起，他就变成一个愁眉苦脸的男孩子。然而一旦接触到温暖，他立刻又变得可爱了。

无论他接触什么事物，刚开始，他总觉得很别扭。他七岁就开始上学这件事，对他简直是一种刑罚。不过，后来他就喜欢这种生活了。如今自己得步入社会，他又觉得羞怯，自信也消失得无踪无影。对于一个他这个年龄的孩子来说，可以说他是一个天赋很高的画家了，而且他从海顿先生那里学了一些法语、德语还有数字，但这些都没有商业价值。他母亲说过，干重体力活吧，他的身体又不够强壮，他不喜欢做手工，

却喜欢东颠西跑，或是到乡下旅行，或读书、画画。

"你想干什么呢?" 母亲问道。

"什么都行。"

"这不算一个答案。" 莫瑞尔太太说。

不过，他确实只能做出这样的答复。他的雄心壮志就是在离家不远的地方，与世无争地一星期挣三十或三十五先令。等父亲死后，就和妈妈住同一所小屋子。愿意画画就画画，愿意外出就外出，从此就快快乐乐地生活。到现在来说，这就是他的打算。不过他内心傲视一切，拿人家同自己比较一下，无情地估计将他们分等。他想，投稿他可能会成为一个画家，一个真正的画家。但是他把这个想法丢到了一边。

母亲说："你得看看报纸上的广告。"

他看着她。这对他来说，翻看广告使他承受屈辱和痛苦的折磨。但他什么也没说。第二天早晨起来时，整个身心都思虑这么个念头：

"我不得不去看广告找工作了。"

这天早晨，他就一直想着这件事，这个念头扼杀了他的全部快乐，甚至生活，他的心乱成一团。

后来，到十点钟，他出了门。他被认为是一个古怪而安静的孩子。走在小镇洒满阳光的小街上，觉得仿佛他遇见的所有人都悄悄地议论：他要去合作社阅览室看报纸找工作了，他找不到工作的，我想他是靠母亲活着。于是，他轻手轻脚地踏上合作社布店后面的石阶，往阅览室看了看。通常，里面只有一、两个人，不是老人，就是无用的家伙，要不就是靠"互助会"生活的矿工。他进去了。他坐在桌前，假装浏览新闻，他知道他们会这样想：一个十三岁的孩子在阅览室里会干什么？他心里很别扭。

他沉思着朝窗外望去，对面伸出花园的旧红墙，墙头满是大朵大朵的葵花，花儿欢快地俯视着拿着东西匆匆赶回家去做饭的女人们；山谷里长满谷物，在阳光下闪闪发光，田野里有两座煤矿，白色水蒸气慢慢往空中升起。远处的小山上，是安娜利森林，幽暗而神秘。他的心往下沉，要被派去当苦力了。他心爱的家乡的自由生活就要结束，他已经成为工业社会的囚犯。

酿酒商的货车从凯斯顿驶过来了，车上装着巨大的酒桶，一边四个，就像绽开的

豆荚上的豆子。赶车人高高地坐在车上，沉重地坐在座里摇摇晃晃。这活在保罗眼里一点也不敢轻视。他那又圆又小弹壳般的脑袋上的头发，在太阳下面晒得几乎发白，那粗壮的红胳膊懒懒的耷拉在麻布围裙上摇来摆去，白色的汗毛闪闪发光，红红的脸发着光，在阳光下睡眼惺忪。几匹棕色的漂亮的马，自觉地跑着，倒更像这个场面的主人了。

保罗希望自己是个傻瓜。"我希望，"他心里暗自思量，"我倒不如像他一样肥胖，做一只太阳下的狗；我希望我是一头猪，或是一个给酿酒商赶车的车夫。"

最后，阅览室终于空了。他匆匆在一片小纸上抄下了一条广告，又抄了一条。然后溜了出来，松了一口气。母亲还得看看他抄写来的东西。

"是的，"她说，"你应该试试。"

威廉曾经用规范的商业用语写了一封求职信，保罗把信略加修改，抄了一遍。这个孩子的书法很糟糕，所以样样在行的威廉看到他的字，不由得烦躁起来。

这个当哥哥的变得爱炫耀自己了。他发现在伦敦自己可以结交比贝斯伍德的朋友地位高得多的人，办公室里的某些办事员已经学过法律，或多或少地当过一段时间的见习生。威廉性格开朗，不论去哪都广交朋友。不久，他就拜访出入一些人家，而这些要人是在贝斯伍德，对那些无法高攀的银行经理都有些看不起，对教区长也不过冷淡地拜访一下而已。因此他开始幻想他已经成为一个大人物了，实际上，他对于自己如此轻易就成了一个绅士阶层的人，也相当意外。

他似乎十分满足，母亲也很高兴。只是他在沃尔刹斯托的生活太枯燥乏味了。现在这个年轻人的信中似乎涌动着一种兴奋的激情，这种生活变化，弄得他心神不定，好像完全失去了自己，随着这种新生活的潮流，轻浮地来回旋转。母亲为他而焦虑。她也已感到他已经迷失了自己，他去跳舞，去戏院，在小河上划船，跟朋友们一起外出，不过她也知道他在玩乐完后，会坐在冰冷的卧室里，刻苦地学习拉丁文，因为他想在办公室出人头地，还想在法律界尽所能地闯出一番天地。现在，他不再寄钱给母亲了。自己所有的钱全作为生活用度。而她，也不想要钱，除非偶尔，她手头确实很紧，十先令也能帮她大忙时，她仍然梦到威廉，梦到他在为她帮忙做主。但她从来不肯承认因为他，她的心会多么焦急，多么沉重。

他也谈了很多关于他在舞会上认识的一个女孩，年轻漂亮，肤色浅黑，有一大批追求者。

"我想知道是否你会去追她，我的孩子，"他的母亲给他回信说，"你不要这样干，除非看见别人在追求她，你和很多人在一起的时候，你很安全，也很得意。但是，要小心谨慎，如果你独自一个人情场胜利时，感觉一下是什么样的。"

威廉不在意这些话，继续追求。他带姑娘去河边划船。"如果你看到她，妈妈，你就会明白我的感情了。她身材高大，文雅端庄，皮肤是纯净的透明的橄榄色，头发乌黑发亮，还有那一双灰色的眼睛——明亮、一副嘲弄的神情，有如黑夜中映在水面的星星灯火。直到你见到她，你才不会见笑你儿子了。她的衣服也比得过伦敦的任何一个女人。我告诉你，如果她陪着你儿子走在皮卡迪利街上，他不会不昂首挺胸的。"

莫瑞尔太太思前想后，也许与儿子在皮卡迪利散步的，只是身材窈窕，衣着漂亮的女人，而不是一个和他十分亲密的女人。不过，她用她模棱两可的方式向他祝贺。有时，当她俯身站在洗衣盆时，又想起儿子的事来，仿佛看见儿子娶了一个挥霍无度优雅漂亮的妻子，挣那几个钱，在郊区一间小屋子里苦苦地过着日子。"唉，"她对自己说，"我就像一个傻子——自寻烦恼。"尽管这样，她心底的那块忧虑始终伴随着她，害怕威廉自作主张干错了事。

不久，保罗被托马斯·乔丹这个住在诺丁汉，斯帕尼尔街 21 号的外科医疗器械厂老板约见。莫瑞尔太太高兴极了。

"嘿，你看!"她喊道，眼里发着光，"你只写了四封信，而第三封信就得到回音。你很幸运，孩子，我以前常说你很幸运。"

保罗看着画在乔丹信纸上的图案：一条木头做的腿套着弹力袜子以及一些别的机械。他觉得手足无措。他从来不知道有这种弹力袜子，他似乎感受到了这个商业社会价值准则，不讲人情，他害怕这些。更可怕的是，木头腿的买卖。

星期二那天，母子俩很早就出发了。这时是八月份，天气火一般地热。保罗走着，心里仿佛有什么东西拧着。他宁愿体力上多受点苦，也不愿受这莫名其妙的折腾，当着陌生人的面、让别人决定是否录用你。不过，他还是和母亲随口聊着。他从没对她坦白地说过他碰到这样苦闷的事。她只能猜到一些。这天，她快乐极了，简直像热恋中的情人。她站在贝斯伍德售票处的窗户准备买票，保罗看着她从钱包里掏钱，当他看到那双戴着黑色羊皮旧手套的手从破钱包里掏出银币时，保罗因对母亲的爱恋而产生强烈的痛楚。

她又激动又快活。看着她当着其他旅客的面高声说话，他感到十分难堪。

"看那些愚蠢的母牛，"她说，"正跑着圈子，好像她以为自己在马戏团里。"

"很可能有一只牛虻叮了。"他低低地说。

"一个什么？"她轻快地问，一点不觉得难为情。

两人沉思了一阵，坐在她对面总使他非常敏感，突然，他们的目光相遇了，她对他微笑了一下——一个难得的、亲切的笑容，充满明快和爱意。然后他们俩都朝窗外望去。

十六英里的铁路旅程慢慢地过去了。母子俩走到车站街上，有一种情人们一起冒险的激动。到了卡林顿大街上，他们停下来扶着栏杆，看着下面运河里的驳船。

"真像威尼斯。"他说，看着工厂高墙之间水面上的阳光。

"也许像吧。"她微笑着回答。

他们非常兴奋地去逛那些商店。

"喂，看那件衬衣，"她说，"安妮穿着正合适，对吗？而且只卖一镑十一先令三便士，便宜吧？"

"还是刺绣的呢。"他说。

"是啊。"

他们时间充裕，因此一点不急。他们觉得这个镇十分新奇陌生。但是这个男孩忧心忡忡。他一想到跟托马斯·乔丹见面就害怕。

圣彼得教堂的大钟快十一点时，他们来到一条通向城堡的狭窄的街上。这条街阴暗破旧，两旁是低矮的店铺和几扇饰有黄铜门环的深绿色大门，还有伸向人行道的黄赭石台阶。接着，又是一家商店，那个小窗口看起来像一只狡猾的半睁着的眼睛。母子俩小心翼翼地走着、寻找着"乔丹父子"的挂牌。这真像在某地野外狩猎一样，兴奋激动极了。

突然，他们发现一座高大黑暗的牌楼，挂着好几家商店招牌，托马斯·乔丹的就

在其中。

"在这儿！"莫瑞尔太太说，"但到底在哪边呢？"

他们四周望着，一边是一家古怪、阴暗的硬纸板，另一边是一家商业旅馆。

"在门洞里面。"保罗说。

他们探险似的进了牌楼，仿佛闯入龙潭。他们走进一个宽大的院子，院子像一口井，四周都是高大的建筑，地上乱七八糟地堆着稻草、纸盒和纸板。阳光照在一只大板条箱上，里面的黄色的稻草撒得到处都是。院内其他地方和矿井一样阴暗。里面有几扇门，两个楼梯。正对着他们的楼梯最上面有一扇肮脏的玻璃门，上面模糊模糊有几个丧气的字："托马斯·乔丹父子外科医疗器械厂。"莫瑞尔太太走在前面，儿子跟着。当保罗跟在母亲后面登上了肮脏的台阶，走向那扇肮脏的门时，他的心情比查理一世上断头台时还要沉重而紧张。

她推开了门，新奇而欣喜地站在那儿。在她面前是一个大仓库，到处是奶油色的纸包，那些卷着袖子的职员们自由自在地走来走去，这里光线柔和，那些光滑的奶油色纸包似乎闪闪发光，还有一个深棕色的木柜台。所有这些都那么安静，富有家庭气氛。莫瑞尔太太向前走了两步，停下等着。保罗站在她身后。她戴着最好的帽子，披着黑面纱。他套着男孩子的那种白色大硬领，一套诺福克西服。

一个办事员抬起头来，他瘦高瘦高，脸又窄又长，看起来很机灵。然后他又朝屋子那头，一间用玻璃隔开的办公室看了一眼，才走了过来。他没有说话，只是带着和气的询问的神情俯身向着莫瑞尔太太。

"我可以见见乔丹先生吗？"她问。

"我去找他。"小伙子回答。

他向那间玻璃隔开的办公室走去。一个红脸、白胡子的老头抬起头来，这人让保罗想起了一只长毛尖嘴的小狗。接着，小老头儿走到外面屋子里来了。他两条腿很短，又矮又胖，穿着一个羊驼毛上衣，他像是竖了一只耳朵似的歪着头，带着询问的神情稳健地走了过来。

"早上好！"他说，在莫瑞尔太太面前有些犹豫，不知道她是不是个顾客。

"早上好，我是陪我儿子保罗·莫瑞尔来的，你约他今天早上来见你。"

"到这边来。"乔丹先生说，语气干脆，一副生意人的模样。

他们跟着这位工厂老板走进一间乱七八糟的屋子，屋里摆着美洲黑皮面家具，被顾客们摸得明光闪亮，桌子上有一堆与黄色羊皮箍带缠在一起的疝气带，看上去崭新崭新，给人一种新鲜的感觉。保罗闻到一股新鲜的小羊皮味，但他不知道是什么东西。到这时，他已感到晕晕乎乎，只注意视线以内的东西了。

"坐下，"乔丹先生有些不太耐烦地指着一张马鬃椅让莫瑞尔太太坐。她极不自然地坐在那儿。接着，这个小老头掏出来一张纸。

"是你写的这封信吗?"他大声问道，顺手拿起那张纸递到保罗面前，保罗认出了这是他的信。

"是的。"他回答。

这时，他内心交织两种不同的感觉。首先，因为说了谎而感到内疚，因为那是威廉写的信稿。其次，他的信捏在那个人胖胖的红润的手里，显得非常生疏，和在家里放在桌子上完全不一样了。仿佛这封信就是他的一部分不听使唤了似的，他讨厌这人拿着信的样子。

"你从哪学会写字的?"这个老头粗鲁地问。

保罗只是不好意思地看着他，没有回答。

"他写得不好。"莫瑞尔太太抱歉般地插了一句。接着，她撩起了面纱。保罗恨她没有在这个普普通通的小老头面前显得高傲一些。不过，他喜欢她摘掉了面纱的脸。

"你还说你懂法语?"这个小老头问道，还是很尖刻。

"是的。"保罗说。

"你上的什么学校?"

"公立小学。"

"你是在哪里学的法语?"

"不……我……"孩子脸涨得通红，没再说下去。

"他的教父教的。"莫瑞尔太太说，有点解围的意味，但语气已相当冷淡了。

乔丹先生犹豫了一会儿。然后，急躁地——他的手似乎随时都急着要干什么似的——他从口袋里掏出另一张纸，哗啦哗啦地展开它，递给了保罗。

"念一下这个。"他说。

这是一张法文便条，细而又龙飞凤舞的外文字迹弄得孩子无法辨认，他茫然地盯着这张纸。

"'先生'，"他开始读了，但然后他又为难地看着乔丹先生，"这是……这是……"

他想说"笔迹"，可是他失去了往日的机灵，他怎么也说不出来这个词。他觉得自己像一个大傻瓜，他恨乔丹先生，可他只有绝望地再看看那张纸。

"'先生'——请给我寄——嗯——嗯——我不认识这个——嗯——'两双'——'grisfilbas'——灰色长统麻纱袜——嗯——嗯——'sans'——没有——嗯——我不认识这个字——嗯——doigts——手指——嗯——我不认识这个——"

他想说"笔迹"，但还是说不出来。看见他卡壳了，乔丹先生从他手里夺过那张纸。

"请寄两双无趾灰色长麻纱袜来。"

"噢，"保罗恍然大悟，"'doigts'是'手指'的意思——也可以指，……不过一般指……"

这个小老头看着他。他不知道"doigts"是否有"手指"的意思。但从他的意图来说，是"脚趾"的意思。

"手指和长袜子能联系起来！"他大声嚷道。

"可这的确是手指的意思呀。"男孩坚持说。

他痛恨这个小老头，让他出了这样一个丑。乔丹先生看着这个脸色苍白、傻乎乎的佝偻的孩子，又看了看一声不响坐着的母亲，一副不得不依靠别人生活的穷人才有的听天由命的样子。

"他什么时候可以来?"他问。

"哦，"莫瑞尔太太说："由你决定，他现在已经毕业了。"

"他还要住在贝斯伍德吗?"

"是的，但是他能在8点差一刻到火车站。"

"嗯!"

结果保罗被录用为蜷线车间的办事员，每月八先令。这孩子坚持说"doigts"是

"手指"的意思之后，再没说过一句话，他跟着母亲下了楼。她用那双明亮的蓝眼睛充满了疼爱和快乐注视着他。

"我想你会喜欢这份工作的。"她说。

"'doigts'是'手指'的意思，妈妈，而且那个笔迹，我不会认那个笔迹。"

"没关系，我肯定他以后会对你好的，而且你也不会常见到他。刚开始那个年轻人就相当不错，我肯定你会喜欢他的。"

"但是，妈妈，乔丹是不是一个很俗气的人？难道他拥有这整个厂？"

"我想他过去是个工人，后来发了，"她说："你一定不能和别人太计较，他们不是不喜欢你——只是他们待人接物的方式不同罢了。你总认为别人对你过不去，其实不是。"

阳光明媚。市场的人已经散了，那片开阔地的上空，蓝天显得格外耀眼，地上铺路的圆石子熠熠发亮。大街两旁的店铺都遮掩在朦胧阴暗之中，阴影处也显出色彩斑斓的窗户，就在太阳下闪着光——苹果、一堆堆的橘子、青梅、香蕉。母子俩路过时，那股浓浓的水果香扑面而来。保罗被羞辱气愤的情绪终于慢慢消失了。

"我们去哪儿吃饭？"母亲问。

这让人感觉有点挥霍无度。保罗长这么大，只去过馆子一两次，而且只要一杯茶和一个小圆面包。大多数贝斯伍德的人认为他们在诺丁汉的馆子里，最多吃得起茶和黄油面包，或是罐焖牛肉之类的东西，吃真正大厨师做的东西，被认为是奢侈。因此，保罗觉得很不是滋味。

他们找了一个看起来非常普通的餐馆，但是当莫瑞尔太太溜了一眼菜单时，她的心情就格外的沉重起来，东西太贵了。于是她点了腰子馅饼和土豆，这是最便宜的菜。

"我们不应该来这儿，妈妈。"保罗说。

"没什么，"她说："我们不会再来的！"

她坚持给他要了一个葡萄干小馅饼，因为他爱吃甜点。

"我不想吃，妈妈。"他恳求似的说。

"要的，"她坚持说，"你应该吃。"

她四下找着女招待，女招待正忙着，莫瑞尔太太也不愿这个时候去打扰她。因此，

当女招待在男人们中打情骂俏时，母子俩就等着适合的呼叫机会。

"不要脸的贱人！"莫瑞尔太太对保罗说，"看，她在给那个男人端布丁呢，他比咱们来得晚得多。"

"没什么，妈妈。"保罗说。

莫瑞尔太太愤慨不已，可是她太穷了，要的东西又不太起眼，因此她当时还没有足够的勇气维护自己的权利。他们只好等啊等。

"我们该走了吧，妈妈？"他说。

这个女侍走过来，莫瑞尔太太站起身来。

"你能拿一个葡萄干馅饼吗？"莫瑞尔太太清清楚楚地说。

这个女侍无礼地往四周张望。

"马上就来。"她说。

"我们已经等得够长的了。"莫瑞尔太太说。

一会儿，姑娘就端来馅饼。莫瑞尔太太冷冷地让她结账。保罗真想钻到地下去，他很佩服母亲的那份勇气。他知道她和他一样胆怯，只是长年的风风雨雨才教会了她维护自己这么点权利。

"这是我最后一次来这儿吃东西！"当他们唯恐避之不及地走出那个餐馆，她就大声发誓。

"我们去，"她说。"去看看凯普和波特商店，或其他地方，好吗？"

他们一路讨论着绘画，莫瑞尔太太想给他买一支他向往已久的貂毛画笔，但他拒绝了这份美意。他站在女帽店、布店前，百无聊赖，但她兴趣盎然，他也就心满意足了。他们继续逛着。

"噢，看那些黑葡萄！"她说，"简直让人流口水。好多年来我想买一些，但我还得等段时间才能买。"

然后她又兴高采烈地来到花店前，站在门口，闻着扑鼻的香味。

"噢，噢，太香了，太可爱了！"

保罗看见了，在花店阴影中，有一个穿黑衣服的漂亮小姐正在好奇地往柜台看着。

"人家正看着你呢。"他说着想把母亲拉走。

"紫兰!"他一面回答,一面匆匆闻了一下:"那儿有满满一桶呢。"

"噢,在那儿——有红色的有白色的。说真的,我从不知道紫兰是这种香味!"她走出花店门口,他才如释重负。她又站在了橱窗前。

"保罗!"她大声叫他。而他却正想法躲开那个穿黑衣服的漂亮小姐——女店员的目光。"保罗,看这儿!"

他极不情愿地走了回来。

"哎,看那株吊金钟!"她指着花,大叫着。

"哦。"他惊奇而赞赏地说道:"时刻都觉得这些又大又沉的花朵会掉下来。"

"而且开得很密。"她大声说。

"看那些枝节都朝下长!"

"是啊,"她惊呼,"多可爱!"

"我不知道谁会买这种花。"他说。

"我不知道。"她回答说:"我们可不会买的。"

"它在咱们家的客厅里会枯死的。"

"是啊,那个地洞真冷,看不到太阳,种什么都不行,可是放在厨房里又会烤坏。"

他们买了一些东西,然后往车站走去,从楼房建筑之间的暗暗通道抬眼望去,看见运河上游那座城堡矗立在布满绿色灌木的褐色悬崖顶上,在柔和的阳光里,宛若仙境。

"以后午饭时出来走走会很不错的。"保罗说:"我可以在这儿到处逛逛,看看这一切,我会爱上这地儿的。"

"你会的,"母亲随声应道。

他和母亲一起度过了一个美好的下午。黄昏时分,他们才到家。脸色通红,心情愉悦,但也困顿不堪。

早晨,他填好季票表,拿着它去了车站。回来时,母亲刚开始擦地板。他蜷坐在沙发上。

"他们说星期六把季票送来。"他说。

"要多少钱?"

"大约一英镑十一先令。"他回答。

她一声不吭地继续擦地板。

"花得太多了吗?"他问。

"没有我想象的多。"她回答。

"我每星期挣八先令。"他说。

她没有回答,继续干着活儿,最后她说:

"威廉答应我,他去了伦敦后,每月给我一英镑。他给过我一两次,每次十先令。现在,我知道,如果我问他要钱,他连一个子儿也拿不出来。我并不想问他要钱,只是你希望他能帮你买季票。我从来没想依赖他。"

"他挣的钱很多,"他说。

"他能挣一百三十镑。年轻人都一个样,答应给你些钱,等给你时却少得可怜。"

"他自己每星期要花50多先令呢。"保罗说。

"而我维持全家花费还用不了三十先令。"她回答说:"而且还得想法攒点钱应付额外开支。年轻人一旦长大了,他们就不再想着帮你了,他宁愿把钱花在那个浓妆艳抹的东西身上。"

"她那么自以为了不起,就应该有自己的钱。"保罗说。

"她应该有,但她确实不名一文,我问过他了,而且我知道他不会不花钱白白给她拣一个金镯的。谁会给我买镯子呢。"

威廉和那个他称为"吉普赛人"的姑娘发展的很顺利。他问那个名叫路易丝·莉莉·戴恩斯·韦丝特的姑娘要了一张相片寄给母亲。相片寄到了——一个漂亮的肤色微微发黑的女孩子的侧面像,面带微笑可能是张裸体照,因为照片看不到一些衣服,只有袒露着的胸部。

"是的。"信里莫瑞尔太太给儿子写道:"路易丝的相片十分动人,而且我也相信她一定非常吸引人。可是,孩子,你想过没有,一个女孩子第一次给她男朋友一张这样的相片寄给他母亲,品位会高吗?当然,像你说的一样,她的肩膀很美丽,但我根本没料到第一眼就看到露出这么多。"

莫瑞尔在客厅的五斗柜上看到这张照片。他用粗壮的拇指和食指夹着照片走到

外面。

"这是谁的姑娘?"他问妻子。

"和我们的威廉谈恋爱的女孩。"莫瑞尔太太回答。

"哦,看样子挺漂亮的,不过对他没有什么好处,她叫啥?"

"叫路易丝·莉莉·戴恩斯·韦丝悌。"

"不会明天就来吧!"这个矿工惊奇地说:"她是个演员吗?"

"不是,据说是位小姐。"

"我敢打赌,"他大叫着,仍然盯着照片,"一位小姐,她是吗?她有多少钱来维持她这种排场啊?"

"什么都没有。她和一个她痛恨的姨妈住在一起,都是别人给她多少钱,她就拿多少。"

"哼!"莫瑞尔说着,放下照片:"跟这样的人来往,他真是一个傻瓜。"

"亲爱的妈妈,"威廉回信说:"我很遗憾你不喜欢这张相片。我寄照片的时候根本没有想到你会认为它不成体统。我告诉吉普赛人那张相片不很符合你们的正统观念,她打算再给您另寄一张,希望能合你的意。她常常拍照,事实上,有些摄影师免费求着给她照相呢。"

不久以后,新照片到了,还附有那姑娘写的一张傻乎乎的便条。这次,这位淑女穿了一件黑缎子紧身晚礼服,方领口,小灯笼袖,胳膊上披着黑色的花边。

"我不知道她除了晚礼服之外还穿不穿别的衣服。"莫瑞尔太太讽刺地说。"我确信自己该满意了。"

"你老和别人不一致,妈妈。"保罗说,"我觉得第一张露肩膀的那张挺可爱的。"

"是吗?"他母亲回答:"可是,我不觉得。"

星期一的早晨,保罗六点起床就去上班。他把曾使自己不安的季票放进背心口袋里。他喜欢票上的那两条黄杠杠。母亲把他的饭放在一只小小的盖得严严的篮子里,随后他七点差一刻出发,去赶七点一刻的火车,莫瑞尔太太送他到门口。

那天早晨天气棒极了,白蜡树上结满了一些又细又长的果子,孩子们叫它"鸽子"。微风吹来,可爱的闪光的果子掉在屋前的庭院。山谷笼罩着黑色的雾,透过雾气

可以看到成熟的谷子微微闪光。敏顿矿井升起的水蒸气也转瞬消失了。轻风吹来，保罗的目光越过阿尔德斯利的高高的树林，远眺在阳光下闪闪发光的田野。家从来没有像此刻这样对他有如此大的吸引力。

"早晨好，妈妈。"他微笑着说，实际上内心闷闷不乐。

"早晨好。"她愉快而温柔地回答。

她围着白围裙站在大路上，目送他穿过田野。他身材矮小，但很结实，看上去充满活力。她看着他步履沉重地走在田野上，觉得只要他决心去哪儿，他就一定会到哪儿。她想起威廉，他准会跳过篱笆墙，决不会绕弯路走台阶。他去了伦敦，干得还不错，保罗也就要在诺丁汉开始工作了。现在，她有两个儿子步入社会，她就有两个地方要思念了，两个大工业中心，她觉得自己给两个大工业中心各添了一个男子汉，感到这两个男子汉会干出她所希望的事业。这两人是她血肉灵魂的一部分，是从她身躯中分离出去，所以他们的事业也是她的事业了。整个早上她就一直想着保罗。

八点钟，他爬上了乔丹外科医疗器械厂的那座阴暗的楼梯，无助地站在第一排大货架前，等着有什么人来招呼他，这个地方似乎都在沉睡，柜台上盖着很大的遮尘布。两个男人刚刚到，正在一个角落里边聊天，边脱下外衣，卷起衬衣袖子。已是八点十分了，很明显，不用按时上班。保罗听到这两个职员在谈话，随后又听见有人咳嗽，看见屋子尽头的办公室有一个慢吞吞的老职员，戴着顶绣着红绿花纹的黑丝绒吸烟帽，正在拆信。保罗等啊等，一个年轻的办事员走过去兴冲冲地大声跟这个老头打了个招呼。显然，这个年老的"头儿"是个聋子。接着，那个年轻的小伙子又神气活现地大踏步回到自己的柜台。他看到了保罗。

"嗨!"他打招呼，"你是新来的吧?"

"是的。"保罗说。

"嗨，你叫什么"?

"保罗·莫瑞尔。"

"保罗·莫瑞尔? 好，你到这儿来。"

保罗跟着他绕过柜台拐角。这间屋子在二楼，房间中央的地板上有一个大洞，周围环绕着柜台，吊车就从这个竖井中穿过，楼下的照明也靠这个竖井。屋顶上也有一

个对应的长方形的大洞。可以看到上面，楼上的栅栏旁边有许多机器，再往上就是玻璃天棚了。这三层楼房的光线全靠从天棚上照进来，越到下面越暗。因此，最底层老是像晚上一样，二楼也相当阴暗。工厂设在三楼，货栈在二楼，底层是仓库。这地方由于天长日久很不卫生。保罗被带到一个非常阴暗的角落。

"这是蜷线车间的角落，"这个办事员说：你就是蜷线车间的，和帕普沃斯在一起，他是你的上司，但他现在还没来。他不到八点半是不会到这儿的，所以如果你愿意，你可以从麦林先生那儿把信取来。"

这个年轻人指着办公室里的那个老办事员。

"好的。"保罗说。

"这儿有个木钉，你可以挂帽子。这是你的收发簿，帕普沃斯先生一会儿就来。"

接着这个瘦长小伙子匆匆地迈着大步走开了，木质地板传来空洞的回音。

一两分钟后，保罗下楼站在那个玻璃办公室门口。戴着吸烟帽的老办事员越过他的眼镜上边看着他。

"早上好，"他和蔼可亲地说："你是来给蜷线车间拿信的吧，托马斯？"

保罗讨厌叫他"托马斯"，但他还是拿着信回到了他自己那黑暗的地方，那儿柜台围成一个角，正巧在一个大货架的末端，角落里还有三扇门。保罗坐在一只高凳上念起信来——这些笔迹还不是太难辨认。它们的意思是：请立即寄一双无跟的罗纹长筒女袜，就是我去年向贵厂购买的那种长袜。长度从膝盖到大腿都行。或是"张伯伦少校希望再定购一条无伸缩性的丝绸吊绷带，请速办理。"

信件很多，有用法文写的，也有用挪威文写的，让这孩子深感为难。他坐在凳子上紧张地等待他的"上司"的到来。八点半，成群的工厂女工上楼路过他身边时，他害羞得像是在受刑。

八点四十左右。别的人都已经工作了，帕普沃斯先生到了，嘴里嚼着哥罗颠口香糖，他面黄肌瘦，长着红鼻子，说话又快又急，穿着时髦但不太自然。他大约三十六岁。这个花花公子给人的印象是：为人装腔作势，精明能干，既热情友好，又卑鄙无耻。

"你是我的新来的助手？"他问。

保罗站起来说是的。

"取信了吗?"

帕普沃斯先生又嚼了一阵口香糖。

"是的。"

"抄好了吗?"

"没有。"

"那好,我们赶紧来抄吧,你换过衣服了吗?"

"没有。"

"你要带一件旧衣服来,放在这儿。"说到最后几个字时,他把口香糖咬在侧面的上下齿之间,走到那排大货架后面看不见的阴暗处,再出来时已经脱掉了上衣。时髦的条子衬衫袖子卷得高高的,露出了毛茸茸的胳膊,接着他又匆匆穿上上衣。保罗看到他瘦极了,裤子后面都是宽松的褶痕。他拉过了一只凳子在男孩身边坐了下来。

"坐下。"他说。

保罗坐了下来。

帕普沃斯先生紧挨着他,他抓起信件,又从面前架子上抽出一本长长的收发簿,打开,抓起一支笔,说:

"看,你把信件抄在这儿。"他抽了两下鼻子,又嚼着口香糖,全神贯注地看着一封信,然后,用漂亮的花体字很快地抄在收发簿上。他飞快地瞟了一眼保罗。

"看到了吗?"

"看到了。"

"你觉得自己还行吗?"

"是的。"

"那好,让我看看。"

他离开椅子,保罗拿了一支笔,帕普沃斯先生不知去了哪儿,保罗非常乐意抄这些信件,但他写得又慢又费力,写得很难看。当帕普沃斯先生再一次出现时,他正在抄第四封信,感觉很忙,也很愉快。

"好,干得怎么样了,完成了吗?"

他俯身在孩子肩头上，嘴里还在嚼着，可以闻见哥罗颠口香糖的药味儿。

"天啦，伙计，你可真是个漂亮的书法家。"他挖苦地大声说："没关系，你抄几封了？才三封？我都可以一口气吞了它们。伙计，接着干，把信编上号，看，这儿！接着干！"

当保罗低下头写信时，帕普沃斯先生忙着干其他活儿。突然，耳边刺耳的吵声把孩子吓得打了个哆嗦。帕普沃斯先生走过来，从一根管子上拔下插头，用一种让人诧异的粗鲁霸道的声音说着话。

"喂？"

保罗听见像是女人一样微弱的声音，从话筒传出来，他好奇地看着，因为他以前从没有见过通话筒。

"好吧。"帕普沃斯先生说，有点不耐烦。"你们最好先把你们欠下的活完成。"

他又听到了女人细细的嗓音，非常动听，但满含着愤怒。

"我没时间站在这儿听你说话。"帕普沃斯先生说着，把插头插到通话管里。

"快，我的伙计。"他带着恳求对保罗说："波莉喊着要她们的订单，你能不能快点？来，过来。"

他抓过本子，开始自己抄写，保罗觉得十分委屈。他抄得又快又好，写完之后，他又抓起几条大约三英寸宽的黄纸条，给女士写起了订单。

"你最好看着我怎么做。"他说，一面手脚不停地忙碌着。保罗看着那些奇形怪状的草图，上面画着腿、大腿、脚踝、编着号码，打着叉叉，还有他的上司在上面写的一两句简短的指示。帕普沃斯先生写完之后，立刻跳了起来。

"跟我来，"他说，黄纸条在他手里飞舞着。他冲出门，走下一段楼梯，来到了点着煤气灯的地下室。然后他们穿过阴冷潮湿的仓库，又走过一间长条形冷冷清清的房子，房子不高，它是主楼的附属建筑物，有个矮个女人在屋里，她穿了件红哗衬衫，黑头发盘在脑袋上，像一只骄傲的矮脚鸡等在那儿。

"你在这儿！"帕普沃斯说。

"你觉得你应该说'给你'吧！"波莉大叫。"姑娘们等了将近半个小时，想想浪费多少时间吧！"

"你还是想想怎样完成你们的工作，别说这么多。"帕普沃斯先生说："你们应该干些收尾活儿。"

"你很清楚我们在星期六就干完了所有活。"波莉喊着，冲着他张牙舞爪，黑眼睛里闪着光。

"啧—啧—啧—啧啧啧。"他嘲弄着她："这是你们新来的伙计，不要像上回一样把别人勾引坏了。"

"像我们上次一样！"波莉重复着。"是的，我们老在引坏别人，我们确实是这样的，我的天，一个小伙子跟你在一起倒更容易被引坏。"

"现在是工作的时候，没时间说废话。"帕普沃斯先生严厉而冷淡地说。

"早就是工作的时间了。"波莉说着，昂首阔步地走了。她四十岁左右，身材矮小平直。

这间屋子靠窗的工作台上，放着两台蜷线机。穿过里面的门，还有一间较为狭长的屋子，里面放有六台机器。一群带着漂亮的白围裙的姑娘站在一起聊天。

"你们除了聊天就没别的事干了吗？"帕普沃斯先生说。

"只是在等你呀。"一个漂亮的女孩哈哈笑着。

"得了，接着干，接着干。"他说："走吧，伙计，带你认认路。"

保罗跟着他的头儿跑上楼，上司又给他一些查账和开票的活儿。他站在书桌前，费劲地用他那笨拙的笔迹写着。一会儿乔丹先生从玻璃办公室里踱着步子过来，站在他身后，让这个男孩感到极不舒服，一根红润肥胖的指头伸到他正在填写的表格上。

"密斯特丁·A·贝茨先生！"那粗鲁的嚷嚷声就在他耳边响起。

保罗看着自己写得很难看的"密斯脱丁·A·贝茨先生，"有点不知所措。

"难道他们就是这样教你的吗？如果你用了'密斯特'，就别用'先生'——一个人不能同时用两个称呼。"

男孩有些后悔自己滥用尊称，犹豫了一下，哆嗦着手把"密斯特"划掉了。然而，乔丹先生立刻把这张发票夺了过去。

"重写一张！你打算把这样一张发票寄给一位绅士吗？"说罢不耐烦地扯碎了那张蓝色的单子。

保罗重新又开始写了，他羞得面红耳赤，然而乔丹先生还在身后监视他。

"我不知道他们在学校教了些什么，你应该写得更好一点。现在的孩子除了背诗、拉小提琴，什么也没学会，你看见他写的字了吗？"他问帕普沃斯先生。

"是的，不错吧？"帕普沃斯先生毫不介意地说。

乔丹先生在喉咙里咕噜了一声，但并没有生气。保罗猜测他的老板只是刀子嘴，豆腐心。实际上，这位手工工场矮个老板虽然英语说得不地道，却能十分和美地让手下人独自工作，不太计较一些细枝末节的事，很有绅士派头。不过他也知道自己形像不像一位老板或工场主，因此，他不得不做出老板的样子，装腔作势，来个下马威。

"让我想想，你叫什么名字来着？"帕普沃斯先生问他。

"保罗·莫瑞尔。"

令人奇怪的是，孩子们在报上自己的姓名时总是感到屈辱。

"保罗·莫瑞尔，是吗？好，你——保罗·莫瑞尔要用心把这些事干好，然后……"

帕普沃斯先生慢腾腾地坐在凳子上，开始写起来。一个姑娘从后面的一扇门里走了进来，把一些刚刚熨好的弹性织品放在柜台上后，转身走了。帕普沃斯先生拿起那只浅蓝色的护膝，检查了一遍，又匆匆核对了一下黄色订货单，把它放在一边。下一个是一个肉色的假腿。他处理完这些事后，又写了两三张订单，叫保罗跟他一起去。这次他们从刚才那姑娘出现的那窗门里走了出去。保罗发现他们已经走到一段木梯顶部，下面有一间两面都有窗户的房子，再过去点儿，屋子尽头有六个姑娘弯腰坐在工作台旁就着窗户的光做着针线活。她们正唱着《两个穿蓝衣的小姑娘》。听见门开了，她们都转过身，看到帕普沃斯先生和保罗正从房间那头看她们，就停止了唱歌。

"你们不能声音小点吗？"帕普沃斯先生说，"别人还认为我们这儿养猫呢。"

坐在一张高凳子上的驼背女人，转过她那张又长又胖的脸，用一种低沉的嗓音对帕普沃斯先生说：

"那么，他们都是雄猫啦。"

帕普沃斯先生想在保罗面前，做出一种令人肃然起敬的样子，他下了楼梯来到成品间，走向驼背芬妮旁边，她坐在一张高凳上，上身显得很短，她那梳成几大股的浅

棕色头发的脑袋和那张苍白肥胖的脸相比之下显得太大了一些。她穿着件绿黑相间的开斯米毛衣，那双从狭窄的袖口里露出来的手又瘦又干。她紧张地放下手里的活，帕普沃斯先生给她看了看一只有毛病的护膝。

"得了，"她说："这不是我的错，你用不着怪我。"她的脸颊泛红。

"我没说它是你的过错。你按我告诉你的干，好吗?"帕普沃尔直截了当地问道。

"你是没说它是我的错，但你那副样子让别人错认为是我的错。"这个驼背女人叫道，几乎哭了。接着她从老板手里夺过那只护膝，说："好，我给你改，你用不着发那么大的脾气。"

"这是你们的新伙计。"帕普沃斯先生说。

芬妮转过身，温柔地对保罗笑了笑。

"哦!"她说。

"但是，你们可不要把他宠坏了。"

"把他变坏的可不是我们。"她像受侮辱似的顶了一句。

"走吧，保罗。"帕普沃斯先生说。

"再见，保罗。"其中一个女孩说。

响起了一片嗤笑声，保罗出去了，脸涨得通红，一句话也没说。

这天太长了，整个上午，工人不断地来跟帕斯普沃斯先生说着什么。保罗不是写，就是学着打包裹，为中午的邮寄做准备。一点钟，更精确点，一点差一刻时，帕普沃斯先生就溜出去赶火车了。他住在郊区。一点钟，保罗不知道该干什么好，就拿着饭篮走到地下室，在那间放着一个长桌的阴暗房间独自一人匆匆地吃了午饭。饭后，他出门了，街上阳光明亮，自由自在，让他感到惊喜。但是到了两点钟，他又回到了那间大屋子的角落。不一会儿，女工们就成群结队地走过，还指指点点着什么，这些是在楼上做疝气带重活的女工，她们还要完成假肢的最后一道工序。他等着帕普沃斯先生，不知道该干些什么，就坐下在黄色的订单上乱写一气。帕普沃斯先生在三点差二十回来了，他就坐下来和保罗聊起来，他这时没有摆任何架子，就像同龄人一样。

下午，这里从来都没多少活要干，除非是快到周末了，要结账时才比较忙。五点钟，所有的男人都下到地下室，在板架旁喝茶，吃着抹了黄油的面包，边吃边谈。他们喝茶时也像吃午饭那样匆匆忙忙，那么让人讨厌！只不过在上面，他们之间倒是很愉悦的，而此刻因为地窖和搁板影响了他们，缺少那样的气氛。

吃完茶点，所有的焊气灯都亮了，工作节奏快了，因为要赶夜间邮班发货。工场里送来的长袜刚熨好，还是带着暖暖的余温呢。保罗已经开好了发票。现在，他还得捆绑和写地址，然后还得将袜子的邮包放到秤上称一下。到处都是报重量的声音，还有脆脆的金属声，绳子扯断的声音，匆匆地向麦林先生要邮票的声音。终于，邮递员拿着他的邮袋，兴冲冲地来了。这时，紧张的节奏才松懈下来，保罗拿起饭篮跑向车站赶八点二十的火车。这一天在工厂里待了十二个小时。

母亲坐在那里十分焦急地等着他。他得从凯斯顿步行回家，所以直到九点二十左右才到。早晨七点前他就得从家离开。莫瑞尔太太最担心他的健康问题。她本人已历尽磨难，因此她想到孩子们也会那样去经受艰难坎坷，他们必须忍受世道的艰难和人生的痛苦。保罗就一直在乔丹厂里工作，那里阴暗潮湿空气污浊，工作时间长，这些严重地影响了他的健康。

他脸色苍白地走了进来，神气疲倦。母亲端详着他，看到他很欢天喜地的样子，她的焦虑烟消云散了。

"哦，怎么样？"她问。

"从没这么有趣过，妈妈，"她回答道，"用不着那么辛苦地工作，他们对人很好。"

"你干得还好吗？"

"还好，只是他们嫌我写的字难看。但是帕普沃斯先生——他是我的上司——对乔丹先生说我会写好的。我在蜷线车间工作，妈妈，你应该去看看，那地方真不错。"

他很快就喜欢上了乔丹先生的公司，帕普沃斯先生有那么一种"酒肉朋友"的风韵，待人豪爽自然。他对保罗就好像是朋友一般。有时候，这个"蜷线车间的老板"心情不顺，这时就大口大口地咀嚼着口香糖，然而即使这时，他也不令人讨厌。但有一点，这种脾气暴躁的人对自己身体的伤害比对别人的伤害更厉害。

"你干完那个活没有？"他会大喊着问："加油干吧，别磨磨蹭蹭。"

这人一高兴起来忘乎所以，喜欢开开玩笑，弄得保罗不明就里。

"明天我打算把我的约克郡狼狗带来。"他兴奋地对保罗说。

"约克郡狼狗是什么？"

"不知道什么是约克郡狼狗？不知道什么是约克郡……"由普沃斯先生非常吃惊。

"是不是那种毛很光滑——铁灰和银灰色的？"

"是的，伙计。这是个稀罕物。它的狗崽子可以卖五镑了，它本身也值七镑多，可它还没二十盎司重呢。"

第二天，这只母狗果真被带来了，是只浑身发抖，可怜兮兮的小东西。保罗对它不感兴趣，活像一块从没干过的湿抹布。一会儿，一个男人来看这只狗，并开起粗俗的玩笑。但帕普沃斯先生冲保罗这个方向点了点头，玩笑声就小了一些。

乔丹先生又来看过保罗一回，这次他发现的唯一的错就是看见保罗把钢笔放在柜台上。

"如果你打算做一个办事员的话，就把你的笔夹在耳朵上！"

一天他又对这孩子说："为什么不把你的背挺直点？到这儿来。"他把孩子带进了玻璃办公室，给他穿上特别的背带，以保持肩膀端正。

保罗最喜欢的还是女工们。男人们似乎庸俗无聊，他喜欢他们每个人，但他们提不起他的兴趣。楼下一个矮小敏捷的监工波莉，看见保罗在地下室吃饭，就问他，是否需要她帮忙在她的小炉子上热热饭。第二天，母亲就给他带了一盘可以热着吃的菜。

他把菜拿到了那个舒适干净的房间里给了波莉，于是很快就形成了一条彼此默契的习惯：他们在一起吃饭。每天早晨 11 点来的时候，他把饭篮给她，一点钟他下去时，她已经把他的午饭准备好了。

她不太高，脸色苍白，浓密的栗色头发，不合比例的长相，还有一张大嘴巴。她就像一只小鸟，他常称她"知更鸟"。虽然他天性就安静，可在她身边他会侃侃而谈，一聊就好几个小时，跟她聊自己的家。女孩子们都喜欢听他说话，她们常常在他坐的板凳旁转成一小圈，滔滔不绝地谈笑着。有些姑娘认为他是个古怪的家伙，既认真严肃，又开朗愉快，而且总是用他那温柔的方式对待她们。她们都喜欢他，而他也喜欢她们。他觉得他是属于波莉的。康妮一头红色的秀发，像一朵苹果花似的脸蛋，喁喁细语的声调，这一切激发了他那浪漫主义的情调。虽然她是这样一位气质不俗的女士却穿着破旧的黑色外套。

"你坐着绕线时，"他说："好像在纺车上纺纱——美极了。你让我想起，在《国王歌集》里的伊莱恩，如果我能，我真想把你画下来。"

她羞答答地瞥了他一眼，脸涨得通红。后来，他画了一副自己极为满意的素描：康妮坐在纺车边的凳子上，浓密的红头发飘散在丰旧的黑色外套上，紧闭着嘴，神情庄重，正把一缕缕红线往轴上绕着。

至于路易，她虽然漂亮，但有点厚颜无耻，似乎总喜欢把屁股向他身上撞，他常常和她开玩笑。

艾玛则是一个长相普普通通，年纪较大，对别人总是一副屈尊俯就的神情，但她十分乐意去照顾保罗，他也对此毫不在乎。

"你是怎么样穿针的?"他问。

"走开，别烦人。"

"但我应该知道怎样穿针的啊。"

说话的时候，她一直稳稳地摇着机器。

"你应该知道的事多着呢。"她回答。

"告诉我，怎样把针插在机器上?"

"唉，你这家伙，多令人讨厌啊！看，就是这么插。"

他聚精会神地看着她。突然，一声口哨声，波莉出现了，她一板一眼地说：

"保罗，帕普沃斯先生想知道你还要在下面和姑娘们厮混多久？"

保罗喊了一声"再见"，飞奔着上了楼，艾玛也站起身。

"我可没让他摆弄机器。"她说。

像一条惯例，当所有的姑娘们在两点钟回来后，他总是跑上楼去找成品车间的那个驼背芬妮。帕普沃斯先生不到两点四十是不露面的。他常常发现他的伙计坐在芬妮旁边，要么闲聊，要么画画，要么跟姑娘们一直唱歌。

通常，芬妮一般扭扭怩怩一会之后，才开始放声唱歌。她有一副音色动听的女低音嗓子。每个人都参加这个合唱，越唱越好听。保罗和六七位女工们坐在一间屋子里，没多久，不再感到窘迫了。

唱完了歌，芬妮会说：

"我知道你们一直在笑话我"。

"别那么多心，芬妮！"一个姑娘大叫道。

有一次，有人提到芬妮的红头发。

"还是芬妮的头发好看些，是我最喜欢的。"艾玛说。

"你用不着哄我。"芬妮说，脸颊绯红。

"才不是，她是有一头秀发，保罗，她的头发很美。"

"这是一种让人看着舒服的颜色。"他说，"这种冷色有点像泥土，但却发光，像沼泽地的水一样。"

"天哪！"一个姑娘惊呼着哈哈大笑起来。

"不管我怎么样都会招致攻击的。"芬妮说。

"保罗，你应该看看把头发放下来是什么样的。"艾玛诚恳地说："真是太美了，芬妮，如果他想画画，就把头发放下来吧。"

芬妮不好意思当众这么做，不过她心里倒挺乐意的。

"那我就自己放了。"这孩子说。

"好吧，如果你愿意，你就放吧。"芬妮说。

于是，他就细心地从发髻上取下发卡，那一大片深褐色的头发一下子就散落在驼

背上。

"多可爱啊!"他惊叹。

姑娘们都看着,屋里静悄悄的谁也不说话,小伙子又捋了捋头发,把卷发抖开。

"太棒了!"他说着闻闻发香:"我敢打赌这头发值不少钱。"

"等我死了,我会把头发留给你的,保罗。"芬妮开玩笑地说。

"你坐在那里晾头发时,看上去和别人一模一样。"一个姑娘对这个长腿驼背说。

可怜的芬妮生性敏感,总觉得别人在羞辱她。波莉说话办事像个生意人,干脆而有条理。这两个小姐总是充满火药味,保罗常常发现芬妮泪流满面。后来,他明白了她所有的委屈,还为了她与波莉争辩过。

日子就这样很快活地过去了,工厂让人有一种家的感觉,没有人催你赶你。每逢邮差快到来时,保罗特别喜欢看大家越干越快的劲头。男人们齐心协力的工作。在这种时候男人和工作仿佛融为一体了,但姑娘们就不一样了,真正的女人似乎从来不沉迷于工作中,而是心不在焉,等待着什么。

在晚上回家的路上,他总是从火车的车窗里注视着城市的灯光,它们密密麻麻地散落在山坡上,汇成一片光海,照亮了山谷,他觉得自己的生活充满了快乐。火车再往前开,可以看见布尔威尔的灯光像星星在撒下数不清的花瓣,最远处是高炉的红红火光,袅袅上升,与云霞相映。

他还得步行两英里多的路程从凯斯顿往家走,还得翻越两座小山。他常常疲倦不堪,因此他爬山时就数着山上的盏盏灯光,计算着还得走过多少盏灯才能到家。在黑漆漆的夜里,爬上小山顶,他喜欢远眺周围五、六英里以外的村庄,灯光簇簇有如萤火虫一样闪光蠕动,仿佛天堂再现人间。马尔普尔和希诺两镇灯火通明,把黑暗抛向远方。偶尔,一长列火车开来,进入这黑暗的山谷中,火车朝南开往伦敦,朝北开往苏格兰,在黑暗中高速咆哮而过,冒着浓烟,炉火熊熊,震得整个山谷也似乎随着火车的经过而轰鸣。火车过去了,城镇山庄的点点灯火又在寂静中闪闪发光。

终于,他到了家,家门面对黑夜另一面。此刻,白蜡树也似乎成了他的朋友。当他进屋时,母亲高兴地站了起来,他则骄傲地把他挣的八先令放在桌上。

"总能接济一下吧,妈妈?"他热切地问。

"除去你的车票和午饭的花费，剩不了多少。"她回答道。

接着，他就把一天的历程告诉了她。他的生活故事，就像《天方夜谭》一样，天天晚上讲给母亲听，她几乎如同自己经历的生活一样。

第六章　家有丧事

亚瑟·莫瑞尔逐渐长大了。他是一个粗心大意、性情急躁、容易冲动的男孩，极像他的父亲。他讨厌学问，如果他不得不去干活，他就嘟囔半天，而且一有机会，他就溜出去玩。

论外表，他是家中的精华，身材匀称，风度优雅、充满活力，深棕色的头发、红润的脸色，敏锐的深蓝色的眼睛映衬着长长的睫毛，再加上慷慨大方的举止，暴躁的脾气，使他在家中倍受欢迎。但是，当他长大一点之后，他的脾气变得令人捉摸不定了。他无缘无故地大发脾气，粗暴无理，几乎让人不能忍受。

有时候，他深爱着的母亲对他很反感，他只想自己。他想娱乐的时候，他痛恨所有妨碍他的东西，甚至包括母亲。而当他碰到麻烦事时，却哼哼唧唧地对她无休止地哭诉个没完。

有一次，当他抱怨说老师恨他时，母亲说："天哪！孩子，如果你不想被别人恨，就改了吧；要是不能改变，你就忍着吧。"

他过去爱父亲，父亲也疼爱过他。但现在他开始厌恶父亲了。在他渐渐地长大时，莫瑞尔也开始慢慢地衰弱了。他的身体，过去一举一动都那么优美，如今却萎缩了，似乎不是随着日月而成熟稳重，而是日趋卑鄙和无赖了。每当这个面目可憎的老头对亚瑟呼来喝去时，亚瑟就忍不住要发作。而且，莫瑞尔的举止变得越来越无所顾忌，他的一举一动也让人看不顺眼。孩子们长大了，正处在关键的青春期，父亲对他们的心灵来说是一种丑恶的刺激。他在家里的举止和他在井下和矿工们在一起时一个样，丝毫不变。

"肮脏讨厌的东西！"亚瑟被父亲惹怒的时候，他就会这么大喊着，冲出屋子。而莫瑞尔因为孩子们讨厌他，他就越赌气胡来。惹得孩子们发狂的厌恶和愤怒，莫瑞尔

似乎从中得到了一种满足。孩子们在十四、五岁时都特别容易冲动，而亚瑟就是在父亲堕落衰弱的过程中明白事理的，因此最恨他。

有时候，父亲似乎也能感觉到孩子们的那种轻蔑和憎恶。

"再没有人还能像我一样辛辛苦苦地养活你们。"他会大声吼叫。"我为你们费尽心血，为你们操劳，可你们像对待一条狗一样地对待我，告诉你们吧，我再也受不了啦!"

实际上，他们对他并没有那么坏，而他也不是象他说的那么勤奋地工作。如果真是那样，他们倒会同情他的。现在，这几乎成了父亲和孩子们之间的争执，他坚持着自己不良的习惯和令人厌恶的生活方式，以此来表明他是独立不羁的，不受旁人支配的。因而，孩子们更加痛恨他。

最后，亚瑟变的得极不耐烦，也极为暴躁。因此，他获得诺丁汉文法中学奖学金后。母亲就决定让他住在城里他的一个妹妹家里。只有周末回家。

安妮仍旧是一所公立学校的低年级教师，每星期挣四先令。不过，她马上就可以每周挣十五先令了，因为她已经通过考试。这样的话，家里的经济将不成问题了。

现在，莫瑞尔太太一心一意扑在保罗身上。他尽管不十分颖悟，却是个非常恬静的孩子。他坚持画他的画，仍然深爱着母亲。他所做的一切事都是为了她。她每天晚上等着他回家。然后把她白天的所思所想一股脑儿地全告诉给他。他认真地坐在那里听着，俩人相依为命，心心相印。

威廉已经和那个皮肤微黑的姑娘订婚了。还花了八几尼给她买了一枚订婚戒指。孩子们对这么大的价钱都咋舌不已。

"八几尼!"莫瑞尔喊道，

"他真傻! 还不如多给我点儿钱倒好。"

"多给你点儿钱!"莫瑞尔太太说道，"为什么要多给你点儿钱。"

她记得他从来没给她买过什么订婚戒指。她倒是更赞同可能有些傻气但不小气的威廉了。但现在这小伙子在信上频频谈起他如何跟未婚妻参加舞会，她穿着多么漂亮的服装，或者兴冲冲谈起他们去戏院时如何打扮得像个头面人物。

他想把姑娘带回家来。莫瑞尔太太认为应该让她在圣诞时来。这一次，威廉没带

礼物，只带着这么一位小姐回来莫瑞尔太太已经准备好了晚饭听到脚步声，她站起身向门口走去。威廉进来了。

"嗨，妈妈。"他匆匆地吻了她一下，就站到一边，介绍这个高挑的漂亮女孩，她穿着一套质地优良的黑白格子女装，披着毛皮领圈。

"这是吉普赛女郎！"

韦丝特伸出手来，浅浅地笑了一下，微微露出洁白牙齿。

"哦，你好，莫瑞尔太太！"她客气地打招呼。

"恐怕你们都饿了吧？"莫瑞尔太太问。

"没有，我们在火车上吃过饭了。你看到我的手套了吗？宝贝？"

身材高大、骨骼健壮的威廉·莫瑞尔飞快地看了她一眼。

"我怎么会看到呢？"她说。

"那我就丢了，你不要这么粗鲁地对待我。"

他皱了皱眉，但什么也没说。她打量着厨房四周，觉得这间房又小又怪，相片后面装饰着闪光的邀吻树枝和冬青树。摆着几把木椅和小松木桌子。就在这时，莫瑞尔进来了。

"你好，爸爸！"

"你好，儿子，我已经知道你们的事了。"

两人握握手，威廉介绍这位小姐，她同样微露玉齿笑了一下。

"你好，莫瑞尔先生！"

莫瑞尔奉承似的鞠了一躬。

"我很好，我也希望你很好，你千万不要客气。"

"哦，谢谢你。"她回答，心里觉得很有趣。

"如果你不介意我就上楼去，如果太麻烦就算了。"

"不麻烦，安妮带你去。沃尔特，来搬这个箱子。"

"不要打扮太长时间。"威廉对他的未婚妻说。

安妮拿起铜烛台，窘迫地不敢开口，引着这位小姐向莫瑞尔夫妇为她腾出来的前面卧室走去。这间屋子，在烛光下也显得窄小而阴冷。矿工的妻子们只有在得重病的

时候才在卧室里生火。"需要我打开箱子吗?"安妮问道。

"哦,太谢谢你了!"

安妮扮演了仆女的角色,接着下楼去端热水。

"我想她一定很累,妈妈。"威廉说:"我们来得很匆忙,一路上也非常辛苦。"

"她需要点什么吗?"莫瑞尔太太问。

"哦! 不用,她马上就会好的。"

屋子里的气氛有点叫人寒心。半小时后,韦丝特小姐下楼了,穿着一件紫色的衣服,在矿工的厨房里显得过分的豪华。

"我告诉过你,你不用换衣服。"威廉对他说。

"噢,宝贝!"她说完转过那张甜蜜蜜的笑脸对莫瑞尔太太说:"你不觉得他总是埋怨我吗? 莫瑞尔太太?"

"是吗?"莫瑞尔太太说:"那就是他的不对了。""是的,真是这样!"

"你很冷吧,"母亲说:"要不要靠近火炉坐着?"

莫瑞尔从扶手椅上跳起来。

"来坐这儿。"他说:"来坐这儿。"

"不,爸爸,你自己坐吧。坐在沙发上,吉普。"威廉说。

"不,不,"莫瑞尔大声说,"这把椅子最暖和了,来坐这儿,韦丝特小姐。"

"多谢了。"姑娘说着,坐在矿工的象征着荣誉的扶手椅上,她哆嗦着,感觉到了厨房的温暖渐渐浸入她体内。

"给我拿个手绢来,亲爱的宝贝?"她对他说。嘴巴翘着,那亲昵的样子仿佛只有他们两人在场,这让家里人觉得他们不应该呆在这里。很显然,这位小姐就没有意识到他们是人。对她来说,现在他们只不过是牲口罢了,威廉局促不安,不知如何是好。

对于斯特里萨姆这样一个家庭来说,韦丝特小姐的光临已经是"屈尊"了。对她来说,这些人确实是下里巴人——简单地说,是工人阶级。她何必约束自己呢?

"我去拿。"安妮说。

韦丝特小姐没有理会,仿佛刚才是一个仆人在说话。不过,当姑娘拿着手帕又下楼来时,她和善地说了句:"哦,谢谢!"

她坐在那里，谈论着火车上吃的那顿饭是那么寒酸，谈论着伦敦，也谈了跳舞。她确实有些紧张，所以不停地说呀说。莫瑞尔一直坐在那里抽那种很烈的手捻的烟卷，一面看着她，听着她那流利的伦敦话，一面不停地吐着烟圈。穿着她最漂亮的黑绸衬衫的莫瑞尔太太，平静而简短地回答着她的话。三个孩子羡慕地坐在一起，什么也不说。韦丝特小姐像是位公主：所有最好的东西都为她拿了出来；最好的杯子；最好的匙子，最好的台布，最好的咖啡壶。孩子们觉得他一定会认为这个场面很气派，而她却觉得很不习惯，不了解这些人，也不知道如何对待他们。威廉开着玩笑，也多少感到有些别扭。

大约 10 点了，他对她说："累了吗？吉普？"

"很累，宝贝。"她马上用那种亲热的口气回答道，头稍微偏了一下。

"我去给她点蜡烛，妈妈。"他说。

"很好。"母亲回答道。

韦丝特小姐站了起来，对莫瑞尔太太伸出了手。

"晚安，莫瑞尔太太。"她说。

保罗坐在烧水锅前面，正往一只啤酒瓶里灌热水，安妮把瓶子用下井穿的旧绒布衬衫包好，吻了母亲一下，道了晚安。家里已经没有别的空房了，所以她得跟这位小姐同住一间屋子。

"等一会。"莫瑞尔太太对安妮说。安妮正坐在那儿弄着那只热水瓶。韦丝特小姐与大家一一握手，这让大家很不自在。威廉在前引路，她跟在后边走了。五分钟后，他又下楼。他心里有点恼火，自己也不知道为什么。他没说几句话。直到别人都上了床。只剩下他和妈妈，他才像以前一样，两腿叉开站在炉边地毯上，有些犹犹豫豫地说："怎么样，妈妈？"

"怎么样，孩子？"

她坐在摇椅上，多少有些为他而伤心和丢脸。

"你喜欢她吗？"

"是的，"他迟迟地回答道。

"她还有些害羞，妈妈。她还不习惯这儿。你知道。这里和她姑妈家里不同。"

"当然了，孩子，她一定觉得很难习惯这儿吧。"

"是的，"他顿时皱眉头，"可她不该摆她的架子！"

"她是初来乍到，有点别扭罢了，孩子，她会好的。"

"是这样的，妈妈，"他感激地回答。不过他还是愁眉不展。"你知道，她不像你，妈妈，她从来严肃不起来，而且她也不肯用脑子。"

"她还年轻，孩子。"

"是的，不过她缺乏家教，很小的时候，她妈妈就去世了，从那以后，她就跟她姑妈住在一起，她姑妈真让她无法容忍。她父亲又是一个败家子。因此，她从没有得到过爱。"

"哦，那么，你应补偿她。"

"因此，你应该在很多方面谅解她。"

"孩子，怎么样谅解她？"

"我不知道。当她显得举止浅薄的时候，你就想想从来没有人教会她深沉的感情。再说，她确实深爱着我。"

"这一点大家都看得出来。"

"但是你知道，妈妈——她和我们不一样，那些人，就是和她生活在一起的那种人，他们好像和我们有不一样的原则。"

"你不必过早地下结论。"莫瑞尔太太说。

看起来，他的内心还是不能轻松。

然而，第三天早晨他起来后，就又开始在屋里唱歌逗乐了。

"喂，"他坐在楼梯上喊："你起来了吗？"

"起来了。"她轻声应道。

"圣诞快乐！"他大声对她喊着。

卧室里传来她清脆悦耳的笑声，但过去半个小时了，她还在楼上。

"刚才她说起来了，是真的吗？"他问安妮。"是起来了。"安妮回答。

他等了一会儿，又走到楼梯口去。

"新年快乐！"他喊着祝福。

"谢谢,亲爱的!"远处又传来了笑声。

"快点!"他恳求地说。

快一个小时过去了,他还在等她。总是在六点以前就起床的莫瑞尔,看了看钟。

除了威廉,全家人都吃过早饭了,他又走到楼梯口。

"在那儿等着我去给你送复活节的彩蛋吗?"他生气地喊道。

她只是哈哈笑着。全家人都想着,经过了这么长时间的准备,一定会有什么奇迹发生。终于,她下来了,穿着一件衬衫,套了一条裙子,漂亮迷人,仪态大方。

"这么长时间,你真的在梳洗打扮吗?"他问。

"亲爱的!这个问题不允许问,对吗?莫瑞尔太太?"

她一开始就扮起贵族小姐的派头。当她和威廉去教堂的时候,威廉穿着大礼服,戴着大礼帽;她穿着伦敦做的服装,披着毛皮领圈。保罗、亚瑟和安妮以为人人见了他们都会羡慕地鞠个躬。而莫瑞尔,穿着他最好的衣服站在路头上,看着这对衣着华贵的人走过去,心里觉得他仿佛是王子的父亲了。

实际上,她并没有那么了不起。她只不过在伦敦一家公司当秘书或办事员,干了有一年。但是,当她和莫瑞尔一家在一起时,她就摆出一副女王的架势。她坐在那里让保罗或安妮服侍她,仿佛他们是她的仆人。她对待莫瑞尔太太也是油腔油调、随随便便,对莫瑞尔却摆出一副恩赐的架势。不过,过了一两天后,她就改变了她的态度。

威廉总是要保罗和安妮陪他们一起散步。这样更显得兴趣盎然。保罗确实一心一意地崇拜着"吉普赛女郎",但实际上,母亲几乎不能原谅他对待姑娘的那股谄媚奉承劲儿。

第二天,莉莉说:"哦,安妮,你知不知道我把皮手筒放在哪儿了?"威廉回答:"你明知道皮手筒放在你的卧室里,为什么还要问安妮?"

莉莉却生气地一声不响地上楼去了。她把妹妹当仆人使唤,这让小伙子气愤不已。

第三天的晚上,威廉和莉莉坐在黑暗的起居室火炉旁。十一点差一刻的时候,他们听见莫瑞尔太太在捅炉子,威廉走进厨房,后面跟着他的莉莉。

"已经很晚了,妈妈?"他说,她刚才一直独自坐在那儿。

"不晚,孩子,我平常都坐到这个时候。"

"你要去睡觉吗?"他问。

"留下你们俩?不,孩子,我不放心你们俩。"

"你不相信我们,妈妈?"

"不论我相信不相信,我都不会那么做的。你们高兴的话可以呆到十一点,我可以看会儿书。"

"睡觉去,吉普,"他对姑娘说:"我们不能让妈妈这样等着。"

"安妮还给你留着蜡烛呢,莉莉。"莫瑞尔太太说,"我想你看得见的。"

"是的,谢谢,晚安,莫瑞尔太太。"

威廉在楼梯口吻了他的宝贝,然后,她走了,他呢,又回到厨房。

"你不相信我们,妈妈?"他又说了遍,有点不快。

"孩子,告诉你吧,当大家都睡觉的时候,我不信任你们两个年轻人单独留在楼上。"

他只好接受了这个回答,吻了吻母亲,道了晚安。

复活节时,他独自一人回到家,和母亲没完没了地谈论他那个宝贝。

"你知道吗,妈妈,当我离开她的时候,我一点也不在乎她,即使再也见不到她,我也不会在乎。但是,当晚上我和她在一起的时候,我又非常喜欢她了。"

"如果她吸引你的不过是这些的话,"莫瑞尔太太说:"那么,促使你们结婚的那种爱可太不可思议了。"

"这是不可思议!"他大声说,这婚姻使他烦恼不安左右为难。"但是,就我们目前的情况来说,我不能放弃她。"

"你最清楚,"莫瑞尔太太说:"不过要是像你所说的这样,我不会把这种感情看作爱情的——总之,这绝不是爱情。"

"哦,我不知道,妈妈,她是个孤儿,而且……"

他们从来争论不出任何结果,他似乎很为难,而且相当恼火。她显得克制而沉默。他全部的精力薪水都花在这个姑娘身上了,回家后,他几乎没钱带母亲去一次诺丁汉。

保罗的工资在圣诞期间升到十先令,这令他喜出望外。他在乔丹工厂干得十分愉快。但他的身体却因为长时间的工作和终日不见阳光而受到影响。他在母亲的生活中

占有越来越重要的位置；因此，她千方百计地想为他调剂一下生活。

他的半天休息日在星期一下午。在五月一个星期一的上午，只有他们俩在吃早饭。她说："我想今天会是一个好天。"她说。

他吃惊地抬头看了看她，寻思话里有什么含义。

"你知道雷渥斯先生搬到了一个新农场去了，嗯，他上上星期还问我愿不愿去看看雷渥斯太太，我答应他如果天气好，就带你星期一一起去，怎么样？"

"哦，好极了，好妈妈。"他欢呼起来，"我们今天下午去。"

保罗兴冲冲地向车站走去。达贝路旁的一棵樱桃树在阳光下闪闪发光，群雕旁的旧砖墙被映成一片深红，春天给大地带来满眼翠绿，在公路拐弯的地方，覆盖着早晨凉爽的尘土，阳光和阴影交织而成美丽的图案，四周沉浸在一片宁静中，景色壮观迷人。树木骄傲地弯下它们宽宽的肩膀，整个早晨，保罗呆在仓库里想象着外面的一派春光。

午饭时他回来了，母亲显得很激动。

"我们走吗？"他问。

"我准备好就走。"她回答。

一会儿，他站起身。

"你去收拾打扮，我去洗碗。"他说。

她去了。他洗了锅碗，收拾好后，拿起她的靴子。靴子很干净，莫瑞尔太太是一个生来就极讲究清洁的人，即使在泥浆里走路都不会弄脏鞋子的。但是保罗还是替她擦了一下靴子，这是一双八先令买来的小羊皮靴子，可是在他看来这是世界上最精致的靴子。他擦得小心翼翼地，仿佛它们不是靴子，而是娇美的花。

突然，她神色羞怯地出现在里屋门口，身穿一件新衬衫。保罗跳起来迎向前来。

"噢，天哪！"他惊叹起来，"真叫人眼花缭乱！"

她矜持地从鼻子里哼了一声，昂起了头。

"哪里眼花缭乱！"她回答，"这挺素净的。"

她往前走了几步，他围着她身边转了几圈。

"哎，"她问他，有点不好意思，但又装着矜持的样子，"你喜欢这件衬衫吗？"

"喜欢极了！你真是位外出游玩的好女伴！"

他在她身后上下打量着。

"咳，"他说："在街上，如果我走在你后面，我会说那个女人在卖弄风骚呢！"

"不过她可没有这样。"莫瑞尔太太回答，"她还不清楚这衣服是不是适合她呢。"

"哦，不！难道她还想穿着那种肮脏的黑颜色，看起来好像裹着一层烧焦的纸。这件衣服太适合你了，而且我认为看起来漂亮极了。"

她又从鼻子里哼了一下，满心的高兴，但仍装出不以为然的样子。

"但是，"她说："它只花了我三先令。你不可能买一件价值这么低的成衣，对吧？"

"我的确不行。"他回答。

"而且，你看，这是材料。"

"漂亮极了，"他说。

这件衬衣是白色的，上面印有紫红色和黑色的小树枝样的图案。

"不过，恐怕这件衣服对我来说太显年轻了。"她说。

"显得太年轻了！"他生气地喊道："那你为什么不买些假白发套在头上？"

"不需要，我马上就会有的，"她回答说："我的头发已经白得多了。"

"得了，你才不会呢，"他说："为什么我要个白头发的妈妈？"

"恐怕你得委屈一下，孩子，"她神情古怪地说。

他们气气派派地出发了，为了遮阳，她带上威廉送给她的那把伞，保罗个子虽然不高，可比她要高许多，所以他自觉得像男主人似的了不起。

休耕地上那些青青的麦苗柔和地发着光。一缕缕白色的蒸汽飘在敏顿矿井上空，矿井里传来沙哑的"咳咳"声。

"看那边，"莫瑞尔太太说。母子俩站在路上望着，沿着大矿山的山脊，天边有几个影子在慢吞吞地挪动着，是一匹马，一辆小货车和一个男人。他们正往斜坡上爬，头似乎都挨着了天。最后，那个男人把货车倒立，垃圾从大矿坑的陡坡上滚了下去，发出一阵响声。

"你坐一会吧，妈妈。"他说。她在堤上坐了下来，他则迅速地画起素描来。她默

默地欣赏周围的午后景色，看着那在绿色树林掩隐着的红色农舍，在太阳光下闪烁。

"世界真奇妙，"她赞道，"太美了。"

"矿井也一样，"他说，"看，它们高高耸起，简直像活的什么东西——叫不上名字的庞然大物。"

"是的，"她说。"可能有些像。"

"还有那么多卡车停在那等着，就像一群等着喂食的牲口。"他说。

"感谢上帝，它们停在那儿，"她说，"这就意味着这个星期还能挣点钱。"

"不过，我喜欢从东西的运动中去体味人的感觉。从卡车上就可以体味到人的感觉，因为人的手操纵过它们。"

"是的，"莫瑞尔太太说。

他们沿着道旁的树荫行进着。他滔滔不绝地对她说着，她津津有味地听着。他们走到尼瑟梅尔河尽头，阳光像花瓣一样轻轻撒在山坞里。然后，他们又转向一条僻静的路，一只狗气势汹汹地吠叫着。一个女人张望着迎了出来。

"这是不是去威利农场的路？"莫瑞尔太太问。

保罗害怕别人冷遇他们，躲在母亲后面。但这个女人十分和蔼，给他们指了方向。母子俩穿过小麦地和燕麦地，跨越一座小桥，来到一片荒野地里。那些白色胸脯的发着光的红嘴鸥，尖叫着绕着他们盘旋，蓝蓝的湖水一泓宁静，高空中一只苍鹭飞过，对面树林覆盖的小山，也是一片寂静。

"这是一条荒路，妈妈。"保罗说："就像在加拿大。"

"这很美，不是吗？"莫瑞尔太太说着，了望着四周。

"看那只苍鹭——看——看见她的腿了吗？"

他指点着母亲什么应该看一看，什么用不着看，她十分乐意让儿子指指点点。

"但是现在，我们应该走哪条路呢？"她问："他告诉我应该穿过一片树林。"

这片树林就在他们左边。用篱笆圈着，显得黑沉沉的。

"我觉得这儿可能会有条小路，"保尔说："不管怎么说，你好像只习惯走城里的路。"

他们找到一扇小门，进去不久就踏上了一条宽宽的翠绿的林间小路。路的一旁是

新生的杉树和松树。另一旁是长着老橡树的很陡的林间空地，橡树间，一片绿色蓝色池水般的风珍草，长在落满了橡树叶的浅黄褐色的土地上，长在长满了新枝的榛树下。他为她采了几朵勿忘我。看见她那双辛勤劳作的手争着他给她的那一小束花，他又一次心里充满了怜爱，而她也欣喜得不能自己。

在这条路的尽头，需要爬过一道栅栏。保罗毫不费力地一下子跳过来了。

"快来，"他说，"我帮你。"

"不用，走开，我自己行。"

他站在下边，伸出双臂准备帮她，她小心翼翼地翻了过来。

"看你翻的那副样子！"当她安然着地后，他大声笑着。

"讨厌的台阶！"她咒了一句。

"没用的小女人，"他回答道，"连这都翻不过来。"

前面，就在这片树林边上，有一片红色的低矮的农场建筑。俩人赶紧向前走去。旁边是苹果园，苹果花纷纷扬扬地落到磨石上。树篱下有个很深的池塘，被几棵棕树掩隐起来，树荫下有几头母牛。农场的房屋有三面都冲着阳光，宁静极了。

母子俩走进了这个有篱笆栏杆的小院子，院里飘散着一股红紫罗兰的幽香。几只面包放在敞开的门口旁边凉着，一只母鸡飞过来啄面包，一个围着脏围裙的女孩子突然出现在门口，她大约十四岁，脸蛋黑里透红，短短的黑卷发自然地飘落着，美极了。一双黑眼睛对着进来的陌生人害羞、疑惑，还略带惊奇地望着，她又躲进去了。不一会，又出来一个瘦弱的矮个女人，红润的脸庞，有一对深棕色的大眼睛。

"噢！"她微笑着惊呼起来，"你们来了，哦，我很高兴看见你们。"她的声音很亲热，却略带感伤。

两个女人握了握手。

"我们真的不会打扰你吗？"莫瑞尔太太说，"我知道农场生活非常忙。"

"哦，哪里话，能看到一张新面孔我们就感激不尽了，我们这里几乎没有人来。"

"我也这么想。"莫瑞尔太太说。

他们被带到会客室——一间又长又低的屋子，壁炉边上插着一大束绣球花。保罗趁她们两个聊天的时候，到外面看了看田园景色。他站在院子里闻着花香，看着那些农作物，那个女孩子又匆匆出来，往篱笆边上的煤堆走去。

他指着栅栏边的灌木丛对她说，"我觉得这是重瓣蔷薇吧？"

她用那双受惊的棕色大眼睛望着他。

"我想这花开了该是重瓣蔷薇吧"？他说。

"我不知道，"她支支吾吾地说，"它们是白色的，中间是粉红色的。"

"那就是女儿红了。"

米丽亚姆脸色通红，是那种美丽动人的颜色。

"我不知道。"她说。

"你家的院子里也不太多。"他说。

"我们今年才住到这儿的。"她回答道，有些疏远和高傲。说着，她退了几步进屋去了。他也没在意，继续四处逛着。一会儿，他母亲出来了，他们一起参观着这里的建筑，这让保罗乐不可支。

"我想，你们还养着家禽、小牛或猪啊什么的吧？"莫瑞尔太太问着雷渥斯太太。

"没有，"那个小个子女人说，"我没时间喂养牛，而且我也不习惯干这活，我所能干的就是管家。"

"哦，我想也是。"莫瑞尔太太说。

一会儿，那个女孩子又跑了出来。

"茶准备好了，妈妈。"她的声音平静，像音乐一般动听。

"哦，谢谢你，米丽亚姆，我们马上就来。"她妈妈回答，几乎有点讨好的意味。"现在我们去喝茶行吗，莫瑞尔太太？"

"当然可以，"莫瑞尔太太说，"什么时候都行。"

保罗、妈妈，还有雷渥斯太太一起喝了茶。之后他们来到了树林，那里满山遍野风信子。小路上密密麻麻的全是毋忘我，母子俩都深深地被吸引住了。

当他们回到屋子里的时候，雷渥斯先生和大儿子埃德加已经在厨房里了。埃德加大约十八岁。接着杰弗里和莫里斯，一个十二岁，一个十三岁，从学校回来了。雷渥斯先生是位英俊的中年男子，留着金褐色的小胡子，一双蓝眼睛总是像在提防什么似的眯着。

男孩子们一副屈尊俯就的态度，不过，保罗倒没有注意到。他们到处寻找鸡蛋，四处乱钻乱爬。此刻他们正在喂鸡，米丽亚姆出来了。男孩子们也不理她，一只母鸡和几只淡黄色的小鸡关在一个笼里，莫里斯抓了一把谷子，让鸡在他手里啄食着。

"你敢这样吗?"他问保罗。

"让我试试。"保罗说。

他有一双温暖的小手，看起来就很灵巧。米丽亚姆也看着。他拿着谷子伸到母鸡面前，母鸡用它那敏锐发亮的眼睛看了一下谷子，突然在他手上啄了一下，他吃了一惊，随即笑了起来。"笃、笃、笃!"鸡在他手掌上接连啄了几下，他又笑了，那些男孩子们也笑了起来。

谷子喂完后，保罗说："鸡碰你、啄你，但决不会伤你的。"

"好，米丽亚姆，"莫里斯说，"你来试试。"

"不，"她叫起来，往后退了几步。

"哈，小娃娃，娇气鬼!"她的兄弟们讥笑着说。

"它根本不会伤你的，"保罗说："它只是很舒服地啄啄你。"

"不!"她仍然尖声叫着，摇着她黑色的卷发往后退。

"她不敢，"杰弗里说，"除了朗诵诗，她什么都不敢干。"

"不敢从栅栏往下跳，不敢学鸟叫，不敢上滑梯，不敢阻止别的女孩子打她，除了走来走去自以为是个人物外，她什么都不敢。'湖上夫人'，嗨呀!"莫里斯大声说。

米丽亚姆又羞又怒，脸上涨得通红。

"我敢做的事比你们多。"她叫道，"你们只不过是一些胆小鬼和恶棍!"

"哦，胆小鬼和恶棍!"他们装模作样地学了一遍，取笑她的话。

"笨蛋想惹我生气，

不吭一声气死你!"

他们引用了她的诗攻击她，笑着喊着。

她进屋去了。保罗和男孩子们去了果园，他们在那儿胡乱支了个双杠，几个人玩着锻炼了一阵。保罗的身体虽不很结实，却十分灵活，正好在这儿显一手。这时他摸了摸在树上摇晃不停地一朵苹果花。

"不许摘苹果花,"大哥埃德加说,"要不明年就不结果了。"

"我不会摘的。"保罗回答着,走开了。

男孩子们对他非常不友好,他们喜欢自己玩。于是他就散步回去找母亲。当他绕到屋子后面时,发现米丽亚姆正跪在鸡笼前面,手里捧了点玉米,咬着嘴唇,紧张地弯着身子,母鸡似乎不太友好地看着她。她战战兢兢地伸出了手,母鸡向她伸过头来,她尖叫了一声,迅速收回了手,又害怕又懊恼。

"不会伤你的。"保罗说。

她满脸通红,站了起来。

"我只是想试试。"她低声说。

"看,一点都不疼。"他说着,又在手掌上放了两颗玉米,让母鸡啄去,接着母鸡在他空空的手掌上啄啊啄,"这会啄得你直想笑。"他说。

她伸出手来,又缩了回去,又伸出手来,但又惊叫着缩回来。他皱了下眉头。

"其实,我可以让鸡在我脸上啄玉米,"保罗说,"它只不过轻轻碰你一下罢了。鸡特别干净,如果不干净的话,它也不会每天啄干净地上的许多东西。"

他耐心而又固执地等着,注视着她。最后,米丽亚姆终于让鸡在她手上啄谷子了,她轻轻地叫了一声——害怕,又因为害怕而觉得疼痛——一副十分可怜的样子。不过她总算做到了,接着她又试了一下。

"怎么样,你看,一点也不疼吧?"保罗说。

她睁着黑黑的眼睛望着他。

"不疼。"她笑着说,身子有点发抖。

接着,她站起身进了屋,她似乎有点厌恶保罗。

"他觉得我只不过是个普普通通的女孩。"她心里想着,她想证明自己实际上象"湖上夫人"一样了不起。

保罗看到母亲已经准备回家了,她对儿子微微笑了笑,他拿起了那一大束花。雷渥斯夫妇陪着他们走过田地,小山在暮色中变成了金黄色,树林深处露出暗紫色的野风信子。到处一片寂静,只有树林沙沙声和小鸟婉转和鸣。

"这地方太美了。"莫瑞尔太太说。

"没错。"雷渥斯先生说，"如果不是野兔捣乱的话，这里是片挺好的小天地，牧草都被野兔啃得光光的。我都不知道我能不能付得起租钱。"

他拍了拍手，靠近树林的田地里应声跳出许多褐色的兔子，四处逃窜着。

"真让人难以相信！"莫瑞尔太太惊呼。

然后，母子俩独自向前走去。

"这是一个很可爱的地方，对吧，妈妈？"他平静地问。

一弯新月冉冉地升了起来。他的心里几乎容纳不下这么多欢乐了。母亲也高兴得几乎想哭，只好不停地说着。

"我真希望我能帮帮那个男人！"她说，"我真希望我能够常常看到那些家禽和家畜！我也想学着挤牛奶，跟他聊天，帮他出谋划策。哎呀，如果我是他的妻子，这农场一定会发达起来，我知道！但是，她没有这份精力——她根本没有这份精力。你知道，她也决不应该承担这一切，我为她难过，我也为他难过。哎呀，如果我有这样一个丈夫，我决不会认为他是一个坏蛋。当然，她也没这么认为，而且她也很可爱。"降灵节期间，威廉又带着他的意中人回来了。他有一个星期的假期。那些日子，天气也不错。像往常一样，清晨，威廉、莉莉和保罗一起出去散步。威廉除了给莉莉讲点自己小时候的事以外，就不大跟她说话。保罗却不停地对他俩说着。他们三人躺在敏顿教堂的一片草地上，紧靠着城堡农场那，这是一排摇曳多姿美丽的白杨树；山楂从树篱上垂了下来，铜钱一样大的雏菊和仙翁花开满田地，朵朵花像绽开的笑脸。威廉，这位已经23岁的大小伙子，这阵子消瘦了许多，甚至有些憔悴，躺在那里梦想着什么，莉莉正在抚摸着他的头发。保罗跑去采那些朵朵雏菊了。她摘下帽子，露出马鬃似的黑发。保罗回来后把雏菊插上她的黑发上——大朵大朵亮闪闪的白色和黄色的菊花，还有几朵粉色的仙翁花。

"现在你看上去像一个年轻的女巫了。"男孩对她说："对不对，威廉？"

莉莉大笑起来。威廉睁开眼睛看着她，他的目光里掺杂着痛苦和一种极为欣赏的神情。

"他把我打扮得怪模怪样了吗？"她笑着低头问她的情人。

"是的。"威廉微笑着说。

他看着她，她的美丽似乎伤害了他。他瞥了一眼她插满鲜花的脑袋，皱起了眉头。"你真漂亮，这就是你想要我说的话。"他说。

她没有戴帽子，向前走去。过了一会，威廉清醒过来，又对她温柔起来。走过一座桥时，他把她和她的名字缩写成了心的形状。

分手的时候，她看着他那双长满亮闪闪的汗毛和斑点的刚劲有力的手，似乎被这双手迷住了。

威廉和莉莉呆在家的这段日子里，家里总是有一种凄凉感伤，但又温暖柔情的气氛。不过，他常常会发火。因为在这只住短短的八天，莉莉竟带了五条裙子，六件衬衫。

"哦，你能不能，"她问安妮，"帮我洗一下这两件衬衣和这些东西？"

第二天早晨，威廉和莉莉又要出去时，安妮却站在那儿洗衣服。莫瑞尔太太大为恼火。有时，这个年轻人看到自己心爱的人竟用这种态度对待自己的妹妹，也恨恨不已。

星期天早晨，她穿了一件丝一般的印花薄软绸拖地裙，长裙像樫鸟的羽毛一样蓝，戴着一顶奶油色的大帽子，上面插了好几朵深红色的玫瑰花，美丽极了，大家都对她赞赏不已。但是到了晚上，临出门前，她又问：

"亲爱的，你拿了我的手套了吗？"

"哪一双？"威廉问。

"我新买的小山羊皮黑手套。"

"没拿。"

到处搜寻了一番，连手套的影子都没有找到，她把手套丢了。

"瞧，妈妈，"威廉说，"自从圣诞节后，她已经丢了四双手套了——一双要五先令呢！"

"可只有两双你给我买的。"她不服气地说。

晚上吃过饭后，他站在炉边地毯那儿，她坐在沙发上。他似乎有点讨厌她。下午他就没理她。自己去看一些朋友，她就一直坐在那儿看书。晚饭后，威廉想写封信。

"这是你的书，莉莉，"莫瑞尔太太说，"你可能还想再看一会儿吧？"

"不了，谢谢你。"姑娘说，"我就这么坐儿。"

"这样太无聊了。"

威廉急躁地以极快的速度写着信。在他封信时说道：

"还看书呢！哼，她一辈子从来没看过一本书。"

"哦，走开！"莫瑞尔太太听到他夸张的言辞有些不满。

"这是真的，——她没看过。"他大声说着，跳起来又站在他的老地方——炉边地毯上。"她一辈子都没有看过一本书。"

"她和我一样。"莫瑞尔赞同地说，"坐在那儿看半天，她也不明白书上到底讲了些什么，我也一样。"

"但你不应该这么说。"莫瑞尔太太对儿子说。

"这是真的，妈妈——她看不懂书。你给她是什么书？"

"哦，我给她一本安妮·斯旺写的小说。没人愿意在星期天下午看枯燥的东西。"

"好，我打赌她念了不到十行。"

"你弄错了，"他妈妈说。

这段时间，莉莉可怜兮兮地坐在沙发上，他突然转过身来。

"你看了那本书吗？"他问。

"是的，我看了。"她回答。

"看了多少?"

"我也不知道多少页。"

"把你看过地说点给我听听。"

她说不出来。

她连第二页都没念到。威廉却看过很多书，有一个聪明机灵的头脑。她除了谈情说爱，聊天，什么也不懂。他习惯于和母亲交流自己的想法。他需要的是志同道合的伴侣，而他的未婚妻却要他做一个能付账单和喊喊喳喳说的情夫，因此他不禁对未婚妻产生了深深的厌恶。

"你知道，妈妈，"晚上他和母亲单独在一起时，他说，"她连一点省钱的意思都没有，头脑简单，胡乱花钱。她拿到工资时，她就立刻买那些不是必需的蜜饯栗子吃，结果我不得不给她买季票，买必需的零零碎碎的东西，甚至连内衣裤也得我买。而且她想结婚，我自己也认为我们还是最好明年办事情。但现在这个样子——"

"这个样子就急着结婚，简直太糟糕了。"母亲回答。"我还得再考虑一下，孩子。"

"哦，算了，现在跟她断绝关系是不可能的。"他说，"所以我要尽快结婚。"

"好吧，孩子，如果你愿意，那就行、没有会阻拦你。不过我告诉你，一想起这桩婚事，我就彻夜难眠。"

"哦，她会好起来的，妈妈，我们将设法克服。"

"她让你给她买内衣裤的吗?"母亲问。

"嗯，"他有点歉意地说，"她没问我要，但是有天早晨——是个很冷的早晨——我发现她站在车站时直发抖，冻得站不住了。于是，我问她，她穿的衣服够不够，她说'我觉得够了，'我说，'你穿没穿暖和的内衣内裤?'，她说'没有，内衣内裤是棉布的。'我问到底为什么在这种天气里不穿厚点的内衣内裤，她说是因为她没钱。她就这样熬着，得了支气管炎! 我不得不带她去买厚一点的内衣内裤。妈妈，如果我们有钱，我也不会在乎的。但是你知道，她至少应该把买季票的钱留下来。但是没有，她来问我要钱买。我只好想办法去找钱。"

"你们的前景可是不太妙啊。"莫瑞尔太太有些悲观地说。

他脸色苍白，那张粗犷的脸以前总是什么都不在乎永远笑嘻嘻的，现在却是满脸的惆怅和失望。

"但是现在我不能放弃她，我陷得太深了。"他说，"而且，有些事情我离不了她。"

"孩子，记住你可要自己把握自己的生活。"莫瑞尔太太说，"没有什么事再比一个没有前途的婚姻更糟糕了。我的婚姻已经够糟糕了，天知道我应该给你一些教训，可也说不准，也许你的婚姻要比我的还要糟糕许多倍。"

他斜倚着壁炉架，双手插在口袋里，他是一个身材高大，骨瘦如柴的人，看上去似乎如果他愿意，踏遍天涯海角，在所不辞。可是此刻她从他脸上看出了悲观失望的神情。

"我现在不能放弃她。"他说。

"可是，"她说，"记住还有别的事比解除婚姻更糟呢。"

"现在，我不能放弃她。"

闹钟嘀嘀嗒嗒地走着。母子俩沉默不语，他们之间有冲突，不过他不再说话了。最后，她说：

"好了，去睡吧，孩子，明天早晨你就会感觉好点，也许会更清醒些。"

他吻了她一下，走了。她捅了捅炉子，心情似乎从来没有这么沉重过。过去，和丈夫在一起的岁月，她只觉得内心的希望化为泡影，可是还没有丧失生活的勇气。而现在，她感到心力交瘁，她的希望又受到沉重的打击。

此后，威廉常常表现出对未婚妻的深恶痛绝。在家的最后一个晚上，他又在抱怨她。

"好吧，"他说，"如果你不相信她是什么样的人，那你信不信他受过三次宗教坚信礼？"

"胡说！"莫瑞尔太太大笑起来。

"不管是不是胡说，她确实是这样。坚信礼对她来说——是她大出风头的戏场。"

"我没有，莫瑞尔太太，"女孩子叫了起来——"我没有，这不是真的。"

"什么！"他大喊着，猛地向她转过身来，"一次在布隆利，一次在肯肯罕，还有一次在别的什么地方。"

"再没有什么别的地方！"她说着，哭了，"再没有别的什么地方！"

"有的！就算没有，那你为什么行两次行坚信礼？"

"有一次我才十四岁，莫瑞尔太太。"她含着眼泪辩解着。

"噢，"莫瑞尔太太说，"我完全理解，孩子，别理他。威廉，说出这样的话你应该感到羞愧！"

"但这是真的。她信仰宗教——她过去有本蓝天鹅绒面的祈祷书——但是，她内心的宗教信仰都不比这条桌子腿强多少，她行了三次坚信礼，那只是为了表现，为了显示自己。这就是她对一切的态度———切！"

姑娘坐在沙发上，哭了，她生性软弱。

"至于爱情！"他叫道，"你最好还是叫只苍蝇去爱你吧，它会喜欢叮在你身上的……！"

"好了，别再说了，"莫瑞尔太太下命令了，"如果你要说的话就找个别的地方说去吧。威廉，我都为你感到羞愧！为什么不表现出男子汉的气概？干别的什么都不行，专找姑娘的岔，还说是同她订了婚！"

莫瑞尔太太气急败坏地坐下来。

威廉不吭声了，后来，他似乎后悔了，吻着姑娘，安慰她。不过他说的是真话。他厌恶她。

他们就要离家的时候，莫瑞尔太太陪他们到了诺丁汉。还有很长一段路才能到凯斯顿车站。

"你知道，妈妈，"他对她说，"吉普是个肤浅的人，心里不会思考你任何事。"

"威廉，我希望你别说这些事，"莫瑞尔太太说，她真为走在她旁边的姑娘感到难过。

"这又怎么了，妈妈，现在她非常爱我。但如果我死了，要不了三个月她就会把我忘到九霄云外去。"

莫瑞尔太太感到可怕极了，听到儿子最后那句痛快的话，她的心狂跳起来，久久不能平静。

"你怎么知道？"她回答，"你不知道就没有权利说这种话。"

"他常常说这样的话。"姑娘大声嚷嚷。

"我死后，下葬不到三个月，你准会另有新欢，把我忘了，"他说，"这就是你的爱情。"

在诺丁汉，莫瑞尔太太看着他们上了火车，才往家走。

"有一点可让人放心，"她对保罗说，"他永远不会有钱来结婚，这点我肯定，这样的话，她反而救了他。"

于是，她开始感到宽慰。事情还没有发展到不可挽救的地步。她坚信威廉不会娶吉普的。她等待着，并把保罗拴在身边。

整个夏天，威廉的来信都流露出一种发狂的情绪。他好像和往常截然不同，像换了个人似的。有时候，他会高兴得有些夸张，而有时，他的信的语调平淡而感伤。

"唉，"母亲说，"恐怕他会为这个女人而毁了自己，她根本不值得他爱——不值，她只不过是个洋娃娃罢了。"

他想回家，可是暑假已经过了，而离圣诞还有很长一段时间。他写信激动地说，他要在十月份的第一个星期，回家来度周末。

"你身体不太好，孩子。"母亲一看到他时就这么说。

她又回到了母亲身边，这使她感动得几乎要流泪了。

"是的，我这一段时间一直不太好。"他说，"上个月我感冒了，一直拖到现在还好不了。不过，我想快好了。"

十月的天气阳光灿烂，他似乎欣喜若狂，像个逃学的学生。但随后他就更加变得沉默了。他比以前更清瘦了，眼里流露一种憔悴的神情。

"你工作太辛苦了。"母亲对他说。

说是为了挣钱结婚，他加班加点地工作。他只在星期六晚上跟母亲谈到过一次未婚妻，言谈之中充满伤感和怜惜。

"但是，你知道吗，妈妈，虽然我们现在这样，可是如果我死了，她最多只会伤心两个月，之后，她就会忘了我的。你会看到，她决不会回家来看看我的坟墓，连一次都不会。"

"哦，威廉，"母亲说，"你又不会死去，为什么要说这个？"

"但不管怎样……"他回答。

"她也没有办法，她就是那种人，既然你选择了她——那么，你就不能抱怨。"母亲说。

星期天早晨，他要戴上硬领时：

"看，"他对妈妈说，翘着下巴，"我的领子把下巴磨成什么样子了！"

就在下巴和喉咙之间有一大块红肿块。

"不应该这样啊，"母亲说，"来，擦上点止痛膏吧。你应该换别的领子了。"

他在星期天的半夜走了，在家呆了两天，他看上去好了些，也好像坚强了些。

星期二早晨，一封从伦敦来的电报说他病了。当时莫瑞尔太太正跪在那儿擦地板，读完电报后，她跟邻居打了个招呼，找房东太太借了一个金镑，穿戴好后就走了。她急匆匆地赶到凯顿车站，在诺丁汉等了近一个小时，搭了一辆特快列车去了伦敦。她戴着她黑色的帽子，矮矮的身材焦急地走来走去，问搬运工怎样到艾尔默斯区。这次旅程的三个小时，她神色迷茫地坐在车厢角落里，一动不动。到了皇家岔口，还是没人知道怎么去艾尔默斯区。她提着装着她的睡衣梳子，刷子的网兜，逢人便打听，终于，有人告诉她乘地铁到坎农街。

当她赶到威廉的住处时已经六点了，百叶窗还没拉下来。

"他怎么样了？"她问道。

"不太好。"房东太太说。

她跟着那个女人上了楼。威廉躺在床上，眼里充满血丝，面无血色，衣服扔得满地都是，屋里也没生火。一杯牛奶放在床边，没有一个人陪他。

"啊，我的孩子！"母亲鼓起勇气说。

他没有回答，只是望着她，可是好像并没有看到她一样。过了一会儿，他开始说话了，声音模糊不清，好像是在口授一封信："由于该船货舱漏损，糖因受潮结块，急需凿碎……"

他已经没有知觉了。在伦敦港检验船上装的糖是属于他分内的工作。

"他这样已多久了？"母亲问房东太太。

"星期一早晨他是六点钟回来的，他好像睡了一整天。然后到了晚上我们听到他说

胡话了。今天早晨他要找你来，因此我拍了电报，我们还请了一个医生。"

"能帮忙生个火吗？"

莫瑞尔太太努力地安慰儿子，想让他平静下来。

医生来了，他说这是肺炎，而且还中了很特殊的丹毒，丹毒从硬领磨烂的下巴开始，已经扩散到脸部，他希望不要扩大到脑子里。

莫瑞尔太太住下来照顾他。她为威廉祈祷，祈祷他能再认出她来。但是这个年轻人的脸色越来越苍白。晚上，她和他一起同病魔斗争着。他颠三倒四地乱说一气，始终没有恢复知觉。到半夜两点时，病情突然恶化，他死了。

莫瑞尔太太在这间租来的房子里像石头一样静静地坐了将近一小时，然后，她唤醒左右邻居。

清早六点，在打杂女工的帮助下，她安置好威廉的尸体。然后，她穿行在阴郁的伦敦村去找户籍官和医生。

九点钟，斯卡吉尔街的这间小屋里又接到了一封电报。

"威廉夜亡，父带钱来。"

安妮、保罗、亚瑟都在家，莫瑞尔上班去了。三个孩子一句话也没说，安妮害怕地呜咽起来，保罗去找父亲。

那一天，天气晴朗明媚，布林斯利矿井的白色蒸汽在柔和的蓝天阳光下慢慢地融化了，吊车的轮子在高处闪光，筛子正往货车上送着煤，弄出一片嘈杂声。

"我找我爸爸，他得去伦敦。"孩子在井口碰见第一个人后就说。

"你找沃尔斯·莫瑞尔吧？去那边告诉乔·沃德。"

保罗走到顶部那间小小的办公室。

"我找我爸爸，他得去伦敦。"

"你爸爸？他在井下吗？他叫什么？"

"莫瑞尔先生。"

"什么，莫瑞尔，出什么事啦？"

"他得去伦敦。"

那人走到电话旁，摇通了井底办公室。

"找沃尔斯特·莫瑞尔，42号，哈特坑道。家里出什么事了，他的孩子在这儿。"

然后他转身对着保罗。

"他马上就上来。"他说。

保罗漫步走到井口顶上，看着罐座托着运煤车升了上来。那只巨大的罐笼停稳后，满满一车煤被拖了出来，另一节空煤车被推上罐座，不知什么地方响起了铃声，罐座猛地动了一下，像石头一样飞速跌落下去。

保罗无法接受威廉已经死了，这是不可能的，这儿不是依然热热闹闹的吗？装卸工把小货车搬到了转台上，另外一个工人推着货车沿着弯弯曲曲的井口铁轨向前跑去。

"威廉死了，妈妈去了伦敦，她在那儿干什么呢？"孩子问着自己，仿佛这是一个猜不透的谜。

他看着一只接一只的缺席笼升了起来，可就是没有父亲。终于，在运煤车旁，他看到一个男人的身影。罐笼停稳后，莫瑞尔走来了。由于上次事故，他的腿稍微有点瘸。

"是你，保罗？他更严重了吗？"

"你得去趟伦敦。"

两人离开矿井，好多人好奇地看着他们。他们走出矿区，沿着铁路向前走去。一边是沐浴秋天阳光的田野，一边是像墙一样的长列货车。莫瑞尔有些惊恐地问：

"他没死吧，孩子？"

"死了。"

"什么时候死的？"

"昨天晚上，我们接到妈妈的电报。"

莫瑞尔走了几步，斜靠在一辆卡车旁，双手蒙着眼睛，他没有哭。保罗站在那里，张望着四周等他。一架过磅机上，一辆货车慢慢开过。保罗望着周围的一切，就是回避不看似乎累了斜靠在煤车上的父亲。

莫瑞尔以前去过一次伦敦。他动身去帮妻子，心里害怕，神情憔悴。那一天是星期二，孩子们留在家里。保罗去上班，亚瑟去上学，安妮有一位朋友陪着她。

星期六晚上，保罗从休斯顿回家，刚拐过弯，他就看到从塞斯利桥车站回来的父

母。他们在黑暗中无言地走着，精疲力尽，两人拉开一大截距离，保罗等着。

"妈妈！"他在黑暗中喊了一声。

莫瑞尔太太瘦小的身躯似乎没有反应。他又叫一声。

"保罗！"她应道，仍是十分漠然的样子。

她让他吻了一下，但她似乎对他没有感觉。

回到家里，她依旧是那副神情——愈发矮小，面色苍白，一声不响。她对什么都不在意，对什么都不过问，只是说：

"棺材今天晚上就运到这儿了，沃尔特，你最好找人帮帮忙。"然后，转过身来对孩子说，"我们把他运回来了。"

说完她又恢复了那种一言不发的状态，两眼茫然地看着屋里的空间，两手交叠放在大腿上。保罗看着她，觉得自己气都喘不过来了，屋里死一般的寂静。

"我上班了，妈妈。"他痛楚地说。

"是吗？"她回答，神情阴郁。

半小时后，莫瑞尔烦恼不安，手足无措地又进来了。

"他来了，我们应该把他放在哪儿？"他问妻子。

"放在前屋里。"

"那我还得搬掉桌子吧？"

"嗯。"

"把他放在椅子上？"

"你知道放在那儿——对，我也这样想。"

莫瑞尔和保罗拿了支蜡烛，走进了客厅，里面没有煤气灯。父亲把那张桃花木的大圆桌的桌面拧了下来，空出屋子中间，又找来六把椅子面对面地排着，准备放棺材。

"从来没见过他这么高的人！"这个矿工说，边干活边焦急地张望着。

保罗走到凸窗前，向外望着，夜色朦胧，那株白蜡树怪模怪样地站在黑暗之中。保罗回到母亲身边。

十点钟，莫瑞尔喊道：

"他来了！"

大家都吃了一惊。前门传来一阵开锁取门闩的声音。门开处，夜色涌进屋内。

"再拿一支蜡烛来。"莫瑞尔喊道。

安妮和亚瑟去了。保罗陪着母亲，一手扶着母亲的腰站在里屋门口。在这间干干净净的屋子里，六张椅子面对面的已经摆好了。窗边，亚瑟靠着花边窗帘，举着一支蜡烛。在敞开的门口，安妮背对着黑夜，向前探身。站在那里，手里的铜烛台发着光。

一阵车轮声。保罗看见外面黑漆漆的街上几匹马拉着一辆黑色的灵车，上面是一盏灯，两侧是几张惨白的脸。接着，几个男人，都是只穿着衬衫的矿工，好像在拼命用力。一会儿，两个男人出现了，他们抬着沉重的棺材，腰都压弯了。这是莫瑞尔和一个邻居。

"抬稳了！"莫瑞尔上气不接下气地说。

他和同伴们踏上园子里很陡的台阶，微微发光的棺材头在烛光下起起伏伏。其他人的胳膊在后面使着劲。前面的莫瑞尔和本茨跟哨了一下，这个黑色的庞然大物就晃动起来。

"稳住！稳住！"莫瑞尔喊道，声音中似乎饱含着痛楚。

六个人抬棺材的人高高地抬着棺材，走进了小园子。再有三步台阶就到门口了。灵车上那盏黄色的灯孤零零地在黑沉沉的马路上闪烁着。

"小心！"莫瑞尔说。

棺材晃动着。人们爬上这三级台阶。第一个人刚出现，安妮手里的蜡烛就忽闪了一下，她禁不住呜咽起来。六个男人垂着脑袋挣扎着进了屋，棺材压着六个人，仿佛压在每个人的心上似的沉重而悲哀。

"噢，我的儿子——我的儿子！"这些人因为上台阶步伐不一致而引起棺材晃动，每晃一次，莫瑞尔太太就低声地哭号一阵。

"噢，我的儿子——……——……——………！"

"妈妈！"保罗一手扶着她的腰，呜咽地喊道。

她没听见。

"哦，我的儿子——我的儿子！"她一遍一遍地念叨着。

保罗看见汗珠从父亲额头上滚落下来。六个男人都进了屋里——六个都没穿外套，

弯着胳膊，使着劲，磕碰着家具，把屋里挤得满满的。棺材掉了个头，轻轻地放在了椅子上，汗从莫瑞尔脸上滴落在棺木上。

"哎呀，他可真沉！"一个男人说，其他五个矿工叹着气，躬着腰，哆哆嗦嗦地挣扎着走下台阶，随手关上了身后的门。

现在客厅里只剩下全家人和这个巨大的上了漆的木匣子。威廉人殓时，身长有六英尺四英寸，像一块纪念碑似的躺在那个浅棕色笨重的棺材里。保罗觉得棺材将永远留在房间里了。母亲在抚摸着那上了漆的棺木。

星期一，在山坡上的小公墓地他们葬了他。在这片小公墓里可以俯瞰田野上的大教堂和房屋。那天天气晴朗，白色的菊花在阳光下皱起花瓣。

葬礼后，莫瑞尔太太不再像过去一样谈论生活，对生活充满希望，谁劝她也没用，她不和任何人交谈。在回家的火车上，她就自言自语："如果死的是我就好了！"

保罗晚上回家时，母亲总是坐在那儿，双手叉着放在膝上那条粗围裙上。所有的家务事都干完了。过去她总是换掉衣服，带上一条黑围裙。现在是安妮给他端饭菜，而妈妈则茫然地看着前方，紧紧地闭着嘴。这时他就绞尽脑汁想起点事来说给她听。

"妈妈，乔丹小姐今天来了，她说我那张素描《忙碌的矿山》画得很棒。"

但是莫瑞尔太太漠然对之。虽然她不听，可他还是每天强迫自己给她讲些什么。她这副麻木的神情几乎要让他发疯了。

"你怎么了，妈妈？"他问。

她没有听到。

"怎么了？"他坚持问，"妈妈，你怎么了？"

"你知道我怎么了。"她烦躁地说着，转过身去。

这个孩子——16岁的孩子——郁郁不乐地上床去了。他就这样愁苦地度过了十月、十一月和十二月，整整三个月。母亲也试着改变一下，可她怎么也振奋不起来。她只是默默思念着死去的儿子，他死得可真惨。

后来，十二月二十三日那天，保罗口袋里装着五先令的圣诞赏钱，晕晕乎乎地走进了屋，母亲看着他，愣了一下。

"你怎么了？"她问。

"我难受得很，妈妈。"他回答，"乔丹先生给了我五先令圣诞赏钱。"

他颤抖着把钱递给她，她把钱放在桌上。

"你不高兴！"他有些责怪她，身体颤抖得更厉害了。

"你哪儿不舒服吗？"她说着解开他大衣的纽扣。

她常这么问。

"我觉得很难受，妈妈。"

她给他脱了衣服，扶他上了床。医生说，他得了很严重的肺炎。

"如果我让他呆在家里，不去诺丁汉，也许他不会得这种病吧？"她首先问道。

"可能不会这么严重。"医生说。

莫瑞尔太太不禁责备自己。

"我应该照顾活人，而不该一心想着死去的。"她对自己说。

保罗病得很厉害，可他们雇不起护士，每天晚上母亲就躺在床上陪他。病情开始恶化，发展到病危期。一天晚上，他被一种就要死的那种阴森恐怖的感觉折磨着，全身的细胞好像都处在就要崩溃的过敏状态，知觉疯狂地正在做最后的挣扎。

"我要死了，妈妈！"他喊着，在枕头上不停地喘着粗气。

她扶起他，低低地哭着：

"哦，我的儿子——我的儿子！"

母亲的哀泣使他清楚过来，认出了她，他的全部意志由此产生并振奋起来。他把头靠在母亲胸前，沉浸在母亲的慰藉之中。

"从某种意义上说，"他姨妈说，"保罗在圣诞前生病倒是一件好事，我相信这倒救了他妈妈。"

保罗在床上躺了七个星期，再起来时，脸色苍白，浑身虚弱不堪。父亲给他买了一盆深红和金黄色的郁金香。当他坐在沙发上跟母亲聊天时，花儿就放在窗台上，在三月的阳光下闪耀着。现在，母子俩相依为命，莫瑞尔太太把保罗当成了命根子。

威廉是个预言家。圣诞节时，莫瑞尔太太收到了莉莉寄来的一份小礼物和一封信。新年时，莫瑞尔太太的姐姐也收到了莉莉的一封信。"昨天晚上我参加了一个舞会，舞会上碰到一些讨人喜欢的人，我玩得很痛快。"信上这么写着，"我每支舞都跳，没空

错过一支舞曲。"

从那以后，莫瑞尔太太再没有她的消息。

儿子死后的一段时间里，莫瑞尔夫妇相敬如宾。他常常陷入一阵恍惚之中，眼睛瞪得大大的，茫然地看着房间的另一头。之后，他突然站起身，急匆匆地到"三点"酒家，回来后就又正常了。不过他再也没有路过莎普斯通，因为那儿有儿子工作过的办公室，而且也总回避着那座公墓。

第七章　少男少女的爱情

在秋天那段时间，保罗去了好多次威利农场，他和最小的两个孩子已经成了朋友。大儿子艾德加起初有点傲气，米丽亚姆也不大愿意和他接近，她怕被保罗看不起，会像她兄弟那样对待他，这个女孩子内心充满罗曼蒂克的幻想、她想象着到处都有沃尔特·司各特笔下的女主人公。受到头戴钢盔或帽簪羽毛的男子的爱慕，而她就是一位公主般的人物，后来沦落为一个牧猪女。而她见到的多少有点象沃尔特·司各特笔下的男主人公的保罗时有点害怕，保罗既会画画，又会说法语，还懂代数，每天乘火车去诺丁汉。她害怕保罗也把她看作是个牧猪女，看不出她自身内在的那种公主气质，因此她总是冷淡地保持一定的距离。

她的好伴儿就是自己的母亲，她们都长着褐色的眼睛，都带有神秘莫测的气质。这种女人内心深深地信仰宗教，甚至连呼吸中都有一种宗教气息，她们对待生活也是透过这层迷雾。对于米丽亚姆来说，当瑰丽的夕阳映红了西天，当艾迪丝、露茜、罗恩娜、布莱茵·德·布伊斯·吉尔伯特，罗勃·罗伊和盖·曼纳林等等人物形象在清晨朝阳下踩着脚下沙沙作响的树叶，或在下雪天，高高坐在卧室里时，她就觉得她一心一意热情膜拜的耶稣和上帝合二为一了。这就是她的生活。其余时间，她就无聊地在家里干活。要不是她刚擦干净的红地板马上就会被兄弟们的皮靴踩脏的话，她是不会介意干这些家务活的。她老是紧紧地抱着四岁的小弟弟，她的疼爱几乎到了无以复加的地步。也虔诚地去教堂，头总是低着，唱诗班别的女孩子的粗俗的行为和教区牧师庸俗的嗓音都让痛苦得发抖。她跟她的几个兄弟针锋相对的斗争因为她认为他们是野蛮的家伙。她对父亲也不是很尊重，因为在他心中，他没有一点珍惜尊重上帝的意思，只是想尽力过一个舒适的日子。而且，只要他想吃饭，就得开饭。

她痛恨自己低下的地位，她想得到别人的尊敬。她想学习，想象着如果她也能像

保罗所做的那样《高龙巴》，《围着房间的旅行》，这世界对他就会是另一副面孔了，而且也会对她肃然起敬了。她不可能靠地位和财富成为一名公主，因此她疯狂地学习，想借此来出人头地，因为她与众不同，不该与平庸之辈一起被别人忽视。学习则是她所寻求的出人头地的唯一方法。

她的美——那种羞怯、任性、十分敏感的美——对她来说不算什么。甚至她那热烈地沉湎于狂想的灵魂，也是不足挂齿。她一定得有什么西来巩固她的自尊心，因为她觉得自己跟别人不一样。她对保罗简直是心驰神往。总的来说，她对男性是藐视的。但是，眼前这位是一个新的形象，聪明伶俐，文雅，时而温柔，时而忧伤，时而机灵乖巧，他见多识广，家里还新近遭逢丧事。这个男孩就这点微薄的知识已经博得了她的无限尊敬。然而，她却努力装出藐视他的样子，因为他只是把她看成了一个地位低下的姑娘而不是一位公主，甚至，他几乎不注意她。

后来，他大病了一场，她想到他可能会变得十分虚弱，那么她就比他强壮些，这样，她就可以爱护他了，而他也依靠着她，她把他拥在怀里，不知她将会多么地爱他！

天刚亮，李花竞相开放，保罗就搭那辆送牛奶的笨重的马车来到了威利农场。他们在早晨清新的空气中慢慢地往坡上爬，雷渥斯先生亲切地冲他喊了一声，接着就"嗒嗒"地催着马儿。一路上，白云缭绕，涌向被春天唤醒的后山。尼瑟米尔河流经山谷，河水在两岸干枯的草地和荆棘的映衬下显得很蓝。

马车行驶了四英里半，树篱上小小的花蕾飞开出玫瑰似的花朵，闪出铜绿般色泽。画眉和黑鸟此伏彼起互相和鸣。这儿真是一个令人着迷的新奇的世界。

米丽亚姆，透过厨房窗外张望着，看见马踏过白色的大门进了后面长满橡树的院子，但还没看见人影。紧接着，一个穿着厚厚的大衣的年轻人下了车，伸出手去接那个相貌英俊、红光满面的农夫递过去的鞭了和毛毯。

米丽亚姆出现在门口，她快十六岁了，肤色红润，仪态端庄，更加漂亮了，她的眼睛突然睁得大大的，好像什么使她欣喜若狂。

"我说，"保罗说，不好意思地侧过脸，"你家的水仙花就要开了。是不是太早啊？不过这花看上去冷冰冰的，是吗？"

"是冷冰冰的。"米丽亚姆用悦耳含情的声音说。

"那花蕾上的绿色……"他支支吾吾，嗫嚅着说不下去了。

"我来拿毯子吧。"米丽亚姆异常温柔地说。

"我自己来。"他说，似乎有些受到伤害，不过他还是把毯子递给了她。

接着，雷渥斯太太出现了。

"你一定又冷又累，"她说，"我来替你脱衣服，这衣服太厚太重，你不能穿这件衣服走远路。"

她帮他脱下大衣，他对这种照顾很不适应。她被大衣压得几乎喘不过气来。

"喂，孩子她妈，"农夫提着大奶桶，晃晃荡荡地走过厨房时，笑着说，"你怎么能拿得动那东西呢。"

她替小伙子把沙发垫子拍拍松。

厨房狭小而零乱。这个房子原来是个工人的房子，家具也是破破烂烂的。保罗喜欢这儿——喜欢被当作炉边地毯的麻袋，喜欢楼梯下面那有趣的角落，还喜欢角落里的小窗户，他弯下腰来就可以通过窗户看到后园里的李树，和远处可爱的小山丘。

"你要不要躺一躺？"雷渥斯太太问。

"哦，不要，我不累。"他说，"你不觉得出来有多么美好吗？我看见一棵开花的野刺李，还有好多的屈菜，我真高兴今天天气这么好。"

"你要不要吃喝点什么？"

"不用，谢谢你。"

"你妈妈怎么样？"

"我觉得她现在太累了，老是要干的活太多。也许要不了多久要和我一起去斯肯格涅斯，她就能休息休息了。如果她能去，我会非常开心的。"

"没错，"雷渥斯太太回答，"她自己没病倒真是个奇迹。"

米丽亚姆忙乎着准备午饭。保罗注视着她的一举一动。他的脸苍白而消瘦，不过他的眼睛还是以往一样机灵而充满活力。他看着姑娘走来走去那惊异痴醉的样子，把一个大炖锅搁在炉子上，要不就看看平底锅里。这里的气氛和自己家里完全不一样，家里的一切总是普普通通，平平淡淡。马在园子想去吃玫瑰花，雷渥斯先生在外面大声吆喝着，姑娘吓了一跳，一双黑眼睛看了看四周，仿佛什么东西突然闯入了她的内

心世界。屋里屋外都有一种寂静的感觉，米丽亚姆似乎生活在一个梦幻一般的故事里，她自己是个被囚禁的少女，她的心总是在一个遥远、神秘的地方，沉醉在梦境中，她身上那条褪色的旧裙子和破靴子就像是考菲图国王的那位行乞少女身上浪漫的破烂衣衫。

她突然意识到他那双敏锐的蓝眼睛在注视着自己，把她的全身上下都看在眼里。她的破靴子和旧衣衫顿时让她感到痛心。她痛恨他看到了这一切，甚至他还知道她的长袜没有拉上去。她走进了洗碗间，脸涨得通红。从这之后，她干活时，手总是有点发抖，差点没把拿着的东西掉到地上。她内心的梦被惊动，因此她浑身惊慌得发抖，她恨他看到的太多了。

雷渥斯太太虽然需要去干活，但她还是陪保罗坐着聊了一会，她觉得让他一人坐在那儿不礼貌。一会儿，她说了声对不起便站了起来。过了一阵，她看了看汤锅。

"哦，米丽亚姆。"她喊道："土豆都煮干了！"

"真的吗，妈妈？"她叫道。

"如果我没有把这事托付你来干，我倒也放心的，米丽亚姆。"母亲说着，看了看锅。

姑娘站在那里好像被打了一拳似的。她的黑眼睛睁得大大的，站在那儿一动不动。

"可是，"她回答，一副羞愧难堪的样子，"我肯定在五分钟之前我还看了看土豆呢。"

"是的，"母亲说，"我知道土豆容易烧糊。"

"土豆糊得不厉害，"保罗说，"没什么关系吧。"

雷渥斯太太抬起那双褐色的痛心的眼睛看看这个小伙子。

"如果没有那几个男孩子，也没什么关系，"她对他说，"只有米丽亚姆知道，如果他们发现土豆烧煳了，会惹出怎样的麻烦。"

"那么，"保罗暗自想：你就不该让他们惹麻烦。

一会儿，埃德加进来了。他打着绑腿，靴子上都是泥。作为一个农夫，他的身材太矮了些，神情也相当拘谨。他看了保罗一眼，冷冷地点了下头，说：

"饭好了吗？"

"马上就好了，埃德加。"母亲抱歉地回答说。

"我可等着要吃了。"年轻人说着，拿起报纸来看。一会儿，家里其他几个人纷纷回来了。饭也准备好了。大家就狼吞虎咽地吃起来。母亲过分的温顺和带有歉意的语调反而使几个儿子的举止更加粗野。埃德加尝了一口土豆，像个兔子一样地咂咂嘴，气鼓鼓地望着母亲，说：

"这些土豆糊了，妈妈。"

"对，埃德加，我一时竟忘了它，如果你们吃不下，就来点面包吧。"

埃德加怒视着米丽亚姆。

"难道米丽亚姆不能照看一下土豆？她在干什么？"他说。

米丽亚姆抬起头来，嘴巴张着，黑眼睛一闪一闪地充满了怒火，不过她什么也没说。她低下头，把怒火和羞愧都咽到肚子里去了。

"我相信她也在努力干活。"母亲说。

"她连煮土豆都不会，"埃德加说，"还留在家里有什么用？"

"就为了吃留在伙房的东西。"莫里斯说。

"他们没忘记用那回土豆馅饼的事来打击我们的米丽亚姆。"父亲哈哈大笑着说。

她觉得羞愧极了。母亲静静地坐在那儿，烦恼不堪，看起来好像圣徒不巧和野蛮的人共餐了似的。

这让莫瑞尔感到困惑，他很想知道为什么因为几个烧焦的土豆会引起这么一场轩然大波。母亲把一切事情——即使是一点点小事——都让它升格到宗教信仰的高度。几个儿子很厌恶这样，他们觉得这是成心和自己过意不去，于是就以蛮横粗野和傲慢讥笑来对抗。

对于刚刚进入成年时期的保罗来说，这儿的气氛以及周围的一切似乎都有一些宗教意味，对他有一种难以表述的吸引。他只觉得这儿有一种难以名状的味儿。他的母亲是很有理性的，而这儿却不同，有些他喜欢，但有些往往会令他感到厌恶。

米丽亚姆和几个兄弟面红耳赤地争吵了一番，到下午的时候，等哥儿几个出去以后，她母亲说：

"午饭的时候你真让我失望，米丽亚姆。"

女孩子低下了头。

"他们真不是东西!"她突然喊道,抬起那双充满怒火的眼睛。

"但你不是答应我不理他们吗?"母亲说,"我相信了你。你跟他们争吵时我真受不了。"

"他们太可恨了!"米丽亚姆叫道,"而且——而且俗不可耐。"

"是的,亲爱的,但是我给你说过多少遍了,不要跟埃德加还嘴。你就不能让他想说什么就说什么吗?"

"为什么就可以这样随心所欲?"

"你难道这么不坚强,你就这么软弱,非跟他们吵,都不肯因为我而忍住这口气吗?"

雷渥斯太太始终不渝地坚持这种"忍辱负重"的说教。但这几个男孩根本不吃这一套,只有米丽亚姆还深合她的心意,她在她身上比较成功地灌输了这一套。男孩子最讨厌的就是这一套。可米丽亚姆却常常用"忍辱负重"的态度对待他们。于是他们就瞧不起她,厌恶她。可她却仍然现出这种傲慢的谦逊态度,我行我素。

雷渥斯家常常给人这种争争吵吵不甚和谐的感觉。尽管男孩子们深恶痛绝母亲要求他们逆来顺受和自卑中夹杂着高傲,但这毕竟对他们还有很深的影响。他们不屑于和一个外人建立普通的感情和平凡的友谊,总是无休止地追求一些更深层的东西。对他们来说,普遍人似乎浅薄又平凡,而且微不足道。所以他们很不善于交际,显得格格不入,简直活受罪,然而却傲慢无礼,自认为高人一等。但私下里,却也渴望着这种他们无法得到的精神上的亲密。因为他们太麻木不仁,对别人一概愚蠢地蔑视,因此阻塞了每一条通往密切交往的途径。他们要的是真正的亲密,但他们甚至连一个人都没有好好地接近过,因为他们不屑于走出第一步,他们看不起这种建立普遍交情的小事。

保罗对雷渥斯太太充满了好奇。当他和她呆在一起时,仿佛一切蒙上了一层宗教色彩。他的心灵,受过创伤但又相当成熟,像寻求滋养似的渴求着她。在一起时,他们似乎能从一个日常经历中探究出其中荣辱生死的真谛。

米丽亚姆不愧是她母亲的女人。在午饭后的阳光下,娘儿俩陪着他一起到田野里

去。他们一起找鸟窝，果园的树篱上就有只雌鹪鹩的窝。

"我真想让你看看这个窝。"雷渥斯太太说。

他蹲下身来，小心地用手反映穿过荆棘摸进鸟窝那圆圆的门。

"简直就像摸到鸟儿的身体内部一样，"他说，"这里很暖和。人家说鸟儿是用胸脯把窝压成杯子那么圆的。但我弄不明白怎么顶也是圆的呢？"

这鸟窝似乎闯入了这娘俩的生活，从那以后，米丽亚姆每天都为看看这个鸟窝。鸟窝对她来说似乎很亲密。还有一次，当他和米丽亚姆一起走过树篱时，他注意到了那些白屈菜，仿佛一片片金黄色的光斑撒在沟边上。

"我喜欢这些白屈菜，"他说："在阳光下，花瓣就平展开来，仿佛被阳光烫平了似的。"

从那以后，白屈菜对她也有了吸引。她很善于拟人想象，但还是鼓励他像这样去欣赏各种事物，这样，这些事物在她眼里就变得栩栩如生了。她似乎需要外界的东西先在她的想象中或她的心灵中燃起火花，然后她才能确切地感受到它们的存在。由于她一心信教，她仿佛跟凡俗生活断了线。她认为，这个世界如果不能成为一个没有罪恶的修道院或者天堂，那么就是一个丑恶、残忍的地方。

就是在这种微妙的亲密气氛中，在对自然界的东西具有一致看法而产生的情投意合中，他们逐渐萌发了爱情。

单方面来说，他是经过好久才了解她的。由于生病，他不得不在家待了十个月。有一段时间，他跟母亲去了斯肯格涅斯，在那里过得相当不错。不过，即便在海滨，他也写了几封长长的信给雷渥斯太太，给她讲了海岸和海。他还带回来他心爱的几幅单调的林肯海岸的素描，急着给她们看。雷渥斯太太家人对他的画比他母亲还感兴趣。当然莫瑞尔太太关心的不是他的艺术，而是他本人和他的成就。但雷渥斯太太和她的孩子们都几乎成了他的信徒。他们鼓舞了他，让他对他的工作满腔热情，而他的母亲的影响就是让他更加坚定，孜孜不倦，不屈不挠，坚持不懈。

他不久就和几个男孩子们交上了朋友。他们的粗鲁只不过是表面现象罢了。一旦他们遇到了自己信得过的人，他们就变得相当温文尔雅，和蔼可亲。

"你想跟我一想去耕地吗？"艾德加有些犹豫地问他。

保罗高高兴兴地去了，整个下午都帮着朋友锄地，或者拣青萝卜，他常常和三兄弟躺在谷仓里的干草堆上，给他们讲关于诺丁汉和乔丹的事情。投桃报李，他们也教他挤牛奶，让他干些小杂活——切干草、捣烂萝卜——他愿干多少就干多少。到了仲夏，整个干草收获季节，他都和他们一起干活，而且喜欢上了他们。实际上，这个家庭与世隔绝，他们多少有点像"遗民"。虽然这些小伙子们都强壮而健康，然而他们生性过于敏感，爱踌躇不前的性格使他们相当孤寂，而你一旦赢得他们的亲密情谊，他们也是相当亲切的贴心朋友。保罗深深地爱上了他们，他们同样也爱保罗。

米丽亚姆是后来才接近他的。不过他却早在她还没在他生活中留下任何痕迹时就已经进入了她的生活圈子。一个无聊的下午，男子汉们在地里干活，其他人去了学校，家里只有米丽亚姆和她的母亲。这姑娘犹豫了一会儿，对他说：

"你见过秋千吗？"

"没有，"他回答，"在哪儿？"

"在牛棚里。"她回答。

在准备给他什么东西，或给他看什么东西之前，她总要犹豫不决。男人对事物的价值标准和女人的大不一样。她喜欢的东西——对她来说很宝贵的东西——却常常受到几个兄弟的嘲弄取笑。

"好，走吧。"他回答着，跳起身来。

这儿有两个牛棚，谷仓两边各有一个。一个低暗一些的牛棚有四头母牛，当小伙子和姑娘向吊在黑暗处屋梁上的又粗又大的绳子走去时，母鸡乱飞到食槽边上吵个不停。那根绳子向后绕在一根钉子上。

"这倒真是挺不错的绳子呢！"他赞赏地惊叫。搂着他坐上去了，急着想显显身手。但立即他又站起身来。

"来，你先来。"他对姑娘说。

"喂，"她回答着向谷仓走去，"我们先在坐的地方铺几个袋子。"她把秋千为他弄得舒舒服服的。她很高兴这样做，他抓住了绳子。

"好，来吧。"他对她说。

"不，我不先来。"她回答。

她静静地站在一边。

"为什么？"

"你来吧。"她恳求道。

这几乎是她生命中第一次尝到对一个男人让步的乐趣，尝到了宠爱他的乐趣。保罗看着她。

"好吧！"他说着坐了下来，"当心！"

他跳上了秋千，几下子就飞上了空中，几乎飞出牛棚门口。门的上半部分是开着的，只见外面正下蒙蒙细雨，院子肮脏不堪。牛群无精打采地靠着黑色的车棚，远处是一排灰绿色的林墙。她戴一顶绯红色的宽顶无檐帽，站在下面望着。他往下看她，她看见他那双蓝眼睛闪闪发光。

"荡秋千真是一种享受。"他说。

"是啊。"

他在空中全身心荡啊荡啊，凌空而过，活像一只高兴的飞扑而来的鸟。他朝下看着她。那顶绯红的帽子扣在她的黑卷发上，她冲着他仰起那美丽而热情的脸蛋，一动不动地沉思着。牛棚里又黑又冷。突然，一只燕子从高高的屋顶上俯冲下来，飞出了门。

"我不知道还有一只鸟在看着我们呢。"他喊起来。

他悠闲地荡着，她可以感觉到他在空中一起一落，仿佛有什么力量推动着他。

"哦，我要死了。"他说，声音恍恍惚惚，宛如梦中，好像他就是那逐渐停止摆动的秋千。她看着他，很痴迷的样子。突然，他停下了，跳了下来。

"我荡得太久了，"他说："荡秋千真是一种享受——真是一种享受。"

米丽亚姆看到他对荡秋千这么认真，这么热衷，心里高兴极了。

"噢，你继续荡吧。"她说。

"为什么？你难道不想荡一下？"他吃惊地问。

"嗯，不是很想，我只荡一会儿吧。"

他为她铺好口袋，她坐下了。

"这很有意思，"他说着开始推她。"抬起脚后跟，要不会撞到食槽边上的。"

她感觉到他灵巧地正好及时抓住了她，每推她一下用力也恰到好处。她不禁害怕起来。她的心里涌起一股热浪。她在他手里了。接着，他又恰到好处地用力推了一把，她紧紧抓住绳子，几乎要晕过去。

"哈，"她害怕地笑了，"别再高了！"

"可这一点也不高呀。"他分辩说。

"可别再高了。"

他听出了她声音里的恐惧，就住了手。在等他再一次来推她时，她的心紧张地像在煎熬中。不过他没来推。她这才喘了一口气。

"你真的不想荡得再高一点吗？"他问，"就保持这个高度吗？"

"不，让我自己来吗。"她回答。

他走到一边，看着她。

"咦，你几乎没动嘛。"他说。

她不好意思地笑了，一会儿就下来了。

"人家说你如果能荡秋千，你就不会晕船。"他说着又爬上了秋千，"我相信我不会晕船。"

他又荡了起来。在她眼里，他身上仿佛有什么引人入迷之处。这会儿他全心全意凌空荡着，浑身上下没有一处不在飘荡着。她从来不会这么投入，她的兄弟们也不会的。她的心不由升起一股热流。他仿佛是一团火焰，在空中荡来荡去时点燃了她心中的热情。

保罗和这家人的亲密感情逐渐集中到了三个人身上——母亲、艾德加和米丽亚姆。对于母亲，他是去寻求同情和那股能使他袒露胸襟的魅力。艾德加是他的密友。至于米丽亚姆呢，他多少有点俯就她，因为她看来是那么卑微。

但是，这姑娘逐渐爱找他做伴。要是他带来了他的素描本，她会看到最后一张画，对着画沉思的时间最长，然后她会抬起头来望着他。她那双黑黑的双眸会突然变得亮晶晶的，宛如一汪清泉，在黑暗中闪闪发光。她会问：

"为什么我会这么喜欢这幅画？"

可是，她心里总有股力量，害怕自己流露出那种亲密眼神。

"为什么你会喜欢呢?"他问。

"我不知道,它看上去像是真的。"

"这是因为——因为这幅画里几乎没有阴影,看上去很亮,仿佛我画出了树叶里发亮的原生质,其他地方也都这么画,不是去画那种僵硬的形,那些对我来说是歹的。只有发亮的部分才是真正的生命力。外形是没有生命力的空壳,只有发亮的才是真正的精华。"

她把小指头含在嘴里,一言不发地思索着这些话。它们再次给了她生命的感觉,使很多在她看来没任何意义的东西变得栩栩如生起来。她好不容易才理解了他的那些深奥而不易讲清楚的话。而正是这些话,让她领悟了很多她所钟爱的东西。

又有一天,她坐在黄昏的阳光下,他在画着西下夕照里的几株松树。他一直没说话。

"你瞧!"他突然说,"我就要这个。来,看看这幅画,告诉我。这些是桦树干还是黑暗中火堆里的红煤块?上帝为你点燃了灌木丛,永远也燃不尽。"

米丽亚姆朝画上看了一眼,吓了一跳。不过这些松树干在她看来的确不可言,而且风格独特。他收拾好画箱,站起身来。突然,他盯住她。

"为什么你总是很伤心?"他问她。

"伤心!"她惊叫起来,抬起那双受惊的、奇妙的棕色眼睛望着他。

"是啊,"他回答说,"你总是一副伤心的样子。"

"我不是——哦,我一点都不伤心。"她叫道。

"甚至你高兴时也只是悲伤之余一时的热情,"他坚持说,"你从来没有高兴时,甚至连好脸色也没有过。"

"不,"她想了一会说,"我也不知道——为什么?"

"因为你不高兴,因为你的内心与众不同。像一棵松树,你突然一下子燃烧起来,不过你并不像一棵普通的松树,长着摇曳不定的叶子,兴高采烈的……"他变得语无伦次了。她却默默地琢磨着他的话,他感觉到一种奇特的激情,仿佛这激情是刚刚产生的。她顿时变得跟他如此亲近。这真是一种奇怪的兴奋剂。

然而有些时候他又极为厌恶她。她的最小的弟弟只有五岁,是个身体虚弱的孩子,

那张苍白而又秀气的脸上有一双大大的棕色眼睛——就像雷诺鹤画的《天使唱诗班》里的人物，有几分淘气。米丽亚姆常常跪在这孩子面前，把他拉到身边。

"哦，我的休伯特，"她充满深情地低叫着，"哦，我的休伯特！"

她把他拥在怀里，怜爱地把他轻轻地摇来摇去，她稍稍仰着脸，眼睛半闭着，声音热情洋溢。

"不要！"孩子不舒服地说，"不要，米丽亚姆！"

"哦，你爱我，是吗？"她喉咙里喃喃地说，仿佛有些神志恍惚，晃动着身子，好像如痴如醉。

"不要！"孩子又喊了一声，清秀的眉毛边皱了起来。

"你爱我，是吗？"她喃喃地说。

"你这么小题大做干什么呢？"保罗喊着，对她这种狂热的感情觉得很难受。"为什么你不能对他正常一些？"

她放开孩子，站起来了，一声不吭。她的过分热烈使任何感情都不能保持正常状态。这让小伙子烦到了极点。这种无缘无故流露出来的可怕的、毫无遮拦的亲近叫他感到震惊。他习惯于他母亲的那种稳重。碰到眼前这种场合，他从内心深处庆幸自己有这么一位明智而健全的母亲。

米丽亚姆身上最有活力的要算她的眼睛了。这对眼睛往往黑得像一座黑漆漆的地教堂，但也能亮得仿佛喷出的熊熊烈火。她的脸总是一幅沉思的样子，难得有什么变化。她很像是那个当年和马利亚一起去静观耶稣升天的女人之一。她的身体既不柔软也没有生气，走路时摇摇摆摆，显得很笨重，头向前低着，默默地沉思着。她倒不是笨手笨脚，但她的每一个动作都不像样。她擦碟子的时候，常常站在那儿发愣和犯愁，因为她把茶杯或酒杯弄成两片了。她似乎由于害怕和不自信，而使劲过猛。她没有松松散散，也没有大大咧咧。她把一切都抓得死紧，然而她的努力，由于过分紧张，反而起了反作用。

她难得改变自己的那种摇摇摆摆、向前倾的紧张的走路姿势，偶尔她和保罗在田野里奔跑，那时她的眼睛炯炯发亮，那种狂喜的神情会让他大吃一惊。不过具体说来她很害怕运动，如果她要跨过一级踏级，就不免有些苦恼，她会紧紧地抓住他的手，心慌意乱。而且即使他劝她从一点也不高的地方跳下来，她也不肯。她的眼睛会大睁着，心怦怦乱跳，窘相毕露。

"不，"她叫道，心里害怕，脸上似笑非笑——"不!"

"你跳呀!"有一次他一面喊道，一面往前推了她一把，带着她跳下了栅栏。她惊恐地拼命大叫了一声"啊!"似乎眼看要昏去了。他听了真懵了。可结果她双脚安然地落了地，而且从此在这方面有了勇气。

她对自己的命运非常不满意。

"你不喜欢呆在家里吗?"保罗惊讶地问她。

"谁会愿意?"她低声激动地回答道，"有什么意思? 我整天打扫，可那几个兄弟不消五分钟就会搞得乱七八糟。我不愿困在家里。"

"那你想要什么呢?"

"我想做点事，我想和别人一样有个机会。为什么我就应该呆在家里，不准出去做事? 就因为我是个女孩吗? 我有什么机会呢?"

"什么机会?"

"了解情况——学点知识，干点事情的机会呗。这真不公平，就因为我是个女人。"

她好像非常伤心。保罗觉得很奇怪。在他家里，安妮总是很高兴做个女孩。她没有那么多责任，她的事情也比较轻松，她从来没想过不做个女孩。可是米丽亚姆却几乎疯狂地希望自己是一个男人，然而同时她又厌恶男人。

"可是做男人和女人是一样的呀。"他皱着眉说。

"哈，是吗！可男人拥有一切。"

"我认为女人应该乐意做女人，男人也应该乐意做男人。"他回答说。

"不！"——她摇着头——"不，什么都让男人给占了。"

"那你想要什么？"他问。

"我想学习。为什么我就应该什么也不懂？"

"什么！就像数学和法语吗？"

"为什么我就不应该懂数学？该懂！"她大声嚷嚷，眼睛睁得偌大，流露出不服气的神情。

"好吗，你可以学的和我一样多，"他说，"如果你愿意，我可以教你。"

她的眼睛睁大了，她不相信他会当老师。

"你愿意吗？"他问。

她低下了头，沉思地吮着手指头。

"愿意。"她犹豫地说。

他常把这些事都讲给母亲听。

"我要去给米丽亚姆教代数了。"他说。

"好吧，"莫瑞尔太太回答道，"我希望她能学到点东西。"

他星期一傍晚到农场去的时候，天色快黑了。当他进屋时，米丽亚姆跪在炉边，打扫着厨房。她家别的人都出去了。她回头看到他，脸红了，黑眼睛亮晶晶的，一头秀发披散在脸前。

"你好！"她说话时声音温柔动听，"我知道是你来了。"

"怎么知道的？"

"我听得出你的脚步声。别人不会走得那么快，那么有力。"

他坐了下来，吁了口气。

"准备好学代数了吗?"他问着从口袋里掏出一本小册子。

"可是……"

他可以感觉到她逐渐退缩了。

"你说过你想学啊。"

他叮着不放说。

"今晚就开始?"她支支吾吾地说。

"我可是特地来的。如果你想学,你就必须开始。"

她把炉灰倒进畚箕,看着他有些胆怯地笑了。

"是啊,可是今晚就学,你瞧,我还一点准备都没有呢。"

"噢,得了,把灰倒了就开始吧。"

他走过去坐在后院的一个石凳上,凳上放着几个大牛奶罐,歪斜着在那里晾着。男人们都在牛棚里,他听到了牛奶喷进桶里那种轻轻地单调的声音。不一会儿她来了,拿着几个大青苹果。

"要知道你喜欢吃这个。"她说。

他咬了一口。

"坐下。"他满嘴含着苹果说。

她眼睛近视,就越过他的肩头费劲地盯着书看。这让他很别扭,他赶紧把书递给了她。

"瞧,"他说,"代数就是用字母代替数字,你可能用 a 代替 2 或 6。"

他们上课了。他讲解着,她低着头看着书。他急匆匆地讲着,她却从不应声。偶尔,他问她:"你明白吗?"她则抬起头来看着他,由于害怕,眼睛睁得大大的,脸上似笑非笑。"你明白不明白啊?"他叫道。

他教得太快了。不过她什么也没说。他问她的次数多了,不由动了肝火。看见她坐在那儿,可以说受他摆布吧,嘴巴张着,眼睛圆睁着,露出害怕的笑容,又是抱歉,又是害羞,他真是火冒三丈。这时艾德加提着两桶牛奶走过来了。

"嗨,"他说:"你们在干什么?"

"代数。"保罗回答说。

"代数?"艾德加好奇地重复了一句,接着哈哈大笑着走了,保罗咬了一口刚才忘记吃的苹果,看看园子里那些可怜的被鸡啄得像花边似的卷心菜,想去把这些菜拔掉。他看了一眼米丽亚姆。她正扑在那本书上,像是全神贯注的样子,然而身子却直打哆嗦,生怕自己不明白。她这副模样真让他生气。她脸色红润而美丽,然而她的内心却似乎在拼命地祈求什么。她合上那本代数书,知道他生气了,不由畏缩了。与此同时也看出,她因为听不懂而伤了自尊心,他态度就温柔了些。

接着,讲课进度慢了些。她战战兢兢地竭力想明白讲的内容,那诚惶诚恐的紧张兮兮的样子又让他冒火。他对她大发雷霆,接着又觉得不好意思了,又接着上课。后来,教着教着又发火了,又责备了她,她只默默地听着。偶尔,很难得的,她也为自己辩解几句。那双水汪汪的大眼睛对他直冒火星。

"你没有给我时间理解。"她说。

"好吗。"他回答道,把书扔到桌上子,点了一支烟。过了一会儿,他又后悔地回到她身边。就这样继续上课。他就是这样,一会儿大发雷霆,一会儿特别温柔。

"你上课时为什么战战兢兢,魂不附体啊?"他大声叫道。"你又不是用魂来学代数的,你就不能用清醒的头脑来看看书吗?"

他再回到厨房时,雷渥斯太太常常责备地看着他,说:

"保罗,不要对米丽亚姆太严格了。她可能学得不快,但我肯定她尽力了。"

"我也没办法,"他有些可怜巴巴地说,"我总是无法控制自己。"

"你不会生我的气吧?米丽亚姆,你不会吧?"后来,他问了那姑娘。

"没有,"她那低沉悦耳的声调让他放心了,"没有,我没生气。"

"别生我的气啊,是我的错。"

可是,他又不由自主地对她发起火来。很奇怪,谁也没惹他发过这么大的脾气。他会突然对她火冒三丈。有一次,他竟把铅笔扔在她脸上。接着大家默不作声。她把脸稍微扭到一边。

"我不是……"他说道,可又说不下去了,只觉得浑身上下都虚软无力。他从来没有责备过他或生过他的气。他常常感到非常羞愧。可是他的怒火还是一次次爆发,就像一只气泡被压崩一样。而且一看到她那张热切、沉默、茫然的脸庞时,他仍感到忍

不住要把铅笔扔到她脸上去。当他看到她双手直打哆嗦，嘴巴痛苦地半张时，他不禁为他感到痛心。同时由于她唤起了他的激情，他渴求着她。

此后，他常常避开她而和艾德加在一起。米丽亚姆和她哥哥是天生的对头。艾德加是个讲求理性的人，他天生好奇，对生活有一种科学的兴趣。看见保罗为了艾德加而冷落了她，米丽亚姆感到非常伤心。在她看来，艾德加似乎低下得多。可是保罗和她大哥在一起居然非常开心。两人一起在田里消磨了几个下午，碰到下雨天，就在草料棚子里干木匠活。他们还在一起聊天，有时保罗把在钢琴边跟安妮学唱的歌教给艾德加。男人在一起，包括雷渥斯先生在内，经常很激烈地争论土地国有化之类的问题。保罗早已经听到他母亲在这方面的见解，就把这些见解当成自己的，为她而辩解。米丽亚姆也来凑凑热闹，但总是等到争论结束时，才能只剩下他们俩自己谈谈。

"说到头来，"她心里说，"如果土地国有化了，艾德加、保罗和我也还一个样子。"因此她等着这个年轻人回到她身边。

当时他正在学画画，他特别喜欢晚上单独和母亲在一起，坐在家里，画啊画啊。她则做些针线活，或者看看书。有时候，他抬起头来，目光会在母亲那张容光焕发、充满活力的脸上停留一会儿，再高高兴兴地画他的画。

"有你坐在这儿的摇椅上，我能画出我最好的作品来，妈妈。"他说。

"真的!"她惊呼着，还假装怀疑地嗤之以鼻。其实她感觉得到他说的是真的，他的心高兴得颤抖了。当她做针线活或者看书时，她一连几个小时坐着纹丝不动，隐隐觉察到他在旁边画着。他呢，满腔热情地挥动着笔，感觉到她的热情在他身上化成了一种力量。娘儿俩都很快乐，但彼此都没意识到这一点。这一段生活是多么地有意义，这才是真正的生活，然而他们却几乎忽略了它。

只有受到激励时他才意识到这些。一幅素描完成了，他总是拿给米丽亚姆看看。在那儿受到激励后，他才对自己无意识的画加深了认识。在和米丽亚姆的接触中他增强了洞察力，他对事物的领悟更深了。从他母亲身上，他汲取了生活的热情和创作的力量。米丽亚姆把这种热情激励成了白热化的激情。

当他回到工厂时，工作条件已有所改善。每星期三，他可以不上班而去美术学校——由乔丹小姐的资助——傍晚回来。后来，工厂每逢星期四和星期五又由八点下班

改为六点下班。

夏天的一个傍晚，米丽亚姆和他从图书馆回家去，穿过了赫罗德农场的田地。从这儿到威利农场只有三英里路。田里收割下来的干草发出一片黄里透红的光，栗色的顶部已变成了深红色。当他们沿着高地走时，西方那一缕金光逐渐消退，转为红色，红色又转为深红色，再后来，一片阴森森的蓝色又悄悄升了上来，和那片黄里透红的光彩成了对比。

在黑漆漆的田野里，他们走了往阿弗雷顿的公路。这条泛白的公路蜿蜒向前。走到这儿，保罗犹豫了一下。这儿到他的家还有两英里，往前再走一英里是米丽亚姆的家。他俩不约而同地眺望着西北方天际晚霞下这条在阴影中绵延远去的公路。小山顶上是库尔贝矿井，那儿有几所荒谅的房子，远远的天边看得见矿井中的吊车竖着的黑影子。

他看了看表。

"九点钟了。"他说。

这俩人挟着几本书站在那儿，不愿分手。

"这早晚的树林看起来可爱极了，"她说，"我想让你去看看。"

他跟着她慢吞吞地穿过了那条公路，走向那扇白色的门。

"如果我回去晚了，他们会埋怨我的。"他说。

"可你又没做什么坏事？"她不耐烦地回答。

他跟着她穿过暮色中那片刚被牲口啃过的牧场，树林里凉意袭人，树叶发出一股香味，忍冬的香味沁人心脾，一切都朦朦胧胧的。他俩就这样默默地走着。在这片黑乎乎的树丛里，夜色奇妙地降临了。他环顾四周，期待着。

她想给他看她发现的一株野玫瑰花。她知道这株玫瑰花好看极了。然而，如果他没有见到过这株野玫瑰花，她就觉得这花就不会铭刻在心。只有他才能使这株玫瑰花变成她的，不朽的。她现在还不满足。

小路上已经有露珠了。一片雾气正从老橡树林里升起，他一时摸不清那一片白茫茫的究竟是一片雾呢，还是在云杂中显得苍白无力的石竹花。

等他们走到松树林旁边时，米丽亚姆变得焦急和紧张起来。她的野玫瑰花可能已

经不在了。她也许找不到它了；她是多么想找到它啊。她几乎迫不及待地希望自己能和他一起站在花前。他们要在花前心心相印——享受一种令她神往的，圣洁的境界。他在她身边默默地走着，俩人挨得很近。她颤抖着；他聆听着，心里暗暗着急。

走近林子边际，他们看见前方的天空宛若珍珠母，大地已经暮色苍茫。不知从哪儿飘来附在松树林外层枝丫上的忍冬香味。

"在哪儿呀？"他问道。

"就在中间那条路下面，"她哆嗦着喃喃地说。

他们刚走到小拐弯处时，她站住不动了。有些害怕地盯着松树间的宽阔大路，有几分钟，她什么也分不清；灰暗的光线使各种东西的颜色都模糊得无法分辨。后来，她才看见那株野玫瑰。

"啊，"她叫道，赶紧上前去。

这株玫瑰静止不动。它的树干长得很高，枝叶蔓生。有刺的花梗披挂在一颗山楂树上，长长的枝条密密层层地垂在草地上，纯白色的花朵玫瑰犹如一丛丛凸起的象牙球，宛若撒落的星斗，在昏暗的簇叶、枝干和青草上熠熠发光。保罗和米丽亚姆紧靠在一起，默默无言地站着观看。从容自若的玫瑰花的光一点一点地笼罩了他们，似乎点亮了他们心灵的某个角落。暮色四合，宛如烟雾，但仍然掩盖不了那些一般说玫瑰花。

保罗深深地凝望着米丽亚姆的眼睛。她脸色苍白，带着惊叹的神情期待着。她的双唇半启，黑眼睛坦率地盯着他。他的眼光似乎看穿了她的心。她的心儿颤抖了。这正是她所要的心心相印。他却好像很苦恼地转过身去，又面对着那株玫瑰去了。

"花儿看来像蝴蝶一样会飞，会晃动。"他说。

她看着这些玫瑰花。花儿是白色的，有些花卷曲着，显得那么圣洁，还有些花却欣喜若狂地竞相怒放。这株野玫瑰树黑得象个影子。她一时冲动，冲着花儿举起了手，不胜仰慕地走上前去抚摸这些花儿。

"我们走吧。"他说。

这些象牙色的玫瑰发出一股冷香——一种雪白而纯洁的幽香。不知怎的，让他感到焦急和束缚。两人默默地走着。

"星期天见,"他平静地说完,就离开她走了。她慢吞吞地往家走,深深地沉浸在这夜的圣洁之中,感到心满意足。他在小路上跌跌撞撞地走着。一走出树林,来到那片开阔的草地,他就呼吸自如了。他开始往家飞奔,心里一片舒畅。

每当他和米丽亚姆一起出去时,总是很晚才回来。他知道母亲为此而不满,生他的气——可为什么呢?他不明白。当他进了屋子,扔下帽子时,母亲抬头看了一下钟。她一直坐在那儿想心事,因为眼睛不太好,她不能看书。她能感觉到保罗被这个姑娘勾引了,再说她也不喜欢米丽亚姆。"她是那种一定要把男人的魂儿都勾得一点不剩的女人,"她心里说,"而他竟傻听任自己被勾引过去,她决不会让他成为一个男子汉的,永远也不会。"因此,当他和米丽亚姆一起出去时,莫瑞尔太太越来越不满了。

她看了一眼钟,冷淡而疲倦地说:

"你今晚出去的可真够远的了。"

他跟那姑娘来往以后变得热情洋溢、毫无掩饰,现在却一下子畏缩了。

"你肯定把她送到家了?"母亲说。

他没回答。莫瑞尔太太飞快地看了他一眼,看见他正气恼地皱着眉,他的头发,因为匆忙,被汗浸湿了搭在额前。

"她一定非常迷人,迷得你无法离开她,晚上这个时候还要走上八英里。"

在刚才米丽亚姆的魅力与母亲的烦恼中,他感到左右为难。他本想什么也不说,不回答母亲的问题,可他又硬不下心肠来不理她。

"我确实喜欢跟她聊天。"他烦躁地说。

"再没有别人能和你聊天了吗?"

"如果我和艾德加一起出去,你就不会说什么了。"

"你知道我还是应该说的。你知道,不论你跟谁一起出去,我都应该说。从诺丁汉回来,天这么晚了,你一路走来未免也太远了。而且,"——她的声音突然露出愤怒和轻蔑——"真让人恶心——这么丁点儿的姑娘跟小伙子就谈婚事。"

"不是求婚。"他大声说。

"我不知道你还能管它叫什么。"

"真不是!你以为我们在动手动脚干什么事吗?我们只不过是聊天。"

"天知道你们聊到何时何地去了。"结束了母亲这么一句挖苦的回答。

保罗生气地扯着鞋带。

"你为什么生这么大的气？"他问，"就因为你不喜欢她？"

"我没说我不喜欢她，但我不赞成小孩子之间就这么密切，从来也不会赞成。"

"但你不介意安妮跟吉姆·英格出去？"

"他们比你们理智得多。"

"为什么？"

"安妮不是那种卿卿我我的人。"

他没听懂这句话的意思。不过母亲看起来很疲倦。威廉死后，她的身体一直没有好过，而且眼睛也疼。

"好吧，"他说，"乡下的景色很漂亮，斯利恩先生问起你，他说他非常挂念你。你现在好一点了吧？""我早就应该上床去了。"她回答。

"可是，妈妈，你知道，十点一刻之前你是不会上床的。"

"哦，不，我应该上床！"

"哦，小妇人，现在你对我样样不满，所以你想怎么说就怎么说，是不是？"

他吻了吻母亲那非常熟悉的前额：眉宇之间已经有了深深的皱纹，飘飘洒洒的秀发已经变成灰白色了，还有那梳得很有气派的鬓角。吻了她之后，他的手还搭在她的肩上。之后，他才慢慢地上了床，他已经忘了米丽亚姆了，他只看到了母亲的头发从温暖、宽阔的额头向后梳去，而且她多少受到一点伤害。

保罗再次看到米丽亚姆时，他对她说：

"今天晚上别让我回去得太晚了——不要晚过十点。我妈妈会难过的。"

"为什么她会难过？"她问。

"因为她说我得早起，不应该在外面太晚。"

"好的。"米丽亚姆平静地说，带着淡淡的讥笑的意味。

他讨厌这样，于是他又像往常一样回去得很晚。

他和米丽亚姆俩人都不会承认他们之间滋生了爱情。他认为自己很稳重不致如此多情，而她则认为自己非常高尚。他们俩都成熟得很晚，而且心理方面比体力还要晚

熟得多。米丽亚姆极为敏感，就像她母亲的为人一般，最轻微的粗俗污秽都会让她慌而不迭地退缩。她的兄弟虽然非常粗鲁，但他们说话从不粗俗。男人们从来都是在外面讨论一切关于牲畜交配的事。但是，也许因为各个农场都不断碰到牲畜繁殖的事，米丽亚姆对这类事更加敏感。即使听到别人对两性关系的稍微暗示，她的心跳加速，她十分厌恶。保罗亦步亦趋地跟着她。他们之间的亲密完全是纯洁的感情。在他们面前连母马怀孕的话都从来不提。

他十九时，一个星期只能挣二十先令，但他很快乐。他的画技进步很大，生活也很不错。复活节那天，他组织了一次去铁杉石的远足。同去的有三个同龄的小伙子，还有安妮、亚瑟、米丽亚姆和杰弗里。亚瑟在诺丁汉当电工学徒，回家来度假。莫瑞尔像平常一样一大早就起来了，吹着口哨在院里锯着木头。七点钟时，家里人听见他在买价值三便士的十字形图案的小圆面包，还兴致勃勃地跟那个送面包的女孩子聊着，称她"亲爱的"。他打发走了其他几位拿着果子面包的男孩子，告诉他们，他们的生意已经被这个小姑娘夺走了。这时，莫瑞太太起床了，全家人都下了楼。对每个人来说，不是星期天能这样躺在床上睡一大觉真是一种极大的享受，保罗和亚瑟在早饭前看了会儿书，没有梳洗只穿个衬衫就坐下来吃饭，这又是节目的另一种享受。房间里很温暖，一切都无忧无虑的，家里有一种充实的感觉。

男孩子们在看书报时，莫瑞尔太太进了花园。他们现在住在另一幢房子，离斯卡吉尔街那个家很近。威廉死后不久，他们就从那儿搬了出来，不一会，从花园里传来一声激动的叫喊：

"保罗！保罗！快来看啦！"

这是母亲的声音，他扔下书就走了出去。是一个通到野外的长长的花园。那是一个灰暗、阴冷的天，还有阵阵寒风从德比郡刮来。两块田地之外就是房屋鳞次栉比，到处是红墙的贝斯伍德。在那一片房屋中，教堂的尖塔和公理会礼拜堂的尖顶高耸而起。再往前就是树林和小山，一直通灰白色的潘宁山脉的顶部。保罗朝花园望去，寻找着母亲。她的头显露在红醋栗树丛中。

"到这儿来！"她叫道。

"干吗呀？"他回答。

"来看看。"

她在看着红醋栗树上的花蕾。保罗走了过去。

"想一想，"她说，"我以为在这里再也看不到这些了！"

儿子走到了她身边，栅栏下面有一块小小的花坛，里面长着一些青划似的毛蓬蓬操场子，就像没发育好的球茎上长出来的一样，开着三朵奇形怪状的花。莫瑞尔太太指着那些深蓝色的花。

"来，看那个！"她惊叫着"我正在看红醋栗时，心里想'那个很蓝很蓝的东西，是不是一个蜂巢呢？'那儿，你看，蜂巢，三朵雪里青，太美了！但它们是从哪儿来的呢？"

"我不知道。"保罗说。

"哦，太奇妙了！我还以为认识这园子里的一草一木。这是不是很棒啊？你瞧。那棵醋栗树刚好掩护这些花，没伤，也没碰。"

他蹲下身，把钟一般的小蓝花翻了过来。

"这是一种奇妙无比的颜色！"他说。

"可不是！"她叫道，"我想这花儿可能来自瑞士，听人说那儿才有这么可爱的东西。想想，这花开在雪地里！不过，它们是从哪来的呢？风不会把他们吹来的，是吧？"

这时，他记起他曾在这儿插过很多修剪下来的断枝。

"你从没告诉我。"她说。

"是的，我想等到开花时再说。"

"现在，你看！我差点错过这些。我一辈子还没在花园里见过雪里青呢。"

她又激动又得意；这花园给她无穷的乐趣。保罗为她而感到高兴，他们终于住进了有一个可以通往田地的花园的房间。每天早饭后，她都出去，心情愉快地绕着花园溜达一会儿。的确，也熟悉这园子里的一草一木。

出游的人都来齐了。吃的装好后，他们就兴冲冲地出发了。他们趴在水渠堤上，从沟这头扔下一张纸，看看纸片被水冲到另一头。他们站在游艇码头的人行桥上，看着寒光闪闪的铁轨。

"你应该看一看六点半路过的那趟特快车。"伦纳德说，他的爸爸是个信号员。"伙伴们，那趟车轰隆声可真大啊。"这一伙人看看这一头通向伦敦，另一头通向苏格兰的铁路，他们似乎感觉到了这两个神秘地方的存在。

在伊尔克斯顿，成群成群的矿工正等着酒店开门。这是一个无聊懒散的小镇。斯丹顿·盖特铸铁石炉火熊熊。他们对所见所闻都热烈争论着。从特威尔他们又穿过德比郡回到诺丁汉郡。午饭时分，他们到了铁杉石，田野里到处是诺丁汉和伊尔克斯顿的人群。

他们原以为会有一方历史悠久，闻名于世的纪念碑，结果却只看到了一小块扭曲的岩石，像只枯烂的蘑菇，可怜兮兮地站在田野的一边。伦纳德和狄克开始把他们的名字缩写："L.W，"和"R.P"刻在那古老的红砂石上。但是，保罗拒绝这样做，因为他曾在报上读到过讽刺刻字留念的人的评论，说这些人想流芳百世却苦于找不到其他门路。接着，所有的小伙子们都爬上了岩石顶部四处眺望。

田野里到处都是工厂男女工人在吃午饭，或做着什么运动。远处是一个古老庄园的花园，草地四周水松树篱和密密的树丛，还有一个个种着金黄色番红花的花坛。

"瞧，"保罗对米丽亚姆说，"多么安静的一个花园！"

她已经看见了那黑黑的水松和金黄色的番红花，但她又感激地看了看那儿。和这么多人在一起他似乎不属于她了。他和平时不一样——不是她的那个能了解她心灵处最轻微的震颤的保罗，而是另外一种人，和她没有共同语言。她感到莫大的伤害，所有的知觉也麻木了。只有当他又回到她身边，丢下她所认为另外一个比较渺小的他时，她才能回复过来。现在他让她看这个花园，渴望跟她接触。她已厌倦了田野的景色，就转过身来看看四周都被密密麻麻的番红花环绕的这片寂静的草地。一股寂静得几乎让她痴迷的感觉笼罩了她。这让她感到她是和他单独在这个花园里了。

之后，他又离开她加入其他伙伴之中。不久，他们就动身回家了。米丽亚姆一个人慢慢地走在后面，她和别人合不来。她极少结交别人：她的朋友、伙伴、情人就是大自然。她看着太阳苍白无光地往下落。在阴暗、寒冷的树篱中夹杂着一些红叶，她温柔地、充满深情地采摘着这些叶子，指尖怜爱地抚摸着叶子，表达着自己内心的深情。

突然，她发现自己一个人走在一条陌生的路上，于是她向前匆匆赶去，在小巷的拐角处她赶上了保罗，他正弯着腰站在那里，好像在聚精会神地干着什么，镇定、耐心，但又有一点无望样子。她犹豫地向他走去，看着他。

他全神贯注地呆在路中间。远处，一抹浓浓的金光还留在灰暗的天际，把他映衬得像尊黑色浮雕。就像夕阳把他送给了她，她看着他那瘦弱但结实的身影。心里突然一阵痛楚，她知道自己一定爱上了他。她曾经发现了他身上少有的那种潜力，发现了他的孤独。她像是玛利亚在天使面前听到圣灵降生的消息一样，哆嗦着慢慢向前走去。

他终于抬起头来。

"哦"他感激地惊叫道，"你在等我吗？"

她看见他眼睛掠过一丝阴影。

"这是什么？"她问。

"这个弹簧坏了。"他给她看看他的伞损坏的地方。

立刻，她有点不好意思地，她知道不是他自己弄坏的伞，是杰弗里的责任。

"这只不过是一把伞，是吗？"她问。

她很奇怪他平时不计较一些琐碎事，而此时却如此小题大做。

"但这是威廉的伞，而且根本没法不让我妈妈不知道。"他平静地说着，仍旧耐心地摆弄着那把伞。

这句话像把刀似的刺中了米丽亚姆的心。这也证实了刚才她对他的揣度，她望着他。但他却神情冷淡，因此她也不敢好言安慰他，甚至不敢温柔地跟他说话。

"走吧，"他说，"我修不了。"于是他们就默默地沿着旧路走着。

当天傍晚，他们漫步在尼瑟·格林附近的树林中，他好像在竭力说服自己似的，有些焦急地对她说：

"你知道，"他费劲地说着："如果一个人有了爱，另一个人也一样。"

"啊！"她回答，"就像小时候妈妈对我说的'爱情产生爱情。'"

"是的，差不多，我想这一定是至理名言。"

"我希望是正确的，因为，如果不是这样，爱情就会变成一件可怕的事。"她说。

"是，是这样——至少对于大部分人来说是这样的。"他回答。

而米丽亚姆以为他是在宽慰自己，心里有了点底。她认为自己在小径上碰到保罗是一个天赐的良机。这番谈话深深地刻在了她的脑海中，就像摩西法律的文字一样。

现在她和他意见一致，并且支持他。在这段时间里，他因自己家人对威利农场的不公，出言伤了全家人的感情，但她支持他，相信他是对的。而且这段时间，她多次梦到了他，梦境生动、令人难忘。这些梦后来还一再重现，促使他俩的感情上升到一个更加微妙的心理阶段。

复活节的星期一那天，又和上次那一帮人旅行到风田庄园。对于米丽亚姆来说，和欢度假日的人们挤在一起，在塞斯利桥乘火车真是一件兴奋激动的事。他们在阿尔弗雷顿下了火车。保罗对这儿的街道和带着狗的矿工很感兴趣。这儿的矿工与别处的不同。米丽亚姆到了教堂才恢复了生机。他们进去时都有点胆怯。

害怕背着装满食品的包，会被别人赶出来。伦纳德是个很瘦的小伙子，说话老带刺，走在最前面。宁死也不愿被人赶出来的保罗走在最后，因为是复活节，教堂已经被装饰过了。似乎有百朵水仙花长在圣水器里。光线透过玻璃窗户射了进来，暗淡的光线染上玻璃上的五颜六色，弥漫着一种淡淡的百合和水仙花的清香。在这种气氛下，米丽亚姆兴奋起来。保罗对这儿的气氛也很敏感，生怕做了什么他不该做的事。米丽亚姆转向他，他点头示意，他们俩心心相印地站在一起。他不愿意到领圣餐栅栏前面去。她就喜欢他这样。有他在身边，她才有心思做祈祷，他觉得这个幽暗虔诚的教堂有一种奇怪的魅力，他所有的沉醉于神秘幻想的天性颤动起来了。她为他所吸引，他俩一起祈祷着。

米丽亚姆很少跟别的男孩说话，和她谈话，他们也会觉得非常别扭。因此，她常常保持着沉默。

他们爬上通向庄园的陡峭的山路上时已经中午了。温暖耀眼的阳光下一切都显得那么柔和，白屈菜和紫罗兰已经开花了。大家的心情都极为兴奋。城堡的灰墙壁那么柔和，常春藤染着绿光，古迹周围的一切显得优雅而有格调。

庄园是浅灰色的坚固的石块砌成的。墙壁单调而宁静。年轻人都兴致勃勃。小心翼翼地走了进去，害怕享受不到这个古迹的乐趣。在第一个院子中，高高的残垣里，有几辆农场的运货马车辕乱扔在地上，轮胎上长满了红锈。院子里一片寂静。

大家急切地付了六便士，胆怯地穿过了一个漂亮幽静的拱门，进入了里面的院子。他们都有些却步不前。这块铺着碎石的地方，过去是一个门厅，一棵带刺的老树正在发芽。周围的阴影里是各种奇怪的空旷地和破房子。

午饭后，他们又动身去探索这座古迹。这一回，姑娘们和可以做向导和解说员的小伙子们一起去了。庄园一角有一座行将倒塌的高塔，有人说苏格兰的玛丽女王曾被囚禁在那里。

"想想吧，女王也曾经爬过这儿！"米丽亚姆爬上空空的楼梯时，她低声说。

"她一定能上得来，"保罗说，"她有风湿病，还是别的什么病，我想他们一定虐待她。"

"你不觉得她罪有应得吗？"米丽亚姆问。

"不，我不觉得，她只是太活跃了。"

他们继续爬着那曲里拐弯的楼梯，一阵大风从窗里吹了进来，一直冲到塔尖上，吹得姑娘的裙子像个气球，她很感不好意思，保罗抓住裙子褶边，帮她把裙子拉下来，他这么做自然利索，就像替她捡起一副手套似的。她永远忘不了这件事。

常春藤密密层层环绕着这个残破的塔顶，显得十分古朴典雅。而且，还有几枝冷冷的竹香，上面长着苍白冰冷的花骨朵。米丽亚姆想探身摘一些常春藤，但保罗没让她摘。保罗却骑士气派十足地把采到的常春藤一枝一枝地递给站在他身后等着的她。塔似乎在风中摇荡着。他们目光望着一望无际的树木旺盛的农庄，农庄里不时夹杂着一块草场。

庄园的地窖十分漂亮，保存完好。保罗在这儿画了一幅画，米丽亚姆和他在一起，她想象着苏格兰的玛丽女王睁着紧张绝望的双眼，看看有没有援兵从小山那边来。那双眼里似乎怎么也无法理解这不幸。或者，她坐在这个地窖里，听着别人告诫她，让她相信那个和她坐的地方一样冰冷的上帝。

他们又高高兴兴地出发了，回头看看那个他们喜欢的庄园，那么整洁，那么高大，耸立在山丘之上。

"想想如果你能拥有这样一个农庄，那会有多好啊。"保罗对米丽亚姆说。

"是啊！"

"那时到这儿来看看你该多好啊！"

这里，他们正走在石墙环绕的荒地上，他很喜欢这地方，虽然这地方离家只有十英里，但对米丽亚姆来说，却像是异国他乡一样。他们穿过一大片背阴的草地，走上一条洒满无数点点光斑的小路时，保罗和米丽亚姆肩并肩走着，保罗的指头勾在米丽亚姆背着的小包带子上。立刻，她感觉到走在后面的安妮嫉妒地盯着这一切。这儿的草地沐浴在骄阳下，小路像镶嵌了珠宝似的。他也没有给她其他任何暗示，她的手指一动不动地抓着小包带子，任凭他的手指抚摸。这地方一片金光宛若仙境。

最后，他们来到地势较高，房屋分散的克瑞奇村。村子前面就是著名的克瑞奇平塔，保罗在家里的花园里就能看到这个平塔。大家急急地走着。下面不远处就是一片开阔的田野。小伙子们都急切地想爬到小山顶上去。这座小山上面是个圆土堆，如今有一半被削去了。顶上有一座古代的纪念碑，矮墩墩的很坚固，是古时候用来对山下远处诺丁汉郡和莱斯特郡的平地发信号的。

在这片空旷的地方，风刮得特别猛。确保安全的唯一办法就是顺风紧靠高塔墙站着。脚下就是悬崖，人们常在那儿开采石灰。再往下就是零乱的山丘和很小的村庄——马特洛克村、安伯哥特村、斯通尼、米得尔顿村。小伙子们急于在远处左边鳞次栉比的农庄中找到贝斯伍德教堂。当他们看到教堂坐落在一块平地上，都很扫兴。他们看到德比郡的群山一直往南延伸到平坦的中部，渐渐平缓下来了。

米丽亚姆多少有点害怕这么大的风，但小伙子们很快活，他们走啊走，走了一里又一里，一直走到了沃特斯丹威尔。所有的食物都吃光了，大家都饿了，他们几乎没钱回家了。不过，他们想法买了一个面包和一只葡萄干面包，用小折刀切成块，坐在桥附近的墙上吃着，看着明亮的德温特河水奔腾而过。看着从马特洛克来的马车停在小酒店门口。

保罗现在已经相当疲倦，脸色苍白，这一整天他都为这一伙人操心，现在他已经精疲力尽。米丽亚姆理解他，就紧紧地跟着他，他也任凭她来照顾自己。

他们在安伯哥特车站要等一个小时，火车来了，上面挤满要回曼彻斯特、伯明翰、伦敦去的游客。

"我们或许应该去那儿——人们很容易以为我们去那么远的地方。"保罗说。

回到家时已经相当晚了。米丽亚姆和杰弗里一起走回去的。看着月亮徐徐升起来了，又大又红又朦胧。她觉得内心的什么东西好像得到满足。

她有个姐姐，阿加莎，是个学校教师。两姐妹长期不和，米丽亚姆认为阿加莎很世俗，不过她希望自己也能当个老师。

一个星期六下午，阿加莎和米丽亚姆在楼上梳妆打扮。她们的卧室就在马厩上面，这是间低矮的房子，也不太大，空荡荡的没什么摆设。米丽亚姆墙上钉了一幅委罗内薛的《圣凯瑟琳》的复制品。她喜欢画中那个窗台上遐想的女人。她自己的窗户太小了，没法坐，前面的一户窗爬满了忍冬花和中宅葡萄，透过去可以看到院子那边的橡树林的树顶；后面有一个手帕那么大小的窗户，是朝东的一个透气孔。从那儿可以看见周围圆丘可爱的黎明景色。

俩姐妹之间不大说话。阿加莎漂亮娇小，但性格果断，她反感家里的那种气氛，反对那种"忍辱负重"的训导。她现在已经走上社会，就要自立了。她坚持那种世俗的价值标准，看外表、看举止、看地位。而这些都是米丽亚姆不屑一顾的。

保罗来时，这姐妹俩都喜欢躲在楼上避开，她们宁愿到时候跑下来，打开楼梯口的门，欣赏他期待和寻找她们的神情。米丽亚姆站在那儿急急地把他送给她的一串念珠往头上套，但念珠被她头发缠住了，最后她还是套进去了，那褐红色的木头念珠衬着她光洁的褐色的颈部，煞是好看。她发育良好，漂亮迷人。可是从挂在白墙上的那面小镜子里，她一次只能看到自己的一部分。阿加莎自己买了一面小镜子，可以支起来称心如意地照。这天，米丽亚姆在窗户附近，突然听见熟悉的链条咯嗒咯嗒地响，她看见保罗撞开大门，推着自行车进了院子。她看见他冲屋子看了看，她退开了。他若无其事地走着，自行车在他身边好像是个活的东西。

"保罗来了！"她叫了一声。

"你难道不高兴吗？"阿加莎尖刻地说。

米丽亚姆呆住了，坐也不是，站也不是。

"那么，你呢？"她问。

"高兴。但我可不会让他看出来，以为我盼着他来呢。"

米丽亚姆有些吃惊。她听到他在下面马厩里停放自行车，和那匹原先在矿上干活，

现在已经掉了膘的马——吉姆说着话。

"噢,我的伙伴吉姆,你好吧,别总是病恹恹,垂头丧气的样子。哦,这样子不好,我的好伙伴。"

这匹马由于小伙子的抚摸抬起头来,她听见了缰绳抖动的声音。她非常喜欢听在他以为只有马才听得见时的他的说话声。但她的伊甸园里有一条引诱她的蛇。她真诚地反省自己。是不是在盼着保罗·莫瑞尔。她觉得这些感情是不正经的。她心情很复杂,害怕自己真是在盼他。她站在那里,自觉有罪,接着内心又涌起一种羞愧之情,她的内心被这些苦恼纠缠成一团。她是在盼保罗吗?他知道她在盼他吗?这多让她丢人啊!她觉得她整个心灵都被重重羞辱纠缠着。

阿加莎先梳妆完,跑下楼去。米丽亚姆听到她放荡地冲着小伙子打着招呼,她知道阿加莎用这种口气说话时那灰眼睛会变得多么明亮。如果她这么招呼他,她一定会觉得自己太冒失大胆。她仍旧站在那儿谴责自己不应该盼着他,心灵饱受折磨,她困惑不解地站在那里祈祷着。

"哦,主啊,别让我爱上保罗·莫瑞尔,如果我不应该爱他,就别让我爱上他吧。"

祷告里有些不合情理的话引起她的深思,她抬起头来思索着。我爱他有什么错吗?爱情是上帝赐予的礼物。然而爱情却让她羞愧。这都是因为他,保罗·莫瑞尔。但是,这又不关他的事,是她自己的事,是她和上帝之间的事。她准备成为一个牺牲品。不过这是给上帝的牺牲品,不是给保罗·莫瑞尔的,也不是给她自己的。过了一阵,她把脸埋在枕头里说。

"主啊,如果我爱他是您的意愿,那么,就让我爱他吧——像基督一样,为拯救灵魂而死,让我正大光明地爱他吧,他是您的儿子啊。"

她仍旧站在那里,一动不动,被自己深深地感动了,一头黑发贴在红方块和淡紫色小枝叶图案方块拼缀起来的被面上。祈祷对她来说几乎是非常重要。祈祷之后,她就进入自我牺牲的极乐境界,认为上帝做出牺牲,赐给芸芸众生的灵魂最大的幸福,而自己和上帝是一样伟大。

她下楼时,保罗正靠在一张扶手椅上,拿着一幅小画热心地给阿加莎看,阿加莎正在讽刺他。米丽亚姆看了他俩一眼,不愿看见他们这种轻浮神态,进了起居室一个

人呆在那里。

到喝茶的时候，她才能跟保罗说话，态度很冷淡，保罗以为自己得罪了她。

米丽亚姆不再每星期四晚上去贝斯伍德图书馆了，整个春天，她都按时去叫保罗一起去。但从很多小事，从他家里人的冷嘲热讽中她明白了他家对她的态度。因此她决定再也不去他家了。一天傍晚，她对保罗声明以后的星期四晚上，她再也不去叫他了。

"为什么？"他不太在意地问。

"没什么，只是我觉得还是不去的好。"

"好吧。"

"但是，"她有些支支吾吾，"如果你愿意见到我，我们还是可以一起去的。"

"在哪儿跟你见面？"

"随便什么地方——你愿意在哪儿就在哪儿。"

"我不想在别的地方跟你见面，我不明白你为什么不来叫我。不过既然你不来叫我，我也不想跟你见面了。"

就这样，对她和他都十分宝贵的星期四晚上就这么中断了。他用工作代替了以前星期四晚上的活动，莫瑞尔太太对这个安排十分满意。

他不承认他俩是恋人。他们之间的亲密关系一直保持着十分超然的色彩，好像只是一种精神上交流。一种想法，一种努力保持清醒的挣扎。因此，他觉得，这只不过是一种柏拉图式的恋爱。他坚决否认他们之间还有其他任何关系。米丽亚姆则保持沉默，或者是默认了。他真傻，不知道自己到底是怎么一回事。他俩一致同意，不理会亲友的议论和暗示。

"我们不是情人，我们是朋友。"他对她说，"我们清楚，让他们说去吧，他们说什么又有什么关系呢？"

有时，他们走在一起时，她羞怯地挽着他，他总是对此不满，她也知道这点。因为这引起了他们激烈的冲突。和米丽亚姆在一起，他总是处于一种极端超然的状态，把他那股自然的爱火转化成一些微妙的意识。米丽亚姆也愿意他这样，如果他情绪高昂，像她所说的忘乎所以，她就等待着，等他回到她身边，等到他的心情恢复原样。

他努力和自己的灵魂抗争着，皱着眉头，热切地渴望得到谅解。在这种渴望得到谅解的热情中，她的灵魂和他的紧紧连在一起，她觉得他完全属于她了，不过，他得首先处于超然状态。正因为这样，要是她伸出胳膊挽住他，那简直令他受酷刑，他的意识都似乎要分裂了。她挨着他的地方由于摩擦而变得温热。他心里好像在进行一场你死我活的斗争，为此他对她变得冷酷极了。

仲夏的一个傍晚，米丽亚姆来到他家看望他，由于爬坡的缘故，脸通红。保罗一个人在厨房里，可以听到母亲正在楼上走动的脚步声。

"来看这些甜豌豆花吧。"他对姑娘说。

他们走进花园。小镇和教堂背后的天空呈现一片橘红，花园里弥漫着奇妙而温暖的光，衬得每一片叶子都美不胜收。保罗走过一排生长得很旺的甜豌豆花，不时地摘几朵奶黄和淡黄色的花。米丽亚姆跟着他，呼吸着这芬芳的香味。他觉得花儿似乎有一种强大的吸引力，自己非得变成它们中的一部分不可。她弯下腰去闻闻花朵，好像和花在相爱似的。保罗厌恶她这样，她的动作来得太露骨，太亲热。

他采了一大串花后，他们回到了屋子。他听了听母亲在楼上轻轻地走动声，说：

"来，我给你戴花。"他两三朵两三朵地把花别在她的衣服上，不时地往后退几步欣赏别的好不好。"你知道吗？"他把别针从嘴里取出来，说："女人应该在镜子跟前戴花。"

米丽亚姆笑了，她觉得花应该就那么随随便便地戴在衣服上，保罗这么认真地给她戴花是一时心血来潮。

看见她笑，他有些不高兴。

"有些女人是这样的——那些看起来高雅的女人。"他说。

米丽亚姆笑了，但只是苦笑。因为她听见他竟把她和其他女人混为一谈。如果别的人这么说，她才不会在乎，但这话出自他的口，这就伤了她感情。

他就要别玩这些花时，听到了母亲下楼的声音，他急急忙忙别上最后一个别针。说：

"不要让我母亲知道。"他说。

米丽亚姆拿起她的书，站在门口，有些委屈地看着美丽的夕阳。我再也不来看保罗了，她心里发誓说。

"晚上好，莫瑞太太。"她恭敬地说，那声音听起来仿佛她无权待在这儿似的。

"哦，是你呀，米丽亚姆？"莫瑞尔太太冷冷地回答道。

由于保罗坚持要全家人都承认他和这位姑娘的友谊，莫瑞尔太太也很聪明，她不会和她当面闹翻脸的。

到保罗二十岁时，他们家才能支付得起外出度假。莫瑞尔太太，自从结婚，除了去看望过她的姐姐，再没有出去度过假。现在保罗存够了钱，他们全家都可以去了。这一回还有一帮人是：安妮的几个朋友，保罗的一个朋友，威廉生前单位的一位同事以及米丽亚姆。

写信找房子真是让人激动不已。保罗和母亲无休止地讨论这个问题。他们想租一幢带家具的小别墅，租两周。莫瑞尔认为一周就足够了，但保罗坚持租两周。

最后，他们到了从马布勒索浦来的答复，答应租给他们想要的那种小别墅，三十先令一星期。全家一片欢腾雀跃，保罗也为母亲高兴得不得了。这回她总算可以真正地度假了。晚上他和母亲坐在一起，想象着这个假日会是什么样子的情景。安妮进来了，还有伦纳德、爱丽思和凯蒂。大家都欣喜若狂，满怀期望。保罗把消息告诉了米丽亚姆，她高兴地默默思量着这件事。而莫瑞尔家可是兴奋激动得翻了天。

他们打算在星期天的早晨赶七点钟的那趟火车。保罗建议米丽亚姆来他家过夜，因为她家的路太远了。那天晚上她来他家吃晚饭。全家人都为这次旅行而激动万分，米丽亚姆也因此受到了热情欢迎。而且她一进屋，就感觉到家庭气氛亲密和气。保罗事先找到了一首琼·英吉罗描写马布勒索浦的诗，他一定要念给米丽亚姆听。他从来没有这么动过感情，当着全家人念什么诗。但此刻他们都迁就地听着他朗诵。米丽亚姆坐在沙发上，全神贯注地看着他。只要有他在场的时候，她似乎总会被他深深地吸引住。莫瑞尔太太妒忌地坐在自己的椅子上，也准备听。甚至连安妮和父亲也在听着。莫瑞尔头歪在一边，就像有的人在自觉恭敬地听牧师布道。保罗低头看着书，他所需要的听众都来了。莫瑞尔太太和安妮几乎是在和米丽亚姆竞争，看谁听得最认真以便博得他的欢心。他兴致勃勃。

"可是，"莫瑞尔太太插了一句，"钟声奏出'恩特贝新娘'是什么意思呢？"

"那是一支人们用钟声演奏警告人们提防洪水的古老调子。我想恩特贝的新娘就是在洪水里淹死的。"他回答。其实，他对这件事是一无所知，不过在这伙女人面前，他可不肯失掉面子，承认自己的无知。他们都听信了他，连他自己也相信。

"人们都知道这个调子的含义吗？"母亲说。

"是的——就像苏格兰人一听见那支《森林里的花朵》是什么意思一样——他们一听到钟里颠倒敲便明白是报告水警。"

"怎么？"安妮说，"一只钟不论正着敲，还是颠倒敲都不是一样的声音吗？"

"可是，"他说，"如果你先打低音的钟，再打高音的，当——当——当——当——当——当当！"

他哼着音阶。大家都觉得这个办法很聪明，他自己也这么认为。过了一会，他接着朗诵诗歌。

朗诵完之后，莫瑞尔太太带着新奇的神情说："哦，我还是希望每篇作品不要写得那么悲伤才好。"

"我不明白他们为什么会跳水自杀。"莫瑞尔说。

大家沉默了片刻，安妮站起身去收拾桌子了。

米丽亚姆站起身来帮着收拾锅碗。

"我来帮你洗吧。"她说。

"这哪行，"安妮说道，"你还是坐着吧，没有多少锅碗要洗。"

而米丽亚姆还不习惯于太随便，太不拘礼节，就又坐了下来，陪着保罗一起看书。

保罗是这伙人的领头，他父亲不中用。他一路上提心吊胆，生怕别人弄错，没有把铁箱子运到马布勒索，而运到弗斯比去。可他又没有勇气去雇一辆四轮马车，还是他那勇敢的妈妈去雇的。

"喂！"她冲着一个男人喊道，"喂！"

保罗和安妮躲在其他人后面，有些不好意思地笑起来。

"到青溪别墅要多少钱？"莫瑞尔太太问。

"两个先令。"

"哦，到那儿有多远啊？"

“相当远。”

“我不相信。”她说。

但她还是爬进了马车，于是，这八个人就这么挤在一辆破旧的海滨游览马车里。

“你们瞧，”莫瑞尔太太说，“每人才三便士，如果这是一电车的话……”

他们一路驶去，每经过一幢别墅，莫瑞尔太太就叫着。

“是这地儿吗？哦，是的！”

大家都屏息坐着，直到车子驶过，大家才叹了一口气。

“谢天谢地，不是那所破烂别墅。”莫瑞尔太太说：“我真害怕是。”他们一直往前驶去。

终于，他们下车了，这所别墅孤单单地坐落在公路边的堤岸上。进入前院，必须得走过一座小桥，大家都对此激动不已。不过，他们倒是很喜欢这所地处僻静的别墅。房子的一面是一大片的海滩草地，另一面是一望无际的田野，田野上种着一块块的白色的大麦，黄色的燕麦、红色的小麦和绿色的根茎作物，平坦而无垠一直延伸到天边。

保罗管账目，并和妈妈共同调配支出用度。他们全部费用——住、食，和其他一切零用——是每人每星期十六先令。早晨他和伦纳德洗澡，莫瑞尔则悠闲地在外面转悠着。

“哦，保罗，”母亲在卧室里喊道，“来吃一块黄油面包吧。”

“好的。”他回答。

他回来的时候，看见母亲已经在早餐桌旁指挥着。

这所别墅的女房东还很年轻，丈夫是个瞎子，也还给别人洗衣物。因此莫瑞尔太太常常自己到厨房洗碗刷锅，自己亲手为大家铺床。

“你不是说你来度一个真正的假日吗？”保罗说，“怎么你干起活来了。”

“干活！”她叫道，“你在说什么呀！”

保罗喜欢和母亲一起穿过田野到村子里去，到海边去。她害怕走那些木板桥，他骂她胆小得像个小孩子，紧跟着她寸步不离，就好像他是她的男人一样。

米丽亚姆很少有机会跟保罗在一起，除非别的人都去听流行歌手演唱的时候，米丽亚姆认为，这些歌手愚蠢到了让人难以忍受的程度，保罗也这样认为，他曾一本正

经地训导过安妮，说听那些歌手演唱是件蠢事。然而，这些流行歌他都会唱，一路上他还放声高唱过呢。如果他听到别人唱这些歌，那种蠢劲还使他感到很惬意呢。但他却对安妮说：

"全是胡扯！一点意义也没有，有头脑的人决不会去坐在那儿听歌。"而在米丽亚姆面前，他又用不屑一顾的口气说安妮和其他人："我想他们听流行歌手演唱去了。"

看见米丽亚姆也唱流行歌真是件怪事。她长着一个笔直的下巴，从下唇到下巴弯曲处形成了一条直线。她唱歌时总让保罗想起波蒂西里画中的悲伤的天使，即使她唱的是：

"沿着情人小巷，
陪我散步与我倾诉。"

只有在保罗画素描时，或晚上其他人都去听流行歌手演唱时，他才是完全属于米丽亚姆的。他滔滔不绝地给她讲述他是多么喜欢地平线，讲述林肯郡连绵不断的天空和田野怎样向他预示着无穷的意志力，正如诺曼底式的教堂重重叠叠的拱门显示着人类灵魂不屈不挠地顽强地前进，永无止境地前进。他说，诺曼底式跟垂直线条和哥特式拱门截然不同，哥特式拱门高耸入云，伸向极乐世界，消失于天国。他说他自己属于诺曼底式，而米丽亚姆则属于哥特式，她对此深表赞同。

一天傍晚，保罗和米丽亚姆来到瑟德素浦附近宽阔的沙滩上，海浪卷着浪花不断地涌向岸边，夹杂着哗哗的响声堆起一堆泡沫。那是一个温暖的傍晚。这片偌大的沙滩上除了他俩外，再没有别的人；除了海浪声外，再也没有别的声音。保罗喜欢海浪拍打海岸的声音，喜欢体验身处浪花的喧闹和沙滩的寂静之间的那种感受。有米丽亚姆和他在一起，一切都变得情趣盎然。他们回来时，夜幕已经落下。回去的路上还要经过沙丘豁口，还要经过两条长堤之间的一条隆起的草地。四周一片寂静、夜幕沉沉，只有沙丘后面传来大海的低语。保罗和米丽亚姆默默地走着，突然，他吓了一惊，他全身的血液似乎都燃烧起来，他简直透不过气来了。一轮巨大的标橘红色的月亮从沙丘边缘上凝视着他们。他一动不动地站在那里，看着月亮。

"啊！"米丽亚姆望着月亮，惊叫起来。

他仍旧一动不动地站在那儿，看着那轮巨大的泛着红的月亮——这无边无际的黑

暗中唯一的东西。他的心猛烈地跳着，胳膊上的肌肉也在跳动。

"怎么啦?"米丽亚姆低声说着，等着他。

他转过身来看着她。她就站在他身边，始终形影不离。她的脸被帽檐的阴影遮住了，看不见她凝视的双眼。她心里在沉思，有点儿害怕。这类似宗教的氛围深深地感动了她。这就是她的最佳心态。保罗对此是无能为力的。他的热血宛若一股火焰在胸腔燃烧，然而他就是无法把自己的想法给她讲清楚。他浑身热血沸腾，却不知为什么佯装不知，她盼望他处于一种虔诚的状态，她一面迫切地盼望着他能这样，一面对他的激情也隐约有感，她凝望着他，心里十分不安。

"怎么啦?"她又低声说。

"这月亮。"他皱着眉头回答。

"是啊，"她表示赞同地说，"多美啊!"她不甚明白他怎么了，危机已经过去。

他自己也不知道这是怎么回事。他还很年轻，而他们之间的这种亲密又非常抽象纯洁，他不知道需要的是把她拥在怀里来解除心中痛苦的渴求。可是他有些怕她。对她会产生那种男人对女人的欲望——这在他的心灵中被看作是一种耻辱。她宁愿忍受痛苦而激动地折磨，也拼命排除这种念头，他只好把这种念头藏在心底。就是这种所谓的"纯洁"阻止着他们连初恋的吻也不敢尝试，也几乎受不了肉体爱的震动，甚至受不了一个热吻。而他太胆怯，太敏感，不敢去吻她。

他们沿着黑黑的沼泽草地走着，保罗一直看着月亮，什么也不说。米丽亚姆拖着沉重的步子，走在他身边。他恨她，因为她似乎有点让他看不起自己了。他向前望去。看到黑暗中有一点光亮，这就是他们那点着灯的别墅窗户。

他喜欢想到母亲和其他欢乐的人们。

"唷，别的人早就回来了!"他们一进屋，母亲就说。

"那又怎么了!"他烦躁地大声说，"如果我愿意，我可以出去散散步，对吧?"

"可我以为你会回来和我们一起吃晚饭的。"莫瑞尔太太说。

"那要看我是否高兴了，"他反驳说，"现在还不晚，我爱怎么样就怎么样。"

"很好，"母亲尖刻地说，"那么就去做你想做的事去吧。"那天晚上，她再也没有理他。他也假装不在乎也不注意这些，径自坐在那里看书。米丽亚姆也在看书，尽量

让别人不注意她。莫瑞尔太太恨她把她的儿子变成这样。她看着保罗变得急躁、自负、郁郁寡欢，她把这些都推到米丽亚姆身上。安妮和她所有的朋友也都反对这个姑娘。米丽亚姆自己没有朋友，只有保罗。不过并不为此感到苦恼，因为她看不起其他那些人浅薄。

保罗却有些恨她，因为不知怎么的，她破坏了他的悠闲自然，使他有一种屈辱的感觉，他因而苦恼不堪。

第八章　爱的冲突

亚瑟学徒期满了，在敏顿矿井电工车间里找了一份工作。他挣钱不多，但这个工作倒是个提高技术的机会。但他任性又浮躁，却不喝酒，也不赌博。但他总是因为头脑发热而陷入困境。他要么去树林里偷猎兔子，要么就整夜呆在诺丁汉不回家，或在贝斯伍德的运河里跳水失误，胸部碰在河底的石头和铁片上，弄得伤痕累累。

他有好几个月没去上工。一天晚上，他又没回家。

"你知道亚瑟在哪吗？"早餐时保罗问。

"我不知道。"母亲说。

"他是个傻瓜，"保罗说。"如果他真在干些什么，我倒不会介意，可不是这样，他只是因为打牌打得走不开，要不就一定要送一个溜冰场上的姑娘回去——因此回不了

家，他真是个傻瓜。"

"如果他干出什么事来弄得我们丢人现眼，你说也是白说。"莫瑞尔太太说。

"哦，要是那样，我倒会更尊重他一些了。"保罗说。

"我对此很怀疑。"母亲冷冷地说。

他们继续吃着早餐。

"你很爱他吗？"保罗问母亲。

"你为什么问这个问题？"

"因为别人说女人往往喜欢最小的那个孩子。"

"别人也许是这样——可我不。不，他烦死我了。"

"你真的希望他很听话吗？"

"你倒希望他拿出点男人应有的派头。"

保罗态度生硬急躁，他也常常惹得母亲心烦。她看到那种阳光般的神色从他脸上隐去了，自然不喜欢他这样。

快要吃完早饭时，邮递员送来了一封来自德比郡的信，莫瑞尔太太眯着眼看着地址。

"给我，瞎子！"儿子叫道，从她手里夺走了信。

她吃了一惊，差一点扇了他一耳光。

"是你儿子，亚瑟的信。"他说。

"说些什么……！"莫瑞尔太太喊道。

"'我最亲爱的妈妈'"保罗念道，"'我不知道什么让我变得这么傻，我希望你来这儿，把我带回去。昨天，我没去上班，和杰克·克雷顿来到这里，应征入伍了。他说他已经厌透了工作，而我，你知道我是个傻瓜，我和他一起跑到这儿。'

"'现在，我已经领了军饷，但如果你来领我，或许他们会让我跟你一起回去。我真是个傻瓜，竟然做出这种事。我不想呆在军队里。亲爱的妈妈，我只会给你添麻烦，不过，如果你能带我出去，我保证今后要长个心眼，遇事多考虑考虑……'"

莫瑞尔太太一下子跌坐在摇椅里。

"哦，好吧，"她大声说，"让他尝尝滋味。"

"对，"保罗说："让他尝尝。"

屋里一片沉默。母亲坐在那里，两手交叉着搁在围裙上，板着脸想心事。

"我真受够了！"她突然说，"受够了！"

"嗯，"保罗说，眉头开始皱起来了。"听着，你用不着为这件事着急。"

"那么，我倒应该把这事当成一件大喜事？"她转向儿子，发火了。

"但你也用不着大惊小怪地把它当成不幸的事啊。"他反驳说。

"这个傻瓜！——这个小傻瓜！"她叫着。

"他穿上军服看上去可帅呢，"保罗故意招惹她说。

母亲对他大发雷霆。

"哦，帅！"她大嚷着，"我看不见得。"

"他应该被编入骑兵团，那他就可以快快活活地过一段，而且打扮帅极了。"

"帅——帅——帅得不得了——还不是一个普通兵！"

"哦，"保罗说："那我呢，不就是个普通小事员吗？"

"强多了，孩子。"母亲讥笑着大声说。

"什么？"

"不管怎么说，你是一个男子汉，不是一个穿红色军装的东西！"

"我可不在乎是不是穿红军装——或藏青色的那颜色也许更适合我——只要他们别过分使唤我就行了。"

不过母亲已经听不进他在说什么了。

"就在他现在干的这个工作有了点发展，或者可能会有发展的时候——这个讨人嫌——却毁了自己的一生。你想想看，干了这种事的人，他还会有什么好下场？"

"这样也许会把他逼成材。"保罗说：

"逼成材！——会把他骨头里原有的那几点油都逼出来。一个士兵！——一个普通士兵！——除了一个听号令行动的躯壳外，他什么也不是！这真是件好事！"

"我真不明白这为什么让你如此不高兴。"保罗说。

"噢，也许你不明白，但我明白。"说着，她又坐到椅子上，一手托着下巴，另一只手托着胳膊肘，满腹的怨气。

"那么你要去德比郡吗?"保罗问。

"要去。"

"那没用。"

"我想亲自去看看。"

"到底为什么你不让他待在那儿呢?这正是他需要的啊。"

"当然,"母亲大声说,"你倒挺明白他需要什么!"

她收拾好,赶乘最早的一班车去德比郡了。在那儿。她见到了儿子和军营负责人。然而,毫无用处。

晚上莫瑞尔吃饭时,她突然说:

"我今天去了德比郡一趟。"

矿工抬起眼睛,黑脸上只能看得见眼白。

"是吗,宝贝,你去那儿干吗?"

"为了那个亚瑟!"

"哦——这回又发生了什么事?"

"他刚入伍。"

莫瑞尔放下餐刀,仰靠在椅背上。

"不,"他说,"他决不会那么干的。"

"明天他就要去奥尔德肖村了。"

"啊!"莫瑞尔叫道:"真出乎意料,"他考虑了一会儿,说了声:"嗨!"又接着吃起饭来。突然,他的脸变得怒气冲冲,"我希望他永远别再进我的门。"他说。

"想得真美!"莫瑞尔太太叫道:"亏你能说出这样的话!"

"我就这么说,"莫瑞尔重复着:"只有傻瓜才去当兵呢。让他自己照顾自己吧,我不再为他操心了。"

"你要是为他操过心才怪呢。"她说:

那天晚上,莫瑞尔感到都不好意思去酒馆了。

"怎么,你去过了吗?"保罗回到家后问母亲。

"去过了。"

"可以让你见他吗？"

"可以。"

"他说了些什么？"

"我走的时候，他又哭又闹。"

"哼！"

"我也哭了，你用不着'哼'！"

莫瑞尔太太为儿子苦恼不堪，她知道他不会喜欢军队的。他确实不喜欢，纪律就叫他受不了。

"不过，那个医生，"她有点得意她对保罗说："他说他长得匀称极了——几乎挑不毛病。所有的测量都合格。你知道，他长得很漂亮。"

"他长得好看极了，但他却不像威廉那样会吸引女孩子，对不对？"

"是这样，因为他俩性格不一样。他很像他爸爸，不负责任。"

为了安慰母亲，保罗这一段时间不大去威利农场了。在城堡举行的秋季学生作品展览会上，有他的两幅作品，一幅是水彩风景画，另一幅是静物油画，这两幅画都得了一等奖。他兴奋极了。

一天傍晚，他回家后问："你知道我的画得了什么吗？妈妈？"她从他的眼睛里看出他很兴高采烈。她的脸也因此兴奋得通红。

"哦，我怎么会知道呢，孩子！"

"那张画着玻璃瓶子的得了一等奖……。"

"唔！"

"还有威利农场的那幅素描，也得了一等奖。"

"两个一等奖？"

"是的！"

"唔！"

虽然什么也没说，但脸上却像玫瑰花一样红光满面，喜气洋洋。

"很好，"他说，"是不是？"

"是的。"

"那为什么你不把我捧上天呢?"

她笑了起来。

"那我把你搜不到地上可就麻烦了。"她说。

不过,她还是满怀喜悦。威廉曾经把参加体育比赛的奖带给她,她一直保存着这些东西,还不能对他的死释然于怀。亚瑟很英俊——至少,外表不错——而且热情大方,将来也许会干出些名堂来。不过,保罗会出人头地,她对他最有信心,因为他还不知道自己的这种能力。他的潜力大着呢。生活对他来说充满了希望,他会看到自己称心如意的一天,她所有奋斗不是徒劳无益的。

展览会期间,莫瑞尔太太瞒着保罗到城堡去了好几次。她沿着那间长长的画廊漫步走着,欣赏其他展品。是的,这些作品都不错。但这里面没有一件作品让她称心如意。有些作品让她感到妒忌,那些画得太好了。她长久地盯着那些作品,极力想挑些毛病,突然间,她受到震动,心也狂跳起来。那儿就挂着保罗的画!她熟悉这幅画,就好像这幅画刻在她心上一样。

姓名——保罗·莫瑞尔——一等奖。

一生中,她曾在城堡画廊里看到过无数张画,现在这幅画当众挂在画廊墙上,这让她看来觉得奇怪。她四下望着,看是否有人注意她又站在这幅素描前了。

不过,她感到自己是个值得自豪的女人。当她回家经过斯宾尼公园时,碰到那些装扮入时的太太们,她心里这样想:"的确,你们看上去挺神气的——但我想你们的儿子不见得也在城堡得过两个一等奖。"

她就这么走着,简直是诺丁汉最骄傲的小妇人了。

保罗也觉得他为母亲争了一口气,尽管这微不足道。他所有的收获都是归功于她。

一天,正当他向城堡大门走去,碰上了米丽亚姆。星期天,他已经见过她,没想到又在城里碰上了。她正跟一个相当引人注目的女人一起走着,那女人一头金发,板着脸,一副目中无人的样子。奇怪的是,米丽亚姆低头弯腰,一副沉思状,走在这个肩膀很美的女人旁边。有些相形见绌。米丽亚姆审视着保罗,保罗盯着那个对他不理不睬的陌生女人。米丽亚姆看得出他的雄性气概又出现在他身上。

"嗨!"他说,"你没有告诉我会来城里啊!"

"是的。"米丽亚姆抱歉地回答,"我和爸爸一起坐车来的。"

他看看她的同伴。

"我跟你说起过道伍斯太太。"米丽亚姆声音沙哑地说,她有些紧张。"克莱拉,你认识保罗吗?"

"我记得以前见过他。"道伍斯太太跟他握了握手,冷淡地说。

她有一双目空一切的灰眼睛,雪白的皮肤,丰满的嘴巴,上唇微微翘起,不知道是表示瞧不起所有的男人呢,还是想要别人吻她。不过应该是前者,她的头朝后仰着,也许因为轻视男人的缘故而故意想避远一点吧。戴着一顶陈旧过时的海狸皮黑帽子。穿着一身似乎非常朴素的衣服。显然她很穷,而且没有什么审美观。米丽亚姆则一向看上去很美。

"你在哪儿见过我?"保罗问这个女人。

她看着他,仿佛不屑于回答,过了会才说:"和露伊·特拉弗斯一起走的时候。"

露伊是蜷线车间一个女工。

"哦,你认识她?"他问。

她没回答。保罗转过身来对着米丽亚姆。

"你要去哪儿?"他问。

"去城堡。"

"你准备乘哪趟火车去?"

"我和爸爸一起坐车回去,我希望你也能来,你什么时候下班?"

"你知道一直到晚上八点,真够烦!"

这两个女人转身走了。

保罗想起来克莱拉。道伍斯是雷渥斯太太的一个老朋友的女儿。米丽亚姆选她作伴是因为她曾在乔丹当过蜷线车间的头儿,也因为她丈夫巴克斯特·道伍斯是厂里的铁匠,专门为残破的器械打铁配件等。米丽亚姆觉得通过她,自己和乔丹厂就直接有了联系,可以更充分地了解保罗的情况了。不过,道伍斯太太和丈夫分居后,从事女权运动。她是个聪明人,这使保罗很感兴趣。

他知道迈克斯特·道伍斯这个人,但他不喜欢其人。这个铁匠大约三十一、二岁,

偶尔他也从保罗的角落走过——他是个高个子，身体结实，也很引人注目，长相颇英俊，他跟妻子有一个奇怪的相似点，皮肤都很白皙，稍稍有一点明净的金黄色。他的头发是柔和的棕色，胡子是金黄色；举止态度是同样的目中无人。不过两人也有不同的地方，他的眼睛是深褐色的。滴溜溜转个不停，一副放荡轻浮的样子。眼睛还稍微有些鼓起，眼皮向下耷拉着，一幅叫人讨厌的神情。他的嘴也很丰满，给人咄咄逼人的印象。准备把任何不满意他的人打倒在地——也许他倒是对自己很不满意。

从一见面开始，道伍斯就恨保罗。他发现小伙子用艺术家的那种深思熟虑的冷漠眼光直盯他的脸，对此他大发脾气。

"你在看什么？"他气势汹汹地冷笑着说。

保罗的眼光就移到别处了。但是这个铁匠常常站在柜台后面跟帕普沃斯先生说话。他满口脏话，令人厌恶，当他又发现小伙子是用审视的冷静眼光盯着他的脸时，他吃了一惊，好像被什么刺了一下。

"你在看什么呀，臭小子？"他大吼着说，

小伙子微微耸耸肩膀。

"为什么你……"道伍斯大叫起来。

"别管他，"帕普沃斯先生用含有暗示的语调仿佛在说："他只不过是这里不管事的小家伙，不能怪他。"

从那以后，每次这人来，保罗都用好奇而挑剔的眼光看着他。但不等碰上铁匠的眼光，他就赶紧把眼光移到别处，这让道伍斯怒火万丈。他们彼此怀恨在心。

克莱拉·道伍斯没有孩子。她离开丈夫后，这个家也崩溃了。她在娘家住着。道伍斯住在他姐姐家里，同住的还有他弟媳妇，保罗不知怎么了解到那个姑娘——露伊·特拉弗斯现在已成了道伍斯的情妇了。她是个漂亮而傲慢的轻佻女人，喜欢嘲弄保罗。然而，要是他在她回家时陪她走到车站，她却满心欢喜。

保罗又去看米丽亚姆，是在星期六的晚上。她在起居室里生了火，正等着他呢。除了她父母和小弟弟以外，其余的都出去了。因此，起居室里只有他俩。这间长形的房子低低的，很暖和。墙上挂着保罗的三幅素描。壁炉架上挂着他的相片，桌子上和那只茶梨木立式旧钢琴上放着几盆五颜六色的花卉。他坐在扶手椅上，她蹲在他脚边

的炉边地毯上。火光映着她漂亮、沉思的脸庞，她跪在那儿就像个信徒。

"你觉得道伍斯太太这人怎么样？"她平静地问道。

"她看上去不太亲切。"他回答。

"不是，你不觉得她是一个漂亮的女人吗？"她声音低沉地说。

"是的——从外表来看，但没有一点审美观。我喜欢某些方面。她这人很难相处吗？"

"我觉得不难，但我觉得她有些失意。"

"为什么而失意？"

"嗯——如果你跟这样一个男人过一辈子，你会怎么样？"

"她这么快就改变了主意，那么为什么要跟他结婚？"

"唉，她为什么要嫁给他？"米丽亚姆痛苦地重复着。

"我原来以为她够厉害了，可以配得上他。"他说。米丽亚姆低下了头。

"哦，"她有些挖苦她问，"你为什么会这么想？"

"看她的嘴——充满热情——还有那仰着脖子的样子……"他头向后仰着，模仿着克莱拉目空一切的样子。

米丽亚姆把头埋得更低了。

"是啊，"她说。

他心想着克莱拉的事，屋子里一片沉默。

"那么，你喜欢她的哪些方面？"她问。

"我不知道——她的皮肤和她的肌肉——还有她的——我也不知道——她身上不知哪儿有一股凶气。我是从一个艺术家的角度来欣赏她的，仅此而已。"

"哦，是这样。"

他不知道米丽亚姆为什么这么怪模怪样地蹲在那儿想心事，这让他十分反感。

"你并不是真的喜欢她，对吧？"他问姑娘。

她那双大大的黑眼睛迷惑不解地看着他。

"我喜欢她。"她说。

"你不喜欢——你不会喜欢——这不是真的。"

"那又怎么样？"她慢慢地问。

"哦，我不知道——也许你喜欢她，因为她对男人都怀恨在心。"

其实这倒很可能是他自己喜欢道伍斯太太的一个原因，不过他没想到这一点。他俩都默不作声。他习惯性地皱眉头，特别是当他和米丽亚姆在一起的时候。他很想把他皱起的眉头抹平，他的皱眉让她感到害怕，这看上去好像是保罗·莫瑞尔身上留下来的一个不属于她的男人的标志。

花盆里的叶丛中结着一些深红色的浆果。他伸手摘了一串果子。

"即便你把这些红浆果戴在头上，"他说，"为什么你依旧看上去像一个女巫或尼姑，而根本不像一个寻求快乐的人？"

她带着一丝毫不掩饰地痛苦笑了笑。

"我不知道。"她说。

他那双有力而温暖的手正激动地摆着那串浆果。

"你为什么不能放声笑？"他说，"你从来没有大笑过，你只是看见什么稀奇古怪的事才笑，而且，好像还笑得不够痛快淋漓。她好像在接受他的责备似的低着头。

"我希望你能对我尽情地笑笑，哪怕笑一分钟也好——只要笑一分钟。我觉得这样就会让什么东西得到解脱。"

"可是……"她抬起来看着他，眼睛里充满恐惧和挣扎的神情，"我是对你笑着啊——我是这样的啊！"

"从来没有，你的笑里总带着一种紧张不安的神情，你每次发笑时，我总是想哭，你的笑里像流露你内心的痛苦。哦，你让我的灵魂都皱起了眉头，冥思苦想。"

她绝望地轻轻地摇了摇头。

"我发誓我并不想那么笑。"她说。

"和你在一起，我总觉得自己有种罪孽感。"他大声说。

她仍然默默地思考着。"你为什么不能改变一下呢？"他看着她蹲在那里沉思和身影，他整个人好像被撕成了两半。

"难怪，现在是秋天，每个人都感觉像个游魂似的。"

又是一阵沉默。他们之间这种不正常的伤感气氛使他的灵魂都在战栗。他那双黑

眼睛多么美啊，看上去就像一口深井。

"你让我变得这么神圣！"他伤心地说，"可我不想变得如此神圣。"

她突然把手把从唇边拿开，用挑战的神情看着他。但从她那大大她黑眼睛里仍然可以看出那赤裸的灵魂，身上依然闪现着那种渴望的魅力。他早就该怀着超然纯洁的心情吻她，但他无法这样吻她——她似乎也不容他有别的念头，而她内心则渴求看他。

他短促地笑了一声。

"好了，"他说，"把法语书拿来，咱们学一点——学一点韦莱纳的作品吧。"

"好的"，她无可奈何地低低地应了一声，站起身来去拿书。

她那双发红而战战兢兢的手看上去可怜极了。他想疯狂地安慰她、吻她。然而他却不敢——也不能。仿佛什么东西在阻隔着他。他不应该吻她。他们就这么念书念到夜里十点，等他们进了厨房，保罗又神态自然轻松愉快地和米丽亚姆的父母在一起了，他的黑眼睛闪闪发光，给他增添了无穷的魅力。

他走进马厩，去推自行车时，发现前轮胎被刺破了。

"给我端碗水来，"他对她说。"我要回去晚了，会挨骂的。"

他点上防风灯，脱下风衣，把自行车翻了过来，匆匆地开始修补。米丽亚姆端来一碗水，挨着他站着，凝望着他。很喜欢看他的手干活时的样子。他消瘦但很有力，匆忙而从容不迫。他忙着干活，仿佛已经忘记了她的存在。她却一心一意地爱着他。她想用双手去抚摸他的身体。只要他没有渴求她的念头，她就总是想着拥抱他。

"好了！"他说着突然站起身来，"喂，你能干得比我更快一点吗？"

"不行。"她笑了。

他背对着她，挺直身体，她双手抚摸着他身体两侧，很快摸了一下。

"你真漂亮！"她说。

他笑了，有些厌恶的声音。可是，她的双手一抚摸，他浑身即刻热血沸腾起来。她似乎没有意识到他的这些感觉。她从来没有意识到他是个男人。仿佛他只是个无欲无情的实物。

他点上自行车灯，把车子在马厩的地板上墩了几下，试试轮胎是不是补好了。然后，扣上了外衣。

"好了！"他说。

她试了试车闸，她知道车闸已经坏了。

"你没有修修车闸吗？"她问。

"没有。"

"为什么不修一下呢？"

"后闸还可以用。"

"但这不安全。"

"我可以用脚尖来刹车。"

"我希望你修修。"她低声说。

"放心好了——明天来喝茶吧，和艾德加一起来。"

"我们？"

"对——大约四点钟，我来接你们。"

"太好了。"

她开心极了。他们穿过黑黑的院子，走到门口。回头望去，只见没挂窗帘的厨房窗户里，雷渥斯夫妇的头在暖融融的炉光里映了出来，看上去舒服温馨极了。前面那条两旁有松树掩隐的大路，伸向沉沉黑夜之中。

"明天见。"他说着跳上自行车。

"你可要小心点啊，好吗？"她恳求地说。

"好的。"

他的声音消失在黑暗之中。她站了一会儿，目送着他的车灯一路穿进黑暗中去，这才慢慢地走进门。猎户座群星在树林上空盘旋，它的犬星紧跟在后面闪着光，时隐时现。除了牛栏里牛的喘息声，四周一片黑暗，万籁俱寂。她虔诚地为他晚上的平安而祈祷。每次他离开她之后，她都忧心忡忡地躺着，不知道他是否平安到家了。

他骑着自行车顺着山坡冲了下来，道路泥泞，他只好听任车子往前冲。当车子冲上第二个陡坡时，他感到一阵轻松愉快。"加油！"他说，这可真够冒险的。因为山脚漆黑一片，弯弯曲曲，有些醉醺醺的司机昏昏沉沉地开着酒厂的货车。他的自行车好像都要把他弹下来似的。他喜欢这种感觉，玩命冒险是男人报复女人的一种方法。他

感到自己不被珍视，所以他要冒险毁了自己，让她也落个空。

他飞驰过湖边，湖面上的星星像蚱蜢似的蹦跳着在黑暗中闪着银光。爬过一段长长的上坡就到家了。

"瞧，妈妈，"他说着把带叶的浆果扔到了她面前的桌上。

"嗯！"她说着瞟了一眼浆果，就移开视线。她依旧像往常那样坐在那里看书。

"好看吗？"

"好看。"

他知道她对他有些不满，几分钟后他说："艾德加和米丽亚姆明天要来吃茶点。"

她没回答。

"你不介意吧？"

她仍然没有搭理。

"你介意吗？"他问。

"你知道我是不会介意的。"

"你不明白你为什么这样，我在他们家吃过好多次饭了。"

"是的。"

"那么你为什么不肯请他们吃茶点？"

"我不肯请谁吃茶点？"

"那你为什么这么反感呢？"

"噢，别说了！你已经请来吃茶点了，这就够了，她会来的。"

他对母亲非常生气，他知道她只是不喜欢米丽亚姆，他甩掉靴子上了床。

保罗第二天下午去接他的朋友。他很高兴看见他们到来。他们大约四点左右到了保罗家。星期天的下午到处都干干净净，一片宁静。莫瑞尔太太穿着一身黑衣，系一条黑围裙坐在那里。她起身迎客时，对艾德加倒还亲切，但对米丽亚姆却有些冷淡淡，态度勉强。然而，保罗却认为这姑娘穿棕色开司米外套格外漂亮。

他帮妈妈把茶点准备好。米丽亚姆本来很想帮忙，但她有些害怕。他对自己的家感到自豪。他的心里想，这个家有一种特色。虽然只有几把木制椅子，沙发也是旧的，可是炉边地毯和靠垫都非常舒适，墙上的画也相当雅致，很有品位。一切都显得简单

朴素，还有很多书。他从来没有为家感到羞愧过，米丽亚姆也没有。因为两个家都保持着自己的特色，而且都很温馨。保罗也为这桌茶点感到自豪，饮具十分精致，台布也非常漂亮，虽然汤匙不是银的，餐刀也没有象牙柄。但那也无伤大雅。每样东西看起来都很惬意。莫瑞尔太太在等待孩子们长大的这漫长的岁月里，把家操持得井井有条，一丝不苟。

米丽亚姆谈论了一会书籍。这是她百谈不厌的话题。但莫瑞尔太太没有多大的热情，很快她就转向艾德加了。

起初，艾德加和米丽亚姆到教堂时，常坐在莫瑞尔太太的那排长凳上。莫瑞尔从来不去做礼拜，他宁愿去酒店。莫瑞尔太太，看起来像个凯旋而归的首领，端坐在长凳的首座。保罗坐在另一头。刚开始，米丽亚姆总是挨着保罗坐。那时，礼拜堂就像家一样，是个可爱的地方，有黑色的长凳，细长雅致的柱子，还有鲜花。在保罗还小的时候，这些人就坐在自己的老位置上。对他来说，坐在米丽亚姆身边，靠近母亲，这样坐上一个半小时，在教堂的魔力感召下把两人的爱联在一起，那真是非常甜美舒畅的享受。他因此觉得温暖、幸福和虔诚。礼拜结束后，他陪米丽亚姆走回家去，莫瑞尔太太跟老朋友伯累斯太太一起度过傍晚的时光。星期天晚上，他跟艾德和米丽亚姆一起散步的时候，总是非常活跃。每当晚上，他路过矿井，路过亮着灯的矿井室，看见又黑又高的吊车和一排排卡车驶去，经过像黑影一般慢慢转的风扇时，感觉到米丽亚姆会返回来找他。他想得几乎无法忍受。

米丽亚姆和莫瑞尔家人坐同一长凳的时间并不长，因为父亲又重新为他们自己占了专座。就在小长廊下面，和莫瑞尔家的座位正好相对。保罗和母亲来到教堂时，雷渥斯家的座位总是空着。他内心焦急，生怕她不来：路途太远，星期天又常常下雨，她的确经常来得很晚，她低着头大步走进来，深绿色的丝绒帽遮住脸。她坐在对面，那张脸恰好被阴影遮住。不过这倒给他一种非常深的印象，仿佛看到她在那儿，他的整个灵魂都会激动起来。这与母亲呵护他的那种幸福、喜悦和自豪是不一样的。这是一种更奇妙的心境，不同寻常，像剧痛的感觉，仿佛这之间有什么他无法得到的东西。

就在这个时候，他开始探索正统的教义。他二十一岁，她二十岁。她开始害怕春天到来，他那么疯狂，深深地伤了她的感情。他的所作所为都残忍地粉碎了她的信念。

艾德加对此十分赞赏。他天生挑剔而冷静。但是米丽亚姆感到非常痛苦，因为她所爱的人正在用尖刀一样锋利的智慧审视着她所信仰的宗教，而且这信仰是她生活、行动以至生命的信托。但他不放过她，他真狠心。他们两人单独在一起时，他甚至更加凶狠，仿佛他要杀了她的灵魂。他鞭笞着她的信仰，以至她几乎都失去清醒的意识。

"她多高兴啊——她从我身边把他夺去了。"保罗走后莫瑞尔太太心里大喊着，"她不像一个普通女人，不会让我在他心中保留一席之地。她要独自占有他。她要完全占有他，一点不剩，甚至给他自己也不留下一点空间。他永远也成不了一个独立的男子汉——她会把他吸干的。"母亲就这么坐着，内心苦苦地挣扎着，沉思着。

而他，送米丽亚姆回来后，苦恼不堪。他咬着嘴唇，捏着拳头，快步走来。他站在台阶前，一动不动地站了好几分钟。他面对着黑暗巨大的山谷。黑沉沉的山坡上闪烁着几盏灯火，谷底是矿井的灯光。这一切显得古怪，阴森可怕。为什么他如此烦恼，几乎疯狂，连动也不想动一下。为什么母亲坐在家里倍受痛苦煎熬？他知道母亲痛苦不堪。但她为什么这样？他为什么一想到母亲，就厌恶米丽亚姆，这么狠心地对待她呢？如果米丽亚姆让母亲这么痛苦，他恨她——而且会毫不犹豫地恨她。为什么让他六神无主、毫无保障、失魂落魄，仿佛他没有坚强盔甲可以抵挡黑夜和空间的侵袭？他是多么恨她啊！然而，他却对她有着满腔的柔情和谦卑！

突然，他跳起来，跑回家。母亲看到他满脸苦恼的神色，没说话。但他却非要她跟他说话，这又引起她生气责怪他不应该和米丽亚姆走那么远。

他绝望地大声喊："你为什么不喜欢她，妈妈？"

"我不知道，孩子，"她可怜兮兮地说，"我确实努力去喜欢她，我努力了又努力，但我做不到——我做不到！"

他觉得和母亲之间的沉闷和无望。

春天变成了难忍受的时日，他性情多变，变得紧张、残忍。于是，他决定疏远米丽亚姆，可没多久，他就知道米丽亚姆正翘首等他。母亲见他烦躁不安，工作也无法进行，什么事都干不成。仿佛有什么东西把他的魂儿扯向威利农场。于是，他戴上帽子走了，一声没吭。母亲也知道他走了。一上了路，他就轻松地透了一口气。但当他和米丽亚姆在一起时，他又变得残忍起来。

三月的一天，他躺在尼瑟米尔河堤；米丽亚姆坐在他身边。那天风和日丽、晴空万里，大朵大朵绚丽的云彩从他们头上飘过，云彩投在水面上。天空一片湛蓝，清澈明净。保罗躺在草地上望着天。他忍不住要望着米丽亚姆。她似乎也渴求他，而他却抑制着，一直抑制着。他此刻想把满腔的热爱和柔情献给她，可他不能。他感到她要的是他躯壳里的灵魂，而不是他。她通过某种把他俩连在一起的途径，把他的力量和精力吸到她自己的身体里。好不想让他们俩作为男人女人而彻底融合。她要把他整个吸到她身体里。这使他失魂落魄，就像吃了迷魂药一般。

他谈论着米开朗琪罗，听着他的谈论，她觉得自己仿佛真的触摸到那颤动的肌体组织，那生命的原生质。这给了她最深层的满足。但谈到后来，她却有些恐惧。他躺在那儿。狂热地探索着，他的声音渐渐让她害怕。他的声音那么平板，几乎不像常人的声音，倒像梦中的呓语。

"别再说了。"她温柔地恳求着，一只手抚摸着他的前额。

他静静地躺着，一动不动。他的躯体好像被他抛到何处了。

"为什么不说了？你累了？"

"是的，这也让你累啊。"

他笑了笑，清醒了一些。

"可你总让我这样。"他说。

"我不希望这样。"她低声说。

"那只是你意识到过分，自己也感到受不了的时候。可那个连你自己也意识不到的自我，却老叫我讲，我觉得我也愿意讲。"

他继续说着，依然是那副呆板的表情。

"要是你能要我这个人，而不是要我没完没了给你讲话就好了。"

"我！"她痛楚地喊道："我！你什么时候才能让我理解你？"

"这就是我的错了，"他说道，打起精神，站起身来开始谈一些琐碎的事，他觉得十分迷茫空虚，为此他隐隐约约地觉得恨她。他知道他自己也同样负责。但不管怎么说，这防止不了他恨她。

就在这段时期的一天傍晚，保罗陪着米丽亚姆沿路回家。他们站在通向树林的牧

场边，恋恋不舍。群星闪现，云雾掩隐。他们看了一眼西天他们自己的照命星宿猎户座。它珠光宝气闪闪发亮，它的猎狗在地平线上奔跑，竭力想从泡沫状的云层里挣扎出来。

猎户座对他们来说是星宿当中最有意义的了。每当他们感慨万千而又忧虑重重的时候，他们总是久久地凝视着猎户座，仿佛他们自己也是生活在猎户座的某一颗星星了。那天晚上，保罗心情烦躁不安，猎户座在他看来也只不过是一个普通星座，他努力地抗拒着这个星座的魅力。米丽亚姆细心地试探着情人的心情。不过，他一点没有流露自己的心曲，直到分手的时候，他还站在那儿，阴着脸，皱着眉，望着密集的云层，云层后面的那座大星宿一定在跨步飞奔吧。

第二天他家里要举行一个小小的晚会，米丽亚姆也来参加。

"我不能来接你。"他说。

"哦，好吧，你真不够意思。"她慢慢地回答。

"不是这样——只是他们不让我来。他们说我对你比对他们还关心。你能理解，对不对？你知道我们之间只是友谊。"

米丽亚姆吃惊极了，也被他深深地伤了感情。他是做出很大努力才说出这番话的。她离开他，省得让他更加不安。她沿着小路走着，一阵细雨扑面而来。她被伤得很深，她看不起他轻易地被舆论的风刮倒了。在她的心灵深处，已不知不觉地感到他在努力摆脱她，他永远也不会承认这是真的，她可怜他。

这时，保罗已成为乔丹货栈的重要人员，帕普沃斯先生已经离开，去做自己的买卖。保罗就接替乔丹先生的工作，当上蜷线车间的工头。如果一切顺利，到年底他的薪水就会增加到三十先令了。

每周星期五的晚上，米丽亚姆还是常来保罗家学法语，保罗不常去威利农场了。每当她想到学习即将结束就愁眉不展。再说，虽然有些不和，他俩毕竟喜欢呆在一起。他们一起读巴尔扎克的作品、写文章，她深觉自己的修养提高了不少。

星期五晚上也是矿工们结账的时候。结账，就是把矿井里挣的钱分一下，不是在布雷提的新酒店，就是在自己家里，随承包伙伴的意见。巴克戒酒了，所以这些人有时就到莫瑞尔家来结账。

后来出去教书的安妮，现在又回到家里。虽然他已经订婚了，但仍旧是个像男孩一样顽皮的姑娘。保罗在学习设计。

莫瑞尔在星期五晚上总是心情很好，除非这星期挣得太少。晚饭后，他立刻忙碌起来，准备洗个澡。出于礼貌，男人们在结账时，女人们不能在场，女人也不应该探听承包采煤工结账这类男人的私事，也不应该知道这个星期挣钱的确切数目。因此，当父亲在洗碗间里水花四溅时，安妮就在邻居家呆上一小时，莫瑞尔太太则烤着面包。

"关上门！"莫瑞尔生气地吼着。

安妮砰的一声在身后带上门，走了。

"下次我洗澡时，你再敢开门，我就把你打成肉酱。"他满身肥皂泡，威胁她说。保罗和母亲听了，不禁皱起了眉。

没多久，他从洗碗间跑了出来，身上的肥水嘀嗒着，冷得直哆嗦。

"哦，天哪，"他说。"我的毛巾在哪儿？"

毛巾正在挂在火炉前一张椅子上烘着，否则他就会高声大骂。他蹲在烘面包的火前，把身子擦干。

"唔—唔—唔！"他装着冷得发抖的样子。

"天哪，你呀，别像个孩子样！"莫瑞尔太太说："并不冷。"

"你倒脱了衣服到洗碗间去洗洗看，"莫瑞尔说着捋了捋头发，"真像个冰窖！"

"我不会那么大惊小怪的。"妻子回答。

"不，你会全身冻僵像个门把似的。直挺挺地摔在那里。"

"为什么说冻得像个门把，而不是别的什么？"保罗好奇地问。

"呃，我不知道，别人都这么说，"父亲回答，"不过洗碗间的穿堂风可真厉害，它会吹透你的肋骨，就像吹过铁栅栏大门似的。"

"要吹透你的肋骨可得费一番功夫。"莫瑞尔太太说。

莫瑞尔伤心地看着自己身体和两侧。

"我！"他惊叫道："我现在像个皮包骨头的兔子，我的骨头都戳出来了。"

"我看看在哪儿。"妻子回答。

"到处都是，我现在只剩一把骨头了。"

莫瑞尔太太笑了起来，他仍然有一个富有活力的身材，结实、肌肉发达、没有一点脂肪、皮肤光滑干净，看起就像一个二十八岁男人的身体。只是皮肤上有许多煤灰浸渍成的青紫色的疤痕，像刺上花一般，而且，胸脯上黄毛浓密。他伤心地把手贴在两肋上，他一直认为自己就像一只饿坏了的老鼠，因为他没有发胖。

保罗看着父亲那粗壮黑红的手伤痕累累，指甲都断裂，正抚摸他那光滑的两肋。有种不和谐的感觉，让保罗吃惊。真奇怪，这竟然是同一躯肉体。

"我想，"保罗对父亲说，"你以前身材一定很健美。"

"呃！"父亲惊叫了一声，四下望了望，像个孩子似的有些不好意思。

"以前是不错，"莫瑞尔太太说，"如果他不是东磕西碰，天天往坑道里钻，他还会更好看些。"

"哦！"莫瑞尔惊叫道，"我有副好身材！我从来就是只有一副骨头。"

"当家的！"他妻子嚷道："别这么哭丧着脸！"

"说真的！"他说，"你根本不知道我的身子看起来真像是在飞快地垮下去。"

她坐在那里大笑起来。

"你有一副铁板一样的身材，"她说，"如果光看身体的话，没有人能比得上你。你应该看看他年轻时的样子，"她突然对保罗大声嚷嚷着，还挺直身子学丈夫以前英俊的体态。

莫瑞尔有些不好意思地看着她。她又一次体会到往日的温情。这种热情顷刻间涌向她内心。他却忸怩难堪，受宠若惊，一副谦恭的样子。不过，他再次回忆起过去的美好时光，但立即意识到这些年来自己的所作所为，他想赶紧干点儿什么，以躲开这种尴尬气氛。

"给我擦擦背吧，"他求她。

妻子拿起一片打肥皂绒布，搭在他的肩膀上，他跳了起来。

"嗳，你这小贱人，"他叫道，"冷得要死！"

"你应该是条火龙，"她笑着给他擦起背来。她很少为他做这样的事，都是孩子们做这些事的。

"下辈子你连这点儿都享受不到呢。"她加了一句。

"哦，"他说，"你知道这儿穿堂风不停地吹着我。"

她也已经梳洗完了。她随便给他擦了几下就上楼去。不一会，就拿着他的替换裤子下来，他擦干身子套上了衬衫。他红光满面，精神焕发，头发竖着，绒布衬衫扔在下井穿的裤子上。他站着准备把这套衣服烤一下。把衣服翻了过来烤着，给烤焦了。

"天哪！当家的，"莫瑞尔太太喊道，"穿上衣服。"

"你难道喜欢像掉到冷水桶里一样，穿上一条冰冷的裤子吗？"

他脱下下井穿的裤子，穿上讲究的黑衣服。他常在炉边地毯上换衣服。要是安妮和她要好的朋友在场，他还会这么做的。

莫瑞尔太太翻着烤炉里的面包，然后又从屋角的红色陶器和面钵里拿起一块面，揉搓成面包装，放进了铁烤箱里。她正烤着面包，巴克敲门进来了。他是个沉默寡言的人，个子矮小，身材结实，看上去仿佛能穿过一堵石墙。尖瘦的脑袋上，一头黑发剪得很短，像大多数矿工一样，他脸色苍白。不过身体健康，衣着也很整洁。

"晚上好，太太。"他冲着莫瑞尔太太点了点头，就叹了口气坐下来。

"晚上好！"她亲切地说。

"你的鞋后跟裂开了。"莫瑞尔说。

"我都不知道。"

他坐在那里，如同别人坐在莫瑞尔太太的厨房一样拘束。

"你太太怎么样？"莫瑞尔太太问。

以前他曾告诉她。

"你知道吗，我家那位正怀着第三胎呢。"

"哦，"他摸着回答，"我觉得还算不错。"

"我想想——什么时候生啊？"莫瑞尔太太问。

"哦，我估计现在随时都会生的。"

"噢，她确实不错吗？"

"是的，一切正常。"

"上帝保佑，她一向不太结实。"

"是的，可我又干了件蠢事。"

"什么事？"

莫瑞尔太太知道巴克会干出太蠢的事来。

"我出来时没带市场买东西的包。"

"你可以用我的。"

"不，你自己也要用的。"

"我不用，我总是用网兜。"

她见过个办事果断小个子矿工在星期五晚上为家里采购杂货和肉类，对此她不禁心生敬意。她对丈夫说："巴克虽然矮小，他比你有十倍的男子汉气概。"

就在这时，威森进来了，他非常疲倦，看上去有些虚弱。尽管他已经有了七个孩子，但他还是一幅男孩似的天真相，还是一个脸傻呵呵地笑，不过他的妻子倒是一个性子泼辣的女人。

"我看你们已经扔开我了吧。"他不痛快地笑着说。

"是的。"巴克回答。

刚进来的人取下了帽子和羊毛围巾，他的鼻子又尖又红。

"恐怕你冷了吧，威森先生？"莫瑞尔太太说。

"确实冷得刺骨。"他回答说。

"那就坐在火跟前吧。"

"不了，我就在这儿好了。"

两个矿工都在后面坐着，没人能劝他们坐在炉边那儿去，炉边是家中神圣的地方。

"请坐到扶手椅上吧。"莫瑞尔兴冲冲地说。

"不了，谢谢你，这儿很好。"

"来吧，来，当然坐这儿。"莫瑞尔太太坚持着。

他站起身笨拙地走了过去。又笨拙地坐进了莫瑞尔的扶手椅。这有点熟不拘礼。不过炉火使他感到温暖而舒适。

"你近来胸部怎么样了？"莫瑞尔太太问道。

他又微笑了，那双蓝眼睛熠熠闪光。

"哦，不错。"他回答。

"有点像开水壶里的水咕噜。"巴克不客气地说。

"啧—啧—啧！"莫瑞尔太太啧啧连声，"你那件绒巾衬衫做好了吗？"

"还没有。"他微笑着说。

她大声说："为什么还不做好？"

"快了。"他笑道。

"啊，等着去吧！"巴克叫道。

巴克和莫瑞尔两人对威森都有些不耐烦。不过，他们俩的身子还结实着呢，至少体力上是这样。

莫瑞尔一切准备就绪，他把钱包推给保罗。

"数一下，孩子。"他谦恭地说。

保罗不耐烦地放下书和笔，把钱包底朝天倒在桌上。里面有一袋银币，共计五英镑，还有金镑和一些零钱。他很快地数着，参照着账单——账单上写的是出煤量——把钱按顺序放好。随后巴克又看了一遍清单。

莫瑞尔太太上了楼。三个男人走到了桌边，莫瑞尔，作为主人坐在了扶手椅上，背对着暖暖的炉火。两个包工伙伴就坐在比较冷一些的位子上。他们谁也不数钱。

"辛普生该得多少？"莫瑞尔问道。伙伴们把那个上日班工的人该得的工钱认真盘算了一遍，然后把钱放到了一边。

"还有比尔·内勒那份呢？"

这笔钱也从这一堆里扣出了。

接着，因为威森住在公司的房子里，他的房租已经在总账中扣除了，莫瑞尔和巴克就各自拿了4先令6便士，还因为总账中扣除了莫瑞尔家用煤的钱，巴克和威森各拿了4先令。算清这些之后事情就容易了。莫瑞尔一人一个金镑的分着，直到把金镑分完。然后又如数平分了五克朗一先令。要是最后还剩一点钱无法分，就由莫瑞尔拿着供大家喝酒用。

之后，三个男人站起身来走了。莫瑞尔趁他妻子还没有下来，溜了出去。她听见了关门声，就下楼了。他匆匆地看了一眼烤炉里的面包，又扫了眼桌子。她看到给她的钱放在那儿。保罗一直在忙自己的事，但现在他注意到母亲在数这星期的钱，而且越数越生气。

"啧啧啧!"她啧啧连声。

他皱起了眉。当她发火时,他就无法工作了。她又数了一遍。

"只有 25 先令!"她叫道,"账单上写的是多少?"

"十镑十一先令。"保罗烦躁地说。他担心要发生什么事。

"他就给我这么二十五先令!还有他这星期的俱乐部总会费!不过我清楚他,他认为你在挣钱,因此他就不用管家了。不行,他挣的钱全用来大吃大喝了,我要给他点儿厉害!"

"噢,妈妈,别!"保罗喊道。

"别什么,我想知道!"她叫嚷着。

"别吵了,我都无法工作了。"

她安静了下来。

"是的,这很好,"她说"但是你想没想过我怎么过日子呢?"

"可是,你吵吵嚷嚷的,又有什么好处呢?"

"我倒想知道如果你拿着这笔钱凑合过日子,你该怎么办?"

"没几天你就可以拿上我的钱了,让他见鬼去吧。"

他又开始工作,而她则冷冷地系上帽带。他很难忍受她发脾气的时候。但现在他开始坚持要让她认识到他的存在和作用。

"看好那两个面包,"说,"二十分钟后就好了,别忘了取出来。"

"好的,"他回答。她去市场了。

他独自一个留在家里工作着。可是他平常思想高度集中,现在却游移不定。他听着院子木门的动静。七点一刻时传来一声轻微的敲门声,米丽亚姆进来了。

"就你一个人?"她问。

"还是设计,装饰布和刺绣的设计。"

她像个近视眼一样弯着腰观看这些画稿。

她就这么查看着他的各样东西,追问不休,这不由的让他感到烦躁。他走进起居室,拿了一捆棕色的亚麻布回来,仔细地把布展开,铺在地板上。这看上去像一个窗

帘，或是门帘，上面用雕版印出一组美丽的玫瑰花图案。

"啊，真美啊！"她叫道。

这块在她脚下展开的布上，有奇妙的红玫瑰和墨绿的花茎子，图案非常简洁，可不知为什么又有一些妖艳。她跪在面前，黑黑的卷发披散了下来。他看她妖媚地蹲在他的作品前，不由地心跳加快。突然，她抬起头来。

"为什么这幅画上有一种无情的感觉？"她问。

"什么？"

"这幅画好像有一种无情的感觉。"

"不管怎么说，这是一幅很不错的画。"他回答着，小心地把画折好。

她慢慢地站起身来，在沉思着什么。

"你准备拿它做什么？"她问。

"送到自由商行去。我是为妈妈画的这幅画，不过我想宁愿要钱。"

"是啊。"米丽亚姆说。他刚才的话有一点儿苦涩的意味。米丽亚姆对此很表同情。对她来说钱可不算什么。

他把那块布又拿回了起居室，回来时扔给米丽亚姆一小块布。这是个设计图案完全相同的靠垫套子。

"这是我为你做的。"他说。

她双手颤抖着抚摸着这件作品，一句话也没说，他有些尴尬。

"天哪！面包！"他叫道。

他把顶层的两个面包拿了出来，轻快地拍了几下，面包已经烤热了。他把面包放在炉边冷却着。然后走到洗碗间，蘸湿了手，从面盆里拿出最后一团面，放进了烤盘。米丽亚姆还在那儿弯着腰看她的那块画布。他站在那儿搓掉了手上的面屑。

"你真的喜欢它吗？"他问。

她抬头看着他，黑色的眼睛里闪烁着爱的火花。他不太自然地笑了笑。接着又谈起了这件设计。对他来说，和米丽亚姆谈谈自己的作品是最高兴不过的事了。每当他谈到自己的作品，他和她的思想交流中就寄托了他的全部激情和狂热。是她让他产生了想象力。虽然她就像一个女人不了解她子宫里的胎儿一样，不了解他的作品。不过，

这就是和他的生活。

他们正说着，一个大约 22 岁左右的年轻女人走了进来。她身材矮小，面色苍白，双眼凹陷，神色冷酷。她是莫瑞尔家的一个朋友。

"把大衣脱了吧。"保罗说。

"不用了，我马上就走。"

她坐在对面的扶手椅子上，面对坐在沙发上的保罗和米丽亚姆。米丽亚姆移动了一下，稍微离保罗远了一点。房间里充满了新鲜的烤面包味，暖烘烘的。炉边放着几块焦黄的新鲜面包。

"我没想到今晚会在这里碰到你，米里亚姆·雷渥斯。"比特丽斯不怀好意地说。

"为什么没想到？"米丽亚姆沙哑着嗓子低声说。

"咦，让我看看你的鞋。"

米丽亚姆不自在地一动不动。

"你不愿意就算了。"比特丽斯笑着说。

米丽亚姆从裙子下伸出脚来。她的靴子看上去奇形怪状，有一种可怜兮兮的味道。这使她显得异常敏感和缺乏自信，而且靴子上沾满了泥浆。

"天哪！你这个邋遢鬼！"比特丽斯惊叫了。"谁给你擦靴子？"

"我自己擦。"

"那是你没事找事。"比特丽斯说："今晚这种天气除非有人来抬我，否则，我才不来这儿哪，不过，爱情可不怕泥泞，对吗，圣徒，我的宝贝？"

"Inter alia。"他说。

"噢，天哪！你竟装腔作势说起外国话来了？这是什么意思，米丽亚姆？"

后面这句问话中有一种显然讽刺的意味，可是米丽亚姆没有听出来。

"我想是'除了别的以外'的意思吧。"她谦恭地说。

比特丽斯不怀好意地咬着舌头笑了起来。

"'除了别的以外'吗，圣徒？"她重复了一遍。"你的意思是爱情对什么都付诸一笑，它不在乎父母、兄妹，也不在乎男女朋友，甚至不在乎可爱的自身。"

她装出一副天真的样子。

"的确，它可算是开怀大笑吧。"他答道。

"还不如说心里窃笑吧，圣徒莫瑞尔——请相信我，这话没错。"她说着又不怀好意地暗示不止。

米丽亚姆一声不响地坐，蜷缩在那里，保罗的每个朋友都和她作对，而他却在这危难时刻不管不顾——看起来就好像他在此时对她进行报复。

"你还在学校里吗？"米丽亚姆问比特丽斯，

"是的。"

"那么说你还没有接到你的通知？"

"我想复活节左右就会接到的。"

"这太过分了，仅仅因为你没有通过考试就把你解雇了。"

"我也不知道。"比特丽斯冷淡地说。

"阿加莎说你和其他教师一样好，这太荒唐了，我很奇怪你怎么会没通过考试？"

"脑子不够用，对吗，圣徒？"比特丽斯简单地说。

"真是猪脑子。"保罗大笑着回答。

"胡说！"她叫着，跳起来。她冲上前扇他耳光，她有一双美丽的小手，扭打之中，他抓住了她的手腕，她好不容易挣脱了出来，伸手抓住了他那浓密的深褐色头发直摇。

"比特！"他伸手理了理头发，喊道："我恨你。"

她哈哈大笑起来。

"听着！"她说："我想挨着你坐。"

"我宁愿跟一只母老虎坐在一起。"他虽然这么说，但还是在他和米丽亚姆之间给她让了个位置。

"哟，把他的漂亮头发给弄乱了！"她叫着，拿出自己的梳子给他梳好了头发，"还有他漂亮的小胡子！"她惊叫着，把她的脑袋朝后仰着，给他梳了梳小胡子。"这是邪恶的胡子，圣徒，"她说："这是危险的红色信号。你还有那种烟吗？"

他从口袋里掏出烟盒，比特丽斯往烟盒里看了一眼。

"想不到我还能抽到康妮最后的一支烟。"比特丽斯说着，把烟叼在嘴上。他给她点了火。她优雅地吐开了烟圈。

"多谢了，亲爱的。"她嘲弄地说。

这给她一种邪恶的愉快。

"你干得漂亮吗？米丽亚姆？"她问。

"哦，非常漂亮！"米丽亚姆说。

他自己抽出了一支烟。

"火，宝贝？"比特丽斯说着，冲他翘起了烟卷。

他向前弯腰去在她的烟卷上点了火。他冲她眨了眨眼，她也像他那样冲他眨眼。米丽亚姆看见他的眼睛调皮地眨着，丰满的带有肉欲的嘴唇在颤抖着。他已不再是他自己了。这让她有些受不了。像他现在这副样子，想跟他没有任何什么关系，她还不如不在好呢。她看见那支烟在她丰满的红唇之间跳动着。她讨厌他那浓密的头发被弄得乱蓬蓬地披散在前额上。

"乖孩子！"比特丽斯说着，轻轻拍了拍他的下巴，在他脸颊上轻轻吻了一下。

"我也要吻吻你，比特。"他说。

"不行！"她咯咯笑着，跳起来躲开了。"他是不是很无耻，米丽亚姆？"

"的确。"米丽亚姆说，"噢，顺便问一下，你没忘记面包吧？"

"天哪！"他叫了一声，飞奔过去打开了烤炉门，只见一股青烟扑面而来，还有一股面包烤焦的味儿。

"哦，天哪！"比特丽斯叫着，走到他身边。他蹲在烤炉前，她从他肩膀上望过去，"这就是爱情使你忘却一切的结果，宝贝。"

保罗沮丧地把这几块面包拿出来，一个面包向火的一面被烤得乌黑，另一只硬得像块砖头。

"糟透了！"保罗说。

"你应该把面包刮一下。"比特丽斯说，"给我把刮刀拿来。"

他把炉子里面的面包整理了一下。保罗拿来了一把刮刀，她把面包焦屑刮在桌子上的一块报纸上。他打开房门，让面包的焦味散发出去。比特丽斯一边抽着烟，一边刮着面包上的焦屑。

"哎呀，米丽亚姆，这次你可得挨骂了。"比特丽斯说。

"我?"米丽亚姆惊讶地叫起来。

"我现在才明白为什么阿尔弗雷德会把糕饼烤焦了，你最好在他妈妈回来之前走掉。圣徒可以编一个谎话，就说他忙着工作忘了面包。只要他觉得这谎话还行得通就行了。要是那位老太太回来稍早一会儿，她就会打这个忘乎所以的厚脸皮东西的耳光，而不是打那个可怜的阿尔弗雷德了。"

她格格地笑着刮着面包。连米丽亚姆也忍不住笑了起来。保罗却沮丧地给炉子加着煤。

忽然听到院子大门砰地响了一声。

"快!"比特丽斯叫道，把刮好的面包递给了保罗。"把它包在湿毛巾里。"

保罗飞跑进了洗碗间，比特丽斯急忙把她刮下来的面包焦屑扔到火里，然后若无其事地坐在那里。安妮冲进来。她是个莽撞的姑娘，长得很漂亮。在强烈的灯光下她直眨巴眼睛。

"一股焦味?"她叫道。

"是烟卷的味儿。"比特丽斯一本正经地回答。

"保罗在哪儿?"

伦纳德跟着安妮进来。他长着一张长长的脸，带有滑稽的表情，一双蓝蓝的眼睛，流露出忧郁的神色。

"我想他离开你们，是为了平息你们之间的不和吧。"他说。他对米丽亚姆同情地点了点头，又朝比特丽斯露出一些嘲讽的表情。

"没有。"比特丽斯说："他吃了迷魂药睡觉了。"

"我刚碰见梦神在打听他呢。"伦纳德说。

"是啊——我们打算像所罗门判孩子那样，把他瓜分掉。"比特丽斯说。

安妮大笑起来。

"哦，嗳，"伦纳德说："那你要哪一块呢?"

"我不知道。"比特丽斯说，"我会让别人先选。"

"你等着要剩下的对吧?"伦纳德说着做了个鬼脸。

安妮看着烤炉里面，米丽亚姆被冷落地自个坐在那儿，这时保罗走了进来。

"保罗啊，这面包真好看。"安妮说。

"你应该停下你的活儿呆在家里烤面包。"保罗说。

"你的意思是你应该干你认为值得干的事吗？"安妮回答。

"他当然应该忙自己的事，这难道不对吗？"比特丽斯嚷道。

"我想他手头一定有不少活得干。"伦纳德说。

"你来的时候路很难走，是吧？米丽亚姆？"安妮说。

"是的——不过我整个星期都呆在家里。"

"你自然想换换空气了。"伦纳德善意地暗示说。

"是啊，你不能老闷在家里。"安妮赞同地说。这次她很友善。比特丽斯穿上外套和伦纳德、安妮一起出去了。她要见自己的男朋友。

"别忘了面包，保罗。"安妮喊道："晚安，米丽亚姆。我想不可能不会下雨吧。"

他们都走了。保罗拿出那个包起来的面包，打开却沮丧地看着。

"糟透了！"他说。

"不过，"米丽亚姆不耐烦地回答道："这又有什么呢，最多不过值两个半便士罢了。"

"是这样。但是——妈妈最重视烤面包了，准会计较的。不过现在着急也没有用。"

他把面包又拿回了洗碗间。他和米丽亚姆之间仿佛有些隔膜。他直挺挺地站在对面，思索了一阵子，想起刚才他和比特丽斯的行为，尽管他感到有些内疚，但还是很开心，由于某种不可确知的理由，他认为米丽亚姆活该受到这样的对待，因而他不打算表示后悔。她想知道他站在那里神情恍惚地想着什么。他那浓密的头发散在前额上，为什么不能上前把头发给他理平整。抹去比特丽斯的梳子留下的痕迹？为什么她不能双手紧紧地拥抱他的身体呢？他的身体看上去那么结实，到处都充满活力。而且他能让别的姑娘跟她亲热，为什么就不能让她拥抱呢？

突然，他从沉思中醒了过来，当他匆匆把头发从前额上捋开，向她走来时，她害怕得发抖了。

"八点半了！"他说，"我们得抓紧时间，你的法语作业在哪儿？"

米丽亚姆不好意思地，但又有点难过地拿出了她的练习本。她每星期用法语写一

篇关于自己内心生活的类似日记的作业交给他。保罗发现这是让她写作文的唯一方法。她的日记多半像情书。他现在就要念了。她觉得，让他用这种心情来念作文，她的心灵变化过程似乎真要被他亵渎了。他就坐在她身边。她看到他那温暖有力的手正严格地批改着她的作业，他念的只是法文，而忽视了日记里她的灵魂。他的手慢慢停了下来，静静默念着，米丽亚姆一阵颤抖。

"今天早晨小鸟儿把我唤醒，"他念道，"天刚蒙蒙亮，我卧室的小窗户已经泛出白色，接着又呈现出一片金黄色。树林中鸟儿在欢唱着。歌声不绝。整个黎明似乎都在颤抖，我梦见了您，莫非您也看到了黎明？每天清晨几乎都是小鸟把我唤醒，鸫鸟的叫声中似乎流露着恐怖的情感，天是那么的蓝……"

米丽亚姆哆嗦地坐在那里，有点儿不好意思。他仍然坐在那里一动不动，尽力想理解到底是怎么回事。他只知道她爱他，但却害怕她对他的爱。这种爱对他来说是过于美好，使他无以回报。是他自己的爱已陷入误区而不是她的。出于羞愧，他批改纠正着她的作文，谦恭地在她的字上写着什么。

"看，"他平静地说，"Aroir 这个词的过去分词放在前面时，变格形式要和直接宾语一致。"

她俯身向前，想看看清楚，弄个明白。那飘散的卷发挨在他脸上。他吓了一跳，仿佛被火烫了似的，竟战栗起来。他看见她盯着本子，红唇惹人怜爱地张着，黑发一缕缕披散在那红润的脸上。她的脸色是那种石榴花的颜色。他看着看着……呼吸不由得急促起来。突然她抬起头望着他，黑黑的眼睛里分明显露着恐惧和渴望、流露出爱的深情。他的双眼也同样的幽黑，但这对眼睛伤害了，似乎在主宰着她。她失去了自制力，显露出内心的恐惧。保罗明白自己必须先克服内心的某种障碍，才能吻她，于是对她的憎恨又悄悄地涌上心头。他又回到了她的作业本上。

突然，他扔下笔，一个箭步跨到了烤炉前去翻动面包。对于米丽亚姆来说，他这一动作太突然了，也太快了，她被吓了一大跳。这真正地伤了她的心，甚至他蹲在炉边的姿势也让她伤心。那种姿势似乎有点冷酷，甚至他匆匆地把面包扔出烤盘，又把它接住的姿势也是如此。要是他动作轻柔些，那就会感到充实和热情。然而它不是这样的，这使她伤心。

他折身返回，改完她的作业。

"这个星期你写得很好。"他说。

她看出来他对她的日记很满意。但这不能完全补偿她的伤心。

"有些时候你的文笔确实不错。"他说："你应该写写诗歌。"

她高兴地抬起头来，随后她又不相信地摇了摇头。

"我不相信我自己。"她说。

"你应该试一试。"

她又摇摇头。

"我们是不是该念点什么？也许太晚了。"他说。

"是不早了——不过，我们可就念一点。"她恳求地说。

她现在好像正在为自己下个星期的生活贮备精神食粮。保罗叫她抄了波特尔的一首《阳台》。然后他念给她听。他的声音本来柔和而亲热的。可逐渐变得粗声大气起来。他有个习惯，每当他被深深地感动时，他常常激动和痛苦的龇牙咧嘴。现在他又这么做了，这让米丽亚姆觉得好像在侮辱她。她不敢抬头看他，就那么低着头坐着。她不理解他为什么那么慷慨激昂。让她沮丧。总的来说，她不喜欢波德莱尔。也不喜欢魏尔伦。

"看她在田野里歌唱，

远处孤独的高原上的少女。"

这样的诗句就会让她欣慰。《美丽的伊纳斯》也同样如此，还有……

"这是个美丽的夜晚，宁静而悠闲。

呼吸着修女般神圣的宁静。"

这些诗句就好像她自身的写照。而他呢，却痛苦地咕哝着：

"你回忆起了美丽少女的爱抚。"

诗念完了，他把面包从烘箱里拿了上来，把烤焦的面包放在面盆底，好的放在上面，而那只烤焦的面包仍旧包着放在洗碗间里。

"这样，妈妈到明天早晨才会发现，"他说，"那她就不会像晚上生那儿大的气了。"

米丽亚姆看着书架，上面放着他收到的信和明信片，以及各类书籍，拿了一本他

感兴趣的书。然后他熄了煤气灯，同她走了出去。他连门都懒得锁。

直到夜里十一点差一刻他才回家。只见母亲正坐在摇椅上，安妮脸色阴沉地坐在炉前一张低矮的小木凳上，头发扎成一股甩在背上，两只胳膊肘撑在膝盖上。桌子上放着那只从裹着的湿毛巾里取出来的倒霉面包。保罗上气不接下气地走了进来，屋里谁也没吭声。他的母亲正看着一张本地小报。他脱下外套，走去想坐在沙发上。母亲怒气冲冲地挪挪身子让他过去。还是没有说话，他很不自在。开始几分钟他假装坐在那儿看着他在果子上找到的一张报纸。后来——

"我忘了那只面包了，妈妈。"他说。

母女俩都没有搭理他。

"得了。"他说，"那个面包只不过值两个半便士罢了，我可以赔你。"

他生气了，把三便士放在桌子上，并向母亲那边推了过去。她转过脸，紧紧地抿着嘴。

"行了，"安妮说："你不知道妈妈身体多不舒服。"

她坐在那儿盯着炉火。

"她为什么不舒服？"保罗不耐烦地问道。

"哼！"安妮："她差点都回不了家啦。"

他仔细端详着母亲，她果然看起来像病了的样子。

"为什么你差点回不了家？"他问道，神色还是很严峻。莫瑞尔太太没有回答。

"我发现她坐在这儿，脸白得像一张纸。"安妮说着，几乎要哭出来了。

"可是，为什么呢？"保罗坚持问，她紧锁双眉，大睁的眼睛里一片深情。

"任何人都会受不了的。"莫瑞尔太太说，"提着这么多包，又是肉，又是蔬菜，还有一副窗帘……"

"可是，你为什么要拿这些包呢，你用不着嘛。"

"那么谁去拿？"

"可以让安妮去拿肉。"

"是的，我可以去拿肉，但我怎么知道呢？你和米丽亚姆走了，妈妈回来时，家里就没人。"

"你到底怎么了?"保罗问母亲。

"我想可能是心脏的问题。"她回答,的确,她嘴唇发紫。

"你以前有过这种感觉吗?"

"是的——常有。"

"那么为什么不告诉我?——又为什么不去看医生?"

莫瑞尔太太在椅子上动了一下,对他的高声嚷嚷非常恼火。

"你从来不关心任何事。"安妮说:"就一心想同米丽亚姆出去。"

"哦,我是这样的吗?——哪点比你和伦纳德差?"

"我差一刻十点就回家了。"

屋子里沉默了一阵子。

"我本来认为,"莫瑞尔太太痛苦地说:"她不会整个儿把你都勾走,弄得一炉面包全烤焦了。"

"当时比特丽斯也在这儿。"

"或许是这样。但我们清楚面包为什么被糟蹋了。"

"为什么?"他发火了。

"因为你的全部精力在米丽亚姆身上。"莫瑞尔太太冲动地说。

"哦,说得好极了——但事情根本不是这样的!"他生气地回答。

他苦恼而沮丧。抓起一张报纸就看起来。安妮脱开外套,把长头发编成了一根辫子。冷冷地跟他道了声晚安,就上楼睡觉。

保罗坐在那儿假装在念着什么。他知道母亲要责问他,可是他很担心,也想知道为什么她会犯病。他本想溜去睡觉,就因为这才没去。只是坐在那儿等待着。屋里的气氛紧张而寂静,只有时钟嘀嗒地响着。

"你最好在你爸爸还没回来之前先上床去,"母亲严厉地说:"如果你想吃什么,最好现在就去拿。"

"我什么都不想吃。"

母亲有个习惯,就是在星期五,矿工们大吃大喝的晚上,总要给他带回来点做晚餐。今晚她太生气,不愿去伙房自己拿,这让她很气恼。

"如果我让你在星期五晚上去席尔贝，我都可以想象你是怎样一副表情。"莫瑞尔太太说，"要是她来找你，你从来不会累的，而且你连吃喝都不需要了。"

"我不能让她独自回去。"

"为什么不能？那为什么她要来呢？"

"我没让她来。"

"你不让她来，她是不会来的……"

"好，就算我让她来，那又怎么样？……"他回答说。

"哦，如果事情稍有理智或合情合理的话，那没什么。可是在烂泥里来回走好几英里，半夜才回家，而且明天一大早你还得去诺丁汉呢……"

"即使我不去，你也会同样说的"。

"对，我会。因为这事情没有道理。难道她就那么迷人，以至你必须一路送她到家？"莫瑞尔太太狠狠挖苦着他。接着，她不说话了，坐在那里，脸扭向一边，手快速有节奏地拍打着她的那黑色的锦缎围裙。这一动作让保罗看得很伤心。

"我是喜欢她，"他说，"但是……"

"喜欢她，"莫瑞尔太太说，依旧是那种讽刺的语调，"在我看来，你好像别的什么人什么东西都不喜欢了，不管是安妮还是我，还是别的什么。"

"你胡说些什么呀，妈妈——你知道我不爱她——我——我告诉你我不爱她——她甚至从来没跟我一起手挽手走过。因为我不要她那样做。"

"那你为什么如此频繁地往她那跑！"

"我确实喜欢跟她聊天——我从没说过我不喜欢和她说话，但我确实不爱她。"

"再没有别人可以聊天了吗？"

"没人可以聊我们聊的这些东西——有好多事情你是不感兴趣的，那种……"

"什么事？"

看到莫瑞尔太太如此紧张，保罗心里不禁怦怦直跳。

"哦，比如说——画画——还有书目。你是不关心赫伯特、斯实赛的。"

"是的，"她伤心地回答说，"你到了我这年纪也不会关心的。"

"可是——我现在关心——而且米丽亚姆也是……"

"可你怎么知道，"莫瑞尔太太生气地说，"我就不会感兴趣呢？你从来不曾试着跟我谈过！"

"但你不关心的，妈妈，你清楚你不会关心一幅画是不是具有装饰性，也不会关心一幅画是什么风格。"

"你怎么知道我不关心？你跟我谈过吗？你曾经跟我谈过这些事情，来试一下我是否关心吗？"

"但这不是你所关心的事，妈妈，你知道的。"

"那么，什么事是我所关心的？"她发火了，他痛苦地皱紧眉头。

"你老了，妈妈，而我们正年轻。"

他本来的意思只是想说明她这个年纪的人和他这个年纪的人兴趣不同的，但话一出口，他就立刻意识到自己说错了话。

"是的，我很清楚——我老了，因此我就应该靠边站了。我你已经没什么关系了，你只是想要我侍候你，而其他的都是米丽亚姆的。"

他无法忍受这些，他本能地意识到他就是她的生命支住。不管怎么说，她是他生命里最重要的一部分。是他唯一至高无上的东西。

"妈，你知道不是这么回事，妈妈，根本不是这么回事！"

她被他的叫喊感动了，引起了怜悯心。

"看起来很像这么回事。"她说着，气消了一半。

"不，妈妈——我真的不爱她，虽然我跟她聊着，可心里总是想着要早点回来和你在一起。"

他已把硬领和领带取了下来，光着个脖子站了起来，准备去睡觉了。他俯身去吻母亲时，她一抱住他的脖子，把脸埋在他肩，像孩子似的嘤嘤哭泣起来。这和她平时截然不同，他痛苦得身子也扭动了起来。

"我受不了。我可以容忍别的女人——但绝不是她。她不会给我留下余地，一点儿余地都没有……"

他立即对米丽亚姆憎恨起来。

"而且我从来没有过——你知道，保罗——我从来没有一个丈夫——没有真正的

……"

他抚摸着母亲的头发，吻着母亲的脖子。

"她是多么得意啊，把你从我身边夺走——她和一般的姑娘不同。"

"噢，妈妈，我不爱她！"他低下头来喃喃地说，痛苦地把眼睛埋进她的肩头。母亲给了他一个炽热的长吻。

"孩子。"她声音颤抖着，充满了热爱。

不知不觉地，他轻轻地抚摸起她的脸来。

"好了，"母亲说，"睡觉去吧，要不明天早上你会疲倦的。"她正说着，听见丈夫回来了，"你爸爸来了——去吧。"突然几乎带着恐惧，她抬起来望着，"也许我太自私了，如果你要她，就娶她吧，孩子。"

母亲看上去有些陌生，保罗颤抖着吻了吻她。

"噢，妈妈，"他温柔地说。

莫瑞尔跟跟跄跄地走了进来，帽子斜压在一只眼角上，靠着门柱站稳。

"你们又胡闹了?"他凶恶地说。

莫瑞尔太太的感情突然转变，她对这个醉鬼恨得要命，因为他竟然这样对待她。

"不管怎么说，我们也没喝得像醉鬼一样。"

"什么——什么! 什么——什么!"他冷笑着，走进过道，挂好衣帽。接着他们听见他下了三级楼梯到伙房去。回来时手里拿着一块猪肉馅饼，这是莫瑞尔太太为儿子买的。

"这可不是给你买的，如果你只给我二十五先令，我才不会在你灌了一肚子啤酒之后给你买猪肉馅饼。"

"什么——什么!"莫瑞尔咆哮着，身子摇摇晃晃，"什么不是给我买的?"他看着那肉饼，突然大发脾气，把馅饼一下子给扔进了火里。

保罗吃惊地站了起来。

"浪费你自己的东西去吧!"他大声说。

"什么——什么!"莫瑞尔突然大叫起来，跳起来，握紧了拳头。"我要给你点颜色看看，你这个臭小子!"

"来吧。"保罗狠狠地说，头一甩："给我看看吧。"

这时候他正巴不得对什么猛揍一下，莫瑞尔半蹲着，举着拳，准备跳起来。小伙子站在那儿，唇边还带着笑。

"呜哇！"父亲嘴里嘘了一声，擦着儿子脸边猛挥了一拳。虽然很近，他也不敢真动这小伙子一下，只是在一英寸之外虚晃而过。

"好！"保罗说，眼睛盯着父亲的嘴巴，要不了多久他的拳头就会落在这儿。他真渴望着揍这一拳。但他听到身后传来一声微弱的呻吟。只见母亲脸色像死人一样苍白、嘴巴乌黑，而莫瑞尔却跳过来准备再揍一拳头。

"爸爸！"保罗大喊了一声。

莫瑞尔吃了一惊，站住了。

"妈妈！"儿子悲声喊道："妈妈！"

她挣扎着，虽然她动不了，但睁开的眼睛却一直在望着他，逐渐地，她恢复了正常。他帮她躺在沙发上，奔到楼上拿了一点威士忌，好不容易让她抿了一点。眼泪从他脸上流了下来。他跪在她面前，没有哭出声，可泪水却不断地流下来。屋子那边的莫瑞尔，胳膊肘撑住膝盖坐着，看着这一切。

"她怎么了？"他问。

"晕了。"保罗答道。

"嗯！"

莫瑞尔解开靴带，踉踉跄跄地爬上床。他在家里的最一仗已经打完了。

保罗跪在那儿，抚摸着母亲的手。

"别病倒啊，妈妈——别病倒啊！"他一遍又一遍地重复。

"没关系，孩子。"她喃喃地说。

最后他站起身，拿了一大块煤把火封了。接着又打扫了房间，把东西都摆放整齐，把早餐用具也摆好了，还给母亲拿来了蜡烛。

"你能上床去吗，妈妈？"

"能，我就去。"

"跟安妮睡吧，别跟他睡。"

"不，我要睡在自己的床上。"

她站起身，保罗灭掉煤气灯，拿着蜡烛，扶她上楼去。在楼梯口他亲热地吻了她一下。

"晚安，妈妈。"

"晚安。"她说。

他万分痛苦地把头埋在枕头里。然而，在内心深处却异常平静，因为他最爱的还是他母亲，这是一种无可奈何的痛苦的平静。

第二天父亲为了和解而做出的努力，使他感到简直是一种莫大的侮辱。

每个人都竭力想去忘掉昨晚那一幕。

第九章　爱意惶惑

保罗对自己甚至对世间的一切都不满意。最深沉的爱属于他母亲。每当他感到自己伤害了母亲，或损伤了他对她的爱，他就不堪忍受。已经是春天了，他和米丽亚姆之间有了激烈的冲突。这一年来，他老是和她对着干。她对此也隐约有所察觉。每当她祈祷时，那种自己注定要成为这场恋爱的牺牲品的一贯的感觉就会和她的各种情感交织在一起。她打心底里就不相信自己会拥有他。首先她就不相信自己，她怀疑自己是否能成为一个保罗所要求的那样的人，她也不会设想自己能跟他过一辈子幸福生活。她看到的前途就是悲剧，忧伤和牺牲。能够做出牺牲，她为此感到骄傲；能够克制自己，证明她坚强，因为她不相信自己能承受生活的重负。她准备着对付悲剧之类的大事和难事。她不属于日常生活的小事。

复活节假期欢乐地开始了，保罗还是那个坦率的保罗。然而她却总觉得什么事不对劲。星期四下午，她站在卧室窗前，眺望着对面树林和那片橡树。在午后的明媚的阳光下，枝丫间透着斑斑驳驳的微光。一丛丛浅绿色的冬树叶悬在窗前。她想或许有的已经发芽了吧。既会恐惧又欢喜的春天来了。

大门咯吱一响，她不安地站在那儿。天气阴沉着。保罗推着锃亮的自行车进了院子。平时，他总是摁着车铃走向屋子。今天，他走进来时，却双唇紧闭，举止露出一股冷酷、懒散而嘲讽的神情。她现在已对他了如指掌，从他那敏锐、高傲的外表，就能推测出他的内心。他不经意地把车停在老地方，米丽亚姆看着不禁心里一沉。

她紧张地下了楼，身穿一件她认为比较配她的新网眼罩衫。高高的皱领子，使她联想到苏格兰的玛丽女王，并且暗自认为自己看上去一定漂亮而又矜持。二十岁的她已经发育得胸部丰满，体态婀娜。可她的脸却仍像戴着个柔软多彩的面具，无变化。不过一旦她抬起眼帘，那简直妙不可言。她有些害怕，怕他会注意到她的新罩衫。

他用那种嘲讽刻薄的语气绘声绘色地向她家人讲美以美教会守旧派一个著名的传教士在教堂里做礼民拜的情形。他坐在餐桌的一头，脸上表情丰富多变，学着那个他嘲讽的对象的模样。两只漂亮迷人的眼睛一会儿闪着柔和的光，一会儿又眉飞色舞。他的嘲弄伤害了她：因为模仿得太逼真了。他过于敏锐，也过于残忍。每当他眼睛这样冷，这样充满嘲讽的恨意，她就知道他一定不会放过任何人，甚至她自己。可是雷渥斯太太却笑得直擦眼泪。刚从星期日午睡中醒来的雷渥斯先生，也乐得直摸脑袋，三个兄弟只穿着衬衫坐在那儿，脸上还挂着睡意，听得也不时地哈哈大笑，全家人都非常欣赏他这种模仿和嘲弄他人的"表演"。

保罗没有理会米丽亚姆，过了一会儿，她看到他注意到了她的新罩衫。从他脸上，她看到了画家的赞赏，但却没有赢得一点热情的赞扬。她有点紧张，几乎没法从架子上把茶杯拿下来。

屋里的男人们都出去挤牛奶了。米丽亚姆这时壮着胆独自跟他打了声招呼。

"你来晚了。"她说。

"是吗？"他答道。

两人沉默了一会儿。

"路难走吗？"她问。

"我没在意。"

她继续飞快地摆着餐桌，摆完之后——

"茶还得沏几分钟，你要不要来看看水仙花？"她问。

他站起身来，默不作声。他俩走进了后花园，站在含苞欲放的西洋李树下，群山和天空晴朗而略带寒意。一切看上去都好像被洗过一般，显得格外刺眼，米丽亚姆看了保罗一眼，只见他脸色苍白，表情漠然。在她看来，她深爱的那双眼睛，眉毛会看上去如此伤人，这对她太残忍了。

"风尘仆仆的，累了吧？"她问，她觉察到他隐隐有点倦意。

"不，我不觉得累。"他回答道。

"路一定很难走——风吹得树林直响。"

"看看云，你就知道这是西南风，到这儿来是顺风。"

"你知道，我不骑车，所以我也不懂这些。"她低声说。

"难道这需要骑车才知道吗？"他说。

米丽亚姆认为他的讥讽毫无必要。他俩默默地往前走着，有一堵荆棘树篱绕着屋后的那片长满野草的草坪，树篱下的水仙花正从浅绿色的叶丛中探出头来。花瓣呈绿色，略透着寒意，不过还是开了几朵，金黄色的花朵摇曳多姿，灿烂生辉。米丽亚姆跪在一簇水仙花前，捧起一朵野花似的水仙，低下头去，用嘴唇、脸颊和额头接受着金黄色的花瓣。他站在旁边，双手插在口袋里看着她。她把花一朵一朵地转向保罗。一边两手仍不停地抚弄着这些花。

"这些花挺美，是吗？"她喃喃地说。

"挺美！只是花开得有点密了——不过，还算漂亮！"

尽管保罗对她的赞赏横加挑剔，她还是低下头看花。他看着她蹲下身子，用热情的吻啜吮着花朵。

"为什么你一定要抚弄它们？"他烦躁地说。

"我就是喜欢抚爱花朵。"她不高兴地回答。

"难道你喜欢什么东西就一定得紧紧抓住不放，好像要把它们的心掏出来不可吗？为什么你不能多克制一点，或者保守一点呢？"

她痛苦地抬起头来看着保罗，接着又慢慢用唇去碰这一朵朵摇曳生姿的花儿。她闻着花的芳香，觉得这要比保罗友好。这种感觉使她想痛哭一场。

"你能把什么东西都哄骗得灵魂出窍。"他说，"我决不会这样。我总是直来直去。"

他都不知道自己在说些什么。这些话是无意识地说出来的。她望着他。他的身子仿佛象一把坚硬挺直毫不容情的尖刀直指着她。

"你总是在乞求爱，"他说，"仿佛你是爱情的乞丐，甚至对花朵，你也这般乞求……"

米丽亚姆有节奏地用嘴一下一下地抚弄着花朵，呼吸着花的芳香，幽幽花香扑鼻而来，她不禁浑身颤抖起来。

"你不想去爱——你只是没完没了地，反常地渴望别人来爱你，你不主动，而是消极等待，你吸啊吸，好像你内心某个角落有什么缺憾必须用爱来填充自己似的。"

她被他的刻薄狠毒惊得发呆，再也听不下去了。他根本就不清楚自己在说什么。由于热情遭到打击，他那烦恼痛苦的心灵激情仿佛无法自制。因此，这一番话就象闪电火花似的冒了出来。她不明白他说的是什么，只有在他对她的刻薄和厌恶下，蜷缩着身子坐在那里。她没有一下子清醒过来，只是默默地思索着思索着。

用过茶点后，他和艾德加兄弟们呆在一起，不再理会米丽亚姆。她呢，对这个盼望已久的节日感到极度的失望，只好等着他。到了后来，他总算是让了步，来到她身边，她打定主意要弄清楚他心情变化的缘故，她认为这只不过是心情不好罢了。

"我们再穿过林子走一程好吗？"她问他。她知道他从不拒绝一个直截了当的要求。

他们来到狩猎区，半路上他们路过了一个陷阱，是用小纵树枝编的马蹄形树篱盖着，里面放着当作诱饵用的兔子内脏。保罗皱着眉看了一眼，她注意到了他的眼神。

"很可怕，是不是？"她问。

"我不知道！难道这比黄鼠狼叼住兔子的喉咙更可怕吗？是逮一只黄鼠狼呢，还是让许多兔子遭殃？二者必居其一！"

他对生命的痛苦大发感慨，米丽亚姆为他感到难过。

"我们回屋子去吧，"他说，"我不想再在外面走了。"

他们经过丁香树，上面古铜色的叶芽就要绽开，有一堆方形的干草堆在那儿，呈棕色，像个石柱子，这是上次割草时留下的一个小草垛。

"我们在这坐一会吧。"米丽亚姆说。

他不太情愿地坐了下来，背靠着干草堆。他俩面对着晚霞有如圆形的戏台的群山，远处一排排小小的白色农舍。牧场泛着金光，树林阴暗，然而还不时闪着亮光，清楚地看到层层叠叠的树顶渐渐远去，傍晚时分，天朗气清，远方天际有一抹霞光，霞光下的大地多彩而寂静。

"这景色是不是很美啊？"她追问他。

他只是皱着眉头，其实他倒希望景色不堪入目。

这时，一只高大猛犬跑了过来，张着嘴，两只爪子搭在保罗的肩头，舔着他的脸，他大笑着往后退，比尔对他是一大安慰。他把狗推到一边，可它又扑了上来。

"走开，"小伙子说，"要不就打你了。"

但是狗推不开，保罗就跟这畜牲打闹起来，把可怜的比尔推到一边，它却更挣扎着往回扑，高兴地发起野来，两个撕打成一团。他勉强笑着，狗也张牙舞爪。米丽亚姆看着他们，觉得保罗有些可怜，他如此迫切地渴望得到爱，渴望得到温存，他跟狗厮打玩闹，其实就是爱。比尔跳起身，乐得喘着粗气，褐色的眼珠直转个不停，蹒蹒跚跚地又靠近过来。它很喜欢保罗，保罗却皱着眉。

"比尔，我跟你闹够了。"他说。

这只狗却用有力的爪子站了起来，颤抖着满心欢喜地扑在他的大腿上，冲着他伸着红舌头。他往后退着。

"别，"他说，"——别，我已经闹够了。"

没多久，狗就夹着尾巴一溜烟地跑了，另找乐去了。

他依旧感伤地凝望着对面的群山，依旧在怨恨着群山的美丽，他想去找艾德加骑车玩，然而他又鼓不起勇气丢下米丽亚姆。

"你为什么伤心啊？"她谦卑地问。

"我没有伤心，我为什么伤心？"他回答道，"我很正常。"

她很纳闷为什么他心里不痛快，而嘴上总说自己正常。

"到底是怎么一回事啊？"她好声好气地恳求他。

"没事！"

"不是这样！"她低声说。

他拾起一根树枝，在地上刺着。

"如果你不说话，那再好不过了。"他说。

"但我希望知道……"她回答。

他报复似的大笑起来。

"你总是这样，"他说。

"这对我可不公平。"她低声说。

他用这根尖尖的树枝在地上戳着、刺着，挖起了一小堆土，好像他满肚子的烦躁苦恼没处发泄。她温柔而坚定地握住他的手腕。

"别这样！"她说，"扔掉吧。"

他才把枝条扔进了醋栗丛中，然后斜躺下来。现在，他的情绪总算控制住了。

"什么事？"她温柔地追问。

他一动不动地躺着，只有眼睛还在转着，里面饱含着痛苦。

"你清楚，"最后他消沉地说，"你清楚……我们还是分手的好。"

这正是她所害怕的。立刻，她觉得眼前的一切都暗淡下来。

"为什么？"她喃喃地说，"发生了什么事？"

"没什么事。我只是认清了我们自己的处境。这样下去，没有好处……"

她耐着性子默默地等着，非常伤心，跟他在一起不耐烦可是没什么好处，不管怎么说，现在他会告诉她是什么让他苦恼。

"我们说定了保持友谊，"他声调沉重而呆板地说，"我们不也一直说定保持友谊吗！而且——我们的关系既没止于友谊，也没有进一步地发展。"

他又沉默了，而她内心琢磨着，他说的是什么意思啊？他是如此的消沉。他肯定有什么事不愿意说出来，她一定得耐心地对待他。

"我只能给你友谊——这是我唯一能够做到的——我的性格有点缺陷。事情发展到了一个极端——我讨厌这种不稳定的关系。我们就到此为止吧。"

他的最后几句话含有激愤的情绪。她的意思是她爱他甚于他爱她。也许他不能爱她，也许她内心没有他所需要的东西。她灵魂深处最隐秘的行为动机就是自我怀疑。她的行为动机埋藏得很深。她既不敢去认识，也不敢去承认。也许她是有缺陷的。这象极为强烈的羞耻感那样，使她总往后退缩，如果他真是这样，那么她没有他也行。

她宁愿控制自己，不让自己想他。她现在只是在观望事情的发展。

"可是到底发生了什么事？"她问。

"什么也没发生——只是我自己的缘故——现在才发泄出来了。到复活节时总是这样。"

他如此绝望地求饶，让她觉得同情起来。至少他从没这样可怜兮兮地前言不搭后语过，毕竟，这回主要还是他丢了面子。

"你到底要怎样？"她问他。

"哦——我绝不能来得太频繁——就这些。我为什么要独占你呢，我又不是……你看，和你比起来，我有点缺陷……"

他在告诉她，他不爱她，因此应该给她机会去找其他的人，他简直太愚蠢，太糊涂，太盲目！对她来说，其他男人是什么呀！根本算不了什么！而他，哼！她爱他的灵魂，他有缺陷吗？也许是的。

"可我不明白，"她沙哑着嗓子说，"昨天……"

夜幕渐渐降临，对他来说，夜变得喧闹而可恨。她则痛苦地低着头。

"我知道，"他叫起来，"你绝不会，你绝不会相信我会象只云雀那样飞翔，我也不会在肉体上……"

"什么？"她喃喃地说。这下她有点害怕了。

"爱你。"

她这时候恨极了他，因为他在使她痛苦。爱她！她知道他爱她。他确实属于她。至于什么在身体上、肉体上不爱她，那只是他的任性的胡说，因为他知道她爱他。他愚蠢得象个孩子，他属于她，他的灵魂需要她，她猜测可能什么人在影响他。她觉得受了外来影响，态度生硬蛮横。

"在家时，他们说了些什么？"她问。

"这和那无关！"他回答。

然而，很清楚和那有关系。她看不起他家人的那种俗气。他们不懂事物的真正价值。

这天晚上，他俩再没谈什么。他还是丢下她和艾德加骑车玩去了。

他只是回到了母亲身边，母爱才是他生命中最重要的纽带。每当他就这么左思右想时，米丽亚姆就被他置之脑后，她只是一种模糊而虚幻感觉。这世上，别人都无关紧要。只有一块地方牢不可摧，也不会变得虚无缥缈，那就是他母亲所处的位置。在他眼中，其余的人都逐渐模糊，甚至完全消失，但她不会。母亲仿佛是他的主心骨，生命的支柱，让他无法逃避。

同样，母亲也在等待着他。如今她的生命就寄托在他身上，已往的生活毕竟没能给莫瑞尔太太很多东西，她知道人们能在这个世界上有所作为，而她的机会，将由保罗来证实。他要做个没有什么能拖他后腿的男子汉，他要以某种特别的方法改变世界的面貌。不论他去哪儿，她都觉得自己的心灵在陪伴着他；不论他做什么，她都觉得自己的心灵和他在一起，仿佛随时准备好替他传替工具。他和米丽亚姆在一起时，她就忍受不了。威廉已经死了，她要为留住保罗而斗争。

他回到了她身边。在他内心有一种自我牺牲的满足感，因为他是忠于她的。她最爱的是他，而他，最爱的是她，不过这还不能让他满足，他正年轻，身强力壮，还迫切需要一些别的。这让他苦恼得烦躁不安。她知道这一点，苦苦地祈求米丽亚姆是他所希望的那种女子，只占有他新萌发的生命力，而把根基留给她。他竭力抵抗着母亲，几乎就象抵制米丽亚姆的诱惑一样。

一个星期后，他才去了威利农场。米丽亚姆心里痛苦极了，生怕再见到他。她现在要忍受他抛弃她的屈辱吗？这不过是表面的和暂时的。他会回来的。她掌握着他的灵魂的钥匙。但是，与此同时，想到他会处处跟她做对来折磨他，她就不由得退缩了。

然而，复活节后的星期天，他来吃茶点了，雷渥斯太太看到他很高兴。她猜测可能他碰上什么困难让他烦恼不已。他好像是来到这里寻求慰藉。她对他很好，用非常友好，几乎有些谦卑的态度对待他。

他在前面的院子里碰到她和几个孩子在一起。

"我很高兴你来了，"这位母亲说，那双富有魅力的棕色的大眼睛看着他，"天气真好。我正要到田野里走走。这还是今年的头一回呢。"

他感觉到她对他的到来十分高兴，这让他心里感到慰藉，他们一路走着，一路随便聊着，他恭敬而有礼。她对他的尊敬几乎要让他感激得哭了。他感到自己太软弱。

在草场尽头，他们发现了一个画眉的鸟巢。

"要不要我给你摸几个鸟蛋？"他说。

"要！"雷渥斯太太说，"这真让人感到春天的来临，一切都充满希望。"

他拨开荆棘，掏出鸟蛋，把它们捧在手掌上。

"它们还是热的呢——我想我们把正在卵它们的母亲给吓跑了。"他说。

"唉，可怜的东西！"雷渥斯太太说。

米丽亚姆情不自禁地伸手去摸这些蛋，碰碰他的手。她感觉他小心地牢牢地捧着蛋。

"这真是奇怪的温暖！"她喃喃说着靠近了他。

"是体温。"他回答。

她看着他把蛋放回去。他身体紧靠着树篱，胳膊慢慢地伸进荆棘丛里，手里小心翼翼地握着鸟蛋。他正全神贯注地这么做着。看到他这副神态，她疼爱极了。他看上去天真而满足，但她却无法接近他。

茶点后，她犹豫不决地站在书架前，他取出一本《达拉斯贡城的达达兰》，他俩又坐到草垛边的干草上，保罗心不在焉地翻了几页，那条狗又和上次一样跑来跟他闹着。狗把鼻子拱到了他怀里，保罗抚摸着狗的耳朵，然后把它推开了。

"走开，比尔。"他说，"我不想让你过来。"

比尔跑开了。米丽亚姆有些奇怪，心里害怕什么事会发生。小伙子的沉默仍然叫她担心。她害怕的倒不是他发火生气，而是害怕他那种沉默的决心。

他稍稍侧了一下脸，这样她就看不到了，接着，他开始痛苦地一字一句地说：

"你觉不觉得——如果没有来得这么频繁——你也许会喜欢上别人——另外一个男人？"

原来，还是那句话。

"但我不认识别的男人，你为什么要问这句话？"她用低沉但责备的口气回答。

"哦，"他冲口而出，"因为别人说我没有权利如此频繁地来这儿——如果我们不想结婚的话……"

米丽亚姆向来讨厌别人干涉他们之间的事。她曾因为父亲笑呵呵地对保罗暗示，

说他知道保罗为什么来得这么勤，而大发脾气。

"谁说的？"她问，想知道是否自己家人和这闲话有关。然而，他们与此无关。

"妈妈说的——还有别人，他们说到了这个程度大家都会认为我已经订婚了，我自己应当这样考虑，否则就对你不公平。我一直想弄清楚——我认为我并没有象一个男人爱他的妻子那样爱着你。对这件事你是怎么想的？"

米丽亚姆不高兴地低着头。她为这种纠葛而生气。别人不应该干涉他们俩的事。

"我不知道。"她喃喃地说。

"你觉得我们彼此深爱，到了结婚的程度吗？"他明确地问她。这话让她不禁颤抖起来。

"不。"她坦率地说，"我认为还没有——我们太年轻了。"

"我想或许。"他可怜巴巴地接着说，"你，凡事较真，寄予我的期望太高——也许超过了我所能承受的一切。即便是现在——如果你觉得比较合适的话——我们还是订婚吧。"

米丽亚姆现在真想大哭一场。同时她也很生气。她总象个孩子似的任人摆布。

"不，我觉得不行。"她坚决地说。

他沉默了一会儿。

"你知道。"他说，"与我在一起——我觉得没有任何人能够独占我——成为我的一切——我觉得绝不会有。"

这点她确实没有想到。

"是的。"她喃喃地说，停了一下之后，她抬头望着他，黑黑的眼睛突然一亮。

"是你妈妈说的。"她说，"我知道她从不喜欢我。"

"不，不，不是这样。"他急忙说，"这次完全是为了你好她才说的。她只是说，如果我们再这样下去，我就应该认为自己已经是个订婚的人了。"一阵沉默。"倘若以后我叫你来我家，你不会不来的，对吗？"

她没有回答。但此时她已怒不可遏了。

"好吧，那我们该怎么办？"她急促地问："我想我最好还是扔了法语。虽然我才刚刚摸到了一点门道，但我觉得我可以自学了。"

"我觉得没有这个必要。"他说,"我可以继续给你上法语课,没问题。"

"噢——还有星期天的晚上,我不会停止做礼拜的。因为我喜欢它,况且那是我仅有的社交活动。但你不用送我回家,我可以自己走。"

"好的,"他说,显出很吃惊的样子,"但如果让艾德加和我们一起走的话,他们就没话说了。"

又是一阵沉默。其实,她并没有失去太多。接下来的谈话,他们之间没多少分歧。她祈愿那些人少管闲事。

"你不会老想着这件事,为它感到烦恼吧?"他问。

"哦,不会。"米丽亚姆回答道,看也不看他一眼。

他默不作声,她认为他反复无常,没有坚定的目标,也没有指导自己行动规范的固定准则。

"因为,"他继续说,"男人跨上自行车——就去工作了——干各种各样的事。但女人呢,老爱想事。"

"不,我不会因此而烦恼的,"米丽亚姆说,而且她决定这么做。

天冷,他们走进了屋子。

"保罗的脸色多苍白啊!"雷渥斯太太惊呼道,"米丽亚姆,你不该让他呆在外面。你是不是着凉了,保罗?"

"哦,没有!"他笑着说。

然而,他自己觉得精疲力竭,内心的矛盾拖垮了他。米丽亚姆此刻非常同情他,保罗起身想走,但时间还早,不到九点。

"你要回家吗?"雷渥斯太太焦急地问。

"嘿,"他说,"我告诉他们我会早点回来的。"他异常尴尬。

"可现在还早呢。"雷渥斯太太说。

米丽亚姆在摇椅里,没有作声,他犹豫着,期望着她能站起来和往常一样陪他一起去马厩取自行车,可她兀自坐在那里一动不动。他有些不知所措了。

"好吧,那么各位晚安。"他结结巴巴地说。

她和别人一起跟他道了声晚安。不过当他走过窗户时朝里张望了一下。米丽亚姆

看见他脸色苍白，象惯常那样紧锁着眉，黑黑的眼睛里满是痛苦。

她站起来走到门口，在他走过大门时挥手与他告别。在松树下他慢慢骑着车，觉得自己是个可怜虫，窝囊废。他的自行车横冲直撞地冲下了山。他想要是把脖子摔断了，那倒是一种解脱呢。

两天后，他给了她一本书和一张纸条，催促她看书和用功。

这段时间，他和艾德加已成了挚友。他狂热地爱着这家人。爱着这个家场。对他来说，这是世上最可亲的地方了，他自己的家没有这么可爱。只是他的母亲让人留恋。然而，和母亲在一起，他只是高兴罢了。而他却深爱着威利农场。他爱那个小小的简陋的厨房。在那儿，男人们的靴声阵阵，那只狗也警惕地睡着生怕被踩着。晚上，那里桌子上还挂着盏灯，一切都是那么寂静。他爱米丽亚姆那间长长的，矮矮的起居室，爱屋里那种浪漫的气氛，还有那鲜花和书，以及那高高的花梨木钢琴。他爱那些花园和分布在光秃秃的田野的红屋顶房子。这些房子向后面的树林延伸过去，仿佛在寻求庇护。山谷这边向下一直延伸到另一边的荒山坡。那是一片旷野，只有在这里，他才会觉得心情快乐，精神振奋，他爱雷渥斯太太。她文雅脱俗，有些玩世不恭，他爱雷渥斯的先生，他充满热情，充满活力，可亲可爱；他爱艾德加，每当保罗到来时，他都会兴奋不已。他还爱那些孩子们，还有比尔——甚至还爱老母猪塞西和叫替浦的那只印度斗鸡。除了米丽亚姆外，他舍不下这一切。

因此，他还是经常去，只不过他通常都是和艾德加呆在一起，只有到了晚上全家人包括父亲，聚在一起玩字谜、做游戏。尔后，米丽亚姆又把大家都聚拢来，朗诵《麦克佩斯》之类的书，大家各自扮演一个角色，玩得可真痛快。米丽亚姆很高兴，雷渥斯太太也很高兴，连雷渥斯先生也玩得很投入。接着，一家人就围着火炉，根据首调唱法学着唱歌。这样一来，保罗就很少单独和米丽亚姆在一起。她等待着。每当她和他还有艾德加从教堂或从贝斯伍德文学联谊会后一起往家走时，她终于明白了他的意图。深情的、常带有异端邪说的话都是说给她听的。然而，她还是嫉妒艾德加，嫉妒他陪保罗骑自行车，嫉妒他每星期五晚上与保罗呆在一起，嫉妒他们白天又一起在田里劳动。因为她的星期五晚上和法语课都已成为过去。她几乎总是独自一人散步，在树林里溜达看书、学习、冥想、等待。他仍然频繁地写信给她。

一个星期天的晚上，他们的关系又达到了过去那少有的和谐。艾德加留下跟莫瑞尔太太一起等领圣餐——他不知道领圣餐是怎么一回事。因此，保罗就独自陪米丽亚姆一起回到自己家。他又或多或少地被她迷住了，象往常一样，他俩又谈论着布道。此时他正在不可知论领域里游荡。米丽亚姆对宗教的不可知论没有什么受不了的。他们对勒南的《耶稣传》争论不休，米丽亚姆成了他争论的讲坛，他借助它把自己的信念都摆了出来。就在他把自己的思想竭力向她的内心灌输时，他似乎觉得真理越来越清晰了。只有她一个人成了他争论的讲坛，只有她一个人帮助他认清道理。她对他的争论和解释几乎无动于衷，丝毫不加辩解。可不知怎么的，就是因她这样，他逐渐认识到自己错在哪儿。而他所意识到的，她也意识到了。她觉得他少不了她。

他们走向静悄悄的屋子，保罗从洗碗间的窗户上掏出钥匙，进了屋。他一直谈着自己的论点。他点亮了煤气灯，拨了火，从伙房里拿了几块蛋糕给她。她默默地坐在沙发上，膝头上搁着盘子。她戴着一顶插着几朵粉色花的大白帽子，帽子虽然是便宜货，可他喜欢，帽子下她的脸平静安详，似在沉思，金黄色红扑扑的脸，耳朵掩藏在短短的卷发后面。她望着他。

她喜欢他星期天的装束。他身穿着一套深色衣服，显得身体富有活力，看起来干净利落。他继续跟她谈着他的想法。突然他伸手去拿《圣经》，米丽亚姆很喜欢他伸出手去拿什么东西的样子——又快又准。他迅速翻开书，给她念了一章《约翰福音》。他坐在扶手椅上，一心一意地念着，声音仿佛只是在出神地沉思着。她感到他是在不知不觉地利用她，就好像一个男人专心干活时利用工具一样。她喜欢这样，他渴望的声音仿佛祈求得到什么，仿佛她就是他要得到的。她坐在沙发上朝后仰靠过去，离他远了点，可仍觉得自己似乎还是他手中的工具。这让她感到愉快。

后来，他开始变得结结巴巴，不自在起来，他碰到这句话"妇女临生产的时候，就忧愁，因为她的产期到了。"就没念这句话，米丽亚姆发现他越来越不自在了。当她发现他没念这句很有名的句子时，心里不由地哆嗦了一下。他仍旧念着，但她却没听。一阵悲伤和羞愧让她低下了头。要是六个月前，他会径自念出来的。现在，他和她之间的关系有了一道裂痕，她觉得他们之间确实存在某种敌意，某种使他俩感到羞愧的东西。

她机械地吃着蛋糕，他还打算再议论下去。但却没说到点子上。一会儿，艾德加进来了，莫瑞尔太太去看朋友了。他们三个动身去威利农场。

米丽亚姆苦苦思索着他和她之间的裂痕。他还需要别的什么东西，他无法满足，也无法给她安宁。现在，他们之间老发生摩擦的理由。她想考验他。她相信他生活中第一需要就是她。如果她能对他也对自己证明这一点，其他一切问题都好办了。她就可以寄希望于未来。

因此，在五月份，她请他到威利农场来见道伍斯太太。这正是他心里所渴慕的事情。她发现每当谈起克莱拉·道伍斯时，他就有些生气和不高兴。他说他不喜欢她，可他又很想了解她。好吧，他应该让自己接受一下考验了。她相信他心里既有对高尚事物的欲望，也有对低俗事物的欲望。不过，对高尚事物的欲望总会占上风的，不管怎么说，他应该考验一下。正是她没有意识到自己所谓的"高尚"和"低俗"都相当武断的。

想到要在威利农场见到克莱拉，保罗不禁有些激动，道伍斯太太来呆了一天，她那浓密的暗褐色头发盘在头顶，穿了件白罩衫，加一条海军蓝裙子。不知为什么，不管她走到哪儿，哪儿的东西就相形见绌，自惭形秽。当她进了屋，厨房就显得狭小而寒碜。米丽亚姆家那间幽暗漂亮的客厅也显得局促和土气。雷渥斯家的人都象一支支蜡烛，黯然失色。他们发现这屋子都很难忍受她。然而，她倒是相当友善，虽然对人处事有点冷漠，甚至还有些无情。

保罗下午来了，他来得还早，他刚从自行车上跳下来，米丽亚姆就看见他急切地朝屋子四下张望着。如果那个拜访者还没来，他准会失望的。米丽亚姆出去接他，由于阳光太刺眼她微低着头。金莲花在阴凉的绿荫下开着深红色的花朵。姑娘站在那儿，满头乌黑秀发，正含笑看着他。

"克莱拉来了吗？"他问。

"来了。"米丽亚姆那动听的声音回答着。"她正在看书呢。"

他把自己自行车推进了马厩。今天他打着一条为之感到自豪的漂亮的领带，还穿上一双般配的袜子。

"她是早晨来的？"他问。

"嗯。"米丽亚姆回答，在他身边走着，"你说过要把'自由'酒馆里那个人写的信带给我，你记得吗？"

"哦，糟糕，我没带！"他说，"你可要不断提醒我，直到你拿上信为止。"

"我可不喜欢唠叨。"

"随你的便吧，她现在是不是比较随和了一些？"他接着说。

"你知道我一直认为她很随和。"

他沉默了。很明显，今天他这么急切地赶到，就是为了这个新来的人。米丽亚姆心里已经老大不痛快了。他们一起朝屋里走去，他取掉了裤脚上的夹子。虽然袜子和领带那么漂亮，但他却懒得把鞋子上的灰擦一擦。

克莱拉坐在有些凉意的起居室里看着书。他看到了她白皙的脖颈和高高盘起的秀发。她站起身来，冷淡地望着他，伸直胳膊跟他握了握手，那种态度就好像是要立即跟他保持一段距离，但又多少赏了他点面子。他注意到了她罩衫下的一对乳房高高耸起，胳膊上方的薄纱下面露出富有曲线的肩膀。

"你挑了一个好天。"他说。

"碰得巧罢了。"她回答。

"是啊，"他说，"我很高兴见到你。"

她坐下了，没有对他的殷勤表示谢意。

"一早上都干了些什么？"保罗问着米丽亚姆。

"哦，你知道。"米丽亚姆沙哑地咳嗽着说，"克莱拉是和爸爸一起来的——所以——她才来不久。"

克莱拉倚着桌子坐着，神情冷淡。他注意到她的手很大，但保养得不错。手上的皮肤看上去好像又粗又白，没有光泽，长着细细的金黄色的汗毛。她没有在意他是不是在打量她的手。她故意不理会他。她那壮实的胳膊懒散地搭在桌子上，双唇紧闭，好像谁冒犯了她似的，脸微微侧着。

"那天晚上你去了玛格丽特·邦弗德的聚会了吧？"他对她说。

米丽亚姆从没见过保罗如此彬彬有礼。克莱拉瞟了他一眼。

"是的。"她说。

"咦，"米丽亚姆问，"你怎么知道？"

"火车没到站时，我在那呆了几分钟。"他答道。

克莱拉又傲慢地掉转头。

"我觉得她是一个挺可爱的女人。"保罗说。

"玛格丽特·邦弗德！"克莱拉大声说，"她要比大多数男人聪明得多。"

"哦，我没说她不聪明。"他分辩地说，"不过她挺可爱的。"

"哦，那当然了。这是最重要的。"克莱拉咄咄逼人。

他摸了摸脑袋，有些困惑，也有些气恼。

"我认为这比聪明更紧要，"他说，"毕竟，聪明不会把她带到天国。"

"她要的不是去天国——而是在地球上得到公平的待遇。"克莱拉反驳道。她说话的口气仿佛他应该对邦弗德小组被剥夺什么权利负责似的。

"哦，"他说，"我觉得她很热心，是一个非常好的人——只是太脆弱了，我希望她能安安闲闲地坐着……"

"给她丈夫补袜子。"克莱拉刺了他一句。

"我保证，即使替我补补袜子她也不在意，"他说"而且我也保证，她一定会干得很好的。就象如果她要我给她擦皮鞋，我也毫不介意一样。"

然而，克莱拉并没有理会他这句俏皮话。他跟米丽亚姆又聊了一会儿，克莱拉还是一副高傲的样子。

"好了，"他说，"我想我得去看看艾德加，他是在地里吧？"

"我想他拉煤去了，应该马上就回来的。"米丽亚姆说。

"那么，"他说，"我去接他。"

米丽亚姆不再敢建议他们三人一同去。他站起身走了。

在路那头，金雀花盛开的地方，他看见艾德加正懒洋洋地走在一匹母马旁边，马头一点一点地正吃力地拉着一车煤。看到他的朋友后，这位年轻的农夫脸上立刻露出笑容，艾德加有一双黑色热情的眼睛，长相英俊。他的衣服又旧又破，可他走路却很神气自豪。

"嗨！"看见保罗光着头，就问："你要去哪儿？"

“来接你，受不了那个‘一去不返’。”

艾德加乐呵呵地笑着，露出闪亮的牙齿。

“谁是‘一去不返’？”他问。

“那位太太——道伍斯太太——应该说是渡鸦夫人说的‘一去不返’。”

艾德加被逗得哈哈大笑。

“你不喜欢？”他问。

“一点也不喜欢。”保罗说，“那你呢？”

“不喜欢！”这声回答干净利索。“不喜欢。”艾德加又噘起嘴来说，“我觉得她和我不是一条线上的人。”停了一会儿，又说：“但你为什么要叫她‘一去不返’呢？”

“哦，是这样，”保罗说，“如果她看了一个男人一眼，她就会盛气凌人地说‘一去不返’，如果她回忆往事，她就会厌恶地这么说，如果她展望未来，她就会玩世不恭地这么说。”

艾德加思量着这句话，没有弄明白是什么意思，就笑着说，“你觉得她是一个厌恶男人的人吗？”

“她认为她是这种人。”保罗答道。

“难道你不这么认为吗？”

“不这么认为。”保罗回答。

“那么，她对你好吗？”

“你能想象她会对你好吗？”年轻人问道。

艾德加大笑起来。两人一起把煤卸到了院子里。保罗非常谨慎，因为他知道如果克莱拉往窗外望的话，就能看见他，可她没望。

马要在星期六的下午刷洗、调理一下，保罗和艾德加一起干着，吉米和弗拉渥尥蹶子掀起的土呛得他们直打喷嚏。

“有没有新歌可以教我？”艾德加问。

艾德加一直干着活，当他弯下腰时就可以看见他颈背被晒得通红，那握着刷子的手很粗壮。保罗不时地看他一眼。

“《玛丽·莫里逊》？”保罗建议。

艾德加表示同意。他有一副很好的男高音嗓子。他喜欢从朋友那儿学各种各样的歌。学会了后，他就可以在赶车时放声高歌。保罗的男中音嗓子就不怎么样了，不过耳朵很灵。不管怎么样，他还是低声唱了，唯恐被克莱拉听见，艾德加却用男高音嗓子一句句地跟唱着。他俩不时地打着喷嚏，这个人打完，那个人打，还责骂着马。

米丽亚姆对他们感到厌烦。他们——包括保罗在内——为一点小事就欣喜若狂。他竟会如此乐此不疲于琐碎小事，她以为简直不可思议。

他们干完时已经到了吃茶点的时候了。

"那是首什么歌？"米丽亚姆问。

艾德加告诉了她。话题转到了唱歌上去。

"我们常常这么快活。"米丽亚姆对克莱拉说。

道伍斯太太慢慢地文雅地吃着茶点。不管什么时候，只要有男人在，她就变得很冷淡。

"你喜欢唱歌吗？"米丽亚姆问她。

"如果是好歌，我就喜欢。"她说。

保罗脸唰地红了起来。

"你是说得阳春白雪的歌，经过专门训练嗓子吗？"他说。

"我认为嗓子需要训练才能谈得上唱歌。"她说。

"你不如叫人的嗓子在经过训练后才让他们张口说话。"他答道，"事实上，人们唱歌一般都是为了自己消遣。"

"可别人听了也许觉得很难受。"

"那么他们就应该把耳朵堵上。"他答道。

孩子们都哈哈笑起来，接下来又是一片沉默，保罗脸色赤红，只顾默默吃着。

茶点后，除了保罗外别的男人都走了。雷渥斯太太对克莱拉说：

"你现在过得快活了点吗？"

"快活极了。"

"那你也很满意了？"

"只要我能独立，能自由就够了。"

"你觉得生活中不缺少什么东西吗？"雷渥斯太太温和地问。

"我从来没有考虑过这个问题。"

保罗极不自在地听着她俩的谈话，便站了起来。

"你会发现你会被自己从不考虑的事情绊倒。"他说。然后，他就去了斗棚。他觉得自己刚才说得很妙，那种男子汉的自豪又高涨起来。他顺着铺着砖石的小路走着，嘴里还吹着口哨。

不一会，米丽亚姆来找他，问他是否愿意陪她和克莱拉去散步。他们就向斯特雷利磨坊的畜牧场走去。他们沿着威利河畔走着，溪边剪秋萝在阳光照耀下，色彩浓艳，从树林边上的空缺看过去，只见在树林和稀稀朗朗的榛木丛那边，一个人牵着匹高大的枣红马穿过溪谷，这匹枣红大马远远地在昏暗的光彩下，浪漫地迈着舞步穿过那片朦胧的绿色榛树丛，在曾为窦德绿和伊带特开放过的已经凋谢了的蓝玲花中出没，真象是远久时代的情景。

这三个人站在那儿，都被眼前的景色迷住了。

"做个骑士，"他说，"在这儿搭个大帐篷，那该是多好的享受啊！"

"我们与世隔绝，过隐逸生活，对吗？"克莱拉回答道。

"是这样的。"他回答，"你们可以绣着花，和你们的使女唱着歌。我会给你们扛起白、绿、紫三色旗，并在盾牌上刻上一头凶狠的母狮，然后下面刻上'妇女社会政治协会'字样。"

"我相信，"克莱拉说，"你情愿为妇女的生存去斗争，而不愿让她自己去斗争吧。"

"我情愿。如果她为自己的生存去斗争，那就好像是一条狗在镜子前对着自己的影子狂吠一样。"

"那么，你就是那面镜子了？"她撇着嘴问。

"或是影子。"他答道。

"我想你这个人恐怕有些聪明过头了。"她说。

"那好，那我就把好人留给你做吧。"他笑着回答，"做个好人吧，美人儿，就让我聪明就行了。"

然而克莱拉已经厌倦了他的贫嘴。他看着她，突然发现她那张高傲地仰起的脸上

并没有讽刺的意味，而是一副伤心的神色。他的心不由得软了下来。他赶忙转过身去，对已被他冷落了半晌的米丽亚姆温柔起来。

他们在林边碰上了利博，一个四十岁的男人，身材消瘦，皮肤黝黑，他是斯特雷利磨坊的佃户，他把磨坊改成了养牛场。利博似乎很累，手里漫不经心地牵着那头健壮的种马的缰绳。这三个人停站到一旁，让他从第一条小溪的踏脚石上过去。保罗看着这一匹浑身似乎有使不完的劲的雄马，竟然踏着如此轻快的步伐，不禁赞赏不已。利博在他们面前勒住了马。

"回去告诉你爸爸，雷渥斯小姐。"他说，嗓门尖得出奇，"他的小牲口一连三天拱坏了底下的那排栅栏。"

"哪一排？"米丽亚姆怯生生地问。

那匹壮马呼呼地喘着粗气，掉转过它那枣红色的身子，微低着头，披散着鬃毛，疑惑地瞪着两只神气的大眼睛。

"跟我来，"利博回答，"我指给你看。"

这个男人牵着马往前走去。那匹公马摇摇摆摆地在一旁跟着，当它发现自己踩进了小溪，就惊慌地抖动着毛。

"不许耍花招！"男人亲热地对马说道。

那匹马迈着小步跃上了溪岸，然后，又轻巧地哗啦哗啦溅着水渡过了第二条小溪。克莱拉绷着脸，随意地走着。她用一种好奇而鄙视的目光看着那匹马。利博停住了，指着几棵柳树下的栅栏。

"那儿，你看那就是牲口钻洞的地方，"他说，"我的伙计已经把它们赶过三四次了。"

"哦，是这样。"米丽亚姆回答时脸也红了，好像这是她的过错一样。

"你们要进来吗？"男人问道。

"不了，谢谢。我们只想从池塘边绕过去。"

"好的，请便吧。"他说。

快到家里，马高兴地嘶叫起来。

"到家了它很高兴。"克莱拉说道，她对这匹马挺感兴趣。

"是啊，它今天一路很高兴。"

他们在走过大门口，看见大农舍里有位大约三十五岁左右的女人迎面走来。她身材娇小，皮肤黝黑，神情看来很容易激动，头发略有些灰白，黑眼睛看起来十分任性。她倒背着双手走了过来，她哥哥爬了上去，马一看到她，又开始嘶鸣来，她激动地走上前去。

"你又回家了，好小子！"她温柔地冲着马说，而不是对着那个男人。那匹雄壮的大马低下头来，掉转身子挨着她。她把藏在背后手里的皱皮苹果偷偷地塞进了马嘴，然后在马的眼睛边上亲了一下。那匹马高兴地喘了一口粗气，她双臂搂着马头，贴在胸口。

"这马真棒！"米丽亚姆对妇人说。

利博小姐抬起头来。一双黑眼睛直直地扫向保罗。

"哦，晚上好，雷渥斯小姐，"她说，"你好久没来了。"

米丽亚姆介绍了一下她的朋友。

"你的马可真不错！"克莱拉说。

"是吗？"她又亲亲马，"就和男人一样可爱。"

"我倒认为比大数男人都可爱！"克莱拉答道。

"是匹不错的马！"那女人大声说着，又搂了搂马。

克莱拉被这匹马迷住了，不由得走上去抚摸马脖子。

"这马很温驯，"利博小姐说，"你见过这么大的马还会这么温驯吗？"

"是匹骏马！"克莱拉回答。

她想看着马的眼睛，想让马也看见她。

"可惜它不会说话。"她说。

"噢，它会说——简直象会说话。"那女人应道。

接着她哥哥牵着马走进农舍。

"你们进来吗？进来吧，先生——我没记住您的姓。"

"莫瑞尔。"米丽亚姆说。"不了，我们不进去了，不过，我们想从磨坊边的池塘绕过去。"

"行——行，可以。你钓鱼吧，莫瑞尔先生？"

"不。"保罗说。

"如果你想钓鱼，可以随时来。利博小姐说，"我们一连几个星期都难得见到一个人影，看到有人，我就谢天谢地。"

"池塘里有什么鱼啊？"他问。

他们穿过前面的园子，翻过水闸，走上陡峭的堤岸来到池塘边。整个池塘被绿荫笼罩着。中间有两个长满树木的小岛。保罗和利博小姐一起走着。

"我倒很想在这儿游泳。"他说。

"可以啊。"她回答说，"哥哥会非常高兴地和你聊天。他非常寂寞，因为这儿没人可以跟他聊聊，来游泳吧。"

克莱拉走近池塘。

"这里水很深。"她说，"而且水也很清。"

"是的，"利博小姐说。

"你游泳吗？"保罗说，"利博小姐说我们什么时候想来就可以来。"

"当然，我们这儿还有牧场的雇工。"利博小姐说。

他们谈了一会，便继续朝荒山上爬，把这个双眼憔悴暗淡、神情孤独的女人独自留在堤岸上。

阳光洒满山坡，遍地都是野草，野兔在此出没。三个人一言不发地走着。最后保罗说：

"她让我感觉很不舒服。"

"你是说利博小姐？"米丽亚姆问道，"是这样的。"

"她怎么了？是不是太孤独而变得有些疯癫？"

"是的，"米丽亚姆说，"她不应该过这种生活，我觉得把她埋没在这儿真是残酷，我真应该多去看看她。可是——她让我感到心神不安。"

"她让我替她好难过——是的，她真叫我厌烦。"他说。

"我想，"克莱拉突然说，"她需要一个男人。"

其他两人沉默了片刻。

"孤独把她弄得疯疯癫癫。"保罗说道。

克莱拉没有回答，而是大步上了山。她垂头走在枯枝败叶中，两腿一摆一摆的，甩着两只胳膊。她那苗条的身体与其说是在走路，不如说是跌跌撞撞地爬。一股热流涌过保罗全身。他对克莱拉非常好奇，也许生活对她很残酷。他忘了正走在他身边跟他说话的米丽亚姆。米丽亚姆发现他没有回答她的话，便看了他一眼，发现他的眼睛正盯在前面的克莱拉身上。

"你还以为她不太随和吗？"她问。

他没有觉得这个问题的突然，因为他心里也正想着这个问题。

"她可能心里有什么私事吧？"他说。

"是的。"米丽亚姆答道。

他们在山顶上发现了一片隐蔽的荒地，两边都有树木挡着，另外两边是山楂树和接骨木，稀稀拉拉地形成了两排树篱。这些灌木丛中有几个豁口，要是眼前有牲口的话，就可以闯进去。这儿的草地就象平绒那么光滑，上面有野兔的足迹和洞穴。不过，整个这一大片荒地却粗糙不平，到处是从来没人割过的高大的野樱草。粗粗的苇草丛中到处都开着旺盛的野花，就象一片锚地停满了桅杆高耸、玲珑可爱的船。

"啊！"米丽亚姆叫道，她看着保罗，黑眼睛睁得很大。他微笑着。他们一起观赏着荒地上的野花。几步之外的克莱拉正闷闷不乐地看着野樱草，保罗和米丽亚姆靠得很近，低声说着话。他单膝着地，手忙脚乱地一簇一簇地采着美丽的花朵，嘴里一直在轻声慢语地说着什么。米丽亚姆则慢慢地充满柔情地摘着花儿。她觉得他干什么都象经过严格训练似的，非常快。不过，他采的花束倒是比她的更具有天然美。他喜爱这些花，仿佛这些花属于他的，他也有这个权利。她则对花充满敬意，因为它们具有她所没有的东西。

花儿十分新鲜而芬芳。他很想畅饮花汁。他采的时候，就把嫩黄的小花蕊吃掉了。克莱拉仍然闷闷不乐地来回走动着。他向她走去，说，

"你为什么不采些花？"

"我不喜欢这样，花儿还是长着好看。"

"你真的不要几朵吗？"

"花儿宁愿长在那儿。"

"我不信。"

"我可不想要一些花儿的尸体。"她说。

"这种想法有些太古板做作了。"他说，"花在水里决不会比在土里死得快。再说，养在花盆里很好看——看上去生趣盎然。你只是因为花断了根就叫死尸。"

"那么这到底是不是死尸？"她分辩道。

"对我来说，不是。采下的花不是花的死尸。"

克莱拉不再搭理他了。

"就算是这样——你又有什么权利把它们采下来呢？"她问道。

"因为我喜欢花，我也想要花——况且这儿花多的是。"

"这就够了吗？"

"够了。为什么不够？我相信如果这些花插在诺丁汉姆你的房间里一定很好闻。"

"那我就有幸亲眼看着这些花死掉了。"

"不过——即使花真死了，也没什么。"

于是，他撇下她，俯在枝叶茂盛的花丛间，花丛就象苍白发亮的泡沫堆，到处都是。米丽亚姆走了过来，克莱拉正跪在那儿，闻着野樱草的幽香。

"我想，"米丽亚姆说，"只要你敬重这些花，就不算伤害花。重要的是你采花时的心情。"

"这话可以说是也可以说不是，"他说："你采花就是因为你想要花。就是这么回事。"他把那束花举了举。

米丽亚姆默默地无语。他又采了一些花。

"看这些！"他接着说，"又粗又壮，象小树一样，也象腿胖乎乎的小孩。"

克莱拉的帽子搁在不远处的草地上。她仍旧跪在那里，俯身闻着花香。看到她的脖子，保罗感到一阵怵动，她是如此的美，而且没有一点自我欣赏的样子。她的乳房在罩衫下轻轻地晃动着，背部弯成拱形曲线，显得优美而健壮。她没穿紧身胸衣，突然，他竟下意识地把一把野樱花撒在她头发和脖颈上，说：

"人本尘身，终归尘土，

上帝不收，魔鬼必留。"

冰冰的花儿落在她脖子上，她抬起头来看着他，可怜地睁着那双惊恐的灰眼睛，不知道他在干什么。花儿落在她脸上，她闭上了眼睛。

他原本高高地站在她身边，突然间他感到有些尴尬。

"我以为你想来一场葬礼呢。"他极不自然地说。

克莱拉奇怪地笑了起来，站起身，把野樱草从头发上拂掉。她拿起帽子扣在头上，还有一朵花仍缠在头发上。保罗看到了，不过没有告诉她。他俯身收起她身上拂落的。

树林边，一片蓝铃花象发洪水似的，蔓延进田野，不过现在都已经凋谢了。克莱拉信步走去'他在后面漫不经心地跟着。这片蓝铃花真叫他喜欢。

"看这片蓝铃花，从树林里一直开到外边！"他说。

她听了之后，转过身来，脸上闪过一丝热情和感激。

"是的。"她笑了起来。

他顿时觉得热血沸腾。

"这让我想起林中的野人，他们最初赤身裸体地面对这片旷野时，不知被吓成了什么样子！"

"你觉得他们害怕吗？"她问。

"我不知道哪一个古老的部落更感到害怕？是那些从黑暗的树林深处冲到阳光灿烂荒野上的部落，还是那些悄悄地从开阔天地摸进森林里的野人？"

"我想是第二者，"她回答。

"是的，你一定觉得自己很象开阔荒野的那种人，竭力强迫自己走进黑暗世界，是不是？"

"我怎么会知道呢？"她神情古怪地问。

这次谈话就此为止了。

大地笼罩着暮色。山谷已是一片阴影。只有一小块亮光照在对面克罗斯利河滨的农场上。亮光在山巅移动。米丽亚姆慢慢地走上前来，脸俯在那一大把散乱的鲜花中，踏过齐脚腕的野樱草丛。她身后的树木已经影影绰绰。

"我们走吗？"她问。

三人都转过身，默默地踏上归程。沿着小路往下走时，他们看见对面农舍里灯火点点。天际远处，山脊上的煤矿居民区，只有一抹淡淡的模糊的轮廓，微光明灭可见。

"今天玩得真开心，是不是？"他问。

米丽亚姆喃喃地表示同意，但克莱拉没有吭声。

"你不觉得吗？"他又追问道。

但克莱拉昂首走着，仍然没有搭理。从她的举动上，他可以看出，她表面上满不在乎的样子，实际上心里很难受。

在这一段时间里，保罗带着母亲去了林肯城。她和往常一样兴高采烈，不过，当保罗与她面对坐在火车上时，她显出疲惫憔悴的神色。有一刻他甚至感觉到她要从他身边溜走，而他想要抓住她，牢牢地抓住，几乎想用链子拴住她，他觉得必须亲自把她牢牢抓住才好。

快到林肯城区了，两人都坐在窗旁寻找着教堂。

"在那儿，妈妈！"他大声叫道。

他们看见高大的教堂威严地矗立在旷野上。

"哦，"她惊呼道："教堂原来是这样啊？"

他看着母亲。她那双蓝眼睛默默地看着教堂，似乎又变得高深莫测了。大教堂那永恒的宁静中似乎有什么东西，什么命中注定的东西折射到她的身上。教堂高耸入云，显得庄严而肃穆。反正，命该如此，就是如此，即使他的旺盛青春也奈何不了命运。他注视着她那红润的面颊，长着绒毛，眼角出现了鱼尾纹，眼眨也不眨，眼皮略有点松弛，嘴巴总是带着绝望的神情，脸上也是同样的那种永恒的神情，仿佛她已经看透了命运。他用尽心力叩着她的心扉。

"看，妈妈，这座教堂高高屹立在城市之上，多么雄伟啊！想想多少条街道都在它下面，她看上去比整个城市还要大。"

"真是这样！"母亲惊呼道，又开始活跃起来。但是他看到母亲仍目不转睛地坐在那儿盯着窗外的大教堂，那呆滞的脸色和眼神似乎在思索着人生的无情。母亲眼角的鱼尾纹和紧紧闭着的嘴巴，简直让他觉得自己会发疯。

他们吃了一顿她认为太奢侈的饭。

"别认为我喜欢吃这顿饭，"她一边吃着炸肉排一边说："我不喜欢，我真的不喜欢！你想想浪费了你多少钱！"

"你不用计较我的钱，"他说："你忘了我现在是带着女朋友出游的人。"

他还给她买了几朵铃兰花。

"别买，先生。"她命令道；"我要这些花干什么？"

"你别管，就站在那儿。"

走在马路中间，他把花插在了她的外套上。

"我太老了！"她鼻子哼了一声，说道。

"你知道，"他说："我想让人都认为我们是非常有身份的人物。神气点儿。"

"瞧我不把你的头揪下来。"她笑道。

"大摇大摆地走！"他命令道，"要象扇尾鸽那样神气。"

他用了一个钟头才陪她逛完了这条街。她在神洞前停了停，又在石弓前停了停。她每到一处都站着不走，高兴得直嚷嚷。

一个男人走上前来，脱下帽子，给她行了个礼。

"要不要我带你参观一下这个城市，夫人？"

"不用了，谢谢。"她回答说："我有儿子陪着。"

保罗就怪她在回答时没有显得高傲一点。

"走开吧，你。"她叫道；"哈！那儿是犹太教堂。喂，你记不记得那次布道，保罗……？"

可是，她几乎爬不上教堂的那条陡坡，开始时他没注意。后来，他突然发现母亲累得几乎连话都不能讲了。于是就带着她走进一间小酒店，让她休息一下。

"没事儿。"她说，"就是我的心脏有点衰老了，这是难免的。"

他没有回答，只是望着她。他的心又一阵抽搐，痛苦万分。他想哭，想捣毁所有的东西。

他们又动身了，慢慢地一步一步地走着。每一步就象一个重担压在他胸口上。他觉得自己的心似乎要爆炸。最后，母子俩终于爬上了山顶。她出神地站在那里，望着城堡大门，望着教堂正面，简直都入迷了，忘记了自己。

"这要比我想象中的好！"她叫道。

不过，他却不喜欢她这副神情。他一直跟着她，始终思虑重重。他们一起坐在教堂里，跟唱诗班一起做礼拜。她有些胆怯。

"我想这是人人都可以参加的吧？"她问儿子。

"是的。"他回答道："你认为他们会那么无礼地把我们赶走。"

"可是，我相信，"她叫道："他们要是听到了你的这番话，就会这么做的。"

做礼拜时，她脸上好像闪着兴奋和喜悦的光。而保罗却始终想发火，想捣毁东西，想痛哭一场。

后来，他们趴在墙上，探身俯瞰着下面的城市，保罗突然说：

"为什么一个人就不能有一个年轻的妈妈？她为什么要老？"

"哦，"母亲笑了起来："她对此也无能为力啊。"

"可我为什么又不是长子呢？瞧——别人总是说小儿子占便宜——可是瞧，长子有年轻的妈妈。你应该让我做长子。"

"我可没法安排这个。"她分辩说："你想想，抱怨我还不如怨你。"

他冲她转了过来，脸色苍白，眼睛里闪着愤怒。

"你为什么要老呢！"他说。保罗因自己无能为力而火冒三丈。"你为什么走不动，你为什么不能陪我到处走走？"

"以前啊，"她回答说："我能比你还快跑上那座山。"

"这话对我有什么用？"他大声喊着，一拳打在墙上。接着，他变得很伤心。"你病了真糟糕。亲爱的妈妈，这是……"

"病！"她喊着说："我只是有点老了，你得容忍这点。"

两人都沉默不言，不过他们都难以忍受。后来，吃茶点时，他们又高兴了。他们坐在布雷福河畔观看游船。这时，他把克莱拉的情况告诉了母亲。母亲问了他一连串的问题。

"那她跟谁住在一起？"

"跟她妈妈住在蓝铃山上。"

"她们的日子还过得去吗？"

"我不认为。她们可能在干挑花边的工作。"

"那么，她有什么魅力，孩子？"

"我不知道她是否很迷人，妈妈。但她不错，而且她很直率，你知道——一点也不是使心眼的人。"

"可是她比你大得多。"

"她三十岁，我快二十三岁了。"

"你还没告诉我你为什么喜欢她？"

"因为，我不知道——她有一种挑战似的性子———种愤世嫉俗的神态。"

莫瑞尔太太考虑着。儿子爱上了一个女人，她应该高兴才是，那女人是——她也不知道是什么样的。可是，他如此烦躁，一会儿暴跳如雷，一会儿又意气消沉。她希望他结识了一个好女人——她也弄不清楚自己究竟希望什么，但也不想去弄清楚。不管怎么说，她对克莱拉倒没有什么敌意。

安妮也快要结婚。伦纳德已经去伯明翰工作了。有个周末，他到家里来，母亲对他说：

"你看起来气色不太好，孩子。"

"我也不知道。"他说,"我只觉得心烦意乱,妈。"

他已经叫她"妈妈"了,叫起来象个小孩。

"你真的觉得你住的地方条件不错吗?"她问。

"是的——是的。只是——总觉得有点别扭,你得给自己倒茶,即使你把茶倒在菜碟里,一口一口地把它喝光,也没人管你怨你。可不知为什么就觉得喝茶也不那么有味儿了。"

莫瑞尔太太笑了。

"这就让你受不了啦?"她说。

"我不知道。我想结婚。"他脱口而出,说罢扭着手指头,盯着脚上的靴子。屋里沉默了一阵。

"可是,"她叫道。"我记得你说过要再等一年。"

"是的,我是这么说过。"他固执地回答。

她又考虑了一阵。

"你知道,"她说:"安妮花钱有点儿大手大脚。她只存了十一镑。而且我知道,孩子,你的运气也不大好。"

他的脸唰地红到了耳朵根上。

"我已经攒了三十四镑,"他说。他什么也没说,只是在扭着手指头。

"而且你知道,"她说,"我是一无所有……"

"我不要你的,妈!"他叫道:脸色通红,看样子是又难受又想辩解什么。

"当然,孩子,我清楚。我只是希望我有钱。拿出五英镑来操办婚礼和买用的东西——只剩下二十九镑,派不了多大的用场。"

他仍旧扭着手指头,执拗而无力地耷拉着脑袋。

"不过,你是真想结婚吗?"她问:"你觉得自己应该结婚了吗?"

他那双蓝眼睛直直地看着她。

"是的。"他说。

"那么,"她回答道,"我们都得为此尽力而为了,孩子。"

他再抬起头时,已是热泪盈眶。

"我不想让安妮觉得有什么不如人的地方。"他挣扎着说。

"孩子，"她说，"你的情况已经比较稳定——有一份体面的职业。如果有个男人想要我的话，我只凭他最近一星期的工资操办婚事我也会嫁给他的。刚开始过紧日子她可能觉得不太习惯。年轻姑娘都这样，她们总认为理所应当地该有个舒适的家。我曾经有过比较讲究的家具，但这又不能代表一切。"

就这样，婚礼几乎立即就举行了。亚瑟回家了，穿着军装十分神气。安妮穿着一身她平时星期天才穿的鸽灰色礼服，看上去漂亮可爱。莫瑞尔觉得安妮这么早结婚真是傻瓜，因此对女婿很冷淡。莫瑞尔太太戴着帽子，穿的衬衫上也镶满白色饰针。两个儿子都取笑她自命不凡。伦纳德快乐而兴奋，活象个大傻瓜。保罗不明白安妮为什么要结婚。他喜欢她，她也喜欢他。不过，他还是悲伤地希望这件婚事美满幸福。亚瑟穿着紫红加橙黄两色相间的军装，英俊极了，他自己也清楚地意识到这一点。不过，他还是内心为这身军装而羞愧。安妮因为就要离开母亲了，在厨房里号啕大哭。莫瑞尔太太了落了泪，后来，她拍着安妮的肩膀说：

"快别哭了，孩子，他会待你好的。"

莫瑞尔跺着脚说，安妮把自己嫁出去是作茧自缚，真是个大傻瓜。伦纳德看上去脸色苍白，过于紧张和劳累。莫瑞尔太太对他说：

"我把她交给你了，孩子，你可得好好负责啊。"

"您放心好了，"他说，这场考验差点要了他的命。如今婚事终于结束了。

莫瑞尔和亚瑟都上了床。保罗仍象往常一样，坐着跟母亲聊天。

"她结婚了你不难过吧，妈妈？"他问。

"她结婚我不难过。可是——她要离开我却有些让我不适应。她情愿跟伦纳德走，这简直让我伤心。做妈妈的就是这样——我也知道这样未免太傻。"

"你会为她伤心吗？"

"每当我想起我结婚的那一天，我就伤心，"母亲答道："我只希望她的生活与我的不同。"

"你相信他会待她好吗？"

"是的，我相信，别人说他配不上她。但我认为，如果一个男人象他这样真心实

意，而姑娘又喜欢他的话——那么——婚姻应该是没有问题的。他配得上她。"

"那你放心了？"

"我决不会让自己的女儿嫁给一个我觉得不是太真心的男人。然而，她走了，总还是觉得象丢了什么似的。"

母子俩都感到伤心，希望她能回来。保罗觉得，母亲穿着镶着白色饰边的黑绸新外罩，似乎显得非常孤独。

"无论如何，我是不会结婚的，妈妈。"他说。

"哦，谁都这么说，孩子。你只是还没碰上意中人罢了，再等上一两年你就知道了。"

"但我不要结婚，妈妈。我要和你住在一起，我们雇个佣人。"

"咳，孩子，说起来容易啊。我们走着瞧吧。"

"瞧什么？我都快二十三啦。"

"是的，你不是早婚的人，但是三年之内……"

"我还会同样陪着你的。"

"我们走着瞧吧，孩子，我们走着瞧吧。"

"可你不希望我结婚吧？"

"我可不愿意你一辈子没个人照顾——不。"

"你觉得我应该结婚？"

"每个人迟早都要结婚。"

"可是你宁愿我晚些结婚。"

"结婚很难，——非常难。就象别人所说的。儿了娶了媳妇忘了娘，还是女儿孝心长。"

"你认为我会让媳妇把我从你身边夺走吗？"

"可是，你不会让她嫁给你，又嫁给你妈妈吧？"莫瑞尔太太答道。

"她可以干她想干的事，但她也不能干涉别的事。"

"她不会——等到她得到你——那时你就明白了。"

"我永远也不会明白。有你在身边，我永远也不会结婚——我永远不会。"

"我不愿意留下你没人照顾，孩子，"她叫道。

"你不会离开我的，你以为你有多老？才不过五十三岁罢了！我想人至少可以活到七十五岁。那时你瞧着吧，我就是一位开始发福的四十四岁的男人，我再娶个稳重的媳妇，明白吗！"

母亲坐在那儿大笑起来。

"睡觉去吧——睡觉去吧。"她说。

"你和我，我们会有一座漂亮的房子，再雇个佣人，一切都会令人满意。也许我能靠画画发财呢。"

"你睡不睡觉了！"

"而且那时候你还会有一辆小马驹拉的车子。想想吧，——就象一位小小的维多利亚女王出巡。"

"我告诉你，上床睡觉去。"她大笑道。

他亲了亲母亲走了。他对将来的宏图都是一成不变的。

莫瑞尔太太坐在那儿沉思着——想着女儿，想着保罗，想着亚瑟。安妮离去，令她烦恼不堪。全家人本来是亲密地团聚在一起的。她觉得自己如今一定要和孩子们生活在一起。生活对她还是慷慨的，保罗要她，亚瑟也要她。亚瑟从没意识到自己爱她有多深。现在他还是个只顾眼前的人，他从来没有强迫自己去了解自己。部队训练了他的身体，却没有触及他的灵魂。他体格健康，相貌英俊，浓密的黑发盖在脑袋上，鼻子有点儿稚气，长着一双少女般蓝黑色的眼睛。不过，褐色的小胡子下面的那张嘴倒是丰满红润，很有男子气，下巴也挺结实。这张嘴象他爸爸的。鼻子和眼睛象他妈妈的娘家人——长相漂亮，但都软弱，没有主见。莫瑞尔太太替他担忧，假如他一旦离开军队，就会平安无事的，但是，他可能走到哪一步呢？

服兵役其实对他并没有什么真正的好处，他痛恨那些军官们作威作福。他厌恶象个动物似的，非得服从他们的命令不可。不过他还算聪明，不会捅乱子。因此他就把注意力转移到寻欢作乐。他会唱歌，也会吃喝玩乐。他经常陷入困境，不过这些都是男人的困境，可以得到谅解。他就这样一方面压抑着自尊，一方面又尽情享乐着。他相信自己的相貌英俊，身材健美，举止温文尔雅，又有良好的教养，因此他自信凭这

些能得到自己想要的东西。他果然如愿以偿，然而他还是烦躁不安。他从来没有内心平静地独自呆一会儿。他在母亲身边时，顺从得低声下气。他爱保罗，羡慕保罗，但还有点瞧不起。而保罗对他也是羡慕又喜爱，还有点鄙视感。

莫瑞尔太太还有他爸爸给她的一些私房钱，她打算把儿子从部队里赎出来。他对此欣喜若狂，就象小孩子过节一般。

他过去一直爱恋着比特丽斯·怀尔德。在他休假期间，两人又相逢了，她身体比过去更健壮。两人常常去远足，亚瑟以他那种士兵的方式拘谨地挽着她的胳膊。她弹钢琴时他就唱歌。这时，亚瑟就会解开军装领子，脸色通红，眼睛发亮，用雄浑的男高音唱着。唱完后，俩人就并肩坐在沙发上，他似乎在炫耀自己的身材，她对此很清楚——发达的胸肌，结实的两肋，还有紧身军裤里两条健壮的腿。

他喜欢用方言跟她说话，有时她会跟他一起抽烟，偶尔直接从他嘴上拿过烟卷吸几口。

一天晚上，她伸手去拿他嘴上的烟卷时，他说："别，别，你别拿。要抽，我就给你一个带烟味的吻。"

"我要抽一口烟，不要吻。"她答道。

"好，就给你抽一口，"他说，"再给你一个吻。"

"我就要抽你的烟卷。"她大叫着，一面伸手想夺下他嘴里的烟卷。

他肩膀挨着她坐着，比特丽斯身材娇小，动作快得像闪电，他好不容易才闪开了。

"我就要给你一个带烟味的吻。"他说。

"你是个讨厌的家伙，阿荪·莫瑞尔。"她说着，把身子往后靠了靠。

"要来一个带烟味的吻吗？"

这个士兵笑着向她凑过去，他的脸挨近了她的脸。

"不要！"她转过头去说。

他抽了一口烟，噘起嘴，把嘴唇凑近她，他那理得短短的深褐色的小胡子象刷子似的一根根竖起。她看着他那张皱拢的鲜红的唇，突然从他的指缝间夺下烟卷，转身逃开了。他跳起来追，从她头发上把梳子给抢去了。她转过身来，把烟卷向他扔去。他捡起来，衔在嘴里，坐了下来。

"讨厌!"她喊道,"给我梳子!"

她担心她那特意为他梳好的头发会散开,她站着,两手拢着头发,亚瑟把梳子藏在两膝之间。

"我没拿。"他说。

他说话时笑着,烟卷也在唇间颤动不已。

"骗人!"她说。

"真的,要不你看!"他笑着,伸开两手。

"你这个厚脸皮的家伙。"她叫着冲过去扭着他要夹在膝下的梳子。她跟他扭打时,使劲地扳着他紧紧裹在军裤里的膝头,他哈哈大笑着,笑得仰躺在沙发上直打颤,烟卷也笑得从嘴里掉了出来,差点烫着他的喉咙。淡褐色皮肤下的血液涨得通红,两只蓝眼睛也笑花了,嗓子也噎住了,这才坐起身子,比特丽斯把梳子插在头上。

"你撩拨我,比特。"他含糊地说。

她那白嫩的手闪电般打了他一耳光。他吃了一惊,对她瞪着双眼,两人互相瞪着。她的脸慢慢红了,垂了双眼,接着,头也低下去。他绷着个脸坐下来。她走进洗碗间去梳理乱发,也不知为了什么,她竟暗自掉着眼泪。

等她又回到屋子时,她又高高地噘着嘴,但这只不过是想掩饰心头的怒气罢了。亚瑟头发乱糟糟的,正坐在沙发上生气。她坐在他对面的一张扶手椅上。两人谁也没说话。静静地连时钟的滴嗒声都像一下下的撞击声。

"你象只小猫,比特。"他终于半带歉意地说。

"哼,谁叫你厚脸皮。"她回答。

接着,又是一段长长的沉默。他吹着口哨,就象很不服气似的,突然,她走到他身边,吻了他一下。

"来吧,可怜虫!"她嘲弄地说。

他抬起脸,诧异地笑着。

"吻?"他问她。

"当我不敢吗?"她问。

"来吧!"他挑战似的说,冲她仰起了嘴巴。

　　她故意古怪地颤声笑了，浑身都跟着颤动了一下，这才把嘴贴到他的嘴上，他的双臂立即拥住了她。长吻结束后，她立即仰着头，纤细的手指伸到了他敞开的衣领里搂着他的脖子。接着，闭上了眼睛，让他再给了自己一个吻。

　　她的一举一动完全是自己的意愿，她想怎么做就怎么做，谁也管不着。

　　保罗觉得周围的一切都在变化，孩提时代的一切一去不复返了。现在家里全是成年人了。安妮已经结婚，亚瑟正在背着家里人寻欢作乐。长期以来，他们全家人都是住在一起，而且一起出去玩。但现在，对于安妮和亚瑟来说，他们的生活已经是母亲的家之外的天地了。他们回家只是来过节和休息的。因此，家里总是有一种陌生的人去楼空的感觉，就象鸟去巢空一样。保罗越来越觉得不安。安妮和亚瑟都走了。他也焦躁不安地想走。然而家对他来说就是在母亲身边，尽管如此，外面还有什么东西，这些才是他想要的东西。

　　他变得越来越不安了。米丽亚姆不能让他感到满足，过去他那疯狂地想跟她在一起的念头淡薄了。有时，他会在诺丁汉姆碰上克莱拉，有时他会跟她一起开会，有时他在威利农场会见到她。不过，每当这个时候，气氛就有些紧张。在保罗、克莱拉和米丽亚姆之间有一种三角关系。和克莱拉在一起，他总是用一种俏皮而俗气的嘲讽口吻说话，这让米丽亚姆很反感。不管在此之间的情况怎样，也许她正和他亲密地坐在一起。可只要克莱拉一出现，这一切就消失了，他就开始对新来的人演起戏来了。

　　米丽亚姆跟保罗一起过了一个愉快的傍晚，他们在一起翻干草。他原来正使着马拉耙吧，刚干完，就帮她把干草堆成圆锥形小堆。接着，他跟她说起自己的希望和失望，他的整个灵魂都似乎赤裸裸地暴露在她面前，她觉得她好像在他身上看到了那颤动的生命。月亮出来了，他俩一起走回了家，他来找她好像是因为他迫切地需要她。而她听着他的倾诉，把她所有的爱情和忠贞都给了他。对她来说，他好像带来了最珍贵的东西交给她，她要用作部生命来卫护。是啊，苍天对星星的爱抚，也远远不及她对保罗·莫瑞尔心灵中善良的东西卫护得那么无微不至。她独自往家走去，心境盎然，信心百倍。

　　第二天，克莱拉来了。他们到干草地里去用茶点，米丽亚姆看着暮色由一片金黄色变成阴影，保罗还跟克莱拉在嬉戏，他堆了一个比较高的干草堆，让他们跳过去。

米丽亚姆对这种游戏不太感兴趣，就站在一旁。艾德加·杰佛里、莫里斯、克莱拉和保罗都跳了。保罗胜了，因为他身子轻。克莱拉热血直往上涌，她能象女战士那样飞奔。保罗就喜欢她那向干草堆冲过去，一跃而起，落在另一边的那副果断的神态。她那乳房不住地颤动，厚密的头发披散开来。

"你碰着草了！"他叫道，"你碰到了？"

"没有！"她涨红了脸，转向艾德加："我没碰到，是不是？我挺利索的吧？"

"我说不上。"艾德加笑着说。

没有一个人能说得上来。

"但你就是碰上了，"他说，"你输了。"

"我没有碰上。"她大叫道。

"清清楚楚，你碰到了。"

"替我打他耳光。"她对艾德加说。

"不，"艾德加大笑着，"我不敢，你得自己去打。"

"但什么也改变不了这事实。"保罗哈哈大笑。

她对保罗非常生气。她在这些男人和小伙子面前的那点威风已荡然无存。她忘了自己只是在做游戏，但现在他却让她下不了台。

"你真卑鄙！"她说。

他又哈哈大笑起来。这对米丽亚姆来说真是一种折磨。

"我就知道你跳不过这草堆。"他取笑她。

她背转过身。然而每个人都明白她唯一关心的就是保罗。而保罗呢，也只对她一个人感兴趣。他们的争吵让小伙子们觉得很开心。可这却深深刺痛了米丽亚姆。

她已经看出来，保罗完全可能因低落的情绪而抛弃了对崇高事物的追求。他完全可能背叛自己，背叛那个真正的，思想深刻的保罗·莫瑞尔。他大有可能变得轻浮，象亚瑟象他父亲那样只追求个人欲望的满足。他可能舍弃自己的灵魂，草率地和克莱拉进行轻浮的交往。一想到这些，她就感到心痛。当他们俩互相嘲弄，保罗开着玩笑时，她痛苦地无言地走着。

事后，他会不承认这些。不过，他毕竟有些为自己感到羞愧，因此完全听从米丽

亚姆，随后他又会再次反悔。

"故作虔诚并不是真正的虔诚，"他说，"我觉得一只乌鸦，当它飞过天空时是虔诚的。但它这么做只是因为它觉得自己是不由自主地飞往要去的地方，而不是它认为自己这样做正在成为不朽的功绩。"

但是米丽亚姆认为一个人不论在任何事情上都应该虔诚。不管上帝是什么样子。它总是无所不在的。

"我不相信上帝对自己的事就那么了解。"

他叫道，"上帝才不了解情况，他自己本身就是事物，而且我敢说他不是生气勃勃的。"

在她看来，保罗是在借上帝为自己辩护，因为他想耽于享乐，为所欲为。他俩争吵了很久。甚至在她在场的时候，他也会做出对她完全不忠实的事来。过后他就愧悔交加，接着，他又厌恶痛恨她，就再次背叛她。这种情况周而复始。

米丽亚姆使他极度的烦躁不安。她仍然是一个忧郁的、多思的崇拜者。而他却令她伤情。有时，他为她悲伤，有时他又痛恨她。她是他的良知，然而，不知为什么，他觉得对这个良知太难接受了。他离不开她，因为她的确掌握着他最善良的一面；但他又不能跟她在一起，因为她不能接受另一个他。所以他心里一烦就把气撒在她身上。

当她二十一岁时，他给她写了一封只能写给她的信。

"请允许我最后一次谈谈我们之间这段衰退的旧情。它同样也在变化，是不是？就说说那段爱情吧，难道不是躯体已经死了，只留下一个永久的灵魂给你吗？你明白，我可以给你精神上的爱，我早就把这种爱给了你；但这绝不是肉体上的爱。要知道，你是一个修女。我已经把我应该献给圣洁的修女的东西献给你——就象神秘的修士把爱献给神秘的修女一样。你的确很珍惜这份感情。然而，你又在惋惜——不，曾经惋惜过另外一种爱。在我们所有的关系中没有一点肉体的位置。我不是通过感觉同你交谈，而是用精神来同你交流。这就是我们不能按常规相爱的原因。我们的爱不是正常的恋情。假如，我们象凡人那样，形影不离地共同生活，那太可怕了。因为不知为什么，你在我身边，我就不能长久地过平凡日子。可你知道，要经常超脱这种凡人的状态，也就是失掉凡人的生活，就会失去这种生活。人要是结了婚就必须象彼此相亲相

爱的平常人那样在一起。互相之间丝毫不感到别扭——而不是象两个灵魂聚在一起。我就有这种感觉。"

"我不知道该不该发这封信。不过——最好还是让你了解一下，再见。"

米丽亚姆把信看了两遍。看完后又把信封了起来。一年后，她才拆开信让她母亲看。

"你是个修女——你是个修女。"这句话不断刺痛着她的心，他过去说的话从来没有象这一句话深深地、牢牢地刺进她的心，就象一个致命伤。

她在大伙聚会后的第三天给他回了信。

"我们的亲密的关系是美好的，但遗憾的是有一个不小的差错。"她引证了一句他的话："难道这是爱我的错误吗？"

他收信后，几乎立刻就从诺丁汉姆给她回信，同时寄了一本《莪默·伽亚嫫诗集》。

"很高兴收到你的回信，你如此平静，让我感到很羞愧。我，真是个太夸大其词的人。我们经常不和谐。不过，我想我们从根本上来说还可以永远在一起。"

"我必须感谢你对我的油画和素描的赞赏。我的好多幅素描都是献给你的，我盼望得到你的指正。你的指正对我来说总是一种赏识，这让我感到羞愧和荣幸。开玩笑别当真。再见。"

保罗的初恋就到此为止了。当时，他大概二十三岁了。虽然，他还是处男，可是他的那种性的本能长期受到米丽亚姆的净化和压抑，如今变得格外强烈。他跟克莱拉·道伍斯说话时，满腔热血会越流越快越流越猛，胸口堵得慌，好像有个活跃的东西。一个新的自我，一个新的意识中枢，预告他迟早会向这个或那个女人求欢。但他是属于米丽亚姆的。对此，米丽亚姆绝对肯定，坚信他给了她这份权利。

第十章 寡居少妇

保罗二十三岁时，送了一幅风景画参加诺于汉姆堡的冬季画展，乔丹小姐对他很感兴趣，邀请他去她家做客。他在那儿认识了其他一些画家，使他开始变得野心勃勃。

一天早晨，他正在洗碗间洗漱，邮递员来了，突然，他听到母亲一声狂叫，他赶紧冲进厨房，只见她站在炉前的毯上，拼命地挥舞着一封信，嘴里大喊"好啊！"就象发了疯。他吃了一惊。吓得要死。

"怎么了，妈妈！"他惊呼道。

她飞奔向他，伸出双臂抱了他片刻，然后挥舞着信，大叫道：

"好啊，我的孩子！我就知道咱们会成功的！"

他有点怕她——这个身材矮小，神态严肃，头发斑白的女人怎么会突然变得这样疯狂。邮递员生怕出什么事，又跑了回来。母子俩看见他歪戴着的帽子出现在半截门帘上方，莫瑞尔太太便冲到门边。

"他的画得了一等奖，弗雷德，"她大叫着说，"还卖了二十个金币。"

"天哪，真了不起！"他们熟识的年轻的邮递员说。

"莫尔顿少校买下了那幅画！"她大叫着说。

"看来确实了不起，真的，莫瑞尔太太，"邮递员说着，蓝眼睛闪闪发亮，为自己送来了一个喜讯而高兴。莫瑞尔太太走进里屋，坐下来，颤抖着。保罗担心她看错了信，落得空欢喜一场，于是他仔仔细细地把信看了一遍又一遍。不错，他这才相信竟是真的，他这才坐下来，一颗心乐得怦怦直跳。

"妈妈！"他欢呼似的喊。

"我不是说过咱们总会成功吗？"她说，竭力不让他看到自己在哭。

他从火炉上取下水壶，冲上茶。

"你当时没想到过，妈妈——"他试探着说。

"没有，我的孩子——没有想到这样大的成功——不过我对你期望很高。"

"没那么高吧。"他说。

"不——不——可我知道咱们总会成功。"

随后，她恢复了镇静，至少表面上这样。他敞开衬衣坐着，露出几乎象女孩子一样细嫩的脖子，手里拿着毛巾，头发湿淋淋地竖着。

"二十个金币，妈妈！正好够你给亚瑟赎身的钱。现在你不必再借钱了，正好够用。"

"可是，我不能都拿去，"她说。

"这为什么？"

"因为我不愿意。"

"好吧——你有二十英镑，我添九英镑。"

俩人反复地商量怎么分这二十个金币。她只想拿她想需要的五英镑，他却不依，于是俩人吵了一场，以此平息了心中的兴奋。晚上莫瑞尔从矿井回到家里就说：

"他们告诉我保罗的画得了一等奖，并且五十镑卖给了亨利·本特利公爵。"

"噢，瞧人们编的故事多动听！"她大叫着。

"嘿！"他答道，"我说过这准是瞎说，但是他们说是你告诉弗雷德·霍基森的。"

"好像我真会告诉他这番话似的！"

"嘿！"莫瑞尔附和着说。

但是他还是觉得很扫兴。

"他真的得了一等奖。"莫瑞尔太太说。

莫瑞尔一屁股重重地坐在椅子上。

"真的，我的天呐！"他惊呼道。

他呆呆地盯着房间对面的墙。

"至于五十镑——纯属胡说！"她沉默了一会儿。"莫尔顿少校花了二十个金币买了那幅画，这倒是真的。"

"二十个金币！没有的事吧！"莫瑞尔大叫道。

"没错，而且也值这么多。"

"哎！"他说，"我不是不信，但是用二十个金币买一幅他一两个小时就可以画出来

的东西！"

他暗暗为儿子感到自豪。莫瑞尔太太若无其事地哼了一声。

"这钱他几时到手？"莫瑞尔问。

"那我可说不上，我想总得等画送到他家以后吧。"

大家都沉默了。莫瑞尔只是盯着糖罐，却不吃饭。他那黝黑的胳膊搁在桌子上。手由于干活磨得粗糙不堪。他用手背擦着眼睛，把煤屑抹得一张黑脸上全是，妻子假装没有看见。

"是啊，要是另外那个孩子，没被整死的话，也会这么有出息。"他悄悄地说。

想起威廉，莫瑞尔太太感到心里象是被冰冷的刀子扎了一下。这时她才感到自己非常疲倦，要休息了。

乔丹先生邀请保罗去吃饭。回来后他说：

"妈妈，我想要套晚礼服。"

"是啊，我想你该有一套，"她说，心里感到高兴。两人沉默了一会儿。"家里有威廉的那一套，"她继续说，"我知道他花了四镑十先令，而他只穿了三次。"

"你愿意让我穿这一套吗？妈妈？"他问。

"是的，我想你穿着合身——至少上衣准合身。裤子要改短些。"

他上楼去，穿好上衣和背心。下来时，只见他的晚礼服上衣和背心里露出一截绒布领子和衬衣前襟，怪模怪样，而且衣服相当肥大。

"裁缝改一下就好了。"她说着，用手抚摸着他的肩膀。"料子很漂亮，我从来舍不得让你爸爸穿这条裤子，现在我非常高兴让你穿。"当她手刚摸到领结，就想起了大儿子。不过眼前穿这套衣服的是个活生生的儿子。她的手顺势往下摸到他的脊背，他活着，是属于她的儿子，而另一个已不在人世了。

他穿着威廉生前的晚礼服出去参加了几次宴会。每次母亲都是既骄傲又欣喜，心里很踏实。他现在开始出头露面了。她和孩子们给威廉买的饰针都钉在了他的衬衣前襟上，他还穿着威廉的一件衬衣。但是他的体态优雅，相貌虽然粗犷，却是春风满面，很讨人喜欢。他看上去虽不特别象一位绅士，可是她觉得他的确富有男子气。

他把所见所闻统统都告诉她，她听了象亲自在场一样。而他呢，急于想把她介绍给当晚七点半一起用餐的这些新朋友。

"自己去吧，"她说，"他们认识我干吗？"

"他们想认识你！"他愤愤不平地大叫，"如果他们想认识我——他们说他们真的想认识我——那么他们也想认识你，因为你和我一样聪明。"

"去你的吧，孩子！"她大笑道。

可是，她开始爱惜自己的双手。如今这双手由于干活磨得非常粗糙，在热水中泡了这么长时间，皮肤都透亮了，而且指关节也肿了。不过，她开始小心不碰苏打水，她惋惜当初自己的一双手——长得又纤小又细腻。安妮坚持要她添几件适合她这个年龄的时髦外衣，她也顺从了。她甚至还允许在发际上别一个黑丝绒蝴蝶结，然后，她就嘲讽似的对自己嗤之以鼻，确认自己看上去一定怪模怪样。但是，保罗却宣称她看上去象一位贵夫人，跟莫尔顿上校夫人不相上下，甚至有过之而无不及。家境日渐好转，只有莫瑞尔依然如此，倒不如说是慢慢垮下去了。

如今保罗和母亲经常就人生进行长时间的讨论。宗教意识在他心灵中渐渐消退。他已经铲除了所有妨碍他的信念，扫清了道路，不同程度地树立了这样的信仰，即人应该凭自己的内心来辨别是非，而且应该有耐心去逐渐认识自己心中的上帝。如今生活使他兴趣盎然。

"你知道，"他对母亲说，"我不想跻身富裕的中产阶级，我愿意做普通的平民百姓，我属于平民百姓中的一员。"

"可要是别人这样说，你听了难道不会难受吗？你要知道你自认为可以与任何绅士媲美。"

"从我内心来说是如此，"他回答，"可是从我的出身，我的教育或我的举止看并非如此，而从我本身来说，我的确可以与他们并驾齐驱。"

"很好，那你干吗又谈论什么平民百姓呢？"

"因为——人与人之间的差别不在于他们所处的阶级，而在于他们本身。一个人从中产阶级那里能获得思想，而从平民百姓中——能获得生活的热情，你能感到他们的爱与恨。"

"很不错，我的孩子。可是你为什么不去和你爸爸的伙伴谈谈呢？"

"可他们截然不同。"

"一点也不。他们是平民百姓。你现在到底和谁混在一起呢？是那些改变了思想，

变得象中产阶级的人，而其他在平民百姓中的人引不起你的兴趣的。"

"可是——他们那儿有生活——"

"我不相信你从米丽亚姆那儿得到的就一定超过从任何一个有教养的姑娘那儿得到的——比如说莫尔顿小姐——是你自己对出身抱有偏见。"

她真诚地希望他能跻身于中产阶级，她知道这并不难。最终她要他娶个名门淑女。

她开始跟一直在六神不安，满心烦恼的他进行斗争。他依然跟米丽亚姆有来往，既不能彻底摆脱，又不能下决心订婚。这种优柔寡断似乎把他搞得精疲力竭。更糟的是母亲还疑心他对克莱拉也在暗中倾心，何况克莱拉是个有夫之妇。母亲希望他能与一个生活条件比较优越的姑娘相爱。但是，他就是傻，仅仅因为姑娘社会地位高就不愿意去爱她，甚至连表示爱慕之意都不情愿。

"我的孩子，"母亲对他说，"你聪明，敢于与旧事物决裂，能掌握自己的命运，可这些似乎都没给你带来任何幸福。"

"什么是幸福！"他大叫道。"我才不在乎呢！我会幸福吗？"

这鲁莽的话使她心烦意乱。

"这就要你去判断了，我的孩子。但如果你遇到一位能使你幸福的好女人——你就会开始考虑成家——当你有了养家糊口的途径时——你就可以安心工作，不必日夜烦恼——这样你的日子就好过多了。"

他皱皱眉。母亲正好触到了他与米丽亚姆关系的痛处。他撩开额前乱糟糟的头发，两眼冒火，痛苦万分。

"你图的是安乐，妈妈，"他大叫道，"那是女人的全部的生活信条——心灵和肉体的安逸舒适。可我瞧不起这些。"

"哦，是吗！"母亲答道。"那你的生活信条就是超凡入圣的不满足？"

"是的，我不管是不是超凡入圣。可是去你的幸福！只要生活充实，幸福与否根本不重要，恐怕你所谓的幸福会使我厌烦。"

"你从不肯找个机会试试，"她说。接着她把对他的忧虑全部发泄出来。"可是这的确有关系！"她大叫道："你应该争取幸福，生活得幸福。我怎能忍心看你生活得不幸福！"

"你自己的生活已经够糟的了，可是这也没有使你比那些比较幸福的亲戚处境更

糟。我认为你尽力了，我也如此，我不是过得很好吗?"

"你过得不好，我的儿子。搏斗——搏斗——还有受苦，这就是你所做的，这也是我所知道所看到的一切。"

"可为什么不呢，亲爱的? 我告诉你这是最好的——"

"不是，每个人应当幸福。每人应该的。"

说到这儿，莫瑞尔太太不由得浑身发抖。她好像在竭力保全他的性命，且试图打消他自甘灭亡的念头似的，母子之间经常发生这样的争执。保罗用双臂搂住母亲。她既虚弱又可怜。

"不要紧，妈妈，"他咕哝着说，"只要你不觉得生活的艰辛与做人的悲惨，余生幸福与否根本无关紧要。"

她紧紧搂住他。

"可是我想让你幸福，"她可怜巴巴地说。

"呃，亲爱的——不如说你要我活下去。"

莫瑞尔太太觉得自己的心为他操碎了。眼下这种情形，她知道他是活不下去的。他对自己，对自己所受的苦，对自己的生活都抱有一种满不在乎的态度，这简直是一种慢性自杀。她的心几乎都要碎了。莫瑞尔太太生话激烈，她极其痛恨米丽亚姆阴险地破坏了他的欢乐。尽管米丽亚姆并没有什么过错，可她不管这些，米丽亚姆破坏了他的欢乐幸福，她就痛恨米丽亚姆。

她多么希望他会爱上一个相配的姑娘作伴侣——既有教养，身体又强壮。可是他对身份地位比他高的姑娘连看都不看。他好像喜欢道伍斯太太，无论如何，这种感情还是健康的。母亲日夜为他祈祷，希望他不要虚度青春。她所祈祷的——既不是为他的灵魂，也不是为他的正直，而是求神保佑他不要虚度年华。当他睡觉的时候，她时时刻刻都为他思虑，为他祈祷。

他不知不觉跟米丽亚姆疏远了。亚瑟为了结婚而离开军队，婚后六个月就生下孩子。莫瑞尔太太又替他在公司里找到了一份工作，周薪二十一先令。靠比特利斯母亲的帮助，她给他布置好一套两间房的小屋。现在亚瑟被绊住手脚了。不管他怎么挣扎，怎么折腾，终于给拴住了。有一阵子他对深爱着他的年轻妻子发火，使性子。每当娇嫩的小宝宝哭闹时，他就被搅得心烦意乱。他向母亲诉了半天苦。她只是说："好啦，

我的孩子，你自作自受。现在你必须好好过日子。"于是，他拿出勇气，认真地干活，负担起自己的责任。承认自己属于妻子和孩子，真的好好过起日子来。以前他就跟父母家不太亲热，如今就更少来往了。

几个月的时间慢慢地过去了。保罗由于认识了克莱拉，多少与诺丁汉姆城的社会主义者、女权主义者和唯一神教派的教徒有了来往。一天，他和克莱拉都认识的在贝斯伍德的一个朋友请他给道伍斯夫人捎个口信。他当晚就穿过斯拿顿市场到蓝铃山去了。在一条铺着鹅卵石，两旁的人行道砌着瓦楞青砖的简陋的小街上，他找到了那栋房子。行人的脚步踩在这条崎岖的人行道上发出嘎嚓嘎嚓、吧嗒吧嗒的响声。紧靠人行道，跨上一级台阶就是屋子的大门，门上的棕色油漆已经剥落，裂缝间裸露木头。他站在街上敲门，一会儿里面传出一阵沉重的脚步声。一个六十多岁的胖女人赫然屹立在他的面前，他站在人行道上抬眼望着她，她脸孔相当严峻。

她把他领进临时的客厅。客厅很小，死气沉沉的令人发窒，里面摆着红木家具，墙上挂着祖先的放大碳墨画像，阴森森的。雷德福德太太撇下他离开了。她威风凛凛的，神情庄重。一会儿克莱拉出来了，脸涨得通红。他心里感到一片迷惑，她似乎不太愿意在自己家里看到别人。

"我还以为不是你的声音呢！"她说。

她一不做，二不休，索性把他从阴森森的客厅请进了厨房。

那也是一间又小又黑的屋子，不过屋里全被白花网覆盖，她母亲已经重新坐到碗柜边从一大块花边网上抽着线，她的右手放着一团毛茸茸、松散的棉线，左边放着很多四分三英寸宽的花边，面前那块炉边的地毯上堆着一大堆花边网。从花边网上抽出来的棉纱线就撒在壁炉边和围栏上。保罗生怕踩在棉纱堆上，不敢走上前。

梳理花边的纺纱机放在桌上，还有一叠棕色的纸板，一捆绕花边的纸板，一小盒针，沙发上还放着一堆抽过线的花边。

屋子里全是花边，光线又暗、气温又热，把雪白的花边衬托得格外醒目。

"既然你进屋子，就不必管这些活了。"雷德福德太太说，"我知道我们几乎堵死了道。不过，请坐。"

克莱拉感到格外窘迫，她让他坐在一张正对着白花边靠墙的椅子上，自己则十分羞涩地坐在沙发上。

"你想喝点黑啤酒吗?"雷德福德太太问,"克莱拉,给他拿瓶黑啤酒。"

他推辞着,可是雷德福德太太硬劝他喝。

"你看上去还对付得了这酒,"她说,"难道你从来没因喝酒而红脸吗?"

"幸好我脸皮厚,看不出血色来。"他回答道。

克莱拉又羞又恼,给他拿来一瓶黑啤酒和一个杯子。他倒了一杯黑啤酒喝。

"好,"他举起杯说,"祝你健康!"

"谢谢你。"雷德福德太太说。

他把黑啤酒一饮而尽。

"自己点上支烟吧,只要你不把房子烧着了就行。"雷德福德太太说道。

"谢谢你。"他回答道。

"别,你不必谢我,"她答道,"我很高兴在这房子里又能闻到点烟味。我以为屋子里要全是妇人就跟没生火的屋子一样死气沉沉。我可不是一只喜欢守着墙角的蜘蛛,我喜欢有个男人陪伴,只要他多少能让人骂几句就行了。"

克莱拉开始干活了。她的纺车呜噜呜噜地转动着,白色花边从她指缝间跳到纸板上,一张纸板绕满了,她就把线铰断,把一头别在绕好的花边下面。然后,在纺纱机上安一张新纸板。保罗注视着她,她一本正经地坐着,脖子和双臂都裸露在外面,两耳还羞得通红;她惭愧地低着头,满脸专注干活的神态。她的双臂衬着白色花边,更显得肤如凝脂,充满了活力;两只保养得很细嫩的手灵活地干着活,她从容地干着。他不知不觉地一直这样望着她。她低头的时候,他看见她脖子和肩头相连处的曲线;看到她暗褐色的花髻;看着移动的闪亮的双臂。

"我听克莱拉提及过你,"她母亲继续说,"你在乔丹的厂里工作,是吗?"她不停地抽着花边。

"是的。"

"嗳,说起来,我还记得托马斯·乔丹曾经向我要太妃糖吃呢。"

"是呀!"保罗笑道,"他吃到了吗?"

"有时候能,有时吃不到——这是后来的事了。因为他就是那种人,光拿人家的而从不舍得给人家,他是——至少过去是这样的。"

"我觉得他很正派。"保罗说。

世界传世藏书

世界孤本小说

儿子与情人

265

"是的。我很高兴听你这么说。"雷德福德太太坦然地盯着他看。他身上有某种他喜欢的果断神情,她脸上的皮肉虽然松弛了,可是依然神色镇定,身上有种坚强的气质,所以她看上去不见老,只有皱纹和松弛的面颊显示出岁月的过失。她具有正值青春的少妇的力量和沉着。她继续慢慢地、优雅地抽着花边,巨大的花边网很自然地堆在她围裙上;一段花边落在她的身边,她双臂形态优美,只是如象牙般发黄且泛着油光,当然,没有克莱拉双臂那种深深迷住他的柔和光泽。

"你一直都跟米丽亚姆·莱渥斯相好?"她母亲问他。

"嗯……。"他答道。

"哦,她是个好姑娘,"她继续说:"她非常好,不过她有点太高傲了,我不喜欢。"

"她是有点儿这样。"他表示赞同。

"她要不长上翅膀从众人头上过才不会甘心呢,决不甘心。"她说。

克莱拉打断了话头,于是他告诉她捎来的口信。她低声下气地跟他说完。他在她做苦工时拜访了她,她丝毫没有料到。但能使她如此低声下气,他不由得感到情绪高昂,仿佛看到了希望似的。

"你喜欢纺线吗?"他问。

"女人家还能干什么!"她苦涩地答道。

"这活儿很苦吧?"

"多少有点吧。还不全是女人干的活儿？这就是逼迫把我们女人投入劳动力市场后，男人玩的另一个花招。"

"好了，闭嘴别再谈男人啦。"她母亲说。"我说呀，要不是女人傻，男人不会变坏的。就没有哪个男人敢对我使坏，除非他想惹麻烦。当然啦，男人都是些讨厌的家伙，这自然不必说了。"

"可是他们的确都还不错，对吗？"他问。

"说起来，男人和女人就是有点儿不同，"她答道。

"你还想回乔丹厂去吗？"他问克莱拉。

"不，不想。"她答道。

"想，她想的！"她母亲叫道，"如果她能回去就谢天谢地啦。她总是那么趾高气扬象骑在马背上，而她的马又饿又瘦，总有一天那马背会把她切成两半。"

克莱拉忍受着母亲带来的痛苦。保罗感到自己好像眼睛越睁越大。他是否该把克莱拉平时那些愤愤不平的话当真呢？她正埋头纺线，他想她也许需要他帮助，不由得喜上心头。看来她口头上摒弃，实际上被剥夺而得不到的东西还真不少呢！她的胳膊机械地运动着，可是那双胳膊决不应该变成机械零件啊！她的头伏到花边上去了，可是那头绝不该伏到花边上去的啊！她不停地纺纱，仿佛被生活抛弃在人间废墟上，对她来说，被人抛弃的滋味该是多么辛酸，就仿佛世间不再需要她了，难怪她要大声疾呼呢！

她陪他走到大门口。他站在台阶下寒碜的小街上，抬头看着她。她的身材举止都那么文雅，不由得使他想起了被废黜的朱诺。她站在大门口，对那条街，对周围的一切显出畏缩不前的神色。

"你要和霍基森太太去赫克纳尔吗？"

他不着边际地和她说着话，两眼定定地望着她。她那对灰眼睛终于和他的目光相遇了。她双眼带着羞赧地望着保罗，仿佛不幸落在别人手中而在苦苦哀求。他感到心绪纷乱，不知所措。他原以为她是非常高傲和非常坚强的女人。

他一离开她就想逃，他梦似的走到了车站，回到家里，还没意识到自己怎样离开她住的那条街的。

他忽然想起蜷线车间的头苏姗要结婚了。第二天就去问她：

"喂，苏姗，听说你就要结婚了，是吗？"

苏姗涨红了脸。

"谁告诉你的？"她答道。

"没有谁，我只不过听说你想要……"

"算啦，我是想结婚，你用不着告诉别人，而且，我但愿不结算啦！"

"嗳，苏姗，这话可不能让我相信。"

"是吗？不过尽管相信好啦，我倒宁愿在这儿呆下去。"

保罗慌了。

"为什么？苏姗？"

姑娘满脸通红，眼睛发亮。

"不为什么！"

"你一定要结婚吗？"

她看了看他算是回答。他为人坦率诚实，叫女人不由得信赖他，他心里明白。

她眼里噙着泪水。

"不过你等着瞧吧，一切都会好起来的，你好自为之吧。"他若有所思地继续说。

"只能这样了。"

"是啊，做最坏的打算，向最好处努力。"

不久，他又找到机会去拜访克莱拉。

"你愿意再回乔丹的工厂吗？"他说。

她停下手里的活儿，没有回答。脸颊逐渐泛起红潮。

"怎么啦？"她问。

保罗感到相当尴尬。

"哦，因为苏姗想走了。"他说。

克莱拉继续纺线，花边一跳一跳地绕到了纸板上。

他等着她回答。最后她头也不抬，用古怪的嗓门低低地说：

"这事你对别人说起过没有？"

"除了对你，对别人我一个字也没有说过。"

两人又陷入了长时间的沉默之中。

"等招工广告出来我就去应征吧。"

"你还是先去应征的好。我会告诉你准确的时间。"

她继续在那台小机器上纺线，没再跟他抬杠。

克莱拉来到了乔丹的工厂。有些老资格的工人，其中包括芬妮，还记着她先前那一种怪脾气，凭良心说大家对此都耿耿于怀。克莱拉一向板着面孔，沉默寡言，自恃高人一等，从来不跟女工们打成一片。她要是有机会找岔子，就冷冷地找到人家，彬彬有礼地指出错误所在，让人家感到比挨骂还丢脸。对芬妮，这个贫穷可怜，神经紧张的驼背姑娘倒体贴同情，结果惹得芬妮多洒了些辛酸泪，其他监工对她出言不逊，她倒没哭得这么伤心。

克莱拉本身有些地方保罗并不喜欢，甚至很惹他生气。如果她在身边，他总是看着她的健壮的脖颈，还有脖子上蓬蓬松松的金发，那发脚很低。她的脸上和双臂上长着细细的绒毛，几乎看不清。可是他一旦看见一回，总是想看。

他下午画画时，她就走过来，站在他跟前，一动也不动。尽管她不说话也不碰他，他总感到她在身边；尽管她站在一码以外，他总感到她挨着他的身体。于是他再也画不成了。他扔下画笔，干脆回过头去跟她说话。

有时她夸奖他的画；有时却吹毛求疵、冷酷无情。

"那张画得不大自然。"她会说，正因为她的指责中包含着几分真实就更惹得他火冒三丈。

有时他会热情地问："这张怎么样？"

"唔！"她小声含糊地说，"我觉得没多大意思。"

"因为你不理解它。"他反驳道。

"那你干吗问我？"

"因为我原以为你能理解。"

她耸耸肩对他的画表示不屑。这下可把他气疯了，他暴跳如雷。然后痛骂她一顿，又情绪昂地把自己的画解释一番。这才吸引了她，引起她的兴致，可是她从来不认错。

在她投入妇女运动的十年中，她接受了一定的教育。而且也感染了几分米丽亚姆的那种热心的求知欲，自学法语，勉强可以阅读。她自以为是个不同一般的人，特别是不同于本阶级的其他女人。蜷线车间的女工全出身于良好家庭。这是规模不大的特

殊行业，有一定的声誉。两间工房里都有种高尚优雅的气氛。不过克莱拉就是在她的同事中也显得落落寡合。

可是，这些事她向来都不透露给保罗。她向来不吐露自己的心事。她身上有种神秘感。她沉默寡言，很少开口。他感到她内心私藏着很多事。表面上她过去的事情人人尽知，但是内在的奥秘众人都不知道，这真激动人心。而且有时保罗碰巧发现她绷着脸，偷偷摸摸地用眼角瞅他。他总是赶紧避开。她也常常碰到他的眼光。不过她的眼光好像很快被掩饰过去，毫无真情流露。只给他一个温厚的微笑。对他来说，克莱拉具有特别强烈的刺激性，因为她掌握了一些他无法获得的知识和经验。

有一天，他从她的工作台上拿起一本书。

"你读法文书，是吗？"他惊叫道。

克莱拉漫不经心地瞥了他一眼。她正在做一只淡紫色的弹力丝袜，慢条斯理、有条不紊地转动着蜷线织机，偶尔低头看看手里的活儿，或调整一下织针；这样她的动人的脖颈露了出来，上面长着汗毛和纤细的发丝，衬托着光艳夺目的淡紫色丝绒，越发显得洁白。她又转了几圈才住手。

"你说什么？"她甜甜地一笑，问道。

保罗遭到她如此冷淡无礼的对待，不由得双眼冒火。

"我不知道你懂法文。"他彬彬有礼地说。

"真不知道吗？"她带着一丝嘲笑答道。

"摆臭架子！"他说，不过声音轻得简直听不太清楚。

他望她，生气地缄口不语。她似乎瞧不起自己一针针织的袜子；可是她织的袜子一点毛病也挑不出来。

"你不喜欢蜷线车间的工作。"他说。

"哦，哪里，干什么都是工作。"她回答，仿佛她心里全知道。

他对她的冷淡很吃惊。他无论干什么事都有十分的热情。她一定是个不同寻常的人。

"你愿意干什么？"他问。

她宽厚地对他笑笑，说道：

"我向来没有多少机会挑三拣四的。所以我从不浪费时间考虑这个问题。"

"呸!"他说,现在轮到他表示不屑了。"你这样说只不过出于你太高傲,不愿老实承认自己想得到而偏偏得不到的东西罢了。"

"你倒非常了解。"她冷冷地回答。

"我知道你自以为很了不起,而在厂里干活,你始终蒙受奇耻大辱。"

他怒气冲冲,蛮横鲁莽。她只是不屑一顾地转身离去。他吹着口哨走回车间,去跟希尔达打情骂俏。

事后,他扪心自问:

"我干吗对克莱拉这样无礼?"他对自己感到恼火。同时,心里又有几分高兴。"她活该,谁叫她摆臭架子。"他气呼呼地自言自语。

下午他又下楼去了,心里像压了块石头,想请克莱拉吃巧克力,以此减轻心头的重负。

"来一块?"他说,"我买了好些,给自己解馋。"

她真接受了,这使他如释重负。他坐在她的机器旁的工作台上,手指上缠绕着一绺丝。她喜欢他因为他动作敏捷,简直象一只幼兽。他一边心里琢磨,一边晃动着两腿,巧克力放在工作台上。她身子伏在机器上,有节奏地摇着织机,然后弯下腰看看吊下的袜子,袜子下面附着砣子。他望着她优美的拱身背影和拖在地上的围裙带。

"你好像总是,"他说,"在等待什么,无论我看你做什么,你都不是真正在做,你在等待——就象珀涅罗珀织布时那样。"他情不自禁地开了句玩笑,"我就叫你珀涅罗珀吧。"他说。

"那有什么区别吗?"她说着,仔细挑开一针。

"只要我高兴,无论什么都没有关系。嗨,我说,你好像忘了我是你的上司,我刚刚想起来。"

"这话什么意思?"她冷冷地问。

"就是我有权来管你。"

"你对我有什么可挑剔的吗?"

"嗨,我说,你不要这样讨厌好不好。"他生气地说。

"我不知道怎样才不会使你讨厌。"她说着继续干她的活。

"我想要你对我客气些、尊重些。"

"也许要称你'先生'吧?"她平静地问道。

"对,要称我,'先生',我十分愿意听。"

"那我希望你上楼去,先生。"

他闭上嘴,皱着眉头。忽然他一下子跳下工作台。

"你对任何人都趾高气扬的。"他说。

说着他走到其他女工那儿去了。他觉得自己火气太大了。实际上,他隐隐地怀疑自己是在卖弄。如果他是在卖弄,那就要卖弄一番。克莱拉听到他在隔壁房间里与女工们说笑,她恨他这么笑。

傍晚,他等女工们都走了,就在车间里转了一圈。他看见巧克力原封不动地搁在克莱拉的机器前。他也照原样留着它不动。第二天早上,巧克力还在,克莱拉在干活。后来,外号叫小猫咪的黑里俏姑娘名妮,高声叫他:

"嗨,你没给大家带巧克力吗?"

"对不起,小猫咪,"他答道,"我本想请客,可我忘带了。"

"我想也是,"她回答。

"下午我给你们带些。乱扔着的巧克力你总不见得想要吧?"

"噢,我倒不大挑剔。"小猫咪微笑着。

"哦,不行,"他说,"那些糖上全是灰尘。"

他往克莱拉的工作台走去。

"对不起,我把这些糖到处乱扔。"他说。

她涨红了脸。他把巧克力一股脑抓在手里。

"现在都脏了,"他说,"你早该吃了,我不知道你干吗不吃。我本想让你吃了的。"

他把巧克力从窗口扔到院子里,然后瞟了她一眼。她不由得避开了他的眼神。

下午,他另带了一盒。

"你想吃点吗?"他说,他先把糖递给克莱拉,"这是新买的。"

她拿了一块,搁在工作台上。

"哦,多拿几块——讨个吉利。"他说。

她又拿了两块,还是放在工作台上。于是她手忙脚乱地干起活来。他一直走到车间那头。

"给你,小猫咪,"他说。"别贪吃啊!"

"全是给她的?"其他女工一哄而上,大叫道。

"当然,不是。"他说。

女工们吵吵嚷嚷地围成一圈,小猫咪从人堆里脱身出来。

"快过来!"她大叫,"我可以先抓,对吗?保罗"

"最好和她们一块儿。"他说着就走了。

"你真好。"姑娘们叫道。

"不就十便士吗?"他答道。

他一声不哼地走过克莱拉身边。她觉得如果碰碰这三块奶油巧克力,准会烫她的手,需要她鼓足勇气把巧克力装进了口袋里。

姑娘们都既爱他,又怕他。他高兴的时候非常和气,可是如果发起火来,十分冷淡,简直不把她们放在眼里,至多当她们是绕丝的筒管似的。要是她们再敢涎着脸,他就沉静地说:"请接着干各自的活去。"说完就站在一边监督。

他二十三岁生日那天,家里乱糟糟的。亚瑟正准备结婚。母亲身体也不好,他父亲上了年纪,因为事故跛着腿,只能干些零碎的苦差事。米丽亚姆是他心中永远的创伤。他觉得自己欠她很多,但是又不能把自己给她。另外,他还要养家糊口。他左右为难,过生日并不使他感到高兴,反而倍感难受。

他八点钟就去上班,大多数工人还没到。女工们要等八点半才到。他正换衣服时,

听到背后有人说，"保罗，保罗，我要找你。"

原来是驼背的芬妮，正站在楼梯最高一阶上。神色神秘莫测。保罗吃惊地看着她。

"我要找你。"她说。

他站着发愣。"来，"她哄着说，"在你还没开始整理信件之前来一下。"

他走下六七级楼梯到了她那间干燥、狭窄的成品间。芬妮走在前头，她的黑色紧身胸衣很短——腋下就是腰身——黑绿两色的开司米裙子看上去挺长的。她迈着大步走在这个年轻人前面，相比之下，就更显得他体形优美。她走到窄窄的车间尽头自己的座位边，那儿的窗户正对着烟囱管。保罗看着她瘦瘦的手和又干瘪又通红的手腕，她不断地用手激动地揉着铺在工作台上的白围裙。她犹豫了。

"你以为我们忘记你了？"她责怪地问。

"怎么啦？"他问，自己把自己的生日倒给忘了。

"'怎么啦？'他说！'怎么啦'你瞧这个！"她指了指日历，他看到二十一日的黑体字周围有许多个黑铅笔划的小十字。

"噢，给我庆贺生日的亲吻啊，"他大笑道，"你怎么知道的？"

"是啊，你想知道，对吗？"芬妮喜不自胜地取笑道，"大伙儿每人送你一个小十字——除了克莱拉女士——也有送你两个的，可是我不告诉你我划了多少个。"

"噢，我知道，你很多情。"他说。

"那你就错了！"她十分气愤地大叫道，"我从来不会这么温柔。"她以有力的女低音反驳道。

"你总是装作铁石心肠的轻佻女子，"他大笑道，"可你知道，你很多的——。"

"我倒愿意被说成多情，也不愿意被叫作冻肉。"芬妮脱口而出。保罗知道她指的是克莱拉，不觉笑了。

"你谈到我也这么粗鲁吗？"他大笑。

"不，我的宝贝儿，"这位三十九岁驼背女人极其温柔地回答，"没有，我的宝贝儿，因为你并没有自视为大理石雕像而把我们视为粪土。我和你一样的好，是吗？保罗？"这个问题使她非常愉快。

"唉，咱们谁也不比谁强呀，不是吗？"他回答。

"但是，我和你一样好。对吗？保罗？"她大胆地纠缠着问。

"当然啦，要论心肠好坏，你可比我好。"

她有些害怕保罗的好言软语会使她乐得歇斯底里发作。

"我原想我该比大家早到这儿——大家可别说我心眼多！现在闭上眼睛——"她说。

"张开嘴巴，看看上帝赐给你什么，"他接口说，真的张开了嘴，还以为人家会给他一块巧克力呢。他听到围裙窸窸窣窣地响，还听见金属轻轻磕磕碰碰的声音。"我可要看啦。"他说。

他睁开眼睛，芬妮长脸涨得通红，蓝眼睛，熠熠发光，正凝视着他。原来他前面的工作台上正放着一小捆颜料管。他脸色发白了。

"不行，芬妮，"他立即说。

"这是大伙儿送的。"她赶紧说。

"不行，可是……"

"颜料是不是买得合用啊？"她问道，喜滋滋地颤着身子。

"天啊！这是最好的货色。"

"可是不是买得合用啊？"她大叫。

"我曾经发财时，也不敢把它们列入短短的采购单上。"他咬咬嘴唇。

芬妮激动得不能自制。她一定得岔开这个话题。

"她们为这事挖空心思，除了希巴女王之外，大家都凑了份子。"

希巴女王指的是克莱拉。

"她不肯凑份子？"保罗问道。

"她没得到这个机会，我们根本没告诉她；我们不想让她打扰这出戏。我们不要她加入。"

保罗朝这女人大笑，心里感动极了。最后，他要走了。她离他非常近，突然，她张开双臂搂住他的脖子，热烈地亲吻他。

"今天我可以给你个吻，"她赔着小心说，"你脸色这么白，真让我心疼。"

保罗吻了她就离开了。她的双臂瘦得可怜，他也觉得心疼。

那天午饭时，他跑下楼去洗手，遇到了克莱拉。

"你竟在这儿吃饭，"他大声说，她可是非同寻常。

"是啊，我好像用一旧外科手术器械托盘吃的饭，现在我必须出去走走，要不然就会感到满口是印度橡胶般的臭味。"

她说着却不动身。他立即领会到她的意思。

"你要去哪儿？"他问。

他们一起去了城堡，她出门穿得很朴素，几乎近于难看。在屋里她总是十分漂亮。她犹豫不决地跟保罗并肩走着，一会儿低着头，一会儿把脸转过去。由于衣着邋遢，神情不振，她逊色多了。他几乎认不出她那隐藏着无限精力的健壮形体了。她怕抛头露面，故意弯腰弓背，缩着身子，显得过于卑微。

城堡的庭院苍翠欲滴。爬上陡峭的斜坡，他笑声朗朗，口若悬河。可是她却闭口不言，好像在深思着什么。若要爬到高踞在悬崖顶上的方堡里去，时间已经来不及了，他们就倚着峭壁边的矮墙，俯视悬崖下的公园。在他们脚下，沙岩的鸽巢里，鸽子在梳理羽毛，轻声啼叫着。悬崖脚下的林荫道尽头，幼小的树苗端立在树荫中，还有小小的行人煞有介事似的行色匆匆，简直令人发笑。

"看上去好像可以把这些人当作小蝌蚪一样舀起一把似的。"他说。

她大笑着回答：

"是啊，没有必要隔得老远来看清自己的力量，树木可高大得多了。"

"只不过是自命不凡罢了。"他说。

她挖苦地笑笑。

林荫道外边，两条细长的铁轨伸展而去。铁轨边上密密麻麻地堆满了一小堆一小堆的木材，冒烟的玩具般大小的火车在奔跑。运河象条银带似的任意贯穿在黑土堆间。远处，河岸平地上密密的全是人家，看上去象黑乎乎的毒草，鳞次栉比，密密层层，一直延伸下去，直到曲折贯流旷野的那条波光粼粼的大河为止，不时地被更高一些的树木阻断。河对面的陡岸峭壁也相对地显得矮小多了。大片旷野给树木覆盖得郁郁葱葱，麦田隐隐发亮，旷野无边无际，一直延至青山耸立的虚无缥缈的天际。

"想起城镇发展得还不快，真令人高兴，"道伍斯太太说，"现在还只是田野上的一小块癞疮疤。"

"一小块癞疮疤。"保罗说。

她打了个寒噤。她讨厌这个小镇，愠怒地望着对面那一大片与她无缘的旷野，那

张冷漠的脸，带着敌意，使保罗不由得想起一个怨气满腹，抱憾终身的天使。

"可是这个镇不错吗!"他说，"不过是临时的。这是我们走上确实可行的道路之前粗略的权宜之计，等将来我们有了好主意再说。这镇会好起来的。"

岩洞里，灌木丛里的鸽子安逸地咕咕叫着。左面，圣玛丽亚大教堂高耸入云，同城堡比邻，屹立在那些破砖烂瓦之上——道伍斯太太眺望这旷野景色时不由得愉快地笑了。

"我感觉好些了。"她说。

"谢谢你，"他答道，"不胜荣幸!"

"噢，我的小弟弟!"她大笑。

"嗯，这就是你把右手给人的东西，用左手抢了回去，绝对没错。"他说。

她蛮有兴致地对他笑。

"可是你刚才怎么啦?"他问，"我知道你正在想些特别的事情。我能从你脸上看出来。"

"我想我不会告诉。"她说。

"好吧，那就别说了。"他回答。

她红着脸，咬了咬嘴唇。

"不是，"她说，"是那些女工。"

"她们怎么啦?"保罗问道。

"她们有件事已经筹划了一星期了。今天她们似乎特别来劲儿。个个都一样，故意保守秘密来奚落我。"

"真的?"他关心地问。

"我本不在乎，"她用气愤激昂的语气继续说，"如果她们不是拿这个——她们的秘密故意在我当面卖弄的话。"

"真是妇人之见。"他说。

"那种得意扬扬的神气真可恨。"她激愤地说。

保罗一声不吭。他知道女工们为什么得意，他很抱歉自己成为新纠纷的祸根。

"她们尽管去保守秘密好，"她深思了一会儿苦涩地继续说，"可是她们不该这么炫耀，让我始终蒙在鼓里。这事——这简直让人受不了。"

保罗想了一会儿，深感不安。

"我来告诉你是怎么一回事，"他说，面色苍白，神色慌张，"今天是我的生日，她们全体给我买了好多颜料，她们嫉妒你——"保罗觉得她一听到"嫉妒"这个词神色顿时变得冷冰冰的——仅仅是因为我不时带本书给你，"他慢吞吞地加了一句，"但是，你要明白，这仅仅是件小事，你千万别介意——因为——"他很快地笑笑——"嗯，尽管她们一时得意，现在她们要是看见咱在一块，会说什么？"

克莱拉很生气，因为他冒失地提到了他们眼下的亲密关系，这话简直是侮辱。然而，看到他如此平心静气，她也只好竭力克制着自己，原谅了他。

他俩的手都放在城堡墙粗糙的石栏上。他从母亲那儿继承了一种纤巧的气质，所以他的手长得小巧而又充满活力。她四肢发达，双手相应地双显得很大，不过看上去又白又有力。保罗一瞧见这双手，就明白她的心思，就了解她："她想让人握住她的手。——尽管她对我们是如此高傲。"他默默自语，暗自思量。而她也在注视他温暖又活泼的双手，好像是专为她而生。这时他正双眼忧郁，凝视旷野，陷入深思，千姿百态的万物都从他眼前消失了，剩下一片黑暗，其中包含着多少忧伤和悲剧，所有的房屋、河滩、人类、飞禽都无一例外引人忧伤和悲悯，只是外形上不同而已。此刻，万物形状仿佛都模糊一片，只剩下的一大堆黑乎乎的土堆，充满了挣扎与痛苦的物质。这一切构成了眼前的景色。工厂、女工、乡亲、高耸的教堂、镇上的密集的房舍，全都淹没在幽暗、深思和忧愁的氛围中。

"两点钟敲过了吗？"道伍斯太太惊奇地问。

保罗从深思中惊醒，万物都恢复了原形，重新获得了各自被忽略的个性和欢乐。

他俩匆匆赶回去上班。

他匆忙准备着晚上的邮件，检查芬妮车间送来的活儿，这些成品还散发出一股熨烫的味儿。正在这时晚班邮递员进来了。

"保罗·莫瑞尔先生，"他边说边笑着递给保罗一个邮包，"是一位女士的笔迹！别让姑娘们看见。"

邮递员本人就极受人喜爱，他很喜欢拿姑娘们对保罗的感情开玩笑。

这是一卷诗集，还夹着一张便条："请允许我献上这份心意，请勿见外。衷心祝福你顺心如意。——克·道。"保罗顿时满脸通红了。

"天呀！道伍斯太太。她太破费了。上帝，谁会想到呢！"

他忽然大受感动，心里充满了来自她的温情、沉浸在这温情中，他似乎感觉到她就在跟前——她的双臂、她的肩膀、她的胸脯。他不仅能看到，而且可以摸到，甚至觉得与它们融为一体了。

克莱拉的这一举动使他们的关系更亲密了。其他女工也注意到保罗一碰到道伍斯太太就抬起闪光的双眼瞟着她，特别亲切地向她致意。人人都能看出其中的奥秘。克莱拉知道他本人尚未意识到，她也就不动声色，要是有时看见人迎面走来，她就故意转过头去。

午饭时间，他们经常出去走走，这事完全光明正大、心地坦诚，人人都觉得保罗还没有完全意识到自己的感情状况，所以也见怪不惊。他现在与她谈话多少有些象以前同米丽亚姆谈话时的热情，但是对话题不大在意，也不费心推敲自己的结论。

十月的一天，他们去兰伯利喝茶。他们在山顶上停了下来，保罗爬上去坐在一扇门上，她坐在踏阶上。下午，天空弥漫着一层薄雾，麦捆在雾里透出昏黄的光束。他们都沉默不语。

"你结婚时多大了？"他平静地问。

"二十二岁。"

她的嗓门压得很低，有点低声下气的。她现在愿意告诉他一切。

"八年以前"？

"是的。"

"你什么时候离开他的？"

"三年前。"

"五年！结婚时你爱他吗？"

她沉默了许久，然后慢悠悠地说：

"我想当时是爱他的——多少是爱他的。这事我没多想过。他需要我，当时我太拘谨。"

"你没多想就糊里糊涂地走入婚姻圈吗？"

"是啊。我好像睡了一生似的。"

"梦游症吗？可是——你何时醒来的？"

"我不知道我什么时候醒来，是否醒来的——从我很小的时候。"

"当你长成一个女人后你还在睡吗？多奇怪！难道他没有叫醒你吗？"

"没有，他没能做到。"她单调地回答。

褐色的小鸟掠过树篱，那里野蔷薇开得红艳艳的。

"他做到过什么？"他问。

"打动过我。他对我从来是无足轻重的。"

下午天气温暖，日色朦胧。家舍的红屋顶在蓝色的雾霭中红得耀眼。他喜欢这样的天气。他能感觉到，但却无法明白克莱拉在说些什么。

"但是，你为什么要离开他呢？他对你态度很恶劣吗？"

她微微打了个寒噤。

"他——在糟践我。他想吓唬我，因为他没能完全得到我。后来我感觉自己想逃走，好像自己被绑住似的。他好像很卑鄙。"

"我明白了。"

其实他根本不明白。

"他老是很卑鄙吗？"他问。

"有一点，"她慢慢地回答，"后来他看出确实得不到我的真心，他就要起横来——他很野蛮！"

"那你最后为何离开他？"

"因为——因为他对我不忠实。"

俩人沉默了片刻。她的手搁在门柱上，以保持身体平衡，他反手盖在她的手上，一颗心怦怦地急跳起来。

"可是你就——根本——根本不给他机会？"

"机会，怎么给？"

"让他亲近你。"

"我嫁给他——我本来是心甘情愿的——"

他们俩都尽力保持嗓音的平静。

"我认为他爱你，"他说。

"看起来是。"她回答。

他想把手挪开，可是不能。她自己挪开了，解了他的围。沉默了一会儿，他又开始问：

"你就这样把他甩了吗？"

"是他离开了我。"她说。

"我猜想，他没能使自己成为你的一切。"

"他本想威胁我就范。"

不过这番话使两人都有点茫然。保罗突然跳下来。

"来，"他说，"咱们喝茶去。"

他们找到一家小茶馆，坐在凉爽的馆舍内。她替他倒好茶。她显得很沉静。他感到她又回避自己。喝完茶，她深思似的望着茶杯，手里不停转动着自己的婚戒，深思中，她竟退下戒指，把它竖在桌上转了起来。金戒指变成一个玲珑剔透、闪闪发亮的圆球。圆球倒了，戒指在桌面上颠了几下停住。她转了又转，保罗看得出了神。

可是她是个结过婚的女人，而且他只信奉纯朴的友谊。他认为自己对她的情感是光明正大的。他们之间只不过是普普通通的文明男女之间的友谊罢了。

他与许多同龄的青年一样，性的问题在他心中显得很复杂，以至于他拒绝承认自己曾想过要克莱拉或米丽亚姆，或任何一个相识的女人。性欲是一种超然的东西，它并不属于一个女人。他精神上爱着米丽亚姆，而一想到克莱拉他就感到温暖。他心里与她争斗，他对她的乳房及肩膀的线条非常熟悉，就好像这些线条塑造在他脑海中，可他并不是非要她不可，他也许可以一辈子不要她。他认为自己被米丽亚姆束缚住了。假如有一天他要结婚的话，他应有责任娶米丽亚姆为妻。他向克莱拉说明了这一点，她什么也没说，由他自己去决定。一有机会，他就去找她——道伍斯太太。同时，他经常给米丽亚姆写信，有时还去探望她。整个冬天就这么度过，似乎他并不太烦恼。母亲对他也比较放心，她以为他和米丽亚姆逐渐疏远了。

米丽亚姆也知道此时克莱拉对他的吸引力有多大，可是她依然相信他的良知一定会胜利。他对道伍斯太太的感情，比起她的爱来要浅薄得多，而且非常短暂，何况，道伍斯太太是结过婚的女人，她肯定他会回到她身边的，说不定还会退去几分稚气，医治他对低下事物的欲望，这种欲望只有其他女人可以满足他，她可不行。只要他的心对她是忠实的，并且回到她身边来，她一切都可以忍受。

他丝毫也未觉察到自己的处境有什么变化。米丽亚姆是他的故友、情人，她属于贝斯伍德，属于家庭和他的青年时代。相比而言，克莱拉是个新朋友，她属于诺丁汉姆，属于生活、属于人间。对他来说，一切很明了。

道伍斯太太同他有时很冷淡，俩人不常见面，最后总是又凑到一块儿。

"你对巴克斯特·道伍斯态度很坏是吧？"他问她，这事老使他不安。

"哪方面？"

"噢，我不知道，你难道没有对他态度很坏过吗？你难道没有做什么事几乎气死他吗？"

"你指什么？"

"使他感到他可有可无——我知道。"保罗宣称。

"你很聪明，我的朋友。"她冷冷地说。

两人谈话到此为止，这以后倒让她冷落了他好一阵子。

最近她很少看到米丽亚姆。两个女人的友谊虽没有完全中断，但已十分淡薄了。

"星期六下午你来参加音乐会吗？"圣诞节刚过，克莱拉就问他。

"我答应要去威利农场。"他回答。

"噢，好吧。"

"你不介意，对吧？"他问。

"为什么要介意？"她答。

这回答差点惹火了他。

"你知道，"他说，"我和米丽亚姆从我十六岁时就好上了——到现在已经七年了。"

"时间真不短。"克莱拉回答。

"是的，不过不知为何，她——事情总不顺——"

"怎么啦？"克莱拉问。

"她好像把我据为己有，她甚至不肯让我的一根头发随便落下或吹走——她抓住一切不放。"

"可是，你不是乐意人家霸占你吗？"

"不，"他说，"我不愿意。我希望一切正常些，彼此取舍——象你我一样。我要个女人守住我，但不是把我放在她的口袋里。"

"可是如果你爱她，就不可能正常如你我一样。"

"是啊，不然我会更爱她些。她要求我的太多了，我不能把自己给她。"

"她要你怎样？"

"她要我把灵魂托付给她。我忍不住要逃离她。"

"可你依然爱她！"

"不，我不爱她，我甚至不仅吻过她。"

"为什么不吻她？"克莱拉问。

"我不知道。"

"我想你是害怕。"她说。

"我不怕。我一看见她心里就不知怎么搞的，就想逃离她——她是那么好，而我却不好。"

"你怎么知道她是什么样的人呢？"

"我知道！我知道她想追求一种精神的结合。"

"不过，你怎么知道她想要呢？"

"我和她好了七年了。"

"可你却没看出她最重要的一点。"

"什么？"

"她想要的并不是什么精神结合，那是你自己的想象，她要的是你。"

他反复思量着她的话，也许他错了。

"但是，她好像——"他开口说。

"你从未试过。"她答。

第十一章　童贞自缚

　　随着春天的到来，保罗又象先前一样的狂躁，内心冲突激烈。现在，他知道他一定得去找米丽亚姆了。不过，他为什么这么不情愿呢？他对自己说，这只是因为他俩过于看重贞节，谁也无法冲破它。他本来可以娶她的，但由于家人从中阻挠，这事就变得非常棘手。再加上他本人也不想结婚。结婚是为了生活，他并不认为他和她已经是亲密的友伴就必须结成夫妻。他并没有感到自己需要和米丽亚姆结婚，他倒是希望自己有这种想法，只要他能感到娶她并占有她的欢愉，他情愿献出自己的头颅来交换。那么，究竟为什么他丝毫没有这种欲望呢？因为有着某种障碍；什么障碍呢？障碍就是肉体上的束缚。他羞怯地逃避肉体上的接触。但这是为什么呢？和她在一起，他就感觉到内心仿佛被捆绑住了似的，无法挣脱束缚去爱她，他的内心有什么东西在挣扎着，可始终无法接近她，为什么呢？她爱他，同她求欢做爱，亲吻她呢？当他们并肩而行，她怯怯地勾住他的胳膊，他为何因害怕产生邪念而畏缩起来呢？他欠着她的许多情，他想把自己献给她。也许这种退缩和逃避就是初恋中过分的害羞吧。他对她并没有一点厌恶。恰恰相反，他心里有一股强烈的欲望跟比它更为强烈的羞怯感和贞操观念进行搏斗，仿佛贞操观念是一种正面力量，它战胜其余两者。和她相处时他觉得很难克服这种童贞的羞怯；然而他们相处得极为亲密，而且只有和她在一起，他才能从容地打破这种状态。他欠着她的情。因此如果一切都顺利，他们就可以结婚；不过，除非他感受到婚姻无穷乐趣，否则，他不会结婚的——决不会。要不他就没脸去见母亲。对他来说，牺牲自己，违愿地去结婚，那简直是堕落，会毁了他自己的一生，使婚姻失去了意义。他还是要尽力而为的。

　　他对米丽亚姆充满强烈的感情。她总是一副忧伤的神情，神游于她的宗教信仰中；而他几乎就是她心目中的信仰。他不忍心让她失望。只要他努力，一切都会好起来的。

　　他看看周围他所认识的品行端正的田人中有许多跟他一样，被无法打破的童贞观念所束缚。他们对待自己所钟情的女人都格外小心，宁肯一辈子不娶，也不愿伤害她们，让她们受委屈。由于他们母亲的神圣的女性情感曾遭受到他们父亲的粗暴伤害，作为这些母亲的儿子，他们就显得超常的羞怯。他们可能 轻易地克制自己，而不愿受到女性的责备；因为一位女性都象他们的母亲，他们总是悉心地替母亲考虑着。他们情愿自己忍受独守的煎熬也不愿给别人带来痛苦。

保罗又回到了米丽亚姆身边。当他望着她时，她神情中的什么东西竟会使他热泪盈眶。一天，她在唱歌，他就站在她身后，安妮用钢琴伴奏。米丽亚姆唱歌时，双唇看起来象修女对着上天歌唱一样，显得那么绝望。这让他想起博蒂切利画的《圣母像》里站在圣母身边唱歌人的嘴唇和眼睛，那么圣洁。于是他的内心又痛苦起来，象被烧红的烙铁烫过似的热辣辣的痛。他为什么还向她要求别的什么呢？为什么他的热血与她相逆呢？只要他能对她始终温柔有礼，在沉思和神圣的梦想中与她同呼吸共患难，他宁愿失去自己的右手。伤害她是不公平的。她似乎永远是一位童贞少女；每当他想起她的母亲，就仿佛看见一位睁着竭色大眼的少女，她几乎在恐慌和震惊中失去了童贞。尽管她生了七个孩子，但她那少女的童贞并未完全失去，因为，这些孩子都是违背她的意愿的情况下了生的，就好像他们不是她生的，而象是加在她身上的。所以，她从来谈不上对他们放任自流，因为她从来不曾拥有过他们。

莫瑞尔太太看到保罗又如此频繁地去找米丽亚姆，不禁十分吃惊。他没有告诉母亲，既不解释，也不开脱。如要他回来晚了，母亲责备了他，他就皱起眉头，用蛮横的口气对待她。

"我什么时候愿意回家就什么时候回，"他说，"我已经长大了。"

"她非得把你留这么晚吗？"

"是我自己愿意的，"他答道。

"那她让你待下去？很好。"她说。

于是，她只好给他留着门上床睡觉去了；可是她躺在床上，竖着耳朵听着，直到他很晚回来才能入睡。他又回到米丽亚姆身边了，这对她来说再痛苦不过了，然而，她也认识到再怎么干涉也是徒劳的。他现在是以一个男人的身份而不再是一个小孩去威利农场的。她没有权力管束他。母子之间出现了隔阂。他几乎什么也不告诉她。尽管他对她这样冷漠，她还是一如既往等他，为他做饭，心甘情愿地服侍人，不过她的

脸又变得冷冰冰的，象戴了一副面具似的。如今，除了家务之外，她就无事可干。她不能原谅他把整个心都给了米丽亚姆。米丽亚姆扼杀了他心中的快乐和温暖。他曾是整天快乐的小伙子，内心充满温情；可他现在却变得冷酷无情，脾气越来越暴躁，心情越来越烦闷。这使她想起威廉；保罗的情况比他更糟糕。他干起事来更为专注，更想把自己的幻想付诸行动。母亲知道他因迫切地需要一个女人而受苦，她眼看着他又回到米丽亚姆的身边去。要是他已经下定了决心，那么任何力量都改变不了他。莫瑞尔太太已经心力疲惫，终于对他放任自流；她已经完成了她的使命，现在她成了绊脚石了。

他仍然一意孤行。他多少也明白一些母亲的心情。可这反而让他心肠更硬。他对她冷若冰霜，就如同对自己的健康完全漠视一样。很快他的健康愈来愈坏，但他仍然坚持着。

一个晚上，在威利农场，他仰躺在摇椅里，这几个星期来，他一直跟米丽亚姆谈天，然而始终没有涉及关键。这时，他突然开口道：

"我快二十四岁了。"

她正在沉思着什么，听了这话突然吃惊地抬直头来。

"不错，你为什么说这个？"

屋里被一种令她害怕的气氛笼罩着。

"托马斯·莫尔爵士说，人到了二十四岁就可以结婚。"

她古怪地笑着说：

"这不需要托马斯·莫尔批准啊？"

"不是，可是一个人到了这个年龄也该结婚。"

"嗳，"她沉思地回答，等待他往下说。

"我不能娶你，"他继续慢慢地说，"现在不行，因为我们没有钱，而家里又靠我养活。"

她坐那儿，猜测着他想要说些什么。

"但是我现在就想结婚——"

"你想结婚？"她重复了一句。

"娶个女人——你知道我是什么意思。"

她没有吭声。

"现在我终于下决心要结婚了，"他说。

"嗳，"她答道。

"你爱我吗？"

她苦笑了。

"你干吗羞耻啊？"他说，"当着上帝的面你都不羞耻，当着凡人的面有什么好羞耻的呢？"

"不，"她深沉地回答，"我并没有羞耻。"

"你感到羞耻了，"他有些痛苦地回答，"这都是我不好。不过你也知道，我也没办法——确实没办法——你知道的，对不对？"

"我知道你是没有办法，"她说道。

"我非常爱你——但这爱里还欠缺点什么东西。"

"欠缺什么？"她看着他问道。

"哦，是我心里欠缺一些东西！我才应当感到羞耻——我象个精神上的残废。我感到羞耻，真痛苦。但是为什么这样啊！"

"我不知道，"米丽亚姆答道。

"我也不知道，"他重复着，"你难道不觉得我们有太多别人所谓的纯洁吗？你难道不觉得这样什么都害怕，什么都嫌弃，反而是一种肮脏吗？"

她瞪着那双吃惊的黑眼睛望着他。

"你总是逃避这类事，我受到你的影响，也唯恐避之不及，也许会更糟。"

屋里一阵沉默。

"是的，"她说，"是这样。"

"这么多年来，"他接着说，"我们之间一直非常亲密，我在你面前毫无掩饰地袒露自己你明白吗？"

"我也这么想，"她答道。

"那你爱我吗？"

她笑了。

"不要嘲笑人，"他恳求道。

她望着他，有点替他难过，他的眼睛充满痛苦，黯淡无光；她替他难过，让他承受这种畸形的爱比让她自己承受更加有害，她不是他适合的伴侣。他坐立不安，总是急于找一条可以任意发泄的出路。他可以干自己的事情从她身上得到她想得到的东西。

"不，"她柔声地说，"我并没有嘲笑。"

她觉得自己可以为他忍受一切，愿意为他而受苦。他坐在椅子上，身子往前倾着，她把手放在了他的膝上。他拿起她的手吻了一下，不过这么做使他心里感到痛苦。他觉得这是把自己当作局外人。他坐那里为好的纯洁做出牺牲，这种无谓的牺牲。他怎么能充满深情地吻她的手呢？这只会把她逼走，只留下痛苦。但他还是慢慢地把她拉过来，吻了她。

他们互相太了解了，任何掩饰都是徒劳无益。当她吻他的时候，注视着他的眼睛，只见他凝视着屋子对面，那种古怪的炽热的眼神令她着迷。他纹丝不动。她可以感觉到他们心在胸膛里沉重在怦怦跳动着。

"你在想什么？"她问。

他那炽热的眼神闪了一下，变得捉摸不定。

"我一直在想，我对你的爱是坚定不移的。"

她把头埋在他的怀里。

"嗯，"她应了一声。

"就是这样，"他说，声音里似乎充满了信心。他吻着她的脖子。

她抬起头来，那双含情脉脉的眼睛注视着他的眼睛，只见那炽热的眼神跃动着，仿佛竭力想避开她，随之平静下来。他赶紧把头转到一边。这是非常痛苦的一刻。

"吻我，"她低声说。

他闭上了眼睛，吻了她，两臂越来越紧地搂着她。

当他俩一起穿过田野回家时，他说：

"我真高兴又回到你的身边。和你在一起我感到很单纯——就好像没有什么可以隐瞒的，我们会幸福吗？"

"会的，"她喃喃地说，热泪涌了出来。

"在我们内心深处有种荒谬的东西，"他说，"它强迫我们不敢接受自身所需要的东西，甚至唯恐避之不及，我们必须跟它斗争。"

"是的，"她说，随之心里有感到吃惊。

她站在路边荆棘树下阴影里，他吻着她，手指在她的脸上轻轻地抚摸着。黑暗中，他看不见她，只能触摸到她的存在，他不禁情欲亢奋，紧紧地搂着她。

"你总有一天会要我的，是吗？"他把脸埋在她的肩头，喃喃地说。这话太难说了。

"现在不行，"她说。

他的希望和他的心一起往下沉，顿时感到意气消沉。

"不行，"他说。

他松开了搂着她的双手。

"我喜欢你的胳膊搂着我！"她说着后背紧紧地贴着搂她的胳膊，"这使我感到舒服。"

他紧紧地搂住她的腰，让她靠着。

"我们彼此属于对方，"他说。

"是的。"

"那为什么我们不能完全属于对方呢？"

"但是——"她结结巴巴，不知所云。

"我知道这要求太过分，"他说，"可对你来说并不是冒险——不会重蹈甘泪卿的覆

辙，你信得过我吗？"

"哦，我相信你。"回答得既干脆又响亮！"不是因为这个——根本不是因为——但是——"

"什么？"

她把脸埋在他的脖子里，痛苦地呻吟着。

"我不知道！"她叫道。

她似乎有点神经质，还略带恐惧。他的心凉透了。

"你不认为这是件丑事吧？"他问。

"不，我现在不这样认为，你已经让我明白这不是丑事。"

"你害怕吗？"

她急忙镇定了一下。

"是的，我只是感到害怕，"她说。

他温柔地吻着她。

"放心好了，"他说，"你可以按自己的心愿行事！"

突然，她抓住了那拥着她的胳膊，挺直身体。

"你可以要我，"这话象从她牙篷里挤出来的。

他的心又象一团火开始急速跳起来。他紧紧地拥着她，吻着她的脖子。她受不了，躲闪着。他松开了她。

"你回去不晚吧？"她温柔地问。

他叹了口气，几乎没听清她说了些什么。她等待着，希望他离开。终于，他轻轻地吻了她一下，然后翻过篱笆。他回头望了一眼，只见低垂枝条的树荫下隐隐露出她那苍白的面容。她全身已经隐去了，只剩下了这张苍白的面孔。

"再见！"她柔声说道。已经看不见她的身体，只有声音和那张若隐若现的脸。他转身沿路跑去，紧握着双拳；他来到湖滨大堤上，靠在那儿，抬眼望着黑色的湖水，感到神情恍惚。

米丽亚姆踏着青草匆匆地往家跑。她并不害怕别人的闲言碎语；但是她害怕和他发生那件事。是的，如果他坚持，她会让他要的；可是，事后想起来，她的心不由得往下沉。他得不到满足，准会非常失望的，也会因此而离开她。然而他是那么急切；

对于她来说，那件事并不重要，重要的是因此而使他们的爱情破裂。毕竟，他与别的男人毫无二致，总想求得自己的满足。哦，他身上还有一些别的东西，一些更为深层的东西！尽管他有各种各样的欲望，但她还是信赖他。他说占有是生命中最伟大的时刻。所有强烈的感情都包容在这里面。也许真是这样。这里面包含某种神圣的意味；因此她愿意虔诚地做出牺牲。他应该占有她。想到这儿，她全身不由自主地绷紧了，象是抵抗着什么，但生活也强逼她走过这道痛苦之门，她也只好遵从了。不管怎么说，生活也会让他得到他想得到的东西，这也是她最大的心愿。她这样翻来覆去的思考着，准备接受他的要求。

他现在象个情人一亲地追求着她。当他冲动时，她常常双手捧着他的脸，深深地凝望着他的眼睛。他不能正视她的凝视，她那充满深情和真挚的黑眼睛，象在探求着什么，这让他不由得避开了。她让他一刻也不能忘怀。等恢复平静后，他又深受自己对她的责任感的折磨，他始终不能心平气静，老处于焦虑和紧张的状态，从未放纵过自己饥渴的情欲和本能的性欲冲动；他强迫自己记住自己要做一个审慎和多思的人。仿佛总是米丽亚姆把他从狂热的情欲中唤回到个人关系的小天地中来。他实在忍受不了这样。他想大喊："别管我，别管我！"。可她却让他充满深情地望着她。而他那双充满蒙昧和本能情欲的眼睛却不属于她。

农场的樱桃大丰收。屋后的樱桃树又高又大，茂密的枝叶下果实累累，红红的一片散挂在绿叶中。一天傍晚，保罗和艾德加一起摘樱桃。那是个大热天，天空乌云翻滚，天气昏暗闷热。保罗高高地爬在树上，高踞房子的红屋顶上，微风吹过，整棵树轻轻地摇晃起来，晃得保罗心神荡漾。这个年轻人摇摇欲坠地攀在细枝上，被树摇晃得有点头晕，于是他顺着挂满红珠般樱桃的树干往下溜。他伸手摘下一串串光滑冰凉的果实，樱桃摩擦着他的耳朵和脖子，凉嗖嗖的，舒服极了。此时一片深浅不同的红荫跃入他的眼帘，有灿烂的朱砂红，有鲜艳的绯红，在幽暗的绿叶下显得光彩夺目。

西落的夕阳，突然钻进飘荡的乱云，壮观的金光照彻东南方，在天空堆起层层柔和的黄色晚霞。原本是暮色沉沉的世界此刻被金黄色的晚霞映得发亮，令人感到惊异。绿树和青草，以及远处的湖水都在霞光的照射下惊醒了。

米丽亚姆惊异地走了出来。

"嗨！"保罗听到她那圆润的嗓音在喊："这么美啊！"

他往下看，只见一抹淡淡的金光从她脸上掠过，看上去柔和极了，她正仰望着他。

"你爬得多高啊！"她说。

在她身旁，四只死鸟躺在大黄叶上，那是偷吃樱桃时被击毙的。保罗看见树枝上吊着几颗樱桃核，像骷髅似的，果肉被啄光了。他又往下看了看米丽亚姆。

"云彩像在着火，"他说。

"真美！"她叫道。

她站在下面，显得那么娇小，那么温柔可人。他给她扔下一把樱桃，把她吓了一跳。他低声格格笑着，向她不断扔着樱桃。她捡起几颗樱桃，就慌忙跑开。她把两小串樱桃挂在耳朵上，然后又抬头看着他。

"你还没有摘够吗？"她问。

"快了。爬这么高就像乘船似的。"

"你要在上面呆多久？"

"直到太阳下山。"

她走到篱笆边坐了下来，看着那纷纷碎裂的金黄色的彩云随着暮色渐浓，汇成了一大片玫瑰色的断层云。火一般的金黄色变成了鲜红色，仿佛上天的心情痛苦到了极点，接着鲜红色褪成了玫瑰红，继而又变成深红，很快，上天那股火一般的热情平息了下来，整个世界又融入一片苍茫。保罗匆匆地提着篮子溜下树把衬衣袖子给钩破了。

"真可爱啊，"米丽亚姆摸着樱桃说。

"我的袖子也给撕破了，"他说。

她揭起被撕成三角形的裂口说：

"我来给你补一下吧。"裂口靠近肩膀，她把手指伸了进去说："多暖和啊！"

他笑了，笑声中含有一种新奇的声音，让她不禁心跳加速。

"咱俩到外面去好吗？"他说。

"会不会下雨啊？"她问。

"不会的，咱们就散会儿步。"

他们沿着田野走进茂密的冷杉和松树林。

"我们到树林中去好吗？"他问。

"你想去？"

"是的。"

冷杉林中一片昏暗，尖锐的杉针刺痛了她的脸。她有些害怕。保罗一直沉默着，神色很古怪。

"我喜欢呆在黑暗里，"他说，"我希望树林再密一些，那黑暗更惬意。"

他看上去简直忘了她的存在，这时对他来说，她只不过是个女人罢了。她害怕了。

保罗背靠着一棵松树站着，把她搂进怀里，她任他摆布，不过，这是一种自我牺牲，她多少感到这种自我牺牲中有一种可怕的东西。此时这个声音沙哑，神情恍惚的男人简直就是一个陌生人。

不久，下起了雨。松香味四处弥漫。保罗头枕松针躺在地上，听着刺耳，唰唰啦啦的雨声———一种持续不断的噪音。他的情绪低沉。此时，他才明白，她从来没有和自己息息相通过，她的灵魂处于恐惧状态，对他敬而远之。他仅仅获得了肉欲的满足，只此而已。他的内心凄凄忧伤，思绪万千；他的手指爱怜地抚摸着她的脸。她又深深地爱上他了。

他是多么温柔而英俊。

"下雨了！"他说。

"嗯，淋着你了吗？"

她把双手伸到他身上，抚摸着他的头发，他的肩膀，看雨是不是淋着了他。她是深深地爱着他。他脸贴着枯叶侧身躺着，心情特别宁静。他根本不在乎雨点是否落到了身上，他会那么躺着，直到浑身湿透，因为他感觉一切都变得无所谓了，仿佛他的生命已在散去，他已经进入了一个妙不可言的彼岸世界。这种不知不觉中濒临死亡的奇怪的感觉对他来说十分新鲜。

"我们得走了，"米丽亚姆说。

"是的，"他回答着，却一动不动。

他此刻感到，生命仿佛就是一个影子，白天是一个白色的影子；夜晚、死亡、寂静和休止，这些才是生命的真实存在；而活力、热切、操守那些虚无缥缈的东西。人生的最高境界就是融入黑暗之中，飘然而去，投入上帝的怀抱，与上帝同在。

"雨就要下到我们身上了，"米丽亚姆说。

他起身搀扶她。

"真遗憾。"他说。

"为什么?"

"我们得离开这儿。我觉得这儿很安静。"

"安静!"她重复了一遍。

"我一生从来没有这么安静过。"

她牵着他的手走着,她的手指抓得紧紧的,心里隐隐有些害怕,此时他似乎超越了她,她害怕失去他。

"这些冷杉树在黑暗处象个鬼怪,每棵冷杉树都是一个鬼怪精灵。"

她有些害怕,沉默无言。

"一片寂静,整个夜晚都在沉思,在昏睡,我想我们死后就是这样——莫名其妙的昏睡。"

她以前害怕面对他身上的那种兽性,此时却害怕他神秘莫测的样子。她一声不响地在他身旁走着,雨点打在树上,发出的啪嗒啪嗒的响声。他们终于走到了车棚。

"我们在这呆一会吧,"他说。

到处是淅淅沥沥的雨声,湮没了一切声息。

"和自然界万事万物在一起,我觉得非常奇妙,非常宁静,"他说道。

"嗳,"她耐心地答道。

虽然他紧紧地握着她的手,可心里又似乎忘记了她在身边。

"放弃我们的个性,不再追求,不再努力——无所用心地活着,神志清醒地睡着——那是非常奇妙;那就是我们的来世——我们的永生的未来。"

"是吗?"

"是的——能够这样生活是非常美妙的。"

"你不常说这些。"

"是的。"

一会儿后,他们进了屋。屋里的每个人都好奇地看着他们。不过,保罗的眼睛依旧保持着那种平静而沉闷的神色,语调也依然保持着平和。自然大家都不去理会他。

这期间,米丽亚姆住在伍德林顿一所小屋里,姥姥病了,家里就派米丽亚姆去料理家务。那是个别致而小巧的地方,屋前有个红砖墙围着的大花园,紧靠墙根种着梅

树。屋后还有一个花园，四周环绕着一排高高的杨树篱，把园子与田野隔开。这儿的景色非常优美。米丽亚姆也没有什么事可干，所以她有不少时间来读她喜爱的书籍，写些自己感兴趣的思想随笔。

假日里，姥姥的身体渐有好转，就被送到德比的女儿家小住一两日。老太太脾气古怪也可能在第二天或第三天就回来，所以米丽亚姆独自一人留在小屋里，不过她倒也乐意这样。

保罗经常骑自行车过来，他俩照例过着平静而快乐的日子。他也没有太为难她，到了星期一休息时，他就和她一起度过一整天。

这天天气晴朗，他告诉母亲要去哪儿，就离开家。这一整天母亲又得独自一人度过，想到这点，他心头不禁笼罩上一片阴影。不过，这三天假日是属于他自己的，他要干自己想干的事。保罗喜欢在清晨骑着自行车在小街上飞行。

大约十一点钟，他来到了小屋。米丽亚姆正忙着准备午饭，她面色红润，忙忙碌碌，看上去那模样与这小厨房十分协调。他吻了她后，就坐一来打量着这屋子。屋子虽小，却很舒适，沙发上罩着方格图案的亚麻布套子红蓝相间，虽然用旧了，也洗褪了色，但依然漂亮。墙角碗柜架子上放着一只猫头鹰的标本，阳光穿过香气四溢的天竺葵叶照进窗子。她正为他烹煮着鸡。这一天，小屋就是他俩的天地，他俩就是丈夫和妻子。他帮她打蛋、削土豆皮，他觉得她创造的家庭气氛，几乎和自己母亲所创造的一样，当她在炉边被烤得脸色通红，卷发散乱，看上去美极了，似乎没有人会比她更美。

这顿午饭极尽人意。他象个年轻的丈夫，切着餐桌上的肉。他们一直热情洋溢，滔滔不绝地聊着。午饭后，她洗碗碟，他来擦干，两人一起来到田野上散步。田野中一条波光粼粼的小溪流入陡峭的堤岸下的泥塘中。他俩在那里漫步，采了一些残留的紫金花和大朵的蓝色的勿忘我草。她双手捧着鲜花，其中大多是金黄的水荸荠，坐在堤岸上。她反脸俯在紫金花里，脸上映出一抹金黄的光辉。

"你满脸生辉，象耶稣的变形像。"

她带着疑惑的神色望着他。他讨饶似的对她笑着，把手搁在她的手上，然后吻了吻她的手指，又吻了吻她的脸。

万物沐浴着阳光，四周一片宁静，但它们并没有睡过去，只是在期待中颤抖着。

"我从来没有见过比这更美的景色，"他说，手里一直紧紧握着她的手。

"河水唱着歌欢快地流着——你喜欢吗？"她充满爱意地望着他。他那乌黑的眼睛闪闪发光。

"难道你不认为今天是难得的一天吗？"他问。

她喃喃地表示赞同。他看得出来她非常愉快。

"这是我们的节日——就我们俩，"他说。

他们又逗留了一会，接着两人从芳香的花丛中站起身，他天真地俯视着她。

"你想回吗？"他问道。

他们手拉着手默默地回了家。鸡群咯咯地叫着乱哄哄地沿着小路向她奔去。他锁上门，小屋就成了他俩的天下了。

他永远也不会忘记自己在解衣领时，看见她躺在床上的那副模样。开始，他只看到她的美，觉得眼花缭乱。她的身段美极了，他做梦都没想到她如此之美。他愣愣地站在那儿，一动不动，一句话也说不出来，只是脸上露出惊讶的微笑望着她。他想要她了，可是他刚向她迎上去时，她举起双手做了个恳求的动作，他看了看她的脸，露出任凭摆布的神情。她躺在那儿，仿佛已经准备做出牺牲；她的肉体正在期待他；可她的眼神就象等待屠宰的牲口、阻挠着他，他浑身的热血一下子冷却了。

"你确实想要我吗？"仿佛一团冷冷的阴影笼罩着他，他不禁这样问道。

"是的，我确实想要。"

她好像非常沉静，非常镇定，只是意识到自己在为他做着什么。他简直有些受不了。她躺在那儿准备为他做出牺牲，因为她是那么爱他，他只有牺牲她了，有一刹那，他希望自己没有性欲或者死去。他朝她又闭上眼睛，热血又沸腾起来。

事后，他更爱她了——全身心地爱她。他爱她，但不知怎的，他竟想哭。他不能忍受她那样为他做出牺牲。他和她一直呆到深夜。骑车回家时，他感觉自己终于跨出了一步，他不再是个毛头小伙子了。可是为什么他内心总是隐隐作痛呢？为什么他一想到死，一想到来世，反而感到那么亲切，那么宽慰呢？

他和米丽亚姆一起度过了一个星期，激情洋溢的他弄得米丽亚姆疲惫不堪才肯罢休。他总是一意孤行，丝毫不顾及她，任凭感情鲁莽行事。他不能经常干这种事，因为事后往往留下一种失败和死亡的感觉。如果真想和她在一起，他就得抛开自己和自

己的欲念。如果想占有她，他就得抛开她。

"当我每次要你的时候，其实你并不是真正想要我，对不对？"他的黑眼睛带着痛苦而羞愧的神情问道。

"嗳，是的，"她赶紧回答。

他看着她。

"不，"他说道。

她开始颤抖起来。

"你知道，"她说着，捧着他的脸，把它贴在自己肩上——"你知道——象我们现在这样——我怎么能习惯你呢？如果我们结了婚，那么一切就好了。"

他托起她的头，看着她。

"你是说，现在发生的事让你难于接受？""是的——而且——"

"你总是把自己紧紧地封闭起来，不让我靠近。"

她激动得直哆嗦。

"你知道，"她说，"一想到这我就不习惯——"

"你最近才开始适应，"他说。

"可我一辈子都习惯不了，"。妈妈对我说过'结婚以后有件事老让人觉得害怕，但你必须忍受。'我相信这句话。"

"现在还信？"他问。

"不！"她急忙喊道。"我和你一样，都相信爱情是生活的顶峰，即使以那种方式表达。"

"但这并没有改变你从不想要这种爱的事实。"

"不"，她把他的头拥在怀里，失望地轻轻扭动着身子，"别这么说！你不明白。"她痛苦地扭着，"难道我不想要你的孩子吗？"

"但不是要我。"

"你怎么能这么说？不过我们得在结婚以后再要孩子——"

"那我们就应该结婚，我要你给我生孩子。"

他神情严肃地吻着她的手。她看着他，忧伤地沉思着。

"我们太年轻了，"她终于说。

"都二十四和二十三岁了——"

"还不到呢，"她苦恼地摇着身子恳求道。

"等到你心甘情愿的时候，"他说。

她心情沉重地低下头。他说这些话时，那绝望的语调令她非常伤心。这总是他俩之间很难一致的地方。她默默地顺从了他。

他俩恩恩爱爱过了一周，一个星期天的晚上，临睡前他突然对母亲说：

"我不会常去米丽亚姆家了，妈妈。"

她感到惊讶，但什么也没问。

"你愿意怎么就怎么着吧。"她说。

于是，他上床睡觉去了。不过，从此以后他身上又有一种新的沉默，她对此感到纳闷。她几乎猜到了是怎么回事，然而，她并不理他；过急了反而会把事情弄糟。她看着他形单影只不知道他会怎么要收场。他病了，而且更加沉默不象他平时的为人，老是皱着眉头，还在他吃奶时就有这种表情，不过那是许多年以前了。然而，现在他又这样，她确实爱莫能助，只好让他独自闯自己的路。

他对米丽亚姆依然忠贞不渝。因为他曾全心全意地爱过他，不过，那日子已是黄鹤一去不复返了。失落的感觉越来越强烈。开始时他只不过感到伤心，后来，他觉得自己也不能这样继续下去了。他要逃离，无论如何要到异国他乡去。他渐渐地不再向她求欢了。因为，这一行为不但不能促成两人的亲密无间，反而使他们更加疏远。而且，他也意识到，这样做毫无益处。再努力也无济于事，他们两人这间永远无法达到一种和谐。

几个月来，他很少见到克莱拉。他们也偶尔趁吃午饭时到外面散步半小时。不过，他总是心存着米丽亚姆。然而，和克莱拉在一起他的眉头也舒朗了，心里又变得高兴起来。她百般迁就地对待他，把他当作一个孩子。他认为自己不在乎这些，但心里却非常生气。

有时候米丽亚姆会说：

"克莱拉怎么样啊？最近没听到她的消息。"

"昨天我跟她一起走了约二十分钟，"

他答道。

"她说了些什么?"

"我不知道,我觉得全是我一个人在唠叨——我常常这样。我好像给她讲了罢工的事以及妇女们对罢工的看法。"

"哦。"

就这样他自己谈论起自己。

实际上,他自己没有意识到,他对克莱拉怀有的那股热忱已把他从米丽亚姆身旁拉起,他感到对此自己应负有责任,觉得自己是属于米丽亚姆的。他认为自己对米丽亚姆是完全忠诚的。在一个男人被感情驱使忘乎所以以前,很难估量他对女人所抱有的感情烈炽热到什么程度。

他开始更频繁地与男朋友来往。其中一个是艺术学校的杰斯普;一个是大学里的化学实验辅导员斯温;一个是当教师的牛顿;此外还有艾德加和米丽亚姆的几个弟弟。借口要工作,他跟杰斯普一起写生、学习。他去大学里找斯温,两人一起去"闹市区"玩。还和牛顿一起乘火车回家,顺道和他到星月俱乐部去打一盘弹子球。如果他借口和男友在一起,而不去米丽亚姆那里,人也觉得心安理得。他的母亲开始放心了;他总把行踪告诉她。

夏天里,克莱拉有时穿件宽袖的薄纱女服。当她抬手时,袖子就往后滑,露出两只健美的胳膊。

"等等,"他叫道,"抬着胳膊别动。"

他给她的手和胳膊画了几张速写,画中蕴藉着实物对他产生的魅力。米丽亚姆总爱认真地翻看他的书本和纸张,因而翻出了这些画。

"我觉得克莱拉的胳膊美极了,"他说。

"是的!这是你什么时间画的?"

"星期二,在工作间画的。你知道吗,我有一个角落可以干活。午饭前,我干完车间里所有需要料理的事。下午,我就可以干自己的事了,晚上只要照看一下事情就行了。"

"噢,"她说着,翻着他的速写本。

他常常厌恶憎恨米丽亚姆,厌恶她弯下身子仔细翻阅他的东西的样子;厌恶她不厌其烦地反复查问他,仿佛他就是一份复杂的心理学报告似的。在跟她在一起的日子

里，他最厌恶她对他若即若离的态度，他因此而折磨她。他常常说，她只想攫取，而不肯施予，至少不肯把充满生气的热情施予别人。仿佛她从来没有活过，没有放射出生命的火花。寻找她就象寻找根本不存在的事物一样。她只是他的良知，而不是他的伴侣。他憎恨她，对她更残忍凶狠了。就这样，他们的关系一直拖到第二年夏天。他越来越频繁地去见克莱拉。最后，他终于开口了。一天傍晚，他一直坐在家里干活。他们母子之间似乎有一种人与人相处的特殊关系，就是双方坦率挑剔过错。莫瑞尔太太马上又来劲了，保罗不再和米丽亚姆那么黏糊了，那很好；她决定抱一种观望的态度，等待他先开口。他会回到她身旁的，这得很长一段时间，他将胸中郁积的怨气发泄完以后会回来的。这天傍晚，母子之间出现一种奇怪的紧张气氛。他象台机器似的拼命工作，以便自我逃避。夜幕降临，百合花的幽香悄悄地透过敞开的房门弥漫进来，香气四溢。突然他起身走出房门。

夜晚的美丽令他想放声长啸。一弯暗金色的新月正落向花园尽头的那棵黑黑的梧桐树后，月光把天际染成一片暗紫色。近处，模模糊糊的一排白色百合花连成的花墙横穿园子，四处弥漫着花香，生机盎然。他踏进石竹花那刺鼻的香味和百合花那阵阵摇曳的浓香分明地掺合在一起。他在一排白色的百合花旁停下。这些花都有气无力的耷拉着脑袋，仿佛在喘息。花香熏得他飘飘欲醉。他走进田野去看月亮西坠。

干草场上一只身鸡不停在叫着。月亮飞速坠落着，射出越来越红的光。在他身后，高大的花儿前弓着身子，仿佛在呼唤着他。蓦地他又闻到了一股花香，有些刺鼻呛人。他四处探寻发香之处，发现是紫色百合花，于是伸手抚摸着它们肥胖的花颈仿佛在抓着什么的黑色的花瓣。不管怎么说，他总算找到了。这些花长在黑暗中，散发着刺鼻的香气。月光在山顶上逐渐消失，四周笼罩着一片黑暗。秧鸡仍在叫着。

他折下一枝石竹花，突然进了屋子。

"好啦，孩子，"母亲说，"我看你该上床睡觉去了。"

他站在那儿，把石竹花凑近嘴边。

"妈妈，我要跟米丽亚姆散了，"他平静地说。

她抬着腿从眼镜上面望着她。他也丝毫没有退缩地回望着她。母子俩对视了一会，她摘下了眼镜。他的脸色十分苍白，男子的气概又回到他身上。她不想太仔细地看他。

"不过，我原以为——"母亲开口说。

"可是，"他答道："我不爱她，我不想要她——因此，我应该结束这一切。"

"可是，"母亲吃惊地叫道，"最近我还以为你已经打定主意要娶她呢，因此我没什么可说的。"

"我曾经——我曾经想过——但现在不那么想了。这没有什么好处。我要在星期天跟她断绝关系。我应当这样做，对吗？"

"你心里最清楚。你知道很早以前我就这么说过。"

"现在我不得不和她散了。星期天我就去了结。"

"哦，"母亲说，"这样做再好不过了。但从最近来看，我以为你打定主意要娶她我只好不说什么了，也不应该说。不过，我还是说句老话，我认为她不适合你。"

"星期天我就跟她吹，"他说着闻了闻石竹花，随后把花放进嘴里，心不在焉地咧着双唇，慢条斯理地嚼着花，结果弄得满嘴都是花瓣。接着，他把花瓣唾到火里，吻了吻母亲，就上床睡觉去了。

星期天下午，他早早就去威利农场。他已经给米丽亚姆写了封信，说他们还是到田野上散散步，去赫克诺尔去。母亲对他温柔体贴。他一句话也没说，不过她看得出来，他为这件事付出了极大的努力。他脸上那异常坚定的神情使她感到心里踏实。

"别担心，孩子，"她说，"等这件事完了以后，你心情就会好起来的。"

保罗吃惊而怨恨地瞥了母亲一眼；他可不要她的怜悯。

米丽亚姆在小巷的尽头跟他会了面。她穿着一件印花麻纱新短袖。看到那惹人怜爱的两只露在短袖下的胳膊——那么可怜，那么柔顺，他心里更加痛苦，使他反而变得列加狠心。她是专为他一个人穿戴打扮得如此艳丽动人，花枝招展。每次看到她——现在她已经是一个风韵成熟的年轻妇女了，在新衣的衬托下显得更加美丽——他内心就感到一阵痛苦，简直象要爆炸似的，他竭力克制着自己。可是他已经打定主意，一切都无法挽回了。

他们坐在山上，他头枕在她的腿上，躺了下来，她用手指抚摸着他的头发。正如她所说的她知道"他心不在焉。"每当她和他在一起时她常常追他的心灵，但不知它飘到什么地方去。可是今天下午，出乎她的意料。

他告诉她时间已经快五点钟了。他们坐在一条溪流边上，有一片草皮盖在凹陷的黄土河滩上。他用一根树枝乱戳乱舞，每当他烦躁不安和下狠心时，他总是这样。

"我一直在考虑，"他说，"我们该散了。""为什么？"她吃惊地失声喊道。

"因为再继续下去没有什么好处。"

"为什么没好处？"

"是没好处。我不想结婚。我根本不想结婚。既然我们不打算结婚。这样下去就没什么好处。"

"那你为什么现在才说这话？"

"因为我已经打定了主意。"

"那这个月来算怎回事，还有你曾经跟我说的话又怎么解释？"

"我也无能为力！我不想再继续下去了。"

"你不想要我了？"

"我觉得我们还是散了好——你摆脱了我，我摆脱了你。"

"那最近几个月的事怎么办？"

"我不知道。我一直跟 你说真话，而且是怎么想就怎么说。"

"那你为什么现在又变卦了？"

"我没变——我还是一样——只是我觉得这样继续下去没什么好处罢了。"

"你还没告诉我为什么没好处。"

"因为我不想再继续下去了——我不想结婚。"

"你说过多少次你要娶我，我都没有答应？"

"我知道，但我还是觉得我们应该散了。"

他恶狠狠地挖着土，两人都沉默着。她低着头沉思着。他简直象个任性的不可理喻的小孩。他更象个婴儿，一旦吃饱，就把奶瓶砸个粉碎。她看着他，觉得还可以抓住他，从他身上逼出一些常性来。可是她又觉得无从下手，无能为力。于是她喊道："我曾说过你 只不过十四岁——其实你才四岁！"

他听到了，仍旧恶狠狠地挖着土。

"你是个四岁的小娃娃，"她愤怒地又重复了一遍。

他没有回答，只是在心里默默地说："那好吧，既然我是个四岁的小娃娃，那你还要我干什么？我可不想再找一个妈妈。"可他什么也没说出来。两人都沉默着。

"你跟你家人说过吗？"她问。

"我告诉了母亲。"

又是一阵沉默。

"那你到底想干什么？"她问。

"哦，我就希望我们俩一刀两断。这些年来我们一直在一起生活；现在，就让我们到此为止吧。我要离开你走自己的路，你也应该离开我走你自己的路。这样你就可以自己过一段独立的生活。"

这话有几分道理，尽管她痛断肝肠，她还是不由得牢牢记住这些话。她清楚自己象根捆绑他的锁链，她恨这样，但又身不由己。自从她感到爱情之火过于强烈的时候起，她就恨自己对他的爱情；而从心灵深处来说，正由于她爱他并受他支配而恨他。她一直反抗着他的统治，现在终于摆脱他了。因此，与其说他摆脱了她，倒不如说是她摆脱了他。

"再说，"他继续说，"我们多少会永远彼此牵念。你为我做过很多事，我也同样为你做过许多。现在让我们重新开始，独立生活吧。"

"你想要去干什么？"她问。

"什么也不干——只想自由自在，"他回答道。

然而，她却十分明白，他之所以这样，就是因为克莱拉的影响在起作用，要解放他。不过，她什么也没说。

"那我该怎么对我妈妈说呢？"她问。

"我告诉我妈，"他回答说，"我要一刀两断。"

"这话我不会告诉家里人的，"她说。

他皱着眉头说："那随你便了。"

他明白是他将她陷入一个不洁的境地，在她危难时离弃不顾。想到这一点，使他十分恼火。

"你可以告诉他们，你不会也不愿嫁给我就只好分手了，"他说道，"这可是真的。"

她郁郁不乐地咬着手指，回顾俩人的恋爱历程。她早就意识到会有这样的结局，她始终明白这一点。如今正如她那痛苦的预料。

"一直——一直是这样！"她大声喊道。"这是我们之间一直争论不休的问题——你一直在竭力摆脱我。"

这话犹如闪电，不知不觉从她嘴里喷了出来。他的心霎时仿佛静止了。她就是这么看待这件事的吗？

"但我们在一起也度过了许多美好的时光和愉快的时刻！"他分辩道。

"从来没有过！"她叫道，"从来没有过。过去你一直在努力挣脱我。"

"并不是一直这样——开始时就不是这样！"他分辩着。

"一直是这样，从一开始就这样——一直都是这样！"

她说完了，不过她也说得够多了。他坐在那儿直发愣。他本来想说，"过去相处很好，只是现在该结束了。"她否认他们之间有过美好的爱情，不过，以前他在鄙视自己时曾相信过她的爱情。"他过去一直在竭力挣脱她吗？"那可真荒唐。他俩之间原来什么感情也没有；过去他一直想象着他们之间存在着什么感情，原来是竹篮子打水一场空，而且，她早已知道，她什么都清楚，只不过不告诉他。她一直很清楚却把它隐藏在心底。

他痛苦地坐在那里，一声不响。整个事情的结尾就是一个绝妙的讽刺。她原来一直在玩弄他，而不是他玩弄她。她在他面前隐藏起所有对他的不满，一直在逢迎他，而内心却在藐视他。她现在又瞧不起他了。他变得聪明起来也更残忍了。

"你应该嫁给一个崇拜你的人，"他说，"那样你就可以为所欲为。会有不少男人崇拜你呢！只要你得着他们天生的缺陷。你应该嫁给这样的男人，他们绝不会竭力想挣脱你。"

"谢谢！"她说，"不过不用你来建议我嫁给什么样的人，你以前就曾建议过了。"

"好吧，"他说，"我再也不会说了。"

他静静地坐在那，感到好像不是给了别人一拳，而是挨了别人一拳。他们八年的友谊和爱情，他生命中的这八年，变得毫无价值。

"你什么时候想到这点的？"她问。

"我在星期四晚早就有明确的思想。"

"我就知道迟早会有这样的事，"她说。

他听了这话，心里感到欣慰。"噢，太好了，她如果知道事情会发展到这一步，那么她就不会感到意外，"他想。

"你对克莱拉说过什么吗？"她问。

"没有，但我会告诉她的。"

一片沉默。

"你还记得去年这个时候，在我姥姥家，你说过的话吗？不，上个月你还说过，还记得吗？"

"是的，"他说，"我还记得！而且我说的是真话！那些话没有实现，我无能为力。"

"那些没有实现，是因为你另有所求。"

"不管实现没实现，你总是不会相信我的。"

她奇怪地大笑起来。

他默默地坐着，他现在只有一种感觉，就是：她骗了他。在他以为她崇拜他时，实际上她在鄙视他。她让他信口开河地乱说一气却从不反驳他，她让他独身瞎闯。最让他咽不下的一口气是，在他以为她崇拜他时，实际上她在藐视他。发现他的错误时，她应该告诉他，她太不公平，他恨她。这么多年来，她一直当面把他看作英雄，而心里把他当作一个乳臭未干的小孩，一个愚蠢的孩子。可是，那又为什么她任凭一个愚蠢的孩子出丑卖乖呢？他恨极了她。

她痛苦地坐在那里。她早就知道了——呵，她知道得一清二楚！在他疏远她的那一段时间，她就把他看清楚，看出他的渺小、卑劣、愚蠢。甚至在她内心已经对他做好了防备，以免受到的打击和伤害。她并没有被打击，甚至都没怎么伤着。她早就知道了，可是为什么他还能坐在那儿依然控制和支配着她呢？他的一举一动都让她着迷，仿佛被他施了催眠术似的。然而他却是卑鄙虚伪，反复无常的小人。为什么她还受到这种支配呢？为什么世上再没有谁的比他的胳膊动作更能打动她的心灵呢？为什么她被他紧紧地左右着？为什么即使现在，假如他看着她、命令她，她还是会言听计从呢？他的任何命令她都会唯命是从的。不过，她清楚一旦服从了他，那她就会把他置于自己的控制之下，要他去哪他就去哪儿。她对此非常自信。都是这位新近的插足者的影响！唉，他不是个男子汉！他只是一个哭闹着要新玩具的小孩子，无论他的心向往什么，都无法长久羁绊他的易变的灵魂。好吧，就让他走吧。不过等他厌倦了新感觉时，他还是会回来的。

他一直在那里挖着土，挖啊挖，直到她烦得要死。她站起身。他坐在那里往河里扔土块。

"我们到附近去喝点茶吧?"他问。

"好吧,"她答道。

喝茶时他们谈了一些不相干的话题。他滔滔不绝地谈着对装潢艺术的爱好——是那间乡下别墅引起了他的谈性——以及它与美学的关系。她的态度冷淡而沉默。在回家的路上,她问:

"我们不再见面了吗?"

"不见了——或者极少见面,"他答道。

"也不通信?"她道,几乎在挖苦。

"随你的便吧,"他答道,"我们不是陌生人——不管怎么样,我们也不应该成为陌生人。我以后会常常给你写信的,你就随便吧。"

"我明白了!"她尖刻地答道。

不过,他已经是任何东西都伤不了她的心了。他已经做出了生命中的一次大裂变。刚才她告诉他说他们之间的爱情从来就是一场冲突时,他为此大吃一惊。现在这一切都无所谓了。

假如根本没有爱,那么对于这段爱情的结束也没什么奇怪的了。

他在小巷的尽头与她分手了。望着穿着新衣的她,孤零零地往家去,就要应付巷子那一头的家里人,他心里充满着羞愧和痛苦,他一动不动地站在路上,心里想到是自己让她受煎熬。

为了恢复自尊,他本能地走进了柳树酒店想去喝几杯。店里有四个外出玩的姑娘,各自喝着一小杯葡萄酒,她们的桌子上还扔着几块巧克力。保罗就坐在一旁喝着威士忌。他注意到了那几个姑娘正压低嗓门嘀咕着什么,还互相推推搡搡。不一会,一个身材健美,皮肤黝黑,看起来十分轻佻的姑娘向他探过身来说:

"想来块巧克力吗?"

另外三个姑娘哈哈大笑,笑这位姑娘不知害臊。

"好啊,"保罗说,"给我来块硬一点的——带果仁的,我不喜欢奶油的。"

"好,给你,"那姑娘说,"这是块杏仁的。"

她把巧克力拈在手指间,他张开了嘴,她把糖扔进了他的嘴里,脸色不禁红了。

"你真好!"他说。

"咳"，她答道，"我们刚才看到你一副愁眉苦脸的样子，她们都问我敢不敢请你吃一块巧克力。"

"再来一块也行——给我一块不同味儿的尝尝。"他说。

大家立刻嘻嘻哈哈笑成了一团。

他儿点钟后回家，天已黑了，他悄悄地进了屋，母亲一直在等着他，看到他回来，她立即匆匆忙忙地站起身。

"我已经给她说了，"他说。

"我非常高兴。"母亲大大松了一口气回答说。

他疲倦地把帽子挂了起来。

"我说我们还是一刀两断吧。"他说。

"做得对，孩子，"母亲说，"现在她虽然难受，不过这样做对将来有好处，我知道你和她不合适。"

他坐下时笑得全身震颤起来。

"我在酒店里跟几个姑娘玩得挺开心。"

母亲看他这会儿已经忘了米丽亚姆了。他把在柳树酒店和几个姑娘相遇的事讲给她听，莫瑞尔太太望着他，他的快乐仿佛是强装出来的，内心其实十分忧郁而痛苦。

"来吃晚饭吧！"她柔声细语地说。

晚饭后，他若有所思地说：

"妈妈，她并不失望，因为她一开始就根本没想跟我好。"

"我怕她对你还会有意思。"她说

"不，"他说"也许不会。"

"你知道你们还是彻底断了关系的好。"她说

"我不知道。"他绝望地说。

"好了，把她抛到九霄云外去吧。"母亲回答。

就这样，他离开了米丽亚姆，留下她孤零零的一人，很少有人关心体贴她，她也很少关心别人。她独自在耐心等待着什么。

第十二章　情欲灼灼

他逐渐可以靠他的绘画养家糊口了。自由商行已经接受了他在各种材料上设计的几张图样，他还可以在一两个地方卖掉他的绣花图样和圣坛布的图样之类的东西。目前这一阶段他挣的钱倒没有多少，但将来很有可能发展。他还和一个陶器商店的图案设计员交上了朋友，他从那里学到了花样设计方面的知识。他对实用美术很感兴趣，与此同时，他还坚持不懈地慢条斯理地继续画画。他比较喜欢画那种大幅的人像，画

面很明亮，但不是象印象派画家那样，只用光亮和投影组成画面；他画的人物轮廓清晰，色调明快，跟米开朗琪罗的某些人像画一样有一种明快感。他按自认为真实的比例给这些人物加上背景。他凭记忆画了一批画，凡是他认识的人他都画了。他坚信自己的艺术作品有相当的价值。尽管他有时候情绪低沉，畏缩不前，但他还是相信自己的绘画。

他二十四岁那年，第一次对母亲说出了自己的一个雄心。

"妈妈"，他说："我会成为一个人人注目的画家的。"

她用她奇怪的方式吸吸鼻子，就象有几分高兴时耸耸肩膀一样。

"很好，孩子，让我们拭目以待吧。"她说。

"你会看到的，亲爱的妈妈！总有一天你会明白你自己是不是在小看人！"

"我现在已经很满意了，孩子！"她笑着回答道。

"不过你得改变一下。瞧你跟米妮吧！"

米妮是个小女仆，一个只有十四岁的女孩。

"米妮怎么啦？"莫瑞尔太太严肃地问道。

"今天早晨当你冒着雨要出去买煤时，我听见她说'呃，莫瑞尔太太！那事我会去干的。'"他说，"看来你倒是挺会差遣下人的啊！"

"哪里，这只不过是那个孩子的厚道罢了。"莫瑞尔太太说。

"你还道歉似的对她说：'你可不能同时做两件事，对吧？'"

"她当时正忙着洗碗碟吧。"莫瑞尔太太说。

"她说了些什么？'洗碗待会再洗又有什么，瞧你那双脚，走起来摇摇晃晃的。'"

"是的——那个大胆的小丫头！"莫瑞尔太太说着笑了。

他看着母亲，也大笑起来。因为爱他，母亲又重新变得热情和乐观了。这一刻仿佛所有的阳光都洒落在她身上。他兴高采烈地继续画着他的画。她心情愉悦时看上去精神焕发，几乎让他忘记了她头上的白发。

这一年，她和他一起去了怀特岛度假，对于他俩来说，能够一起去度假真是太让人兴奋了，这是一件使人心旷神怡的事。莫瑞尔太太心里充满了喜悦和新奇。不过他祈愿她能够多陪他走走，但她不能。甚至有一次她几乎昏倒了，当时她的脸色是那么的苍白，嘴唇是那么的乌青。看着这一切，他内心痛苦极了，就象胸口给人剁了一刀似的。后来，她恢复了，他也就忘了痛苦，不过他内心总是隐隐担忧，就好像一块没有愈合的伤口。

跟米丽亚姆分手之后，他差不多立刻倒向克莱拉。他和米丽亚姆分手之后的第二天是星期一，他来到了下面工作间，她抬起头来笑着看着他。不知不觉地，他们之间变得亲密无间了。她从他身上看到一种新的欢悦。

"好啊，希巴女王！"他笑着说。

"为什么这么叫我？"她问。

"我觉得这么适合你，你穿了一件新上衣。"

她脸红了，问道：

"那又怎么样呢？"

"很合身——非常合身！我可以给你设计一件衣服。"

"什么样的？"

他就站在她跟前，他的眼睛随着他说话而闪着光。他直直地盯着她的眼睛，冷不丁地一下子抱住了她。她半推半就着，他把她的衬衫拉了拉紧，一面抚平了她的衬衫。

"要比这样更紧身点。"他给她解释着。

不过，他俩都羞得脸儿通红，他马上逃走了。他刚才抚摸了她，他的整个身体都由于那种奇妙的感觉而颤抖。

他们之间已经有一种默契了。第二天傍晚，在火车到来之前，他先和她去看了一会儿电影。坐下后，保罗发现克莱拉的手就放在他身边，好一阵子他不敢碰它。银幕上的画面跳动着闪动着。他握住了她的手。这只手又大又结实，刚好能让他一把握住。他紧紧地握着它，她既没有动也没有做出任何表示。当他们走出电影院进，保罗要乘的那趟火车来了，他不禁犹豫起来。

"晚安！"克莱拉说。保罗冲过了马路。

第二天他又来跟她聊天的时候，她却变得相当傲慢。

"我们星期一去散散步好吗？"

她把脸转到了一边。

"你要不要告诉米丽亚姆一声啊？"她挖苦地回答他。

"我已经跟她分手了。"他说。

"什么时候？"

"上个星期天。"

"你们吵架了？"

"没有！我已经下定决心了，我斩钉截铁地跟她说，我认为我已经没有自己的自由。"

克莱拉没有搭腔，于是他回去工作了。她是如此镇静，如此傲慢！

星期六晚上，他请她下班后一起去饭馆喝咖啡。她来了，但神情冷淡而且有些拒人于门外的样子。他要乘的那列火车要过三刻钟才到。

"我们散会儿步吧。"他说。

她同意了。于是他们走过城堡，进了公园。他有些怕她。她郁郁寡欢地走在他身边，仿佛不情愿，有一肚子怨气似的。他不敢握她的手。

他们在阴暗处走着，他问她："我们走哪条路？"

"随便。"

"那么我们就往石阶上走吧。"

他突然转过身子走了。他们已经走过了公园的石阶。她见他突然撇下她，感到一阵怨恨，就站在那里一动不动。他回头看她，见她孤零零地站在那里。突然把她搂在怀里，紧紧地拥抱了一会儿，吻了她，然后才松手。

"快来啊。"他有些赔罪似的对她说。

她跟着他。他握住她的手吻了吻她的指尖。他们默默地走着。当他们走到亮光处时，他松开了她的手。他们俩谁也不说话，一直默默地走到车站。要分手了，他们只是默默地凝视着对方的眼睛。

"晚安。"她说。

他上了火车。他的身体机械地行动着，别人跟他说话时，他仿佛听到一种隐约的回声在回答他们。他精神有些恍惚。他觉得如果星期一不马上来临的话，自己就会发疯的。到了星期一，他就可以再看见她了。他的整个生命都放在了这一点上，可这又被星期天隔着。他简直无法忍受这一点。他要等到星期一才能见她，可星期天却偏偏挡在中间——要焦躁地过一个小时再一个小时呢。他想用脑袋去撞车厢门。不过他还是静静地坐在那里。一路上，他喝了几杯威士忌，谁知喝了酒之后，事情更糟。不过最要紧的是不能让母亲难过。他支支吾吾说了几句，就急急地上了床。他和衣坐在那里，下巴颏儿支在膝头上，凝视着窗外远处分散着几盏灯火的小山坡。他既没有想什么，也不想睡觉，只是纹丝不动地坐着，凝视着远处。直到最后他突然被寒冷惊醒时，他发现表停在两点半上。其实已经过了三点了，他精疲力尽，但由于现在还是星期天的清晨，他又陷入了痛苦之中。他终于上床躺下。星期天，他整天骑着自行车，直到实在没劲了才作罢。却不知道自己去了什么地方，只知道过了这一天就是星期一。他睡到四点钟，醒来后就躺着胡思乱想。他渐渐清醒——他仿佛能看见自己——真正的自己，在前面的某处。下午，她会跟他一起去散步。下午！真是度日如年啊。

时间象是在慢吞吞地爬。他父亲起床了，他可以听见他在走动，后来就去了矿井，那双大皮靴咚咚地走过院子。公鸡还是喔喔地报晓，一辆马车顺着大路驶过。他母亲也起床了，她捅开了炉火。过了一会儿，她轻声地叫了他几声。他应着，装作刚醒来的样子。居然装得很象。

他朝车站走去——还有一英里！火车快到诺丁汉姆了。火车会在隧道前面停吗？不过这也没什么，它在午饭前总会开到的。他到了乔丹厂。半小时后她才会来的。不管怎么说，她快来了。他办完来往的信件，她应该到了。也许她就没来。他奔下楼梯。啊！透过玻璃门他看到了她。她微俯着身子在干活，这让他觉得他不能贸然上前去打扰她，可他又忍不住不去。终于，他进去了，他的脸色苍白，神情紧张局促，但他却装得十分镇静的样子。她不会误解他吧？他在表面上不能露出本来面目啊！

"今天下午，"他艰难地说："你会来吗？"

"我想会的。"她喃喃答道。

他站在她面前，竟然一句话也说不出来，她把脸从他面前扭开。那种没有知觉的感觉仿佛又笼罩了他，他紧咬着牙上了楼。他把每件事都干得很完善，他还要这么干下去。整个上午他好像被打了一剂麻醉药似的，看什么都象隔得老远，恍恍惚惚的，他自己仿佛被一个紧身箍紧紧地憋得喘不过气来。他的另一个自我则在远处干活，在分类账上记着账，他全神贯注地监视着远处的自我，生怕他弄出什么差错来。

可他不能老是这样痛苦而又紧张。他一直不停地干着，可表还是才指在十二点钟。他的衣服仿佛都被钉在桌子上，他就那样站在那儿不停地干着，强迫自己写着每一笔。好不容易到了十二点三刻，他可以结束了。于是他奔下了楼。

"两点钟在喷泉那儿跟我见面。"他说。

"我得要两点半才能到那儿呢。"

"好吧！"他说。

她看了他一眼，看到了那双有些痴狂的黑眼睛。

"我尽量在两点一刻到。"

他只得同意。然后他去吃了午饭。这一段时间他仿佛被打了麻醉药，每一分钟都无限地延长了。他在街上不停地走着，不知走了多少英里。后来，想起自己可能不能按时赶到约会地点了。两点过五分，他赶到了喷泉。接下来的那一刻钟对他来说简直

是一种无法忍受的酷刑，这是一种强压住自己本性使它不至于忘形的痛苦。他终于看见她了。她来了！他早已在等她了。

"你迟到了。"他说。

"只晚了五分钟。"她答道。

"我对你可从来没有迟到过。"他笑着说。

她穿着一身深蓝色的衣服，他看着她那窈窕的身段。

"你需要几朵花。"说着，他就朝最近的花店走去。

她在后面默默地跟着他，他给她买了一束石竹花，有鲜红的，有朱红的。她脸色通红，把花别在衣服上。

"这颜色很漂亮！"他说。

"我倒宁愿要那种色彩柔和些的。"她说。

他笑了。

"你是否觉得你在街上走着就象一团火？"他说。

她低着头，生怕碰上别人。他们并肩走着，他侧过脸来看着她，她颊边那缕可爱的头发遮住了耳朵，他真想去摸一下。她有一种丰腴的韵味，就象风中那微微低垂的饱满的稻穗一样，这让他感到一阵目眩。他在路上晕晕乎乎地走着，仿佛在飞转，周围一切都在身边旋转。

乘电车时，她那浑圆的肩膀斜靠在他身上，他握住了她的手。他感觉自己仿佛从麻醉中苏醒过来，开始呼吸了。她半掩在金发中的耳朵离他很近。他真想吻吻它，可是车上还有别人。她的耳朵会留着让他去吻的。尤其是，他仿佛不是他自己，而是她的什么附属品，就好像照耀在她身上的阳光。

他赶紧移开了眼光。外面一直在下着雨，城堡下巨大的峭岩高耸在小镇的平地上，雨水从上面直泻下来，留下一道水迹。电车穿过中部火车站那片宽广的黑沉沉的广场，经过了白色的牛场，然后沿着肮脏的威福路开去。

她的身子随着电车的行驶轻轻晃动着，由于她紧靠着他，他的身体也随之晃动。他是一个精力充沛、身材修长的男人，浑身好像有着使不完的精力。他的脸长得粗糙，五官粗犷，貌不出众，但浓眉下的那对眼睛却生气勃勃，不由得叫她着了迷。这双眼睛似乎在闪烁，然而实际却十分平静，目光与笑声保持着一定的协调。他的嘴巴也是

如此，正要绽出得意的笑声却又戛然而止。他身上有一种显而易见的疑虑。她沉思般地咬着自己的嘴唇，他紧紧地握着她的手。

他们在旋转式栅门前付了两枚半便士，然后走上了桥。特伦特河水已经涨得很高，河水在桥下悄悄急速地流过。不久前的这场雨可不小，河面上是一大片粼光闪闪的洪水。天空也是灰蒙蒙的，到处闪耀着银光。威福教堂里的大丽菊由于浸透了雨水，成了一团湿漉漉的黑红色花球。河边草地和榆树廊边上的小道上看不到一个人影。

黑黑的河面上泛着银光，一股淡淡的薄雾弥漫在绿荫覆盖的堤岸和斑斑点点的榆树上空。河水浑然成一体，象怪物似的互相缠绕着，悄悄地以极快的速度飞奔而去。克莱拉一声不响地在他身边走着。

"为什么，"她慢慢地用一种相当刺耳的语调问他："为什么你与米丽亚姆分手？"

他皱了皱眉。

"因为我想离开她。"他说。

"为什么？"

"因为我不愿意再和她继续下去，而且我也不想结婚。"

她沉默了片刻。他们沿着泥泞小道小心翼翼地走着，雨滴不停地从榆树上往下掉。

"你是不想跟米丽亚姆结婚呢还是你根本不愿结婚？"

"两者兼而有之。"他答道："兼而有之。"

因为路上积了一摊摊的水，他们只好跨上了阶梯。

"那么她怎么说呢？"克莱拉问。

"米丽亚姆吗？她说我只是一个四岁的小孩子，说我老是挣扎着想把她推开。"

克莱拉听后沉思了一会儿。"不过你和她交朋友的时间不算短了吧？"

"是的。"

"你现在不想再要她了？"

"是的，我知道这样下去没什么好处。"

她又陷入了深思。

"你不觉得你这样对她有点太狠心了吗？"她问。

"是有点。我应该早几年就和她分手，但再继续下去是一点好处也没有的，错上加错并不能得出正确的结论。"

"你多大了？"克莱拉问。

"二十五了。"

"我已经三十了。"她说道。

"我知道你三十了。"

"我就要三十一了，——也许我已经三十一了吧？"

"我不知道，也不在乎这个。这有什么关系！"

他们走进了园林的入口处，潮湿的红土路上沾满了落叶迁草丛一直通向陡峭的堤岸。两侧的榆树就象一条长廊两旁的柱子一般竖立在那儿，枝丫互相交叉，形成了一个高高的拱顶，枯叶就是从那上面落下来。周围的一切都是那么空旷、寂静和潮湿。她站在最上面一层台阶上，他握着她的双手，她则笑着望着他的双眼，然后跳了下来。她的胸脯紧贴在他的胸前。他搂住了她，在她脸上吻着。

他们一路沿着这条滑溜溜的陡峭的红土路走着。此时，她松开了他的手，让他搂住她的腰。

"你搂得这么紧，我胳膊上的血脉都不通了。"她说。

他们就这么走着。他的指尖可以感觉到她的乳房的晃动。四周静悄悄的，一个人也没有。左边，透过榆树干和枝丫间的缝隙可以看到湿漉漉的红色耕地。右边，往下看，可以看见远处下面的榆树树顶，还可以听见汩汩的流水声。间或还可以瞥见下面涨满了河水的特伦特河在静静地流淌着，以及点缀在浅滩上的那几头小牛。

"自从柯克·怀特小时候来这过儿以后，这儿几乎没有什么变化。"他说。

虽然他说着话，但他却一直盯着她不满地撅着的嘴巴以及耳朵下的脖子，脸上的红晕在脖子这儿与皮肤的密乳色交融在一起。她走路时，挨着他的身子微晃动着，而他则挺得象根绷紧的弦。

走到榆树林的一半，就到了河边这片园林的最高处。他们踟蹰不前，停了下来。他带她穿过路旁树下的草地。红色的悬崖陡峭地斜向河流。河水掩映在一片树木和灌木丛下，闪着银光。下面远处的浅滩绿油油的绵延成一大片。他和她互相依偎着站在那儿，默默无言，心中惶惶不安。他们的身体一直紧紧地依偎着。河水在下面汩汩地流着。

"你为什么恨巴克斯特·道伍斯？"他终于问道。

她优雅地向他转过身来，向他仰起脖子，翘起嘴巴，双目微闭，她的胸向前倾俯，她象在邀请他来吻。他轻声笑了，随即闭上了眼，同她长长地热吻着。她的嘴和他的仿佛融为一体，两人紧紧地拥抱着，就这样过了许久才分开。他们一直站在这条暴露在众人眼里的小路边上。

"你想不想到下面河边上去？"他问。

她看了看他，任凭他扶着。他走到斜坡边上，开始往下爬。

"真滑。"他说。

"没关系。"她应道。

红土坡比较陡峭，他打着滑，从一簇野草丛滑到另外一簇，抓住灌木丛，向树根下的一小块平地冲去。他在树下等着她，兴奋地笑着。她的鞋上沾满了红土，这使她走起来非常困难。他皱起了眉头。最后他终于抓住了她的手，她就站在他身边了。他们头顶悬崖，脚踏峭壁。她的脸颊绯红，双眼熠熠闪光。他看了看脚下的那一段陡坡。

"这太冒险了，"他说，"而且不管怎么说，也太脏了些，我们往回走吧！"

"可别是因为我的缘故啊。"她赶紧说。

"好吧，你瞧，我帮不了你，只会碍事。把你的小包和手套给我。瞧你这双可怜的鞋子！"

他们站在树下，在斜坡面上休息了一会儿。

"好了，我们又该出发了。"他说。

他离开了，连摔带滚地滑到了下一棵树旁，他的身体猛然撞到树上，吓得他半天喘不过气来。她在后面小心翼翼地跟着，紧紧拽着树枝和野草。就这样他们一步步地走到了河边。倒霉的是河水已经将小道给淹没了，红土斜坡直接伸到了河里。保罗脚跟深深隐入泥土，身子拼命往上爬。突然小包的绳子"啪"的一声断了，棕色的小包掉了下来，滚进了河里，顺水漂走了。他紧紧地抓着一棵树。

"哎呀，我真该死！"他怒气冲冲地大叫着。接着，又开始哈哈哈大笑起来，她正冒险往下走。

"小心！"他提醒着。他背靠着树站在那儿等着她。"来吧。"他张开双臂喊道。

她放心地往下跑，他抓住她，两人一起站在那儿看着黑黝黝的河水拍打着河岩，那个包早已漂得不见影子了。

"没关系。"她说。

他紧紧地搂住她吻着。这块地方刚刚能容纳得下四只脚。

"这是一个圈套!"他说:"不过那边有条野径,上面有人走过,所以如果咱们顺着沟往下走的话,我想我们一定能重新找到这条路。"

河水打着旋飞快地流着。河对岸,荒芜的浅滩上有牛在吃草。悬崖就矗立在保罗和克莱拉的右边。他们背靠树干,站在死水一般的寂静中。

"我们往前试着走走。"他说。于是他们在红土中沿着沟里某个人钉靴踩出来的脚印,挣扎着往前走去。他们走得浑身发热,满脸通红。他们的鞋上粘着厚厚的泥,沉重而艰难地走着。终于,他们找到了那条中断了的小道。路上布满了河边冲来的碎石头,不管怎样,在上面行走可比在泥泞中跋涉好多了。他们用树枝把靴子上的泥剔干净。他的心急促地狂跳着。

他们来到平地上。保罗突然看到水边静静地站着两个人影,他不禁心里一惊。原来是两个人在钓鱼。他转过身去冲克莱拉举手示意,克莱拉犹豫了一下,把外套扣子扣好,两人一起继续向前走去。

钓鱼人好奇地看了看这两个扰乱了他们的清静的不速之客。他们生的那堆火,现在已经快熄灭了。大家都寂默无声。两个钓鱼人又回过头去继续钓他们的鱼,就象两尊雕像站在这闪光的铅色河边。克莱拉红着脸低头走着,保罗心里暗自好笑。俩人向前继续走着,消失在杨柳树林里。

"哼,他们真该被淹死。"保罗低声说。

克莱拉没有回答,两人费劲地沿着河边这条泥泞小道走着。突然,小道消失了,眼前是结实的红土形成的河堤,笔直地通向河面。他停住了,恶狠狠地低声诅咒着。

"过不去了。"克莱拉说。

他直直地站在那儿,环顾着四周。前方是河流中的两个小沙洲,上面长满了柳树,但这只是可望而不可即的。悬崖高耸在他们的头顶,象一堵峭壁。后面不远处就是那两个钓鱼人。午后,对面岸上冷冷清清的,有几头牛在远处默默地吃着草。他又暗自低声咒骂起来,接着抬眼盯着巨大而又陡峭的河岸。难道除了回头就再没别的路可走了吗。

"等一会儿。"说着他就努力在旁边陡峭的红土河堤上站稳,敏捷地往上爬去。他

看着每棵树的根部，终于找到了要找的地方。山上并排长着的两棵毛榉树下有一小块空地。平地上铺满了湿湿的落叶，不过能踏过去。这地方也许正好在那两个钓鱼人视线外，他扔下雨披，招手冲她示意，让她过来。

克莱拉拖着脚走到他身边。到了平地上，她目光沉滞地看着他，把头枕在他肩上。他四处看了看，然后紧紧地拥抱着她。除了对岸上那只小小的牛外，谁也看不见，他们很放心。他深深地吻着她的脖子，感觉到她的脉搏在怦怦地跳动。此时万籁俱寂。寂静的午后，除了他俩外，再无他人。

当她抬起头来时，一直盯着地下的保罗，突然发现湿漉漉的山毛榉的黑根上撒下不少鲜红的石竹花瓣，仿佛点点滴滴的血渍；这些细小的红色斑点从她胸前一直流淌到她的脚下。

"你的花都碎了。"他说。

她一边捋着头发，一边神情郁郁地看着他。突然，他指尖抚摸着她的脸颊。

"为什么你看起来心事重重的？"他责怪她。

她忧郁地笑了笑，仿佛感到了内心深处的孤独。他抚摸着她的脸颊，深深地吻着她。

"别这样！"他说，"别烦恼了！"

她紧紧地握着他的手指，笑得浑身直哆嗦。然后，她松开手。他把她的头发从额前撩开，抚摸着她的额头，温柔地吻着她。

"千万别发愁！"他柔声地恳求她说。

"不，我没发愁！"她温柔地笑着，显出十分听话的样子。

"哦，真的吗，你可别发愁啊。"他一面抚摸着她，一面恳求道。

"不发愁？"她吻吻他，安慰他说。

他们又艰难地爬回了崖顶，用了一刻钟的时间。他一踏上平地，就扔掉了帽子，擦去了额上的汗，吁着气。

"我们可算回到平地上来了。"他说。

她喘着粗气坐在草丛中，脸色涨得绯红。他吻了她一下，她忍不住笑了。

"来，现在我帮你把靴子擦干净，免得让体面人笑话你。"他说。

他跪在她的脚边，用树枝和草擦着靴子上的泥巴。她把手指插进了他的头发，扳

过他的头亲吻着。

"我现在应该干什么呢？"他说着，看着她笑了起来，"是擦靴子呢，还是谈情说爱呢，回答我！"

"我爱让你怎么样你就怎么样。"她答道。

"我暂时先做你的擦鞋伙计，先不管别的。"哪知两人都直直地互相望着，不停地笑着，接着他们又喷喷连声地吻了起来。

"喷，喷，喷！"他象他母亲一样发出咂舌头的声音，"有个女人在身边，什么也干不成。"

他温柔地唱着歌，又开始擦着靴子。她摸着他那浓密的头发，他吻了吻她的手指。他一直用劲地擦着她的靴子，好不容易才把它们弄得象个样了。

"好了，你瞧！"他说，"我是不是一个妙手回春的巧匠？站起来！咳，你看上去就象英国女王一样无懈可击！"

他把自己的靴子稍微擦了两下，然后又在水里洗了洗手，唱着歌。他们一直走到了克利夫顿村。他发狂地爱着她，她的一举一手一投足，衣服的每道皱痕，都让他感到一股热流，她处处都让人喜爱。

他俩来到一个老太太家里喝茶，她为他俩的到来而感到高兴。

"你们怎么也不选一个天气好点的日子来啊！"老太太说着，忙忙乎乎地走来走去。

"不，"他笑着说，"我们一直认为今天是个好天气呢。"

老太太好奇地看着他。他容光焕发，脸色神情都与往日不同，乌黑的眼睛炯炯有神，笑意盈盈。他高兴地捋着小胡子。

"你们真的这么认为吗？"老太太大声说，那双老眼闪出一丝光芒。

"没错！"他笑着说。

"那么我相信今天是个好日子，"老太太说。

她忙手忙脚地张罗着，不想离开他们。

"我不知道你们是不是也喜欢小萝卜。"她对克莱拉说，"我在菜园里种了一些——还有一些黄瓜。"

克莱拉脸色通红，看起来十分漂亮。

"我想吃些小萝卜。"她说。

听了这话，老太太乐颠颠地去了。

"要是她知道就糟了！"克莱拉悄悄地对他说。

"哦，她可不会知道的，我们的神态是这样的自然。你那样子真能把一个天使长也哄骗过去。我觉得这样也没什么不好——这样装得自然一点——如果别人留我们做客，让别人心里高兴，我们自己也高兴——那么，我们就不算是在欺骗了！"

他们继续吃着饭。当他俩正要离开的时候，老太太胆怯地走过来，手里拿着三朵娇小的盛开着的大丽花。如蜜蜂般整洁；花瓣上斑斑点点，红白相间。她站在克莱拉的面前，高兴地说：

"我不晓得是否……"说着用她那苍老的手把花递了过来。

"啊，真是太漂亮了！"克莱拉激动地大叫着接过了花朵。

"难道都给她吗？"保罗嗔怪地问。

"是的，都应该给她。"她满面春风，十分欢喜地回答，"你得到的已经够多的了。"

"噢，可是我想要她给我一朵。"他笑着说。

"她要是愿意的话，会给你的，"老太太微笑着说。随即高兴地行了个屈膝礼。

克莱拉相当沉默，心里有些不安。当他们一路走去时，保罗问：

"你不感到有罪吗？"

她用一双惊慌失措的灰眼睛看了看他。

"有罪？"她说，"没有。"

"可是你好像是感到自己做错了什么似的，是吗？"

"不，"她说，"我只是在想要是他们知道了会怎样。"

"如果他们知道了，他们就会感到不可理解。眼下，他们可以理解，而且他们还会高兴这样。关他们什么事？看，这儿只有树和我，你难道就不觉得多少有点不对吗？"

他抓住她的胳膊，把她搂到自己面前，让她盯着自己的眼睛。有些事情使他感到烦恼。

"我们不是罪人，对吗？"他说着，不安地微微皱起了眉头。

"不是。"她答道。

他吻了吻她，笑了。

"我想你喜欢自己多少有点犯罪感，"他说，"我相信夏娃畏缩着走出伊甸园时，心里是乐滋滋的。"

克莱拉神采飞扬、平和宁静，这倒也使他高兴。当他一个人坐在车厢里的时候，他感到自己异常的幸福，只感到周围的人那么可亲、可爱，夜色是那么美丽，一切都那么美好。

保罗到家时，莫瑞尔太太正坐着看书。眼下身体不太好，面色煞白。当时他并没注意到，后来想来却令他终生难忘，她没对他提及自己的病，因为她觉得这毕竟不是什么大病。

"你回来晚了！"她看着他说。

他双眼炯炯有神，满面红光，对她微笑着。

"是的，我和克莱拉去了克利夫顿园林。"

母亲又看了他一眼。

"可别人不说闲话吗？"她说。

"为什么？他们知道她是个女权主义者之类的人物，再说，如果他们说闲话又能怎样！"

"当然，这件事并没有什么错，"母亲说道，"不过你也知道人言可畏的，万一有人议论她如何……"

"噢，这我管不着。毕竟，这些闲言碎语并没有什么了不起的。"

"我想，你应该为她考虑考虑。"

"我当然替她考虑的，人们能说什么？——说我们一起散步罢了！我想你是嫉妒了。"

"你知道，要是她不是一个已婚妇女的话，我是很高兴的。"

"行了，亲爱的妈妈。她和丈夫分居了，而且还上台讲演，她早已是离开了羊群的孤羊。据我看来，可失去的东西，的确没有，她的一生对她已无所谓了，那么什么还有价值呢？她跟着我——生活这才有了点意义，那就必须为此付出代价——我们都必须付出代价！人们都非常害怕付出代价，他们宁可饿死。"

"好吧，我的儿子，我们等着瞧到底会怎么样。"

"那好，妈妈，我要坚持到底的。"

"我们等着瞧吧！"

"她——她这人好极了，妈妈，真的她很好！你不了解她！"

"可这和娶她不是一回事。"

"或许事情会好些。"

沉默了好一会儿。有些事他想问问母亲，但又不敢问。

"你想了解她吗？"他迟疑地问。

"是的，"莫瑞尔太太冷冷地说，"我很想知道她是怎样的一个人。"

"她人很好，妈妈，很好！一点儿也不俗气！"

"我从未说过她俗气。"

"可是你好像认为她——比不上……她是百里挑一的，我保证她比任何人都好，真的！她漂亮，诚实，正直，她为人不卑不亢，请别对她吹毛求疵！"

莫瑞尔太太的脸被气红了。

"我绝对没有对她挑三拣四，她也许真象你说的那样好，但——"

"你不同意。"他接口替她说完下文。

"你希望我赞成吗？"她冷冷地问道。

"是的——是的！——要是你有眼力的话，你会高兴的！你想要见见她吗？"

"我说过我要见她。"

"那么我就带她来——我可以把她带到这儿来吗？"

"随你便。"

"那么我带她来——一个星期天——来喝茶，如果你讨厌她的话，我决不会原谅你。"

母亲大笑起来。

"好像是真的一样。"她说道。他知道自己已经赢了。

"啊，她要在这儿真是太好了！她某些方面真有点象女王呢。"

从教堂出来后，他有时仍旧与米丽亚姆和艾德加一起散散步。他已经不再去农场了。然而她对他依然如故，她在场也不会使他尴尬。有一天晚上只有她一个人，他陪着她。他们谈起书：这是他们永恒的话题。莫瑞尔太太曾经说过，他和米丽亚姆的恋爱就象用书本燃起来的一把火——如果书烧光了，火也就熄灭了。米丽亚姆也曾自夸她能象一本书一样了解他，甚至还可以随时找到她所想读的章节、行文。轻信的他真

的相信米丽亚姆比其他人更了解他。所以他很乐意同她谈他自己的事，就象一个天真的自我主义者。很快话题就扯到他自己的日常行为上了，他还真感到无上的荣幸，因为他还能引起她这么大的兴致。

"你最近一直在做些什么？"

"我——哟，没有什么！我在花园画了一幅贝斯伍德的速写，快画好了。这是第一百次尝试了。"

他们就这样谈开了。接着她说：

"那你最近没有出去？"

"出去了，星期一下午和克莱拉去了克利夫顿园。"

"天气很不好，是吗？"米丽亚姆说。

"可是我想出去，这就行了。特伦特河涨水了。"

"你去巴顿了吗？"她问。

"没有，我们在克利顿喝的茶。"

"真的！那真是太好了。"

"对，很好！那儿有个乐呵呵的老太太，她给了我们几朵大丽花，要多漂亮有多漂亮。"

米丽亚姆低下了头，沉思着。他对她毫不隐瞒，无话不说。

"她怎么会送花给你们呢？"她问。

他哈哈大笑。

"我想这是因为她喜欢我们——因为我们都很快活。"

米丽亚姆把手指放在嘴里。

"你回家晚了吗？"她问。

他终于被她说话的腔调激怒了。

"我赶上了七点的火车。"

"嘿！"

他们默默地走着，他真的生气了。

"克莱拉怎么样了？"米丽亚姆问。

"我看很好。"

"那就好！"她带着点讥讽的口吻说，"顺便问一下，她丈夫怎样啦？没有听说过他的消息。"

"他找到了别的女人，日子过得相当好，"他回答道，"至少我想是这样。"

"我明白了——你也并不了解。你不觉得这种处境让一个女人很为难吗？"

"实在难堪！"

"真是太不公平了！"米丽亚姆说，"男人可以为所欲为……"

"那就让女人也那样。"他说。

"她能怎样？如果她这样做的话，你就看她的处境好了。"

"又怎么样？"

"怎么样，不可能的事！你不了解一个女人会因此失去什么……"

"是的，我不了解。但是如果一个女人仅靠自己的好名声生活，那就太可怜了，好名声只不过是块不毛之地，光靠这驴也会饿死的。"

她终于了解了他的道德观，而且知道他会据此行事。

她从来没有直接问过他什么事，但是她对他了如指掌。

几天后，他又见到米丽亚姆时，话题转到了婚姻上，接着又谈到了克莱拉和道伍斯的婚姻。

"你知道，"他说，"她从未意识到婚姻问题的极端重要性。她以为婚姻是日常生活的一部分——人总得过这一关——而道伍斯——唉，多少女人都情愿把灵魂给他来得到他，那他为什么不及时行乐呢？于是她渐渐变成了一个不被人理解的女人。我敢打保票，她对待他态度一定很不好。"

"那她离开他是因为他不理解她？"

"我想是这样，我觉得她只能这样，这根本不是个可以理解的问题；这是生活问题，跟他生活，她只有一半是活着的，其余部分是在冬眠，完全死寂的。冬眠的女人是个难以让人理解的女人，她必须觉醒了。"

"那他呢？"

"我不知道。我倒相信他是尽其所能去爱她，但他是一个傻瓜。"

"这倒是有点象你的父母亲。"米丽亚姆说。

"是的，可是我相信我的母亲起初真从我父亲那儿得到了幸福和满足。我相信她狂热地爱过他，这是她依然与他生活在一起的原因。他们毕竟已经结合在一起。"

"是的，"米丽亚姆说。

"我想，"他继续说，"人必须对另一个人有一种火一般的激情，真正的、真正的激情——一次，只要有一次就行，哪怕它只有三个月。你瞧，我母亲看上去似乎拥有了她生活及生活所需的一切，她一丁点儿也不感到缺憾。"

"不一定吧。"米丽亚姆说。

"开始的时候，我肯定她和我父亲有过真感情，她知道；她经历过的，你能够在她身上感觉到。在他身上，在每天你所见的千百个人身上感觉到的。一旦你经历过这种事，你就应付任何事，就会成熟起来。"

"确切讲是什么事情呢？"米丽亚姆问。

"这很难说。但是当你真正与其他某个人结合为一体时一种巨大、强烈的体验就可以改变你整个人。这种体验好像能滋润你的灵魂，使你能够继续生活，去应付一切，并且使你变得成熟起来。"

"你认为你的母亲跟你父亲有过这种体验吗？"

"不错，她在心底里十分感激他给她的这种体验。尽管现在，两人已经十分隔膜了。"

"你认为克莱拉从来没有过这种体验吗？"

"我敢肯定从来没有过。"

米丽亚姆思考着这个问题。她明白他所追求的是什么了——情欲之火的洗礼。她觉得他似乎在这么做，她明白他追求不到是不会满足的。或许他和一些男人一样，都认为年轻时纵欲是件最基本的事情。在他如愿以偿后，他就不会再欲火难熬，坐卧不宁了，这样他就可以平静安定下来，把自己的一生都交托到她的手中了。好，那么好吧，如果他坚持下去，让他满足他的要求——让他去得到他所要的巨大而强烈的体验吧。至少等他得到这种东西时，他就不想要了——这是他亲口说的。到那时他就会想要她所能给他带来的东西了。他就会希望有个归宿，这样他就会好好地工作。他一定要走，这对米丽亚姆来说固然是件痛心的事，可是她既然能允许他去酒馆喝杯威士忌，当然也让他去找克莱拉，只要这能够满足他的需要，而将来他就必须归自己所有。

"你有没有跟你妈妈谈过克莱拉？"她问。

他知道这是考验他对另外那个女人感情认真与否的一次考验，她知道如果他告诉他的母亲，那么他去找克莱拉就不是简单的事情了，绝不是一般男人找个妓女寻欢作乐而已。

"是的，"他说道，"她星期天来喝茶。"

"去你家？"

"不错，我想让妈妈见见她。"

"噢！"

两个都沉默了，事情的进展超过了她的预料，她突然感到一阵悲楚，他竟然这么快就离开她，彻底抛弃她了。难道克莱拉能被他家人接受吗？他家人向来对自己怀有很深的敌意。

"我去做礼拜时可能会顺便来拜访，"她说，"我好久没见到克莱拉了。"

"好吧。"他惊讶地说道，无名之火陡然而生。

星期天下午，他去凯斯敦车站接克莱拉。当他站在月台上，他极力想搞清楚自己是否真的有预感。

"我感觉她会来吗？"他暗自思索着，他竭力想找出答案。他的心七上八下地十分矛盾。这也许是个预兆。她有种预兆她不会来了！她不会来了，他不能象自己想象的那样带她穿过田野回家去，他只好自己独自回家了。火车晚点了，这个下午的时间将会白费了，晚上看来也是如此。他恨她失约不来。如果她不能守信用，那么她为什么

要答应呢？或入场她没有赶上——他自己也经常误车——但是这不是原因啊，为什么她偏偏错过这趟车呢？他很生她的气。他愤怒了。

忽然他看见火车蜿蜒地绕过街角慢慢爬了过来。火车来了，真的来了。可她肯定没有来。绿色的机车嘶嘶地叫着驶进月台，一长列棕色的车厢靠近了。八扇门打开了。没有，她没有来！没来！没错！哎，她来了！她戴了顶黑色的大帽子！他立刻赶到她的身边。

"我还以为你不会来了呢。"他说。

克莱拉笑得上气不接下气。两人的目光相遇了。他带着她沿着月台匆匆地走着，把手伸给他，一面飞快地讲着话，以此来掩饰他激动的心情。她看上去很漂亮，帽子上插着几大朵丝制的玫瑰花，颜色是暗金色的。她的一身黑色的衣服很合身地裹着她的胸脯和双肩。他和她走着，感到很自豪。他感觉到车站上认识他的人都敬慕地看着她。

"我以为你肯定不会来了。"他颤声笑着。

她轻喊着笑着答道。

"我坐在火车里，心里一直在想，如果你要不来，我该怎么办呢？"她说。

他激动地抓住她的手，两人沿着狭窄的羊肠小道向前走。他们选择了通往纳塔尔和雷肯亨庄农场的路。这天天气很好，风和日丽的，到处可见金黄色的落叶；挨着树林的树篱上长着好多鲜红的野蔷薇果，他采了一把给她戴上。

保罗把野蔷薇果戴在她胸前的衣襟上，一边说："真的，即使因为小鸟要吃它们，你反对我摘这些蔷薇果。可是这一带的小鸟能吃的东西可太多啦。根本不在乎这几颗果子。春天一到，你就经常能看到烂掉的浆果。"

他唠唠叨叨地一直说着，连他也不知道自己到底在说些什么。他只知道她很在耐心地听着，让他把果子戴在她胸前的衣襟上。她望着他这双灵巧的手，生气勃勃的，感觉自己好像什么还没有见到过似的。直到现在，所有的一切都是朦朦胧胧的。

他们渐渐走进煤矿。矿山乌漆麻黑地静静地屹立在稻田之间，一大堆一大堆的矿渣仿佛正在麦田里升起。

"真可惜，这么美的景色，怎么偏偏有个矿井？"克莱拉说。

"你这样想吗？"他回答，"你知道我已经习惯了。如果看不见矿井的话，我还会想

念呢！是的，各处的矿井我都喜欢。我喜欢一排排的货车及吊车，喜欢看白天的蒸汽，晚上的灯火。小时候，我总以为白天看到的云柱和晚上看到的火柱就是一个矿井，蒸汽腾腾，灯光闪闪和火光熊熊的，我想上帝就在矿井的上方。"

当他们快走到他家时，她很沉默地走着，似乎有点畏畏缩缩的，不敢再往前走。他使劲儿捏了捏她的手指，她满脸通红，但没有什么表示。

"难道你不想进家吗？"他问。

"不，我很想进的。"她回答。

他从来没有想到过她在他家的处境会多么的特殊和困难。在他看来，就象介绍一个男朋友给母亲一样，只不过这一个更可爱些。

莫瑞尔家的房子坐落在一条简陋破旧的巷子里，巷子从一座陡峭的小山上直通下来。可屋子却显得比其他的更象样得多。这是一个很脏很旧，装有一个大凹窗的独立的建筑。可是屋内的光线仍显得很阴暗。保罗打开了通往庭院的门，屋里呈现出一片与外界不同的景象。室外，午后的阳光格外明媚，象是另一番天地。小路上长满了文菊和小树。窗前的草地洒满阳光，草地周围种着紫丁香花。从庭园内放眼看去，一丛丛散乱的菊花，沐浴着阳光一直伸到埃及榕树旁。再远处是一大片田野，极目望去是一带小山，靠近小山的是几栋红顶的农舍，沐浴着秋天午后金灿灿的日光。

身着黑绸衣衫的莫瑞尔太太坐在摇椅里，她灰褐色的头发梳得溜光光的，从前额的高高的鬓角顺势向后梳着，脸色有些苍白。克莱拉窘迫地跟在保罗后面走进了厨房。莫瑞尔太太站了起来。克莱拉觉得她象个贵夫人，态度甚至有些生硬。这个年轻女子感到异常紧张。她显现出愁闷的表情，似乎一切都听天由命了。

"妈妈——克莱拉。"保罗介绍道。

莫瑞尔太太微笑着伸出了手。

"他告诉了我许多关于你的事。"她说道。

克莱拉脸上泛起了红潮。

"我但愿你不介意我的来访。"她支吾着说。

"听说他要带你来，我心里十分高兴。"莫瑞尔太太回答。

望着她们，保罗心中感到一阵刺痛，在丰满、华贵的克莱拉身旁，他的母亲显得那么矮小、憔悴、灰黄。

"妈妈，今天天气真好！"他说，"刚才我们看了一只小鸟。"

母亲看着他，此时他已转向她。她觉得穿着这一身黑色的做工考究的衣服的他看起来真是一位男子汉了。他面色苍白，神态超凡脱俗，任何女人都很难留得住他。她心里暖烘烘的，继而她又为克莱拉感到难过起来。

"你要不要把你的东西放在客厅里？"莫瑞尔太太亲热地对这个年轻女子说。

"哦，谢谢你。"她回答。

"跟我来，"保罗说完把她带到了一间小客厅。屋里有架老式的钢琴，一套红木家具，还有发黄的大理石面壁炉架。壁炉里生着火，屋里散乱地放着些书籍、画板。"我到处乱扔东西，"他说，"这样很容易找么。"

她爱他的美术用具，他的书籍和家人的照片。他马上向他介绍：这是威廉，这个穿晚礼服的年轻女士是威廉的未婚妻，这是安妮和她的丈夫；这是亚瑟夫妇和他们的小宝宝。她感到自己好像也成了他们家中的一员。他给她看了照片、书、素描，他们又接着谈了一会儿。随后他们又回到厨房。莫瑞尔太太把书放在一边。克莱拉身穿一件细条子黑白相间的雪纺绸衫衣。她发式很简单，只是在头顶上盘个髻，模样相当地端庄矜持。

"我们搬到斯奈顿林荫路上！"莫瑞尔太太说，"当我还是个姑娘时——姑娘，我说？——当我还是个年轻女人时我们住在米涅佛巷。"

"噢，真的！"克莱拉说，"我有一个朋友住在6号。"

话题就这样扯开了。她们谈论诺丁汉姆城堡、城堡里的人；两人都对此十分感兴趣。克莱拉仍旧相当紧张，莫瑞尔太太仍然带着几分尊严，她语言简练，用词精确。可是保罗看得出她们谈得越来越投机，越来越和谐。

莫瑞尔太太把自己同这个年轻的女人比较了一下，发现自己显然紧张一些。克莱拉态度十分恭敬。她知道保罗对母亲及其尊重，她本来很害怕这场聚会，本来以为会遇到一位相当严峻冷酷的妇人。出乎意料，她发现这个矮小、兴致正浓的女人居然谈笑自如。于是她觉得，就跟保罗在一起时的感觉一样，她决不会扫莫瑞尔太太的兴。他的母亲身上有一股执着劲，充满自信，好像她一生中从没有遇到可担忧的事似的。

不一会儿，莫瑞尔下楼来了。他刚刚睡醒午觉，衣衫不整，呵欠连天的。他搔着斑白的头发，穿着长裤在地上啪哒啪哒地走着，他的坎肩露在衬衫外，敞着怀。似乎

他与家中的气氛显得格格不入。

"爸爸，这位是道伍斯太太。"保罗说。

莫瑞尔打起精神，克莱拉看见他和保罗彬彬有礼地点头握手。

"噢，真的！"莫瑞尔大叫，"很高兴见到你——我很高兴，我向你保证。你不要拘束。请随便点，象在自己家里一样。你很受欢迎。"

克莱拉惊讶于这个老矿工如此的热情好客，如此的彬彬有礼，又如此殷勤！她认为他很讨人喜欢。

"那你是不是远道而来？"他问。

"只是从诺丁汉姆城堡来的！"她说。

"从诺丁汉姆来？那你可真碰上了个好天气。"

说完，他蹒跚走进洗碗间去洗脸洗手，然后习惯性地拿着手巾走到壁炉边上来擦干。

喝茶时，克莱拉感觉到这一家人十分高雅沉静。莫瑞尔太太神态从容悠闲，一边喝茶，一边招呼着客人，一切在不知不觉中进行着，并没有打断她的话。椭圆形的桌子非常宽大，印有柳条花纹的深蓝色盘杯映衬着光滑的桌布显得十分漂亮。桌上还放着一小盆小白菊花。克莱拉觉得她的到来把这小圈子衬得更圆满了，她心里十分高兴。可是她总是有些害怕莫瑞尔一家子的这种沉静的气氛。她学习他们谈话时的语气，一种不温不火的口气。氛围虽然冷淡一些，可是十分明朗，大家显得都很自然，十分和谐。克莱拉喜欢这种气氛，可是不知何故心里总有种恐惧感。

母亲和克莱拉聊天时，保罗在收拾桌子。克莱拉发觉他轻快、生气勃勃的身体走来走去，象被一阵风推动着，也正如风尘中的一片树叶，飘忽无定。她几乎被他迷住了。莫瑞尔太太看到她身子虽然向前倾着，似乎在倾听，却心不在焉，这个老女人不禁又替她感到遗憾。

等到收拾完桌子，保罗来到花园里，留下了两个女人在屋里谈话。这是一个阳光温暖，烟雾蒙蒙的下午，舒适怡人。克莱拉的目光透过窗子，跟随着他在菊花丛中游逛着，她感到好像有种不可知的东西把她与他拴在一起；他那看起来是那么洒脱自在，倦慵闲散的动作显得格外轻松自如。他把沉甸甸的花枝绑在桩子上时，动作是那么飘逸，她感到如此幸福以至于想高声喊叫。

莫瑞尔太太站起身来。

"我帮你洗碗碟吧。"克莱拉说。

"嗳，没有几件，我一会儿就洗完了。"另一个说。

然而，克莱拉还是擦干了茶具，而且心里十分高兴能和他母亲相处得这么融洽，可是受折磨的是不能跟着他去花园。最后她找到了脱身的时机，她感觉好像是脱去了腕上的绳索似的。

下午的阳光照得德比郡的群山一片金色。保罗走进对面一个花园里站在一丛淡色的紫苑旁边，观察最后一群蜜蜂爬进蜂窝里。听到她来了，他悠闲地转过身来说：

"这些小东西劳碌了一天，该休息啦。"

克莱拉站在他身旁。眼前的红色矮墙以外是村庄和一带远山，在金色的阳光中若隐若现。

这时米丽亚姆正好走进园门。她看见克莱拉走近他，看见他转过身去，又看见他们一起休息。他们之间这种默契地形影不离使她认识到他们算是圆满如愿了。在她看来，他们好像是结了婚。她沿着狭长的花园里的那条煤渣路慢慢走过来。

克莱拉已经从一棵蜀葵梢头上采下了一节花穗，正在把穗子掰碎了取里面的种子，粉红色的花朵在她低垂的脑袋上凝视，好像在保护她似的。最后一批蜜蜂全进入了蜂房。"好好数数你的钱，"保罗笑着说，她正把一粒粒扁扁的种子从钱串子似的花穗上掰下来。

"我很富有呢！"她微笑着说。

"有多少钱？嗳！"他用手指啪地打了个榧子。"我能把这些钱变成金子吗？"

"我想你恐怕也不行。"她大笑。

他们都盯着对方的眼睛，哈哈大笑。就在这时，他们才发现米丽亚姆来了。转瞬之间，一切都变了。

"你好，米丽亚姆！"他大叫着，"你说过你要来的！"

"是的，你忘记了吗？"

她和克莱拉握了握手，并说：

"真出乎意料能在这儿见到你。"

"是的，"另一位回答，"我也有些奇怪我到这儿来。"

一阵迟疑。

"这里很美，是吗？"米丽亚姆说。

"我很喜欢这里，"克莱拉回答。

随即米丽亚姆就意识到克莱拉被接受了，而她从未被这里的人接受过。

"你是自己一个人过来的吗？"保罗问。

"是的，我去阿加莎家里吃了茶。我们正要去做礼拜，我只是过来看一下克莱拉，就一会儿功夫。"

"你应该到这儿来吃茶。"他说。

米丽亚姆爆发出简短的大笑，克莱拉不耐烦地转过身去。

"你喜欢菊花吗？"他问。

"是的，菊花很好看。"米丽亚姆回答。

"你最喜欢哪种？"他问。

"我也不知道，青铜色的那种吧，我想是的。"

"我想你可能没见到过菊花的全部品种。来看看，来看看哪些是你们最喜欢的，克莱拉。"

他领着两个女人回到他家的花园，花园里种着五颜六色的花，只是花丛长短不齐地沿着花径一直通到田野。他知道这种情形却没有使他尴尬。

"看，米丽亚姆，这些白色的花是从你们家的花园里移种过来的。它们在这儿长得不是特别好，是吗？"

"不错。"米丽亚姆说。

"但是它们比其他的耐寒。你们种得太娇宠了。花儿长得又长又嫩，可是很快就凋谢了。这些小黄花我很喜欢。你想要些吗？"

当他们出来的时候，教堂的钟声开始响了起来。钟声响彻整个城镇，飘过田野。米丽亚姆看着钟楼，钟楼傲然挺立于此起彼伏的屋顶之上，她想起了他给她带来的素描。那时情形虽然不同，可是他毕竟还没完全离开她呀！她问他借了本书读，他跑进了屋里。

"什么！那是米丽亚姆吗？"母亲冷冷地问。

"是的，她说她顺便来看看克莱拉。"

"那么你告诉过她，对吗？"母亲带着讽刺的语气问。

"是的，我为什么不能告诉她呢？"

"当然啦，你没有任何理由不告诉她，"莫瑞尔太太说着又回到了她的书本上去了。

他对母亲的讽刺挖苦有些发怵，生气地皱着眉头想："为什么我不能按我的意愿去做事？"

"你以前从未见过莫瑞尔太太？"米丽亚姆正和克莱拉说着话。

"没有，可是她人可好啦！"

"是的，"米丽亚姆说着低下了头，"在某些方面她是非常好。"

"我也这样认为。"

"保罗告诉过你很多她的事吗？"

"他谈了很多。"

"哦！"

两个女人一直沉默着，直到保罗拿着书回来。

"你要我什么时候还书？"米丽亚姆问。

"只要你喜欢，什么时候都可以，"他回答。

克莱拉转身走进屋里，保罗陪着米丽亚姆走到了大门口。

"你什么时候想来威利农场？"后者问道。

"我可说不准，"保罗回答。

"妈妈让我告诉你，只要你愿意来，无论何时她都很高兴见到你。"

"谢谢你，我很愿意去，只是我说不准时间。"

"噢，好吧！"米丽亚姆苦涩地大叫，转身离开了。

她走下小径，嘴唇一直都凑在保罗给她的鲜花上。

"你真的不想进屋吗？"他说。

"不，谢谢。"

"我们要去做礼拜。"

"噢，我会再见到你的！"米丽亚姆心里痛楚万状。

"是的。"

他们分开了。保罗对她有种犯罪感。米丽亚姆则心如刀绞，她蔑视他，但内心认

为他依旧属于她自己，她相信是这样的，然而他却跟克莱拉要好，把她带回家去，还和她一起坐在他母亲身边做礼拜，给她一本赞美诗，几年前他也曾经给过她自己的。她听到他很快地跑进了屋里。但是，他没有直接进去，站在草地上，突然听到母亲的声音，接着传来克莱拉的回答：

"我讨厌米丽亚姆那种猎狗似的警觉性。"

"不错，"母亲很快说，"对，现在你也讨厌她这一点了吧！"

他顿时怒火中烧，对她们背地里谈论这个姑娘他感到愤怒。她们有什么权利说那些话？这些话倒真挑起了他对米丽亚姆仇恨的火焰，与此同时，心里又强烈地反感克莱拉毫无顾忌地如此谈论米丽亚姆。他认为在品行上，这两个女人中米丽亚姆毕竟好一些。他走进屋里。母亲看起来很激动，她的手很有节奏地敲着沙发扶手，正如女人们疲惫不堪时一样。他忍受不了看见这种动作。屋子里好一阵沉默；之后他才开始说话。在教堂，米丽亚姆看见他为克莱拉翻着赞美诗，想当年他也曾为她这样翻过。布道时，他能通过礼拜堂看见这个坐在教堂另一头的姑娘，她的帽子在脸上投下阴影。看到他和克莱拉在一起，她会怎么想？他从没功夫仔细揣度，只感觉到自己对米丽亚姆太狠心了。

做完礼拜后，他对米丽亚姆说声"再见"就和克莱拉一起去潘特里克山。这是个黑乎乎的秋天的夜晚。当他留下姑娘一个时，心里极不忍心。"可是这是她活该，"他在心里对自己说。能让她亲眼看见他和另外一个漂亮女人在一起，这让他感到很欣慰和喜悦。

黑暗中能闻到湿树叶的香味。当他们一路走时，克莱拉的手懒懒的、暖暖的放在他的手中。他心里充满了矛盾，内心激烈的争斗使他感到非常绝望。

到了潘特里克山顶时，克莱拉依偎在他的身边走着。他伸出胳膊搂住她的腰。他能感觉到她的身子在行走时在他胳膊底下剧烈地运动，刚才由米丽亚姆引起的郁闷心情轻松多了。他浑身热血沸腾，搂得越来越紧。

接着："你依旧和米丽亚姆旧情不断。"她轻轻地说。

"只是说说话罢了。除此我们之间没有别的来往，"他苦涩地说。

"你的母亲不喜欢她，"克莱拉说。

"不错，否则我早和她结婚了。但是，现在真的都结束了！"

突然，他的声音里满含怨气。

"如果我现在和她在一起的话，我们就要谈些基督教的奥秘啊，或者诸如此类的话题。感谢上帝，幸好我没有和她在一起！"

他们沉默地走了好一段时间。

"但是你不可能完全抛弃她，"克莱拉说。

"我没有抛弃，因为没有什么可抛弃的，"他说。

"可她有东西要抛弃。"

"我不知道为什么我和她不能成为生活中的朋友，"他说，"但是我们仅仅是朋友而已。"

克莱拉挣脱他的拥抱，不再跟他相依相亲。

"你为什么要挪开？"他问。

她没有回答，相反却离他更远了。

"你为什么想自己一人走？"他问。

依旧没有回答，她气愤愤地走着，低垂着头。

"因为我说过我要和米丽亚姆做朋友！"他大喊。

她一句话也不回答他。

"我告诉你我们之间仅仅是谈谈话而已，"他坚持着，而试着重新搂抱她。

她反抗着。突然，他大步跨到她的面前，挡住了她的去路。"活见鬼！"他说，"你现在到底想干什么？"

"你最好追求米丽亚姆去。"克莱拉嘲笑着说。

他感到血往上涌，威胁似的站在那里。他慢怒地低着头。巷子里阴暗冷清，突然他双臂抓住了她，身子向前探去，疯狂地用嘴在她脸上吻着，她转过头去尽量避开他，但他抱着她不放。那张刚毅而无情的嘴伸向她，她的乳房被他象墙一般坚硬的胸膛压得生痛，只得无助地在他的臂膀里松弛下来，不再挣扎。他又一遍遍地吻着她。

他听到有人从山上下来。

"站住！站起来！"他哑着嗓子说，抓着她的胳膊抓得她好疼。如果他一松手的话，她将会躺倒在地上。

她叹着气，眩晕地走在他身边，两人都沉默地向前走去。

"我们从田野里走过去吧。"他说，这时她才清醒过来。

可是她还是听任自己由他帮着跨过台阶，她和他一直沉默着走过一块黑黑的田野。她知道这是通往诺丁汉的路，也通往车站。他好像在四处张望。他们走上光秃秃的小山顶，山顶上有一架旧风车的黑影。他停住了脚步。他们一起高高地站在黑暗的山巅，看着眼前夜间星星点点的灯火，到处是亮光闪闪，那是黑暗中高低不平的散落的村落。

"就象在群星中散步，"他颤声笑着说。

说完他双臂搂着她，紧紧地搂着。她把嘴移到一边，倔强地小声问：

"现在几点了？"

"没关系，"他哑着嗓子哀求着。

"不，有关系——有嘛！我必须走了！"

"还早着呢，"他说。

"几点了？"她坚持着。

四周围是一片被星星点点的灯光点缀着的夜色。

"我不知道。"

她把手伸到他的胸前，找他的怀表。他感到浑身火烧火燎。她在他背心的口袋里掏着，而他站着直喘粗气。黑暗之中，她只能看到圆圆的灰白的表面，却看不见数字。她弯下身子凑上表面。他喘着气直到他能重新把她搂在怀里才平息了内心的骚动。

"我看不见，"她说。

"那就别费劲儿了。"

"好吧，我走了！"她说着转身就走。

"等等，我来看！"但是他看不见，"我来划根火柴。"

他暗中希望时间晚一些，她赶不上火车就好了。她看见他用手扰成灯笼形，当他划亮火柴时，她眼前漆黑一片，只有脚边扔着一根亮着的火柴杆。他在哪儿？

"怎么啦？"她害怕地问。

"你赶不上了。"他的回答从黑暗中传来。

沉默了一会儿，她感到了他的力量，听出他的话里的口气，不禁感到害怕。

"几点了？"她平静而明确地问，心里飘过一丝无助的感觉。

"差两分九点，"他回答，极勉强地以实相告。

"那么我能在十四分钟内从这儿赶到车站吗?"

"不能,只能……"

她又能辨清在一玛以外的他的黑影了,她想逃开。

"可是我能行吗?"她央求道。

"如果你赶快的话还来得及,"他粗声粗气地说,"不过,你可以从从容容地步行这段路。克莱拉,离电车站只有七英里的路程,我可以陪你一起去。"

"不,我想赶火车。"

"可是为什么?"

"我——我想赶上这趟火车。"

他的口气忽然变了。

"很好,"他又生硬又冷淡地说,"那么走吧。"

他一头冲向黑暗。她跑在他身后,直想哭,此刻他对她又苛刻又狠心。她在他身后跌跌撞撞地跨着高低不平的黑黑的田野,上气不接下气随时要摔倒的样子。但是车站两旁的灯光越来越近了。突然,他大叫着撒腿跑了起来。

"火车来了!"

隐隐约约听见一阵咣当咣当地行进声,在右边远处,火车象一条发光的长虫正穿越黑暗冲过来。接着咣当声停了。

"火车在天桥上。你正好赶上。"

克莱拉上气不接下气地跑着,最后终于赶上了火车。汽笛响了。他走了,走了!——而她正坐在载满旅客的车厢里。她感到自己过于绝情。

他转过身就往家里跑,不知不觉已回到了自己家的厨房。他面色十分苍白。双眼忧郁,神情癫狂,好像是喝醉了酒一般。母亲看着他。

"哟,你的靴子倒是真干净啊!"她说。

他看着自己的双脚,随后脱下大衣。母亲正揣度他是否喝醉了。

"那么,她赶上火车了?"她问。

"是的。"

"我希望她的双脚可别这么脏。我不知道你究竟把她拉到哪里去了!"

他站着一动不动,沉默了好一会儿。

"你喜欢她吗?" 最后他勉勉强强地问。"是的,我喜欢她。但你会厌烦她的,我的孩子,你知道你会的。"

他没有回答。母亲注意到他一直在喘着粗气。

"你刚刚跑过吗?" 她问。

"我们不得不跑着去赶火车。"

"你们会搞得精疲力尽的。你最好喝点热牛奶。"

这是他能得到的最好的兴奋剂了,可是他不愿意喝,上床睡觉去了。他脸朝下趴在床罩上,愤怒而痛苦的泪水象泉似的涌了出来。肉体的痛苦使他咬紧嘴唇,直到咬出了血。而他内心的一片混乱使得他无法思考,甚至失去知觉。

"她就是这样对待我的,是吗?" 他心里说,重复了一遍又一遍。他把脸深埋在被子里。此刻他恨她。他每回想一遍刚才的情景,对她的恨意就滚过一次。

第二天,他的一举一动间出现了一种新的冷淡。克莱拉却非常温顺,简直有点多情。但是他对她很疏远,甚至有点轻蔑的味道。

她叹着气,依然显得很温顺,这样一来,他又回心转意了。

那个星期的一个晚上,荷拉·伯恩哈特在诺了汉姆的皇家剧院演出《茶花女》。保罗想看看这位著名的老演员,于是,他请克莱拉陪他一起去。他告诉母亲把钥匙给他留在窗台上。

"我用订座吗?" 他问克莱拉。

"是的,再穿上件晚礼服,好吗?从我未见你穿过晚礼服。"

"可是,上帝,克莱拉!想想吧,在剧院里我身穿着晚礼服!" 他争辩着。

"你不愿意穿吗?" 她问?

"如果你想让我穿,我就穿。不过,我会感到自己象个傻瓜似的。"

她取笑他。

"那么,就为我做一次傻瓜,好吗?"

这个要求使他血液沸腾。

"我想我是非穿不可了。"

"你带只箱子干什么用啊?" 母亲问。

他的脸涨得通红。

"克莱拉要我带的。"他说。

"你们订的是什么位子呀?"

"楼厅——每张票三先令六便士!"

"天哪!肯定要这么贵啊!"母亲讽刺似的大叫。

"这种机会很难得,仅仅一次嘛!"他说。

他在乔丹厂打扮起来,穿上件大衣,戴上顶帽子。然后在一家小咖啡厅里和克莱拉碰头,她和一个搞妇女运动的朋友在一起,她穿了件旧的长大衣,一点也不合身,大衣上有个小风兜罩着头,他讨厌这件衣服。三个人一起去了剧院。

克莱拉在楼上脱大衣。这时他才发现她穿着一件类似晚礼服似的裙装。胳膊、脖子和一部分胸脯裸露着。她的头发做得很时髦。礼服是朴素的绿绸纱似的料子做成的。很合身,他觉得她显得格外典雅高贵。他可以看得见衣服下的身体,仿佛衣服紧紧裹着她的身子似的。他看着她,似乎能感觉到她笔直的身体的曲线,他不由得攥紧了拳头。

整个晚上,保罗坐在那裸露的美丽胳膊旁。眼巴巴地望着她那结实的脖颈,健壮的胸脯和她那绿绸纱礼服下的乳房以及紧身衣里面的曲线。他心里不由得又对她恨起来,让他活受罪,遭受这种可望而不可即的煎熬。可是当她正襟危坐,似乎若有所思凝视前方时,他又爱上了她。好像她把自己的一切都交于了命运的淫威,只能听天由命似的。她无能为力,好像被比自己更强大的力量控制着。她脸上显示出一种永恒的神情,似乎她就是深思的斯芬克斯像,这让他情不自禁地想吻她。他故意把节目单掉在地上,然后弯下身子去捡。趁机吻了吻她的手腕。她的美对他来说是一种折磨。她坐在那里一动不动。仅仅在灯光熄灭时,她才把身子陷下去一点靠着,于是他用手指抚摸着她的手和胳膊。他能闻到她身上发出的淡淡的香味。他浑身热血沸腾着,甚至不断卷起一阵阵白热化浪潮,使他失去了知觉。

演出在继续,他茫然地盯着台上却不知道剧情发展到什么地方,似乎那一切离他太遥远。已化为克莱拉丰满白皙的胳膊,她的脖颈和她那起伏的胸脯。这些东西似乎就是他自己,而戏在很远的某个地方继续演着,他也进入了角色。他自己已不存在了。唯一存在的是克莱拉灰黑色的双眼,朝靠过来的胸脯和他双手紧紧捏住的胳膊。他感到自己又渺小又无助。他不可抗拒的力量在驾驭着他。

幕间休息时，灯全都亮了，保罗痛苦异常。他很想跑到某个地方，只要灯光又暗下来就行。在恍惚中他逛出去想喝点什么。随即灯熄灭了，于是，克莱拉的奇怪又虚幻的现实情形及戏中的情节又紧紧抓住了他。

演出继续着。但是，他心里满塞着一种欲望，冲动地只想吻她臂弯处那蓝色细脉。他能摸到那细脉。如果不把嘴唇放到那上面，他的面部就会僵化。他必须吻她，可是周围还有其他人！最后他迅速地弯下身子，用嘴唇碰了她一下。胡子擦过她敏感的肌肤，克莱拉哆嗦了一下，缩回了她的胳膊。

戏终于散了，灯亮了，观众们掌声四起，他这才回过神儿来，看看手表。他错过了要赶的那班火车。

"我只好走回家了！"他说。

克莱拉望着他。

"很晚了吗？"她问。

他点点头，随后他帮她穿上她的大衣。

"我爱你！你穿这件礼服真美，"他在她的肩头喃喃地说道。

她仍然保持沉默。他们一起走出剧院。他看到出租汽车在等着顾客，在熙熙攘攘的人群中，他感觉好像遇到了一双仇视他的棕色的眼睛，但是他不知道是谁。他和克莱拉转身离开，两人机械地朝火车站走去。

火车已经开走了，他得步行十英里回家。

"没关系。"他说，"我非常喜欢走路。""你要不愿意，"她脸涨得通红说，"我可以和母亲睡。"

他看了看她。他们的目光相遇了。

"你的母亲会说什么？"他问。

"她不会介意的。"

"你肯定吗？"

"当然肯定。"

"我可以去吗？"

"如果你愿意的。"

"那好。"

他们转身折回。在第一个车站上了电车。清新的风扑打着他的脸，路上漆黑一片。电车在急驶中向前倾斜。他坐在那儿紧紧地握着她的手。

"你母亲会不会已经睡下了？"他问。

"也许吧。我希望她没睡。"

在这条僻静、幽暗的小街上，他们是唯一两个出门的人。克莱拉很快地进了屋子。他迟疑着："进来吧！"她招呼着。

他跃上台阶，进了屋子，她的母亲站在里屋门口，高高大大的而且充满了敌意。

"你带谁来了？"她问。

"是莫瑞尔先生，他错过了火车。我想我们可以留他过夜。省得让他走十英里的路。"

"嗯，"雷渥斯太太大声说道，"那是你自己的事，如果你邀请了他，我当然非常欢迎。我不介意，是你管这个家嘛！"

"如果你不喜欢我留在这儿，我就离开。"保罗说。

"别，别，你用不着，进来吧！我很想知道你对我给她准备的晚餐有何意见。"

晚饭是一小碟土豆片和一块腌肉。桌上将就地摆着一个人的餐具。

"你可多吃些腌肉，"雷渥斯太太继续说，"可土豆片没有了，"

"真不好意思，给你添麻烦了。"他说。

"噢，你千万不要客气！我可不喜欢听这个。你请她去看戏了吧？"最后一个问题里有一种讽刺的意味。

"怎么啦？"保罗很不自在地笑了笑。

"哎，就这么一点腌肉！把你的大衣脱下来吧。"

这个腰板挺得笔直的妇人正努力揣摩情况。她在碗橱那儿忙碌着。克莱拉接过了他的大衣。屋子里点着油灯，显得非常温暖舒适。

"天哪！"雷渥斯夫人大叫道，"我说你们两人打扮得可真光彩照人呀！打扮得这么漂亮干什么？"

"我想我们，自己也不知道。"他说道，感觉自己受了愚弄。

"如果你们想出风头的话，在这个房子里可没有你们这样两个打扮得花枝招展的人的地盘。"她挖苦着，这是相当尖刻的讽刺。

穿着晚礼服的保罗和穿着绿礼服裸着胳膊的克莱拉都迷惘了。他们感到在这间厨房里他们必须互相保护。

"瞧那朵花！"雷渥斯太太指着克莱拉说，"她戴那花究竟想干什么？"

保罗看了看克莱拉。她红着脸，脖子也涨得通红。屋子里出现了一阵沉默。

"你也喜欢她这样，对吗？"他问。

她母亲震慑住了他俩。他的心怦怦跳得厉害，他忧虑重重。但是他必须跟她周旋。

"我看着很喜欢！"老女人大叫，"我为什么喜欢她拿自己出丑？"

"我看见过好多人打扮得更傻。"他说，现在克莱拉已经在他的保护之下了。

"哼！什么时候？"她挖苦似的反驳。

"当他们把自己打扮得奇形怪状时。"他回答。

身材高大的雷渥斯太太站在壁炉前的地毯上一动不动，手里拿着她的叉子。

"他们都是傻瓜。"最后她回答道，然后转身朝向了煎锅。

"不，"他赌气似的争辩道，"人应该尽可能把自己打扮得漂亮。"

"你管那叫漂亮啊！"母亲大叫，一面用叉子轻蔑地指着克莱拉，"这——这看上去好像不是正经人的打扮。"

"我相信你是嫉妒，因为你没有这样出风头。"他大笑着说。

"我！如果我高兴的话，我可以穿着晚礼服跟任何人出去。"母亲讥讽地回答。

"可为什么你不愿意呢？"他坚持着问，"或者你已经穿过了？"

长时间的沉默。雷渥斯太太在煎锅前翻弄着腌肉，他的心剧烈地跳着，生怕自己触犯了她。

"我！"最后她尖叫道，"不，我没有穿过！我做女佣时，只要哪个姑娘袒着肩膀一走出来，我就知道她是什么货色。"

"你是不是太正派，所以才不去参加这种六便士的舞会。"

克莱拉低垂着头坐着，她的双眼又黑又亮。雷渥斯太太从火上端下煎锅，然后站在他身边，把一片片腌肉放在他的盘子里。

"这块不错！"她说。

"别把最好的都给我！"他说。

"她已经得到了她想要的。"母亲答道。

老太太的语调里有种挖苦似的轻浮意味，保罗明白她已息怒了。

"你吃一点吧!" 他对克莱拉说。

她抬起灰色的眼睛看着他，带着一副耻辱、孤寂的神情。

"不了，谢谢!" 她说。

"你为什么不吃呢?" 他不经意地问。

他浑身热血沸腾象火烧似的。雷渥斯太太巨大的身体重又坐下，神态冷淡。他只好撇下克莱拉，专心对付她的母亲来。

"他们说莎拉·伯恩哈特都五十岁了，" 他说。

"五十! 她都快六十岁了!" 她不屑地回答。

"不管怎样，" 他说，"你从未想到过! 她演得极出色，我到现在还想喝彩呢!"

"我倒愿意看看那个老不死的女人让我喝彩的情形!" 雷渥斯太太说，"她现在到了该想想自己是不是老的时候了，不再是一个喊叫的卡塔马兰了……"

他哈哈大笑起来。

"卡塔马兰是马来亚使用的一种船。" 他说。

"这是我的口头禅。" 她反驳道。

"我母亲有时也这样，跟她讲多少次也没用。"

"我想她常扇你耳光吧。" 雷渥斯太太心情愉悦地说。

"她的确想扇，她说她要扇的，所以我给她一个小板凳好让她站在上面。"

"这是你母亲最糟糕的地方。" 克莱拉说，"我母亲不论干什么从来都用不着小板凳之类的东西。"

"但是她往往用长家什也够不着那位小姐。" 雷渥斯太太冲着保罗反驳道。

"我想她是不愿意让人用长家什去碰的。" 他大笑，"我想肯定是这样的。"

"我想把你们两个的头打裂，对你们也许倒有好处。" 她母亲突然大笑起来。

"你为什么总跟我过不去呢?" 他说，"我又没有偷你的任何东西。"

"不错，不过我会留神看着你。" 这个老女人大笑道。

晚餐很快结束了。雷渥斯太太静静地坐在椅子上，保罗点上了支香烟，克莱拉上楼去寻了一套睡衣，把它放在火炉的围栏上烤着。

"哎呀，我都已经忘记它们了!" 雷渥斯太太说，"它们是从哪里钻出来的?"

"从我的抽屉里。"

"嗯！你给巴克斯特买的，可他不愿意穿，对吗？"——她哈哈大笑。

"说他宁可不穿裤子睡觉。"她转身对保罗亲昵地说，"他不愿意穿睡衣这类东西。"

年轻人坐在那儿吐着烟圈。

"各人习惯不同嘛！"他笑着说。

随后大家随便谈论了一会儿睡衣的好处。

"我母亲就喜欢我穿着睡衣，"他说，"她说我穿了睡衣象个江湖小丑。"

"我想这套睡衣你穿了准合身。"雷渥斯太太说。

过了一会儿，他偷偷瞥了一眼嘀嘀嗒嗒作响的小闹钟，时间已经十二点了。

"真有趣，"他说，"看完戏后总要过好几个小时才能睡。"

"该到睡觉时间了，"雷渥斯太太一边收拾着桌子一边说。

"你累吗？"他问克莱拉。

"一点儿也不累。"她回答着，避开了他的目光。

"我们来玩一盘克里贝奈牌游戏好吗？"他说。

"我早忘记了怎么玩。"

"好吧，我再来教你。我们玩会儿克里贝奈牌好吗？雷渥斯太太？"他问。

"随你们便，"她说，"不过时间真的很晚了。"

"玩两盘游戏我们就会困了。"他回答。

克莱拉拿出纸牌，当他洗牌时，她坐在那儿转动着她的结婚戒指。雷渥斯太太在洗碗间清洗着碗碟。随着时间的推移，保罗感到屋里的气氛越来越紧张。

"十五个二，十五个四，十五个六，两个八……"

钟敲了一点。游戏继续玩着。雷渥斯太太做好了睡觉前的一切准备工作。她锁上了门，灌满了水壶。保罗依旧在发牌记分。克莱拉的双臂和脖子使他着迷。他觉得他能看出她的乳沟。他舍不得离开她。她望着他的双手。感觉到随着这双手灵巧的运动，她的骨头都酥了。她离他这么近，他几乎能触摸到她似的。可是又差那么一点儿。他鼓起了勇气。他恨雷渥斯太太。她一直坐在那里，迷迷糊糊地几乎睡觉了。但是她坚决固执地坐在椅子上。保罗瞅了一眼她，又瞥了瞥克莱拉，她遇到了他瞥来的目光，那两眼充满愤怒、嘲讽，还有无情的冷淡。她羞愧难当的目光给了他一个答复。不论

怎样保罗明白了，她和他是同一个想法。他继续打着牌。

最后雷渥斯太太僵硬地站起身来，说道："已经这么晚了，你们俩还不想上床睡觉吗？"

保罗继续玩着牌没有回答。他恨透了她，几乎想杀了她。

"再玩一会儿。"他说。

那老女人站起身来，倔强地走进洗碗间，拿回了给他点的蜡烛，她把蜡烛放在壁炉架上，然后重新坐下。他对她恨之入骨，于是他扔下了纸牌。

"不玩了。"他说，不过声音里依旧是愤愤地。

克莱拉看到他的紧闭着的嘴，又瞅了她一眼。象是一种约定似的。她俯在纸牌上，咳嗽着想清清嗓子。

"我很高兴你们终于打完了。"雷渥斯太太说，"拿上你的东西。"——她把烤的暖暖和和的睡衣塞到他的手里——"这是你的蜡烛。你的房间就在这一间上面；上面只有两间房，因此你不会找错的。好吧，晚安，希望你睡个好觉。"

"我准能睡个好觉，向来睡觉很好。"他说。

"是啊，象你这种年纪的人应当睡得很好，"她答道。

他向克莱拉道声晚安就上楼去了。他每走一步，擦洗干净的白木楼梯就发出嘎吱嘎吱的响声。他气呼呼地走了。两扇门正对着。他走进房间掩上门，但没有落闩。

小屋里放着一张大床。克莱拉的几个发夹和发刷放在梳妆台上。她的衣服和裙子挂在墙角的一块布下。一张椅子上赫然放着一双长丝袜。他仔细观察了一下屋子。书架上放着他借给她的两本书。他脱下衣服叠好，坐在床上静静地听着，然后，他吹灭了蜡烛，躺下，还不到两分钟，几乎就要睡着了，突然，传来咔嚓一声——他被惊醒了，难受地翻来覆去，就好像什么东西突然咬了他一下，把他气病了。他坐了起来，望着黑乎乎的屋子。他盘起双腿坐在那儿，一动也不动，静静地听着，他听见在外面很远的地方有一只猫，接着听见她母亲的沉重又稳健的脚步声，还听见克莱拉清脆的嗓音。

"帮我解一下衣服好吗？"

那边沉默了好一会儿，最后那母亲说："喂！你还不睡吗？"

"不，现在还不呢。"她镇静地回答。

"噢，那好吧！如果你嫌时间还不够晚，就再待会儿吧。不过，我快睡着了的时候，可别吵醒我。"

"我一会儿就睡。"克莱拉说。

保罗随即听到她母亲慢吞吞地爬上楼梯。烛光透过他的门缝闪亮着，她的衣服擦过房门，他的心不停地跳着。随后，四周又陷入黑暗。他听见她的门闩咔嗒响了一下，接着她不慌不忙地准备上床。过了许久，一切还是静悄悄的。他紧张地坐在床上，微微颤抖着。他的门开了一条缝。等克莱拉一上楼，他就拦住她。他等待着，周围一片死寂，钟敲了两个，接着他听到一阵轻轻地刮壁炉围栏的声音。此时，他控制不住自己了。他浑身不停地发抖。他感到他非下楼去不可，否则他会没命的。

他跳下床，站了一会儿，浑身抖个不停。然后径直向门奔去。他尽可能轻轻地走着。第一级楼梯发出开枪似的声音。他侧耳倾听，老妇人在床上翻了翻身，楼梯上一片漆黑。通向厨房的楼梯角门下透出一线光亮，他站了一会儿，接着又机械地朝下走去。每走一步，楼梯就发出一声嘎吱声。他的背部起满了鸡皮疙瘩，他生怕楼上的老女人忽然打开房门出现在他的后面。他在底下摸到了门，随着咔嗒一声巨响门闩被打开了。他走进厨房，砰的一声关上了身后的屋门，老妇人现在不敢来了。

保罗呆呆地站在那儿：克莱拉跪在壁炉前地毯上的一堆白色的内衣上，背对着他取暖。她没有回头，只是蜷缩着身子坐在自己的脚跟上。那丰腴、美丽的背正对着他。她的脸掩藏着。她靠着火想自己暖和起来。壁炉一边是舒适的红色火光，另一侧是温暖的阴影。她的双臂有气无力地垂着。

他哆嗦得厉害，牙关紧咬着，紧握着双拳，勉强使自己镇定下来。于是，他朝她走去，手搭在她的肩头。另一只手放在她的颏下，托起她的脸来。他的触摸使她全身不由地痉挛似的颤抖起来，一下，两下。她依然低着头。

"对不起！"他喃喃说道，意识到自己的双手非常凉。

随即她抬起头看着他，象个胆小的怕死鬼。

"我的手太凉了，"他咕哝着。

"我喜欢。"她闭上眼睛悄声说。

她说话时的热气喷在他的嘴上。她用双臂抱着他的膝盖。他睡衣上的丝带贴着她摇来晃去，使她不禁一阵阵地战栗。他的身体渐渐地暖和起来，慢慢不再抖了。

最后，他再也无法这样站下去了。他扶起了她，她把头埋进他的肩膀。他的双手无限温情地慢慢抚摸着她。她紧紧地依偎着他，尽力想把自己掩藏起来。他紧紧地搂着她。最后，她终于抬起头来，一语不发，如怨如泣，似乎想要弄明白自己是否应该感到羞愧。

他双眼乌黑，异常深邃平静。好像她的美和他对这种美的迷恋伤害了他的情感，使他感到无限的悲痛。他眼内含着一丝痛楚，悲凄地望着她，心里十分害怕。在她面前，他是那么谦卑。她热烈地吻着他的双眼，接着把他搂向自己。她把自己献了出来。他紧紧地搂抱着她。片刻之间两人的热情就如火如荼地燃起来。

她站着，任凭他疼爱她，全身伴随着她的快乐而颤抖着。她本来受到损伤的自尊心得到了医治。她的心病也治愈了。她感到非常快乐。她又感到扬眉吐气，她的自尊心曾受过挫伤。她也一直倍受鄙视，可现在她又恢复了快乐和自豪。

她恢复了青春，唤发起诱人的魅力。

他满面春风地望着她。两人相视而笑了，他把她默默地抱在胸前。时间一分一秒地过去了。两个人还是直直地站立着紧紧地拥抱，亲吻，浑然一体，象一尊雕像。

他的手指又去抚摸她。心思恍惚，神情不定，感到不满足。热浪又一阵阵地涌上

心头，她把头枕在他的肩上。

"你到我屋里来吧。"他咕哝着。

她望着他，摇摇头，闷闷不乐地噘着嘴巴眼睛里却热情洋溢。他定睛凝视着她。

"来吧！"他说。

她又摇了摇头。

"为什么不来呢？"他问。

她依旧心事重重、悲悲切切地看着他，又摇摇头。他的眼神又变得冷酷起来，终于让步了。

他回屋上床后，心里一直纳闷，为什么她拒绝坦然地与他投怀送抱，并让她母亲知道。

如果是这样，那么他们的关系可以确定了，而且她可以和他一起过夜，不必象现在那样，非得回到她母亲的床上去。

这真不可思议，他实在不能理解。他很快沉沉睡去。

早上一醒来，他就听见有人在跟他说话，睁眼一看，只见高大的雷渥斯太太，低着头严肃地看着他，手里端着一杯茶。

"你想一直睡到世界末日吗？"她说。他顿时放声大笑。

"现在应该是五点钟吧。"他说。

"啧，"她回答，"已经快七点半了。我给你端来一杯茶。"

他摸摸脸，把额前一绺乱发撩开，坐起身来。

"怎么会睡到这么晚呢！"他喃喃地说。

他因被别人叫醒而愤愤不已。她倒觉得这很有趣。她看见他露在绒布睡衣外的脖子白净圆润，象个姑娘的一样。他恼怒地抓着头发。

"你抓头皮也没有用处，"她说，"抓头皮也不能抓早啊。咳，你要让我端着杯子一直站着等你多长时间？"

"哎哟，把杯子砸了！"他说。

"你应该早点起床。"老妇人说。

他抬眼望着她，赖兮兮地放声大笑起来。

"可我比你先上床。"他说。

"是的，我的天哪，你是比我先上床！"她大叫道。

"你看，"他说着搅着杯里的茶，"你竟然把茶端到我的床边，我母亲准会认为定能把我这一辈子给宠坏了。"

"难道她从来不端茶给你吗？"雷渥斯太太说。

"如果让她做的话，那就象是树叶也要飞上天去了。"

"哎哟，看来我一直把家里人宠爱惯了！所以他们才会变得那么坏。"老太太说。

"你只有克莱拉这么一个亲人了，"他说，"雷渥斯老先生早就去世了。所以我觉得家里坏的人只有你一个。"

"我并不坏，只是我心肠很软而已。"她走出卧室时说，"我只是糊涂罢了，千真万确！"

克莱拉默默地吃着早饭，不过，那神气仿佛他已是她的人了。这使得他欣喜万状。很显然雷渥斯太太非常喜欢他，他干脆就谈起他的画来。

"你这么辛苦劳碌地忙你的那些画，究竟有什么好处啊？"她母亲大声说，"我很想问个清楚，究竟有什么好处？你最好还是尽兴地玩乐吧！"

"哎，"保罗大叫道，"我去年靠我的画挣了三十个金币呢。"

"真的吗？这样看来，这件事倒真值得考虑考虑。可是跟你花在画画上的时间比一比，那可真算不了什么。"

"而且有人还借了我四英镑，那人说愿意付给我五个英镑，让我画他夫妇俩带着狗还有他们的乡下别墅。我给他们画了，画了些鸡、鸭，可没有画狗，他很恼火，因此我只能少收一英镑。我真烦腻画这些，我也不喜欢狗。画了这么一幅画，等他把那四英镑给我之后，我该怎么花呢？"

"噢！你知道自己怎么用这笔钱。"雷渥斯太太说。

"可是我想把这四英镑全部花光。咱们可以去海滨玩一两天。怎么样？"

"都有谁？"

"你，克莱拉和我。"

"什么，花你的钱！"她有些生气地大叫。

"为什么不花？"

"你这样费力不讨好地过日子，早晚会因此吃苦头的！"

"只要我花得高兴就行了。你难道不愿赏光?"

"不是,由你们俩自己决定吧。"

"你愿意去了?"他惊奇地问道。

"你甭管我愿不愿意去,你爱怎么办就怎么办吧,"雷渥斯太太说。

第十三章　情人之夫

保罗和克莱拉去剧院后不久，一天他和几个朋友在五味酒家喝酒时正巧道伍斯进来了。克莱拉的丈夫正在渐渐发福，褐色眼睛上的眼皮也开始松弛了。他失去了往日那健康结实的肌肉，很明显他正走在下坡路。他和妈妈吵了一架后，就来到这下等酒店借酒浇愁。他的情妇因为另一个愿意娶她做老婆的人而抛弃了他。有天晚上他因酗酒斗殴而被拘留了一夜，而且他还被卷进一场不体面的赌博事件中。

保罗和他是死敌，然而两人之间却有一种特殊的亲密感，就好像两个人之间有时会产生的那种偷偷摸摸的亲近感。保罗常常想到巴克斯特·道伍斯，想接近他，和他成为朋友。他知道道伍斯也常常想到他，知道有某种力量正在把那个人推向他。然而，这两个人除了怒目而视以外从未互相看过一眼。

保罗在乔丹厂是个高级雇员，由他请道伍斯喝杯酒倒是理所应当的事情。

"你想喝什么？"他问道伍斯。

"谁愿意和你这种混球一起喝酒！"道伍斯回答。

保罗轻蔑地耸了耸肩膀转过身去，心里怒火万丈。

"贵族制度，"他继续说，"实际上是一种军事制度。拿德国来说吧，那儿有成千上万依靠军队而生存的贵族，他们穷得要命，生活死气沉沉，因此他们希望战争，他们把战争看作是继续生存下去的一个机会。战争之前，他们个个百无聊赖，无所事事。战争一来，他们就是领袖和司令官。现在你们总可以明白了吧，就是那么回事——他们需要战争！"

在酒店里，保罗并不是一个惹人喜爱的辩论家。他自高自大，脾气暴躁，他那种过于自信和武断的态度往往引起年纪较大的人的反感。大家都默默地听着，他说完了，没有人赞同他。

道伍斯大声冷笑着，打断了这个年轻人的口若悬河，问道：

"这是你那天晚上在剧院里学来的吧?"

保罗看着他,两人的目光相遇了,于是他明白他和克莱拉一起走出剧院时被道伍斯看到了。

"哟,剧院是怎么回事?"保罗的一个同事问,他很高兴有机会挖苦一下这个年轻人,因为他已意识到这里面有文章。

"嗨,他穿着晚礼服在做花花公子!"道伍斯冷笑着,轻蔑地把脑袋朝保罗一扬。

"这话太玄了吧,"这个双方的朋友说,"她难道是婊子吗?"

"天呀,当然是啦!"道伍斯说。

"说呀,让我们都听听!"那个朋友喊道。

"你已经明白了。"道伍斯说,"我想莫瑞尔心里更清楚。"

"哎呀,哪有这种事呢!"这人继续说道,"真的是个妓女吗?"

"妓女,我的天哪,当然是啦!"

"可你怎么知道的呢?"

"噢,"道伍斯说,"我认定,他已经跟那……一起过夜了。"

大家听后都嘲笑保罗。

"不过,她是谁啊?你认识她吗?"那个朋友问道。

"我想我是认识的。"道伍斯说。

这句话又引起了大家的哄堂大笑。

"那就说出来听听吧。"

那个朋友说。

道伍斯摇摇头,喝了一大口啤酒。

"真怪,他自己却丝毫不露口风,"他说,"等会儿听他自己吹得了。"

"说吧,保罗。"那个朋友说着,"不说不行,你还是老老实实地招供吧。"

"招供什么?承认我偶然请了个朋友去剧院看戏吗?"

"咳,如果真是那样的话,老兄,告诉我们她是谁。"那个朋友说。

"她挺不错的,"道伍斯说。

保罗被激怒了。道伍斯用手捋着他那金黄色的小胡子,哼哼地冷笑着。

"真让我吃惊……真有那么回事吗?"那个朋友说,"保罗,我真没有料到你还有这

么一手。你认识她吗？巴克斯特？"

"好像有一点儿。"

他对其他的人挤挤眼睛。

"咳，行了，"保罗说，"我要走了！"

那个朋友用手搭在他的肩头。

"这可不行。"他说，"你甭想这么容易就走掉，我的朋友。你必须给我们把这件事讲明白才行。""还是向道伍斯去打听吧。"他说。

"你自己做的事嘛，没必要害怕，朋友。"那个朋友纠缠着。

道伍斯在一旁插了句话，保罗恼羞成怒，把半杯啤酒全泼在他的脸上。

"啊！莫瑞尔先生！"店里的女招待惊叫着，按铃叫来了酒店的保卫人员。

道伍斯啐了一口唾沫，冲向这个年轻人。此刻，一个卷着袖子，穿着紧身裤子的壮汉挺身而出。

"好啦，好啦！"他说着，用胸膛挡住了道伍斯。

"滚出去！"道伍斯叫着。

保罗面色苍白的把身子靠在酒柜的铜围栏上，瑟瑟发抖。他恨透了道伍斯，他诅咒他当场就该下地狱；可一看到那人前额上湿漉漉的头发，不禁又可怜起他来。他没有动。

"滚出去，你——"道伍斯说。

"够了，道伍斯。"酒店的女招待大叫道。

"走吧。"酒吧的保安人员好言相劝着，"你最好还是走吧。"

随后，他有意贴近道伍斯，正好把道伍斯逼到了门口。

"一切都是那个小混账挑起来的。"道伍斯略带胆怯地拽着保罗·莫瑞尔大喊。

"哎哟，道伍斯先生，你可真会胡诌。"女招待说，"你要知道一直都是你在捣乱。"

保安人员依旧用胸膛顶着他，强迫他走出去，直到把他逼到大门外的台阶上，此时，道伍斯转过身来。

"好吧。"他说着，对自己的敌手点了点头。

保罗不禁对道伍斯生出一种奇怪的怜悯之心，近乎一种掺杂着强烈的愤恨的怜爱。五颜六色的店门被关上了，酒吧里一片寂静。

世界传世藏书

世界孤本小说

儿子与情人

"那人真是自找苦吃！"女招待说。

"但是你眼睛里要是给人泼了一杯啤酒，总是件很糟的事情。"那个朋友说。

"我告诉你，他干得太棒了。"女招待说，"莫瑞尔先生，你还想再来一杯吗？"

她询问着拿起了保罗的杯子。他点了点头。

"巴克斯特·道伍斯这人对什么都不在乎。"一个人说。

"哼，他吗？"女招待说。"他呀，他是个多嘴多舌的人，这点得不到什么好处。如果你要魔鬼的话，就让我给你找个多嘴多舌的人得了。"

"喂，保罗，"那个朋友说道，"这段时间你还是小心为妙。"

"你千万不要给他机会找你的事就是了。"女招待说。

"你会拳击吗？"一个朋友问。

"一点不儿。"他答道，脸色依旧苍白。

"我倒可以教你一两招。"这个人说。

"谢谢啦，可我没有时间。"

保罗抽身想走。

"詹金斯先生，你陪他一起走。"女招待对詹金斯先生挤挤眼，悄声说道。

那人点点头，拿起帽子说："大家晚安。"随即十分热心地跟在保罗身后，叫着：

"等一会儿嘛，老兄，咱俩同路。"

"莫瑞尔先生不喜欢惹这种烦人的事情。"女招待说，"你们等着看吧，以后他不会再上这儿来了，我很难过，他是个好伙伴。道伍斯想把他拒之门外，他的目的就是这个。"

保罗宁死也不愿意让母亲知道这个事，他强忍着羞辱及内疚的煎熬，心里痛苦极了。现在他生活中有好多事情不能告诉他母亲。他背着她过另一种生活——性生活。生活中的其他部分依然掌握在她手中。不过他觉得自己不得不向她隐瞒好些事情，可这使他很烦恼。母子之间现在相当沉默，他觉得自己一定要在这种沉默中保护自己，为自己辩解，因为他感到自己受到了她的指责。因而，有时他很恨她，并且想摆脱她的束缚，他的生活要他自己从她那得到自由。然而生活宛如一个圆圈，总是能回到原来的起点。根本脱离不了这个圈子。她生了他，疼爱她，保护他。于是他又反过来把爱回报到她的身上，以至于他无法得到真正的自由，离开她独立生活，真正地去爱另一个女人。在这段时间里，他不知不觉地抵制着母亲的影响，对她守口如瓶，他们之间有了距离。

克莱拉很幸福，深信保罗爱着自己，她感到自己终于得到了他。可是随之出乎意料的事情又发生了。保罗象开玩笑似的告诉了她与她丈夫之间的不愉快的争端。她听后骤然变色，灰色的眼睛闪闪发亮。

"这就是他，一个粗俗的人，"她喊着，"他根本不配和体面的人来往。"

"可你却嫁给了他。"他说。

他的提醒使得她愤愤不已。

"对，我是和他结了婚。"她大喊道，"可是我怎么会知道呢？"

"我想他本来可能是个很好的人。"他说。

"你认为是我把他弄成现在这个样子的吗！"她尖叫着说。

"哎，不是，是他自己弄成现在这个样子的。但是，他身上总有点东西……"

克莱拉紧紧地盯着她的情人。他身上某种东西使她感到憎恶。那是一种对她进行超然的旁观评论的态度，一种使她女性的心灵不能接受的冷酷的神情。

"那么你打算怎么办呢？"她问。

"什么？"

"关于巴克斯特的事。"

"还没有必要吧？"他回答。

"我想，如果你非打他一顿不可，你会动手的。"她说。

"不，我一点儿也没有动手的意思，这很滑稽。大多数男人生来就有种握紧拳头打架的本能，可我不是这样，我情愿用刀子、手枪或别的什么来打架。"

"那你最好随身带件家什。"她说。

"噢，"他哈哈大笑道，"不，我不是个刺客。"

"可他会对你下手的。你不了解他。"

"好吧，"他说，"我们等着瞧吧。"

"你想任他去吗？"

"也许吧，如果我无能为力的话。"

"可是如果他杀死你呢？"她说。

"那我应感到难过，为他也为了我自己。"

克莱拉沉默了好一会儿。

"你真是气死我了。"她大叫道。

"其实没有什么。"他大笑道。

"但是你为什么这么傻呢，你不了解他。"

"也不想了解。"

"对，不过你总不会让那个人对你为所欲为吧。"

"你要我怎么办呢？"他大笑着答道。

"要是我，就拿一把左轮手枪。"她说，"我肯定他是会铤而走险的。"

"我会把我自己的手指都炸掉的。"他说。

"不会；不过你到底要不要枪？"她恳求道。

"不。"

"什么也不带？"

"不带。"

"那你任凭他去……？"

"不错。"

"你是个大傻瓜！"

"千真万确。"

她气得咬牙切齿。

"我真想好好教训你一顿！"她气得浑身发抖，大叫大嚷。

"为什么？"

"竟让他这种人随便摆弄你。"

"如果他赢了，你可以重新回到他身边去。"

"你想让我恨你吗？"她问。

"噢，我只是玩玩而已。"他说。

"可你还说你爱我！"她低沉而愤怒地喊道。

"难道要我杀了他才能让你高兴吗？"他说。"但是如果我真杀了他，可以想象我永远也摆脱不了他的阴影。"

"你认为我是傻瓜吗？"她大叫着。

"一点也不。亲爱的，但是你并不理解我。"

两个都沉默了。

"但是你不应该冒险。"她恳求着。

他耸耸肩膀，吟诵了一段诗：

"君子坦荡荡，

肝胆天可鉴，

无须屠龙刀，

何用封喉箭。"

她探究似的望着他。

"我希望我能理解你。"她说。

"可惜没有什么可让你理解的。"他大笑着。

他低垂着头，深思着。

他好几天没看见道伍斯：可一天早晨，当他从螺纹车间出来登楼梯时，差一点儿撞到这个魁伟的铁匠身上。

"真他妈的……！"道伍斯大叫。

"对不起！"保罗说着，擦身而过。

"对不起？"道伍斯冷笑着说。

保罗轻松地用口哨吹起了《让我跟姑娘们厮混》的曲子。

"你给我闭嘴，你这个骗子！"他说。

保罗不理睬他。

"你会为那天晚上的事得到报应的。"

保罗走进角落里他的办公室，翻阅着账册。

"快，告诉芬妮，我需要零九七号订货，快点！"他对打杂的小男孩说。

"道伍斯高高的、煞神似的站在门口，瞅着这个年轻人的头顶。

"六加五等于十一，一加六等于七。"保罗大声算着账目。

"你听了吗！"道伍斯说。

"五先令九便士！"他写下这个数字，"你说什么？"他说。

"我会让你明白是什么!"道伍斯说。

保罗继续大声算着账目。

"你这个乌龟——你连正眼看我一眼都不敢!"

保罗飞快地抓起了一把笨重的直尺。道伍斯被气得火冒三丈。

"不论你走到哪儿,你老老实实地等着我来教训你好啦。我一定要好好收拾收拾你,你这只小臭猪!"

"噢,好来!"保罗说。

听到这话,道伍斯迈着沉重的脚步从门廊走过来。碰巧这时传过来一声尖厉的哨子响,保罗急忙走到传声筒前。

"喂!"他叫了一声便竖身听着,"喂——是我!"他听着,笑了起来。"我马上下来,刚才我这儿有个客人。"

道伍斯从他的口气听出他在和克莱拉讲话。他走上前去。"你这个混蛋!"他说,"过两分钟再找你算账!你认为我会容下你这个目中无人的混蛋吗?"

仓库里的其他职员都抬起头来看着他,替保罗打杂的小男孩来了,手里拿着一些白色的物品。

"芬妮说如果你早一点告诉她的话,你昨天晚上就可能拿到了。"他说。

"行了。"保罗一边看着货样回答着,"发货吧。"

道伍斯尴尬、无助又气愤无比地站在那儿。莫瑞尔转过身来。

"请原谅再等一分钟。"他对道伍斯说着,打算跑下楼去。

"天哪,我一定要拦住你!"道伍斯大喊一声,一把抓住了他的胳膊。保罗迅速地转过身来。

"咳!不好了!"小男孩惊惶地大喊着。

托马斯·乔丹跑出了他那小玻璃房的办公室,朝这间屋子奔来。

"什么事,怎么了?"老头子嘶哑地叫着。

"我要教训一下这个小……,就这么回事。"道伍斯气急败坏地说。

"这是什么意思?"托马斯·乔丹喝道。

"我的意思是,"道伍斯说,可是心里火气已经上来了。

莫瑞尔正斜靠着柜台,面露愧色,微微地笑着。

"这到底是怎么回事？"托马斯·乔丹喝道。

"我也说不清楚。"保罗说着，摇摇头，耸耸肩膀。

"说不清楚，说不清楚！"道伍斯大叫着，一边把他那张英俊、气恼的脸凑上来，一边握紧了拳头。

"你还有完没有？"老头子神气活现地大喊："干你自己的活去，大清早的不要到这儿撒酒疯。"

道伍斯慢慢转过魁梧的身躯，面对着他。"撒酒疯！"他说，"谁喝醉了？你没有醉，我也没有醉。"

"你这一套我们早就领教过了。"老头子大喝，"现在你给我滚，快，不要再呆在这儿了，你居然跑到这儿来吵闹。"

道伍斯低下头轻蔑地瞅着他的老板，双手不安地动着。这双手虽然又大又脏，可干起活来却很灵活。保罗想到这是克莱拉丈夫的双手，不由得心中生起一股仇恨。

"再不滚就赶你出了！"托马斯·乔丹大喝。

"怎么，我看谁敢把我赶走？"道伍斯说，随之发出一阵阵的冷笑。

乔丹先生气得跳了起来，迈着大步走到道伍斯身边，挥舞着手臂赶着他，短小敦实的身体向前倾着，喊道：

"滚，你给我滚出我的地盘去——滚！"

他抓着道伍斯的胳膊扭着。

"去你的吧！"道伍斯说着，用胳膊肘一推，矮小敦实的老板被推得踉跄半晌，向后退去。其他人还没来得及拉他一把，托马斯·乔丹已经撞到那扇又轻又薄的弹簧门上。门被弹开了，他摔下了五、六级台阶，摔进了芬妮的房间。大伙儿都被吓呆了。一眨眼的工夫，所有的男女职员都跑了出来。道伍斯站了一会儿，痛苦地望着这一切，转身走开了。

托马斯·乔丹受惊不小，摔得浑身青一块紫一块的，幸好别处没有受伤。但是他万分气恼，立刻解雇了道伍斯并告他殴打罪。

开庭审判时，保罗·莫瑞尔只好作为证人出庭作证。当问起引起纠葛的原因时，他说：

"因为一天晚上我陪着道伍斯太太去剧院看戏时，被道伍斯碰上，他就借机侮辱我

和她；以后我把啤酒泼在了他脸上，因此他想要报复。"

"争风吃醋。"法官笑了笑。

法官告诉道伍斯说，他认为他是个卑鄙小人，案子就这样结束了。

"你把这场官司给搅黄了。"乔丹先生对保罗厉声喝道。

"我想不是我给搅黄的。"后者回答，"其实，你不是真的想治他的罪，是吗？"

"那你认为我打这个官司到底是为了什么？"

"好吧，"保罗说，"如果我说错了话，请你原谅。"

克莱拉也十分生气。

"为什么要把我的名字也牵扯进去呢？"她说。

"公开说出来总比被别人在背后议论强得多。"

"这样做毫无必要！"她大声说。

"我们的处境不会因此而变坏。"他满不在乎地说。

"你也许不会的。"她说。

"而你呢？"他问道。

"我根本不想让人提到自己。"

"对不起。"他说，可是他的声音听起来一点也没有道歉的意思。

他满不在乎地自语道："她会消气的。"果然，她的气消了。

他告诉了母亲乔丹先生摔倒及道伍斯被审的事。莫瑞尔太太紧紧地盯着他。

"你对这件事怎么看呢？"她问他。

"我认为他是个傻瓜。"他说。

但是，无论怎样，他心里感到很不自在。

"你有没有想过，这事何时才能了结？"母亲问道。

"没有，"他回答说，"船到桥头自然直嘛！"

"作为一个规则的确如此，可在有时候往往并不如此。"母亲说。

"那么就需要人学会忍受。"他说。

"渐渐地你会发现你自己并不象你想象中的那么能忍受。"她说。

他继续埋头搞起他的设计来。

"你有没有征求过她的意见？"她终于问道。

"什么意见？"

"关于你的还有整个事情的看法。"

"我一点儿也不在乎她对我的看法。她发疯似的爱着我，但爱得不深。"

"但是这要看你对她的感情有多深。"

他抬起头来好奇地望着母亲。

"不错，"他说，"你知道的，妈妈。我想我肯定有什么地方不对劲儿，因此我不能去爱。当她在我身边时，我的确是爱她的，有时候，仅仅当我把她看作一个女人时，我也迷恋她，但是一旦当她讲话或指责我时，我却常常不愿听她说下去。"

"可是她和米丽亚姆一样的通情达理。"

"也许是的。我爱她胜过爱米丽亚姆，可是，为什么她们都抓不住我的心呢？"

最后这句话几乎是哀叹。母亲转过脸去，静静地坐着，眼睛盯着屋子那头，神色安闲、严肃，似乎在克制着某种情感。

"但你不愿意同克莱拉结婚，对吗？"她说。

"是的；开始的时候或许我愿意，可是现在为什么——为什么我不想同她或同任何人结婚呢？因为我有时觉得自己好像对不起所爱的女人，妈妈。"

"怎么对不起她们呢？我的儿子。"

"我不知道。"

他绝望地继续地画着画。他触到了自己内心的痛处。

"至于结婚，"母亲说，"你还有好多时间考虑呢。"

"但是不行，妈妈。尽管我依然爱着克莱拉，也爱过米丽亚姆；可是要我同她们结婚并且把我自己完全交给她们，我做不到，我不能属于她们。她们似乎都想把我据为己有，可我能把自己交给她们。"

"你还没有遇到合适的女人。"

"只要你活着我永远不会遇到合适的女人。"他说。

她相当平静，现在她又开始感觉到精疲力尽了，好像她自己已经不中用了似的。

"我们等等看吧，孩子。"她回答。

他感觉感情就象某些事情一样总绕着一个圈子转来转去，这几乎快把他弄疯了。

克莱拉的确是强烈地爱着他，而他在肉体上也同样爱恋着她。白天，他几乎已忘

记了她。她和他在同一个厂里工作，可是他丝毫察觉不到。他很忙，因此她的存在与否是与他无关系的。而克莱拉在蜷线车间工作时，一直感觉他就在楼上，好像她一想起他就能感觉到他这个人的躯体跟她在一个厂房里。她每时每刻都期望着他从门里面走出来。可等他果真走出来时，却总是让她震惊不已。但是他常在那儿逗留很短的时间。对她又简慢无礼，用公事公办的口吻给她下命令，和她保持一定的距离。她强耐性子，听从他的指令，总担心自己理解错了或是忘记了什么，可这对她的心太残酷了，她想抚摸一下他的胸膛。她对那件马甲里的胸膛了如指掌。她就想抚摸他的胸膛，但听到他用机械的嗓音对她发号施令，吩咐工作，她简直都要气得发狂了，她想要戳穿他的幌子，撕毁他道貌岸然、一本正经的外衣，重新得到这个男人；可是她感到害怕，不敢这样做，还没等她来得及感觉一下他身上的温暖，他就走了；她的心又在倍受煎熬。

保罗知道哪怕只有一个晚上她见不到他，她就会情绪低落而郁闷，因此他把大部分时间都给了她。白天对她来说往往是一种苦难和折磨，可是黄昏夜晚对他俩来说却是幸福无比。两人总是默默地一起坐上几个小时，或者一起在黑暗中散步，谈上一两句没有意义的话。可是他总是握着她的手，她的胸脯和乳房温暖着他的心，这使他感到拥有了一切。

一天晚上，他们正沿着运河走下去，保罗心绪不宁。克莱拉知道自己并没有得到他。他只是一味地悄声吹着口哨。她倾听着，觉得她从他的哨声中得到的东西比从他的谈话中得到的多。他吹着一支悲伤怨怒的小调——这调子使她觉得他将不会再和她呆在一起。她继续默默无声地走着。他们走上吊桥。他坐在一个大桥墩上，看着水里歪歪的倒影。他离她好远。她也一直在沉思着。

"你会一直在乔丹厂待下去吗？"她问。

"不，"他不加思考地回答，"不会的，我要离开诺丁汉姆出国——很快。"

"出国！干什么？"

"我自己也不知道！我感觉心里很烦。"

"可是你去干什么？"

"我必须找份固定的设计工作，首先得把我的画卖掉，"他说"我正逐渐地铺开我的道路，我知道我是什么样的人。"

"那你想什么时候走呢？"

"我不知道，只要我母亲还健在，我就不可能出去很久。"

"难道你离不开她？"

"时间长了不行。"

她望着黑乎乎的水面，皎洁明亮的星星倒映在水中。知道他将离开她当然是件十分痛苦的事，可是有他在身边同样也让她痛苦不堪。

"如果那天你发了大财。你会干什么？"她问。

"在伦敦附近的某个地方与我母亲住在一幢漂亮的别墅里。"

"我明白了。"

两个沉默了好久。

"我依旧会来看你的，"他说，"我不知道，千万不要问我该做什么，我不知道。"

两人都沉默了。星星颤抖着，划破了水面。远处吹来一阵风，他忽然走到她跟前，把手搭在她的肩上。

"不要问我将来会怎样，"他痛苦地说。"我什么都不知道，不管将来如何，现在和我一起，好吗？"

她用双臂抱住他。毕竟她是个结了婚的女人，她没有权利，甚至没有权利享用他现在所能给她的一切。他非常需要她，但当她用双臂搂着他时，他内心却十分痛苦。她拥抱着他，用自己的体温来抚慰他，她决不会让这幸福的时刻悄悄溜走，但愿时光在此刻能凝住。

过了一会儿，他抬起头来，好像想要说什么。

"克莱拉。"他十分苦恼地说。

她热情地拥抱着他，双手把他的头按到自己的胸口。她不能忍受他声音里的这种苦楚，因为她心里感到十分害怕。他可以拥有他的一切——一切；可是她什么都不想知道。她觉得她真的忍受不了。只想让他从她身上得到安慰——得到慰抚。她站立着，搂着他，抚摸他。他有些让她琢磨不透——有时简直不可思议，她要安慰他，她要让他在安抚中忘掉所有的一切。

他内心的折磨很快平静下来，又恢复了灵魂的安宁，他忘记了一切。但是，同时，克莱拉对于他也好像已经不复存在了。黑暗中，眼前站着的只是一个女人，一个亲切

温暖的女人，是他所热爱甚至所崇拜的某种事物。可是，那不是克莱拉。然而，她却完全委身于他了。他爱她的时候，他显示出的那种赤裸裸的贪婪和无法抑制的激情，包含着强烈、盲目和凶狠的原始野性的爱，使她觉得眼前这个时候简直有些恐怖。她知道，日常生活中他是多么单调、多么孤独，所以她觉得他投入她的怀抱是件值得庆幸的事。而她之所以接受他的爱并委身于他，仅仅是为了满足他那超越她和他自身的强烈的欲望。而她的灵魂却缺乏交流，她这样做是为了满足他的需要，因为她爱他，即使他要离开她，她也会这么做。

红嘴鸥一直在田野间不停地啼叫。当他头脑清醒过来时，十分诧异于眼前的这一切，眼前黑暗中弯弯曲曲的可又充满了生命力的是什么，什么声音在说话，随之他意识到那是野草地，声音是红嘴鸥的叫声。而暖乎乎的是克莱拉呼吸的热气。他抬起头来，望着她的眼睛，这双眼睛漆黑闪亮，可十分奇怪，好像是某种野性的生灵在偷望着他的生命，他对它们是那么陌生，然而又使他感到满足。他把脸埋在她的脖子上，心里感到害怕。她是什么呀？一个强大的、陌生的野性的生灵，一直与他在这漆黑的夜中同呼吸。这生命都远比他们自身强大得多，他被吓坏了。当它们相会时，它们也把野草茎的扎刺，红嘴鸥的叫声，星星的轨迹都带入相会的境界。

当他们站起身来，看见其他的情侣正偷偷地翻过对面树篱往下走去。看起来，他们在那儿相会是很自然的事了。因为，夜色笼罩着他们。

这样一个夜晚之后，他俩都变得异常平静。因为，他们已经意识到恋情的巨大力量。就象亚当和夏娃失去他们的童贞后，意识到了将他们赶出伊甸园，投入人间伟大的白天和黑夜的那种巨大力量一样，他们意识到了自己的渺小、幼稚和迷惘。这对于他们俩都是一种启蒙和满足。这股巨大的生命浪潮使他们认识到自身的渺小，使他们的心灵得到了安宁。如果这神奇力量够征服他们，把他们与自己融为一体，让他们认识到自己在这股能掀起每片草叶，每棵大树、每种生物的巨大的浪潮中是多么的渺小，那么他们又何必自寻烦恼呢？他们可以听任命运的安排。他们在对方身上都消除它，什么力量也不能将它夺走。这差不多成了他们生命中的信条。

但是，克莱拉并不满足于此。她知道有一种神秘伟大的力量存在着，它笼罩着她，可是它并不常常支持她。因为一到早晨，它就变得太不一样了。他们已经交欢过了，但是她仍然无法保持住这一刻。她想再次得到它，她想得到某种永恒的东西，她还没

有充分意识到它是什么。认为自己想要的就是他。可他已经靠不住了，他们之间以前存在的关系也许不会再发生了；他可能会离她而去，她没有得到他的心。因此，她感到不满足。她显然已经尝试过，但是她没有抓到——一种——她也不知道是什么——一种她竭力想拥有的东西。

第二天早晨，保罗内心充满了宁静，感到十分愉快，简直就象已经经受了情欲之火的洗礼静下心来了。但是，这并不是因为克莱拉，那因她而起的事，但却与她无关。他们彼此没有更加接近，只象是一种巨大的力量盲目地摆弄着他俩。

那天，克莱拉在厂里一看见保罗，她心里象燃烧着一团火似的。这是他的身体和额头，她心中的火越烧越旺，她不由地想抱住他。但是，那天早晨，他却异常平静和矜持，只顾着发号施令。她跟着他走进漆黑，阴沉的地下室，向他举起双臂。他吻了她，火热的激情又开始在他身上燃烧起来。此时，门口来人了，于是他跑上楼去，她神情恍惚地走回车间。

后来这股欲火慢慢平息下来。他越来越感觉到他的那次经历，已超出了某个人的具体，也并非是克莱拉。他爱她，在强烈的激情之后，萌发了一种浓浓的柔情。但是并不是她使得他的心灵得到了安宁。他一直想把她变成一种她不可能成为的东西。

克莱拉狂热地迷恋着保罗。她可能看到却不能抚摸他。在厂里，当他同她谈论了有关蜷线织品时，她就禁不住偷偷地抚摸他侧身。她跟随着他走出车间，进入地下室，只为了匆匆地一个吻。她那双始终含情脉脉的眼睛，一直盯着他，眼里满含着压抑不住的狂热。他怕她，生怕她在其他女人面前露出马脚来。她在用餐时间总是等着他，在拥抱他之后，才肯去吃饭。他感觉她好像已失去了自制力；简直成了他的累赘，对此保罗十分恼火。

"你总是想要亲吻，拥抱是为了什么呀？"他说，"做什么事都得有个时间概念嘛！"

她抬起眼睛望着他，目光里流露出愤恨。

"难道我一直想要吻你吗？"她说。

"总是这样，甚至在我去找你谈论工作时。我不想在工作时间谈情说爱，工作就是工作……"

"那爱是什么？"她问。"难道爱还有专门规定的时间吗？"

"是的，工作以外的时间。"

"那你要根据乔丹先生工厂的下班时间来规定它啦？"

"不错，还要根据各种业务办完后的时间来定。"

"爱情只能在余暇时间才能有，对吗？"

"不错，而且不能总是——亲吻这种爱情。"

"那这就是你对爱情的所有看法吗？"

"这就足够了。"

"我很高兴你这样想。"

过后一段时间，她对他很冷淡——她恨他；在她对他冷淡、鄙视的这段时间里，他一直坐卧不安，直到她重新原谅他才恢复了平静。但是，当他们重新和好时。他们没有丝毫更贴近的迹象。他吸引她是因为他从来没有满足过她。

那年春天，他们一起去了海滨。在瑟德索浦附近的一家小别墅里租了房间，过着夫妻般的生活，雷渥斯太太有时跟他们一起去。

在诺丁汉姆城，人人都知道保罗·莫瑞尔和道伍斯太太有来往。可是，表面上什么也没发生，再加上克莱拉总是过着独居的生活，而保罗看上去又是如此单纯忠实，因此倒没招来多少闲话。

他喜爱林肯郡的海岸，而她喜爱大海。早上他们常常一起出去洗海水澡。灰蒙蒙的黎明，远处已有各种色彩的沼泽地，以及两岸长满了牧草的荒滩，都足以使他感到

心旷神怡。他们从木板桥走上公路，环顾四周那单调的漫无边际的平地，只见陆地比天空略微幽暗一些。沙丘外大海的声音很微弱。

他的内心因感受到了生活的冷酷而觉得无比充实。她爱此时的他，坚强而又孤独，双眼里闪烁着美丽的光彩。

他们冻得瑟瑟发抖，于是，他们俩开始赛跑，沿着公路一直跑回绿草地。她跑得很快，脸一会就通红了，裸露着脖子，两眼炯炯有神。他喜欢她，因为她体态如此丰腴，可动作又如此敏捷。他自己体态十分轻盈。她姿势优美地向前跑。两人渐渐暖和起来了，于是就手拉手往前走去。

一道曙光出现在天空中，苍白的月亮半悬在天边，向西沉去。朦胧的大地上，万物开始复苏。大叶的植物也变得明晰可见。他们穿过寒冷的沙丘中的一条小路，来到了海滩上。在曙光照耀下，漫长空旷的海滩在海水下呻吟着；远处的海洋变成一条长长的带白边的黑带。苍茫的大海上空渐渐红光微露。云彩立即被染成了红色。一片片分散开去。颜色渐渐地由绯红色变成棕红色，再由橘红变成暗金色，而太阳就在这一片金光中冉冉升起，顿时滚滚的波涛上被洒上了无数的碎金，好像有人走过海面，一边走，一边从身边的桶里不断地洒下许多金光。

细浪拍打着海岸发出沙沙的声音。海鸥则象一朵朵小浪花，在海浪上端来回盘旋，个头虽小，可叫声却分外响亮。远处的海岸绵延伸展，逐渐消失在这晨光之中。芦苇丛生的沙丘，随着海滩的地势变为平地。他们的右边是马伯索浦。看上去显得很小。平坦的海岸上只有他们俩在尽情地观赏着浩瀚的大海、初升的朝阳，只有他们在忘我地倾听着海浪的轻声呻吟及海鸥的凄楚的鸣叫。

他们在沙丘中找到了一个温暖避风的洞穴，保罗站在里面凝望着大海。

"真美。"他说。

"现在千万别变得多愁善感啊。"她说。

看见他象个孤独的诗人似的伫立在那儿眺望着大海，她不禁被激怒了。他笑着。她很快地脱掉了衣服。

"今天早上的海浪真美。"她洋洋自得地说。

她的水性比他好。他懒散地站着，望着她。

"你不想去吗？"她说。

"一会儿过来。"他答道。

她肩膀丰满、皮肤粉白柔嫩。一阵微风从海上吹来，吹拂着她的身子，撩乱了她的秀发。

晨曦中呈现出一片金色，明净而可爱，南北方层层的阴云似乎还在消散。克莱拉避开风头站着，一面盘绕着头发，一大片海草挺立在这个赤身露体的女人身后。她瞥了一眼大海，又望望她，他的那双黑眼睛已望着她。她喜欢这双眼睛，却又不能理解它们。她用双臂抱住胸脯，退缩着，笑道：

"噢，天真冷啊!"

他向前倾俯吻了她，突然紧紧地搂住了她，又吻了一下，她站在那儿等待着。他盯着她的眼睛，随后目光又移向了白色的海滩。

"那就去吧!"他轻声说。

她伸出双臂环绕着他的脖子，把他拉向自己，动情地吻着他。然后走开了，说着：

"你来吗?"

"马上就来。"

她吃力地走在柔软的沙滩上。他站在沙丘上，望着苍茫的海岸环绕着她。她变得越来越小，小得失去了比例，仿佛是只大白鸟吃力地向前走着。

"还没有海滩上的一块白色的卵石大，也比不上沙滩上翻动着的一朵浪花。"他自言自语道。

她似乎还在穿越巨大的喧闹的海岸。看着看着，她不见了踪影，炫目的阳光遮住了她的身影。继而他又看到她了，仅仅象一点白斑，伴随着阵阵涛声走在白色的海滩上。

"瞧，她多么渺小!"他自言自语说，"她就象消失在海滩上的一粒细沙——不过是随风飘动着的一个小小的白斑点。一个微小的白色浪花，在这晨曦中简直象不存在似的。可为什么她会这样吸引我呢?"

这天早上没有一个人打扰他们。她已经下水去了。宽广的海滩，长着蓝色海草的沙丘及波光粼粼的海水都在闪闪发光，组成了这茫茫无垠的荒原。

"她到底是什么呀?"他心里想着。"这儿是海滨的早晨，雄伟秀美，千古不变；那儿是她，整日自寻烦恼，永不满足，转瞬即逝就象浪花上的泡沫。她对我到底意味着

什么？她代表着某种东西，就象浪花代表大海一样，可是她究竟是什么呢？我所关心的其实不是她。"

接着，他被自己心里的这些无意识的思想惊呆了。好像他清清楚楚地全讲了出来，早晨的一切全都听见了似的。他匆忙脱掉衣服，赶紧跑下沙滩。克莱拉正张着望他。她扬着臂膀冲他招手，她的身子随着浪花时起时伏。他跳进细浪中，不一会儿，她的手就搭在了他的肩上。

他不善游泳，不能在水里久呆。她洋洋自得地围着他嬉水，炫耀着她的泳装，惹得保罗妒意大发。阳光深深地映入水中。他们在海中笑了一阵，然后比赛着跑回沙丘。当他们气喘吁吁擦拭着身子，他望着她喘息不定的笑脸，发亮的肩膀和颤动着的乳房。当她擦干它们时，他害怕了，于是他又想：

"她的确美丽得惊人，甚至比清晨和大海还要伟大，她是……？她是……？"

他那黑眼睛直愣愣地盯着她，她笑了一声停下擦拭。

"你在看什么呀？"她说。

"看你。"他笑着回答。

他们的目光相遇了。一会儿，他就吻着她那白白的起着鸡皮疙瘩的肩头，一边想着：

"她是什么？她到底是什么？"

这天早晨，她对他情意绵绵，可是他的吻中有着某种超然、坚定和原始的意味，就好像他只意识到自己的意愿，而根本没有想到她和他对自己的渴望。

白天，他外出写生。

他对她说："你和你妈去苏顿吧，我这人太枯燥。"

她站在那儿望着他。他知道她想跟他一起去，但是他宁可一个人去。她在身边时，他总感觉到象是置身于牢笼之中，身上仿佛压着重负，好像连深深地透一口气都做不到似的。她察觉到他极想从她那儿得到自由。

晚上，他又回到她的身边。在黑暗中他们走下海滩，在一个沙丘的避风处坐了一会儿。

他们凝视着漆黑的大海，海上一丝光亮都没有。此时，她说："你似乎只有在晚上才爱我——白天时根本就不爱我。"

他让冰凉的沙子漏过自己的指缝，对她的指责深感内疚。

"晚上由你任意支配，"他回答，"白天我想自己支配。"

"可是为什么呢？"她说，"为什么，甚至在现在，在我们这短短的假期中还要如此？"

"不知道。白天做爱会把我憋死的。"

"但是，我们没有必要总是做爱呀！"她说。

"当你和我在一起时，"他回答，"事情总是如此。"她坐在那里心里感到十分痛楚。

"你想过要和我结婚吗？"他好奇地问。

"你想过娶我吗？"她答。

"想过，真的，我希望我们能有孩子。"他慢慢地答道。

她低垂着头坐在那儿，手指拨弄着沙子。

"可你并不真想同巴克斯特离婚，是吗？"他说。

过了好一会儿，她才回答。

"是的，"她十分慎重地回答，"不想离婚。"

"为什么？"

"我不知道。"

"你觉得自己属于他吗？"

"不，我没这样想。"

"那又为什么？"

"我认为他属于我。"她回答。

他倾听着海风吹过漆黑的低声絮语的海面，沉默了好一会儿。

"你从来没想到过要属于我？"他说。

"想过，我的确是属于你的。"她答道。

"不是的，"他说，"因为你并不想离婚。"

这是个他们永远解不开的结，所以只好由它去了。他们只将能获取地带走，其余的只好听之任之了。

"我认为你对巴克斯特很不好。"有一次保罗说道。

他本以为克莱拉至少会象他母亲那样回答他："管你自己的事去吧。不用多管闲

事。"但是，出乎意料，她竟对他的话很认真。

"为什么？"她说。

"我猜想你把他当成了铃兰，因此就把它栽在合适的花盆里，并照此来培植。认定他是朵铃兰，就决不肯承认他会是棵防风草。你容不下他。"

"可我从来没有把他当过铃兰啊。"

"你把他想象成一种人，可他其实不是那种。女人都是这样，她们自以为自己知道什么东西对男人有好处，就一定要让他接受不可；一旦她得到了他，她就会一直给他那件她认为对他有好处的东西，而全然不管他是否在挨饿呢，或者在那里吹着口哨想他需要的东西。"

"那你在干什么呢？"她问道。

"我在考虑我该吹个什么曲子。"他笑道。

她非但没有扇他耳光，反而认真地考虑起他的话来。

"你认为我想把自以为对你有好处的东西给你吗？"她问。

"我希望如此。可是爱情应当给人一种自由感，而不是束缚，米丽亚姆使我觉得我象一头拴在柱子上的驴。我必须在她那块地里进食，其他哪儿都不行，简直叫人无法忍受。"

"那么你不愿意让一个女人做她喜欢做的事吗？"

"当然愿意啦。我要看到她真心爱我。如果她不爱我——好吧，我也不强留。"

"但愿你真的象你自己说的那么好……"克莱拉回答。

"那可真是个奇迹。"他大笑。

随后俩人都默默无语，尽管他们脸上挂着笑容，可心里都在恨着对方。

"爱情就象一个占住茅坑不拉屎的人。"他说。

"我们中谁占住茅坑不拉屎呢？"她问。

"噢，那还用问吗，当然是你啦。"

他们就这样进行着舌战。她知道自己压根儿没有完全得到他的心。她没有抓到他心中某个重要部位，也从来没有打算这样做，甚至从未意识到这是什么东西。然而，他知道在某方面，她依旧以自己是道伍斯太太自居。她不爱道伍斯，而且从来没有爱过他。但是相信道伍斯爱她，至少依赖她。她对他了如指掌。可对保罗·莫瑞尔，她

却没有这种感觉。她心里充满了对这个年轻人的热望，这使她相当满足，消除了她对自己的疑虑和自卑。不论怎样，她的内心踏实多了，自信心也恢复了，她如今又昂首挺胸了。她已经得到了别人对她的确认；不过她相信自己的一生根本不属于保罗·莫瑞尔，也相信他的一生绝不属于她。他们终究会分离，而她的余生肯定会苦苦地思念他。但不管怎么说，她知道自己现在有了自信心。而他也几乎同样如此。他们各自通过对方经受了生活的洗礼；而现在，他们所能做的只有分离，无论他要去什么地方，她都不能跟随一同去了。他们早晚会分手的。即使他们结了婚，彼此海誓山盟，忠贞不渝，他还会离开她，独自外出，剩下她只能在他回家后才可以照料他。但是，这是不能的。人人都想有个可以并肩同行的伴侣。

克莱拉跟她母亲一起住到了马柏里广场。一天晚上，保罗和她正沿着伍德波罗路散步，迎面碰上了道伍斯。保罗觉得这个走近的男人的姿态有点熟悉，但他这会儿正全神贯注地，所以他只是以艺术家的眼光打量着这个人的身影。突然他哈哈笑了一声，转身冲着克莱拉，把手搭在她的肩膀上，笑着说：

"我们肩并肩地行走，然而我的心却在伦敦跟一个假想的争论对手奥本在辩论，那么你在哪儿啊？"

就在说话间，道伍斯走了过去，差点就碰到了莫瑞尔。年轻人抬眼看了一下，看见了一双深褐色的充满了恨意的眼睛，但它却显得相当的疲倦。

"是谁？"他问克莱拉。

"是巴克斯特。"她答道。

保罗从她肩上的去下手，回头望去。于是，他又清楚地看到了那个人的样子。道伍斯走路时依然昂首挺胸，健美的双肩向后摆着。但眼里却有一种鬼鬼祟祟的神色，给人一种这样的印象：他不管碰见谁都想悄悄地走过而不引起别人注意，但又疑虑地想看看别人是如何看待他的。他那双手也似乎想藏起来。他穿着一身旧衣服，裤子膝部都磨破了，脖子上围着一块很脏的围巾，但帽子却挑衅般地歪扣在一只眼睛上。克莱拉看见他，心里深感内疚。但他脸上那疲倦绝望的神情又使她不禁恨起他来，因为他这副样子很让她伤心。

"他看上去象生活在阴影里。"保罗说。

但他说话时语调中的怜悯伤了她，让她无法忍受。

"他粗俗的真面目显露出来了。"她说。

"你恨他吗?"他说。

"你谈到,"她说,"谈到女人的残忍,我希望你也能知道男人在放纵他们那股兽性强蛮时的凶狠。他们简直不知道女人的死活。"

"我不知道?"他说。

"是的。"她答道。

"我不知道你的死活?"

"你对我一无所知,"她有些痛苦地说——"对我!"

"还没有巴克斯特知道得多?"他问。

"也许没有。"

他对此很困惑,一筹莫展,因此有些生气。尽管他俩体验过了那种事,可她走在身边,却象个陌生人。

"但你却非常了解我。"他说。

她没有回答。

"你对巴克斯特的了解和对我的了解是一样深吗?"他问。

"他不让我去了解他。"她说。

"那我让你了解我了吗?"

"男人就是不让你去了解他们,他们不让你真正地接近他们。"她说。

"我也没让你接近我吗?"

"没有,"沉吟了半晌,她才答道。"你从来就不来接近我,你不能摆脱你自己,你不能摆脱。巴克斯特在这方面还比你强一点。"

他边走边回味着这话。他很生气她竟然把巴克斯特看得比自己还好一点。

"你现在抬高巴克斯特只是由于你现在无法抓住他了。"他说。

"不是,我只是看清了他和你不同的地方。"

他能感觉到她对他有些埋怨。

一天晚上,正当他们穿过田野往家走时,她突然出乎他意料地问:

"你觉得这件事值得吗——这个——这个性方面?"

"性爱行为的本身吗?"

"是的，你觉得对你来说有什么价值吗？"

"但是你怎么能把它分开来说呢？"他说，"这是一切的高潮部分。我们全部的亲密关系所达到的顶点就在于此。"

"对我可不是这样。"她说。

他不吭声了，心头涌过了一丝恨意。原来，她对他还是不满意的。即使在这方面，他本以为他们俩都彼此满足了。但是他却对她坚信不疑。

"我觉得，"她慢慢地又接着说，"我好像并没有抓住你，你好像根本不在这儿，你好像要的并不是我——"

"那么我要的是谁？"

"是专供你享受的一种东西。这是一种美好的东西，我不敢想它。但你到底要的是我呢，还是这种东西？"

他又有一种负疚的感觉了。难道他竟置克莱拉于不顾，只是不她当作一个女人吗？他觉得这是一种无益的、烦琐细致的分析。

"当我跟巴克斯特在一起的时候，我真正地拥有了他，那时我也的确感觉到他的整个身心都是我的。"她说。

"比我们现在还好吗？"

"是的，是的。以前较圆满一些。不过，我并不是说你给我的比他给我的少。"

"或者说我能够给你的。"

"是的，也许可以这么说。不过你从来没有把你自己给过我。"

保罗生气地皱着眉头。

"如果我一旦开始向你求欢。"他说，"我就象风中的落叶那样身不由己了。"

"因此你就完全不顾我了。"她说。

"因此你觉得这对你来说毫无价值了？"他问道，几乎懊恼万分。

"有点价值，而且有些时候你让我神魂颠倒——飘飘然——我知道——而且——我为此还觉得你很了不起——不过一…"

"不要老跟我说'不过'了。"他说着，很快地吻着她，就象浑身燃了火似的。

她顺着他，一声不吭。

事情确实象他所说的那样。通常他一开始求欢时，那股热情总是势不可挡，什么

理智啊，灵魂啊，气质啊，统统被冲走了，就象特伦特的河水携着漩涡和泛起浪花，静悄悄地顺流而下。那些微不足道的缺陷，那些微妙的感觉，渐渐地消失了，连思想也被冲走了，一切都随着那股洪流滚滚东去。他成了一个没有头脑，只是被强烈本能欲望控制的人了。他那双手象动物一样不停地动着。四肢和身体似乎有使不完的精力，各自支配着自己的动作，一点也不受他的理智的支配。同他一样，那生命勃勃的寒星也似乎被赋予了强大的生命力。他和这些星星一样跳动着炽热的脉搏。眼前的羊齿植物也似乎受一种什么力量的鼓舞，枝叶笔挺。他也一样受着一种力量的鼓舞，身躯坚挺。仿佛和那些星星，那丛黑的杂草，以及克莱拉都被卷入了腾空而起的巨大火舌，就这么燃烧着她，也燃烧着草丛。一切都同他一起精神勃发地奋进着，一切又似乎同他一起庄严肃穆地静立不动。虽然这一切的一切都汇入了一股生命的洪流中，可每样东西又似乎是静止的，这种奇妙的静止仿佛就是愉悦的最高境界。

克莱拉也知道正是这种感觉把他拴在了她身边，因此她奉献出了所有的激情。然而，却常常让她失望。田野的叫声使他们常常并不能达到那种境界，渐渐地，他们做爱时的机械的努力损伤了其中的欢愉，即使有时出现这种美妙的时刻，也不是双方同时体验到个中妙趣，没有达到两人通身舒泰的满足。他经常任凭激情奔涌，无所顾忌地独自冲向高潮，但他们都明白这种做爱是失败的，并非他俩所愿。他每次离开她时，心里明白那天晚上只是在他们之间加深了隔阂。他们之间的欢娱越来越机械化了，毫无那种奇妙的感觉。后来，他们逐渐采取一些新方法以期重新获取一些满足。他们会在附近的河边几乎有些危险的地方，以便让那黑乎乎的河水就从他脸庞不远处流过，这给人一种小小的刺激；有时他们幽会在不断有人经过的镇外小路旁的篱笆下的洼地里。他们可以听见行人走近的脚步声，几乎感到脚步踩着地面时的震动，还能听到行人的说话声———一些奇怪无聊的不愿被别人听到的小事。事后，两人都觉得羞愧难当。这种事在他们之间造成了一定的距离。保罗开始有点儿看不起克莱拉，仿佛觉得她活该似的！

一天晚上，他离开她，去了田野那边的戴布鲁克车站。那天已经很黑了，虽说春天早已结束了，但还见有些雪天的寒意。莫瑞尔由于时间紧迫，急匆匆地往前走去。他就在一个陡峭的洼地边上突然消失了，黑暗中可以看到那儿的房屋亮着昏黄的灯光。他走过台阶，快步走进田野的洼地。斯怀恩斯赫德农场的果树下，有一扇窗户发出温

暖的光。保罗四周望了望，只见后面矗立在洼地边上的那片房屋在天空的衬托下显得黑漆漆的一片，就象一只只猛兽，好奇地瞪着昏黄的眼睛注视着远处。他身后那片似乎很荒凉的城区在朦胧的夜色中闪闪发光。农场水塘边上的杨柳树下，好像有什么动物给惊动了。天色太暗，看不清是任何东西。

当他正要跨上另一级台阶时，突然看见一个黑影子正靠在那儿，对方闪开了。

"晚上好！"他说。

"晚上好！"莫瑞尔应了一声，也没有在意。

"是保罗·莫瑞尔吧？"对方说。

于是，他知道是道伍斯。对方挡住了他的去路。

"终于让我逮着你了。"他一字一句地说。

"我要误了火车了。"保罗说。

他丝毫看不清道伍斯的脸，但可以听到他说话时牙齿咬得格格响。

"现在你可要尝尝我的厉害了。"道伍斯说。

保罗试着往前跨了一步，但对方先跨到了他面前。

"你打算是把大衣脱下了打呢，"他说，"还是老老实实地躺在那儿挨打？"

保罗简直怀疑他发疯了。

"可是，"他说，"我不会打架。"

"那么好吧。"道伍斯答道。保罗还没摸清头脑呢，可脸上已经挨了一拳，打得他跟跟跄跄直往后退。

夜幕已经完全落下。他扯下大衣和外套，闪过一拳，把大衣朝道伍斯挥去。道伍斯恶狠狠地咒骂着，只穿着衬衣的保罗警戒而狂怒。他觉得自己整个身躯就象一把出鞘的利刃。他不会打架，所以只能随机应变了。逐渐地他能分辨出对方的面孔了，尤其是看清了对方的衬衣前襟。道伍斯踩着了保罗的大衣，被绊了一下，接着他冲了上来。保罗的嘴巴流血了，他拼命去揍对方的嘴巴，他恨得憋足了劲。正当道伍斯冲过来时，他赶紧越过台阶，迅速出手，一拳打在他的嘴巴上，他快意得全身都在发抖。道伍斯啐了一口唾沫，慢慢地逼近。保罗胆怯了，他重新跨上台阶。突然，不知从哪儿飞来一拳，正击中他的耳朵，他无法招架，朝后倒了下去。他听见了道伍斯象头野兽在呼哧呼哧喘声，接着膝部又挨了一脚，痛得他天旋地转地爬起来，也不管对方是

不是正摆好架势等着他，一下子猛扑了过去，他只感觉到对方在乱踢乱打，可打在身上并不很痛。他象只野猫，紧紧地缠着这个身材比自己高大的人，最后，道伍斯摔倒了，这一下他可心慌神乱了；保罗也跟他一起倒下了，他完全出于本能地伸出双手去扼对方的脖子，道伍斯又气又痛，还没来得及挣扎，保罗的手已经抓住了他的领带，指关节扼住了他的喉部。保罗完全是出于一种本能，完全没有理智，也没有感觉，他那本来就很灵活很结实的身体正死死地压住对方正在不停地挣扎着的身子。他几乎没有一点意识了，完全是由身体的本能去杀死对方。他对此既无感觉也无理智。他紧紧地压住对方的身体，自己一面挪动着想达到扼死对手的目的，一方面恰到好处地击退了对方的挣扎。他一声不响，全神贯注一点也没松劲，渐渐地他的指关节越扼越深。他感到对方的挣扎也越来越厉害，他的身子越来越收紧，象拧螺丝似的，渐渐地越来越用劲，似乎非要拧碎才会罢休。

突然，他一下子松开了手，满心惊愕和恐惧。道伍斯此时已经屈服了。保罗意识到自己干了些什么，顿时感到身子涌过一阵疼痛。他手足无措，稀里糊涂，冷不防，道伍斯突然使劲动了一下，又开始挣扎起来了。保罗的两手本来正紧紧抓着对方的领带，此刻被对方一把扭开，于是保罗被狼狈地甩在一边。他能听见对方那可怕的喘息声，可他完全瘫在那儿了，迷迷糊糊地躺着，他感到自己又受到了对方的几下殴打，最后失去了知觉。

道伍斯象一只野兽似的疼得直哼哼着，踢着趴在地上的对手。突然，不远处传来了凄厉的火车汽笛声。他吃惊地回过头去，疑惑地张望着。是什么来了吗？他看见火车的灯光从眼前闪过，觉得好像有人在走近。于是他急匆匆地穿过田野向诺丁汉姆方向逃去。他边跑边模模糊糊地感觉到脚上某个地方，刚才隔着靴子曾踢中那小子的某根骨头。这一脚踢出的那可怕的声音似乎还在他脑畔边回响，为了逃避这可怕的回响，他匆匆地逃开了这个地方。

保罗逐渐苏醒过来了。他明白自己在哪儿，也明白发生了什么事，但他就是不想动弹。他一动不动地躺在那儿，小小的雪花飘落在他脸上搔得痒痒的。就这么一动不动地躺着该有多舒服啊。时间一分一秒过去了。雪花不断地唤醒了本不想醒来的他。他终于想爬起来了。

"我可不能就这样躺在这儿，"他说，"这是愚蠢的。"

但他还是一动不动地躺着。

"我说过我要爬起来，"他重复了一遍，"为什么还不动弹？"

不过还是过了好半天，他才强打起精神来动了一下，然后慢慢爬了起来。由于疼痛，他觉得头晕眼花，心里恶心得直想呕吐，不过头脑还很清醒。黑暗中，他蹒跚地找到了自己的衣服，然后穿上，把纽扣一直扣到了耳朵根上。然后又摸了半天，才找到帽子。他不知道脸上是否还在流血，就这样，他盲目地走着。每走一步都痛得让他想呕吐。他来到水池边洗了洗手和脸。冰冷的水刺激着皮肤，不过有助于他恢复神志。他爬过小山去搭乘电车。他要回到母亲身边——他必须回到母亲身边——这是他此时此刻唯一的本能的意志。他尽量掩住脸，痛苦不堪地挣扎着向前走去。他走着走着，地面仿佛在不断地倾斜。他觉得自己象飘在虚无缥缈中，直想呕吐。就这样，他终于走回了家，这一路就好像是一场噩梦。

家里人全都睡了。他照了照镜子，只见脸色苍白，布满血痕，象一张死人的脸。他洗了把脸，就上床睡了，这一夜是在半梦半醒中度过的。早晨，他醒来时，发现母亲正望着自己。她那双蓝眼睛——正是他想看到的。她就在这儿，他又有她照看了。

"不太厉害，妈妈，"他说，"这是巴克斯特·道伍斯打的。"

"告诉我伤着哪儿了。"她平静地说。

"我不知道——可能是肩膀伤了。妈妈，就说是骑自行车摔的。"

他的胳膊无法动弹。一会儿，小侍女米妮端着茶上了楼。

"你妈妈差点儿把我的魂儿都吓掉了——她刚晕过去了。"她说。

他听后感到十分难过。母亲在照料着他。他把事情的经过告诉了她。

"好了，现在一切都交给我来办吧。"她平静地说。

"好的，妈妈。"

她把被子给他盖好。

"别再想这些事了，"她说——"赶紧睡吧，医生要到十一点才来。"

他的一边肩膀脱臼了。第二天，他又犯了急性支气管炎。母亲的脸色象死人似的苍白，人也显得消瘦。她总是坐在那儿，瞅一会儿他，再望一会空间。母子间对有些事讳莫如深，谁也不先提起。克莱拉来看望他。后来他对母亲说：

"她让我厌烦，妈妈。"

"是啊！我希望她别来。"莫瑞尔太太答道。

又过了一天，米丽亚姆来了，可对他来说，她几乎象个陌生人。

"你知道，妈妈，我根本不把她们当作一回事。"他说。

"孩子，我担心你不是这样。"她忧伤地说。

消息散开了，人人都知道保罗骑自行车出了事。虽然没多久，他又能去上班了，不过他常常感到恶心和烦恼。他到克莱拉那儿，但仿佛什么也没看见似的。对她视而不见。他无法工作。他和母亲似乎尽量躲避着对方，因为母子间有一种谁也不能容忍的秘密。他没意识这点，只觉得自己的生活好像失去了平衡，仿佛就要彻底垮了。克莱拉不知道他是怎么回事。她觉察到他似乎对她毫不注意，仿佛她不存在似的，即使他去找她，他好像也对她视而不见，一副心不在焉的神态。她感觉到自己似乎在拼命地抓紧他，然而他却身在别处。这折磨得她好苦，所以她也开始折磨他，有一段时间，她曾一个月不和他亲近。保罗非常恨她，可却又身不由己地想去找她。他所有时间都和男人们在一起，一起去乔治酒家或白马酒家。他母亲病了，神情冷漠忧郁，沉默寡言。他担心会发生什么事，不敢看她。她的双眼似乎更阴暗了，脸色越来越苍白；可她仍然苦撑着操持家务。

降灵节时，他说他要和朋友牛顿一起到黑潭市玩四天。牛顿身材高大，整天乐呵呵，爱吵吵闹闹。保罗劝说母亲应该去雪菲尔德的安妮那儿住上一个星期。换个环境说不定会对她有点好处。莫瑞尔太太找诺丁汉姆的一个妇科大夫就诊，医生说她心脏不好，消化不良。虽然她心里不太愿意去雪菲尔德，但她还是同意了，现在不论儿子让他干什么，她都会百依百顺。保罗说他第五天时去看她，在雪菲尔德一直要住到节日结束。大家都同意了。

两个年轻人兴冲冲地动身去了黑潭市。保罗吻别莫瑞尔太太时，她相当精神。到了火车站，他立刻把一切都忘了。四天过得很清净——无忧无虑。两个年轻人在一起过得相当快乐。保罗象换了个人似的，那岁月的痕迹已从他身上消失殆尽——克莱拉也好，米丽亚姆也好，还是母亲也好，都不再让他心烦了。他给她们三人都写了信，而且给母亲写了几封很长的信，信写得生动有趣，母亲看了不禁大笑。年轻人一般都会在黑潭市过得很愉快，他也一样，过得非常痛快。不过，他心头总是萦绕着母亲的阴影。

想到要去雪菲尔德和母亲一起住一阵子，保罗感到激动而快乐。牛顿打算陪他们母子俩一起过一天。他们乘的火车晚点了。两个年轻人叼着烟斗嘻嘻哈哈地笑闹着，挥舞着提包上了电车。保罗给母亲买了一条真正的花边领子。他想看看她带上这个领子的模样，这样他就可以逗逗她了。

安妮住在一幢漂亮的房子里，还雇了一个小侍女，保罗兴冲冲地跨上台阶，他原以为母亲会在门厅里笑盈盈地等着他，哪知却是安妮来开的门。她似乎对他有些冷淡。他沮丧地站在门口，安妮让他吻了一下她的脸。

"是的，她不大舒服。别打扰她。"

"她在床上吗？"

"是的。"

此时，他心里涌起了一种奇怪的感觉，仿佛阳光一下子全消失了，只留下一片阴影。他扔下包，跑上楼，迟疑了一下，他推开了门。母亲正坐在床上，身上穿着一件玫瑰色的旧晨衣，她看着他，仿佛有点自惭形秽，脸上带着谦卑的乞求的神情。保罗看见母亲脸灰白如死。

"妈妈！"他叫道。

"我以为你永远不来了呢。"她高兴地回答他。

他只是跪在床边，把脸埋在床单上，一边哭着一边说：

"妈妈——妈妈——妈妈！"

她伸出她那枯瘦的手慢慢地抚摸着他的头发。

"别哭，"她说，"别哭——没事儿。"

但他却感到自己的血都溶成了泪水，他痛苦而恐惧地哭着。

"别——别再哭了。"他母亲有些颤抖地说。

她慢慢地抚摸着他的头，他似乎没了知觉，只是哭着。泪水刺痛了他身上的每根神经纤维。突然间，他停止了哭泣，但仍然不敢从床单上抬起头来。

"你来晚了。去哪儿了？"母亲问。

"火车晚点了。"他把脸依然埋在床单里。

"哦，那个讨厌的中央车站！牛顿来了吗？"

"来了。"

"我想你一定饿了。他们正等着你吃晚饭呢。"

他猛地抬起头来看着她。

"是什么病，妈妈？"他狠下心来问。

她有意移开了目光说：

"没什么，孩子，只不过是一块小小的肿瘤罢了。别担心，它在这儿——这肿块有——好长时间了。"

泪水又涌了上来。他的头脑很清楚，也很冷静，可是他的身体却在不停地哭。

"在哪儿？"他问。

她把手放在肋部。

"在这儿。不过，你知道，他们可以除去肿瘤。"

他站在那里，象个孩子似的茫然无助。他想，病情也许真正的象母亲说的那样。是的，他安慰自己，病情的确不严重。可是他全身心都完全明白这是怎么一回事。他坐在床边上，握住了她的手。上面戴着那只唯一的戒指——她的结婚戒指。

"你什么时候感觉不舒服的？"他问。

"昨天开始的。"她听话地答道。

"疼吗？"

"疼，可在家时时常疼得比这还厉害。我觉得安塞尔大夫有些大惊小怪。"

"你不应该自己一个人出门。"他说道。不过与其说这话是对她说的，倒不如说是对他自己说的。

"好像出门和生病有什么联系似的！"她急忙回答了一声。

他们沉默了片刻。

"你快去吃饭吧，"她说，"你一定饿了。"

"你吃了吗？"

"吃了，我吃了一条鲜美的鲽，安妮对我很好。"

他们又聊了一会儿，然后他下楼去了，脸色苍白，神情紧张。牛顿坐在那儿，充满同情和愁苦。

饭后，他去洗碗间帮安妮洗涮。小侍女出去干活了。

"真是肿瘤吗？"他问。

安妮又开始哭了起来。

"她昨天疼得那样——我从没见过谁受过这样的罪！"她哭着说，"伦纳德发疯似的跑去请安塞尔大夫。她躺在床上时对我说：'安妮，来看看我肋部的这个肿块，我不知道这是怎样回事？'我一看，觉得自己都要晕过去了。保罗，千真万确，那是个有我两个拳头大的肿块。我说：'老天哪，妈妈，这是什么时候长出来的？'她说：'哦，孩子，已经长出来好久了。'我觉得我真该死，保罗，我真的该死。原来在家里时她已经痛了好几个月了，却没有人照料过她。"

泪水涌上了她的眼睛，可突然又干涸了。

"她常去诺丁汉姆的医生那儿看病——却从来没告诉过我。"保罗说道。

"要是我在家，"安妮说，"我会早就发现的。"

他觉得自己好像是行走在虚无缥缈中。下午，他去找了那个医生，一个精明可爱的人。

"她得的到底是什么病呢？"他问。

医生看了看这个年轻人，把两手叉在一起。

"可能是胸膜里长着一个大肿瘤，"他慢慢地说，"这个我们可能有办法治好。"

"你们不能做手术吗？"保罗问。

"那个部位不能做手术。"医生答道。

"你肯定吗？"

"当然。"

保罗沉思了片刻。

"你肯定那是肿瘤吗？"他问，"为什么诺丁汉姆的詹姆逊医生从来没有发现它呢？她在他那儿已经就诊几个星期了。他诊断她是心脏不好，消化不良。"

"莫瑞尔太太从来没有向詹姆逊医生提起过这个肿块。"大夫说。

"你确知那是一个肿瘤吗？"

"不，我不敢肯定。"

"那还可能是什么呢？你问了我姐姐，家里是否有人得过癌症。会是癌吗？"

"我不知道。"

"你打算怎么办呢？"

"我要跟詹姆逊医生会诊一下。"

"好吧。"

"你必须安排一下。他从诺丁汉姆来这儿的出诊费至少得十个基尼。"

"你希望他什么时候来？"

"今天晚上我会看你们，那时我们再商量吧。"

保罗咬着嘴唇走了。

医生说过他的母亲可以下楼来用茶点，于是保罗上楼去搀扶她。她穿着伦纳德送给安妮的那件玫瑰红的旧晨衣，脸上稍微有了点红晕，显得又年轻了一些。

"你穿这件衣服真漂亮！"他说。

"是的，它们使我显得如此漂亮，我几乎都认不出自己了。"她回答道。

但当她刚站起身要走时，脸上一下子又苍白了。保罗半扶半抬着她，刚走到楼梯口，她就支撑不住了。他赶紧抱起了母亲，匆匆下了楼，把她平躺在长沙发上。她身子很轻，微弱极了，脸色苍白得象死人一样，紫青的嘴唇闭着。她睁开了双眼——一双蓝色的、诚挚的眼睛——哀求地望着他，似乎在乞求他的原谅。他把白兰地送到她的嘴边，可她不肯张口，一直疼爱地望着他，似乎是为他感到难过。泪水不停地从保罗那张发呆的脸上流下。他试着往她嘴里倒进去点白兰地，没多久，她总算能吞下一茶匙白兰地了。她疲惫不堪，又躺下了。泪水仍不停地从他脸上往下流。

"一会儿就过去了，别哭了。"她喘着气说道。

"我没哭。"他说道。

过了一会儿，她感到好了一点。保罗跪在沙发边，他们彼此望着对方的眼睛。

"我不想让你为它担惊受怕。"她说。

"没有，妈妈。你得尽量少动，这样你会好得快一些。"

但他自己连嘴唇都发白了。两人四目相对，彼此心照不宣。她的眼睛是那么蓝——蓝得简单象一朵美妙的毋忘我花！他觉得如果这双眼睛能换成另外一种蓝色，他也许会好受些。他的心似乎在胸腔中慢慢破碎。他就那么跪在那里，握着她的手，两人都沉默不语。安妮进来了。

"你好些了吗？"她怯怯地低声问母亲。

"当然。"莫瑞尔太太说。

保罗坐下来跟她谈了些黑潭市的见闻，她听得津津有味。

一两天后，他到诺丁汉姆去拜访詹姆逊医生，商量会诊的事。保罗实际上身无分文。但他可以借。

他母亲过去常在星期六早上去看大众门诊，因为这个时间就诊相对来说便宜一点。保罗也是在星期六上午去的。候诊室里挤满了穷苦的妇女，她们耐心地坐在靠着四壁的椅子上等着。保罗不由地想起母亲，她穿着黑衣服也是这么坐着等着的。医生迟迟才来。妇女们似乎都很胆怯。保罗问值班护士，医生来了能不能让他先见见面。事情安排妥了。那些耐心地靠墙坐着的妇女们都好奇地打量着这个年轻人。

医生终于来了。他四十岁左右，长得挺英俊，褐色皮肤。他妻子死了，深爱着妻子的他专门治疗妇科疾病。保罗通报了自己的姓名和母亲的姓名。可是医生记不起来了。

"是 M，四十六号。"护士说，于是大夫查病历里的病情。

"她身上长了个大肿块，可能是肿瘤，"保罗说，"安塞尔医生说打算给你写信的。"

"哦，对了！"医生说着，从口袋里掏出了一封信。他非常和蔼，客气，忙碌。他答应第二天就去雪菲尔德。

"你父亲是干什么的？"他问。

"他是个煤矿工人。"保罗答道。

"我想，你们不是很宽裕吧？"

"这个——我会想办法的。"保罗说。

"你在干什么呢？"医生笑着问。

"我是乔丹医疗器械厂的职员。"

医生冲他笑了笑。

"哦——去雪菲尔德！"他说着，指尖合拢在一起，笑眯眯说，"八个基尼，怎么样？"

"谢谢你！"保罗红着脸，站起身说，"你明天来吗？"

"明天——星期天？是的。你能告诉我下午火车的发车时间吗？"

"四点十五分中央车站有一趟车。"

"到你们家怎么走？要我走着去吗？"医生微笑着问。

"有电车，"保罗说，"去西园的。"

医生在本子上记了下来。

"谢谢你！"医生说着跟保罗握握手。

接着，保罗回家去看了看父亲，现在米妮照顾着他。沃尔特·莫瑞尔现在头发已经白了很多。到家时，保罗看见他正在园子里挖土。他已经给父亲写了一封信。父子俩握了握手。

"嗨，孩子！你回来了？"父亲说。

"是的，"儿子回答，"不过今天晚上我就得回去。"

"是吗，天哪！"莫瑞尔叫道，"你吃过饭没有？"

"没有呢。"

"你总是这样，"莫瑞尔说，"快来吧。"

父亲有些害怕儿子提及妻子。父子两人进了屋，保罗一声不吭地吃着饭。父亲双手全是泥巴，袖子卷着，坐在他对面的一张扶手椅子里，望着他。

"喂，她咋样了？"终于，莫瑞尔小声问道。

"可以坐起来，也能被抱着下楼喝茶了。"保罗说。

"真是上帝保佑啊！"莫瑞尔叫道，"我希望我们不久就能接她回来。诺丁汉姆的那个医生说了些什么？"

"他明天要去给她做检查。"

"啊呀，他真的要去吗！那恐怕得用一大笔钱吧！"

"八个基尼！"

"八个基尼！"莫瑞尔几乎喘不过气来，"哦，咱们得想法弄钱去。"

"我能付得起。"保罗说。

父子俩沉默了片刻。

"她希望你能跟米妮和睦相处。"保罗说。

"好的。我很好。我也希望她跟以前一样健康。"莫瑞尔答道。"只是米妮太滑头。"他神情忧郁地坐在那里。

"我三点半就得走了。"保罗说。

"辛苦了，孩子！八个基尼！你看她啥时候能好？"

"得看明天医生怎么说了。"保罗说。

莫瑞尔深深地叹了口气，屋子里显得异常的空寂。保罗感到他父亲苍老孤独，一副茫茫然有所失的样子。

"下个星期你得去看看她，爸爸。"他说。

"我倒希望下个星期她已经回到家里了。"莫瑞尔说。

"如果她没回来，"保罗说，"那你就一定得去。"

"我不知道上哪儿去弄钱。"莫瑞尔说。

"我会写信告诉你医生说了些什么。"保罗说。

"可你的信文绉绉的，我看不懂。"莫瑞尔说。

"好吧，我写得简单些就是。"

要求莫瑞尔写回信可没什么用，因为他除了自己的姓名外几乎什么都不会写。

医生来了。伦纳德认为有责任叫辆马车去接他。检查没用多久。安妮、亚瑟、保罗和伦纳德在客厅里焦急地等待着。两个医生下楼了，保罗看了他们一眼，他从来就没报过什么希望，除非他自欺欺人。

"可能是肿瘤，我们必须再观察一下。"詹姆逊医生说。

"如果是肿瘤的话，"安妮问，"你们能把它除掉吗？"

"也许可以。"医生说。

保罗把八个基尼放在桌子上，医生数了数，然后从钱包里掏出了一枚弗洛林放在桌上。

"谢谢你！"他说，"莫瑞尔太太病得这么厉害我很遗憾，但我们必须观察一段时间再做决定。"

"不能做手术吗？"保罗说。

医生摇了摇头。

"不行，"他说，"即使能做，她的心脏也受不了。"

"她的心脏有危险吗？"保罗问。

"是的，你们必须对她多加注意。"

"很危险吗？"

"不——哦——不，不！只是要当心。"

医生走了。

保罗抱着母亲下了楼。她象个孩子直直地躺在那儿，当他下楼梯时，她用双臂紧紧搂住他的脖子。

"我真害怕这讨厌的楼梯。"她说。

这话让他也害怕起来了。下次他要让伦纳德来干。他觉得自己几乎无力去抱她了。

"医生认为只是一个肿瘤。"安妮对母亲大声说，"他能把它取掉。"

"我早知道他能。"莫瑞尔太太揶揄地说。

保罗已经走出屋子时，她装着没有注意。他坐在厨房里抽着烟。后来他想把衣服上的一点白灰掸去，仔细一看，却是母亲的一根灰色的头发：竟有这么长！他把它拿起来，发丝就朝烟囱飘起。他一松手，长长的灰发就飘飘悠悠地进了黑乎乎的烟囱。

第二天，在回去上班前，他来向母亲吻别。这时天色还早，房间里只有他们俩。

"你用不着担心，孩子！"她说。

"没有，妈妈。"

"别担心，不然就太傻了，你要自己多保重。"

"知道了。"他答道，过了一会又说，"我下个星期六会再来的，要不要我把爸爸也带来？"

"我想他还是愿意来的。"她回答道，"不管怎么样，只要他愿意来，你就让他来吧。"

他又吻了吻她，温柔地把她两鬓的发丝向后捋去，仿佛是他的情人。

"你要迟到了吧？"她喃喃地说。

"我马上就走。"他轻轻回答道。

他又坐了几分钟，把斑白的头发从她的鬓角捋开。

"你的病不会再恶化吧，妈妈？"

"不会的，孩子。"

"真的吗？"

"真的，我保证，病情不会更厉害。"

他吻了吻她，拥抱了她一会儿才走了。在这阳光明媚的早晨，他一路哭着向火车

站跑去。他也不知道自己为什么要哭，他能想象得出她想他时那双蓝眼睛一定睁得又大又圆。

下午，保罗和克莱拉一起去散步。他们坐在一片开满蓝铃花的小树林里。他握着她的手。

"你看着吧，"他对克莱拉说，"她不会康复了。"

"噢，你怎么知道！"克莱拉回答道。

"我知道。"他说。

她情不自禁地把他搂进怀里。

"想法忘了这件事吧，亲爱的，"她说，"努力忘掉它。"

"我会忘掉的。"他回答道。

她那温暖的胸脯就在跟前等待着他，她抚摸着他的头发，让他觉得舒服，他不由得伸出胳膊搂住她。但他还是忘不了母亲的事。他只是嘴上跟克莱拉随便聊着什么。情况总是这样。她一感到他的痛苦又涌上他的心头，忍不住大声冲他喊道：

"别想了，保罗！别想了，亲爱的！"

她把他紧紧贴在胸前，当他是孩子似的又哄又摇安慰着他。于是为了她，他暂且把烦恼抛到了一边，但等到只剩下他孤身一人时，烦恼又重新回来了。干活时，他一直在无意识地哭泣，尽管他头脑和双手都在不停地忙着，他自己也不知道为什么要哭。这是他的血在哭泣。不管是跟克莱拉在一起还是跟白马酒家的那一伙男人在一起，他依然是那么孤独，只有他自己和心头的重负存在着。有时他也看会儿书。他不得不让脑子也忙碌起来。而且克莱拉也多少能占据他的一部分心思。

星期六那天，沃尔特·莫瑞尔到雪菲尔德来了。他形只影单，就象一个无家可归的人。保罗奔上楼梯。

"爸爸来了。"他说着，吻了吻母亲。

"他来了？"她有些疲倦地说。

老矿工怯怯地走进了卧室。

"你现在感觉怎么样？亲爱的？"说着，他走上前去，胆怯地吻了她一下。

"哦，还可以。"她回答道。

"我看得出。"他说道。他站在床边低头看着她，然后用手帕擦起了眼泪。他就这

么看着她，无依无靠的，象是个无家可归的流浪汉。

"你过得挺好吧?"他妻子有气无力地问，好像跟他说话要费很大的劲似的。

"是的。"他答道，"不过你也知道，安妮做事总是磨磨蹭蹭的。"

"她能按时地把饭菜给你做好吧?"莫瑞尔太太问。

"唉，有时候我还得对她大吼几句才行。"他说。

"是的，要是她没有做好，你是得吆喝几句才行。否则她总是把事情拖到最后关头才去做。"

她吩咐他几句，他坐在那儿看着她，仿佛她是一个陌生人。在这个"陌生人"的面前，他又尴尬又自卑，而且手足无措，只想逃走。他想逃走，迫不及待地想逃离这种令人难堪的局面。可他又不得不留下，为的是给别人一个好点的印象。这种复杂的心情使他目前的境遇更加尴尬。他愁眉苦脸的，拳头紧捏着放在膝头上。他觉得眼前的这一幕实在太尴尬了。

莫瑞尔太太在雪菲尔德住了两个月，她的病情没有多大变化。如果要说有什么变化的话，那就是到最后，病情更加恶化了。她想回家，因为安妮也要照料自己的孩子。她病情太严重——坐不了火车，因此他们从诺丁汉弄来了一辆汽车。在明媚的阳光下，她们坐着车回家。这时，正是八月，秋高气爽，风和日丽。在蔚蓝的天空下，他们都看得出她已经不行了，然而她却显得比过去几个星期都兴奋。一路上大家又说又笑。

"安妮，"她叫道，"我看到有条四脚蛇从那块岩石上窜了过去。"

她的眼睛还是那么敏锐，她还是那么充满活力。

莫瑞尔知道她要回来，打开了大门正等着。大家都殷切地等待着她，几乎半条街的人都出动了。他们听见了汽车声，莫瑞尔太太面带笑容，回到了故里。

"看，他们都出来看我了!"她说，"不过，我想换了我也会这样的。你好吗，马修斯太太? 你好吗，哈里逊太太?"

她们谁也没听她说的话，不过她们看见她在微笑和点头。大家都说他们也看到了她脸上的死气。这可以算是这条街上的一件大事了。

莫瑞尔想要把她抱进屋里，可是他太老了，亚瑟象抱孩子一般毫不费力地抱起了她。他们把她放在炉边一张低陷的大椅子里，那里原来放着她的摇椅。她让他们拿掉裹在身上的东西，坐下来喝了一杯白兰地，然后环顾着房间。

"安妮，别以为我不喜欢你家。"她说，"不过，还是回到自己的家里好。"

莫瑞尔沙哑着嗓子附和说：

"说得对，亲爱的，是这样的。"

那个挺有意思的小侍女米妮说：

"你回来了我们真高兴。"

她隔窗望去，只见园子里开满了可爱的金黄色的向日葵。

"那是我的向日葵啊！"她说。

第十四章 返璞归真

一天晚上，保罗去了雪菲尔德。安塞尔医生说："顺便告诉你一声，我们这儿的传染病医院收了一个来自诺丁汉姆的病人——他叫道伍斯。他在这世上好像再没有亲人似的。"

"巴克斯特·道伍斯！"保罗惊叫了一声。

"是他——依我看，他体质还不错，不过，最近有点小问题，你认识他吗？"

"他原来和我在一起干活。"

"真的吗？你了解他的情况吗？他就是情绪不好，闷闷不乐，要不然，他的病会比现在好得多。"

"我不太清楚他的家庭情况，只知道他跟妻子分居了。我想他可能因此而有些消沉。请你跟他谈谈我，好吗？就说我要去看他。"

第二次保罗见到安塞尔医生时，问：

"道伍斯怎么样了？"

安塞尔医生答道："我对他说，'你认识诺丁汉姆的一个叫莫瑞尔的人吗？'他看了我一眼，仿佛想扑过来掐我的脖子似的。于是我说：'看来你知道这个姓，他叫保罗·莫瑞尔。'接着我又告诉他，你说你要去看他。他说他想干什么'，仿佛你是个警察。"

"那他说他愿意见我吗？"保罗问。

"他什么也不肯说——是好，是坏，或无所谓，都没有说。"医生回答道。

"为什么呢？"

"这正是我想知道的。他一天到晚地郁郁不乐地躺在那儿，一句话都不说。"

"去吧。"

自从打了那一架之后，这两个对手之间似乎越来越有些纠缠不清了。保罗对他总觉得有些内疚，他认为自己多少应该对他负点责任。处于眼下这种精神状态，他对灰

心丧气、痛苦不堪的道伍斯怀有一种很深的亲切感。除此之外，这两个人是在赤裸裸的仇恨中相遇的，这本身就是一种结合力。不管怎么说，他们带着原始的本能已经较量过了。

他拿着安塞尔医生的名片去了隔离病房，护士是一个健壮的爱尔兰妇女，领着他去了病房。

"吉姆·克罗，有人来看你啦。"她说。

道伍斯大吃了一惊，咕哝着一下子翻转身来。

"呃？"

"呱呱！"护士嘲弄地说，"他只会说'呱呱！'我带了一位先生来看你。现在说声'谢谢你'，讲点礼貌。"

道伍斯抬起那对惊惶的黑眼睛，看着护士身边的保罗。他的眼神中充满了恐惧、怀疑、仇恨和痛苦。保罗在这双不停地转溜的黑眼睛面前，一时不知道该怎么办才好。两人都怕再看到双方当初曾显露出的那副赤裸裸的本性。

"安塞尔医生告诉我你在这儿。"保罗伸出手说。

道伍斯呆板地握了握他的手。

"因此，我想我应该来一趟。"保罗继续说。

道伍斯没有回答。他躺在那里瞪着两眼望着对面的墙壁。

"说'呱呱'呀。"护士嘲弄地说，"说'呱呱'呀，吉姆·克罗。"

"他在这儿过得好吗？"保罗问她。

"哦，是的！他整天躺在那儿以为自己要死了。"护士说，"吓得他一句话也说不出来。"

"你一定得跟人说说话才行。"保罗笑着说。

"就应该这样！"护士也笑起来，"这儿只有两个老头和一个老是哭哭啼啼的小孩，真讨厌！我倒真的很想听听吉姆·克罗的声音，可他却只会说'呱呱'！"

"你可真够惨的！"保罗说道。

"可不是吗？"护士说。

"我觉得我来得太巧了！"他笑道。

"哦，就象是从天上掉下来的！"护士笑嘻嘻地说。

一会儿，她就走开了，好让这两人单独在一起。道伍斯比以前瘦了，又和以前一样英俊了，但却缺少一点生气，就象医生说的那样，他郁郁寡欢地躺地那里，一点也不积极地争取康复。他似乎连心脏都懒得跳动一下。

"你过得不太好吧？"保罗问。

道伍斯突然看着他。

"你在雪菲尔德干什么？"他问。

"我母亲在物斯顿街我姐姐家里病倒。你来这儿干什么？"

对方没有回答。

"你在医院住了多久了？"

"我也记不清了。"道伍斯勉强答道。

他躺在那儿，直愣愣地盯着对面的墙壁，似乎竭力想使自己相信这不是保罗。保罗感到心里又痛苦又愤怒。

"安塞尔医生告诉我你在这儿。"他冷冷地说。

道伍斯还是没有搭腔。

"我知道伤寒症是很厉害的。"保罗·莫瑞尔坚持说。

忽然道伍斯问：

"你来这儿干什么？"

"因为安寒尔医生说你在这儿一个人都不认识，是不是？"

"我在哪儿都没有认识的人。"道伍斯说。

"可是，"保罗说，"那是因为你不愿意结交。"

又是一阵沉默。

"我们打算尽快地把我母亲接回家去。"保罗说。

"她怎么啦？"道伍斯带着病人对病情特有的关切问道。

"她得了癌症。"

又是一阵沉默。

"不过我们还是想要把她接回家去。"保罗说，"我们得想法弄一辆汽车。"

道伍斯躺在那儿想着什么。

"你为什么不向托马斯·乔丹借呢？"道伍斯问。

"他那辆车不够大。"保罗答道。

道伍斯躺在那里琢磨着，眼睛眨呀眨的。

"那你可以问问杰克·皮金顿，他会借给你的。你认识他。"

"我想去租一辆。"保罗说。

"傻瓜才去租车呢。"道伍斯说。

这个病人由于瘦了，又恢复了原有的英俊。他的眼神看起来很疲惫，保罗心里深为他感到难过。

"你在这儿找到工作了吗？"他问。

"我来到这儿刚刚一两天就病了。"道伍斯回答。

"你应该进疗养院。"保罗说。

对方的脸色阴沉下来了。

"我不打算进疗养院。"他说。

"我父亲在西素浦住过一所疗养院，他很喜欢那个地方。安塞尔医生会给你做介绍的。"道伍斯躺在床上沉思着，很显然他已不敢再面对这个世界了。

"现在的海滨想必很美了，"莫瑞尔说，"阳光照射在沙丘上，不远处翻滚着海浪。"

对方没有吭声。

"天哪！"保罗叹道。他心里很痛苦，不愿意再劳神费舌，"等你知道你又能行走和游泳时，一切就好啦。"

道伍斯飞快地瞥了他一眼。这双黑眼睛害怕碰到世间上任何人的眼神。但是保罗语调中那种真正的痛苦和绝望给他一阵解脱感。

"她病得很重吗？"他问。

"她象一盏油灯快熬干了，"保罗回答，"不过精神很愉快——很有生气！"

保罗咬住嘴唇。过了一会，他站了起来。

"好啦，我要走了，"他说，"留给你这半个克朗。"

"我不要。"道伍斯喃喃地说。

莫瑞尔没有回答，只是把钱放在桌子上。

"好啦。"他说，"等我再回雪菲尔德时我会抽空来看你。说不定你愿意见见我的姐夫？他在派伊克罗夫斯特斯工作。"

"我不认识他。"道伍斯说。

"他人很好。让我叫他来好吗？他也许会带些报纸给你看。"

对方没有回答。保罗走了。道伍斯在他的心中激起了一股强烈而压抑的激情，他不禁一阵战栗。

他没有告诉母亲，可是第二天他对克莱拉说起这次探病。那是午餐时间。他们两人现在不常常一起出去了，可是这天他请她一起去城堡园林。他们坐在那儿，绯红色的天竺葵和金黄色的荷包草在阳光下争相斗艳。现在她对他是严加提防，耿耿于怀。

"你知不知道巴克斯特得了伤寒，住在雪菲尔德医院？"

她睁着那双惊奇的灰眼睛望着他，脸变得煞白。

"不知道。"她惊恐地说。

"他好多了。昨天我去看了他——医生告诉我的。"

克莱拉看上去被这消息给惊呆了。

"病得很重吗？"她内疚地问。

"本来很重，现在渐渐复原了。"

"他对你说了些什么？"

"哦，什么也没说！他好像闷闷不乐的。"

他们之间现在有一种隔膜。他又告诉了她一些情况。她一语不发，默默地走着。第二次他们一起去散步时，她挣开他的胳膊，和他保持一段距离走着。他非常渴望得到她的安慰。

"你不愿对我亲热一点？"他问。

她没有回答。

"怎么啦？"他说着，伸出胳膊搂住她的肩膀。

"别碰我！"她说着，挣脱了身子。

他不再碰她，自己重又陷入了沉思。

"是巴克斯特的事使你不安吗？"终于他问道。

"我过去一直对他不好。"她说。

"我说过好多次，你对他不好。"他回答。

他们彼此怀有敌意，每人都各自想起自己的心事来。

"我对待他——是的，我对他很不好。"她说，"现在你对我也不好，这是我的报应！"

"我怎么对你不好？"他说。

"我这是自作自受！"她重复了一遍，"我从未想到过他值得我爱，现在你也认为我不值得你爱。不过，这是我应得的报应，他爱我胜过你爱我一千倍。"

"他根本不爱你！"保罗不服气地说。

"他是爱我的！至少他尊重我，而你却不。"

"看上去他好像真的很尊重你似的！"他说。

"他的确很尊重我！是我把他害成这样的——我知道是我害他，你让我明白了这一点。可是他爱我的确胜过你一千倍。"

"行了。"保罗说。

他现在只想一个人待会儿。他觉得自己的烦恼已经多得几乎不能忍受了，克莱拉却一味地折磨他，使他很感到疲惫不堪，因此离开她时，心里一点儿也不遗憾。

她第一次有机会去雪菲尔德看丈夫。这次见面并不令人满意。但她给他留了一些玫瑰花、水果和钱。她想和他重归于好，这并不是因为爱他。她看着他躺在那儿，心

里没有一丝爱意。她只是想对他低声下气，想跪在他面前，现在她想作自我牺牲。毕竟，她未能使莫瑞尔真正爱上自己。她良心上受到自责，因而只想赎罪。她跪在道伍斯面前，这使他感到轻微的喜悦。但他们夫妻之间的距离仍旧太大。道伍斯对她的举动感到很吃惊，这倒使她感到一阵快意。她很高兴能越过他们之间的不可逾越的鸿沟来服侍他，为此她十分得意。

莫瑞尔去看了道伍斯一两次。这两个冤家对头之间居然有了一种友谊，但是他们从未提及夹在他们中间的那个女人。

莫瑞尔太太的病情渐渐恶化。起初他们还常常把她抱到楼下，有时甚至还抱到花园里去。她坐在背后用东西撑着的椅子上。她面带笑容，显得相当漂亮。金质的婚戒在她白皙的手上闪闪发光；头发也梳得十分光亮。她望着枝缠叶绕的向日葵逐渐凋谢，迎来了盛放的菊花和大丽花。

保罗和她彼此都感到害怕。他知道，她也自知，她快要死了。但是他们都竭力装出愉悦轻松的样子。每天早上，一起床他就穿着睡衣走进她的房间。

"你睡着了吗？亲爱的？"他问。

"睡着了。"她回答说。

"睡得不很好吗？"

"嗯，不太好。"

于是他知道了她一夜没有合眼。他看见被子下的手按着肋边的痛处。

"很痛吗？"他问。

"不，稍微有点痛，没事。"

她习惯性地用鼻子轻蔑地哼了一声。她躺着的时候，看上去就象个姑娘，那双蓝眼睛一直望着他。但是她眼睛下面的黑眼圈让他看了心痛。

"今天天气很好。"他说。

"不错。"

"你想要到楼下去吗？"

"我考虑一下再说。"

说着，他就下楼给她端早餐去了。整整一天他都在惦记她。这漫长的痛楚使他忧烦欲狂。黄昏时赶回了家里，他先透过厨房的窗户往里看，她不在那儿；她没有下床。

他径自跑到楼上，吻了吻她。他怀着恐惧的心情问：

"你没有下床吗？亲爱的？"

"没有，"她说，"吃了那吗啡，弄得我困死了。"

"可能他给你吃得太多了些。"他说。

"也许是的。"她回答。

他痛苦地坐在床边，她象小孩子那样蜷缩着身子侧着躺着。夹杂着银丝的棕色头发披散在耳边。

"头发弄成这样，你痒吗？"他说着轻轻地把她的头发撩开。

"很痒。"她答道。

他的脸离她很近，她那双蓝眼睛对着他微笑着，就象姑娘的一样，让人感到温暖。笑容里充满了柔性，他看了不由得心悸，充满了恐惧，痛苦和爱怜。

"你想把头发梳成小辫子吧？"他说，"躺着别动。"

他走到她身旁，仔细地疏松着她的头发，把它梳理开来。头发好像是棕灰色的细长的柔丝。她的头发靠在肩膀上。他一边轻柔地给她梳理头发，编成辫子，一边咬着嘴唇，感到一阵晕眩。一切看上去好像不是真的，令他无法理解。

晚间，他常常在她的房间里工作，不时抬眼望望她，看到那双蓝眼睛总是盯着他。他俩目光相遇时，母亲就微微一笑。他又机械地继续工作，设计出一些不错的东西，可不知道自己到底在做什么。

有时，他默默走进来，面色苍白，目光警觉灵敏，好似一个人事不知的醉鬼。他们都害怕彼此之间的那道纱幕被撕破。

于是，她装作病情好转的模样，和他有说有笑，如果听到一些琐碎的新闻，就有意装作大惊小怪的样子。处于这种境地，在琐碎的小事上大做文章，就可以避免涉及这件大事。否则他们生命的支柱就会垮掉。他们对此感到害怕，因此他们才装出快快乐乐的，若无其事的样子。

有时她躺着，他知道她正在回忆过去的一切。她的嘴逐渐地抿成一条缝，她的身体绷得直直的，以便她可以不发出任何痛苦的哭诉声静静地死去。他永远也忘不掉她那孤独顽强地咬紧牙关的样子。这种情况持续了好几周。有时，感觉好一点，她就谈论自己的丈夫，她现在还恨他，不肯原谅他，她不能忍受他在这个屋子里。一些最令

她心酸的往事又涌上心头，它如此强烈，使她无法抑制，于是就讲给儿子听。

保罗感觉自己的生命正一步步走向毁灭。泪水常常突然夺眶而出。他奔向火车站，泪水洒在人行道上。他常常无法工作下去，手握笔却写不成字，只是坐着发愣。等他清醒过来，他感到阵阵恶心，四肢发抖。他从未问过这是什么原因，也从未努力去分析理解，只是闭着双眼一味地忍受着，任凭一切自然发展。

他的母亲也是如此。她想着疼痛，想着吗啡，想到明天，可从未想到过死亡。知道自己的死期近了，她不得不屈从于死神，但是她绝不会向死神哀求，也不会和它称朋道友。她被盲目地挨到了死神的门口。日子一天天消逝，一连好几个月过去了。

阳光普照的下午，她有时好像很高兴。

"我尽力去想那些好时光——我们去马伯素浦，罗宾汉海滩及香克村的时候，"她说，"毕竟，不是每个人都看过那些美丽的地方；它们多美啊！我尽量去想那些事，不想别的。"

后来，有一次她整晚一句话也不说，他也一样。他们倔强地僵持着，一语不发。最后他走回自己的房间去睡觉。靠在门口，他好像瘫痪似的，不能再走一步。他的意识丧失了，一股莫名其妙的感情狂潮在他心里翻滚着。他靠在那儿，默默承受着一切，脑子里一片空白。

早晨，他们又都恢复了正常。尽管她的脸和身体在吗啡的作用下如同死灰，但是，无论如何，他们重又喜气洋洋了。不过他常常不理睬她，尤其是安妮和亚瑟在家的时候。他不常与克莱拉见面，常常只是和男人们在一起。他敏锐活跃又可爱有生气；但是朋友们看到他面色苍白，眼睛里流露出黯淡的光泽，就对他产生了不信任感。有时他也去找克莱拉，但是她总是对他冷若冰霜。

"我要你！"他简单地说。

有时她会顺从，但是她心里非常害怕。每次他占有她时，总有种不自然的感觉，使她渴望从他身边逃开。她害怕这个男人，这个不再是她情人的男人，她感到在她这个认定的情人后面隐藏着一个人；这个人是一个恶魔，使她充满了恐惧。她开始对他怀有一种恐惧感，仿佛他是个罪犯，他需要她——占有她——这使她感到好像被死神抓在手里一般。她心惊胆战地躺着，可是除了死神没有人在身边爱抚她。她甚至恨他，随即心中又产生了阵阵的柔情，但是她不敢对他表示怜悯。

道伍斯已经去了诺丁汉姆附近的西利上校疗养院。保罗有时去看望他，克莱拉倒很少去。两个男人之间的友谊竟奇怪地与日俱增。道伍斯身体恢复得很慢，看上去还很虚弱。他几乎完全听任莫瑞尔来料理自己的一切。

十一月初的一天，克莱拉提醒保罗这一天是她的生日。

"我差点忘记了。"他说。

"我想你全忘了。"她回答。

"没忘，我们去海滨度周末好吗？"

他们出发了。那天天气又阴又冷，她等待着他对自己的温存及柔情，但他好像丝毫没有意识到她的存在。他坐在火车车厢里，向外呆望着。当她对他讲话时，他竟吃了一惊。他其实什么也没有想，周围的一切看上去好像都不存在似的。她走到他身边。

"亲爱的，怎么啦？"她问。

"没什么！"他说，"这些风车叶片看上去有多单调啊！"

他坐着，握住她的手，既不说话也不思考。然而，握着她的手坐着倒是一种安慰。对此她感到失望和痛苦；他的心没和她在一起，她对他无足轻重。

晚上，他们坐在沙丘上，望着黑沉沉的大海。

"她绝不会屈服的。"他轻轻地说。

克莱拉的心一沉。

"噢。"克莱拉回答。

"死有好多不同的情况，我父亲家里的人都很怕死，就象被人牵着脖子要送进屠宰场的牛，但是我母亲家的人却是被推着一寸寸走向死亡的。他们都是顽强的人，而且不应该死的。"

"噢。"克莱拉说。

"她不会死，也不能死。那天牧师伦肖先生到我们家。'想想！'他对她说，'你就要在另一个世界见到你的父母、姐妹和你的儿子了。'可是她说：'没有他们，我生活了好久了，现在没有他们我也能过下去，我要的是活人，不是死者。'甚至现在她还是想活下去。"

"噢，多可怕！"克莱拉说着，她害怕得再也说不出话来。

"她看着我，她是想和我呆在一起。"他呆板地继续说，"她有这样的心愿，集体永

远不会死去——永远！"

"别想它了！"克莱拉感到。

"她很虔诚——现在很虔诚——但是这没有好处。她就简简单单地永不放弃。你知道吗，星期四我对她说，'妈妈，如果我不得不死，我就去死。我宁愿死去。'她厉声对我说：'你认为我不是如此吗？你以为你愿意死时你就能死吗？'

他的声音哽咽了，但他没有哭，只是呆板地继续说下去。克莱拉很想逃走。她环顾四周，漆黑一片，潮声回响的海岸，黑沉沉地和天空一起朝她压了下来。她听得站起身来，想从他身旁离开，到有光亮和人影的地方去。他低垂着头坐着，一动不动。

"我不想让她吃东西，"他说，"她知道这点。每当我问她，'你想吃什么吗？'她简直不敢说'是的'。她常说'我想喝一杯本吉尔汤，''汤只会使你更精神，'我对他说。'不错，'——她简直是在大喊——'但是我不吃东西就饿得发慌，我受不了。'于是我就去给她弄吃的。那是癌在咬她，让她受不了。我真希望她死去。"

"来吧！"克莱拉生硬地说，"我走了。"

他跟着她走下漆黑的海滩。他没有向她求欢。似乎没有意识到她的存在。而她也害怕他，厌恶他。

他们在同样的恍惚中回到诺丁汉姆。他总是在忙，总是不停地做事，不停地奔走于朋友之间。

星期一他去看了巴克斯特·道伍斯。道伍斯没精打采，面色苍白地站起身来，靠着一把椅子向保罗伸手问好。

"你不应该站起来。"保罗说。

道伍斯重重地坐下，有些怀疑地打量着保罗。

"你不要在我身上浪费时间了，"他说，"如果你有更要紧的事要做的话。"

"我想来。"保罗说，"给你，我带来一些糖果。"

病人把糖果放在一边。

"这个周末没有过好。"莫瑞尔说。

"你母亲怎么样了？"另一个问道。

"几乎没有什么变化。"

"我以为她也许病情恶化了，因为你星期天没有来。"

"我去了斯基格涅斯，"保罗说，"我想换换环境。"

对方黑黑的双眼望着他，仿佛在等待。他不敢问，只好等待着保罗的信任，等待他讲出心里话。

"我和克莱拉一起去的。"保罗说。

"我已经知道了。"道伍斯轻轻地说。

"那是以前就约好的。"保罗说。

"去就去了吧。"道伍斯说。

这是他们之间第一次明确地提及克莱拉。

"哎，"莫瑞尔慢慢地说，"她讨厌我。"

道伍斯又看了他一眼。

"从八月以来她就对我厌倦了。"保罗重复了一遍。

两个人默默无语地呆在一起。保罗建议下一盘跳棋。他们就默默地玩着。

"我妈死了以后我要到国外去。"保罗说。

"出国！"道伍斯重复道。

"是的，我不在乎干什么工作。"

他们继续玩着，道伍斯渐渐占了上风。

"我必须开始一种新的生活，"保罗说，"我觉得你也一样。"

他吃掉了道伍斯的一颗棋子。

"我不知道该从哪儿做起。"另一位说。

"听其自然吧。"莫瑞尔说，"努力没有用处——至少——不，我不知道。给我奶糖吧。"

两个男人吃着糖又开始了另一盘棋赛。

"你嘴上的伤疤怎么弄的？"道伍斯问道。

保罗赶紧用手掩住双唇，眼睛望着花园。

"我骑自行车时摔了一跤。"他说。

道伍斯移动棋子的手指不由得哆嗦着。

"你那次不该嘲笑我。"他说，声音很小。

"什么时候？"

"那天在伍德波罗路上，当你和她走过我身边时——你用手搂着她的肩膀。"

"我压根儿没嘲笑你。"保罗说。

道伍斯的手一直捏着棋子。

"你已经走过去的那一刻我才知道你在那儿。"莫瑞尔说。

"我也是这样。"他声音低低地说。

保罗又拿了一块糖。

"我平时嘻嘻哈哈，但我那天没嘲笑你。"他说。

两个人下完了棋。

那天晚上，莫瑞尔为了找点事做，就从诺丁汉姆步行回家。布威尔矿上空被高炉火焰映得通红一片。乌云低低地象天花板似的笼罩着。当他走在这十公里的公路上时，感觉好像从黑沉沉的天地间一直走出了生活，但是路的尽头却总是母亲的那间病房。如果他就这样永远走下去，他最终可去的也只有那个去处。

他快到家了，他竟不觉得累，或者说他不知道累是什么。当他穿过田野时，他看见她卧室窗口里红通通的火光在跳动。

"她一死，"他心里想，"火也就熄灭了。"

他轻轻地脱下靴子，悄悄地爬上楼去。母亲的房门大开着。因为她依旧一个人睡。红通通的炉火照着楼梯口，他轻柔得象个影子偷偷地向门里张望。

"保罗！"她轻声唤着。

他的心好像又碎了。他走进去，坐在床边。

"你回来得太晚了！"她咕哝着。

"不算很晚。"他说。

"什么，现在几点了？"喃喃中流露出哀怨和无助。

"十一点刚过。"

他撒谎。此时已经快一点了。

"哦！"她说，"我以为已经很晚了。"

他知道在这漫长的黑夜中，她那无法言语的痛苦是不会消失的。

"你睡不着吗，亲爱的？"他说。

"是的，睡不着啊。"她呜咽着说。

"不要紧，小宝宝！"他低声说，"不要紧，我的爱。我在这儿陪你半个小时，亲爱的。这样也许会好一些。"

他坐在床边，用指头慢慢地有节奏地抚摸着她的眉心，合上她的眼睛，安抚着她，他用另一只手握着她的手指。他们能听到别的房间里传来的呼噜声。

"现在去睡吧。"她喃喃地说，她在他手指的抚摸和爱护下，静静地躺着。

"你要睡了吗？"他问。

"是的，我想是的。"

"你感觉好多了，是吗？我的小宝宝。"

"是的，好些了。"她说，象个焦躁不安的孩子得到抚慰一样。

日子依旧一天天、一周周过去了。他现在几乎不去克莱拉那儿了。但是他焦躁不安地到处寻求帮助，可是没有人能帮得了他。米丽亚姆温存地给他来一封信，于是他去看她。她看见他面色苍白憔悴，黑色的眼睛透着忧郁哀愁，茫然的神情，心里不由得十分辛酸。怜悯之心顿生，她无法忍受这种感伤的折磨。

"她怎么样了？"她问。

"依旧那样——依然是老样子！"他说，"医生说她支持不了多久。可是我觉得她还挺得住。她能在家里过圣诞节的。"

米丽亚姆耸了耸肩，她把他拉向自己，紧紧地搂在胸前，她一遍遍地吻着他。他任她吻着，可是对他来说这是一种折磨。她吻不去他的痛苦啊。它依然不受影响地继续存在着。她吻着他的脸，这激起了他的情火，可他的灵魂仍然在别处带着死的痛苦挣扎着。她不停地吻着他，抚摸着他的身体。最后他觉得自己简直要发病了，于是他挣脱了她的怀抱。这不是他目前所需要的——他不要这个。而她却以为自己安抚了他，对他很有好处。

十二月来临了，下了一点雪。现在他成天留在家中。他们家雇不起护士，只好让安妮回来照顾母亲；他们一直很喜欢的那个教区护士早晚各来一次。保罗和安妮承担了护理工作。晚上，当有朋友和他们在厨房里时，他们常常一块儿哈哈大笑，笑得浑身发抖，以此减轻内心的压力。保罗那么滑稽可笑，安妮又那么古里古怪，大家一直笑得流出了眼泪，还努力想压低声音。莫瑞尔太太独自一个人躺在黑暗中，听着他们的笑声，痛苦中不由得多了些轻松感。

随后保罗总是十分内疚，他忐忑不安地上了楼，来看看她是否听到了底下的笑声。

"你想要喝点牛奶吗?"他问。

"来一点儿吧。"她可怜兮兮地回答。

他决定在牛奶里掺点水，不让她得到太多的营养，尽管他仍然爱她胜过爱自己的生命。

她每天晚上用吗啡，她的心脏病不断发作。安妮睡在她的身边。清早姐姐一起床，保罗就进了屋。母亲在吗啡的作用下逐渐衰竭。一到清晨就面如死灰。她的眼神越来越阴郁，流露出痛苦的神情。早上醒来疲惫、疼痛往往加剧，她实在受不了。但是她不能——也不愿意——哭泣甚至没有抱怨。

"今天早晨你多睡了一会儿，小宝贝。"他会对她说。

"是吗?"她心神烦躁，疲惫不堪地回答。

"真的，现在已经快八点了。"

他站在那儿望着窗外。大地被白雪覆盖着，白茫茫的一片，满目凄凉。随即他为她把脉，脉搏忽强忽弱的。就象声音和它的回声一样。这是死神的预兆了。她知道了他的用意，就任他去把脉。

有时他们互相看对方一眼，于是他们好像是达成了一项协定。他似乎也同意她去死了。但是她偏偏不愿死去，她不愿意。她的身体熬得只剩下一把骨头了。她的眼神更加忧郁，充满了痛苦。

"你难道不能给她用点药让她结束这一切吗?"他终于问医生。

但是医生却摇了摇头。

"她剩下的日子不多了，莫瑞尔先生。"他说。

保罗走回屋里。

"我实在受不了啦，我们全都要疯了。"安妮说。

他们坐下来吃早餐。

"我们吃早饭的功夫，你上楼去陪他一会儿吧，米妮。"安妮说，可是米妮心里害怕。

保罗踩着雪穿过田野和树林漫步而去。他看见白皑皑的雪地上留着兔子、小鸟的踪迹。他走了好几英里。袅袅如烟的晚霞中血红的夕阳正痛苦地缓缓沉落，似乎留恋

着不肯离去。他心里想今天她大约要死去了。树林边有头驴子踏着雪朝着他走过来，脑袋挨着他，和他并排走着。他伸出胳膊搂住驴的脖子，用脸颊擦着驴耳朵。

母亲默默不语，仍旧活着，嘴唇紧紧地闭着，只有她那对忧郁的眼睛还透出些生气。

圣诞节快到了。雪下得更大了。保罗和安妮感到不能再这样拖下去了。可是她那对阴郁的眼睛依然有一点生气。莫瑞尔默默不语，心惊肉跳，尽量让别人不要记起他的存在。他有时走进病房，看看她，然后就茫然若失地退出来。

她依然顽强地活着。出去闹罢工的矿工们已在圣诞节前的两星期陆续回来了。米妮端了杯牛奶上了楼。那已是矿工复工后第三天的事了。

"工人们是不是一直在说手痒啊，米妮？"她用微弱烦躁又倔强的声音问。米妮吃惊地站在那儿。

"我不知道，莫瑞尔太太。"她回答道。

"可是我敢打赌，他们肯定手痒了。"奄奄一息的老妇女疲惫地叹了口气，动了一下头说，"但是不管怎么说，这星期可以有钱买些东西了。"

她一点儿小事也不放过。

当男人们要回去上班时，她说，"你父亲下井用的东西要好好晒一晒，安妮。"

"你不用为这些费心了，亲爱的。"安妮说。

一天晚上，保罗和安妮在楼下独自呆着。护士在楼上。

"她能活过圣诞节。"安妮说。他们俩心里都充满了恐惧。

"她活不过去的，"他冷酷地回答，"我要给她服吗啡。"

"哪种？"安妮说。

"从雪菲尔德带来的那种全部都用上。"保罗说。

"唉——好吧！"安妮说。

第二天，保罗在卧室里画画。母亲好像睡着了。他在画前轻轻地走来走去。突然她小声地哀求道：

"保罗，别走来走去的。"

他回头一看，她脸上两只象黑气泡般的眼睛，正望着自己。

"不走了，亲爱的。"他温柔地说，心里好像又有一根弦啪地挣断了。

那天晚上，他把所存的吗啡全都拿下了楼，小心翼翼地全都研成了粉末。

"你在干什么？"安妮说。

"我要把药放在她晚上喝的牛奶里。"

随后两人一起笑了起来，象是两个串通好搞恶作剧的孩子。尽管他们十分害怕，但头脑依旧是清醒的。

那天晚上护士没有安顿莫瑞尔太太。保罗端着盛着热牛奶的杯子上了楼。那正好是九点钟。

他把她从床上扶起来，把牛奶杯放在她的唇边，他真想以一死来解救她的痛苦。她呷了一口，就把杯子推开了。那乌黑疑虑的眼睛望着他。他也看着她。

"噢，这奶真苦，保罗！"她说着，做了个小小的苦相。

"这是医生让我给你服用的一种新安眠药。"

他说。"他认为吃了这种药，早上就会精神些。"

"但愿如此。"她说，样子象个孩子。

她又喝了一些牛奶。

"可是，这奶的味道真可怕！"

他看到她纤弱的手指握着杯子，嘴唇微微翕动。

"我知道——我尝过了。"他说，"等会儿我再给你拿点儿纯牛奶喝。"

"我也这样想。"她说完继续喝着药。她对他象个小孩似的十分温顺，他怀疑她也许知道了是怎么回事。她吃力地咽着牛奶，他看到她那瘦得可怜的脖子在蠕动。接着他跑下楼再取些纯牛奶。此时她已把药喝了个底朝天。

"她喝了吗？"安妮轻声说。

"喝了——她说味道很苦。"

"噢！"安妮笑着，咬住了下唇。

"我告诉她这是种新药，牛奶在哪儿？"

他们一起上了楼。

"我很纳闷为什么护士没有来安顿我？"母亲抱怨着，象个孩子似的闷闷不乐。

"她说要去听音乐会，亲爱的。"安妮回答。

"是吗？"

他们沉默了一会儿。莫瑞尔太太大口喝着那纯牛奶。

"安妮,刚才那药真苦!"她埋怨道。

"是吗?亲爱的?噢,没关系。"

母亲又疲惫地叹了一口气。她的脉搏跳动得很不规律。

"让我们来安顿你入睡吧,"安妮说,"也许护士会来得很晚。"

"唉,"母亲说——"那你们试试吧。"

他们翻开被子,保罗看见母亲穿着绒布睡衣象个小姑娘似的蜷成一团。他们很快铺好了半边床,把她移过去,又铺好另外半边,把她的睡衣拉直。盖住她那双小巧的脚,最后替她盖上被子。

"睡吧,"保罗轻柔地抚摸着她说,"睡吧——现在你睡觉吧。"

"好啊,"她说,"我没有想到你们把床铺得这么好。"她几乎是高兴地加了一句。接着她蜷起身子,脸贴在手上,脑袋靠在肩膀上睡了。保罗把她那细长的灰发辫子放在她的肩上,吻了吻她。

"你一会儿就睡着了,亲爱的。"他说。

"是的。"她相信地回答,"晚安。"

他们熄了灯,一切静悄悄的。

莫瑞尔已经上床睡觉。护士没有来,安妮和保罗十一点左右上楼来看了看她。她看上去跟平时吃了药一样睡着了,嘴唇半启。

"我们要守夜吗?"保罗说。

"我还是象平时那样躺在她身边睡吧。"安妮说,"她可能会醒过来的。"

"好吧,如果有什么变化就叫我一声。"

"好的。"

他们在卧室的炉火前徘徊,感觉夜黑沉沉地,外面又是雪的世界,世上好像只有他们两人孤单地活着。最后,保罗走进隔壁房间睡觉去了。

他几乎马上就睡着了,不过常常醒来,随之又酣睡过去。突然,安妮的轻叫声把他惊醒了:"保罗,保罗!"他看见姐姐穿着睡衣站在黑暗中,一条长长的辫子拖在背后。

"怎么啦?"他悄声问,随之坐了起来。

"来看看她。"

他悄悄地下了床，病房里点着一盏煤油灯。母亲把脸枕在手上躺在那儿，蜷缩着身子睡着觉。但是她的嘴巴张着，呼吸声又响又嘶哑，象是在打鼾，呼吸间的间隔时间很大。

"她要去了！"他悄声说。

"是的。"安妮说。

"她象这样有多久了？"

"我刚醒来。"

安妮的身体缩在睡衣里，保罗用一条棕色的毛毯裹着身子。这里刚凌晨三点，他把火拨旺，然后，两人坐着等待着。她又吸了一口气，声响如打鼾——停了一会儿——然后才吐了出来。呼吸中间停了停，——停的时间很长。他们感到害怕了。随之打鼾般的声音又起了。保罗弯下腰凑近她看了看。

"太吓人了。"安妮低低地说。

他点了点头，他们又无助地坐了下来。又传来打鼾般的大声的喘息声。他们的心在担惊害怕。又呼了出来，气又粗又长，呼吸声很不规律，中间隔不好久，声音响遍全屋。莫瑞尔在自己房间里沉睡着。保罗和安妮蜷缩着身体，纹丝不动地坐着。那声音又响了起来——屏气的时间特别长，让人难以忍受——之后又发出粗粗的呼气声。时间一分一分地过去了。保罗又弯下身子看了看她。

"她会象这样持续下去的。"他说。

他们都沉默了。他望了望窗外，花园里的积雪依稀可见。

"你到我床上去睡吧，"他对安妮说，"我来守夜。"

"不，"她说，"我陪你呆着。"

"我倒情愿你走开。"他说。

最后安妮悄悄地走出房间，他独自一人呆着。他用棕色的毛毯紧紧地裹着身子，蹲在母亲面前看着她。她下面的一排牙床骨凹陷着，看上去很吓人。他看着她，有时，他感觉这巨大的喘息声永远不会再响了，因为他实在不能忍受了——忍受不了这种等待。忽然那巨大的喘息声又响了起来，吓了他一跳。他轻手轻脚地添了火。一定不能惊醒她。时间一分一秒地消逝，黑夜慢慢在阵阵喘息声中过去了。每当这声音响起，

他就感到自己的心在绞痛，最后他的感觉几乎麻木了。

父亲起床了。保罗听见老矿工一边穿着袜子，一边打着呵欠，然后莫瑞尔穿着衬衣和袜子进了屋。

"嘘！"保罗说。

莫瑞尔站在那儿望了望，然后无助、恐惧地看了看儿子。

"我是不是最好呆在家里？"他轻声说。

"不用，上班去吧，她能熬到明天。"

"我看恐怕不行。"

"能行，上班去吧。"

莫瑞尔恐惧地看了看他，乖巧地走出房间。保罗看见他的袜带在腿边晃荡着。

半个小时之后，保罗下楼。喝了杯茶，又上了楼。莫瑞尔穿着矿井上的工作服，又上来了。

"我要去了。"他说。

"去吧。"

几分钟，保罗听见父亲沉重的脚步声踩着坚实的雪地走远了。街上的矿工三三两两地迈着沉重的步子去上班，他们互相打着招呼。那恐怖的长长的喘息声还在持续着——唏——唏——唏，过了好半天——才呵——呵——呵地呼了出来。远处的雪地里传来了炼铁厂的汽笛声，汽笛一声连一声，一会儿呜呜地响，一会儿嗡嗡地叫，声音有时又远又轻，有时很近，其中还夹杂着煤矿和其他工厂的鼓风机的响声。后来一切声音都沉寂了。他添上火，粗重的喘息声打破了沉寂——看上去她还是老样子。

他推开百叶窗，向外张望着。天依旧是漆黑一片，或许有一丝光亮，也许那是雪地泛光的缘故。他合上百叶窗，穿好衣服，他的身体一直抖着，他拿起放在漱洗台上的那瓶白兰地喝了好几口。雪地渐渐地变蓝。他听见一辆轻便马车当啷啷地沿街驶过来。是啊，已经七点钟了，天色已经蒙蒙亮。他听见有人在互相打招呼，一切都在苏醒。阴暗的曙光死气沉沉的、悄无声音地笼罩了雪地。不错，他能看见房屋了。他熄灭了煤气灯，屋里看上去依旧很黑，喘息声依然不停，不过他已经听惯。他看得见她了，她还是老样了，他不知道给她盖上厚被子是不是会使她的呼吸更困难些，以致那可怕的喘息能从此停止。他望了她一眼，那不是她——一点也不象她。如果给她盖了毛毯、厚衣服的话……

房门蓦地被推开了，安妮走了进来，询问地望着她。

"她还是那个样子。"他镇定地说。

他们悄悄地低语了一阵，随后他就下楼去吃早餐。此刻是七点四十分。没多大功夫安妮也下来了。

"多吓人！她看上去实在太可怕了！"她惊恐地悄悄说道。

保罗点点头。

"她怎么会变成这样！"安妮说。

"喝点茶吧！"他说。

他们又走上楼来，一会儿邻居们来了，害怕地问：

"她怎么样了？"

情形还是依旧。她躺在那儿，脸颊枕在手上，嘴巴张着，巨大恐怖的鼾声时有时无。

十点钟，护士来了。她神情古怪、愁眉苦脸的。

"护士，"保罗大叫，"她这样要拖多久呀？"

"不会了，莫瑞尔先生，"护士说，"没几天了。"

一阵沉默。

"多可怕呀！"护士哭泣着说，"谁能想到她 这么能挺？现在下楼去吧，莫瑞尔先生，先下楼去吧。"

最后，大约十一点钟，他下了楼坐在邻居家里。安妮也在楼下，护士和亚瑟在楼上。保罗手捧着头坐着。突然，安妮奔过院子，发疯似的大喊：

"保罗——保罗——她去了！"

一眨眼工夫，他就回到自己家跑上楼去。她蜷缩着身子躺着，静静地一动也不动，脸枕在手上，护士在擦她的嘴巴。他们全都退开了，他跪下，脸贴着她的脸，双臂搂住她。

"亲爱的——亲爱的——噢亲爱的！"他一遍又一遍地喃喃低语，"亲爱的——噢，亲爱的！"

随后他听到护士在身后边哭边说：

"她这样更好，莫瑞尔先生，她这样更好。"

他从他母亲温暖的尸体上抬起头来，径直下了楼，开始擦靴子。有很多事要做，有信要写等等诸如此类的事。医生来了，瞥了他一眼，叹息了一声。

"唉——可怜的人儿啊！"他说完转身走开。"好嗳，六点钟左右到诊所里来取死亡证明。"

父亲四点钟左右下班回了家。他沉默地拖着步子走进屋里坐下。米妮忙着给他准备晚餐。他疲惫地把黑黑的胳膊放在桌子上。饭菜有他喜欢吃的青萝卜。保罗不知道他是否已知道了这噩耗，好长时间没有人说话。最后儿子说：

"你注意到百叶窗放下了吗？"

莫瑞尔抬头看了看。

"没有，"他说，"怎么啦——她已经走了吗？"

"是的。"

"什么时候？"

"中午十二点左右。"

"！"

矿工静静地坐了一会儿，然后开始吃饭，就好像什么事也没发生过似的。他默默地吃着他的萝卜。吃完饭他洗了洗，上楼来换衣服。她的房门关闭着。

"你看见她了吗？"他下楼时，安妮问他。

"没有。"他说。

一会儿工夫他出去了。安妮也走了。保罗找了殡仪馆、牧师、医生，还去了死亡登记处。

要做的事很多，他回家时已快八点了。殡仪馆的人很快就来量了做棺材所需的尺寸。房间里除了她空无一人，保罗拿了一支蜡烛上了楼。

原本暖暖和和了好久的房间，现在已经变得很冷。鲜花、瓶子、盘子、病房里的全部杂乱东西都给收拾走了：一切都显得那么庄严肃穆。她躺在床上，床单从脚尖向上延伸，就象是一片洁白起伏的雪原。她的躯体在床单下高高隆起，一切是那么宁静，她躺着象一个熟睡的少女。他拿着蜡烛，向她弯下腰。她躺着，象一位熟睡中的少女梦到了自己的心上人似的，嘴巴微微张开着，好像在思考着所受的痛苦。但是她的脸

很年轻，她的额洁白明净，好像生活从未在上面留下痕迹似的。他又看了看她的眉毛和微微偏向一边的迷人的小鼻子。她又变得年轻了，只是梳理得很雅致的头发两侧夹杂着银发，她两条垂在肩膀的发辫里夹杂着银发和棕色的头发。她会醒过来，睁开眼睛的，她依然和他在一起。他弯下身子、热烈地吻着她，然而嘴唇感到的却是一片冰凉。他恐惧地咬了咬嘴唇，两眼望着她，感到他不能、绝不能让她离开。绝不！他把头发从她的鬓角捋开，那儿也是冰凉的。他看见她嘴唇紧闭，象是在纳闷自己所受的痛苦，于是他蹲在地板上，悄声对她说：

"妈妈，妈妈！"

殡仪馆的人来的时候，他仍然和她在一起。来的年轻人是他以前的同学，他们恭恭敬敬地有条不紊地默默搬动她。他们没有能看她一眼，他在一旁小心翼翼地看护着。他和安妮拼命地守护着她，不允许任何人来看她，因此把邻居都给得罪了。

过了一会儿保罗出了门，在一个朋友家玩牌，直到半夜才回来。当他进屋时，父亲从沙发上站起来，悲哀地说：

"我认为你从此不再回来了，儿子。"

"我没有想到你会坐着等我。"保罗说。

父亲看起来很孤独。莫瑞尔原本是个无所畏惧的人——什么事都吓不倒他。保罗猛然意识到他害怕去睡觉，害怕一个人在屋里守着死者。他感到很难过。

"我忘了只有你一个人在家，爸爸。"他说。

"你想吃点东西吗？"莫瑞尔问道。

"不了。"

"坐在这儿——我给你煮了点儿热牛奶，喝下去吧，天可是够冷的。"

保罗喝了牛奶。

过了一会儿，莫瑞尔上床睡觉去了。他匆匆地走过那紧闭着的房门，并让自己的房门敞开着。很快儿子也上了楼。他象往常一样进屋吻吻母亲并说声晚安，屋子里又冷又黑，保罗真希望他们能继续给她点着炉火。她依然做年轻时的梦，她会感到冷的。

"我亲爱的！"他悄声说，"我亲爱的妈妈！"

他没有吻她，生怕她变得冰冷陌生。她睡得那么甜美，他感到欣慰。他轻轻关上她的房门，没有吵醒她，上床睡觉了。

早晨，莫瑞尔听见安妮在楼下，保罗在楼梯口对面的屋里咳嗽，才鼓足了勇气。他打开她的房门，走进黑洞洞的房间，黎明中他看到那隆起的白色身影。但是他不敢看她，又惊又怕的，他根本无法镇定下来，因此他又一次走出房间，离开了她，此后再也没看她一眼。他原本几个月没有看见过她了，因为他不敢去看。现在她看上去又象当年正值青春年华的妻子了。

"你看到她了吗？"早饭后安妮突然问他。

"是的。"他说。

"你不觉得她看上去很漂亮吗？"

"不错。"

一眨眼他就又出门去了。他似乎一直躲在一边逃避责任。

为了丧事，保罗四处奔波。在诺丁汉姆遇到了克莱拉，他们在一家咖啡馆里一起喝了茶，此时他们又十分兴奋了。看到他没有把这件事当作伤心事，她感到如释重负。

不久，亲戚们陆续前来参加葬礼，丧事变成了公众事情，儿女们都忙于应酬，也顾不上考虑个人的事情。在一个狂风暴雨的天气里，他们安葬了她。湿漉漉的泥土闪着亮光。白花都被淋湿了。安妮抓着保罗的胳膊，向前探着身子，她看见墓穴下威廉的棺材露出了乌黑的一角。橡木棺材被稳稳地放下去了。她去了。大雨倾泻在墓穴里。身着丧服的送葬的人们撑着雨水闪亮的伞纷纷离去了。冰冷的雨水倾泻着，墓地上空无一人。

保罗回到家，忙着为客人端饮料。父亲同莫瑞尔太太娘家的亲戚，那些上等人坐在厨房里，一边哭着，一边说她是个多好的媳妇，他又怎样尽力为她做一切——一切事情。他拼命去为她奋斗，做了他能做的一切，他没有什么可以责备自己的。她走了，但是他为她尽了自己最大的努力。他用白手绢擦着眼睛，他重复着自己为她尽了最大的努力，没有什么可责备自己的。

他就是这样想方设法忘掉她。就他个人来讲，他从未想到过她。他否认自己内心的一切真情实感。保罗恨他的父亲坐在那儿这样表达他的哀思，他知道他在公共场合准保也这样，因为莫瑞尔内心正进行着一场真正的悲剧。原来，他有时午睡醒后下楼来，面色苍白，浑身直打哆嗦。

"我梦见了你妈妈。"他轻声说。

"是吗，爸爸？每次我梦见她，她总是和健壮时一样。我常常梦到她。这样似乎挺好，也挺自然，就像什么都没有改变一样。"

但是莫瑞尔却害怕地蹲在炉火前。

好几个星期过去了，一切好像都在虚幻中，没有多大痛苦。其实也没有什么，也许还有一点轻松，简直像一个白夜，保罗焦躁地到处奔波，自从母亲病重以来，他有好几个月没有与克莱拉做爱了，事实上她对他十分淡漠。道伍斯难得见到她几面，但是两人依旧没有跨过横在两人中间的那段距离。这三人随波逐流，听天由命。

道伍斯的身体在慢慢恢复。圣诞节时他在斯基格涅斯的疗养院里，身体差不多快复原了。保罗到海滨去了几天，父亲在雪菲尔德和安妮住在一起。道伍斯住院期满，这天来到了保罗的寓所。两个男人，虽然他们之间还各有所保留，但看到来却像一对忠诚的朋友。道伍斯现在依赖莫瑞尔，他知道保罗和克莱拉实际上已经分手了。

圣诞节后两天，保罗要回到诺丁汉姆去。临走前的那天晚上，他和道伍斯坐在炉火前抽烟。

"你知道克莱拉明天要来吗？"他说。

另一位瞥了他一眼。

"是的，你告诉过我了。"他回答。

保罗喝尽了杯子里剩下的威士忌。

"我告诉房东太太你妻子要来了。"他说。

"真的？"道伍斯说，颤抖着，但是他几乎完全服从了保罗。他不太灵便地站起身来，伸手来拿保罗的酒杯。

"让我给你倒满。"他说。

保罗忙站起身。

"你安静地坐着吧。"他说。

但是道伍斯继续调着酒，尽管那只手不停地哆嗦着。

"你觉得行了就告诉我。"

"谢谢。"另一位回答，"可是没有必要站起来啊。"

"活动一下对我有好处，小伙子。"道伍斯回答。"现在我感到自己恢复健康了。"

"你差不多康复了，你知道的呀。"

"不，当然啦。"道伍斯说着冲他点点头。

"莱恩说他能在雪菲尔德给你找个工作。"

道伍斯又瞅了他一眼，那双黑眼睛似乎对另一位所说的一切事情都表示同意。也许有点儿受他控制了。

"很滑稽，"保罗说，"又重新开始了，我感觉比你还要麻烦呢。"

"怎么回事，小伙子？"

"我不知道，我不知道。好像我在一个乱糟糟的洞里，又黑又可怕，没有任何出路。"

"我知道——我理解这种处境，"道伍斯点点头说，"不过你会发现一切都会好的。"他疼爱地说。

"我也这样想。"保罗说。

道伍斯无助似的磕了磕烟斗。

"你没有像我那样作践自己吧。"他说。

保罗看着那个男人的手腕，那只苍白地握着烟斗杆的手正在磕着烟灰，好像他已经失去自信心。

"你多大了？"保罗问。

"三十九岁。"道伍斯瞥了他一眼回答。

那双棕色的眼睛里面充满了失败的感觉，几乎在恳求安全，求别人重新建造他这个人，给他以温暖，让他重新振作起来，这引起保罗深深的不安。

"你正值好年华，"保罗说，"看上去不像是失去了多少生气。"

另一位的棕色双眼突然发亮了。

"元气没有伤，"他说，"还有精力。"

保罗抬起了头，哈哈大笑。

"我们都还用很多精力足够让我们干一番事业的。"他说。

两个男人的目光相遇了，他们交换了一下眼色，每个人都看出了对方眼神里的那种迫切的热情。他们又喝起了自己杯里的威士忌。

"不错，千真万确！"道伍斯气喘吁吁地说。

一阵沉默。

"我不明白，"保罗说，"你为什么不回到原来你离开的地方去呢?"

"什么……"道伍斯示意地说。

"是的——重新组合起你原来的家庭。"

道伍斯遮住脸，摇了摇头。

"行不通啊。"他说着抬起头来，脸上带着讽刺似的微笑。

"为什么? 因为你不想要了吗?"

"也许是的。"

他们沉默地抽着烟。道伍斯叼着烟斗时露出了他的牙齿。

"你的意思是你不想要她了?"保罗问。

道伍斯脸上现出嘲弄的神色，凝视着一幅画。

"我也不知道。"他说。

烟雾袅袅腾起。

"我相信她需要你。"保罗说。

"是真的?"另一位回答，口气轻柔而讥讽，有点不着边际。

"真的，她从来没有真心和我好过——你总是在幕后作怪，这就是她不愿意离婚的原因。"

道伍斯继续嘲弄似的凝视着壁炉架上的那幅画。

"女人们总是这样对待我，"保罗说，"她们拼命想得到我，可是她们不想属于我。而她一直是属于你的，我知道。"

男子汉的洋洋自得的气概又回到了道伍斯身上，他的牙齿露得更明显了。

"也许我以前是个傻瓜吧。"他说。

"是个大傻瓜。"保罗说。

"但是，你那时比我这个大傻瓜更傻。"道伍斯说。

口气有点得意又有点恶意。

"你这样认为吗?"保罗说。

沉默了好长时间。

"无论怎样，明天我就要走了。"莫瑞尔说。

"我明白了。"道伍斯回答道。

于是他们不再说话了。互相残杀的本性又回到了他们身上。他们尽量回避着对方。

他们同住一个卧室，临睡时，道伍斯有些奇怪，似乎在考虑着什么。他穿着衬衣坐在床边，看着自己的双腿。

"你难道不冷吗？"莫瑞尔问道。

"我在看这双腿。"另一位回答。

"腿怎么啦？看上去很好嘛！"保罗在床上回答。

"看上去很好，可是它们有些水肿。"

"怎么回事？"

"过来看看。"

保罗不情愿地下了床走过去，只见那个男人相当漂亮的腿上长满了亮晶晶的暗金色的汗毛。

"看这儿，"道伍斯指着自己的腿肚子说，"看下面的水。"

"哪儿？"保罗说。

那个男人用手指尖按了按，腿上出现了好些小小的凹痕，慢慢地才复了原。

"这没有什么了不起的。"保罗说。

"你摸摸。"道伍斯说。

保罗用手指摁了摁，果然又出现了些小小的凹痕。

"噢！"他说。

"很糟糕，不是吗？"道伍斯说。

"为什么呀？这没有关系的。"

"腿上水肿，你就不能算一个男子汉。"

"我看不出有多大差别。"莫瑞尔说，"我心脏还不太好。"

他回到自己的床上。

"我想我其他的部位都还很好。"道伍斯说着关上了灯。

第二天早晨，天下着雨。保罗收拾好了行李。大海灰蒙蒙、阴沉沉的，波涛汹涌。他似乎越来越想离开人间了，这给他一种恶作剧的快乐感。

两个男人来到车站。克莱拉下车后正顺着月台走了过来，她身体笔直，神态自若，身穿一件长大衣、戴着顶花呢帽。两个男人都恨她怎会如此镇静坦然。保罗在检票口和她握了握手。道伍斯斜靠在书摊上，冷冷地看着。因为下雨，他把黑大衣扣一直扣到下巴那儿，面色苍白，沉默中几乎带着一丝高贵的神色。他微微跛着腿走上前来。

"你的气色看起来还不太好。"他说。

"噢，我现在很好。"

三个人茫然地站着。她使两个男人犹豫着不敢接近她。

"我们直接回寓所去呢，"保罗说，"还是去别的地方？"

"我们还是回寓所去吧。"道伍斯说。

保罗走在人行道的外侧，中间是道伍斯，最里面是克莱拉。他们彬彬有礼地交谈着。起居室面对着大海，海上灰蒙的，波涛在不远处哗哗响着。

莫瑞尔搬来一张大扶手椅。

"坐下，老兄。"他说。

"我不想坐椅子。"

"坐下。"莫瑞尔重复着。

克莱拉脱下衣帽，放在长沙发上，表情带着一丝怨恨。她用手指理着头发，坐了下来，神情冷漠、镇静。保罗跑下楼去和房东太太讲话。

"我想你冷了吗，"道伍斯对妻子说，"再靠近火边一些。"

"谢谢你，我很暖和。"她回答。

她望着窗外的雨和大海。

"你什么时候回去？"她问。

"唉，房间明天到期，因此他想让我留下。他今晚回去。"

"那么你打算去雪菲尔德吗？"

"是的。"

"身子这样能干活吗？"

"我要开始工作了。"

"你真的找到工作了？"

"不错——星期一开始。"

"看起来你还不行。"

"为什么我不行？"

她又向窗外望了望，没有回答他的问题。

"你在雪菲尔德有寓所吗?"

"有。"

她又把目光移向窗外。窗玻璃让淌下的雨水弄得模糊不清。

"你能应付得了吗?"她问。

"我想能行。我总得工作呀!"

保罗回来时，他们正好都沉默着。

"我四点二十分就走。"他进来时说。

没有人回答。

"你最好还是把靴子脱了，"他对克莱拉说，"那儿有我的一双拖鞋。"

"谢谢你。"她说，"我的脚没湿。"

他把拖鞋放在她脚边，她理也没理。

保罗坐下。两个男人都有些手足无措，脸上带着绝望的神情。不过，道伍斯这时倒显得比较安心，仿佛一切都由天定。保罗则在强打精神。克莱拉心里暗暗想，她从来没有意识到他这么渺小卑鄙。他仿佛尽量想把自己缩小到最小的范围内。当他忙来忙去安排着和坐在那儿谈话的时候，总让人觉得他有点虚伪和很不自然。她悄悄地观察着他，心里暗说："这个人反复无常。他有他的好处，他热情洋溢，当心情好时可以让她饱尝到浓厚的生命的乐趣。但现在他却渺小而卑鄙，他毫无稳定性可言。她的丈夫呢，则比他更有男性的自尊心。不管怎么样，她的丈夫总不会随波逐流的。她觉得保罗身上有种转瞬即逝的、飘飘忽忽的虚伪造作的东西，他永远不会为任何一个女人提供一个坚实可靠的立足之地。尤其让她瞧不起的是他那竭力畏缩，使自己变得渺小的神情。她丈夫至少还有一点男子汉的气概，被打败了就屈服。可是保罗却绝不会承认自己被打败。他会东躲西藏、徘徊不定，让人越来越觉得他渺小。她瞧不起他，然而她却看着他而不是道伍斯。看起来，他们三个人的命运都系在他手里。她因此而恨他。"

她现在似乎对男人有了更进一步的了解，知道他们能做什么，要做什么。她不再像以前那样怕他们了，自信心增强了。他们并不像她过去想象中的那种卑劣的自大狂，了解到这一点使她顿感欣慰。她明白了很多——她想要明白的几乎全都明白了。她的

生活一直很不幸、现在也依然不幸，不过她还能忍受。总之，如果他走了，她也并不感到难过。

他们吃了晚饭，一起围着炉火喝着酒吃着果仁。大家都嘻嘻哈哈地闲聊着。可克莱拉却意识到保罗正在退出这个三角关系，好让她仍旧自由地跟丈夫一起过日子，这让她很恼火。说到底，他是个卑鄙小人，他得到了他需要的东西就把她打发回去。她记不得自己是否也曾得到过她想要的，而且在内心深处，也确实希望被打发回去。

保罗觉得孤单而精疲力竭。过去，他母亲曾给他真正地做人的力量。他爱过她，实际上，过去是母子俩合力对付这个世界。现在她上了天堂，永远地给他留下一段人生的空白，他的生命正透过这撕破的面纱裂缝慢慢地飘走，仿佛是在被拖向死神。他希望有人能主动帮帮他，他害怕随着他那慈爱的母亲的死，自己也会靠近死神。面对这件大事，他对其他不太重要的东西都采取听之任之的态度。克莱拉是无法替代他去支撑这些的，她需要他，可是却并不理解他。他感觉她需要的是那种有成就的男人，而不是内心充满苦恼的真正的他。要接纳真正的他，她受不了，他也不敢给她。她对付不了他，这让他感到羞愧；一方面因为自己陷于困境，没有活下去的信心而感到羞愧，另一方面则因为没有人能收留他。他总觉得心里不踏实，觉得自己在这个世界里微不足道，于是他把自己越缩越小。他不想死，也不甘心屈服，可他也不怕死。如果没有人帮助他，他就一个人生活下去。

道伍斯本来已经被迫走上了绝路，直到他害怕为止。他可以一直走到死亡边缘，躺在死亡线上，往死亡的深谷里张望。后来，他害怕了，胆怯了，不得不往回爬，像个接受施舍的乞丐。依克莱拉看来，这里面多少有几分崇高，至少他承认自己被打败了，不管怎么说，他希望自己被收回。为了他，她可以这样做。

三点钟了。

"我要乘四点二十那趟车。"保罗又对克莱拉说，"你也那个时候走还是再晚一点？"

"我不知道。"她说。

"七点一刻时我要跟父亲在诺丁汉姆见面。"他说。

"那我晚点再去吧。"她答道。

道伍斯突然抽搐了起来，好像被人扭伤了一般。他望着大海，却仿佛什么都没有看见。

"角落里有几本书，"保罗说，"我已经看完了。"

大约四点钟时，他起身走了。

"不久，我会再见你们的。"他边握手边说。

"希望这样。"道伍斯说，"也许——有一天——我能把钱还给你，只要……"

"你等着瞧吧，我会来找你要的。"保罗大笑起来，"要不了多久我就会身无分文的。"

"哎——好吧……"道伍斯说。

"再见。"他对克莱拉说。

"再见！"她说，朝他伸出手去。接着他又看了他最后一眼，默默不语，觉得有些羞愧。

他走了。道伍斯和妻子重新坐了下来。

"这种天气出门真糟糕。"道伍斯说。

"是的。"她应了一声。

他们东拉西扯地聊了一通，一直聊到了天黑。房东太太端来了菜。道伍斯像丈夫那样不等人说就把椅子拖到桌前。然后他谦恭地坐在那里等着，她则像妻子一样，理所当然地侍候起他来。

喝完茶，已经快六点了。他走到窗前，外面漆黑一片，大海在咆哮着。

"还在下雨。"他说。

"是吗？"她应道。

"今天晚上你不走了吗？"他有些吞吞吐吐地问。

她没有。他等待着。

"这么大的雨，我是走不了。"他说。

"你想让我留下吗？"

她问。

他那抓着深色窗帘的手抖个不停。

"是的。"他说。

他还是背对着她。她站起身，慢慢地走到他跟前。他松开窗帘，转过身来，犹犹豫豫地面对着她。她背着双手站在那儿，脸上带着那种忧郁而又迷茫的神情望着他。

"你要我吗？巴克斯特？"

他嘶哑地答道：

"你想回到我身边吗？"

她呜咽了一声，举起双臂搂住了他的脖子，把他拥到身边。他把脸俯在她肩上，紧紧地抱住了她。

"让我回来吧。"她心醉神迷地低声说："让我回来吧！"她用手指理着他那细密的黑发，仿佛还在半梦半醒之间。他把她搂得更紧了。

"你还要我吗？"他语不成声地喃喃地说。

第十五章　孤魂逍遥

　　克莱拉跟着她丈夫回到了雪菲尔德，从那以后，保罗就很少再见她。沃尔特·莫瑞尔也似乎就听任自己湮没在这痛苦之中，可他还要一如既往在痛苦中挣扎着活下去。连接父子俩人的纽带，只是彼此想到一定不能让对方陷入的确无法过下去的困境，再也没有别的感情了。由于家里再也没有人守着，父子俩都无法忍受家里的这种空旷寂寞，保罗索性搬到诺丁汉郡去住，莫瑞尔也住到贝斯伍德的一位朋友家去了。

　　对于这个年轻人来说，仿佛一切都破碎崩溃了。他没有再画画。母亲临终那天他完成的那幅画成了他最后的作品——他对那幅画还比较欣赏。工作时也没有克莱拉陪伴。回家后，他再也不愿拿起画笔了。似乎母亲的死带走了他的一切。

　　于是，他老是在城里四处瞎逛，跟他认识的人一起喝酒厮混。他厌倦了这种日子。他跟酒吧的女招待打情骂俏，无论碰见任何女人他都随便调笑几句，不过，他的眼神却总是那么忧郁和焦虑，好像在寻求着什么。

　　一切都显得与往日不同，一切都显得虚无缥缈。人们似乎没有理由在大街上行走。房屋似乎没有理由在阳光下挤在一起，这些东西似乎没有理由占据空间，应该让世界就这么空着。朋友们跟他说话时，他听见声音，也能回答别人，可是他却不明白为什么说话时会发生那种嘈杂的声音。

　　只有当他独自一个人的时候，或者在工厂拼命地干活时，他才恢复了本性。也只有干活时他才能真正地忘记一切，在那时，他仿佛没有意识，头脑里空空如也。但工作也有干完的时候。他很伤心，觉得万事万物都失去了它的本来面目。第一场雪飘飘扬扬地下着，在灰蒙蒙的天空中，他看见了那些小小的晶莹的雪片飞舞。这在过去，雪花会引起他最生动强烈的激情，但现在它们已经失去任何作用了。雪花刚飘下来就融化了，只剩下原来的空间。夜晚，高大明亮的电车一路开来，他也觉得很奇怪，这

些电车为什么老是这么不厌其烦地开来开去呢？他问这些高大的电车："为什么不辞劳苦地往特伦特桥开去？"似乎它们并不应该像现在这样存在。

最起初的东西是夜里的那一片漆黑。在他眼里，黑暗是十全十美的，能够让人理解，也能让人安宁平静，他可以毫无忧虑地让自己沉浸在黑暗中。忽然之间，他脚边的一张纸随风飘去，沿着人行道吹跑了。他一动不动地站着，身体笔直，两个拳头紧握着，心里煎熬着痛苦。似乎又看见母亲的病房，又看见母亲，又看见母亲的那双眼睛。他曾经不知不觉地跟母亲生活在一起，陪伴着她。这随风飘零的纸片提醒他已经不复存在了。可是他曾经跟母亲相依相守。他希望时光永驻，这样他就可以又跟母亲在一起了。

日子一天一天、一星期一星期地过去了。可是在保罗看来，世界成了混沌一片，他简直分不清今天和昨天，这星期和上星期，此处与彼地、什么都分不清楚，什么都认不出来了。他常常整小时地出神，记不清自己做了些什么事。

一天晚上，他回到住处时已经相当晚了。炉火奄奄一息，所有的人都睡了。他添了一点煤，朝桌子上看了一眼，决定不吃晚饭。于是，他就坐在扶手椅上，房里一片寂静。他什么都不知道，只看见那淡淡的烟袅袅地向烟囱飘去。突然，两只耗子心惊胆战地钻了出来，吃着掉在地下的面包屑。他仿佛隔着遥远的距离看着这一切。教堂的钟声"当当"地响了两下。远远传来了货车在铁路上发出的刺耳的哐当哐当声，起初，货车也不远，依然在它们原来的地方。不过，他到底身处何方呢？

时间不停地逝去。两只小耗子胆大起来，竟猖狂地在他拖鞋边蹿来蹿去。他纹丝不动地坐在那儿。他不想动，什么也不想，这样似乎过得轻松些，没有百事烦心。然而，他的意识又在不停地机械地活动着，时不时地促使他冒出这样的话。

"我在干什么？"

他在自我麻醉的恍惚状态下，自问自答。

"在自杀。"

接着，一股模糊而有力的感觉立即告诉他，这样不对。一会儿之后，突然又问道："为什么不对？"

又没有回答，但他胸膛里却有一股火热的执着阻止他自寻绝路。

街上传来一辆沉重的双轮马车当啷当啷驶过的声音。突然，电灯灭了，自动配电

机的电表格嗒响了一声，他没有反应，就那么坐着直愣愣地望着前方。那两只耗子急匆匆地逃走了。黑沉沉的屋里只有炉火一闪一闪地发着红光。

接着，更加机械、更加清晰的内心的对白又开始了。

"她死了。她一辈子挣扎着——全是为了什么呢？"

这就是他绝望地想随她而去的原因。

"你活着。"

"她没活着。"

"她活着——就在你心里。"

突然，他对这个思想负担感到厌倦。

"你一定得为她而继续活下去。"他内心说。

不知什么东西，总让他觉得很别扭，仿佛让他无法振作起来。"你一定得把她的生活和她生前所做的一切继承下来，继续下去。"

可他并不想这么做，他想放弃这一切。

"但你可以继续画画，"他的意志说，"或者你可以有个后代，这两者都是她所努力要做的。"

"画画又不是生活。"

"那就活下去吧。"

"跟谁结婚呢？"这个让他痛苦的问题又来了。

"尽你最大的努力去找吧。"

"米丽亚姆？"

不过他对这些没有信心。

他突然站起身，上床去睡觉。走进卧室，他就关上房门，紧握拳头站在那儿。

"妈妈，我亲爱的……"他开始说，似乎竭尽他心灵的全部力量。说着他又停下，不愿说下去。他不愿承认自己想去死，想去结果自己的生命；他不愿承认自己被生活打败了，也不愿承认死亡打败了他。他径直走上去睡觉，很快他便酣然入梦，梦境中无忧无虑。

好几个礼拜就这样飞逝过去。他依旧孤独地生活着，内心犹豫不决，一会儿决意要去死，一会儿又想顽强地活。真正让他痛苦的是他无处可去，无事可做，无话可说，

自己不再是自己。有时他像疯子一般在大街上狂奔；有时候他的确疯了，仿佛看见了什么东西时隐时现，折腾得他喘不过气来。有时候，他刚要了一杯酒，正站在酒馆里的酒柜前，突然，一切仿佛都向后退去，飘然离开了他，他远远地看见那酒吧女招待的脸，看见滔滔不绝地谈论着什么的酒徒，看见红木酒柜上自己的酒杯。仿佛有一层什么东西横隔在他与这些之间，可望而不可即，他也不想接近这些，也没心思再浅酌低饮。于是，他突然转身出去。站在门槛上，看着那华灯初照的大街，他觉得这一切仿佛与他格格不入，似乎有什么东西把他从整个世界隔离开来，大街上，路灯下，一切仍一如既往的运行，可就是把他远远地隔开，使他望尘莫及。他觉得自己不能触摸到路灯柱子，即使能得也还是触摸不到。他能去那里？他无处可去，既不能再回酒馆，也不能到前面什么地方去。他喘不上气来了。偌大的世界竟没有他的安身立命之处。他内心的压力越来越大，觉得自己要粉身碎骨了。

"我可不能这样，"他说着转过身来，到酒馆里一醉方休。有时，酒能让他感觉好受些，可有时酒也让他感觉更痛苦。他沿路跑着，永远坐立不安，东奔西颠，四处飘荡。他决心要去工作，可是他刚涂了六下，就又狠狠地扔下画笔，站起身匆匆地逃到俱乐部去了，在那儿打牌、打弹子，或者去一个能和酒吧女招待鬼混的地方，在他看来，那些女招待只不过跟他手里拿着的汲酒铜把手差不多。

他愈来愈显得清瘦，下巴尖尖的。他从不敢从镜子里看自己的眼睛，也从不敢照镜子。他想要摆脱自己，可又没有什么东西好支撑攀附。绝望中，他想起了米丽亚姆，也许，也许……？

星期天的晚上，他去了那个唯一神教派教堂，教徒们起立唱着第二支赞美诗时，保罗看见了站在他前面的米丽亚姆。她唱圣歌时，下唇圣光闪闪，她那副神情，仿佛彻悟尘世事理：人世没有快乐，寄希望于天国，她似乎把她所有的安慰和生活都寄托于了来世。一股对她强烈而温暖的感情不禁油然而生。她唱圣歌时全神贯注，仿佛一心向往着来世的神秘和慰藉。他把自己的希望寄托于她。他盼望着布道赶快结束，那样他就可以向她倾诉内心郁积的千言万语。

米丽亚姆拥在人群中从他面前一哄而过，他几乎都触摸着她了。她也不知道他就在那儿，他可以看见她黑色卷发下那谦恭温顺的褐色的后颈。他要把自己交给她，她比他强大得多，他要依靠她。

她盲目地在教堂外面那些善男信女中转悠着。她在人群中总是这么神情恍惚，不得其所。他走上前去，按住她的胳膊，她吃了一惊，那双棕色眼睛恐惧得大睁着，当看清楚是他时，脸上不禁露出疑惑的神色。他从她身边稍稍退开了一点。

"我没想到……"她嗫嚅地说。

"我也没想到。"他说。

他移开了眼神，他那突然燃起的希望火花又熄灭了。

"你在城里干什么呢？"他问。

"我在表姐安妮的家里。"

"噢，要呆很长时间吗？"

"不，就住到明天。"

"你必须得直接回家吗？"

她看了他一眼，又把脸隐到了帽檐的阴影里。

"不，"她说，"不，没有那个必要。"

他转身走去，她伴他而行。他们穿行在那些善男信女中，圣马利亚教堂的风琴还在飘出悠扬的乐声，黑压压的人群从亮着灯光的门口不断地涌出来，纷纷走下台阶。那巨大的彩色窗户在夜空中闪着光，教堂就像是一盏大灯笼。他们沿着石洞街走着，他租了辆车到特伦特桥去。

"你最好和我一起吃晚饭，"他说，"然后我送你回去。"

"好吧，"她答道，声音沙哑而低沉。

在车上，他们没说几句话。特伦特河那黑沉沉的涌满两岸的河水在桥下汩汩地奔流着。克威克那面一片黑暗。他住在霍尔姆路，坐落在荒凉的市郊，面临着河对岸那片草地，草地靠近思宁顿修道院和克威克森林陡坡。潮水已退去了。静静的河水和黑暗就在他们左侧，他们有些害怕，于是很快沿着屋舍院落的那一侧匆匆向前走去。

晚饭摆好后，他把窗帘撩开，桌子上摆着一瓶鸢尾花和猩红色的秋牡丹。她冲着花俯下身去，一边用指头抚摸着花，一边问他说：

"美不美？"

"美。"他说，"你想喝点什么——咖啡？"

"好的，我喜欢喝咖啡。"她说。

"稍等片刻。"

他进了厨房。

米丽亚姆脱下外衣，四周望了望。屋子陈设十分简朴，几乎没有家具。墙上挂着她、克莱拉还有安妮的相片。她去看画板想看看他最近在画些什么，上面只有几根毫无意义的线条。她又去看他在读什么书，很显然只在读一本普通的小说。书架上有几封安妮和亚瑟以及她不认识的人写来的信。她非常仔细地察看着那些凡是他接触过，或者跟他有一点点关系的东西。他们分开已经好久了，她要重新看看他，看看他的生活状况，看看他在做些什么。不过屋子里没有什么东西可以让她了解到这些。这间屋子只能让她感到难过，使一切显得那么艰苦和不舒适。

米丽亚姆正好奇地翻看他的速写本，保罗端着咖啡进屋了。

"那里没有什么新画，"他说，"也没什么特别有意思的东西。"

他放下茶盘，从她的肩头往下看着。她慢慢地一页页地翻着，仔细地察看着。

当她停在一线速写上时，"噢！"他说。"我都忘了，这张怎么样，不错吧？"

"不错，"她说，"但我不太懂。"

他从她手里接过本子，一张张翻着看，不断地发出一种又惊又喜的声音。

"这里面有些画还是不错的。"他说。

"很不错。"她慎重地说。

保罗又感到了她对他的画的欣赏。难道这是因为关心他吗？为什么总是当他把自己表现在画里时，她才流露出对他的欣赏？

他们坐下来开始吃晚饭。

"我想问一下，"他说，"听说你好像自食其力了？"

"是的。"她低头喝着咖啡。

"干什么工作？"

"我只是到布鲁顿农学院去念三个月的书，将来也许会留在那儿当老师。"

"哦——我觉得这对你挺合适的！你总是想自立。"

"是的。"

"你为什么没有告诉我？"

"我上个星期才知道的。"

"可是我一个月前就听说了。"他说。

"是的，不过当时还没有确定。"

"我早就应该想到的，"他说，"我原以为你会告诉我你的奋斗情况。"

她吃东西时显得拘谨而不自然，就好像她害怕公开地做他所熟悉的事情似的。

"我想你一定很高兴吧，"他说。

"非常高兴。"

"是的——这不管怎么说是件好事啊。"

其实他心里相当失望。

"我也觉得这事很了不起。"她用那种傲慢的语调愤愤不平地说。

他笑了两声。

"为什么你对此不以为然？"她问。

"哦，我可没对此不以为然。不过你以后就会明白的，自食其力只是人生的一部分罢了。"

"不，"她忍气吞声地说，"我也没这样认为。"

"我认为工作对一个男人来说，几乎可以说是最重要的了，"他说，"虽然对我不是这样。不过女人工作只是她生活一种调剂，只使出一部分精力，真正最有意义的一部分生活却被掩盖起来了。"

"难道男人就能全心全意地工作了？"她问。

"是的，实际上是这样。"

"女人只能使出不重要的那份精力工作？"

"是这样的。"

她气愤地睁大双眼望着他。

"那么，"她说，"如果真是这样，那真是让人感到耻辱。"

"是的，不过我也不是什么都知道的。"他回答道。

饭后，他们靠近炉边，保罗给米丽亚姆端来一把椅子，放在自己的对面，两人坐下。她穿着一件深红色的衣服，这与她的深色皮肤和舒服的容貌非常相称，她那头卷发依然美丽而飘洒。不过，她的脸却显得老多了，那褐色的脖颈也瘦了如许，他觉得她比克莱拉还苍老。时光飞逝，转眼之间她的青春年华已不复存在，身上出现了一种呆板迟钝的神态。她坐在那儿深思了一会，然后抬起眼望着他。

"你的一切怎么样？"她问。

"还可以吧。"他答道。

她看着他，等待着。

"不是吧。"她说，声音很低。

她那双褐色的手紧张地抓住自己的膝盖，却仍旧显得不知所措，甚至有点歇斯底里。他看见这双手不由得哆嗦了一下，接着他苦笑了。她又把手指放在两唇之间。他那细长黝黑、备受痛苦的身子静静地躺在椅子里。她突然从嘴边拿开手，看着他。

"你跟克莱拉散了吗？"

"散了。"

他的身子像是被抛弃的废物一样横在椅子里。

"你知道，"她说，"我想我们应该结婚。"

数月来，他第一次睁大眼睛，怀着敬意看着她。

"为什么？"他说。

"瞧，"她说，"你是在自暴自弃！你会生病，你会死的，而我却从来不知道——到那时就同我从来不认识你没什么两样。"

"那如果我们结婚呢？"他问。

"起码，我可以阻止你自暴自弃，阻止你沦为一个像克莱拉那样的女人的牺牲品。"

"牺牲品？"他笑着重复了一遍。

她默默地低下了头。他躺在那儿，又感到一阵绝望袭来。

"我不太确信，"他慢吞吞地说，"结婚会带来多大的好处。"

"我只是为你着想。"她答道。

"我知道你是为我着想，不过——你这么爱我，你想把我放在你的口袋里，那我可会憋死的。"

她低下头，把手指噙在嘴里，心头涌起阵阵痛苦。

"那你打算怎么办？"她问。

"我不知道——继续这样混下去吧，我想。也许不久我就要出国了。"

他语调中的那种绝望、孤注一掷的意味，使她不禁一下子跪倒在他身边不远处

的炉边地毯上。她就那么蜷缩着身子，仿佛被什么给压垮了，抬不起头来。他那双手无力地搁在椅子的扶手上。她注意到了这双手，觉得他躺在那儿仿佛在听凭她的摆布，如果她能站起来，拉住他，拥抱他说："你是我的。"那么他就会投入她的怀抱。可是她敢这么做吗？她可以轻易地牺牲自己，可是她敢表明自己的心迹吗？她注意到了他穿着深色衣服里的消瘦的身子，似乎一息尚存，瘫在她身边的椅子里。她不敢；她不敢伸出双臂搂住他，把他拉过来，说："这是我的，这身体是我的，给我吧。"然而她想这么做，她那天性的本能被唤醒了。可她仍旧跪在那里，不敢这么做。她也害怕他不让她这样做，担心这样做太过分。他的身子就像垃圾似的，躺在那儿。她知道她应该把它拉过来，宣称是自己的，宣称拥有对它的一切权利。可是——她能这么做吗？面对着他，面对着他内心那股求知的强烈欲望，她完全束手无策。她微仰着脸，两手颤抖。哀怨的眼神战栗着，显得困惑茫然，突然，她向他露出了恳求的神情，他的同情心不禁油然而生，他抓住她的双手，把她拉到身边，安慰着她。

"你想要我，想嫁给我吗？"他低低地说。

哦，为什么他不要她呢？她的心已经属于他。他为什么不要属于他的东西呢？她已经对他苦苦相思了这么久，他却一直不要她。现在他又来折磨她，这未免有些太过分。她向后仰着手，双手捧着他的脸，望着他的眼睛。不，他冷酷无情，他要的是别的东西。她以全心全意的爱祈求他不要让她自己做出选择。她应付不了这事，也应付不了他，她也不知道究竟如何应付。可是这件事在煎熬着她，她觉得心快要碎了。

"你想这样吗？"她非常认真地问。

"不是非常想。"他痛苦地回答。

她把脸转向一边，然后庄重地站起身来，把他的头搂在怀里，温柔地摇晃着。然而，她还是没有得到他！所以她在抚慰着他，她把手指插在他的头发里，这对她来说，是痛苦中带着甜蜜的自我牺牲；对他来说吧，这则是充满怨恨和痛苦的又一次失败。他无法忍受——她温暖的胸脯，像摇篮似的轻轻晃荡着他，却并不能分担他的负担和愁苦。他是多么想依靠她而得到心灵的宁静，可此刻这种伪装出来的宁静只能使他更加痛苦难耐。他把身子缩了回去。

"难道我们不结婚就什么也干不了吗？"他问。

他痛苦地努着嘴唇。她把小巧的手指放在嘴里。

"是的，"她说，像丧钟低沉的声音，"是的，我想是这样的。"

两人的关系只有这样的结局了。她不能带着他，把他从责任的重负下解脱出来。她只能对他做出自我牺牲——天天都心甘情愿地自我牺牲。然而他却并不需要她这样。他渴望她抱住他，高兴而不容抗拒地说："别这么烦躁不安，寻死觅活了，你是我的伴侣。"可是她没有这种力量和勇气。再说她要的真是一个伴侣吗？她想要的也许是他心中的救世主吧？

保罗想如果离开她，等于自己欺骗了她的生命，可是他也清楚，如果留下来陪伴她，像一个绝望者一样窒息内心的一切，那就等于放弃自己的生活。然而，他并不希望放弃自己的生活，把它献给她。

米丽亚姆静静地坐在那里。保罗点燃一根烟，烟雾袅袅而上。他在思念母亲，忘记米丽亚姆的存在。突然，她看着他，内心又涌起阵阵痛苦的浪潮。看来，她的牺牲毫无价值。他冷漠地躺在那儿，对她漠不关心。突然，她又发现他缺乏信仰、浮躁易变。他会像个任性的孩子一样毁了自己。很好，他应该那样！

"我想我该走了。"她温柔地说。

从她的声调中，他听出她有些蔑视他。他一声不响地站起来。

"我送送你。"他答道。

她站在镜子前用别针别上帽子。他竟然拒绝了她的牺牲，多么痛苦啊，真是苦不堪言！以后的日子如死了一般，仿佛前途的明灯全熄灭了。她低头看着花——桌上的花散发出一阵阵幽香，洋溢着春天气息的鸢尾花和猩红色的秋牡丹竞相斗艳。这些花的确像他一样。

他摆出几分自信的神态，在屋子里默默而焦虑的快速踱着步。她知道她对付不了他，他会像黄鼠狼一样从她手里溜走。然而没有他，她的生活就只能僵死般在蹉跎下去。她沉思着，抚摸着花。

"拿去吧！"他说着把花从花盆里取出来，拿起滴着水的花，冲进厨房。她等着，接过花，两人就一起出去。他对她说着话，可仿佛觉得死去一般。

她就要离开他了。他们坐在车上时，她痛苦地依偎着他，而他却毫无反应。他要

去哪儿？他会有一个什么样的结局？她无法忍受他在她心中留下的那种空虚的感觉。他如此愚蠢，如此自暴自弃，从来没有安宁过。现在他要去哪儿？他浪费了她的青春，他对此表示过关心吗？他没有信仰，只是关心自己眼前片刻的欢乐，除此他什么也满不在乎，也没有更深沉的思想。好了，她要等着瞧他会变成什么样子，等他折腾罢，会死心塌地地回到她的身边。

他在她表姐家门口跟她握了握手，就离开了她。在他转过身的那一瞬间，他感到自己最后一线希望都失去了。他坐在车上，外面的城市顺着铁道延伸开来，前方一片灯海迷蒙。城郊以外是乡村，那些将发展为更多的城市的小镇，灯火点点——大海——黑夜——所有的一切！可偏偏没有他的容身之地！他不管站在哪里，总是孑然一身。从他的胸膛，从他的嘴里，喷出一片茫茫无际的空虚，同样在他身后，在四面八方，也是一片无垠的空虚。街上的路人行色匆匆，却没有谁能消除他内心的那种空虚感。他们只是渺小的黑影，他能听得见他们的脚步声和说话声，但每个人影都沉浸在同样的黑夜，同样的沉寂中。他下了车，乡村中一片死寂。微星在天空中闪闪，像河流一样伸向远处，苍穹在下。到处都是辽阔的空间、恐怖的黑夜，它只有在白昼会惊醒片刻，很快又回到黑夜，永恒的黑夜把世间万物都包罗在它的沉寂和活生生的昏暗中。这里的世界变得没有时间，只有空间。谁能说他母亲曾经拥有生命，而现在却命丧黄泉？她只是曾经到过的一个地方，现在又去了别处，如此而已。可是不管他母亲身在何方，他的灵魂都永远不能和她分开。如今她去了黑夜之中，而他仍然与她同在。母子俩人形影不离。然而，此刻他的身子，他的胸膛正靠着台阶的围栏上，他的双手也正抓着横木。这些多少还是实在之物。他在哪儿呢——只不过是个微不足道的一堆腐肉立在那儿罢了，还不如洒落在田野间的一麦穗。他不堪忍受，那无边无际的黑夜似乎从四面八方向他这渺小的生命火花压来，想强迫扑灭它。不过，他尽管极为渺小，却不可被消灭。黑夜吞尽万物向周边伸展开去，超越了星星和太阳，星星和太阳只是几个寥寥可数的小亮点，在黑暗中恐惧得旋转不停，互相抱成一团，在一片仿佛能压倒一切的黑暗里，连星星和太阳都显得渺小和恐惧。这一切，包括他自己，全都是那么微不足道，几近于无，可又不是无。

"妈妈！"他低声喊道，"妈妈！"

茫茫人海中，只有她是他的精神支柱。如今她已经离开了，融进那一片夜色，他多么希望她能抚摸自己，把他带走。

可是，不行，他不愿就这样屈服。他猛地转过身来，朝着城市那片繁华灿烂的金光走去。他紧握着拳头，嘴巴也紧抿着。他决不会随她而去，走上那条通向黑暗之路。他加快了步伐，朝着远处隐约有声、灯光辉煌的城市走去。